치우천왕기 ④

《 다가오는 검은 그림자 》— 이우혁 장편소설

엘릭시르

차례

소녀와의 재회

치우천이 맥달을 해쳤다는 소문은 다음 날 날이 밝자 짜하게 퍼졌다. 아는 사람들은 물론 치우천이 그럴 이유도, 그럴 시간도 없었다는 것을 알았지만 퍼져 나가는 소문은 막을 수가 없었다. 선인이었던 맥달의 죽음은 신시 전체에서도 큰 충격이었는지 사와라 한웅도 이례적으로 슬픔을 표하고 나섰다.

그나마 다행인 것은 맥달이 죽었을 시간은 치우천이 사와라 한웅 등과 이야기를 나누던 때라 한웅은 조금도 치우천을 의심하지 않았다는 점이다. 도리어 사와라 한웅은 헛소문이 퍼지지 않게 하라고 엄히 일렀다. 거기에 한술 더 떠서 사와라 한웅은, 치우우레에게서 치우천이 사울아비가 준비될 동안 신시 밖의 일을 본다는 이야기를 듣자 좋다면서 두말없이 승낙했다. 소문의 당사자가 신시에 없는 편이 낫다고 판단한 것이다. 그동안 사울아비들을 준비하는 일은 고시울률과 비렴이 함께 맡도록 했다. 일이 오히려 시원하게 풀린 셈이었다.

무라는 그날 밤 바로 출발했고 알한도 밤이 새도록 투르크족을 찾아

다니다가 새벽이슬을 맞으며 돌아왔다. 알한이 고용한 용병은 삼백 명이었다. 투르크족이 백 명가량, 나머지는 각양각색의 잡다한 종족이 섞인 거친 전사들이었으며, 그중 두목과 몇몇이 알한을 따라왔다. 용병의 두목은 투르크족으로 차오스라는 자였는데 그는 치우천을 보자마자 대뜸 물었다.

"신수와 싸우러 가는 게 정말이오?"

"정말일세."

치우천이 웃으며 시원스레 대답하자 차오스는 허허 웃었다.

"말은 좋소만 정말 싸울 수 있소? 당신은 도저히 신수에게 덤빌 만한 용사로는 안 보이는데?"

"이분은 누구보다 용감하며 전사를 잘 다루시네. 우리는 이미 신수를 한 마리 굴복시킨 적이 있어."

알한의 말에 차오스가 낄낄거리며 웃었다.

"허풍 치지 마시오. 난 믿지 않소."

"난 거짓말을 안 해! 나도 그 자리에 있었다. 차오스, 내 말을 못 믿나?"

알한이 정색을 하며 다그치자 차오스는 그래도 믿어지지 않는다는 듯 딴청을 피웠다.

"보석을 받은 것은 좋지만 당신이 유능한 대장이 아니라면 이번 일은 사양하겠소. 무능한 대장을 따라갔다가 허무하게 죽고 싶지는 않단 말씀이야."

차오스가 빈정대자 치우비는 말없이 일어서서 차오스 옆으로 갔다. 차오스는 막대기를 잘 쓰는 투르크족답게 커다란 구리몽둥이를 등에 짊어지고 있었는데 치우비가 웃으며 말했다.

"한마디로 실력을 보여 달라, 이건가?"

치우비는 여전히 입가에 웃음을 머금으며 태연하게 차오스의 구리몽둥이를 한 번 꽉 쥐었다가 놓았다. 차오스가 놀라 돌아보니 단단한 구리몽둥이에 치우비의 손가락 자국이 완연하게 찍혀 있었다. 구리몽둥이를 휘거나 부러뜨리는 것보다도 훨씬 더 무서운 힘이 있어야 가능한 일이었다. 차오스는 깜짝 놀라며 더듬거렸다.

"당신은…… 당신은 누구요?"

"나는 치우비라고 한다."

순식간에 새파랗게 질린 안색으로 차오스가 물었다.

"당신이 바로 태산 회의의 대용사 치우비요? 그럼 저분은……?"

"내 형님이시지."

"그러면 치우천님이시군요. 죽을죄를 지었습니다! 이 차오스, 눈이 있어도 소용없군요. 이런 눈은 뽑아 버려야……!"

치우비는 호들갑 떠는 차오스를 어이없다는 듯이 쳐다보다가 알한에게로 시선을 돌렸다.

"알한님, 이 사람에게 말 안 했습니까?"

알한이 킥킥거리며 말했다.

"그래야 재미있지 않습니까? 요 녀석이 놀라는 꼴을 한번 보고 싶어서요."

차오스가 얼른 머리를 조아리며 말했다.

"두 분과 함께라면 신수가 아니라 하늘과 싸워야 한다 해도 기꺼이 가겠습니다! 주신 보석은 받지 않겠습니다! 두 분의 명령을 듣는 것만으로도 저희에겐 영광입니다!"

치우천이 껄껄 웃으며 손사래를 쳤다.

"그럴 것까지는 없네. 받을 건 받아 둬야지."

"그보다 저희에게도 살길을 주옵소서!"

차오스가 무릎을 꿇으며 외치더니 고개를 푹 숙였다. 치우천과 치우비는 의아하여 차오스를 내려다보았다.

차오스는 고개를 들며 심각한 표정으로 물었다.

"들자하니, 치우천님께서는 이번 공상 싸움에서 이기시면 작은 주신 전부를 주신 사람으로 만들어 주겠노라 하셨다는데, 정말 그렇습니까?"

"어찌 그런 것이 다 소문이 났는가?"

치우천이 묻자 차오스는 고개를 저었다.

"소문이 난 것은 아닙니다만 제가 신시에 있은 지도 이제 여러 해가 넘었습니다. 그런 일은 알 수 있습죠."

"그래서?"

"저희는 전사로서 큰 뜻을 가지고 신시로 찾아온 놈들입니다. 그러나 신시의 높은 양반들은 저희를 개나 소처럼 부릴 뿐, 사람대접을 해 주지 않습니다. 저희가 살길은 두 가지가 있습니다. 하나는 값진 물건을 많이 모아 그것으로 사람답게 사는 길, 또 하나는 주신 사람이 되는 길입니다. 물건을 모으자면 목숨을 걸어야 하고, 그런 일을 얼마나 겪어야 사람답게 살 만한 물건을 모을 수 있을지 아득하기만 합니다. 그전에 전부 죽어 나가자빠지겠지요. 그러니 저희도 데려가 주소서. 그리하여 저희도 사람답게 살도록 해 주소서. 이것만이 저희의 바람입니다!"

차오스가 처절한 목소리로 말하며 넙죽 절을 하자 치우천은 미간을 찌푸렸다. 차오스가 기분 나빠서가 아니라 신시와 주신의 일들이 마음에 들지 않아서였다. 치우천은 알한에게 슬며시 물었다.

"차오스는 전사로는 어떠한가요?"

"저를 이기지야 못할 겁니다만 투르크에서는 그래도 몇 손가락 안에 들던 전사죠."

알한의 말에 치우천은 탄식하듯 중얼거렸다.

"이런 전사가 모여드는데도 신시는 받아들일 줄 모르는구나. 다 같은 사람인데도 주신 사람은 주신 사람만 제일인 줄 알고 나머지는 개나 소로 보는구나. 허, 내가 주신 사람인 것이 부끄럽다."

치우천은 차오스를 일으켜 세웠다.

"차오스, 너도 사람이고 나도 사람이다. 나는 주신 사람이고 너는 투르크 사람이지만 주신 사람이 잘난 것도 아니고 투르크 사람이 못난 것도 아니다. 적어도 주신을 세우신 안파견 한님은 그리 가르치시지 않았다. 나를 따르거라."

차오스는 기뻐 들뜬 목소리로 커다랗게 외쳤다.

"감사합니다!"

"이제 너는 내 말에 무조건 따라야 한다. 신수와 싸우는 일은 간단하지 않다. 한 사람 한 사람의 싸움 기술도 중요하지만, 그보다 중요한 것은 여럿이 한 사람처럼 척척 손발이 맞게 움직이는 것이다. 그렇지 않으면 아무리 강한 용사들을 모아도 신수의 상대가 되지 못한다. 너는 네 부하들을 잘 다룰 수 있는가?"

"제가 죽으라 하면 나가 죽을 놈들입니다!"

"좋다. 우리는 날짜가 얼마 없다. 그사이 너는 부하들에게 신수와 싸우는 법을 가르쳐야 한다. 우리는 급히 움직여야 하지만 그사이에도 계속 가르쳐야 한다. 못 가르치면 신수에게 죽을 수밖에 없다. 할 수 있겠느냐?"

"하겠습니다! 할 수 있습니다! 이 차오스의 능력을 보여 드리겠습니다!"

차오스는 자신 있게 말했다.

그리하여 치우천이 원래 데리고 온 작은 주신의 전사 백 명과, 차오스가 거느린 용병들 삼백 명이 신시를 나서게 되었다. 용병들은 흉터투성이에 각양각색의 복장과 머리, 장식을 한 무시무시한 분위기의 전사들이었지만 차오스가 그들을 잡아 놓았는지 치우 형제나 다른 사람들에게 무례한 모습은 보이지 않았다.

울라트는 그들을 보고 샐쭉거리며 중얼거렸다.

"뭐, 이 사람들이나 내 도깨비들이나 거기서 거기네."

치우 형제를 따라가게 된 울쿠타 야쿠타는 울라트의 말에 눈을 동그랗게 뜨면서 물었다.

"도깨비? 네가 도깨비들을 데리고 있어?"

울라트는 생긋 웃으며 한껏 뽐냈다.

"내가 바로 그 유명한 작은 주신의 도깨비 부대의 대장 울라트란 말씀이야. 나는 타타르 앗수라트 부족장 키타야의 딸이지. 유명한 도깨비 전사 리미, 개르, 마냥, 싱카가 다 내 부하란 말야. 알아들었니?"

울쿠타 야쿠타는 기가 죽은 듯했지만 호기심이 이는지 계속 울라트에게 도깨비들에 대해 물어보았다. 치우비는 으쓱거리는 울라트를 보며 씩 웃을 뿐 별다른 말은 하지 않았다.

그러다가 치우천의 얼굴 한구석에 여전히 수심의 그림자가 드리워져 있는 것을 보고 치우비가 물었다.

"형, 왜 그래? 무슨 걱정 있어?"

"아니다, 걱정은 무슨."

치우천은 말을 돌렸으나 사실 그는 맥달을 생각하고 있었다. 그녀의 죽음이 자신의 마음을 왜 이리 파고드는지 알 수가 없었다. 살았을 때는 위험하다 여기고 그녀를 없애려는 마음까지 있었는데, 죽었다는 소리를 들으니 왜 이리 허전한지 도대체 모를 일이었다. 철천지원수인 번개범과 싸우고, 야율쿠리와 초초룬을 구하러 가면서도 그보다 맥달 쪽에 더 마음이 가는 이유를 치우천도 알지 못했다.

신시 밖으로 나서자, 유쌍이 말한 대로 쉰 명 정도의 미아우족 전사들을 데리고 합류했다. 지난번 신수와 싸울 때 도움을 주었던 부루벼락과 쇠돌이가 만사를 제쳐 두고 몇몇 사울아비들과 함께 찾아와 치우 형제의 마음을 기쁘게 해 주었다.

그들과 동행한 사람 중에는 뜻밖의 인물이 한 명 끼어 있었는데, 바로 스름이였다. 스름이는 운사 신지울태의 제자가 되어 있었으나 갑갑하여 견딜 수 없다는 핑계로 죽자 살자 쇠돌이의 뒤를 따라왔다고 했다. 사실 스름이가 이번 일에 따라나선 이유는 따로 있었다.

"신지울태님은 예전에 번개범 때문에 무리하신 뒤로 아직도 몸이 좋지 못해 고생하고 계십니다. 저는 부모님도 없고 신지울태님이 할머님처럼 저를 거두어 주셨는데 이런 기회에 복수를 하지 않고 어떻게 가만히 있겠습니까?"

스름이는 음침하기 짝이 없는 외모를 지녔지만 생각은 당차고 꿋꿋한데가 있었다. 그런 스름이를 차마 떼어 버릴 수가 없어서 치우천은 웃으며 맞아들였으나 싸움에는 경솔히 나서지 말라고 일렀다. 부루벼락과쇠돌이의 힘과 기술은 대단히 뛰어났으므로 큰 도움이 될 것 같았다.

유쌍은 아버지 툰툰에게도 사람을 보내어 되는 대로 전사들을 긁어모아 초초룬의 마을 근처에서 합류하겠다고 말했으나 치우천은 그것만은 완곡히 거절했다. 지금부터 길을 가는 동안 번개범을 상대할 방법을 찾아 훈련을 거치지 않은 전사들은 필요 없다고 판단했기 때문이다. 치우천은 지난번 첸누와 싸울 때 있었던 치우비, 알한, 부루벼락, 쇠돌이, 스름이 등과 차오스까지를 불러 함께 번개범과 싸울 방법에 대해 논의했다.

부루벼락과 쇠돌이는 지난번처럼 불과 나무 기둥으로 공격하자고 말했다. 치우천은 고개를 저었다.

"그건 안 됩니다, 벼락 형. 지난번에 싸운 첸누는 찬 기운을 뿜는 신수였으니 그리 싸운 것입니다. 이번에 싸울 번개범은 전혀 먹혀들지 않을 것입니다."

"왜 먹히지 않을까?"

"첸누는 거북 괴물이라 덩치도 크고 움직임이 둔했지만 번개범은 범 신수라서 날래기가 이를 데 없습니다. 나무 기둥으로 번개범을 맞힐 수는 없습니다. 더구나…….”

"더구나 뭐죠?"

알한이 묻자 치우천은 인상을 쓰며 말을 이었다.

"첸누는 찬 기운을 뿜어 대어서 방패로 그럭저럭 막을 수 있었지만 번개범은 벼락을 떨어뜨립니다. 떨어지는 벼락을 무슨 재주로 막겠습니까? 나무 기둥으로 공격하려 해도, 번개범 근처에만 가면 벼락이 떨어지기 때문에 헛되이 죽을 것입니다. 번개범은 첸누와는 비교할 수 없을 만큼 몸이 빠릅니다. 다른 방법을 찾아야 합니다."

그러나 아무리 머리를 싸매고 생각해 보아도 떨어져 내리는 벼락을 막을 방법이 없었다. 더구나 치우천도 맥달의 죽음 때문에 마음이 뒤숭숭한지 용한 생각을 짜내지 못했다. 그러자 스름이가 음침한 표정 그대로 나직하게 입을 열었다.

"예전에 다른 신수와 겨뤄 보신 적이 있다고 들었는데 그 이야기를 들려주실 수 있나요?"

치우비와 쇠돌이가 이야기를 해 주자 스름이는 한참 생각하다가 문득 말했다. 스름이가 갑자기 말을 꺼내자 쇠돌이는 자기도 모르게 흠칫했다. 스름이가 워낙 음침한 인상을 주었기 때문에 놀란 것이다. 스름이는 쇠돌이의 놀라는 모습에는 전혀 아랑곳하지 않았다.

"신수는 크니까 가까이 달라붙으면 어떻게 해볼 수도 있겠군요."

"번개범의 벼락과 회오리가 문제요. 놈이 회오리로 변하면 달라붙을 방법이 없소."

"회오리로 변하는 건 움직일 때뿐이고, 그놈도 싸울 때는 모습을 드러낸다고 들었는데요?"

"그래도 벼락을 어떻게 막겠소?"

치우천의 말에 부루벼락이 농담 한마디를 툭 내뱉었다.

"내가 그렇게 대단하다니, 거 기분 좋구먼."

부루벼락은 실없이 껄껄 웃기까지 했으나 아무도 그의 말을 듣지 않았다. 부루벼락은 머쓱했는지 머리를 긁적이며 입을 다물었다. 스름이는 그쪽으로는 눈도 돌리지 않고 다시 말했다.

"예전에 신지울태님이 번개범의 벼락을 막는 주술을 펴신 적이 있지 않았나요?"

"그렇기는 하오만……."

치우천이 무겁게 말하자 스름이는 입가에 웃음을 띠었다. 기분 좋아 웃는 듯했지만 결코 못난 얼굴이 아닌데 아무리 보아도 스름이의 미소는 음침하게만 보였다.

"저도 그 주술을 배우기는 했습니다. 신지울태님이 가르쳐 주셨어요."

치우비가 고개를 설레설레 저으며 말했다.

"스름이님을 무시하는 건 아닙니다만, 신지울태님조차 번개범의 주술을 막기 힘들어 쓰러지기까지 하셨습니다. 무리예요."

"내가 신지울태님만큼 주술을 잘 쓸 수는 없겠지만, 두어 번은 막아낼 수 있을 겁니다. 그사이 힘센 용사들이 달라붙으면 어떻게든 되지 않을까요?"

치우천은 한숨을 길게 내쉬었다.

"그 방법밖에 없겠군요. 허나 번개범에게 달라붙으려면 그냥은 안 됩니다. 그렇지, 갈고리와 줄을 써서 매달리는 방법밖에 없겠군요."

치우비가 무릎을 탁 치며 한마디 거들었다.

"번개범은 길고 두꺼운 털로 덮여 있었어. 그러니 갈고리를 던지면 잘 걸릴 거야. 일단 몸에 달라붙는 게 문제지만, 달라붙기만 하면 잘될 거야. 지난번 나는 그놈의 몸을 꿰뚫은 적이 있어. 놈도 피가 솟았다구. 덩치가 크긴 해도 마구 찌르다 보면 죽을 거야."

치우천은 치우비의 생각에 문제가 있다 여겼지만, 별다른 방법이 생각나지도 않아 일단 그렇게 하자고 회의를 마무리 지었다. 치우 형제를 따르게 된 복잡한 내력의 수백 명 전사들에게 만들든 얻든 간에 며칠 내로 단단한 갈고리를 몇 개씩 구해야 한다는 엄명이 떨어졌다.

혼자 있게 된 치우천은 생각을 가다듬었다.

'쉽지 않다. 스름이가 번개범의 벼락을 몇 번이나마 막고, 전사들이 번개범에 달라붙는 데 성공한다 해도 번개범이 회오리로 변하면 헛일이다. 번개범이 회오리로 변하지 못하도록 방법을 찾지 못하면 이기기 힘들다. 어떻게 하면 그럴 수 있을까? 무슨 방법이 없을까?'

치우천은 그것만을 골똘히 생각하다 보니 어느새 맥달의 기억이 조금씩 희미해져 갔다.

치우비는 새로 얻은 용병 전사들을 만나 보았는데, 흉포하고 거칠기는 했지만 솔직하고 꾸밈이 없는 사람들 같았다. 치우비의 소문을 듣고 도전을 해 오는 경우도 있었다. 차오스는 화를 내며 헛수작 말라고 으름장을 놓았으나 치우비는 웃으며 차분히 그들의 도전을 간단히 받아넘기곤 했다.

치우비는 아홉구비의 힘을 잃은 후 몇 년간 죽을힘을 다해 기술을 연마했다. 그냥은 도저히 지울 수 없는 발의 생각을 잊어 보려고 더 몰입

했는지도 몰랐다. 덕분에 기술이 줄어든 힘을 메울 수 있을 정도의 경지에 도달했다. 그래서 형천과 겨루면서도 패하지 않을 수 있었던 것이다. 아무리 싸움을 일로 살아온 용병들이라도 그런 치우비에게는 상대가 되지 않았다. 용병들은 치우비의 힘과 기술에 감복하여 진정으로 충성을 맹세했다. 치우비도 비록 자신을 이길 자는 없지만 무서운 전사들이라는 것을 알아차리고 그들을 가볍게 보지 않았다.

허나 그들을 통솔하는 데는 문제가 따랐다. 싸움 방식을 이해시키는 것이 문제였다. 그들 하나하나는 의문의 여지없이 강했다. 작은 주신의 전사보다는 확실히 강했고 주신의 사울아비들과도 맞먹을 정도였다. 수없는 싸움에서 살아남았다는 전사로서의 긍지가 있었으며, 자기의 독특한 기술과 수법에 자부심을 느끼고 있었다. 그런 그들에게 자기들이 수련한 싸움 방식을 버리고 공통된 명령을 따르게 하기가 쉽지 않았다. 알한과 차오스, 치우비가 애를 쓰고 있으니 체계는 갖추어질 테지만 시간이 부족했다. 치우천은 걱정스러워졌다.

'아무래도 무리인가……. 이렇게 훈련이 덜 된 전사들로 번개범을 잡을 수 있을까? 야율쿠리와 초초룬은 무사할까? 무라는 제때에 도달했을까? 치베와 보돈차르님이 키탄족의 일을 잘 수습해 줄까? 비울걸은 왜 오지 않는 것일까? 그리고…… 맥달을 왜, 누가 해친 것일까?'

그날 해가 저물자 그들은 근처의 미아우 마을을 찾아 묵기로 했다. 오백에 가까운 인원이라 어차피 노숙을 해야 했지만 갈고리 만들 재료가 모자라 그것을 구하기 위해서라도 마을로 가야 했다. 치우천은 머리가 복잡하여 무리에서 떨어져 혼자 거닐면서 깊은 생각에 잠겼다.

그때 한 노파가 치우천에게 절뚝거리며 다가왔다. 노파는 치우천이 누군지 묻지도 않고 대뜸 고개를 숙여 인사를 하더니 치우천의 손에 널찍한 나무판자 하나를 쥐어 주고는 뒤도 돌아보지 않고 어둠 속으로 사라져 버렸다. 느릿느릿한 동작이었지만 치우천은 생각에 잠겨 얼이 빠진 상태라 무심코 그것을 받아 손에 쥐었다.

'이게 뭐지?'

나무판자를 들여다본 치우천은 안색이 변했다. 그는 급히 주변을 둘러보며 노파를 찾으려 했으나 노파는 보이지 않았다. 치우천은 노파를 포기하고 달려가며 스름이를 찾았다.

"스름이님! 스름이님!"

저녁 준비를 하고 있던 사람들은 치우천이 스름이를 찾자 궁금하여 모여들었다. 말린 고기를 씹고 있던 치우비도 다가와 물었다.

"무슨 일이야?"

"비, 너 스름이님을 못 보았느냐?"

"조금 아까까지 저기 있던데……? 야쿠타에게 불러오라 보냈으니 좀 있으면 올……."

치우비의 말이 끝나기도 전에 치우천은 기다리지 않고 스름이를 찾아 나섰다. 눈치가 이상하다 여긴 치우비는 형의 뒤를 따라나섰다. 마침 야쿠타와 함께 달려오는 스름이를 본 치우천은 다짜고짜로 나무판자를 내밀었다.

"스름이님! 이것을 보아 주십시오!"

나무판자를 받아들자마자 스름이 역시 안색이 변했다.

"이걸 대체 누가?"

"누가 줬냐가 중요한 게 아닙니다. 이게…… 그것이 맞습니까? 저는 그것으로 보입니다만……."

스름이는 두려운 낯빛으로 고개를 끄덕였다.

"그것…… 맞습니다."

치우비가 나무판자를 보니 알아볼 수 없는 작은 무늬들이 뭔가로 빽빽이 씌어 있었다.

"이게 뭔데 그래?"

치우천은 주변을 살피고는 작은 소리로 조심스럽게 말했다.

"글자란 것이다."

치우비는 깜짝 놀라 눈을 둥그렇게 떴다.

"글자? 그러면 신지울태님이 쓰시는 주술 아니야?"

스름이도 바싹 긴장한 목소리로 덧붙였다.

"함부로 말하시면 안 됩니다. 글자는 두려운 것입니다."

허나 치우비는 이 빽빽한 무늬가 주술일지는 몰라도 그렇게 두렵다
는 생각은 들지 않았다.

"두려울 거야 뭐 있겠습니까?"

치우비의 말에 스름이는 고개를 저으며 치우비에게 되물었다.

"치우비님, 사람을 죽지 않게 할 수 있겠습니까? 멀리 떨어진 사람에
게 아무도 보내지 않고 자신의 뜻을 알릴 수 있겠습니까? 가만히 앉아
서 수백 수천의 사람들에게 자신의 뜻을 전할 수 있겠습니까?"

"허, 어떻게 그럴 수 있습니까?"

치우비가 기막혀하자 스름이는 목소리를 낮춰 말끝에 힘을 주었다.

"글자에는 그러한 힘이 있습니다. 그러니 절대, 절대 함부로 말하지
마십시오."

치우비는 놀라서 입을 다물었다. 치우천은 치우비가 조용해지자 떨
리는 목소리로 스름이에게 물었다.

"이것들을…… 읽으실 수 있습니까?"

"읽을 수는 있습니다. 신지울태님께 배운 적이 있습니다. 그러나 이
것은…… 치우천님에게 쓴 것인데 제가 읽어도 되겠습니까? 그것은
남의 마음을 훔치고 남의 말을 엿듣는 것과 같은 나쁜 일입니다."

"스름이님이 읽어 주시지 않으면 저는 읽을 수가 없습니다. 읽어 주십시오."

치우천이 허락하자 스름이는 침을 삼키고는 침착한 목소리로 다짐하듯이 말했다.

"천님의 부탁이니 들어드립니다만 제가 글자를 읽었다는 것은 아무에게도 말하시면 안 됩니다. 저도 여기서 읽은 것은 금방 잊을 것이고 아무에게도 말하지 않을 것입니다. 안파견 한님의 이름으로 맹세합니다."

치우천도 조심스레 맹세를 했다. 글자는 처음의 한웅이었던 안파견 한님의 부하였던 신지혁덕이 만들었다고 전해졌다. 글자는 이름을 가진 모든 것과 뜻을 지닌 모든 것을 못 박아 고정시키는 무서운 주술력을 지녔다고 믿어졌기에 소수의 허락받은 사람만이 읽을 수 있는 권리가 있었다. 주신 신시에서도 신지씨나 삼사의 제자 말고는 글자를 읽을 수 있는 사람이 드물었다. 글자를 마음대로 읽는 것은 남의 마음을 훔치는 일이라 하여, 큰 죄를 짓는 것이나 다름없었다.

스름이는 떨리는 손으로 나무판자를 잡고 한동안 들여다보다가 치우천을 힐끗 보았다.

"놀랍습니다. 이것을 누가 쓴 것인지 아시겠습니까?"

"짐작은 할 수 있습니다만……."

치우천이 흥분하여 말을 끊었다가 스름이의 눈빛을 살피며 말을 이었다.

"맥달, 맥달님이 쓰신 것 아닙니까?"

스름이는 놀라며 두 눈을 크게 떴다.

"맞습니다! 어떻게 아셨습니까?"

"다른 누구겠습니까? 그나저나 뭐라고 씌어 있습니까?"

치우천이 묻자 스름이는 나무판자를 더 들여다보다가 몇 번이나 놀라 안색이 변했다. 이윽고 스름이가 말했다.

"맥달님은 정말…… 정말 놀라운 분입니다. 그런 분은 다시는 세상에 나기 힘들 것입니다."

"맥달님이 뭐라고 쓰셨나요?"

치우비가 나서서 다그쳤다. 치우비는 맥달이 죽은 이후 몹시 섭섭했으나 형이 크게 상심하는 것을 보고 애써 내색하지 않았다. 그러나 맥달이 남긴 글자가 나타나자 마음이 들뜨기는 치우천과 마찬가지였다. 스름이가 차분한 목소리로 말했다.

"맥달님은 모든 것을 아셨나 봅니다. 맥달님은 죽었다고 알려졌어도 이렇게 뜻을 전할 수 있으니 그렇게 생각하지는 말아 달라시는군요. 글자색을 얼핏 보니 오래전에 쓰인 것 같은데……."

"다른 말은 없소?"

치우천이 묻자 스름이는 고개를 갸웃하며 약간 더듬거렸다.

"맥달님은 치우천님이 번개범과 싸우러 갈 것도 아셨나 봅니다. 번개범을 만나거든…… 이게 무슨 글자인가? 그렇군. 우린…… 우린을 잊지 말라 적으셨는데, 우린이 대체 뭡니까?"

치우천은 자신도 모르게 외쳤다.

"잊지 않았소! 우린 구슬은 잘 가지고 있소. 또 다른 말은?"

"그리고 이렇게 적으셨습니다. 하늘 높이 풀피리를 불라고요."

"풀피리? 난데없이 웬 풀피리란 말이오?"

"나도 모릅니다. 아무리 맥달님이 남긴 글자지만 이건 도대체 모르겠네요. 번개범을 만나면 싸우기도 급할 텐데 풀피리를 불라니? 짚이시는 것이 있습니까?"

스름이도 궁금한 듯했지만, 당사자인 치우천은 전혀 감이 잡히지 않았다. 난데없이 웬 풀피리란 말인가? 치우천이 멀뚱한 표정을 짓자 스름이는 마지막으로 말했다.

"끝에 이렇게 적으셨군요. 살아 있지 않아도 이렇게 뜻을 전할 수 있다면 산 것과 무엇이 다르겠습니까? 죽지 않았다 하여도 마음이 전해지지 않는다면 죽은 것과 무엇이 다르겠습니까? 부디 큰일을 이루소서……. 이게 전부입니다."

스름이가 읽기를 마치자 치우천은 하늘을 보며 중얼거렸다.

"살아 있지 않아도…… 뜻을 전할 수 있다면 산 것과 무엇이 다르냐……. 죽지 않았어도 마음이 전해지지 않으면 죽은 것과 무엇이 다르냐고……. 그렇게…… 그렇게 적었단 말이지요?"

"그렇습니다."

치우천은 하늘을 보며 외쳤다.

"그렇지 않소!"

스름이와 치우비는 의아하여 치우천을 바라보았으나, 치우천은 두 사람에게 말하는 것이 아니었다. 맥달에게 외치는 것이었다. 치우천은 마음속으로 맥달에게 커다랗게 외쳤다.

'당신은 앞날을 볼 줄 아니 글자를 숨겨 나에게 보이면 모든 것이 같다고 여기는 것이오? 정말 그러한 것이오? 죽지 않았어도 마음이 전해지지 않으면 죽은 것과 무엇이 다르냐는 말……. 그것은 무슨 뜻이오? 당신은 다 알면서 왜 죽은 것이오? 나는 아직 당신에게 물을 것이 많단 말이오! 왜 나에게 저주를 걸었는지, 나를 어떻게 생각하는 것인지, 사람의 앞날은 정말 정해진 것인지……. 왜 그런 대답은 해 주지 않는 거요? 모든 것을 알 수 있다면 내게 물을 필요도 없는데 왜 물었던 거요? 나는 정말 정해지지 않은 앞날을 걷고 있는 거요? 그럴 수 있는 거요? 모든 것을 안다면, 그것을 대답해 주어야 하지 않소? 그것을……!'

치우천은 까닭을 알 수 없는 안타까운 마음에 눈물을 흘렸다. 그렇게 꺼리고 기분 나빴던 여자였는데, 솔직히 그런 것들을 정말 알고 싶었던 것도 아닌데 왜 이리 마음이 쓰이는지도 알 수 없었다. 돌이켜보니 맥달은 치우천을 여러 번 도왔으면 도왔지, 한 번도 방해한 적이 없었다. 치우천뿐 아니라 아무도 해친 적이 없었다. 자신의 죽음은 피하지 않으면서 그녀는 오래전부터 여기저기에 글을 남기고 이야기를 남겨서 치우천이 어려울 때마다 도움을 주었다.

사와라 한웅의 분노에서 목숨을 건지게 해 주었고, 우린 구슬의 사용법을 일러 주었으며, 신시에서 공상 출병을 허락받게 만들고 이제는 번개범과 싸울 때도 자신을 도우려 했다. 치우천은 속으로 부르짖었다.

'속이 좁았다. 내가 속이 좁았구나. 그렇게 커다란 고통을 안은 사람에게 너무했다. 그녀는 자신의 죽음은 피하지 않으면서 나를 돕는 길만을 남겨 두었다. 나는 빚을 진 것이다. 내가 그녀를 죽인 것이나 마찬가지다. 내가 그녀에게 싫은 소리를 해 대니까, 그녀가 나를 도우니까 나를 미워하는 놈들이 수렁에 빠뜨리려고 그녀를 해친 것이다. 그녀는 어찌해서……. 다 알았을 텐데……. 피할 수 있었을 텐데……!'

치우천이 침통해하자 치우비는 말없이 스름이에게 눈짓을 했다. 스름이는 머뭇거리다가 나무판자를 내려놓고 조용히 자리를 떴다.

치우비는 슬프고 애틋한 기분으로 나무판자를 소중히 집어 품에 넣었다. 딱딱한 나무판자지만 마치 맥달의 손을 잡는 느낌이 들었다. 치우비는 코를 한 번 훌쩍거리고 눈을 마구 비빈 다음 치우천을 돌아보았다. 치우천은 여전히 생각에 잠겨 있었다.

'맥달은 저런 것을 많이 남겼을 것이다. 나는 살면서 저런 글자들과 계속 마주치겠지. 맥달, 맥달……. 당신은 내게 갚을 길이 없는 빚을 지우는구려. 그것들과 마주칠 때마다 나는 어떻게 해야 하지? 당신의 빚을 무엇으로 갚지? 나는 아직도 당신이 두렵고 꺼려지는데, 그런 빚을 나에게 지워서 어쩌자는 것이지? 죽었어도 뜻을 전할 수 있다면 산 것과 다를 바 없다고? 아니, 다르오. 분명히 다르오. 맥달, 당신이 틀렸소. 당신은…… 당신은 정말 틀린 거요.'

치우비가 다가와 형의 어깨를 가볍게 두드렸다.

"형, 그만 생각해. 어차피 이 세상분이 아니잖아. 그분 뜻을 생각해서라도 그분의 말을 잊지 않으면 그뿐 아니겠어?"

치우비가 말하자 치우천은 눈물을 보이지 않으려고 고개를 돌리며 침울하게 말했다.

"비야. 뜻을 전할 수 있다면 죽어도 산 것이라는 말, 네가 보기에는 맞느냐? 너도 그렇게 생각하느냐?"

"글쎄……."

치우비가 말끝을 흐리자 치우천은 애타는 목소리로 말했다.

"비야, 너는 죽지 마라. 어떤 일이 있어도 죽지 마라. 나는…… 나는 이상하게 견딜 수가 없구나. 나는 힘들다, 힘들어. 맥달이 죽은 후로 이상하게 힘이 빠지고 모든 것이 헛되어 보이는 구나. 내가 왜 이러지? 왜 이러는 것이지? 여자 하나 때문에?"

"형, 쉬어. 형이 힘든 것, 나는 알아. 이럴 때는 쉬어. 술이라도 마시고 자라구. 응?"

항상 당당하고 활기차던 형이 오늘따라 이상하게 작고 왜소하게 보였다. 치우비는 작지 않은 형의 몸을 가볍게 부축하며 걸음을 옮겼다. 치우천은 혼란스러운지 힘없는 병자처럼 치우비의 부축을 받아 걸어갔다. 그동안 정신적인 긴장이 쌓여 마침내 탈진해 버린 것 같았다. 치우천은 취한 듯 아우에게 말했다.

"비야, 죽지 마라. 절대로……. 응?"

"나는 염려 마, 형. 형이야말로!"

치우비는 발귀리 선인의 말이 떠올랐다. 지난번 치우천과 함께 발귀리 선인을 만났을 때 자신에게 말했다.

네 형을 보살펴라. 네 형은 천만 사람을 보살필 것이고 천만 사람을 이끌 것이지만, 정작 네 형을 보살펴 주고 힘들 때 이끌어 줄 사람은 너뿐이란다. 때가 될 때까지는 절대 형의 옆을 떠나지 말거라…….

저는 형 옆을 떠나지 않을 겁니다!

치우비가 외치자 발귀리 선인은 희미하게 웃어 보였다.

착한 아이야. 세상에 헤어지지 않는 사이란 없단다. 그러니 헤어지기 전에 더욱 애쓰거라. 헤어지게 될 때 헤어지기 싫어 가슴이 저리고 마음이 미어지도록 아쉽고, 죽고 싶을 정도가 되어야 한다. 그렇지 못한다면 이미 헤어진 것이나 다를 바 없단다.

발귀리 선인의 말을 정확히 이해할 수는 없었지만, 치우비는 속으로 다시 한번 결심하고 있었다.

'우리 형이야……. 다른 사람도 아닌 우리 형이야. 형, 염려 마. 내가 있어. 내가 옆에 있다구!'

며칠이 지나자 치우천은 다시 활발하게 움직이기 시작했다. 알한이나 차오스와 함께 전사들을 훈련시키기도 하고, 고리가 잘 떨어지지 않도록 갈고리 모양을 통일시키기도 했다. 그러나 얼굴 한구석에 살짝 드리워진 정체 모를 어둠이 아직도 사라지지 않았다는 것을 치우비는 느낄 수 있었다.

그날 저녁, 뜻밖의 손님이 치우 형제를 찾아왔다. 썩는 냄새를 풍기는 음산한 표정의 비울걸이었다. 비울걸이 킬킬거리며 거침없이 막사 안으로 들어서자 치우천과 치우비는 깜짝 놀랐다.

"비울걸!"

"우리 부족장께서 고양이새끼를 잡으러 간다며? 그래서 내 할 일도 없고 해서 와 봤지, 히히……."

"잘 오셨소! 무라님이 제때 도착한 모양이구려. 치베와 보돈차르는?"

"무라에게서 자네 말을 전해 듣고 급히 달려 나갔지. 안 그래도 키탄족이 이상하다는 소문은 들어 알고 있던 참이었어. 그러나 그 뭐야, 그 소같이 생긴 미련한…… 야율 뭐라든가 하는 놈 집이 뒤집힌 것은 몰랐지. 치베 놈도 급히 달려 나가더군. 키타야 족장과 구르 부족장도 같이 갔어. 씨름꾼 보챠두도 갔고."

치우비는 걱정스러운 투로 물었다.

"다 나가면 작은 주신에는 누가 남아 지키죠?"

"염려 마라. 리미와 마냥, 싱카 등등이 지키고 있으니까. 그나저나 우리 부족장, 내 반가운 사람하고 같이 왔다네."

"반가운 사람이라고요?"

치우천의 말이 끝나자마자 누가 막사의 휘장을 젖히며 안으로 들어섰다. 소녀였다. 치우천은 놀라면서도 반가워서 외쳤다.

"소녀! 당신이 왔구려! 헌데 여긴 어떻게……."

"보고 싶어서 온 것이지요. 신시에 가시더니 저는 잊어버리셨나요?"

소녀가 곱게 눈을 흘기며 웃자 치우천은 허허 웃어 보였다.

"그럴 리가 있소? 헌데 우리는 지금 위험한 싸움을 하러 가는 길인데……."

"아무리 그래도 너무 오래 못 보았으니 그렇지요. 그동안 제 생각은 안 했던 것 같군요?"

치우비는 억지스러운 웃음을 과장되게 터뜨렸다. 치우천은 눈치 없는 아우에게 눈을 흘기고는 소녀에게 말했다.

"그럴 리가 있소? 주신에서 너무 많은 일이 생겨서 정신이 없었소. 이번 싸움만 잘되면 다 같이 신시로 들어갈 수 있을 거요."

눈치 빠른 소녀는 치우비의 당황해하는 웃음소리를 듣고 이상하게 여기는 듯했다. 치우천 역시 당황했으나 내색은 전혀 하지 않았다.

'내가 맥달 생각을 했던 것은 사실이지만 나는 그녀와 아무런 일도 없었다. 가엾고 아깝다고 생각할 뿐이다. 저 바보 녀석은 왜 눈치도 없이……'

치우천은 얼른 생각을 거두고 소녀를 따뜻한 눈길로 처다보았다.

"여기까지 오느라 고생했겠소. 반갑소."

"고생은요, 뭘. 비울걸님이 주술을 써서 단숨에 날아온걸요. 하루밖에 안 걸렸어요."

"자네는 쉬웠겠지만 나는 힘들어 죽을 맛이었어. 이봐, 부족장, 내 당신 마누라를 옮겨 오느라 힘들어 죽겠으니 어서 술이나 내. 주신의 좋은 술 말야!"

"제가 드립죠."

치우비는 난처하던 차에 잘됐구나 하고 비울걸을 끌고 밖으로 나가버렸다. 두 사람만 남게 되자 소녀는 환하게 웃으면서도 묘한 눈빛으로 치우천을 응시했다. 길을 떠나면서도 몸단장을 잊지 않은 소녀의 얼굴과 몸매는 여전히 눈부실 만큼 화사했다.

"당신 정말, 신시에서 아무 일도 없었어요?"

"일이야 많았지. 별일이 다 일어났었소. 그 때문에 싸우러 가는 것 아니겠소?"

"무라한테 이야기는 대강 들었어요. 그런 싸움 일 말고요."

"싸움 일 말고야 무슨 별일이 있겠소?"

"괜스레 시치미 떼지 마세요. 저를 놀리려는 거죠? 아버님은 뵈었어요, 뵙지 못했어요? 도련님 눈치를 보니 아무래도 이상한데."

그때야 치우천은 치우비가 당황한 것이 맥달 때문이 아니라 아버지 치우우레 때문이었음을 깨달았다. 치우우레는 소녀 같은 외지 사람을 큰며느리로 삼을 수는 없다고 하지 않았던가? 그제야 치우천의 등에서 식은땀이 흘렀다.

'내가 왜 이러지? 당연한 일조차 까맣게 잊고 맥달 생각만 하다니. 맥달에게 지나치게 신경을 쓰는 것 같구나. 이 사람에게 그 일을 어찌 말한담. 나중에 공을 세우고 아버님을 설득해 보려 했는데 이렇게 들이닥치다니! 거짓말을 할 수도 없고 어쩐다?'

치우천이 당황해하며 말이 없자 소녀는 고개를 갸웃하며 물었다.

"혹시…… 일이 잘못되었나요? 주신 한웅님 때문에요?"

"나중에 이야기하면 안 되겠소?"

"싫어요! 뭔가 잘못되었군요! 지금 말해 봐요!"

"아……."

치우천은 한숨을 내쉰 다음 천천히 말했다.

"정말 당신에게 낯을 들 수 없구려."

치우천은 아버지 치우우레의 말을 솔직하게 그대로 전했다. 소녀는 처음에는 치우천을 마주 보다가 차츰 고개를 돌린 채 이야기를 조용히 들었다. 그러다가 치우우레의 말을 전할 때부터는 소녀는 손톱을 조금씩 물어뜯기 시작했다. 치우천의 힘겨운 목소리 사이로 소녀가 손톱을 물어뜯는 소리가 작게 파고 들어왔다. 그 소리가 들려올 적마다 치우천은 신경이 날카로워졌지만 꾹 참고 계속 말을 이어 갔다.

이상하게 힘이 드는 일이었다. 눈앞의 부인은 비록 집에서 인정받지는 못했어도 자신이 가장 사랑하고 아끼던, 더구나 무엇 하나 흠잡을 데 없는 온순하고 아름다우며 매혹적인 여인이 아닌가. 그런 여인에게 이런 말을 해야 하는 자신의 처지가 이렇듯 왜소하게 느껴진 적은 없었다. 치우천이 정말 힘겹게 아버지의 이야기를 다 전했을 때에도 소녀는 여전히 무심한 듯, 시선을 다른 곳에 둔 채 손톱을 물어뜯고 있었다.

"……면목 없는 일이오. 내가 공을 세운 후 아버님을 설득해 보리다. 그러니 염려 마시오. 나는 절대 다른 여자를 생각하지……."

치우천은 말하면서 소녀에게로 고개를 돌리다가 흠칫했다. 소녀는 무표정한 얼굴로 손톱을 물어뜯다 못해 손가락 끝까지 물어뜯어서 피가 뚝뚝 떨어지고 있었다. 소녀는 그것을 깨닫지 못하는 듯 무표정한 얼굴이었다.

치우천은 놀라서 급히 소녀의 손목을 잡았다.

"그만하시오. 손가락을 다쳤……."

치우천이 손목을 잡는 순간 소녀는 사나운 기세로 치우천의 손을 뿌리쳤다. 치우천은 깜짝 놀랐다. 소녀는 지금껏 몇 년이나 같이 살면서도 자신에게 화를 내거나 성질을 부린 적이 없었다. 그런 소녀의 행동이 뜻밖이라 치우천은 당황했다.

치우천은 이글거리며 불타오를 듯 빛나는 소녀의 눈빛을 보았다. 소녀가 그런 적의와 증오가 넘치는 눈빛을 한 적은 한 번도 없었다. 놀란 치우천이 눈을 씻고 다시 보자 그런 눈빛은 사라지고 없었다.

소녀는 눈물을 주르륵 흘리며 말했다.

"그래서…… 그래서 당신은 아버님의 말을 그대로 따르겠다는 말인가요? 나를 버린다고요?"

"누가 당신을 버린다 했소? 내가 나중에 설득한다고 하지 않았소?"

소녀는 구슬프게 흐느끼며 말했다.

"그럴 거면 그때는 왜 설득하지 못했지요? 저에게 싫증이 나셨나요? 저 하나로는 부족한가요? 다른 예쁜 계집 생각이라도 나던가요?"

"그게 무슨 소리요? 그럴 리가 있소?"

소녀는 치우천을 와락 껴안았다. 그러면서 치우천에게 울며 말했다.

"저는 카린의 소녀예요. 저는 천님 때문에 부족도 자매도 키워 주신 쑤앙마이의 은혜도 내 자존심마저도 버렸어요. 저에게는 당신밖에 없어요. 아시죠?"

"내가 그것을 왜 모르겠소? 나에게도 당신밖에는……."

"천님, 치우천님. 다른 여자는 안 돼요. 누구도 다른 여자가 당신을 넘보게 할 수는 없어요. 나를 작은마누라로 삼는다고요? 그러면 큰마누라를 둔다는 것인가요? 나는…… 나는 절대 참을 수 없어요. 나는 당신 것이에요. 그러니 당신도 내 것이에요! 나는 절대로! 절대로 당신을 놓칠 수 없어요!"

소녀는 울부짖다시피 외치며 치우천을 끌어안은 팔에 힘을 주었다. 치우천은 소녀가 뱉은 마지막 말을 듣고 왠지 등골이 오싹해졌으나 곧 등을 두드리며 달랬다.

"나는 다른 여자는 모르오. 관심도 없소. 그런 염려일랑 하지 마시오. 그렇군, 아버님이 아무리 우기셔도 내가 마누라를 얻지 않으면 그뿐 아니오? 나는 당신을 얻은 것만으로도 고마워서 몸 둘 바를 모른다오."

치우천이 다정하게 말하자 소녀는 눈물을 닦으며 치우천에게서 떨어져 미소를 지어 보였다.

"제가 못난 꼴을 보였지요? 하지만……."

소녀의 미소는 눈부실 정도로 아름다웠다. 치우천은 웃으며 소녀의 말을 가로막았다.

"하나도 못나지 않소. 되레 눈이 부시오. 몇 년이나 보아 왔어도 볼 때마다 예뻐지는 것 같구려."

"내가 늙어 쭈그렁 할망구가 되어도 그런 말이 나올까요?"

"당신은 늙어 할망구가 되어도 너무도 고운 할망구…… 아니, 마나님이 될 것이오, 하하."

치우천이 우스갯소리를 하자 소녀도 겨우 기분이 풀린 듯 미소를 지었다. 그러다가 소녀는 미소와는 전혀 어울리지 않는 차가운 목소리로 말했다.

"다른 여자 생각은 해서는 안 돼요. 제가 전에 한 말이 있지요? 카린 여자들은 마음이 굳세어서 배신을 결코 용서하지 않는다고요. 그중에서도 저는 더 마음이 굳센 편이고요"

치우천은 오싹해졌다. 여전히 곱고 아리따운 모습의 소녀였으나 이상하게도 한기가 서린 것 같아 보였고 다른 사람처럼 보였다. 치우천은 애써 미소를 지으며 억지로 대답했다.

"잘 알고 있소. 그렇게 딱 잘라 말하니 더 멋지구려."

소녀는 다시 유순한 모습으로 치우천에게 고개를 숙여 보였다.

"잊지 않으시면 되었어요. 내가 무례했던 것 같네요."

"우리는 부부 사이인데 뭐가 무례요. 다른 집은 머리끄덩이를 잡고 싸움질하면서도 잘만 산다는데."

치우천은 우스갯소리를 했으나 마음은 무거웠다. 소녀의 모습도 예전 같아 보이지 않았다. 맑은 물에 비친 모습이 물결이 흔들리는 데 따라 변해 보이듯 소녀의 모습도 그렇게 일그러져 보이는 것 같았다. 자꾸 옛날 생각이 떠올랐다.

'이 사람은 마음에 독을 품고 있다. 독한 사람이다.'

치우천은 자꾸만 마음속에서 누가 소리를 지르는 것 같아 괴로워 견딜 수 없었다.

'아니다. 이 사람은 나를 위해 모든 것을 버린 가련한 여자다. 나만을 사랑하고 내가 사랑하는 여자일 뿐이다.'

애써 되받아 마음속으로 소리를 질러 보았지만, 그 소리는 마음을 시원하게 울리지 못했다. 축축한 앙금이 마음에 서렸다.

‘내가 왜 이러지? 내가 왜…….’

치우천은 괴로웠다. 손목을 뿌리치면서 한순간 보인 소녀의 무서운 눈빛이 아무리 애를 써도 잊히지 않았다. 무서운 눈빛이었다. 치우천의 마음에서 자신의 목소리가 소리쳤다.

‘이 여자가 진정으로 사랑하는 건 네가 아니다. 스스로 버렸다고 생각한 그녀의 자존심일 뿐이야!’

‘아니다! 아냐!’

치우천은 안간힘을 다해 자신에게 술을 따르는 소녀에게 웃는 얼굴을 지어 보이고 있었지만, 마음은 산산이 갈라져서 부서질 것 같았다. 단 한 번 본 눈빛이 왜 이리 마음에 걸리는지 알 수 없었다. 괴로웠다.

그날 밤 치우천은 술을 많이 마신 척하며 그냥 쓰러져 버렸다. 소녀는 실망스러운 눈빛으로 옆에서 가만히 잠을 청했다. 잠자리에 든 두 사람 모두 잠을 이루지 못했다.

다시 만난 번개범

비명을 지르는 것만 같은 노랫소리가 울려 퍼지면서 온몸에 갖가지 칠을 하고 문신을 새긴 반 벌거숭이의 사람들이 미친 듯이 춤을 추었다. 춤이라기보다는 발작에 가까웠다. 그런 미친 듯한 춤판 가운데에는 커다란 불이 이글이글 불타오르고 있었으며, 중간에는 사람이 몇 명은 들어갈 만한 커다란 토기 단지가 있었다.

물이 끓는 단지에서 야릇한 안개가 계속 피어올랐다. 단지 위에는 두 사람의 남녀가 막대기에 양팔을 묶인 채 매달려 있었다. 춤추는 사람들 너머로 많은 수의 전사들이 돌도끼와 창으로 땅을 두들겨 대며 연신 비명과 같은 고함을 질러 댔다. 그들의 앞에는 사지가 잘린 사람들의 시체가 즐비했고 피가 바닥을 적시고 있었다.

어두운 밤하늘에 걸린 핏빛 달이 광란의 현장을 묵묵히 비치고 있었다. 갖가지 화려한 새털과 가죽, 뼈다귀 따위를 몸에 주렁주렁 걸친, 음산한 분위기의 덩치 큰 남자가 높이 세운 흙더미 위에 팔짱을 끼고 서서 광적인 춤을 보고 있다가 두 팔을 높이 치켜들며 하늘을 향해 뭐라고 소리를 질렀다. 그러자 춤추던 자들이나 무기로 땅을 두들기던 자들이 동시에 하늘을 향해 똑같은 소리를 질러 댔다.

이들은 식인종이라 불리는 가리족이었다. 그들은 묶여 있던 두 명의 제물을 끌어내리기 시작했다. 심한 싸움을 겪었는지 기절한 상태인 두 남녀는 야율쿠리와 초초룬이었다.

가리족의 족장은 두 사람이 끌어내려지자 알아듣지 못할 소리를 마구 질러 댔다. 다른 가리족도 두 사람에게 원한 섞인 눈빛을 보내며 이를 부득부득 갈았다.

야율쿠리와 초초룬은 번개범을 잡으려다 가리족과 맞닥뜨려서 둘이서 수십 명의 가리족을 해치우며 분전하다 잡힌 것이다. 그들에게는 참혹한 형벌이 내려질 터였다. 나무에서 끌어내려진 야율쿠리는 정신을 간신히 차리고는 눈을 뜨자마자 가리족을 향해 침을 뱉었다. 그러자 몇 명의 가리족이 야율쿠리를 후려치기 위해 보기만 해도 끔찍한 가시가 잔뜩 돋친 채찍을 들어 올렸다.

야율쿠리는 눈도 깜빡하지 않고 소리쳤다.

"죽일 테면 죽여 봐라! 더러운 놈들아! 너희가 날 어떻게 죽여도 난 눈 하나 깜빡하지 않는다!"

야율쿠리를 후려치려던 가리족 전사 하나가 손을 치켜 올린 순간 멈칫하더니 푹 쓰러져 버렸다. 깜짝 놀란 다른 가리족이 보니 어디선가 날아온 화살이 그자의 머리에 꿰어져 있었다.

동시에 사방에서 외침 소리가 들리면서 화살이 날아들었다. 그럴 줄은 꿈에도 모르고 춤을 추던 자들은 화살에 맞아 픽픽 쓰러져 갔다. 커다란 주걱으로 단지를 젓던 자도 머리통이 화살에 꿰인 채 단지의 끓는 물에 빠져 버렸다.

"모조리 쳐라!"

밤하늘이 쩌렁쩌렁 울리도록 소리를 지르는 사람은 치우천이었다. 그의 목소리는 분노로 가득했다. 치우천만이 아니라 무기를 휘두르며 달려드는 전사들의 눈에도 핏발이 서 있었다. 사람을 잡아먹는 자들에 대한 맹목적인 분노는 작은 주신의 전사건 미아우족이건, 용병이건 똑같았다.

그들은 악귀 같은 표정으로 춤을 추고 있던 자들을 닥치는 대로 학살했다. 내려치는 칼과 도끼에는 추호의 망설임도 없었다. 가리족은 야율쿠리와 아직도 정신을 잃고 있는 초초문을 쳐 죽이려 했다. 야율쿠리는 꽁꽁 묶여 있었지만 최후로 남은 힘을 모아 가리족의 배를 들이받으며 저항했다. 누가 무섭게 달려들면서 손을 휘젓자 네 명의 가리족의 머리가 동시에 쪼개지며 날아가 버렸다. 치우비였다.

"야율쿠리!"

"치우비!"

둘이 동시에 부르짖었다 치우비는 야율쿠리를 묶은 밧줄을 풀려 했으나 가리족 두 명이 창을 휘두르며 달려들었다. 치우비는 한 손에는 커다란 도끼를, 한 손에는 꼬불꼬불한 모양의 번쩍이는 단검을 들고 있었다. 치우비가 양손을 휘두르자 달려들던 한 명은 도끼에 허리부터 두 동강이가 났고 다른 한 명은 머리가 세로로 둘로 확 갈라진 채 쓰러졌다.

치우비가 재빠르게 단검을 휘젓자 야율쿠리의 몸을 묶은 줄이 단숨에 끊어졌다. 경황이 없는 와중에도 단검이 날카로운 것을 보고 야율쿠리는 놀랐다. 치우비는 또 다른 가리족 한 명을 냅다 발로 차서 허리를 분질러 버리고는 외쳤다.

"뛸 수 있어?"

야율쿠리가 일어나며 외쳤다.

"물론!"

야율쿠리는 분노의 고함을 지르며 달려들던 한 명의 가리족을 낚아채서 팔로 목을 감았다. 우두둑 소리와 함께 눈이 비어져 나오고 목이 부러져 즉사했다. 야율쿠리는 늑대처럼 울부짖은 후 외쳤다.

"뛸 수 있지만, 뛰지 않는다! 이놈들을 다 죽일 거다!"

맨손이었지만 분노에 가득 차서 무기를 집을 생각도 하지 않았다. 야율쿠리는 보기 드문 장사 중 한 명이었으며 체구가 크고 특히 손발이 길었다. 손발을 휘두를 때마다 뼈 부러지는 소리를 내며 한 명씩 나뒹굴었다.

안 되겠다 싶었는지 수십 명의 가리족이 야율쿠리와 치우비를 향해 일제히 창을 던지려 했다. 그러나 알한이 자신의 키보다도 더 긴 몽둥이를 휘두르며 복판에 뛰어들었다. 알한이 몽둥이를 등에 지듯 하면서 무서운 속도로 돌리자 와장창 소리가 정신없이 울려 퍼지면서 순식간에 십여 명의 가리족이 피떡이 되어 나뒹굴었다.

알한은 날렵하게 몽둥이를 짚고 길게 몸을 날려 아직 정신을 차리지 못하고 있는 초초룬을 들쳐 업고 뛰기 시작했다.

치우비가 외쳤다.

"야율쿠리! 일단 물러서자! 가리족의 수가 생각보다 많다!"

야율쿠리는 늑대처럼 울부짖더니 외쳤다.

"난 안 간다!"

그러면서 부글부글 끓고 있는 큰 단지를 발로 찼다. 우당탕 소리와 함께 커다란 단지는 엎어지고 안에 든 것이 끓는 물과 함께 사방으로 튀었다. 단지 안에서 끓고 있던 것은 조각조각 잘라진 사람들의 팔과 다리, 그리고 머리였다. 치우비는 그것을 보는 순간, 속이 뒤집히면서 동시에 눈에서 불길이 솟았다. 야율쿠리는 미친 듯이 고함을 질렀다.

"이게 내 부하들이다! 이놈들이……!"

가리족과 싸우던 용병들과 작은 주신의 전사들도 그것을 보았다. 몇 몇은 싸우는 와중에서도 참지 못하고 칼을 휘두르며 토악질을 하기도 했다. 그것을 보는 순간 그들 모두는 무서운 적의에 불타올랐다. 가리족이 야만적인 식인종이라는 것은 알고 있었고 그들에 대한 적의도 있었다. 그러나 참혹한 현장을 직접 본 것과 말로만 들은 것은 천지 차이였다.

전사들은 이성을 잃고 무섭게 무기를 휘두르기 시작했다. 부루벼락과 쇠돌이 등도 미친 듯이 무기를 휘둘렀다. 특히 부루벼락의 채찍은 뱀처럼 무섭게 파고들며 가리족의 몸을 절단 내었다. 의외로 용병들이 더욱 분노했다. 용병들은 거친 싸움에서 살아남은 잔혹한 자들이어서 그들이 분노하자 광기는 가리족마저 압도하는 것 같았다. 그들은 가리족을 죽이고, 죽은 시체마저도 내리쳐 난도질을 치기 시작했다.

약간 떨어진 곳에서 스름이, 비울걸과 함께 그런 광경을 보고 있던 치우천이 외쳤다. 소녀는 울라트와 함께 막사에 머물러 있었다.

"그래서는 안 된다! 정신들 차렷! 차오스! 차오스!"

그러나 차오스마저도 이성을 잃고 닥치는 대로 가리족의 머리통을 쪼개고 있었다. 치우비도 미친 듯 날뛰며 평소 자제하던 힘을 있는 대로 끌어내고 있었다. 치우비가 망설임 없이 힘을 있는 대로 쓰자 무시무시했다. 주먹 한 방에 머리가 수박처럼 박살이 나고, 한 번 손짓에 목이 부러져 머리가 떨어져 나가기도 했다. 치우천은 다급하게 외쳤다.

"정신들 차렷! 줄을 맞추고, 대열을 지키란 말야!"

그때 알한이 초초문을 업고 돌아오자 치우천은 초초문을 스름이에게 넘기며 외쳤다.

"알한님! 차오스를 한 대 쳐서라도 정신이 들게 해 주시오! 나는 아우를……"

알한은 침착한 편이라 이성을 잃지 않고 있었으나 그런 그도 눈에 핏발이 선 채 씨근거리고 있었다. 알한도 참을 수 없는 분노를 느끼고 있는 것이 분명했다.

"왜 그러시는 겁니까? 잘 싸우고 있잖습니까?"

고개를 마구 저으며 치우천이 외쳤다.

"잊었소? 우리가 싸울 것은 가리족이 아니오! 신수 번개범이오! 이런 엉망인 상태에서 번개범이 나타나면, 끝장이란 말이오!"

치우천의 전사들은 무서운 용맹을 발휘하고 있었으나 이미 그들은 군대가 아니었다. 제각각 분노에 미친 듯 날뛰는 하나하나의 개인에 불과했다. 치우천은 뛰어가면서도 목이 터져라 외쳤다.

"뭉쳐라! 뭉쳐야 한다! 흩어지면 안 된다!"

길고 날카로운 휘파람 소리가 밤하늘에 울려 퍼졌다. 전사들의 호위를 받으며 도망치던 가리족의 우두머리가 분 것이었다. 맑았던 밤하늘에 갑자기 자욱한 안개 같은 것이 끼면서 우르릉거리는 천둥소리가 들렸다. 미친 듯 날뛰는 전사들 쪽으로 달려가던 치우천이 놀라서 그 자리에 우뚝 멈춰 섰다.

"번개범……!"

치우천은 전사들 쪽으로 달려들며 외쳤다.

"줄! 줄을 지어라! 번개범이 온단 말이다!"

치우천의 목소리가 울려 퍼지자 오랜 훈련을 받아온 작은 주신의 전사들은 그나마 멈칫했다. 그들은 놀라며 산산조각으로 부서진 가리족의 시체들과 도망치는 자들에게서 손을 떼고 한편으로 몰려서기 시작했다. 그러나 용병들은 제대로 통제가 되지 않았다. 용병들 중 반수 이상이 흥분하여 사방으로 흩어져 달아나는 가리족의 뒤를 쫓아 여기저기 흩어져 버렸다. 미아우족도 마찬가지였다. 유쌍과 몇 사람만이 구역

질을 참지 못해 엎드려 있던 덕에 남아 있었을 뿐, 대부분의 전사들은 분노에 미쳐서 가리족의 뒤를 쫓아 흩어진 다음이었다.

치우천은 다시 소리쳤다.

"작은 주신의 전사들아! 너희만이라도 모여라. 남은 사람은 칼질을 그만두고 한데 모엿! 신수가 온다! 번개범이 온단 말이다!"

치우천이 필사적으로 외치자 전사들은 어느 정도 정신을 차리고 모여서 맞아 싸울 준비를 시작했다. 치우비와 부루벼락, 쇠돌이도 정신을 차렸고 알한은 차오스의 따귀를 쳐서 정신이 들게 한 다음 끌고 오다시피 했다.

알한이 화를 냈다.

"네 잘난 용병들 좀 봐라! 저게 군대냐? 네가 대장 맞느냐? 다 흩어져 버렸잖느냐? 너희 때문에 우리는 위험해졌다! 어떻게 책임질 거냐?"

그러나 말할 사이도 없이 불어오는 바람이 심상치 않게 거세지며 사방에서 우르릉거리는 천둥소리가 들려오기 시작했다. 몇 해 전 한웅의 가마가 습격을 받을 때와 똑같았다. 치우천은 이를 갈며 외쳤다.

"제기랄! 흩어지지만 않았어도! 할 수 없다! 죽을 각오를 해라!"

신수를 상대해 본 적이 있는 작은 주신의 전사들은 약간 얼굴이 해쓱해졌을 뿐 떨지 않았으나, 신수를 처음 보는 미아우의 남은 전사들이나 용병들은 긴장하여 후들거리고 있었다. 밤하늘을 매섭게 찢는 바람이 거세게 몰아치면서 앞에 있던 나무들이 와르르 부러져 나가기 시작했다.

치우천이 커다랗게 소리쳤다.

"스름이! 비울걸! 준비하라!"

치우비도 이를 갈며 외쳤다.

"오늘 끝장을 낸다! 어머니의 원수! 한웅님의 원수!"

회오리바람이 몰아치기 시작했다. 번개범이 다가오는 것이 분명했다. 치우천은 큰 소리로 외쳤다.

"갈고리를 준비하라! 기회는 두 번 다시 없다!"

작은 주신의 전사들은 일제히 갈고리를 꺼내들었다. 용병들과 미아우의 남은 전사들은 멍하니 있다가 작은 주신 전사들이 갈고리를 꺼내드는 모습을 보고는 주섬주섬 갈고리를 꺼내들었다.

부루벼락이 껄껄 웃으며 호기롭게 외쳤다.

"오늘 한판 해보는 거다!"

쇠돌이도 사기를 북돋우려고 외쳤다.

"신수라고 별거냐? 치면 죽는다!"

"나를 잘 보아라! 나는……."

야율쿠리 역시 혼신의 힘을 다해 소리치다가 눈을 까뒤집으며 쓰러지고 말았다. 극심한 고통을 이기지 못해 탈진한 것이다. 치우천은 야율쿠리를 초초룬과 함께 스름이 곁으로 옮기게 했다.

이윽고 치우천의 이백도 채 안 되는 전사들 앞에서 땅이 불쑥 솟구쳐 올라오더니 서서히 형체를 갖추어 가기 시작했다. 용병들과 미아우족은 놀라서 기겁을 했으나 알한이 큰 소리로 외쳤다.

"우리 편이다! 도깨비 왕 비울걸님의 땅 도깨비다! 든든한 우리 편이 있으니 겁먹을 것 없다!"

비울걸이 불러낸 땅도깨비는 세 마리였다. 모습을 드러내지는 않았으나 비울걸도 긴장한 것이 틀림없었다. 한 마리도 불러내기 힘들다는 땅도깨비를 한꺼번에 세 마리나 불러내는 일은 이제껏 없었다. 거대한 체구의 땅도깨비들이 나타나 우우우, 하고 육중한 고함을 지르자 치우천의 전사들도 크게 소리를 질렀다.

그와 동시에 무시무시한 회오리바람이 나무들을 우르르 쓰러뜨리며 무서운 기세로 불어 닥쳤다. 눈조차 뜨기 힘들었다. 순간 세 마리의 땅도깨비가 어깨를 나란히 하고 회오리바람으로 뛰어들었다. 땅이 갈라지고 하늘이 뒤집히는 굉음과 함께 한 마리의 땅도깨비가 회오리바람에 튕기며 반 쯤 부서져 버리자 사방으로 흙덩이가 튀었다. 나머지 두 마리의 땅도깨비는 거대한 회오리바람을 어깨로 밀어붙이고 있었다. 회오리바람은 땅도깨비에 막혀 나아가지 못하고 잠시나마 못 박혀 버렸다.

"막았다!"

치우비는 환호성을 지르며 제일 먼저 훌쩍 앞으로 달려 나갔다.

"나가라!"

그와 동시에 부루벼락과 쇠돌이, 알한도 비명 같은 고함을 지르면서 뛰쳐나갔다.

"와!"

그 뒤를 이어 이백 명의 전사들이 갈고리를 휘두르며 달려 나갔다. 용기 있게 뛰쳐나간 사람도 있고, 멍하니 넋을 잃고 있다가 덩달아 달려 나간 사람도 있었으며, 죽기 아니면 살기로 악을 쓰며 달리는 사람도 있었다.

회오리바람이 사라지면서 번개범이 거대한 형체를 드러냈다. 거대한 땅도깨비마저도 번개범에 비하면 아이 같았다. 달려가던 전사들은 번개범의 아름드리나무만 한 무시무시한 이빨과 불덩이 같은 눈, 그리고 어마어마한 덩치를 보고 비명을 질렀다. 커다란 공포 때문에 감히 걸음을 멈출 수가 없었다. 죽기 살기로 달리고 있었다.

번개범이 거대한 이빨로 밖으로 튕겨 나간 땅도깨비의 어깨를 찍었다. 땅도깨비의 몸이 반으로 갈라지며 우르르 무너지는 순간, 다른 땅도깨비가 주먹을 휘둘러 번개범의 아래턱을 후려갈겼다. 남은 땅도깨비는 필사적으로 번개범의 목을 얼싸안고 매달렸다. 물거나 할퀼 수도 없는 조그마한 사람들이 잔뜩 몰려들자 번개범은 눈빛을 무섭게 빛냈다. 마른하늘에서 무서운 번갯불이 요란한 소리를 내며 땅에 내리꽂히기 시작했다. 번개범이 몸을 보호하려고 벼락을 때린 것이다. 번개 한 줄기가 달려오던 사람들 사이에서 작렬하자 일곱 명이나 되는 전사들이 한방에 숯덩이가 된 채 사방으로 터져 나갔다. 시체조차 찾을 수 없는 참혹한 죽음이었다. 게다가 스무 명도 넘는 전사들이 벼락을 맞은 충격 때문에 쓰러져 일어나지 못했다. 번개범의 벼락은 실로 가공했다.

"스름이님! 어서!"

치우천이 외치자 진작부터 숲 속에서 머리를 풀고 앉아 힘을 모으던 스름이가 앙칼지게 고함을 질렀다. 다시 한번 번개범이 여러 줄기의 벼락을 아래로 내리꽂는 순간, 땅에서도 그에 대응하듯 벼락이 쳐 올랐다. 허공에서 벼락끼리 충돌하자 무서운 폭음이 일어났고 앞장서서 달리던 몇몇은 폭발의 충격파에 휘말려 나가떨어졌다. 그러나 맨 앞을 달리는 치우비와 쇠돌이는 충격에도 밀리지 않고 계속 달렸다.

"장하오! 스름이!"

치우천은 자신도 모르게 감탄의 말을 쏟아 냈다. 스름이의 주술은 신지울태가 사와라 한웅을 보호하기 위해 썼던 주술과 같았고, 놀랍게도 신지울태의 주술에 비해 결코 약하지 않았다. 젊은 스름이가 대단한 힘을 보이자 치우천은 절로 용기가 나서 외쳤다.

"달려라! 달려!"

마음껏 달릴 수 있었다면 이번에야말로 치우천은 앞장섰을 것이다. 상대는 다름 아닌 어머니의 원수였기 때문이다. 허나 자신은 달릴 수 없는 몸이었고 지휘도 해야 했다. 마음만큼은 누구보다도 초조했다.

치우비는 귀청이 터져 나간 것처럼 멍멍하고 아무 소리도 들리지 않았으며, 술에 잔뜩 취했을 때처럼 눈앞이 흔들려 보였으나 아랑곳하지 않았다. 그렇게 열심히 달렸으나 번개범에게 단번에 갈고리를 걸 수 있는 거리에는 아직 도달하지 못했다.

'조금만 더! 조금만 더! 하늘님! 안파견님! 어머니! 제게 힘을 주십시오!'

치우비는 죽을힘을 짜내어 달렸다.

번개범이 다시 한번 있는 힘을 다해 몸을 떨쳐 땅도깨비를 떼어 냈다. 땅도깨비는 요란한 소리와 함께 땅에 넘어져 손을 두어 번 버둥거렸으나 번개범이 발을 들어 짓밟아 버리자 산산조각으로 깨진 흙무더기로 변해 버렸다. 그것을 먼발치에서 본 스름이가 악을 썼다.

"누가 이기나 보자!"

이미 스름이는 무리하게 주술을 써 코와 입에서 피를 흘리고 있었다. 치우천은 모르고 있었지만 스름이가 신지울태보다 주술력이 강한 것은 결코 아니었다. 다만 아직 젊은데다가 온화한 신지울태보다 강단이 있어서, 죽으면 죽었지 힘을 아끼거나 물러서려 하지 않았던 것이다.

스름이가 마지막 힘까지 짜내 주술의 힘을 끌어내자 땅에서부터 번개범에게로 벼락이 솟구쳐 올라왔다. 피하고 말고 할 사이도 없었다. 번개범도 이제껏 수없는 벼락으로 많은 존재들을 박살 내었지만 자신이 벼락을 맞기는 처음인 듯했다. 번개범이 무시무시하게 비명을 지르는 사이, 앞장선 치우비가 마침내 갈고리를 걸 수 있는 거리까지 달려가는 데 성공했다.

"이야아아아!"

치우비가 힘껏 던진 갈고리는 허공을 무섭게 날아가 번개범의 미간에 정확히 꽂혔다. 치우비는 즉시 갈고리를 잡아채며 거기에 매달린 질긴 가죽끈에 몸을 실었다. 뒤이어 두 번째로 달려든 쇠돌이도 갈고리를 던졌다. 그다음 몇 명의 전사가 이어 갈고리를 던지려는데 번개범이 포효하며 앞발을 휘저었다. 가죽끈에 매달려 몸을 솟구치던 쇠돌이는 간신히 앞발을 피했으나 허공에서 몸이 미친 듯이 대롱거리며 비명을 질렀다. 거대한 앞발에 맞은 전사들은 온몸의 뼈가 박살 나 걸레처럼 저 멀리에 처박혔다. 몇 명의 용병들이 공포에 질려서 걸음을 멈추려 하자 뒤에서 달려들던 차오스가 고래고래 소리를 질렀다.

"물러서면 어차피 죽는다. 너희는 겁쟁이였는가?"

그러면서 차오스는 미친 듯 갈고리를 집어 던졌고, 갈고리는 번개범의 왼쪽 어깨에 걸렸다. 다시 휘두르는 번개범의 앞발에 차오스가 맞을 것 같자 뒤에서 따라오던 알한이 몸을 던졌다. 아슬아슬하게 차오스를 밀어낸 알한은 곧바로 차오스가 건 갈고리 줄을 잡고 매달렸다.

"그건 내 거다!"

차오스가 소리치자 알한은 그 와중에도 웃으면서 되받았다.

"이젠 내 거야."

차오스는 씩씩거리며 옆의 용병의 갈고리를 빼앗아 다시 집어 던졌으나 번개범의 이에 맞고 튕겨 나왔다.

치우비는 바람에 휘날리는 연처럼 흔들리면서도 필사적으로 번개범의 머리로 기어오르고 있었다. 마침내 번개범의 머리 위로 올라간 치우비는 기합을 넣으며 왼손으로 번개범의 이마 털을 잡고 오른손으로 허리에 찼던 도끼를 꺼내 번개범의 이마를 내려찍기 시작했다. 번개범은 놀라서 고개를 정신없이 흔들어 댔다. 거대한 번개범이 머리를 휘젓자 어지러워서 멀미가 날 지경이었으나 치우비는 번개범의 털을 악착같이 붙잡고 매달려 도끼질을 멈추지 않았다.

"죽어라! 죽어! 어머니의 원수! 죽어라!"

번개범의 가죽은 두꺼웠으나 치우비의 마구잡이 도끼질을 이기지 못해 결국 피가 터져 나오기 시작했다. 번개범은 당황하여 앞발을 들어 이마를 문질러 버리려고 했다. 그것을 보고 치우천은 발을 구르며 커다랗게 소리쳤다.

"비야! 피해라! 피해!"

아득하게 들려오는 치우천의 목소리에 눈을 돌린 치우비는 거대한 앞발이 자신을 향해 다가오는 것을 보고 기겁을 했다. 치우비는 도끼를 챙길 겨를도 없이 매달린 줄을 한 손으로 잡으며 몸을 날렸다. 철퍽 하는 소리와 함께 번개범의 앞발은 아슬아슬하게 이마를 찍었고 치우비는 줄에 대롱대롱 거꾸로 매달렸다. 치우비는 정신이 하나도 없었으나 자신의 눈앞에 번개범의 거대한 눈동자가 있는 것을 보았다.

"이놈! 같이 죽자!"

치우비는 처절하게 비명을 지르면서 번개범의 눈으로 몸을 날리며 발을 내뻗었다. 순식간의 일이라 번개범이 눈을 감을 사이도 없었다. 치우비의 발이 번개범의 눈을 차고 들어가자 번개범은 미친 듯 포효했다. 쇠돌이를 비롯한 많은 사람들이 번개범의 몸 위에 매달리기 시작한 때였다. 많은 사람들이 개미 떼처럼 달라붙어 제각기 몸에 지닌 무기로 여기저기를 찔러 대자 번개범은 고통스러워하며 길길이 날뛰었다.

번개범이 제아무리 크다지만 사람들이 온몸을 찌르자 견디기 힘든 듯했다. 많은 사람들이 갈고리 줄을 놓쳐 떨어지고, 재수 없는 사람은 번개범의 발에 밟혀 소리도 지르지 못하고 납작해져 버렸지만 그래도 모두 죽을힘을 다해 매달렸다. 죽기 아니면 살기라는 악에 치받쳐 있었다. 치우천은 눈을 빛내며 외쳤다.

"됐다! 잡을 수 있다! 조금만 더 힘을 내라!"

그때 치우천은 번개범의 몸 주위에서 바람이 서서히 일어나는 것을 보았다. 지금까지는 생각대로 일이 잘 풀린 편이었지만, 대비할 수를 찾지 못한 문제가 하나 있었다. 바로 번개범이 회오리로 변하는 것이었다. 제일 우려했던 일이 벌어지려 하자 치우천은 목이 터져라 외쳤다.

"비울걸! 스름이! 어떻게 해 봐라! 놈이 회오리로 변하려 한다!"

스름이는 두 번째의 큰 주술을 쓴 탓에 코와 입에서 피를 펑펑 쏟으며 쓰러진 후였다. 비울걸도 세 마리의 땅도깨비를 불러내고, 그 도깨비들이 부서져 버린지라 말로 다할 수 없는 고통과 피곤함을 느끼고 있던 터였다. 그러나 비울걸은 피가 나도록 입술을 깨물며 도깨비불을 불러냈다.

땅에서 솟아오른 도깨비불들은 허공을 휘저으면서 번개범에게로 날아들어 눈을 어지럽혔다. 번개범은 치우비에게 한쪽 눈을 찔려 눈을 잘 뜰 수 없는데 빛나는 것들이 어지러이 덮쳐 오자 회오리로 변하다 말고 날뛰기만 했다.

치우비는 이를 악물고 번개범의 눈을 찌르려고 했다. 그러나 치우비가 몸을 날리는 순간 번개범의 커다란 눈꺼풀이 치우비를 덮쳤다. 치우비는 번개범의 눈을 다시 한번 찌르는 데 성공했지만 자신도 번개범의 눈꺼풀에 짓눌려서 끼고 말았다. 눈꺼풀에 끼기만 했는데도 몸에 가해지는 압박이 엄청나서 치우비는 고통스러운 비명을 질렀다. 그때 번개범이 눈을 비비려는 듯 앞발을 치우비 쪽으로 들었다. 거기 휘말리면 제아무리 치우비라도 단박에 으스러질 것 같아 치우천이 비명을 질렀다.

그때 부루벼락이 어디서 났는지 커다란 밧줄을 집어 던졌다. 부루벼락은 채찍을 다루는 데 능해서, 던진 밧줄이 허공에서 크게 올가미를 만들면서 번개범의 앞발에 걸렸다. 신기에 가까운 묘기였으나 감탄할 사이도 없이 부루벼락은 목청이 찢어져라 외쳤다.

"모두 매달려!"

부루벼락과 몇몇 전사들, 그리고 치우천까지 재빨리 밧줄에 매달렸다. 그러나 번개범이 앞발을 눈으로 가져가자 사람들이 와르르 줄에 끌려가며 넘어져 뒹굴었고 줄도 끊어져 버렸다. 몇 사람의 힘으로 번개범의 앞발을 끌어당길 수는 없었지만 그래도 방향을 약간 비트는 데에는 성공했다.

번개범의 무시무시한 앞발은 치우비가 눌려 있는 눈에서 조금 떨어진 곳에 철퍽 하며 부딪혔고, 그 충격에 번개범은 눈을 번쩍 떴다. 그러자 눈꺼풀에 눌렸던 치우비도 자연스레 풀려나서 땅에 떨어져 내렸다. 상당히 높은 곳에서 떨어진 것이라 치우비는 금세 몸을 움직일 수 없었다. 온몸 여기저기가 안 아픈 곳이 없었다.

치우천은 넘어져 흙투성이가 되었으나 아우가 목숨을 건지자 안도의 한숨을 내쉬었다. 허나 다음 순간, 비울걸과 도깨비들이 필사적으로 노력했는데도 번개범의 온몸에서 회오리가 솟아오르자 치우천은 절망적으로 외쳤다.

"떨어져!"

그러나 이미 때가 늦었다. 번개범의 온몸이 바람으로 에워싸이면서 무섭게 회전하기 시작했다. 그 바람 앞에서는 제아무리 죽을힘을 다해 매달려도 사람의 힘으로 도저히 버틸 수가 없었다. 매달렸던 사람들이 비명을 지르면서 바람에 튕겨 나가기 시작했다. 사람들이 분전하여 번개범을 피투성이로 만들었지만 숨이 끊어질 정도는 아니었다.

회오리바람이 거세짐에 따라 사람들은 떨어져 나가 땅에 처박혔고, 이미 처박혔거나 쓰러져 있던 사람들의 몸은 바람에 밀려 지푸라기처럼 여기저기로 날아갔다. 쇠돌이와 알한은 최후의 순간까지 매달리며 번개범을 찔러 댔으나 결국은 버티지 못하고 떨어져 나갔다.

바람에 밀려가려는 치우비의 몸을 치우천과 부루벼락이 힘을 합해 간신히 붙들었다. 번개범의 거대한 몸은 커다란 회오리가 되어 주변을 한 바퀴 돌았다. 화가 치민 번개범의 분노의 상징처럼 무서운 벼락이 떨어져 내리기 시작했다. 쓰러져 신음하던 사람들은 벼락에 맞아 숯덩이가 되어 박살 나기도 하고 회오리에 휘말려 온몸이 부스러지기도 했다.

어느새 회오리바람이 주위를 에워싸서 어디로 몸을 숨기거나 피할 수조차 없었다. 치우천은 지쳐 눈도 뜨지 못하는 아우의 몸을 부둥켜안고는 탄식했다.

'어머니의 원수도 갚지 못하고 여기서 죽는가……?'

그때 치우비가 가냘픈 소리로 중얼거렸다.

"형님…… 피리…… 풀피리…… 맥달님의 말을…… 어서……."

치우비의 말이 끝나기도 전에 부루벼락이 외쳤다.

"천! 아직 저쪽에 틈이 있다! 저리로 일단 피하자! 그러면 빠져나갈 수도 있다!"

과연 부루벼락의 말대로, 회오리는 그들 주위를 빈틈없이 에워싼 것은 아니었다. 한쪽 구석에는 바람이 미치지 않는 틈이 있었다. 치우천은 번민했다.

'풀피리를 불 것인가, 도망칠 것인가?'

아주 짧은 시간이었지만 치우천의 마음속에서는 두 가지 목소리가 격렬하게 대립했다.

'지금 이 형국에 풀피리를 불어서 무엇을 어쩐다는 말인가? 그보다는 지금이라도 틈을 보아 도망쳐야 한다. 회오리가 더 심해지면 정말 죽을 수밖에 없다! 너뿐만 아니라 네 아우도 죽는단 말이다!'

곧이어 다른 목소리가 외쳤다.

'맥달을 믿어야 한다. 맥달의 예언은 네 생각을 앞지른다. 그대로 하면 반드시 방법이 있을 것이다! 그녀를 믿어야 한다!'

앞의 목소리가 또다시 외쳤다.

‘그녀를 어떻게 믿는가? 너는 그녀를 믿지 못했잖은가?’

그러자 다른 목소리가 맹렬하게 반격했다.

‘정말 믿지 못하는가? 치우천! 정말 맥달을 믿지 못하는 것인가? 너는 누구보다도 잘 알고 있지 않은가. 그녀를 두려워한 것도, 그녀를 질투한 것도, 그녀의 능력을 네가 믿었기 때문이 아닌가? 세상에서 그녀의 능력을 가장 확실하게 믿는 사람이 바로 네가 아니었던가?’

치우천은 결단을 내렸다. 그는 부루벼락의 말에 대답하지 않고, 바닥에서 풀잎 하나를 쥐고는 입에 가져가 풀피리를 불기 시작했다. 그것을 본 부루벼락은 어처구니가 없어 눈이 뒤집힐 지경이었다.

“천! 미쳤나? 이게 무슨……?”

그러나 더 말할 사이도 없이 회오리는 그나마 남았던 빈틈마저도 완전히 메운 채 그들을 덮쳐들었다. 치우천은 생사를 도외시한 채, 조용한 마음으로 풀피리 부는 데에만 정신을 쏟고 있었다. 이상하게 마음이 고요했다. 그리고 마음속으로 치우천은 생각하고 있었다.

‘나는…… 결국 당신을 믿기로 했소, 맥달. 지금 안파견 한님 곁에 계시오? 내 말이 들리시오? 내 피리 소리가 들리시오?’

치우천과 부루벼락의 눈앞이 깜깜해지면서 번개범이 변한 무시무시한 회오리가 머리 위로 덮쳤다. 치우천도 더는 버티지 못하고 눈을 질끈 감아 버리자 무시무시한 폭음이 치우천의 귀를 때렸다. 더 이상 아무것도 느껴지지 않았고, 아무것도 들리지 않았다.

밝혀진 원흉

한 장군이 백은 선사(白隱禪師)를 찾아와 극락과 지옥이 정말 있느냐고 물었다.
백은 선사가 말했다. "그대는 무얼 하는 사람이오?"
장군이라고 답하자 백은 선사는 웃으며
"어떤 멍청이가 그대 같은 백정을 장군으로 모신단 말인가?"라고 말했다.
그러자 장군은 노기 탱천하여 칼을 빼 백은 선사를 죽이겠다고 호통을 쳤다.
백은 선사는 낯빛도 변하지 않고 "지옥문이 열렸구나!" 하고 일갈했다.
정신이 번쩍 든 장군이 자신의 경솔함을 깨닫고 엎드려 절하자
백은 선사는 웃으며 말했다. "이제 극락의 문이 열렸소이다."
—『선설(禪說)』 중에서

치우천은 자신도 모르게 감았던 눈을 서서히 떴다.

'내가 아직 살아 있나? 왜 이리 조용하지? 안파견 한님의 곁으로 온 것인가?'

조심스레 눈을 뜬 치우천은 의외의 광경에 놀라서 입을 딱 벌렸다. 방금 전까지만 해도 자신에게 덮쳐들던 번개범의 거대한 몸이 눈앞에 나가떨어져 있었다. 회오리로 변하기 전부터 온몸이 피로 물들어 있었다 해도 번개범은 분명 멀쩡했는데, 지금은 혀를 빼문 채 죽은 것처럼 보였다. 더구나 번개범의 몸은 온통 시커멓게 그슬려 있었고 모락모락 연기가 솟으며 털이 타는 고약한 냄새가 났다.

"이게…… 대체 무슨 일이여?"

치우천만이 아니라 막 눈을 뜬 부루버락도 놀란 기색이었다. 그때 쿵쿵 하는 묵직한 발걸음 소리가 들렸다. 땅이 울릴 정도로 큰 소리였다. 저 건너에 뭔가 있는 것 같았으나 번개범의 산 같은 몸이 앞을 가리고

있어서 보이지 않았다. 치우천은 반쯤 기어서 번개범의 몸이 가리지 않는 곳으로 갔다. 그곳에는 번개범 못지않게 거대한 짐승이 당당히 서 있었다. 신수 맥이었다.

"맥!"

그때 치우천의 머리 위에서 날카롭게 울부짖는 소리가 들렸다. 위를 올려다본 치우천은 또 한 번 깜짝 놀랐다. 온몸에서 불을 내뿜고 있는 거대한 새가 천천히 치우천의 하늘을 선회하고 있었기 때문이다.

"저것은…… 붕……?"

맥이 슬픈 듯 화난 듯한 눈빛으로 치우천 앞으로 다가왔다. 그러고는 맑고도 빛나는 눈을 들어 치우천에게 무슨 의미가 담긴 눈짓을 해 보였다. 치우천은 얼떨떨하기도 하고 놀랍기도 하여 맥이 무엇을 의미하는지 깨달을 수가 없었다.

하늘에서 붕이 서서히 내려앉아 두 발로 성큼성큼 걸어 치우천의 옆으로 왔다. 붕의 몸에는 이미 불이 꺼져 있었는데, 붕은 치우천 옆으로 와서 부리 끝으로 치우천의 등을 약간 떠밀었다. 신수에게도 표정이 있다고 한다면 뭐랄까, 웃음을 짓거나 어리광을 부리는 모습이었다. 치우천은 이 신수들이 왜 이러나 의아해하다가 마침내 깨달았다.

'그렇구나! 우린 구슬! 이 신수들은 나와 이야기를 하고 싶은 게로구나!'

치우천은 품 안에 넣어 두었던 우린 구슬을 꺼냈다. 치우천은 우린 구슬을 손에 제대로 쥐기 전에 먼저 맥에게 보였다. 맥의 눈빛이 아무래도 슬프고도 화가 난 것 같아 자칫 기분을 거스를까 두려웠기 때문이다. 그러자 맥은 우아한 긴 코를 끄덕여 보였다.

치우천은 침을 꿀걱 삼키고 우린 구슬을 손에 들었다. 순간 지난번 첸누와 이야기했을 때처럼 복잡하고도 분명한 감정들이 파도처럼 밀려

들어왔다. 맥은 첸누보다 똑똑해서인지, 그때만큼 의사를 전달하기가 힘들지는 않았다. 맥이 다짜고짜 물었다.

내 아이는 어디 있지?

무슨 말입니까?

내 아이 말이다. 내 아이를 보여 줘.

당신의 아이라면……?

네가 이름을 지어서 빼앗아 간 내 아이 말이다. 예쁘고도 귀여운 아이!

아…… 맥달 말입니까?

맥달의 생각을 하는 순간, 치우천은 맥이 왜 예전부터 자신을 탐탁지 않게 보아 왔는지 깨달을 수 있었다. 맥은 맥달을 완전히 자신의 아이로 생각하고 있었기에 그녀의 마음을 자신에게서 앗아간 치우천을 미워하는 것이었다. 그 순간 치우천은 맥달의 죽음을 생각하고 말았다. 우린 구슬을 통한 마음의 대화는 감정을 숨기기가 어려웠다. 생각하지 않으면 되지만, 맥달의 이야기가 나오자 그렇지 않아도 치우천의 마음을 내내 어지럽히던 맥달의 죽음이 생각나는 것도 어쩌면 당연한 일이었다. 맥은 꿈틀 하며 놀라움을 감추지 못했다.

내 아이가 죽었다고? 그럴 리 없다!

치우천은 슬픈 마음으로 말했다.

그러나…… 사실입니다.

아니다. 그럴 리 없다. 내 아이는 죽을 수 없다. 죽어서는 안 된다!

맥의 비통하고도 놀라는 마음이 치우천의 가슴을 후벼 팠다. 치우천은 한마디도 할 수 없었다. 그만큼 맥의 마음이 절실하게 느껴졌다.

뭐라 할 말이 없군요. 저도…… 저도 정말…….

네가? 흥? 나는 네가 밉다!

맥은 화를 벌컥 냈다. 마음의 대화라 외치는 것이 들리지 않았지만,

귀가 멍멍할 정도로 소리 지르는 것과 같은 울림이 있었다.

네가 내 아이의 마음을 도둑질해 갔다. 내 아이는 항상 너만 생각하고 네 이야기만 했다. 하늘이 정해 준 짝이라고, 세상에서 단 하나, 자신을 받아들일 수 있는 사람이라고 나에게 말했다. 그런데…… 너는 그 아이를 죽게 만들었다고? 너는 대체 뭐 하는 놈이냐? 자부 선인께서도 높이 말하시고 내 아이도 대단하다 말해서 슬픈 것을 눌러 참고 너를 도왔다. 내가 번개범과 싸워 준 것이 이번으로 두 번째다! 나는 싸움을 좋아하지 않지만 내 아이의 부탁이라 어쩔 수 없었다! 너 같은 놈을 누가 좋아할 줄 아느냐? 내 아이가 바라서 할 수 없이 싫어하는 싸움까지 했는데! 너는 그 아이를 죽게 놔뒀단 말이냐?

맥의 마음은 숨김이 없었기 때문에 치우천은 아까 벌어졌던 싸움의 경과까지도 알 수 있었다. 번개범은 치우천이 우두머리란 것을 알고 단박에 그를 죽여 분을 풀려고 덤벼들었다. 공격에만 집중한 터라 번개범은 무방비 상태나 다름없었다. 그러나 근방에 맥이 붕과 함께 와 있었다. 오래전 태산 회의 때부터 맥달은 이런 일이 벌어질 것을 알고 맥과 헤어질 때 부탁을 해 두었던 것이다. 맥이 계속 외쳤다.

내 아이는 죽지 않았다. 그러나 죽은 것과 마찬가지지. 이제 내 아이는 나를 떠났다. 다시는 보지 못한다고 내 아이가 말했다. 그러나…… 죽을 줄은 몰랐는데…… 정말 몰랐는데…….

치우천의 마음도 울적하기 짝이 없었다. 증거는 없었지만 맥달을 죽게 만든 자가 틀림없이 신시의 귀족들이며, 그 이유는 자신을 곤란하게 만드는 데 있다고 여겼다. 그래서 맥달의 죽음은 자신의 탓이라고 번민하던 차였다. 거기에 맥의 마음을 접하고 나니 자신이 지금껏 맥달에 대해 생각해 왔던 것이 모두 오해였음을 깨달을 수 있었다.

'그녀는 정말 순수한 마음으로 나를 대해 왔구나. 나는 못난 놈이다. 그런데도 나는 못나게 그녀를 의심하고, 질투했다. 거기다가 결국은 죽

게 만들었다. 나는…… 나는 그녀의 마음을 받아들일 자격이 없었다. 죽어도 얼굴을 들지 못할 것이다…….'

치우천이 진심으로 그렇게 생각하자 맥이 불쑥 말했다.

너도 아주 나쁜 놈은 아니구나. 아…… 내 아이는 정말 죽었구나. 슬프구나, 슬퍼……. 대체 어찌 그 아이가 죽을 수 있지? 모든 것을 다 아는 아이가…….

치우천은 민망하여 마음을 정리했다. 자신도 모르게 한 생각이 맥에게 전해졌던 것이다. 치우천이 탄식하며 말했다.

저 때문인지도 모릅니다. 저는…… 저는 맥달의 마음을 몰랐습니다. 그리고 받아 주고 싶지도 않았습니다. 맥달은 앞날을 알고 있는데, 그런 일을 당하리란 것을 몰랐을 리 없지요. 그러니 그녀의 죽음은 그녀 스스로 받아들인 것이라 봐야 할 겁니다. 그 책임은…… 나에게 있습니다.

치우천이 침통하게 말하자 맥은 되레 조용히 되받았다.

아……. 하늘이 이렇게 정한 것인지도 모르지. 됐다. 지난 일을 어찌하겠느냐? 너를 미워한다고 내 아이가 살아 올 것도 아니고…….

내 탓입니다. 당신이 구해 준 목숨이니 화가 풀리지 않으면 거두어 가십시오.

치우천은 진심으로 말했으나 맥은 허탈한 듯 웃었다.

솔직히 그러고 싶다. 그러나 나중에 저세상에서 내 아이를 무슨 낯으로 대하겠느냐? 내, 다만 한 가지만 말하마.

무엇이든 말씀하십시오.

너는 내 아이를 잊으면 안 된다. 알겠느냐? 내 아이의 마음을 잊어서는 안 된단 말이다. 내 아이가 너 때문에 얼마나 슬퍼하고, 괴로워하고, 또 얼마나 기뻐했는지 아느냐?

무슨 말씀입니까?

맥은 차분히, 슬픈 듯이 말했다.

내 아이는 모든 것을 안다. 그렇게 태어났다. 그 아이는 자기가 좋아할 수 있는 사람은 세상에서 너 하나뿐이라고 말했었다. 네가 얼마나 대단한 놈인지. 흥! 내가 보기에는 형편없는 놈인데! 그 아이는 자신이 너를 얼마나 생각하는지 종종 내게 말하곤 했다. 그러면서도 그 아이는 울었다. 너 때문에 앞으로 그 아이가 얼마나 고통스러워할지, 얼마나 슬픔을 참아야 하고, 앞날을 말하고 싶은 것을 참고 지켜봐야만 하는지 그것까지 보였기 때문이다. 너는 그 고통을 알겠느냐? 그 아이는 평생 한 번도 견디기 힘든 고통을, 아니 죽을 때까지 겪어야 하는 모든 고통을 매일매일 모조리 겪어야 하는 아이다. 그런 아이가 불쌍하지도 않느냐? 네가 그 아이에게 얼마나 상처를 주었는지, 네가 그 아이를 알기 전부터 그 아이를 얼마나 눈물짓게 하고 고민하게 했는지 아느냐?

그것은 실로 치우천도 하지 못했던 생각이었다. 다른 무슨 말보다 일평생의 고통을 매일매일 겪어야 한다는 맥의 말이 맥달이 했던 말과 어우러져 치우천의 마음을 후벼 팠다. 치우천은 자신도 모르게 눈물을 흘렸다.

맥은 한숨을 길게 내쉬었다.

너는 이미 다른 여자가 있지? 그 아이는 그것도 알았다. 자기가 어떻게 하든 그렇게 되리라는 것도 알고 있었다. 견디지 못할 일이지만 그 아이는 견디지 않더냐? 너에게 말 한마디 하지 않았겠지. 그 아이는 세상의 모든 고통을 참아내야 했다. 그중 가장 견디기 힘든 것이 네가 주는 고통이었을 것이다…….

그만, 그만하십시오.

치우천은 눈물을 펑펑 쏟으며 자기도 모르게 외쳤다. 맥은 말했다.

그래, 너도 괴롭구나. 알았다. 나는 비록 짐승이었고, 지금은 신수이지만, 자부 선인님의 깨우침을 받아 어느 신수보다도 사람의 마음을 잘 안다. 그러나 그런 나도, 남자 여자가 만나 좋아하는 것이 왜 그리 복잡한지는 도저히 알 수가 없구나. 죽는 날까지 도를 닦아도 그것만은 알 수 없을 것 같구나…….

맥은 잠시 말을 끊었다가 다시 이었다.

내 아이는 죽었고, 너도 뉘우치고 있으니, 네게 걸린 저주도 풀어 주도록 하마…….

치우천은 비록 슬픔을 가누지 못했으나 그 말에는 놀라지 않을 수가 없었다.

제 몸에 걸린 저주요? 그렇다면……?

그 저주는 맥달이 건 것이 아니었느냐고 자연스럽게 생각하자 맥도 마음을 읽었는지 한숨을 쉬었다.

그 착한 아이가 네게 어찌 그런 짓을 하겠느냐? 그건 내가 건 것이다. 너를 처음 만났을 때, 나는 네가 다른 여자들 일로 내 아이를 괴롭힐 것을 알았다. 그래서 다른 여자를 건드리지 못하게 하려고 너에게 그런 수를 부린 것이다.

허나 저는 태산 회의 이전부터 그런 저주에 걸려 있었습니다! 그런데 어찌…….

맥이 웃으며 말했다.

너는 기억나지 않겠지, 어렸으니까. 이 녀석아, 자부 선인께서 너를 모르고 계셨을 줄 아느냐? 네가 아주 어렸을 적부터 자부 선인께서는 살펴보고 계셨다. 나도 선인님을 태우고 너희 집에 자주 갔다.

그때는 맥달도 아주 어렸을 것 아닙니까? 어떻게 그것을 그때 알았는지요?

맥달이 앞날을 보고 싶어서 보는 줄 아느냐? 아기 때부터 그녀는 모든 것을 보았다. 그리고 나는 사람의 마음을 읽을 수 있고! 아직도 모르겠느냐?

치우천은 비로소 깨달을 수 있었다. 모든 의문이 풀렸다.

'그랬구나……. 그렇게 된 것이구나. 그러니 나로서는 짐작할 수도 없었구나.'

치우천의 생각에 이어 맥이 말했다.

그런 것이 하늘의 뜻이다. 내가 얄랑하게 수를 부렸다 해도 하늘이 정하신

대로였어. 하하, 내 아이를 위해 저주를 걸었는데, 그 때문에 네가 내 아이를 멀리하게 되었다니……. 나도 책임이 없다고는 할 수 없구나……. 참, 할 말이 없구나, 할 말이 없어!

치우천은 밀려드는 회한과 맥달에 대한 생각으로 마음의 갈피를 잡지 못해 서 있기조차 힘들었다. 치우천은 천천히 주저앉았다. 그러자 맥이 말했다.

나는 이제 너와는 다시 만나지 않겠다. 내 아이가 죽었다니 내가 사람 세상에 나타나는 일은 없을 것이다. 이제 세상일에 관여하기 싫으니 자부 선인님 곁으로나 가야겠다. 내 아이가 전에 이르길, 네가 아주 힘든 일에 몇 번 더 휘말리게 된다더구나. 그때를 위해 저 병아리 녀석을 데려왔으니 알아서 해라. 저 바보 같은 병아리를 그럴듯하게 키우느라 얼마나 힘들었는지 아느냐?

병아리요? 붕 말입니까?

그러고 보니 붕은 처음 알에서 나왔을 때보다 많이 자랐고 풍채도 의젓해져 있었다.

그렇다. 다른 궁금한 것은 그 녀석과 말해 보아라. 나는 이제 너와 이야기하고 싶지 않구나. 녀석, 내 아이를 잊으면 아니 된다. 알겠지?

맥은 뒤도 돌아보지 않고 돌아서서 사라져 갔다. 치우천이 정신을 차려 보니, 어느새 살아남은 전사들이 자신의 뒤에 우르르 모여 있었다. 물론 신수가 두려워 치우천의 뒤에 숨어 있는 것이기도 했지만, 그들 중에는 신수가 나타나 번개범을 물리친 것을 본 사람이 많았다. 또 그 신수가 치우천과 이야기까지 나누는 듯하자 치우천이 신수를 부릴 수도 있는 하늘이 낸 사람이라고 생각하는 눈치였다.

작은 주신 출신 전사들의 얼굴에는 자부심과 자랑스러움이 가득했고 용병이나 미아우족의 눈에는 경외심과 존경심이 가득했다. 치우천은 그런 눈빛이 부담스러웠으나 지금은 붕과 이야기를 나누는 것이 우선이라서 붕을 보면서 우린 구슬을 손에 쥐었다. 붕이 대뜸 외쳤다.

엄마!

치우천은 놀랍고도 우스워서 말했다.

나는 네 엄마가 아니란다.

엄마 맞아. 알에 있을 때 엄마가 옆에 있었고, 엄마가 먹을 걸 줬어. 나에게 붕이라는 이름도 줬잖아. 엄마 맞아.

치우천은 어이가 없었다.

알에 있을 때 어떻게 먹이를 주었다는 거야?

난 모르지만 그랬어. 기억나는걸?

치우천은 생각을 가다듬었다.

'전에 분명 마파람의 혼은 이놈의 몸을 떠났는데? 아, 그래도 이 녀석은 마파람의 기억을 그대로 가지고 있는 게로구나.'

치우천은 그런 사실을 설명하려 했으나 붕이 아직 어려서 분별력도 없었고, 과거의 기억도 뒤죽박죽으로 엉켜 있어서 도무지 설득해 볼 수조차 없었다. 붕은 세 살배기 어린아이와 다를 바 없는 천진하고 어린 상태였으니 설득할 수 있을 리 없었다. 치우천은 할 수 없이 포기하고 물었다.

맥이 나에게 해 주라는 말이 있었느냐?

응. 저 고양이 놈하고도 이야길 해 보랬어.

번개범과?

응.

죽지 않았니?

죽지 않았어. 맥 엄마가 들이받고 내가 불로 태웠지만 신수는 쉽게 안 죽어.

맥도 엄마냐?

날 키워 주고 가르쳐 줬는걸? 그러니까 엄마잖아?

'이 녀석은 아무나 엄마라고 하는구나. 나를 엄마로 부르건 말건 신경 쓸 것 없겠다.'

마음이 가벼워진 치우천은 붕을 보고 고개를 끄덕였다.

그래. 도와줘서 고맙구나. 너는 참 착하구나.

붕은 기분이 좋은지 으쓱거렸다.

그래, 난 착해, 붕은 착해.

그러면 이제 가 보렴. 도와줘서 고마웠다.

가야 해? 나랑 놀면 안 돼?

치우천은 난처해졌다.

놀다니? 나는 그럴 수가 없어. 바쁘단다.

또 싸우러 가야 해? 엄마는 싸움만 해? 싸우는 게 좋아?

치우천은 한숨을 내쉬었다.

싸우는 게 좋을 리야 있느냐? 세상에서 싸움을 가장 싫어하는 사람이 나일 걸? 그러나 하늘이 자꾸 싸우지 않으면 안 되게 만드시는구나. 그래서 참 힘들어…….

그러자 붕은 재잘거렸다.

내가 싸워 줄까? 붕이 해치워 줄게. 그깟 사람들은 상대도 안 돼. 난 날 수도 있고 불태워 버릴 수도 있으니 어느 부족이든지 내가 없애 버릴게…….

철없이 말하는 붕에게 치우천은 화를 냈다.

그런 짓은 하면 안 된다!

왜 안 돼? 엄마가 싸우느라 고생하는 거 싫어. 내가 쉽게 죽일 수 있는데…….

치우천은 고개를 저으며 단호하게 말했다.

붕아, 그건 안 된다. 사람이 할 일은 사람이 스스로 해야 하는 법이란다. 사람은 목숨을 버리고 피를 흘리며 싸운다. 피를 흘리거나 죽는 걸 좋아할 사람은 아무도 없지만 그러지 않고서는 얻을 수 없는 것도 있는 법이란다.

붕, 모르겠어. 잘 모르겠어. 나랑 안 놀 거야?

붕이 풀 죽은 듯이 묻자 치우천은 붕이 측은해졌다. 치우천은 자상한 태도로 대답했다.

붕, 나는 네 엄마지만 너를 키워 줄 수가 없어. 맥 엄마처럼 해 줄 수가 없단다. 난 너무 작은 엄마잖니. 안 그래?

치우천이 우스갯소리를 하자 붕은 깔깔거렸다.

맞아. 작은 엄마야. 아주 작은 엄마. 그래도 난 좋은데…….

붕아, 마음만이라도 고맙구나. 좋은 아이구나. 너는 진짜 엄마가 있어. 내 언젠가는 진짜 엄마를 찾아 줄게.

진짜 엄마가 뭐야?

그러니까…… 너와 똑같이 생기고 똑같이 날 수 있고 똑같이 살 수 있는 그런 엄마 말야. 알겠니?

와! 정말 그런 엄마도 있어? 정말 찾아 줄 거야?

그래, 찾아보마.

알았어. 붕, 정말 좋아. 진짜 엄마 보고 싶어. 하지만 엄마도 좋아.

붕은 마구 떠들어 대면서 날개를 펄럭거리더니 무엇을 발견했는지 까마득히 날아올라 사라져 버렸다. 치우천은 맥과 이야기하고 또 철없는 붕과 이야기하니 골치가 지끈거릴 지경이었다. 그러나 감정의 앙금이 가장 많은 원수, 번개범이 아직 남아 있었다.

치우천은 몇 번 심호흡을 한 다음 번개범 앞으로 다가갔다. 사람들은 놀라서 치우천을 말리려 했으나 번개범을 가까이서 보고는 기가 질려 감히 나서지를 못했다. 더구나 치우천이 번개범과 마주 보고 있는 것이 꼭 마음으로 이야기하는 것 같았으므로 이제는 치우천도 신수만큼 두려워하게 되었다.

번개범은 죽은 것처럼 보였지만 치우천이 가까이 다가가 자세히 살펴보니 숨을 쉬고 있었다. 치우천은 분노로 이글거리는 눈으로 번개범을 노려보다가 우린 구슬을 손에 쥐었다.

번개범?

그러나 번개범은 마음을 닫은 채 아무런 대답도 마음도 보이지 않았다. 치우천은 화가 났으나 꾹 참고 몇 번을 더 불러 보았으나 아무 반응을 보이지 않았다.

좋다. 그럼 완전히 죽여 주마.

치우천이 감정을 드러내자 기이하게도 색다른 느낌이 전해져 왔다.

안 돼!

치우천은 깜짝 놀랐다. 그것은 번개범의 느낌이 아니었던 놀랍게도 그것은 인간, 그것도 여자의 느낌이었다.

당신은 누구요?

여자는 적의를 감추지 않고 외쳤다.

뻔뻔스럽게 나를 모른다고?

그러나 치우천은 누구인지 정말 알 수 없었다.

도대체 누구요? 사람 같은데?

사람……. 그래, 사람이지. 사람이었지…….

나는 번개범과 이야기하는데 어떻게 당신이 대답하는 것이오?

여자는 깔깔거리며 허탈한 듯 웃더니 말했다.

당연히 그렇지. 나는 번개범 속에 있으니까.

번개범 속에 있다고? 이 흉악한 놈에게 잡아먹혔소?

그 말에 여자가 앙칼진 목소리로 외쳤다.

닥쳐! 너야말로 흉악한 놈이야!

대체 무슨 소리요? 당신도 사람이라면서 왜 이런 나쁜 신수의 편을 드는 거요?

너는…… 너는 정말 나를 모르겠다는 거냐? 번개범이 왜 나빠? 나쁜 것은, 흉악한 것은 네놈이야!

치우천은 어이가 없었다. 듣고 있자니 거짓말을 하거나 꾸며서 이야기하는 것이 아닌 진심이 분명했다. 그런데 다짜고짜 왜 흉악하다고 욕하는지 알 수 없었다.

무슨 소리를 하는 거요? 난 정말 알 수가 없소.

정말…… 모르겠다는 거야?

정말 모르겠소.

여자는 한동안 생각하는 듯 하다가 이윽고 말했다.

정말 모르는 것 같은데? 그런 느낌이 들어. 신기하군. 그건 무슨 주술이냐? 나를 속이는 것은 아니겠지?

이건 우린 구슬의 힘이지, 주술이 아니오. 먼 옛날 발귀리 선인께서 만드신 구슬이오.

그랬군. 그런데 정말 나를 모르겠다는 거야?

몇 번을 말해야 하겠소? 나는 모르겠소. 아무 기억도 나질 않소.

그럼 기억나게 해 주지!

여자가 앙칼지게 외쳤다. 다음 순간 놀라운 일이 벌어졌다. 번개범의 이마가 스르르 갈라지면서 안에서 한 사람이 번개범의 가죽을 헤치고 비척거리며 걸어 나왔다. 치우천은 경악했다. 키가 큰 여자의 모습이기는 한데, 온몸이 반쯤 썩어 들어가서 도저히 살아 있는 사람이라고는 할 수가 없었다. 저런 몰골을 하고 어떻게 살아 있는지, 어떻게 번개범의 머릿속에 들어가 있는지 알 수가 없었다. 여자는 알아들을 수 없는 낯선 언어로 말했으나 우린 구슬 덕에 그 뜻도 동시에 마음속으로 들려왔다.

"나를 모르겠나? 내가 썩어 버려서 기억할 수가 없나?"

카린 말이었다. 치우천은 알아들을 수가 없었으나 카린산에 갔던 경험이 있기에 카린 말이라는 것만은 알 수 있었다. 그 말을 듣고 나니 희미하게 기억이 나기 시작했다. 큰 키, 거침없는 말투, 치우천에 대한 원한……. 치우천은 놀라서 외쳤다.

"혹시 당신은……?"

그러자 그녀는 빨갛게 충혈되어 불타는 눈빛으로 치우천을 잡아먹을 듯이 노려보았다.

"그래, 나는 비냐다. 너 때문에 자매의 손에 죽은 비냐다!"

그녀는 카린에서 헌원의 추격을 뿌리칠 때 죽었다고 들었던 비냐였다. 죽었다고 들은 그녀가 왜 여기 이런 몰골로 번개범의 머릿속에 들어 있는지 치우천은 도무지 짐작조차 할 수 없었다. 그때 우린 구슬의 힘이 비냐의 마음속에 있는 기억을 그대로 치우천에게 전해 주기 시작했다.

비냐는 소녀에게 찔려 거의 숨이 끊어졌다. 그것도 한 번만 찔린 것이 아니었다. 소녀는 태연하게, 자신과 함께 자란 친자매 같은 비냐를 몇 번이나 깊이 찌르고 뒤도 돌아보지 않고 떠나갔다. 비냐의 마음속에는 죽음에 대한 공포보다도 놀라움이 더 크게 자리 잡았다. 치우천은 놀라 부르짖었다.

"소녀가…… 정말 소녀가 그랬는가?"

비냐는 화를 벌컥 내며 쏘아붙였다.

"그러면 내가 이 꼴이 되어서까지 거짓말을 하겠는가?"

치우천은 망치로 뒤통수를 얻어맞은 것 같았다.

'초초룬의 말이 사실이었구나. 나는 그 말을 듣고도 믿지 않았다. 아니, 좋게 생각하려고만 했다. 비냐와 소녀는 별 관계가 아닌 줄 알았다. 그러나 비냐는 지금까지도 이토록 마음에 둘 만큼 소녀와 가까웠구나. 무서운 일이다. 아무리 나를 위해서라지만 그토록 가까웠던 사람을 태연히 찌를 수 있을 정도라면…… 마음이 바뀌어 언제든 나를 찌를지도

모르지 않는가?'

치우천은 지난번에 보았던 소녀의 무서운 눈매를 떠올리며 몸서리 쳤다.

'그렇구나. 나는 그녀가 원래 순하고 착한 것으로만 알았다. 비냐도 그랬을 것이다. 간혹 보이는 독한 모습은 그녀의 모습이 아니라고 믿었 다. 그러나…… 실제로는 정반대였구나. 독한 모습이 그녀의 모습이고 순한 모습이 지어낸 것이라면…… 그녀는 나와 몇 년을 살면서도 단 한 번도 빈틈을 보이지 않았다는 말인가?'

자신을 사랑해서 그런 것이라고 애써 좋게 생각하려 해도 치우천은 자신도 모르게 두려움에 몸이 떨리는 것을 느꼈다. 비냐는 자신의 이야 기에만 몰두해 있는지라 치우천의 마음을 돌아볼 생각도 하지 않는 것 같았다.

비냐는 계속 자신의 이야기만을 울부짖듯 토해 냈다. 처음에는 무의 식적으로 카린 말로 외쳤으나 나중에는 치우천을 의식한 듯 서툰 주신 말로 소리쳤다. 그 때문에 주변에 있던 사람들도 이야기를 다 들을 수 있었으나 치우천은 경황이 없어서 그런 것에는 주의를 기울일 수 없었 다. 비냐의 이야기는 기막혔다.

원래라면 죽어야 당연한 중상이었으나 비냐는 워낙 강하고 거친 수 련을 거친 몸이라 죽지는 않았다. 더구나 상망이 마지막 숨이 끊어지는 순간에 혈도를 막아 응급조치를 해 준 덕에 비냐는 쑤앙마이에게 옮겨 지게 되었다. 그러나 상처가 심하여 쑤앙마이의 힘으로도 비냐를 완전 히 낫게 할 수는 없었다.

쑤앙마이는 아끼던 작은 자매들을 잃고 속이 상했던 터라 무슨 수를 써서라도 비냐를 살리려 애썼다. 그 때문에 절대 쓰지 않는 금단의 주술까지 사용했지만 비냐를 회복시키지는 못했다. 그저 죽음을 늦춘 것에 불과했다. 그러면서 쑤앙마이는 비냐와 함께 출전했던 유우와 가나에게 말했다.

'유우, 가나. 너희는 어쨌거나 지고 돌아왔다. 그 벌로 비냐를 살려 내라. 무슨 방법을 쓰든지 비냐를 살려야 한다. 멀리 동쪽 미아우 땅에는 번개범이라는 신수가 사는 구름골이라는 산이 있는데, 그 산에는 온갖 귀한 풀이 자란다. 그 풀들로만 비냐를 살릴 수 있다. 서둘러라. 무슨 수를 써서라도 반드시 비냐를 살려 내라!'

쑤앙마이의 엄명이라 유우와 가나는 산송장이나 다름없이 된 비냐를 싣고 먼 길을 떠났다. 그런데 워낙 먼 길을 가다 보니 쑤앙마이조차 예상치 못했던 일이 벌어졌다. 비냐의 몸이 썩어 들어가기 시작했던 것이다. 그럼에도 쑤앙마이의 엄청난 주술과 비냐의 초인적인 끈질김으로 완전히 죽지는 않았다. 그것은 인간으로서 견디기에는 너무 처절한 고통이었다. 젊고 활달했으며 자부심이 강하던 여인이 온몸이 썩어 드는 송장, 아니 그러면서도 죽을 수도 없는 기막힌 처지가 되자 유우와 가나는 차라리 비냐를 죽여 주려고까지 했다.

비냐는 눈빛으로 그들을 제지했다. 비냐는 절대 죽을 수 없다고 생각했다. 비냐를 지탱하는 힘은 자신을 배신한 소녀에 대한 증오와 배신감이었다. 누구보다도 좋아했던 소녀가 자신을 이렇게 만들었다는 사실을 받아들일 수 없었다. 결국 비냐는 치우천이 소녀를 홀려 자신을 찌르게 만들었다고 결론지어 버렸다. 그 후 비냐는 적개심과 복수심을 치우천에게로 돌렸다. 비냐는 생각했다.

'마침 내가 가는 구름골에 사는 번개범은 치우천 놈의 원수라고 들었다. 복수를 하기 위해서라면 무엇이든 할 수 있다. 어차피 나는 틀린 몸, 치우천 그놈을 죽일 수만 있다면 내 몸을 번개범에게 바쳐 산 채로 뜯어

먹혀도 좋다!'

결심한 비냐는 구름골 부근에 도착한 어느 날, 유우와 가나를 따돌리고 빠져나갔다. 손끝 하나 움직일 수 없는 비냐가 도망칠 수 있었던 것은 그녀를 여기까지 싣고 온 자신의 개명수 덕분이었다. 그 개명수는 이지나라고 불렀는데, 무라에게 카와 슈가 있는 것처럼 이지나는 비냐의 개명수였으며, 어려서부터 비냐와 함께 자라 서로 마음이 통하는 상태였다.

이지나는 비냐의 마음을 눈치채고 홀로 비냐를 싣고 구름골로 올라갔다. 이지나는 비냐를 번개범에게 인도했다. 비냐는 죽어도 좋다고 마음을 굳게 먹고 있었으나, 막상 거대한 번개범과 마주치자 마음이 떨려왔다. 이지나는 번개범을 보자마자 공포에 질려 무작정 달려들었으나 한 방에 죽어 버렸다. 비냐는 모든 것을 포기하고, 어떻게든 자신의 마지막 뜻, 즉 치우천을 죽여 달라는 뜻만 전할 방법을 찾으려 했다. 운 좋게, 번개범도 개명수와 비슷한 일종의 호랑이였다. 호랑이를 잘 다루는 비냐는 번개범의 기분과 심리를 잘 알 수 있었는데, 듣던 것과 달리 번개범은 자신의 영역에 들어온 낯선 인간에게 적의를 드러내지 않았다. 오히려 비냐를 신기해하며 호기심을 보였다.

번개범이 자신에게 적의를 드러내지 않는 것을 보고 비냐는 의아해했으나 어쨌거나 일이 잘되는 것 같아 좋아했다. 그러나 몸이 많이 썩어 들었을 뿐만 아니라 손끝 하나 움직일 수 없었고 입조차 놀릴 수 없었다. 번개범은 낯선 인간들을 불러내어 비냐를 맡겼다. 번개범을 섬기는 가리족이었다. 가리족은 주신 사울아비들과 비렴의 추격을 피해 아무도 들어올 수 없는 구름골 안에서 번개범과 함께 살아가고 있었다.

번개범은 난폭하지 않았고, 사람들을 해치지도 않았다. 오히려 사람들을 잘 대해 주었으며, 같이 사는 것을 좋아하는 것처럼 보였다. 가리족은 번개범의 눈치를 알아차리고 비냐에게 구름골에 있는 귀한 약초들을 아낌없이 먹여 주었다.

비냐는 다시 몸을 움직일 수 있고 말도 할 수 있게 되었으나 썩기 시작한 몸은 부패를 멈추지 않았다. 그것은 어떤 약초로도 회복할 수 없어 비냐는 극심한 고통에 시달렸으며 머지않아 정말로 죽을 수밖에 없었다.

그러자 번개범은 도력을 발휘해 비냐를 자신의 머릿속에 넣어 자신의 도력으로 살 수 있도록 해 주었다. 번개범의 몸속에 있는 동안 비냐는 고통도 느끼지 않았고, 몸이 썩지도 않았다. 더구나 그렇게 호의를 보이는 번개범에게 비냐도 감복했다. 호랑이를 부려 왔던 반쯤 죽은 카린족 여전사와 번개범은 진심으로 마음이 통하는 좋은 벗이 되었다.

도저히 믿기지 않는 이야기여서 치우천은 자신도 모르게 소리쳤다. 눈치채지 못하는 사이에 우린 구슬은 치우천의 손에서 미끄러져 땅에 떨어져 있었다. 치우천은 비냐가 토해 내는 이야기에 온정신을 집중한 터라 구슬이 땅에 떨어졌다는 것도 알아채지 못했다.

"번개범이 사람을 좋아한다고? 나는…… 나는 믿을 수 없다. 번개범은 약초를 지키고 그것을 구하러 오는 사람을 모두 죽인다!"

비냐는 자신이 좋아하는 번개범을 치우천이 욕하자 참을 수 없다는 듯 소리쳤다.

"헛소리다! 번개범은 도를 닦은 신수인데 그런 약초 따위를 왜 중요하게 생각하겠느냐? 번개범이 그런 자그마한 약초를 먹겠느냐? 아니면 무엇에 쓰겠느냐? 왜 번개범이 약초를 지킨다고 생각하는 거지? 사람들이야말로 바보다!"

치우천은 그래도 믿을 수가 없었다.

"아니다. 믿을 수 없다. 우리 어머니는 번개범에게 죽었다. 나와 내

아우를 구하기 위해 아홉구비를 얻으러 갔다가 참혹하게 죽음을 당하
셨다! 나는 그것을 절대 잊을 수 없다!"

"헛소리! 번개범은 착하기 이를 데 없는 신수다!"

그러자 어느 틈엔가 정신을 차렸는지 치우비가 치우천의 옆으로 다
가와 으르렁거리듯 외쳤다.

"번개범은 사람을 잡아먹는 사악한 가리족과 어울리지 않는가? 어떻
게 번개범을 착하다고 할 수 있느냐? 너는 저것이 안 보이느냐?"

치우비는 분노한 눈빛으로 저만치에 엎어져 있는 사람 고기를 끓이
던 가리족의 단지를 가리켜 보였다. 그러나 비냐는 조금도 기세를 늦추
지 않고 씨근거렸다.

"나도 저런 짓이 좋다고는 하지 않았다! 나도 가리족이 싫다. 번개범
에게도 가리족은 나쁘다고 가르치려 했다! 그러나 번개범은 한번 벗으
로 삼은 사람은 절대 배신하지 않는다."

갑자기 비냐가 깔깔거리며 웃었다.

"우습다. 우습지 않으냐? 누가 더 나쁘냐? 한번 사귄 벗이 나쁜 사람
이라도 결코 배신하지 않는 번개범이 나쁘냐? 어릴 적부터 같이 자란
친자매 같은 나를 찔러 죽이는 사람이 나쁘냐?"

비냐의 말에 치우천과 치우비는 충격을 받았다. 치우천은 안색이 하
얗게 질렸고, 치우비는 금방이라도 울음을 터뜨릴 듯 두 주먹을 불끈 쥔
채 어깨를 떨고 있었다. 그러나 두 사람은 입을 열지 못했다. 비냐는 상
처에 소금을 뿌리듯 처절하게 외쳐 댔다.

"나는 번개범의 머릿속에 들어가서 번개범과 마음이 통하게 되었다.
번개범은 항상 궁금해했다. 왜 사람들은 서로를 죽이는가? 차라리 먹으
려고 죽이는 가리족이 낫지 않는가? 먹지도 않고 서로를 죽이는 사람들
을 도저히 이해할 수 없다고 말이다. 너희는 가리족이 사람을 먹는다고

욕했지? 저기를 보아라! 너희가 한 짓을 보아라! 가리족과 너희가 대체 뭐가 다르지, 응?"

비냐가 가리킨 곳에는 치우천의 전사들이 죽인 가리족의 시체들이 처절하게 널려 있었다. 극도의 분노 때문에 전사들은 인정사정 보지 않고 가장 잔인한 방법으로 가리족을 학살했다. 이미 죽은 자를 난도질하기도 했고 아직 죽지 않은 자의 온몸을 쪼개고 찢어내기도 했다. 이제와 비냐의 말을 듣고 보니, 가리족과 그들이 죽인 야율쿠리의 부하들을 구분하기가 힘들었다.

치우천조차도 대답할 말을 금방 찾을 수가 없었다. 치우비도 마찬가지였고 아무도 입을 여는 사람이 없었다. 그때 크게 호통 치는 소리와 함께 뭔가가 휙 날아들었다. 사람들이 놀라서 보니 사람 머리였다. 가리족의 부족장의 머리가 분명했다. 곧이어 검은 옷을 걸친 비울걸이 홀연히 모습을 나타냈는데 항상 빈정거리던 그의 얼굴에는 보기 드물게 분노의 빛이 어려 있었다.

비울걸의 잿빛 수염은 각혈한 피로 벌겋게 물들어 있었다. 도깨비들의 힘을 끌어내기 위해 지나치게 무리를 했던 것이다. 그럼에도 비울걸은 필사적으로 도망치는 가리족의 추장을 쫓아 도깨비들을 시켜 목을 베어 오는 길이었다. 비울걸은 전에 없이 엄한 어조로 외쳤다.

"나는 도깨비 왕 비울걸이다. 사람 같지도 않고 도깨비 같지도 않은 계집이 말도 되지 않는 소리로 우기는구나."

"뭐가 말도 되지 않는다는 것이냐?"

비냐가 악을 쓰자 비울걸이 되받아쳤다.

"너나 번개범, 모두가 바보다. 지금 우리가 한 짓은 확실히 지나친 데가 있다. 나도 잘했다고는 말할 수 없다. 그럼 가리족이 한 짓이 옳으냐? 범이 범 고기를 먹느냐? 먹을 것이 없는 것도 아닌데 사람이 사람을 먹는 것이 과연 옳은 일이냐?"

"나도 옳다고 말한 적은 없다. 그러나 그들도 나름대로 생각이 있다. 그들도 사람이 가장 귀하다고 생각한다. 그러나 그래서 먹는 것이다. 가장 귀한 것을 제물로 바치고 증거를 보이려고 먹는 것이다."

"그러니 헛소리라는 것이다. 가장 귀한 것이 사람이라고? 그러면 왜 자신들의 모가지를 바치지 않느냐? 같은 귀한 것이라도 자기 모가지가 더 중요할 것이니, 다들 자기 모가지를 베어 바치면 될 것 아니냐? 네 말대로라면 가리족은 왜 자기들끼리는 안 먹고, 다른 부족만을 잡아먹는 것이지?"

그 말에 비냐는 할 말이 없어 입을 다물었다. 비울걸이 노한 목소리로 덧붙였다.

"이번 일이 아니더라도 내, 언젠가는 가리족의 남은 찌꺼기들을 가만두지 않으려 했다. 우리가 한 짓이 가리족이 한 짓과 다를 바 없다고? 너는 카린에서 우리 전사들을 얼마나 많이 죽였지? 왜 네가 한 짓은 가리족과 똑같다고 하지 않느냐? 응? 그리고 자매에게 죽을 뻔해서 분을 이길 수 없다고? 너는 죽지 않았잖느냐? 그럼 그런 자매에게 너는 왜 복수하려는 것이냐? 너도 똑같이 복수를 부르고 싶은 것이냐?"

비냐가 다시 뭔가 말하려 했으나 치우천이 침울한 목소리로 끼어들었다.

"잠깐, 그 이야기는 나중에 하자. 정작 중요한 물음에는 아직 대답하지 않았다. 번개범은 사람들을 위하고 사람을 해치기 싫어한다고 했는데 왜 우리 어머니를 해쳤는가?"

"나는 믿을 수 없다. 번개범은 이유 없이 사람을 해치지 않는다!"

분을 삭이지 못한 치우비는 눈물까지 글썽이며 화를 냈다.

"그러면 한웅님의 가마는 왜 덮쳤는가? 그건 이유가 있어서 그런 것인가? 가리족의 부탁을 받고 그런 것이 아닌가?”

“그렇지 않다!”

“뭐가 아닌가? 너는 잘 모르겠지만, 가리족이 번개범을 시켜 한웅님의 가마를 덮쳤고 수많은 사울아비들을 죽였다. 우리 형제도 그때 죽을 뻔했다. 번개범이 사람을 위한다면 가리족이 그런 부탁을 해도 한웅님 가마를 습격하는 짓은 하지 말았어야 하지 않은가?”

그 물음에 비냐는 놀라운 말을 했다.

“나도 알고 있다! 번개범과 붙어 있으면서 번개범의 생각을 알게 되었다. 그건 이유가 있었단 말이다!”

“대체 무슨 이유냐?”

“번개범은 가리족을 살리려고 그런 것이다! 흥! 너희는 가리족이 물건을 받고 너희 한웅을 습격한 줄 아는 모양이지? 웃기는 소리 마라! 가리족은 살아남기 위해 그 일을 맡아야 했고, 번개범은 벗이라 여기는 가리족을 위해 내키지 않은 짓을 한 것뿐이다!”

치우천이 외쳤다.

“뭐가 살아남기 위해 한 짓이냐? 유망이 가리족을 시킨 것인데! 유망은 남쪽 부족이고 가리족은 훨씬 북쪽에 있는데, 유망이 가리족에게 해코지라도 한단 말이냐?”

“유망? 무슨 소리 하는 거야? 유망이 시킨 것은 맞지만 그 뒤에 누가 있었는지 알기나 하느냐?”

“유망 뒤에 또 누가 있다고?”

비냐는 조롱하듯 웃어 보이며 씹어뱉었다.

“누가 가리족을 내몰아서 땅도 없는 처지로 만들었지?”

“그건 주신과 주변 여러 부족이 힘을 합해 그런 것 아니냐?”

“잘 아시는군! 그러면 가리족이 누구를 제일 두려워하지?”

"그건 당연히 주신…… 아니, 그렇다면!"

치우천이 깜짝 놀라자 비냐는 처절하게 비웃음을 흘리며 말했다.

"그래, 주신이다. 주신에서 시켰다. 자기네 한웅을 죽여 달라고 말야. 가리족은 나서지 않을 수 없었다. 주신은 가리족이 구름골에 숨어 사는 것을 다 알고 있었다. 모르는 체했을 뿐이야. 번개범을 써먹기 위해서 말야! 가리족은 더 이상 숨어 살지 않기 위해서라도, 쫓기지 않기 위해서라도 무슨 수를 쓰든 한웅을 없애지 않으면 안 되었던 거야! 그래서 번개범에게 사정했고, 번개범은 내키지 않았지만 너희 한웅을 덮친 거다! 이제 머리가 돌아가느냐? 자기네 한웅을 죽이려는 잘난 주신 놈들아!"

그 말에 치우비뿐만 아니라 치우천조차도 몸이 휘청할 정도의 커다란 충격을 받았다.

'어떻게 그런 일이 있을 수 있단 말인가? 가리족을 조종하여 사와라 한웅을 공격한 것이 유망이 아니라니? 아니다. 유망이 아니라고는 하지 않았다. 유망 뒤에 또 누가 있다고 했다. 이건…… 이건 무서운 일이다. 엄청난 일이다!'

치우천은 순식간에 사태를 짐작하고는 몸서리를 쳤다. 무섭기 짝이 없는 사실이었다. 자신도 전부터 주신 쪽에서 지나족과 끈이 닿는 자가 있다는 냄새는 맡고 있었다. 그런데 그들은 이미 자신의 생각보다도 훨씬 더 오래전부터 엄청난 계획을 세우고 있었다. 그리고 그럴 만한 사람은…….

치우비가 커다란 목소리로 외쳤다.

"좋다! 다른 것은 다 좋다! 그러나 우리 어머님이 죽음을 당했다! 바로 이 구름골에서! 우리 형도 어머님의 끔찍한 모습을 보았다! 그것은 누구 짓이냐? 번개범의 짓이 아니라는 거냐? 주신이나 한웅님의 일은 모른다 쳐도, 우리 형제는 어머님의 일은 죽어도 잊을 수 없다! 그럼 누구냐? 왜 그랬느냐?"

치우천이 돌연 떨리는 목소리로 힘없이 말했다.

"비야…… 잠깐, 잠깐만 멈추어라……."

"왜 그래?"

치우비는 흥분하여 씨근거리면서도 형에 대한 존경심은 잃지 않았다. 치우비가 순순히 한 발 뒤로 물러서자 치우천은 파랗게 질린 얼굴로 비냐에게 말했다.

"비냐…… 부탁이다. 번개범과 이야기하고 싶다. 나는 그를…… 믿는다."

"무슨 소리야!"

치우비가 놀라서 부르짖었다. 그러나 치우천은 치우비에게 가만있으라고 손짓을 해 보이고는 떨리는 음성으로 말했다.

"나도…… 나도 믿고 싶지 않다. 차라리 사실을 모르는 게 낫다고 생각한다. 그러나…… 그러나 알아야겠다. 제발 부탁이다. 번개범이 마음을 열게 해 다오. 우리는…… 우리는 사실을 알고 싶을 뿐이다."

치우천의 목소리는 전에 없이 떨렸으며 두려움으로 가득 차 있었다. 작은 주신의 전사들이나 알한, 비울걸도 처음 들어 보는 침통한 목소리여서 소름이 다 끼쳤다. 거친 비냐조차도 너무도 처절한 치우천의 표정에 눌렸는지 말없이 한참 뭔가 생각하며 치우천을 바라보다가 고개를 끄덕이며 번개범의 머리를 열고 안으로 들어갔다.

치우천은 덜덜 떨리는 손으로 땅에 떨어졌던 우린 구슬을 집어 들었다. 치우비는 의아하여 거의 폭발할 지경이었다. 치우천은 그런 치우비에게 조금만 기다리라는 듯 힘겹게 눈짓을 했고, 치우비는 필사적으로 참아 냈다. 치우천은 눈을 감고 용기를 내려는 듯 몇 번 심호흡을 한 다음 우린 구슬을 손에 쥐고 정신을 집중하기 시작했다.

폭풍 전야

유자(儒者)는 경전으로 법률을 어지럽히고, 협객은 무력으로 금령을 위반한다.
— 한비(韓非), 『한비자(韓非子)』 「오두(五蠹)」 편에서

눈 깜짝할 사이에 두 달이라는 시간이 흘러갔다. 맥달의 죽음으로 인해 시끄러웠던 신시는 언제 그랬냐는 듯 이내 평온을 되찾았다. 그리고 두 달이 지난 지금 신시는 다시 떠들썩해지고 있었다. 유망을 치기 위해 신시를 출발하는 하늘 군대의 젊은 큰스승인 치우천과 치우비 형제와 그를 따르는 수십 명의 벗들, 아울러서 삼천 명의 사울아비가 머나먼 공상으로 출병하는 날이기 때문이다.

사와라 한웅은 병이 한층 악화되어 직접 그들을 배웅하지는 못했으나 주신의 삼사는 그들을 격려하며 꼭 이기고 돌아오라는 당부의 말을 전했다. 귀족들은 한 사람도 보이지 않았다.

맨 앞에서 높은뫼를 타고 앞장선 치우천의 눈은 예전과 달리 매처럼 날카롭게 빛나고 있었다. 그 옆에서 자기 체구에 걸맞은 우람한 말, 구름을 타고 있는 치우비도 예전의 사람 좋은 얼굴과는 달리 어딘가 범접할 수 없는 날카로움이 엿보였다.

치우천과 치우비의 뒤에는 양역, 부루벼락, 쇠돌이, 거의 건강을 회

복한 거서기, 삼, 부달 등의 젊고 유명한 사울아비들과, 그들을 돕겠다고 자청하여 나서서 한웅님의 칭찬을 받은 다른 부족장들이 있었다. 특히 부달은 온몸이 타들어 가서 흉악한 몰골로 변해 버린 터라 온몸에 거친 천을 둘둘 감은 기괴한 모습이었는데도 전혀 불편한 기색 없이 함께 말 머리를 나란히 했다.

부달의 기이한 모습은 사람들의 눈길을 끌었으나 사정을 아는 사람들은 그의 용기와 떳떳함에 남몰래 감탄하며 한숨을 쉬었다. 얼굴이 그렇게 망가졌지만 전혀 개의치 않는다는 것은 실로 대단한 일이었다. 또 그들 중에는 유달리 눈에 띄는 두 부족장이 있었는데 바로 야율쿠리와 초초룬이었다. 한 명은 강하고 억센 모습 때문에, 한 명은 북쪽 부족 중에서는 보기 드물게 여자 부족장이라는 점 때문에 눈길을 끌었다.

그 외에도 울쿠타 야쿠타의 모습도 보였고 대열의 뒤에는 알한과 차오스가 이끄는 투르크 용병의 행렬도 있었다. 행렬의 끝에는 전혀 의외의 인물들이 따르고 있었는데 그것은 바로 도단이와 질쾌를 위시한 박수, 단군 들과 불쇠를 비롯한 몇 명의 대장장이였다. 사람들은 전쟁하러 나가는 사울아비들의 뒤에 단군, 박수에다가 대장장이까지 따라가는 것을 보고 신기해하며 떠들어 댔다.

"싸우러 가는데 단군, 박수는 왜 가나?"

"뭐, 가다가 굿이라도 하려는 게지. 다친 사람이 나오면 단군에게 고치게 하려고 데려가나 봐."

"싸움판에서 굿은 뭔 굿이야. 이거 우습구먼. 앞부분은 볼 만한데 뒤로 가니 어중이떠중이가 다 있는 게, 이기기 어렵겠는걸."

"예끼, 그럼 주신 사울아비가 진단 말인가? 벌 받을 소리 하지 말라구!"

"그뿐이 아냐. 멀쩡히 장사 잘하던 대장장이 불쇠 영감은 왜 데려 가냔 말야? 싸움판에서 불 달구고 구리를 녹여 그제야 칼 만들어 쓸 생각인가? 원 참, 그거야말로 희한한 일일세그려."

"그러게나 말이야."

싸움을 좀 안다는 자들은 침까지 튀어 가며 나름대로 떠들어 댔다.

"공상이 여기서 얼마나 먼데, 저거 가지고 싸워 이길 수 있을까? 젊은이가 괜히 철없이 나서서 삼천 명을 죽이는구먼, 쯧쯧."

"그게 뭔 소리여? 하늘 제사에서 분명 잘 풀린다 하지 않았어? 안파견 한님에게 벌 받으려고 그려?"

"그게 아니지. 하늘 제사에서 이긴다고 한 건 맥달님이었어. 근데 맥달님은 바로 돌아가시지 않았어? 필경 맥달님이 하늘 뜻을 잘못 읽어서 벌을 받으신 거란 말이지."

"제길, 하늘님이 벌을 내리실 거면 벼락이나 쾅 치시면 되지, 왜 등뒤에서 칼을 꽂았겠어? 말도 안 되는 소리 말라구!"

"저 앞장선 큰스승이 죽였다는 말이 있던데?"

"그거야 아무도 모르지. 원 세상에, 어느 놈이 죽였는지 그렇게 좋은 분을 죽이다니. 그놈은 분명 온몸이 썩어서 뒈질 거여!"

"좌우간 이 싸움은 애당초 글러 버린 거라고. 삼천 사울아비가 적지는 않지만 공상이 어디고 지나족이 얼마나 많은데? 새 발의 피여. 다 죽을 거야. 다 죽을 거. 에이, 몹쓸 세상."

많은 사람들이 저마다 수군거리며 떠들었으나 치우천이나 치우비는 신경 쓰지 않았다. 모두가 엄숙하고 조용해서 두려운 기운마저 감돌았다.

그에 비해 고르고 골라 뽑았다는 삼천 사울아비의 상태는 이상했다. 힘도 없고 사기가 충천하지도 않았으며, 어딘가 맥이 풀려 보였다. 몇몇 사람은 사울아비가 저게 무슨 꼴이냐고 분통을 터뜨리기도 했다. 또 다른 사람들은 대장이 저런 것을 그냥 두니 글러 먹었다, 대장감이 못 된다고도 열변을 토했다. 그러나 치우천 등의 앞선 이들은 전혀 신경 쓰지 않는 것 같았다. 듣다 못한 야율쿠리가 성질을 부리려 했으나 옆에 있던 초초룬이 야율쿠리를 막았다.

"이봐, 그러면 안 돼. 치우 형제에게 누를 끼쳐서야 되겠어? 참아, 참으라구."

야율쿠리는 치우 형제라는 말에 한숨을 푹 쉬며 입을 굳게 다물었다. 둘은 치우천에 의해 구조되어 치료를 받아 정신이 든 다음, 아무런 말도 듣지 못한 채 각자의 부족으로 돌아갔다. 둘 사이의 혼사는 틀림없이 없었던 걸로 될 테니 앞으로도 좋은 벗으로 지내라는 치우천의 웃음 섞인 당부와 함께 돌아가 보니 의외의 사태가 두 사람을 기다리고 있었다. 야율쿠리의 형들은 줄줄이 잡혀 동굴에 갇혀 있었고, 야율쿠리가 도착하자마자 부족 사람들은 부족장을 칭송하며 모여들었다. 자신도 모르는 사이에 부족의 일이 깨끗이 정리되고, 자신은 울크리의 부족장이 되어 버린 것이다. 치베와 보돈차르, 무라가 일을 성공적으로 해냈음은 두말할 필요가 없었다.

사방으로 갈라져서 자기끼리 내키지 않던 싸움을 하던 키탄족은 벌써부터 저마다 부족장이라고 나서는 야율쿠리의 형들에게 경멸감을 느끼고 있던 터였다. 그러던 참에 야율쿠리의 군대라는 작은 주신 전사들이 밀고 들어오자, 키탄 전사들은 옳다구나 싶어 싸우지도 않고 앞 다투어 무기를 던지고 손을 들었으며 부족장이라고 잔뜩 거드름만 피우던 야율쿠리의 형들을 묶어서 항복했다.

야율쿠리는 부모가 비명횡사한 것을 알자 슬픔과 분노를 이기지 못해 형들의 목을 서슴없이 베어 버렸다. 그로써 야율쿠리는 아무런 문제없이 울크리 부족 전체를 다스리게 되었다.

초초룬도 놀라기는 마찬가지였다. 치우천이 언제 소문을 냈는지, 초초룬은 가리족을 섬멸하고 신수 번개범을 물리쳤으며 잃었던 부족의 마을을 고스란히 되찾은 여자 영웅이 되어 있었다. 여기에는 지난번 유망과의 싸움에서 치우천에게 신세를 진 많은 미아우, 마갸르 부족장들의 협조가 컸다. 큰 부족장들은 초초룬을 만나기 위해 인사를 오기도 했다.

물론 그때까지의 부족장은 초초룬의 아버지였다. 그는 초초룬의 오빠들 중 하나에게 부족장 자리를 물려줄 생각이었으나 다른 부족장들이 자꾸 초초룬을 칭찬하고 그녀를 미아우 제일의 영웅이라 칭송하자 귀가 솔깃해졌다. 원래 초초룬의 아버지는 명예나 소문에 집착하는 사람이었던 것이다.

딸이 나서서 잃었던 마을과 명예를 회복한 판이니 그녀의 오빠들도 아무 말을 할 수 없었고, 초초룬이 뭐라 할 틈 없이 다음 부족장으로 뽑혔다가 아버지의 강권으로 며칠 만에 부족장의 자리에 오르게 되었다.

두 사람 다 치우천 덕에 목숨을 건졌을 뿐만 아니라 부족 전체의 위기를 넘겼고, 부족장 자리까지 얻게 되었으니 치우천의 출병에 가만히 있을 수 없었다. 두 사람은 정예 용사들로 부대를 꾸려 출병에 참가하려 했다. 그 수가 수천에 달했다. 그러나 치우천은 차분한 목소리로 그들에게 말했다.

"도와준다니 고맙다. 그러나 신시로 올 필요는 없다. 주신에는 삼사백 명, 그것도 힘없고 늙은 전사만 데리고 오면 된다."

"나는 사천 명의 전사들을 데리고 올 수 있다. 그런데 삼사백? 그것도 늙고 힘없는 사람만 데려오라니? 천, 자네 제정신인가?"

야율쿠리가 소리를 지르자 치우천은 잔잔히 웃으며 되받았다.

"전사는 많으면 많을수록 좋다. 강하면 강할수록 좋다. 나는 신시에 데려올 사람을 이야기한 것이다. 나머지는 부족에서 언제든 출발할 수 있도록 준비만 시켜 두면 된다."

초초룬은 야율쿠리처럼 묻지 않았다. 그녀는 치우천의 잔잔한 미소 사이에 전에는 볼 수 없었던 서릿발 같은 날카로움이 깃들여 있다는 것을 눈치채고 있었다. 그래서 그들은 가장 약하고 늙은 힘없는 전사 약간씩만 끌고 출병식에 참가한 것이다. 무엇인지 몰라도 큰일이 얼마 남지 않았다는 것을 그들도 조금씩은 눈치채고 있었다. 어떤 일인지에 대해서는 치우천은 입도 벙긋하지 않았다. 다만 치우천이 저렇게 긴장할 정도라면, 필경 상상도 할 수 없는 일일 것이라고 벗들은 생각했다.

긴 행렬이 신시를 나서자, 치우천은 삼천 명의 사울아비들을 모아 놓고 말했다.

"여러분은 이제부터 먼 길을 가야 한다. 나는 큰스승으로서 여러분을 다스려야겠지만, 여러분은 주신의 용감한 사울아비들이니 안심하고 믿을 수 있다. 허나 다른 부족의 군대는 다스리기가 힘들어 당분간 그들을 가르쳐 사람답게 만들어 볼 생각이다."

치우천의 말에 사울아비들이 킬킬거리며 웃었다. 삼천의 사울아비들 중 진지한 태도를 보이거나 자기들의 큰스승인 치우천에게 존경하는 태도를 보이는 사람은 없었다. 치우비나 다른 사울아비 벗들이 두 눈을 부릅떴으나 치우천은 내색하지 않고 말했다.

"여러분은 일단 남쪽으로 먼저 출발한다. 지휘는 작은스승 양역이 맡아 줄 것이다. 일단 미아우의 남쪽 마을인 카라치 마을까지 천천히 가도록 하라. 넉 달 내로만 가면 된다. 나는 적당한 곳에서 다른 부족의 군대들을 훈련시킨 다음, 넉 달 후 카라치 마을에서 여러분과 만나겠다. 그때 공상을 치는 계획에 대해 이야기해 주겠다. 알겠는가?"

사울아비들은 잡담을 하다가 늘어진 소리로 마지못해 대답했다. 서둘러 가면 두 달도 안 걸릴 거리를 넉 달 동안 놀면서 천천히 가도 된다고 했으니 안 그래도 늘어진 자들은 더 늘어질 수밖에 없었다. 다른 사울아비 벗들은 치우천이 왜 그리 느리게 움직이는지 의아해했지만 치우천은 뒤도 돌아보지 않았다.

양역이 내키지 않는 듯 사울아비들을 몰고 떠나자 쇠돌이가 그제야 불만을 토로했다.

"저것들이 사울아비 맞아? 어디서 호미질이나 하다 온 놈들 같구먼."

나이가 있고 생각도 깊은 거서기가 그 말에 대꾸했다.

"일부러 저런 것들을 보낸 거야. 하늘 군대를 쥔 사람이 누군데? 치우가람 형제가 아닌가. 그러니 저런 것들만 보내는 게 당연하지."

부루벼락도 한마디 끼웠다.

"저런 것들하고 같이 싸우느니 나 혼자 싸우겠다."

삼은 걱정이 되는 듯 혀를 끌끌 찼다.

"큰일이오. 저들은 못 싸울 뿐만 아니라 아예 싸울 생각이 없는 듯한데, 저런 것들을 어떻게 부려 머나먼 공상을 빼앗는담? 다른 부족 사람을 가르칠 것이 아니라 저놈들이야말로 되게 다스려야 할 것 같은데."

치우천이 낭랑한 목소리로 말했다.

"모두 모이게."

이미 막사 안에는 치우천과 치우비가 앉아 있었다. 여러 사울아비들과 야율쿠리, 초초룬 등이 모이자 치우천은 지체하지 않고 입을 열었다. 그들의 수는 말없이 자리를 지킨 울쿠타 야쿠타까지 합하여 열다섯 명이었다.

"우리는 바로 출발합니다. 그러니 저녁을 서둘러 지어 먹도록."

"어디로 간다는 겁니까?"

쇠돌이가 묻자 치우천이 씩 웃으며 대답했다.

"어디긴 어디겠는가? 공상이지."

쇠돌이는 깜짝 놀라 눈을 둥그렇게 떴다.

"아니, 그럼 사울아비들은 어쩌구요? 천 명도 안 되는 사람 수로 간단 말입니까?"

치우천은 웃음을 거두고 눈을 빛냈다.

"그럼 저, 삼천 사울아비가 삼백 명 몫이라도 해 줄 것 같은가? 난 애당초 저들은 생각도 하지 않았네."

사람들은 깜짝 놀랐다. 거서기가 제일 먼저 물었다.

"그러면 다른 수가 있습니까? 지금 있는 천 명으로 어떻게 한다는 것입니까?"

치우천은 웃으며 고개를 저었다.

"천 명은 여기 남아 있어야지. 한 명도 빠짐없이 그대로."

다들 놀라서 아예 할 말을 잊었다. 부루벼락마저도 놀라움을 감추지 못했다.

"군대도 하나 없이 우리끼리만 가서 공상을 친단 말인가?"

그러자 야율쿠리가 껄껄 웃으며 끼어들었다.

"하하하. 그렇군, 그래. 내 이럴 줄 알았지. 천, 자네 생각이 있었군. 그래 군대가 없기는 왜 없소? 우리 울크리 전사만 사천이 기다리고 있소이다!"

초초룬도 생긋 웃으며 말했다.

"우리 미아우 전사도 이천 명이 있습니다."

치우천이 헛웃음을 지으며 두 사람을 번갈아 쳐다보았다.

"그 이야기는 왜 하나? 그 사람들을 움직일 것도 아닌데."

이번에는 야율쿠리와 초초룬의 안색이 변했다.

"아니, 그러면 누가 또 있나?"

“아무도 없어.”

치우천의 말에 모두는 이제 놀라움을 넘어서 기절할 정도였다. 그러자 얼굴을 천으로 칭칭 동여맨 부달이 억눌린 듯하게 변한 목소리로 조심스레 입을 열었다. 부달은 불에 데어 목소리까지 변해 버린 것이다.

“그러면…… 혹시…… 유망에게 항복하자는 것이오? 절대 그럴 수는…….”

치우천은 살짝 웃으며 고개를 저었다.

“항복은 무슨 항복이오? 우리는 공상을 빼앗으러 가는 것이오.”

부루벼락이 더 참지 못하고 주변을 둘러보고 사람 수를 헤아린 다음 냅다 외쳤다.

“여기 열다섯 명이서?”

치우천은 천연덕스럽게 되받아쳤다.

“그렇습니다, 벼락 형. 여기 열다섯 명이 가는 거요. 더 많아지면 곤란해집니다.”

“미쳤군! 미쳤어!”

부루벼락이 소리치며 날뛰는데도 치우천은 웃으며 관심 없다는 듯이 말을 돌렸다.

“앞서 떠난 사울아비 삼천 명이 카라치 마을에 도착하려면 넉 달이 좀 더 걸릴 겁니다. 분명히 늑장을 부릴 테니까요. 그러니 우리는 그때까지 공상을 점령하고, 다시 카라치 마을에서 그들과 만나야 합니다. 그러려면 서둘러야죠. 공상을 점령하는 데 보름은 걸릴 것 같으니까요.”

“보름!”

침착한 거서기조차도 놀란 소리로 부르짖자 부달은 포기한 듯 얼굴에 두른 천을 쥐어뜯었다.

“난…… 난 안 들은 것으로 하겠어. 백오십천의 사울아비로 일 년을 쳐도 힘들 것인데…… 여기 열다섯 명으로 보름?"

괄괄한 삼은 바닥을 주먹으로 냅다 쳤다.

"장난치는 건가? 아무리 자네라도 너무하잖아."

그때 잠자코 있던 도단이가 입을 열었다.

"장난이 아니오. 나는 어제 천 형과 함께 이 계획을 잘 생각해 보았소. 나도 처음에는 놀랐지만, 분명히 잘될 수 있으리라 여깁니다."

부루벼락이 외쳤다.

"도대체 무슨 계획이오? 공상에 누가 있는지 아시오? 형천이 있소, 형천! 더구나 축융, 창힐, 유망! 그들이 거느린 지나 전사가 백천이 넘는단 말이오! 그런데 우리 열다섯 명이?"

모두가 흥분하여 길길이 날뛰자 도단이가 차분하게 설명하기 시작했다.

"물론 우리는 열다섯으로 출발합니다. 데리고 온 천 명은 여기 두고 나머지 삼천 명은 빈둥거리며 진군하게 놓아두고요. 천 형의 말씀이 맞다면 우리가 공상에 도달할 때는 열다섯 명이 아닐 겁니다."

"열다섯이 아니면? 그리 된다면 나는 차라리 도망칠 걸세. 그러니 열넷이 되겠지?"

부루벼락이 비아냥거려도 치우천은 침착했다.

"그때까지는 한 달 정도 걸릴 테니, 그때 우리는 적어도 열다섯천으로 불어나 있을 것입니다. 그 힘으로 공상을 칩니다."

치우천의 말에 모든 사람들은 입을 딱 벌렸다. 설령 치우천이 자부선인 같은 대선인이라도 이루어질 수 없는 일 같았다. 그러나 그다음 떨어진 치우천의 말은 사람들을 더욱 경악하게 만들었다.

"그러나 우리는 아슬아슬하게 실패합니다. 공상을 치는 데는 열다섯천으로도 부족하죠. 그렇게 져서 열나흘 만에 물러나야, 우리는 보름 만에 공상을 빼앗을 수 있습니다."

좌중은 물을 끼얹은 것처럼 조용해졌다. 놀라움을 넘어 어이가 없어서였다.

"난, 난 도대체 이해할 수가 없소, 설명을 해 주겠소?"

마침내 삼이 흥분을 가라앉히지 못하고 외치자 도단이가 조용히 말했다.

"뭐, 따지고 보면 간단한 일입니다. 한 번 그들을 속이는 거죠. 허나 그들도 바보가 아닌 이상 속는 척하면서 우리에게 되레 엎어 씌우려 할 겁니다. 우리는 그걸 한 번 더 엎으면 되는 겁니다."

치우천이 웃으며 덧붙였다.

"이렇게 일을 실없이 복잡하게 하는 데에는 다른 이유가 있습니다. 공상 따위를 점령하는 것보다 훨씬 큰 일이 있거든요."

부루벼락이 눈까지 부라리며 목소리를 높였다.

"실없이 복잡하게 한다고? 공상을 점령하는 것을?"

거서기 역시 흥분을 가라앉히지 못하고 날카로운 목소리로 물었다.

"더구나, 공상 따위라뇨? 공상을 점령하는 일보다 더 큰 일이 뭡니까?"

치우천은 말없이 잠시 고개를 숙였다가 이내 고개를 들며 활짝 웃었다. 그의 목소리는 밝고 생기가 있었다.

"신시를 치는 것입니다. 그래서 한웅님을 구해야 합니다."

유망의 움직임

"틀림없겠지?"

얼굴을 찡그린 채 형천이 무겁게 물었다. 앞에 엎드린 중년의 지나인은 떨리는 목소리로 말끝에 힘을 주었다.

"틀림없습니다."

그때 유망의 오른편에 앉아 있던 축융이 입을 열었다.

"나는 믿기 힘들군. 아니, 믿을 수 없어."

그 말에 형천은 엎드린 지나인의 얼굴과 축융의 얼굴을 다시 한번 번갈아 바라보다가 말했다.

"믿기 어렵겠지만 그럴 수도 있네. 치우천은 그리고도 남을 만한 녀석이야."

축융은 고개를 가로저었다.

"난 그 이야기를 한 것이 아니네."

"무슨 말인가?"

"치우천이 그런 식으로 공상을 친다는 사실을 믿지 못하겠다는 말이 아니네."

"그러면……?"

"그런 중요한 계획이 어떻게 벌써부터 새어 나왔는지, 그게 믿기 힘들단 소리일세."

엎드린 중년의 지나인은 축융의 말에 깊이 고개를 조아리며 목소리에 힘을 주었다.

"틀림없다고 들었습니다만."

그러자 형천은 웃음 띤 표정으로 축융을 쳐다보았다.

"자네는 너무 걱정이 많군."

"걱정하는 것이 아니라 조심스러운 걸세. 이런 일은 조심할수록 좋은 것이니까."

축융이 나지막한 목소리로 지나인에게 물었다.

"이것을 누구에게서 들었다더냐?"

"치우천의 바로 옆에 있는 사람에게서 들었다고 합니다. 이번 공상 싸움에 참가할 대장 중 한 사람이랍니다. 태산 회의에도 나왔던 사람이라 했습니다."

"태산 회의 때 나왔을 정도라면 보통 인물은 아닌 것 같은데?"

형천이 혼잣말로 중얼거리자 축융은 다시 물었다.

"그 사람에 대해서도 알아보았느냐?"

"당연히 알아보았습니다."

"이름이 뭐고, 어떤 인물이냐?"

"이름은 도단이라 하고, 신시의 박수입니다."

"박수?"

"주술사 말입니다. 눈먼 주술사입니다."

"눈이 멀었는데도 태산 회의 때 나왔다더냐?"

형천이 희한하다는 듯 묻자 지나인은 고개를 조아리며 대꾸했다.

"그랬다고 합니다."

"이번 공상 싸움에서도 대장으로 뽑혔다고?"

"그렇다고 들었습니다."

"그런데 왜 그런 짓을 했다던가?"

"치우천과 사이가 나빠졌다고 합니다. 소문이 신시에서도 돌고 있습니다. 저도 직접 보고 확인한 겁니다."

지나인이 신시에서 치우천과 도단이가 다툰 일을 자세하게 설명하자 축융은 흥, 하고 코웃음을 쳤다.

"그런데 공상 싸움에 대장으로 뽑혔다?"

형천이 버럭 소리를 질렀다.

"그렇다면 믿을 수 없다!"

형천이 고함을 치자 지나인은 흠칫하며 몸을 움츠렸다. 축융은 가느다란 눈을 더욱 가느다랗게 뜨고 형천을 바라보며 물었다.

"역시 그렇겠지?"

형천은 고개를 끄덕였다.

"당연한 일이다. 태산 회의에 나올 인물이라면 보통내기는 아니라고 봐야 한다. 더구나 눈먼 몸으로 태산 회의에 나오고, 공상 싸움에 대장이 된 주술사라면 더더욱 그렇다. 그런 사람이 말다툼 한 번 했다고 삽시간에 반대쪽으로 몸을 돌릴 리 없다. 설령 사이가 나빠졌다 해도 종족을 배신하는 짓을 할 리 없다!"

그러자 지나인이 코가 땅에 닿을 듯 엎드리며 조심스럽게 말문을 열었다.

"주신에서도 그런 의심을 했다고 들었습니다만, 시험을 거쳤다고 합니다."

"무슨 소리냐?"

축융이 묻자 지나인은 바싹 마른 입술에 침을 발라 가며 설명했다.

"도단이라는 자는 자신의 마음을 보이기 위해 한 사람을 죽였다는군요. 주신에서 상당히 높은 자리에 있는 사람이었답니다. 맥달이라는 유명한 선인을 죽였다고 합니다."

말을 듣고 형천이 혀를 끌끌 차며 목소리를 높였다.

"더 못 믿겠구나. 선인을 죽였다니! 더 못 믿어! 선인은 얼마든지 죽은 척할 수 있다! 진짜로 죽어도 살아날 수 있다는데, 하물며 죽은 척하는 정도야!"

지나인은 목을 움츠렸다가 조심스레 입을 열었다.

"그게…… 그렇지 않다고 합니다. 주신 한웅까지 이 일에 대해 신시 전체에 공표를 했다고 합니다. 주신 쪽에서도 그런 의심을 하고 여러 번 조사를 했다고 합니다만 의심받을 점은 없었다더군요."

"석연치 않은데……."

형천이 여전히 못미더운 듯 고개를 갸웃거리자 지나인이 말을 이었다.

"믿기지 않는 점은 있지만, 치우천이 공상을 빼앗기 위해 세운 계획은 빈틈이 없습니다. 제 생각으로는 거짓 같지가 않군요."

형천이 지나인에게 나가 있으라고 손짓을 했다. 지나인을 내보낸 다음, 형천은 축융에게 물었다.

"자네 생각은 어떤가?"

"글쎄……."

축융은 가느다란 눈을 힘주어 몇 번 껌벅거리다가 말을 이었다.

"믿을 수 있을 것 같기도 하고, 없을 것 같기도 하네."

"난 믿지 못하겠네!"

형천이 흥분한 기색을 보이자 축융은 일어서서 뒷짐을 지고 천천히 걷기 시작했다. 서너 발짝을 내딛다가 잠깐 멈추어 서서 뭔가 생각해 보고, 다시 서너 발짝 걷다가 뭔가를 생각했다. 이윽고 축융이 입을 열었다.

"도단이라는 작자에 대해 더 알아야겠네. 우리는 태산 회의를 보지 못했으니 아는 사람을 불러야겠군."

형천은 고개를 끄덕이며 부하를 시켜 한 사람을 찾으라는 명을 내렸다. 명이 떨어지자 조금 뒤 주술사 차림의 늙은이가 들어왔다. 그 사람은 바로 태산 회의 때 각 종족 전사의 대진표를 발표한 늙은 주술사였다. 늙긴 했어도 기억력이 대단한 사람이었다.

"부르셨습니까?"

주술사가 들어오자 축융이 물었다.

"너는 지난번 태산 회의 때 사람들을 전부 기억하나?"

"기억합니다."

"주신 쪽에 도단이라는 작자가 있었지?"

"있었습니다. 돌 던지기에서 가장 뛰어난 전사로 뽑힌 인물입니다."

"눈이 멀었다고 들었는데?"

"그렇습니다. 그래서 더 갈채를 받았습죠. 눈먼 몸으로 마갸르족의 와난강, 와난수를 물리쳤을 정도였으니까요."

"나이는?"

"아주 젊었습니다. 태산 회의가 몇 년 전 일이니 지금 스물댓 살이나 되었을까요? 새파랗게 젊은 사람입니다."

축융은 무표정한 얼굴로 말했다.

"됐다."

주술사가 물러가자 형천이 얼굴을 잔뜩 찌푸렸다.

"그 말은 믿을 수 없네. 틀림없이 거짓말이야. 치우천과 짜고 한 짓이 분명해.”

축융은 웃으며 물었다.

“그렇게 보이는가?”

“그렇네. 눈먼 녀석이 돌 던지기를 배웠을 정도라면 끈기도 대단한 녀석이다. 거기에다 젊은 녀석이 그리 쉽게 배신할 리 없지…….”

“나도 같은 생각이야.”

축융이 웃으며 고개를 끄덕이자 형천이 물었다.

“어떻게 할까?”

형천의 말에 축융은 씩 웃어 보였다.

“어떻게 하긴? 속아 주는 것이지.”

“속아 준다고?”

“속아 준 다음에 뒤통수를 쳐야 하네…….”

“그럴 수 있겠는가? 놈이 뭘 노리는지 알겠나?”

형천이 눈을 빛내며 묻자 축융이 대답했다.

“그것까지는 모르겠네.”

“그럼 어떻게 뒤통수를 치나?”

축융은 몸을 곧추세우더니 천천히 뒷짐을 지고 걸으면서 말문을 열었다.

“치우천 놈은 우리를 속이려고 뻔한 수를 썼네. 그렇다면 당연히 우리를 속이려고 공상 작전도 계획대로 밀고 나오겠지?”

형천이 코웃음을 치며 축융의 말을 받았다.

“그러다가 결정적인 순간에 뒤통수를 치려 할 테고…… 어떤 수로 우리 뒤통수를 칠까?”

“그걸 알아내야 하겠지. 몇 가지 짐작 가는 바가 있긴 하네만…….”

“그건 염제님을 뵙고 이야기하세.”

“그렇게 하지.”

형천과 축융은 동시에 문을 나섰다.

유망은 여전히 나른한 자세로 호랑이 가죽을 깐 의자에 반쯤 몸을 기대고 있었다. 이제 어느 정도 마약기가 가셔서 온전한 정신으로 돌아왔으나 겉으로 보기에는 여전히 나른하고 지루해 보이는 모습이었다. 얼굴은 예전보다는 야위고 안색도 희게 변했으나 오히려 그 모습이 약해 보이기보다는 오싹해 보일 정도의 위엄이 있었다. 형천과 축융이 들어와 예를 올리자 유망이 물었다.

“뭐 쓸 만한 소식이 있어?”

“주신에 심어 놓은 사람에게서 연락이 왔습니다.”

“그래? 뭐래?”

“치우천의 계획을 알아냈다고 합니다.”

유망은 피식 웃었다.

“꼬마 놈이 꾀를 썼나 보군.”

“저희도 그렇게 생각합니다.”

“말해 봐.”

형천이 묵직한 음성으로 말했다.

“치우천은 주신에서 데리고 온 삼천 명의 사울아비를 천천히 나아가게 했습니다. 그러나 함정입니다. 다른 부족에서 온 천 명의 전사들만 데리고 있다지만 그들도 모두 멈추어 두었습니다. 그것도 함정입니다. 치우천은 대장급 몇 명만 데리고 바람처럼 빠르게 달려서 공상으로 내려올 것이라고 합니다.”

유망은 씩 웃어 보였다.

“그렇게 안 하면 공상까지 올 수도 없겠지. 치우천 녀석은 머리가 잘 돌아간단 말야. 부하를 우르르 데리고 오면 눈에 띄게 되고, 눈에 띄면 계속 싸우면서 와야 하지. 그러니 대장들만 재빨리 오려는 거야. 그러나 그렇게 와서는 부하들이 없지 않나?"

"주신에 심은 자의 말로는 이쪽으로 오면서 부하를 모을 것이라 했습니다. 이 부근에는 우리 지나족에게 좋지 않은 마음을 품은 미아우족이나 마갸르족이 많습니다. 지난번 우리가 북쪽으로 올라가다가 그만두었기 때문에 치우천의 이름은 그들에게 많이 알려져 있고요. 치우천은 그들을 모아서 군대를 만들려는 것 같습니다."

"그럴듯하군. 그 녀석이 주신 한웅에게 두 해 안에 공상을 점령한다고 했다며?"

"그렇습니다."

"빨리 내려오지 않으면 두 해를 넘기게 될 테니 놈은 서두를 것입니다."

"서두르겠지. 서둘러도 많이 서두를 거야."

유망은 잠깐 생각하다가 말을 이었다.

"그렇게 해서 그놈이 부하를 얼마나 긁어모을 것 같은가?"

"듣기로는 만 오천을 모으려 한다는군요."

그동안 지나족은 생활의 규모가 상당히 커졌으므로 이제 만이라는 단위를 일상적으로 사용하고 있었다. 형천의 말에 축융이 한마디 거들었다.

"치우천 녀석의 이름이 상당히 알려졌기 때문에 그 정도는 모일 것 같습니다. 여기저기 숨어서 우리에게 맞서는 미아우나 마갸르족 떨거지가 꽤 많으니까요."

그러자 유망이 낄낄거리며 웃었다.

"아주 고마운 일이군그래."

"예?"

형천이 의아한 듯 고개를 갸웃거리자 유망은 얼굴을 찌푸렸다.

"형천, 형천, 머리를 좀 써. 그건 아주 고마운 일이야. 그놈이 떨거지들을 몰아서 한군데로 모이게 해 주니 우리로서는 잘된 일이잖아. 그놈들을 일일이 때려잡으려면 힘들거든. 그런데 모아 놓으면 한 번에 잡을 수 있으니 우리를 도와주는 거지."

유망이 획 고개를 돌리더니 축융을 쳐다보았다.

"그런데 축융?"

"예!"

축융이 대답하자 유망이 물었다.

"지금 공상에는 우리 전사가 얼마나 있지?"

"십이만이 있습니다. 그리고 여기저기로 연락하면 오만은 더 모을 수 있습니다."

유망은 고개를 끄덕이면서 소리쳤다.

"창힐을 불러!"

창힐은 밖에서 기다리고 있었는지 곧바로 들어왔다. 창힐은 키가 크고 몸은 말라 가냘팠으나 동작은 우아하고 부드러웠다. 얼굴은 희고 코가 컸으며 눈이 맑게 빛나 현명해 보이는 얼굴이었다. 창힐은 천천히 유망에게 인사를 올렸다.

"염제 신농님의 부르심을 받고 창힐이 왔사옵니다."

유망은 약간 눈살을 찌푸리며 말했다.

"창힐, 난 답답한 건 못 참으니까 오늘은 빨리빨리 이야기해야 해."

"빠르게 이야기하도록 하겠사옵니다."

창힐의 말은 아까보다는 빨라졌으나 그래도 느릿느릿했다. 그러나 음성은 맑았고 듣기 좋은 울림이 있었다.

"창힐, 공상 성벽을 높이는 일은 완성되었나?"

유망은 창힐에게 공상의 성벽을 한 길 더 올리도록 시켰던 것이다. 예전에 공상의 성벽은 세 길이었는데, 한 길을 더 높여서 네 길로 만드는 일이었다.

"앞으로 사흘 정도만 지나면 완성될 것으로 보옵니다. 미아우족을 시키는 일이라 그리 쉽지는 않습니다만."

"식량은 잘 모으고 있나?"

"식량은 당장 성문을 닫아도 석 달은 버틸 수 있사옵니다. 조금 더 준비를 한다면 여섯 달치까지 쌓아 둘 수 있나이다. 땅을 깊이 파서 식량을 보관하기 때문에 상하지 않을 것이옵니다."

"물은?"

"공상 옆의 강과 시내 말고도 스물네 군데의 우물을 새로 팠사옵니다. 성문을 닫아도 물 걱정은 없나이다."

"십이만 명이 성문을 닫고도 석 달은 버티고 싸울 수 있단 말이지?"

"식량과 물을 아껴서 사용하면 당장이라도 넉 달은 버틸 수 있사옵니다."

"화살과 무기는? 나무는?"

유망은 지나치다 싶을 정도로 꼬치꼬치 물었으나 창힐은 변함없이 느리면서도 확실하게 대답했다.

"공상 안의 모든 집 지붕은 대나무를 짜서 얹게 했습니다. 화살대가 모자라면 그것으로 쓰면 충분하옵니다. 기둥들도 급할 때 쓸 수 있도록 좋은 나무로 골라서 짓게 했으니 그것 역시 문제없사옵니다. 집을 지을 때 쓴 돌까지 무기로 사용할 수 있도록 단단한 돌을 골랐습니다. 게다가 무너진 성을 신속하게 고칠 수 있게 다듬은 돌들도 쌓아 두었습니다. 공상성 안의 모든 것은 급할 때 무기로 사용할 수 있는 것들로만 만들어졌사옵니다. 염려하지 마옵소서."

축융과 형천은 감탄한 눈빛으로 창힐을 바라보았다. 창힐이 차분하고 꼼꼼한 사람이라고는 알고 있었으나 이 정도로 치밀할 줄은 몰랐다. 창힐이 덧붙여 말했다.

"공상성 안의 사람들은 한 달에 두 번씩 훈련을 받고 있사옵니다. 지나 말을 배우게 하는 것은 물론이옵고 전사가 아닌 남자들에게는 급한 대로 쓸 수 있도록 화살과 무기를 만드는 훈련을 시키고 있으며, 여자들에겐 다친 사람의 상처를 돌보는 법을 가르쳤사옵니다. 모든 집에는 방을 하나씩 더 만들어서 여차하면 싸우다 지친 전사들이 쉴 수 있게 만들어 두었고, 집집마다 상처에 바를 기름 단지와 상처에 두를 천을 따로 갖추게 했사옵니다. 아이들에게도 성벽으로 전사들에게 줄 음식과 화살을 나르는 훈련을 시키고 있사옵니다."

"기막힌 준비로군!"

형천이 참지 못하고 외쳤다. 창힐은 그 말에는 관심도 보이지 않고 유망에게 말했다.

"한 가지 여쭐 말씀이 있사옵니다."

"말해 봐."

아무렇게나 내뱉는 듯했으나 유망의 눈에도 놀라움과 대견함의 눈빛이 감돌았다. 창힐이 조용히 말을 이어나갔다.

"공상은 우리가 빼앗아 다시 세운 성이옵니다. 비록 항복은 했지만 전사가 아닌 대부분은 미아우나 마갸르 같은 다른 부족 출신이옵니다. 그들의 마음까지 잡아야만 하옵니다. 제가 미아우족에게 훈련을 시켜서 전사들의 뒷바라지를 하는 것은 꼭 필요한 일이옵니다만 그들은 속으로 귀찮아하고 불만스러워할지도 모르옵니다. 그러니 그들의 마음을 잡기 위하여 조금 더 베풀어야 할 것이옵니다."

"무얼 어떻게?"

"공상성에 사는 사람들에게 훈련을 받는 대가로 가죽과 비단, 구슬, 조개껍질을 내리는 것이옵니다. 염제 신농님의 이름으로 값진 것을 나누어 준다면 그들은 훈련을 힘들어하지 않을 것이고, 우리 전사들은 그만큼 더 잘 싸울 것이옵니다."

유망은 흔쾌히 고개를 끄덕였다.

"좋다! 싸움이 코앞인데, 준비가 그만큼 되어 있다면 재물을 아낄 필요는 없어. 창힐, 네가 잘 생각해서 나눠 줄 수 있는 만큼 나눠 줘라."

"염제 신농님의 보살핌에 다른 부족 사람들도 고마워할 것이옵니다. 그러면 물러가오리까?"

유망은 손을 저으며 말했다.

"아니. 너도 들어 봐. 어느 미친놈이 우리 공상을 치러 온다는군. 싸움은 형천과 축융이 할 테지만 공상성을 만든 건 너니까 너도 듣는 게 좋겠어."

창힐이 조용히 고개를 숙이자 유망은 형천에게로 고개를 돌렸다.

"그런데 형천?"

"예!"

"너 같으면 이런 공상을 만 오천으로 칠 수 있겠어? 그것도 어중이떠중이들을 데리고?"

형천은 즉시 고개를 저었다.

"안 될 것이옵니다."

"축융 너는?"

축융도 고개를 저었다.

"공상 성벽은 신시를 본 따서 돌로만 쌓았습니다. 그리고 십이만의 전사들이 지키는데…… 절대 불가능합니다."

창힐이 조심스레 물었다.

"공상을 공격할 적이 만 오천이옵니까?"

"그렇게 될 거라고 들었어."

창힐은 믿어지지 않는다는 듯 고개를 갸웃하더니 되물었다.

"그러면 나가서 싸워도 충분히 이기지 않겠사옵니까?"

"그렇게 간단하지 않아. 치우천 놈은 꾀가 대단하고 부하들을 잘 다룬다. 맞붙어 싸워도 지지는 않겠지만, 피해가 막심할거야."

"그자가 그렇게 무섭습니까?"

"우리 수가 많다고 적을 얕보아서는 안 돼. 지난번에 우리가 물러난 것도 그놈의 꾀 때문이야. 하지만 성안에 버티고 있는데야 놈들이 어쩌겠어?"

"그놈이라면 그래도 뭔가 꾀를 쓸 것이옵니다."

"그렇겠지? 그래. 안 그러면 어떻게 공상을 치겠어? 분명 그럴 거야. 그리고……."

형천의 말에 대꾸를 하던 유망은 돌연 축융에게 물었다.

"축융, 남쪽 전사들을 불러오려면 얼마나 걸리지?"

"두 달 정도면 올 것입니다."

"두 달이라……."

유망은 인상을 쓰면서 머리를 긁적거리다가 말을 이었다.

"치우천 놈이 아무리 빨리 와도 앞으로 한 달은 걸리겠지? 아니, 놈이 신시를 떠난 게 한 달 전이라 들었으니 한 달 안에 도착할지도 몰라."

"그렇게 빨리 오겠습니까? 못 잡아도 두 달은 걸려야……."

"아냐, 놈은 그렇게 온다. 어쩌면 한 달 만에 올지도 몰라. 그래 봐야 우리 편이 오기까지 한 달도 안 남는데…… 그사이에 공상을 친다?"

그때 창힐이 조용한 목소리로 끼어들었다.

"공상의 창힐이 한 말씀 드리옵니다. 저는 전쟁은 잘 모르오나, 그래도 만 오천의 전사로 십이만이 지키는 공상을 공격한다는 것은 말도 되지 않사옵니다. 적어도 겉으로 공격해서는 무슨 방법을 써도 이길 수 없을 것이옵니다."

유망은 눈을 빛내며 창힐을 쳐다보았다.

"더 말해 봐."

"공상은 분명 단단한 성이옵니다. 이런 성은 겉으로 공격하는 것이 아니고 안에서 공격해야 무너질 것이옵니다."

"안에서 공격한다는 건?"

"가령…… 굴을 판다거나……."

창힐의 말이 채 끝나기도 전에 유망이 부르짖었다.

"그거다!"

유망의 외침에 형천과 축융은 유망의 얼굴을 바라보았다. 유망 역시 두 사람의 얼굴을 번갈아 쳐다보며 물었다.

"기억들 안 나나? 전에 치우천 그놈이 어떻게 도망쳤는지?"

"맞습니다. 굴을 파고 도망쳤죠."

"그래. 놈은 틀림없이 굴을 파고 들어오려 할 거다. 우리는 전사도 많고, 성벽이 단단하고 먹을 것도 충분해. 하지만 굴을 파고 들어오면……."

창힐이 차분한 목소리로 한마디 했다.

"굴을 판다면 성벽을 조심해야 합니다."

"무슨 소리야?"

"공상의 돌 성벽은 단단하고 강하지만 밑에서 굴을 판다면 무너질 위험이 있습니다."

형천이 무릎을 탁 쳤다.

"그렇군!"

형천을 잠시 쳐다보다가 창힐이 말을 이었다.

"굴을 파는 것은 금방 알 수가 있사옵니다. 굴을 파면 많은 흙이 나오게 되는데, 그것을 감출 수는 없지요. 또 성벽 안쪽에서 우리가 성벽 아래까지는 아니더라도 여기저기 굴을 파 놓으면 될 것이옵니다. 굴 안에서 가만히 귀를 기울이고 있으면, 밖에서 굴을 파고 들어오는지 아닌지 알 수 있습니다."

"그래, 그래. 아주 좋아, 창힐."

흡족한 듯 고개를 끄덕이는 유망을 보며 축융도 거들었다.

"분명 그럴 것입니다. 그것밖에는 다른 수가 없지요. 바깥에서 들어오는 자들도 경계해야 합니다. 치우천 놈의 끄나풀들이 성안으로 들어와서 불이라도 지르고 다닌다면 큰일이니까요."

"맞아, 그럴지도 몰라."

유망은 대답하며 몸서리를 쳤다. 지난번 출정 때, 치우천의 부추김을 받은 미아우족의 게릴라 작전 때문에 식량과 보급품이 불타 버려서 얼마나 비참하게 후퇴를 해야만 했는가. 그 생각을 하니 피가 거꾸로 솟고 진저리가 쳐졌다.

"창힐, 놈들이 가까이 올 때쯤부터 성문을 꽉 닫고 바깥 놈들이 하나도 들어오지 못하게 해. 이번 싸움이 끝날 때까지. 알았지?"

"염제 신농님의 말씀 받드오이다. 하온데 적이 오기 전부터 문을 닫아걸 필요는 없지 않겠사옵니까?"

"그렇지 않아. 놈은 꾀가 많으니 조심해야 해. 그러니 오늘 당장 성안에 있는 사람들 얼굴을 모조리 조사하고, 바깥에 사는 놈이 성안에 절대 들어올 수 없게 하라구. 알았지? 놈이 나타날 때 즈음에는 아예 문을 닫아걸어! 뭐든 확실하게 해야 해."

"알겠사옵니다. 유망님의 생각이 깊으십니다. 틀림없이 그리하겠나이다."

"그리고 축융, 너는 놈들이 굴을 파는지 잘 감시해. 알았지?"

"예! 그리하도록 하겠습니다. 놈들을 잡는 방법에 대해선 제게 좋은 생각이 있습니다. 놈들이 굴을 어디로 파는지 지켜보다가 그곳을 알아내는 것입니다. 그리고 부근에 전사들을 놓고 있다가, 놈들이 굴을 빠져나오는 족족 죽여 버리면 더 쉽습니다. 아니면 끓는 물을 들이붓거나 연기를 피워서 한꺼번에 죽일 수도 있구요."

"하! 그것 참 좋군! 아주 멋져. 좋아, 그렇게 해. 축융, 알았지?"

"예!"

"그리고 형천, 오늘 바로 남쪽 전사들에게 연락해서 올라오게 해."

"그들까지 부를 필요가……?"

유망은 고개를 저으며 열에 들떠서 외쳤다.

"한 놈도 살아남지 못하게 한다. 특히 치우천 그놈이 살아남지 못해야 한다."

그 말에 축융은 음산하게 웃어 보였다.

"여기서 살아 나가더라도 공상을 빼앗지 못하면 놈은 죽은 거나 다름없습니다. 신시에서 그놈을 용서하지 않을 테니까요."

"좋다! 이제 그놈은 송장이나 다름없어."

유망은 주먹을 불끈 쥐며 외쳤다. 형천과 축융, 창힐도 고개를 끄덕였다. 방어 작전은 완벽했고 한 치의 빈틈도 없었다. 이번에야말로 치우천이 살아 나갈 길은 어디에도 없었다.

진몽희의 검은 구슬

밤이 지나 하늘이 푸르스름하게 밝아지기 시작하고 풀잎과 나뭇가지를 적시듯 아침 이슬이 내려앉기 시작할 무렵, 두 사람이 말을 타고 달리고 있었다. 말 위에 두 사람이 있기는 했지만, 정확하게 말하자면 두 사람이 말을 타는 것은 아니다. 한 사람은 말을 타고, 한 사람은 말 등에 가로 얹혀 있었으니까.

앞을 가로막는 길게 늘어진 큰 버드나무 가지를 헤치고 지나가자 나뭇잎에 맺혀 있던 아침 이슬이 우르르 쏟아져 내려 두 사람과 말의 몸을 적셨다. 말을 몰던 사람은 혀를 쯧 차면서 자기 몸보다 말 등에 얹혀 있는 사람의 몸에서 이슬을 먼저 털어 내 주었다. 말 등에 얹힌 사람은 뒷짐 진 상태로 묶여 있었는데, 이슬을 흠뻑 뒤집어쓰자 온몸을 부르르 떨었다.

말을 타고 가던 사람이 투덜거리듯 물었다.

"추우십니까요?"

그는 상망이었다. 상망은 적당한 풀밭을 찾아 말을 세우고 말 등에 엎혀 있는 사람을 조심스레 내렸다. 헌원의 딸 공손발이었다. 삼 년이 지나는 사이 공손발은 키가 제법 자랐고 얼굴도 애티를 벗어 여자다워 졌다. 발은 추워서 파랗게 질린 얼굴로 사납게 외쳤다.

"할아범 같으면 안 춥겠어? 꼼짝 못하고 바람과 이슬을 다 맞는데?"

발의 목소리에는 여전히 치기가 어려 있어 아이 때 그대로였다. 상망 은 혀를 끌끌 찼다.

"그러니 왜 도망가십니까요?"

"내가 언제 도망갔다구 그래? 난 말야……."

상망은 발의 말은 듣지도 않고 주변에서 그나마 이슬에 덜 젖은 나뭇 가지들을 주워 모으면서 타이르듯 말했다.

"아가씨, 아직도 안 잊혀집니까요?"

"누가 잊어? 제길! 난 그 멍청이 놈에게 꼭 복수할 거라구! 절대 안 잊어버릴 거야!"

상망은 피식 웃었다.

"복수는 무슨 복수예요? 그럴 거였으면 지난번에 그놈이 우리 마을 에 왔을 때 잡아 버렸으면 그만 아니에요?"

공손발은 씩씩거리면서 얼굴을 붉혔다.

"할아범은 몰라! 그놈을 내 손으로 끌고 와야 복수가 되는 거라구! 그러니까 할아범……."

공손발은 상망의 눈치를 살피며 응석이 섞인 목소리로 조르기 시작 했다.

"날 도와줘, 응? 억울해서 잠도 안 오고, 정말 못 살겠어! 그놈을 내 손으로 끌고 와야 직성이 풀리겠단 말야, 응?"

상망은 공손발 쪽으로는 고개도 돌리지 않고 주워 모은 나뭇가지를 한곳에 쌓은 다음 가죽 주머니를 꺼내 안에 들어 있던 잘 말린 잎사귀

가루를 뿌리고는 부싯돌을 탁탁 치기 시작했다.

"아가씨, 말도 안 되는 소리는 그만두세요. 뭘 끌고 온다고 그러세요. 아가씨, 그놈한테 도망가려는 거 아니에요?"

"할아범!"

공손발은 화를 벌컥 내며 소리 질렀다.

"내가 왜 그런단 말야? 내가 도망갈 거였으면 저번에 멍청이가 찾아왔을 때 벌써 함께 도망갔지!"

불씨가 나뭇잎 가루에 옮겨 튀었다. 상망이 훅훅 불씨에 입김을 불자 곧 불이 피어올랐다. 상망이 불을 피우느라 대답하지 않자 공손발은 발끈하며 외쳤다.

"할아범! 내 말 안 들려? 난 도망 안, 간, 다, 구! 내가 소리를 질러서 멍청이 놈을 쫓아냈잖아! 틀려?"

상망은 지친 표정으로 작은 나뭇가지들을 꺾어 불에 던지면서 중얼거렸다. 상망의 표정과 말투로 보아 이미 수없이 반복하여 닳고 닳은 말을 몇 번이나 반복하는 듯했다.

"압니다요, 알아. 아가씨. 하지만 아가씨는 안 가신 게 아니라 못 가신 거죠. 아가씨를 데리고 간다면 그 멍청이는 절대 빠져나갈 수 없었을 테니까요."

"벌써 몇 번째 하는 이야긴지 모르지만, 난 안, 그, 랬, 어!"

공손발이 붉게 달아오른 얼굴로 소리치자 상망은 슬픈 눈빛으로 발을 쳐다보며 말했다.

"아가씨. 그러면 그 멍청이가 두 번째 왔을 때는 왜 저에게 그런 말씀을 하셨죠?"

그 말을 듣고는 얼굴이 더욱더 붉어진 공손발은 황급히 고개를 돌렸다.

“내가 무슨 소리를 했다구!”

“그 멍청이를 살려 보내 주라고, 그 멍청이가 죽으면 아가씨도 죽어 버리겠다고 저한테 협박하셨잖습니까요?”

“내가 언제 그랬어? 난 모르겠는데? 내가 잠꼬대라도 했나?”

공손발이 시치미를 떼자 상망은 한숨을 푹 쉬면서 고개를 저으며 중얼거리듯 물었다.

“뭐 좀 드실래요?”

“난 배 안 고파! 아니, 어쨌거나 이걸 풀어 줘야 먹든지 말든지 할 거 아냐!”

“풀어 주면 또 도망가시려고 그러죠?”

“내가 왜 도망을 가!”

상망은 기가 막힌 듯 피식피식 웃었다.

“제 눈에 재를 뿌리고 도망친 게 여섯 번이고, 이 늙은이가 잠잘 때 손발을 꽁꽁 묶고 도망친 게 네 번, 이 불쌍한 늙은이를 구덩이에 빠뜨리고 도망친 게 세 번입니다요, 아가씨가 한 번만 더 저를 골탕 먹이시면 이 늙은이는 죽을지도 몰라요.”

약이 바짝 오른 공손발은 발을 힘껏 구르며 쏘아붙였다.

“흥! 두고 봐! 다음번엔 벼랑에서 밀어 버릴 거니까!”

“벼랑 근처에는 절대 안 가지요. 암요, 저도 살아야 할 것 아니겠습니까요?”

“칫! 집에다 불을 질러 버릴 거야! 술에다가 뱀독을 탈 거라구!”

공손발이 화가 치밀어서 무시무시한 소리를 하는데도 상망은 눈 하나 깜빡 않고 말린 고기를 꺼내 굽기 시작했다.

“그런데 아가씨, 제가 죽으면 그때부터 아가씨 옆엔 비휴가 졸졸 따라다닐 텐데, 그게 낫겠어요? 제가 낫겠어요? 그 녀석은 봐주는 법이 없으니 더 고달프실 텐데요?"

갑자기 공손발이 엉엉 울음을 터뜨렸다. 그런데도 상망은 고기만 쳐다볼 뿐 눈썹 하나 까딱하지 않았다. 공손발은 더욱 크게 엉엉 울더니 상망에게 애원하기 시작했다.

"할아범, 할아범……. 나 좀 봐줘. 나한텐 할아범밖에 없는 거 알잖아, 응? 할아범은 내 맘 잘 알잖아? 나 좀 도와주면 안 돼? 응?"

공손발이 서럽게 우는데도 상망은 아무런 표정 없이 무뚝뚝하게 되받았다.

"그만 우세요. 우는 걸 한두 번이나 봤으면 불쌍하기나 하지, 너무 많이 보니깐 이젠 재미도 없네요."

"할아범! 정말 이럴 거야?"

공손발이 눈물 젖은 눈으로 무섭게 눈을 흘기자 상망은 한숨을 푹 내쉬었다.

"아가씨, 아무리 그러셔도 안 되는 건 안 되는 거예요. 벌써 삼 년이 넘었다구요. 이제 그 멍청이도 아가씨는 잊어버렸을 거라구요. 그러니 맘대로 도망가지 마세요. 아가씨 혼자 어떻게 신시까지 갑니까?"

"그러니 내가 가야 하는 거야! 그 멍청이가 날 잊었으면 죽여 버려야지!"

상망은 지치고 피곤한 듯 고개를 저으며 공손발에게 구운 고기를 내밀었다.

"드세요."

"안 먹어!"

"드시라구요."

공손발은 화를 벌컥 내며 앙칼지게 쏘아붙였다.

"손이라도 풀어 줘야지!"

상망은 그제야 피식 웃고는 공손발에게 물었다.

"도망 안 갈 거죠?"

공손발도 따라서 생긋 웃었다.

"글쎄?"

상망은 한숨을 쉬고는 공손발의 줄을 풀어 주었다. 그리고 고기를 넘겨 주자 공손발은 흥 하고 코웃음을 치더니 받아먹기 시작했다. 상망은 서글픈 눈빛으로 공손발을 바라보며 말했다.

"아가씨, 제가 아가씨가 도망가면 왜 그리 서둘러서 잡아오는지 아시죠?"

공손발은 대답하지 않았다. 그러자 상망이 말을 이었다.

"제가 입을 다무니 망정이지, 아가씨가 이렇게 자꾸 도망간다는 걸 헌원님이 아시는 날엔 크게 혼나요. 전 아가씨를 생각해서 그러는 거예요."

공손발은 입술을 샐쭉거리며 종알거렸다.

"아버지가 설마 죽이기야 하겠어?"

"아가씨, 헌원님은 한번 하신 말씀은 반드시 지키세요. 헌원님은 벌써 아가씨를 두 번이나 용서해 주셨어요. 세 번째는 용서 안 하실 거예요."

상망의 으름장에 공손발은 태연히 되받았다.

"아버진 날 못 죽여. 혼내려면 혼내라지, 뭐. 날 절대 죽이진 못할걸?"

"헌원님이 아가씨를 무척 예뻐하시지만…… 그렇게 장담하실 순 없어요. 워낙 엄하신 분이라서……."

공손발은 기분이 상한 듯, 먹던 고기를 내동댕이치며 외쳤다.

"내가 아직도 어린애인 줄 알아? 아버진 날 못 죽인다니깐! 나도 다 알아!"

돌연 상망의 얼굴색이 변했다.

"뭘 아신다는 거죠?"

공손발은 내동댕이친 고기를 발로 콱콱 밟으며 소리쳤다.

"어머니가 다 이야기해 줬다구! 아버진 내가 꼭 필요한 거야! 하지만 두고 봐! 구슬을 얻어 온다고 내가 아버지 말대로 할 것 같아? 흥!"

상망은 충격을 받은 듯 안색이 하얗게 질렸다.

"아가씨…… 정말…… 아시는군요……."

공손발은 크게 외쳤다.

"알지! 우리 어머니는 누에 선인 누조야! 그런 분이 아버지의 시커먼 속을 몰랐을 것 같애? 난…… 난 절대 아버지 말 안 들어!"

"어머님이…… 아가씨에게 무슨 말씀을 하셨죠?"

"말 안 해!"

공손발은 목에 힘줄이 불거지도록 크게 외치더니 훌쩍훌쩍 울기 시작했다. 아까처럼 가식적으로 우는 게 아니라 정말로 슬피 우는 소리였다. 상망도 코끝이 시큰해졌다.

"아가씨, 헌원님은 아가씨를 사랑하세요. 그렇게만 생각하시면 안 된다구요. 헌원님은 아가씨를 위해서라면 뭐든지 하실 거예요. 전에 카린 산에서 싸움할 적에 못 보셨나요?"

공손발은 고개를 저으며 계속 울었다.

"전부 거짓이야. 아버진 구슬 때문에 내가 필요한 것뿐이야."

"그렇지 않아요."

"뭐가 그렇지 않다는 거야."

공손발은 서럽게 흐느끼며 커다랗게 소리쳤다.

"나도 그렇게 생각하려고 했어! 어머니 말을 들었지만, 눈 꾹 감고 참으려고 했어! 모르는 척하고 그냥…… 그냥 살려고 했다구! 그런데…… 그런데…… 아버진 끝내 구슬을 찾아오라고 했잖아, 날 이용할 생각이 아니라면 구슬을 뭐에 쓰려고 찾으려는 거지? 응?"

"아닙니다, 아니에요. 헌원님은 그 구슬이 남의 손에 넘어갈까 봐 찾으려는 것뿐이라구요!"

"흥, 웃기지 마, 상망. 그랬으면 진작 찾지, 왜 이제 와서 찾는 거지? 내가 스무 살이 넘어서 이제 구슬을 써먹을 만하니까 찾는 거 아니야?"

상망은 막무가내로 몰아붙이는 공손발을 보면서 엄숙하게 말했다.

"아가씨, 그렇지 않아요. 그게 아닙니다요. 헌원님은 벌써 다섯 번이나 사람을 보내서 구슬을 찾으려고 하셨어요. 끽구도 갔었고, 이주도 갔었고, 지, 풍후와 상백도 갔었어요. 그러나 구슬커녕 진몽희도 찾지 못했습죠. 그래서 헌원님은 계속 불안해하고 안타까워하셨어요. 그래서 이번에는 제가 가는 겁니다요. 저 같은 늙은이는 재주는 없지만 발님과 함께 간다면 구슬을 얻을지도 모른다는 예언이 있었기 때문이에요."

"예언? 혹시…… 지난번 쑤앙마이가 미안하다고 보내 준 여섯 무녀가 한 말이야?"

"예."

공손발은 코웃음을 쳤다.

"흥! 카린산 주술사 따위 말을 어떻게 믿어!"

"그 여자들은 쑤앙마이의 가르침을 받은 주술사들입니다요. 틀린 적이 없습죠. 이번에 틀리면 영원히 카린산으로 돌아가지 않겠다는 맹세까지 했으니, 틀림없을 것 같아요."

"그래서, 그걸 얻어 가서 날 이용하겠다는 거야? 할아범도 그럴 거냐구."

공손발이 다시 주르륵 눈물을 흘리자 상망은 착잡한 표정으로 대꾸했다.

"아닙니다요. 제가 구슬을 얻는다면, 헌원님께 잘 간직하시라고 할 겁니다. 아가씨, 아가씨는 친손녀나 다름없어요. 제가 어찌 아가씨를 해치는 짓을 하겠습니까요?"

"아버지가 명령하면?"

상망은 크게 심호흡을 하고는 대답했다.

"목숨 걸고 그러지 못하게 할 것입니다."

까닭 모를 감정에 복받쳐 공손발은 엉엉 울며 말했다.

"할아범, 난 할아범을 믿어. 하지만…… 하지만 그렇게 되면 어떻게 해? 응? 내가 철없고 바보 같아서 도망가려는 게 아냐. 멍청이 녀석도 생각나지만 그것 때문만은 아니라구. 난 무서워. 난 지금도 아버지를 좋아하는 건 아니지만…… 그래도 아버지야. 하지만 아버지가 만약…… 만약 그걸 쓴다면…… 난…… 난 정말 견딜 수가 없어. 견딜 수가 없다구! 차라리 도망쳐 버리는 게 낫잖아……."

"쓰지 않으실 것입니다. 절대 쓰지 않으실 것입니다. 아가씨, 생각해 보세요. 진몽희는 하백족의 부족장이에요. 하백족이 만약 적들 편이 된다면, 그거야말로 아가씨를 더 위험하게 하는 일입니다요. 헌원님은 그래서 구슬을 얻으려는 것뿐입니다. 염려 마세요, 염려하지 마세요."

걷잡을 수 없이 흐느껴 우는 공손발을, 상망은 간곡히 달랬다. 상망의 눈에도 축축하게 눈물이 고였다. 한참을 목 놓아 울던 공손발은 아침해가 붐하게 떠오를 때쯤에야 눈물을 그쳤다. 상망은 공손발을 달래 일으켜 세웠다.

"가야죠, 아가씨. 부하들이 봅니다요. 아가씨, 아가씨가 그 사실을 안다는 걸 누구에게도 말하시면 안 돼요. 이 할아범 말고는 아무도 믿으면 안 된다굽쇼. 아셨지요?"

공손발은 훌쩍거리며 고개를 끄덕였다.

"난…… 바보가 아냐. 할아범, 아무에게도 이야기 안 해. 아버지한

테도.”

상망은 뭔가 말하려다가 소리 없는 한숨만 길게 내쉬고는 몸을 쭉 폈다. 공손발이 조금 가라앉은 소리로 말했다.

“할아범?”

“예……?”

“나를 도망치게 해 줄 수 없어? 정말로?”

“아가씨…… 그러실 필요 없다니까요.”

“아주 도망가겠다는 게 아냐. 여기서 신시는 그리 멀지 않잖아. 한 번만 신시에 다녀올게. 응?”

“아가씨, 압니다요. 그 멍청이 생각하시는 걸 알지요. 아가씨는 이제 다 크셨죠. 그러니 더 생각나시겠지요. 허나 어쩝니까? 될 일이 아닌 것을…….”

상망은 공손발을 바라보며 말을 이었다.

“이제는 도망치지 마세요. 그 녀석 일도 제가 어떻게든 해 볼게요. 그러니 이 할아범에게 맡겨 주세요. 아셨지요?”

“정말이야?”

“제가 어떻게든 수를 내 보겠습니다요. 아셨지요?”

“정말 그럴 수 있어? 정말?”

공손발이 다짐하듯 되묻자 상망은 단호하게 말했다.

“아가씨께는 절대 거짓말을 하지 않습니다요.”

그 말을 듣고 공손발은 고개를 푹 숙였다.

“알았어. 할아범…….”

공손발은 풀이 죽은 모습으로 상망이 인도하는 대로 말 등에 올랐다. 상망은 말갈기를 잡고 앞길을 터서 걸음을 옮기기 시작했다.

한편, 신시를 떠난 치우천 일행은 계속 남쪽을 향해 달리고 있었다. 그들은 며칠 만에 치우벌과 포리 등이 새로 지은 거대한 나무 요새에 도착했으며, 그곳에서 도깨비들과 작은 주신 전사 오백 명과 합류했다.

치우천이 말문을 열었다.

"여기서 며칠 머물면서 준비를 한다. 사람들도 모으고."

치우천은 치우비와 다른 사람들과 함께 치우벌과 포리가 만든 나무 요새를 둘러보았다. 포리는 놀라운 재주가 있어서, 요새는 섣불리 근접할 수 없을 정도로 튼튼해 보였다. 뿐만 아니라 요새 앞에 커다란 개울을 파서 쉽게 공격해 오지 못하게 만들었고 삐죽삐죽한 장애물들을 사방에 묻고 대나무들을 심는 등 완벽하게 방어 준비를 해 놓고 있었다. 치우천은 흡족한 미소를 지었다.

"이 정도면 문제없겠군. 포리, 수고했다."

치우비가 말했다.

"형, 공상을 친다면 여기 방비를 이렇게 할 필요가 없지 않았겠어? 하긴 뭐 그때는 이렇게 될 줄 몰랐겠지만."

고개를 갸웃거리는 치우비를 바라보며 치우천은 맑게 웃었다.

"아니야. 지금도 여전히 이곳은 중요하다. 공상을 빼앗았다 해서 여기서 싸움이 나지 말라는 법은 없다."

"그게 무슨 소리야?"

"그럴지도 모른다는 말이다. 준비해서 나쁠 건 없지 않니?"

치우천은 알 듯 모를 듯한 소리를 남기며 씨익 웃어 보였다.

"이제 사람들을 모아야지."

치우천은 사람들을 시켜 요새에 남아 훈련을 받던 전사들 중 공상 공격에 참가할 사람들을 뽑았다. 어느새 공상 정벌의 소문이 여기까지 퍼졌는지 그곳을 지키던 와난강 와난수 및 많은 부족장들과 수천 명의 전사들이 동행을 요청했다. 그러나 치우천은 와난강 와난수와, 말을 잘 타고 적어도 세 마리 이상의 말을 가지고 있는 마갸르 전사 사백 명과 미아우 전사 이백 명만 받아들였을 뿐이다.

신시에서 출발한 사람들 중 작전에 대해 논의한 열다섯 명은 치우천, 치우비, 쇠돌이, 부루벼락, 거서기, 삼, 부달, 도단이, 야율쿠리, 초초룬, 알한, 무라, 울쿠타, 야쿠타, 차오스였다. 그중에 차오스와 유쌍은 번개범과 싸운 직후 다른 일을 맡아 밖에 나가 있었다.

울라트, 질쾌, 불쇠는 대장이 아니므로 천 명의 전사들과 함께 처음 숙영지에 남아 있었다. 그들에게는 따로 맡긴 일이 있었다. 아울러 치우천은 그곳에 소녀도 머물게 했다. 양역은 삼천 명의 사울아비를 데리고 느릿느릿 진군하는 중이었다. 이곳에 도착한 치우천 일행 열다섯 명은 리미, 마냥, 개르와 와난강 와난수와 천 명 정도의 전사를 거느리게 되었다. 비울걸 또한 어느 틈엔가 사라져 버려 이곳에는 없었다.

그날 밤 치우벌의 주관으로 치우 일행 및 부족장이 참석한 연회가 열렸고, 그 자리에서 많은 사람들이 치우천에게 공상을 치는 계획에 대해 물었다. 치우천은 담담한 모습이었다.

"전사들이 너무 적지 않습니까?"

치밀한 성격의 와난강이 묻자 치우천은 대답했다.

"이번 싸움은 달리는 것이 중요합니다. 잘 달리지 못하는 전사는 소용없습니다."

"치우천 부족장을 못 믿는 것은 아닙니다만 공상으로 간다고 들었는데…… 이 인원으로 되겠습니까?"

"이 인원으로는 안 되겠지요. 가는 길에 많은 전사들이 모일 것입니다."

"그들로 되겠습니까? 미아우와 마갸르족은 뿔뿔이 흩어지지 않았나요?"

"전 그렇게 생각하지 않습니다. 미아우족과 마갸르족이 많이 죽고 흩어졌지만, 지금 이곳부터 공상 사이에 지나족은 많지 않습니다. 그러니 다시 자기 마을을 찾아 모인 부족이 많을 것입니다."

"그들은 너무 약하지 않겠습니까? 한번 패한 전사들이라……."

"한번 졌지만, 그 때문에 더 이를 갈고 지나족에게 복수할 기회를 찾고 있을 것입니다. 복수하기 위해 나름대로 열심히 힘을 쌓았을 테구요. 그들은 이제 져서 흩어진 전사들이 아닙니다. 제 말을 믿고 형천과 유망의 진지에 불을 질러 그들을 물러나게 만든 사람들입니다. 훌륭히 싸워 주었으니, 이긴 전사들입니다."

"그들이 모이지 않으면 어쩝니까?"

"그럴 것이라면 지난번 싸움에도 힘을 빌려 주지 않았을 것입니다."

와난강을 비롯하여 몇몇 사람들은 감탄했다. 치우천은 아무 준비도 없이 허허벌판으로 달려든 것이 아니었다. 그의 계산에는 아무도 생각 못했던 요소들이 있었다. 지난번 지나족이 벌인 학살과 약탈에서 탄생한 미아우, 마갸르족의 분노의 힘이었다. 아울러 지난 싸움에서 치우천이 떨친 명성도 포함되어 있었다. 치우천의 깃발 아래에 모이지 않을 미아우나 마갸르족은 없을 것 같았다.

"그렇다면 차라리 시간을 더 들여 많은 인원을 모아 가는 것이 어떻겠습니까? 야율쿠리님이나 초초룬님의 전사들도 있을 텐데요?"

"시간이 가장 중요합니다. 늦으면 곤란해집니다."

"몇 명이나 모으려고 합니까?"

"열다섯천가량 모으려고 합니다."

사람들은 서로의 얼굴을 바라보았다. 공상에는 적어도 십만의 지나 전사가 있었다. 그런데 고작 만 오천으로? 사람들이 의아한 나머지 더 물어보았지만 치우천은 그 이상의 질문에는 대답하지 않았다.

치우천이 아무 말도 하지 않자 사람들은 치우천 일행에게 물어보았지만 역시 아무도 그에 대해 대답하지 않았다. 다만 몇 사람은 멍하니 하늘을 바라보았고, 몇 사람은 불편한 기색을 보였으며, 단 한 사람 부루벼락만이 투덜거리듯 말했을 뿐이다.

"공상? 그 정도는 문제도 안 돼요. 아이구, 나도 믿어지질 않으니 원……"

순간 도단이가 멀건 눈을 황급히 씀벅거리자 부루벼락은 얼른 입을 다물었다. 임시 사령관 격인 치우벌이 술잔을 들면서 말했다.

"자자, 그것은 대단히 중요한 일이니 함부로 알고자 할 필요는 없을 거요. 잘 싸우라고 격려나 해 줍시다."

치우벌이 말을 끊고 나서자 모여 있던 다른 사람들도 더 이상 그 문제에 대해서는 입을 열지 않았다. 그리고 술을 마시며 식사를 시작했다. 그런데 한 명의 정찰병이 들어오더니 치우벌에게 뭔가를 귓속말로 속삭였다. 치우벌의 미간이 꿈틀하는 것을 본 치우천이 물었다.

"무슨 일입니까? 벌 아저씨?"

"별것 아니다. 지나족 몇몇이 근처에 와 있다는구나."

"지나족이요?"

사람들이 웅성거리자 치우벌이 얼른 손사래를 쳤다.

"지나족이라도 유망의 부하들은 아니다. 헌원의 부하 몇몇이 하백족을 만나러 간다는구나. 뭐, 여길 공격할 정도의 수도 아니고 헌원은 우리와 싸우지 않는다고 했으니 굳이 건드릴 건 없을 것 같다만……"

치우벌이 얼버무리자 치우천은 이상한 낌새를 느꼈다.

"벌 아저씨. 헌원의 부족이 직접 우리와 싸우지는 않지만 그들 역시 지나족 아닙니까? 안 그래도 우리는 지나족과 싸움을 준비하고 있는데, 그들이 이 근처를 마음대로 돌아다니는 게 놔두기는 그렇지 않은가요?"

얼굴과 몸에 온통 천을 감고 눈과 입만 아주 조금 내놓아 음산한 분위기가 된 부달도 한마디 거들었다.

"죽이진 않더라도 모두 잡아 둬야 합니다."

그러자 치우벌이 고개를 저었다.

"그건 곤란하네. 함부로 건드릴 수 없는 사람이란 말야. 우리 요새 쪽으로 다가오지만 못하게 하고 지나가게 놔두는 게 좋을 거다."

"누군데 그러는 겁니까?"

와난강이 눈을 빛내며 물었다. 와난강 와난수는 지나족과의 싸움에서 수많은 부하들을 잃고 마을도 모조리 빼앗긴 터라 지나족에 대한 원한이 극에 달해 있었다.

치우벌은 대강 얼버무렸다.

"헌원의 부하 중 상망이라는 자요. 헌원의 신임을 꽤 받는 인물이니 건드려서 좋을 것은 없소. 안 그래도 헌원이 유망의 편을 들어 주지 않는 것은 우리에게는 다행 중 다행이오. 굳이 헌원을 건드려서 무엇하겠소? 그렇지 않느냐, 천아?"

치우천이 고개를 끄덕였다.

"굳이 건드릴 필요는 없다고 생각합니다. 상망이 유망을 도와 허튼짓을 할 사람은 아니지요. 그런데…… 하백족은 어떤 부족입니까?"

"여기서 조금 떨어진 강을 지배하는 부족이다. 그 부족은 숫자는 많지만 다른 부족과 전혀 오가지 않는 부족이란다. 지나족 편도 아니고 우리 편도 아니며, 마갸르나 미아우족과도 담을 쌓고 지내는 부족이다. 신경 쓸 것 없다."

그러자 야율쿠리가 말했다.

"신경 쓰지 않을 수 없지 않습니까?"

"무슨 말씀이십니까, 야율쿠리 족장?"

야율쿠리는 부족장이 되어 있었기에 치우벌도 말을 높일 수밖에 없었다. 야율쿠리는 흠, 하고 헛기침을 한 다음 말했다.

"키탄 울크리족의 야율쿠리가 말합니다. 하백족은 물론 어느 편도 아니고, 숫자는 많아도 전사는 얼마 없는 부족입니다. 그러나 그들의 주술사는 대단합니다. 헌원이 그들을 꼬여 주술사들의 힘을 빌린다면 좋을 것은 없다고 생각합니다. 어쨌거나 지나족 아닙니까?"

"그렇다고 헌원의 부하를 함부로 건드릴 수는 없지 않겠소?"

"그들의 목적이 뭔지, 왜 여기까지 왔는지는 알아야 합니다."

조용히 듣고 있던 치우천이 방금 들어온 정찰병을 향해 물었다.

"지나족이 얼마나 떨어진 곳에 있지? 숫자는?"

"멀지 않습니다. 말을 타고 달리면 한나절이면 갈 만한 거리입니다. 숫자는 백 명 정도 됩니다. 상망 말고 다른 대장은 보지 못했습니다."

"그들은 빨리 움직일 수 있나?"

"짐이 많은 것으로 보아 빨리 움직이지는 못할 것 같습니다."

"짐이 많다? 틀림없이 하백족에게 선물을 보내려는 것 같군요."

그 말에 치우벌이 치우천에게 물었다.

"굳이 건드릴 필요가 있을까?"

"상망이라면 한번 만나 볼 필요가 있었습니다."

"직접 가려고? 지금은 밤인데? 더구나 너는 헌원과 사이가 안 좋지 않으냐?"

"그렇긴 합니다만 상망은 말이 통하는 사람입니다."

치우천이 몸을 일으키자 치우비나 주신의 다른 사울아비들도 같이 일어서려 했다. 치우천은 그럴 것 없다며 치우비, 알한, 리미, 마냥, 울쿠타, 야쿠타만 불렀다. 야율쿠리나 사울아비들도 같이 가고 싶어 했으나 치우천은 다 나설 필요 없다고 말렸다.

　무라도 같이 가고 싶어 몸을 일으켰지만 치우천은 설득력 없는 핑계를 늘어놓으며 무라마저 떼어 놓았다. 무라는 대꾸하지 않고 자리에 앉았지만 마음은 상한 듯했다. 다른 사람은 맡은 일도 있고 부족 일도 있다지만, 무라는 그야말로 카린족에서 홀로 떨어져 나온 혈혈단신이어서 치우 형제의 옆을 떠난 적이 없었다. 이렇게 떼어 놓은 적이 없어서 섭섭한 기색이 역력했다.

　치우비는 무라가 안쓰러워 형에게 귓속말로 물었다.

"무라님도 같이 가면 안 되나?"

"이번만은 안 된다."

"왜 그러는데?"

"그렇다면 그런 줄 알거라."

　치우천을 포함한 일곱 명은 작은 주신의 도깨비 부대 오십 명을 데리고 요새의 북쪽으로 나섰다. 요새는 남쪽의 지나족을 방비하기 위한 곳으로, 백여 리에 걸친 높은 산맥의 중간쯤에 위치한 가파른 협곡 사이에 만들어졌으므로 북쪽은 비어 있었다. 지난번 시기르타가 물건을 전해 준 것도 북쪽으로 왔기 때문이었다. 북쪽으로 요새를 나선 치우천은 정찰병의 안내를 받으며 말을 달렸다.

　치우비는 형에게 속삭였다.

"그런데 왜 상망을 만나려는 거지?"

　치우천이 피식 웃었다.

"멍청한 녀석. 너 때문에 만나려는 거다."

"나?"

"잘된다고 장담할 수는 없지만 말이라도 붙여 봐야 하지 않겠니?"

"무슨 말을 붙인다는 거야? 무슨 말이기에 무라님까지 떼어 놓고?"

　치우천은 참지 못하고 껄껄 웃었다.

"네 이야기지 뭐겠니? 너는 벌써 잊었느냐? 널 장가보내려면 상망에게 말을 거는 것이 가장 좋다. 그 이야기를 들으면 무라님이 좋아할 리 없지 않겠니?"

치우비는 그제야 형의 말을 깨닫고 얼굴을 붉혔다. 아울러 무라에게 미안한 감정이 솟구쳐 올랐다. 한편으로는 형의 마음 씀씀이가 고마워서 눈물이 나오려고 했다. 치우천이 물었다.

"넌, 무라님에게 어떻게 할 생각이냐? 설마 모르지는 않겠지?"

"글쎄……."

치우비가 얼굴을 더욱 붉히자 치우천은 심각한 표정으로 말했다.

"눈치 빠른 네 녀석이 모를 리가 없지. 너는 공손발 생각뿐이지?"

치우비는 순순히 고개를 끄덕였다.

"그래서 무라님에게 미안하고, 더 잘해 주려고 노력하겠지?"

"당연히 그래야지."

"멍청아, 그게 무라님을 더 괴롭히는 일이야. 모르겠느냐? 네가 잘해 주지 않아도 나나 다른 사람도 다들 무라님에게 잘해 드릴 수 있다. 너는 그냥 덤덤하게 대하는 게 가장 좋단 말이다."

치우천은 한숨을 쉬며 말을 이었다.

"나는 헌원과는 원수나 다름없다. 지난번에 헌원이나 공손발과 다시 마주치면 반드시 죽이겠다고 다짐까지 했어. 솔직히, 네가 공손발을 좋아하면 너나 나나, 지나족이나 주신에게나 좋을 것은 하나도 없다. 무라님이 불쌍하지도 않느냐? 그래도 마음을 바꿀 수는 없느냐?"

치우비는 한참 시무룩하게 생각하다가 눈물을 주르륵 흘렸다.

"마음이란 게 마음대로 바꿀 수 있는 것이 아니잖아……."

치우천은 혀를 끌끌 차며 힐끗 치우비를 쳐다보았다.

"알았다. 어쩌겠느냐, 너는 하나뿐인 아우인데. 이 녀석아, 그렇게 풀

죽은 얼굴 하지 마라. 상망은 말이 통하는 사람이니 잘될지도 모른다."

치우천 일행은 밤이 늦도록 달려서야 지나족을 찾아내었다. 그들은 짐을 쌓아 놓고 불을 피운 채 자고 있었다. 치우천은 알한을 보고 말했다.

"잠든 것 같은데 우리가 우르르 가면 놀랄 것이니, 알한님이 가서 상망에게 말씀을 전해 주시지요. 치우천이 찾아왔다고."

"그러죠."

알한은 말에서 내려 기다란 막대기 하나만 둘러메고 지나족 쪽을 향하여 천천히 걸어갔다. 치우천 일행은 뒤로 물러섰다. 알한이 천천히 다가가자 지나족 보초가 그를 발견하고 누구냐며 소리를 질렀다. 알한이 웃으며 말했다.

"나는 작은 주신의 알한이라고 한다. 상망님을 뵐 수 있겠나? 전할 말이 있다구. 나는 혼자니까 겁내지 말고."

상망에게 달려간 보초가 말을 전하자 상망은 놀라서 달려 나왔다. 알한은 씩 웃으며 상망에게 인사를 건넸다.

"오랜만이군요, 상망님."

"자네는 태산 회의 때 보았던 알한 아닌가? 여긴 어떻게 알고 찾아왔는가?"

알한은 피식 웃었다. 상망은 알한을 태산 회의 때 본 후로는 만난 적이 없었다. 허나 알한은 지나족 사이에 묻혀서 카린산의 전투에도 참여했다. 그래서 상망이 남 같지 않았던 것이다.

"투르크족에서 나고 작은 주신에 몸을 담은 알한이 말합니다. 지금이 근처에 치우천님, 치우비님이 와 계십니다. 상망님께 드릴 말씀이 있다는군요."

"뭐라고?"

상망은 기겁을 했다. 알한은 그 모습이 우스워서 싱긋 웃었다.

"우리는 싸울 생각이 없습니다. 치우천님이 상망님과 이야기를 하시고 싶답니다. 이리로 모셔 와도 되겠습니까?"

상망이 기겁을 한 이유는 다른 데 있었다. 일행 중에 공손발이 있지 않은가.

'아가씨가 지금 치우비 그 멍청이 녀석과 만난다면 도망가 버릴 거다. 아니, 도망가는 건 어떻게 막을 수도 있지만 멍청이가 눈이 뒤집혀 아가씨를 잡아가면 어쩐단 말인가? 지금 있는 백여 명으로는 그 멍청이 하나도 막을 수 없지 않은가? 아가씨가 계신 것을 알게 해서는 안 된다.'

거기까지 생각한 상망은 급히 대답했다.

"아니네, 아니네. 내가 가겠네. 이리로 올 것 없다네."

"굳이 그러실 것까지야……."

"아니네. 내가 가 봄세."

상망은 행여라도 자고 있는 발의 눈에 띨까 봐 황급히 알한을 따라나섰다. 따라나섰다기보다는 알한의 등을 떠밀며 서둘렀다. 알한은 이상하다 싶었지만 내색하지 않고 밤길을 걸어 치우천이 있는 곳까지 왔다.

"안녕하십니까, 상망님? 그동안 잘 지내셨는지요?"

치우천은 상망을 보자 명랑하게 웃으며 반갑게 맞이했다. 상망은 심사가 안 좋았던 터라 뒤틀린 목소리로 되받았다.

"자네들 때문에 내 속이 썩긴 하지만 죽지 않고 살아 있다네. 신수가 훤해졌구먼."

"별말씀을요. 상망님도 여전히 정정하시군요."

"자네들보다 먼저 죽을 수야 있는가?"

상망이 비아냥거렸지만 치우 형제는 신경 쓰지 않았다. 치우비는 상망을 보자마자 발의 안부를 묻고 싶어 몸을 내밀었다. 그러나 치우천이 조용히 눈짓을 해서 치우비를 제지하고는 낭랑한 목소리로 말했다.

"화산 기슭에 계셔야 할 상망님이 무슨 일로 여기까지 오셨는지 궁금하군요."

"나도 다리가 있고 말을 탈 줄 아는데 오지 못하라는 법이 어디 있는가?"

"짐을 많이 가지고 오신 것을 보니 누구를 만나려는 것 같은데요?"

"장사하러 왔다고 생각할 수는 없는가?"

"상망님 같은 분이 뭐가 아쉬워서 직접 장사에 나서시겠습니까? 부하가 많지 않으시니 싸우는 것도 아닐 테죠. 분명 누구를 만나러 오셨겠지요."

'귀신같은 놈!'

상망은 속으로 혀를 내두르며 태연하게 되받았다.

"그렇다면 어쩔 겐가? 누굴 죽이러 온 것은 아니지 않는가?"

"여기는 마갸르와 미아우의 땅입니다. 지나족과 그들은 사이가 안 좋은데 설마 그들을 만나시려는 것은 아닐 테고…… 하백족을 만나러 가시는 길입니까?"

치우천이 능청스레 묻자 상망은 다시 속으로 외쳤다.

'정말 귀신같은 놈!'

"그래, 그렇다면 어쩌려고 그러나? 하백족을 만나면 안 된다는 법이 있나?"

"천만에요. 그런데 하백족은 미아우나 마갸르, 주신, 키탄, 지나 등 누구와도 사귀지 않는 부족이라 알고 있습니다. 게다가 절대 남의 싸움에 낄 부족이 아니라고 들었습니다만."

"하백족과 우리가 손을 잡고 남을 공격한다고는 생각하지 말게. 우리는 하백족의 도움은 필요 없다네."

"그러면 왜 그리 많은 선물을 가지고 가시는 겁니까?"

"선물이 아닐세. 무엇을 바꾸려 하는 것일 뿐."

"귀한 물건인가 보군요?"

"그렇지, 귀한 물건이야. 그러나 뭔지 알려고 하지는 말게. 난 말할 수 없으니까."

치우천은 맑게 웃으며 잠깐 생각하더니 피식거렸다.

"그러면 너무 못난 짓이겠지요?"

"뭐가 말인가?"

"한번 싸웠다고 해서 지나족이 하는 일을 무조건 방해 놓기로 한다면 못난 짓 아니겠습니까?"

"자넨 못난 사람이 아닐 걸세. 잘났지. 음, 아주 잘났어."

"그리고 상망님같이 높으신 분을 잡아서 헌원님을 협박하는 것도 못난 짓이겠지요?"

"남자답지도 못하고, 전사답지 못한 짓이지. 그리고 난 죽기만 기다리는 늙은이일 뿐이네. 나 같은 게 인질이 되기나 하겠나?"

"원, 별말씀을."

치우천은 웃으며 상망을 가만히 바라보았다. 상망은 약간 떨려 왔다. 자신이야 어떻게 되든 상관없지만, 발이 치우 형제의 손에 들어가면 그야말로 큰일이 아닌가.

"협박하는 건가?"

치우천은 갑자기 태도를 바꾸어 상망에게 정중히 말했다.

"아닙니다. 그런 생각은 조금도 없으니 그런 걱정은 하지 마시라고 드린 말씀일 뿐입니다. 상망님, 제가 한 번 도와드릴 테니 상망님도 저를 한 번 도와주시겠는지요?"

"돕다니? 우릴 도와? 날 안 잡아가겠다는 건가? 그게 날 돕는 건가?"

"그런 못난 짓을 할 생각은 없습니다. 상망님, 상망님이 뭘 얻으러 가시는지 몰라도 어려운 일이겠지요? 그러니 도와드린다는 것입니다."

"뭐가 어렵다는 거야? 그냥 선물을 주고 바꿔만 오면 되는 일인데!"

상망이 시치미를 떼자 치우천은 고개를 저어 보였다.

"제가 알기로 상망님은 헌원님이 몹시 아끼시는 분입니다. 여간해서는 이런 먼 곳까지 떼어 보내지 않을 텐데요. 그런 분이 몸소 오실 정도니, 그 물건을 구하는 일이 쉽지 않은 게 분명하잖습니까? 하백족을 설득하기가 쉬웠다면 선물만 보내면 될 것 아니겠습니까?"

상망은 섬뜩해져서 속으로 부르짖었다.

'정말 귀신이군. 몇 년 사이에 더 똑똑해진 것 같구나!'

치우천이 계속 말했다.

"작은 주신의 치우천이 말씀드립니다. 뭔지는 모르지만 제가 상망님이 물건을 얻도록 도와드리겠습니다. 대신 제 청을 한 가지만 들어주십시오."

"무슨 청인데 그러는가?"

치우천은 헛기침을 하고는 목소리를 가다듬었다.

"제가 드릴 청이 뭐가 있겠습니까? 제 아우에 대한 청이지요."

그 말을 들은 치우비의 얼굴이 붉어졌다. 상망은 뜻밖인지라 더듬거리며 물었다.

"그러면…… 발 아가씨 일 말인가?"

"그렇습니다. 저는 이제 작은 주신의 부족장이며, 비도 부족장의 아우입니다. 정식으로 헌원님께 전해 주셨으면 합니다. 헌원님의 따님이신 공손발 아가씨와 제 아우를 맺어 주십사 청을 드립니다."

상망도 짐작은 하고 있었으나 치우천이 이렇게 당당히 나오자 당황하지 않을 수 없었다.

"그렇게 쉬운 일이 아닐세. 자네는 벌써 우리 지나족과 여러 번 큰 싸움을 했네."

"싸우다가도 화해하는 것이 부족 사이 아닙니까?"

"자네 아우는 두 번이나 화산 아래까지 찾아와서 아가씨를 잡아가려고 난동을 피웠어."

"비 녀석이 오죽하면 그랬겠습니까? 그 마음을 생각해 주십시오."

"자네는 염제 신농님과 큰 싸움을 벌이고 있지 않은가? 우리 화산족은 싸움에 끼고 싶지는 않지만, 그렇다고……."

상망이 말을 끝내기도 전에 치우천은 딱 잘라 말했다.

"저도 압니다. 그러나 헌원님과 유망님은 같은 지나족일지라도 가는 길이 다릅니다. 헌원님이 유망님을 도우려고 했다면 벌써 많은 전사를 보냈을 것입니다. 상망님, 예전에 우리가 오갈 곳도 없었을 때 헌원님께서는 비에게 따님을 주시려 했습니다. 그러나 이제 우리도 자리가 잡히지 않았습니까?"

"작은 부족의 부족장 정도로 자리가 잡혔다 하는가?"

"그게 모자란다면, 주신의 웃뜸사울아비는 어떻습니까? 그래도 모자라는 것일까요?"

치우천이 당당히 말하자 상망은 깜짝 놀라 외쳤다.

"주신의 웃뜸사울아비라고? 신시에 웃뜸사울아비가 나왔느냐? 네가 웃뜸사울아비가 되었느냐?"

"아직은 아닙니다만 곧 될 것입니다. 두고 보십시오."

"믿을 수 없다, 믿을 수 없어 너희 형제가 대단한 것은 알지만 주신에는 이미 수십 년 동안 웃뜸사울아비가 없었다. 더구나 너희같이 어린 나이에……."

치우천은 나직하지만 단호히 상망의 말을 잘랐다.

"제가 웃뜸사울아비가 되는 날, 헌원님께 정식으로 요청하겠습니다.

아우에게 따님을 달라고요. 그전에 주신다면 더 좋겠지만요."

상망은 부르르 몸을 떨었다. 주신의 웃뜸사울아비라면 삼사와 비슷하거나 오히려 조금 더 높은, 주신의 사울아비 중에서도 최고의 자리였다. 헌원이 대부족장이라고는 하지만 주신이 최고의 부족으로 자리 잡고 있는 이때에 웃뜸사울아비라면 절대로 떨어지는 위치가 아니었다. 아니, 주신의 웃뜸사울아비가 그런 요청을 한다면 헌원으로서도 거부할 수가 없었다. 웃뜸사울아비 집안과 혼인 맺기를 거부한다는 것은 주신을 거부하는 것이나 다름없는 일이기 때문이었다.

꼭 전쟁을 일으키거나 보복을 하지 않아도, 소문이 퍼지면 작은 부족들은 동요할 것이다. 주신과 사이가 나빠질지 모른다는 생각 때문에 작은 부족들이 불안해하고 이탈할 수도 있었다.

헌원은 유망과 더불어 지나족을 반씩 나누어 가진 입장이라 지배력이 굳건하지 않았다. 이런 와중에 그런 소문이 난다는 것은 깊이 생각하지 않아도 치명적인 결과를 낳을 수 있었다.

'대단한 녀석인 줄은 알았지만, 벌써 웃뜸사울아비가 되려 하다니! 믿어지지 않는구나!'

치우천은 상망의 눈에 불신의 빛이 깃든 것을 보고 못을 박듯 말했다.

"공상 싸움에서 승리하면 웃뜸사울아비 자리를 주시기로 한웅님께서 직접 말씀하셨습니다. 상망님은 여기로 오시느라 못 들으셨겠지만 헌원님은 알고 계시리라 믿습니다만."

"지금 주신의 힘으로 우리를 협박하려는 것이냐?"

"그렇지 않습니다, 상망님. 제 아우를 생각하여 제가 많이 물러선 것입니다. 헌원님의 뜻은 제가 잘 알고 있습니다. 모든 세상을 하나로 합치는 것이 헌원님의 꿈이니, 언젠가는 헌원님이 주신을 공격하는 날이 올지도 모릅니다. 저는 그런 날이 오지 않기를 바랄 뿐입니다. 전에 헌원님은 따님을 줄 테니 우리 형제에게 헌원님의 밑에 서라 하셨습니다. 저는 거절했습니다. 누구의 밑에 서는 것은 친구가 되는 길이 아닙니다. 저는 친구가 되고 싶습니다. 헌원님의 따님을 비에게 보낸다면, 헌원님이 주신이나 주신과 가까운 다른 부족을 공격하기 전에 적어도 한 번은 더 생각해 주실 것이며, 우리도 발님의 얼굴을 보아 지나족을 쉽게 건드리지는 않을 것입니다. 비와 발님은 서로 좋아하는 사이잖습니까? 아무도 손해를 보지 않고, 평화롭게 사는 길입니다. 지나족이 무엇이 부족합니까? 왜 다른 부족들을 자꾸 건드리고 합치려 합니까? 제 아우와 발님에서 시작하여 싸우기보다는 평화롭게 사는 법을 찾도록 하십시다. 어떻습니까?"

치우천은 위세를 떨치거나 협박하는 투가 아니라, 진정으로 마음에서 우러난 목소리로 말했다. 상망은 한동안 입을 굳게 다물고 생각하다가 이윽고 조용히 입을 열었다.

"그런 일은 내가 결정할 수 있는 것이 아니네."

"저도 여기서 상망님의 답을 듣고 싶은 것이 아닙니다. 제 뜻을 헌원님께 전해 주시기를 바랄 뿐입니다. 이 혼사는 결코 인질 잡기가 아닙니다. 작게는 괴로워하는 두 사람을 위해서, 나아가서는 지나와 주신을 위해 좋은 일이 될 것이라 생각합니다."

"좋아, 내 헌원님께 그렇게 전하도록 하겠네. 아가씨의 문제도 힘이 닿는 데까지 이루어지도록 애써 보겠네. 나도 아가씨가 가엾어서 미칠 지경이었다네. 이제 아가씨는 다른 남자에게 시집가서는 영원히 행복할 수 없을 거야. 내 늙은 목을 걸고 있는 힘을 다하겠네."

상망이 쾌히 응낙하자 치우비는 기뻐서 가슴이 터져 나갈 것 같았다. 치우천도 생각보다 상망이 탁 터놓고 말하자 속이 개운해졌다. 치우비가 다가와 상망에게 물었다.

"상망님, 그게 정말입니까? 발이…… 아니, 공손발님이 정말 저 같은 것을 아직 잊지 않고 있습니까?"

"어떻게 잊겠는가? 자네는 화산족 마을로 혼자 쳐들어와서 육십 명 이상을 때려눕히고 여러 명을 죽게 만들었어!"

그 말을 듣고 치우천이 끼어들었다.

"갈라졌을 때 싸운 일을 이제 와 굳이 탓할 필요 없지 않습니까?"

"그건 그렇네만……."

치우비는 걱정스러운 듯 말했다. 완전히 아이 같았다.

"하지만…… 하지만 발은, 아니 공손발님은 그때 저를 보고서도 따라가지 않겠다고 했어요. 저는 마음이 너무 아파서……."

"떽!"

상망이 호통을 쳤다.

"이 멍청이 같은 놈아! 아니, 이 멍청아! 너만 마음이 아팠겠느냐? 이 녀석, 그때 네가 아가씨를 데려갔다면 네가 아무리 기운이 세도 목이 붙어 있었을 줄 아느냐? 아가씨는 그걸 알고 일부러 그러셨단 말이다!"

"아……."

"네놈이 두 번째 왔을 때, 어떻게 목을 붙인 채 돌아갈 수 있었는지 아느냐? 아가씨가 네놈을 죽이면 목을 맨다고 나와 끽구를 협박하셨기에 놓친 척하고 물러섰던 거다. 정말, 그 때문에 헌원님께 혼난 것하고 내 속이 터진 걸 생각하면 그냥……."

상망이 주먹을 들어 치우비를 후려칠 듯하는데도 치우비는 미소를 감추지 못했다. 상망은 치우비를 때리는 시늉을 해 보이다가 치우비의 얼굴을 보고는 기가 막혀 한숨을 쉬었다.

"정말 멍청이로구면. 그렇게 좋으냐?"

"좋은 것을 좋다고 하는 것은 멍청한 것이 아닙니다."

"원 참, 정말 멍청이로군!"

치우비와 상망은 둘이 마주 보며 껄껄 웃었다. 그것을 보고 치우천은 빙그레 웃으며 말했다.

"그러면 저희도 하백족의 일을 돕겠습니다."

상망은 엄숙한 표정으로 손을 쳐들었다.

"아닐세. 우리를 도와줄 필요는 없다네. 굳이 도움이 필요하지도 않을뿐더러 나는 다만 헌원님께 말을 전해 드릴 뿐, 일이 이뤄진 것도 아니지 않은가? 도움은 필요 없네."

"그래도……"

치우비가 나서려 하자 상망은 딱 잘라 말했다.

"필요 없다니까! 자네들 걱정이나 하게. 자네가 웃뜸사울아비가 못 된다면 자격도 없는 것이니 다시는 그런 말 꺼내지 말게나."

"형님은 반드시 그리 되실 것입니다! 제가 무슨 일이 있어도 그렇게 되게 만들 겁니다!"

치우비가 주먹을 불끈 쥐며 말하자 치우천은 치우비에게 눈을 찡긋거리다가 상망에게로 시선을 옮겼다.

"알겠습니다. 상망님께서 알아서 처리하실 수 있겠지요. 그래도 도움이 필요하시면 저 아래 있는 요새로 사람을 보내십시오. 제가 없더라도 남은 사람들이 무슨 일이든 도와드릴 것입니다. 제가 말해 놓을 테니까요."

"말만 들어도 고맙네."

그 말을 남기고 상망은 자신의 부하들에게로 돌아갔다. 치우천도 일행에게 돌아가자고 말했다. 치우비는 발과의 앞날에 희망이 보이는 듯하자 기운이 펄펄 넘치는지 앞장서서 달려갔다.

그 모습을 바라보며 알한이 치우천에게 물었다.

"정말 그렇게 잘될까요?"

"되면 좋고, 안 되도 할 수 없는 일. 허나 이 이상 내가 저 녀석에게 해 줄 수 있는 일이 없구려. 빨리 돌아갑시다."

"왜 서두르십니까? 저들이 뭘 얻으러 왔는지는 알아봐야 하는 것 아닐까요?"

"알아내면 안 됩니다."

"무슨 말씀이죠?"

치우천은 피식 웃었다.

"상망이 안달하는 것을 보지 못했습니까? 상망은 감추는 게 있어요. 내 이야기를 그렇게 덥석 수락한 것도 그런 이유 때문이라 봅니다만."

"뭘 감춘다는 겁니까?"

"분명 누가 같이 있을 것 같더군요."

"네? 누가요?"

"누구긴 누굽니까? 발이죠."

"예?"

알한이 깜짝 놀라자 치우천은 웃으며 말했다.

"상망은 헌원의 뜻에 깊이 동감하는 사람입니다. 안 그러면 상망이 저리 순순히 제 말을 들을 리가 없어요. 안 그래도 자신을 잡아갈까 겁났을 텐데, 자기 혼자 순순히 우리 쪽으로 오려 했을 리도 없구요. 즉 자기보다 중요한 누가 일행 안에 있고, 그 사람이 우리 눈에 띄면 곤란하다는 뜻이죠. 상망은 발님을 돌보는 사람이라서 거의 떨어지는 법이 없습니다. 그렇다는 말은 발이 저 일행 속에 있다는 이야기밖에는 안 됩니다."

알한은 치우천의 예리한 상황 파악에 놀라워했다.

"그렇군요! 그렇다면 한번 만나게라도 해 주시지."

"아직 때가 아닙니다. 발과 비 녀석은 꼭 제대로 맺어져야 합니다. 아직은 둘 다 철이 없어서, 섣불리 만나게 하면 만난 기쁨 때문에 무슨 사고를 칠 수도 있어요. 허허. 지금까지 몇 년을 참아 왔는데 몇 달 더 못 기다리겠습니까? 비 녀석은 이번 일로 기분이 좋아져서 공상 싸움에서 큰 힘을 내 줄 겁니다. 공상 싸움은 쉽지 않으니 저 녀석이 기운을 내야 큰 힘이 됩니다. 그래야 쉽게 이길 수 있어요. 그것 말고는 저 녀석의 원을 풀어 줄 방법이 없더란 말입니다. 하하."

"그리고 치우천님은 웃뜸사울아비가 될 수 있을 거구요. 아우 덕을 톡톡히 보시려는군요."

"아우를 이용하는 형이라고요? 무슨 말씀을? 웃뜸사울아비가 될 것은 제가 아닙니다. 저 녀석이죠."

"예?"

"절름발이가 무슨 웃뜸사울아비가 된단 말입니까? 하하."

"우스갯소리하지 마십시오. 우스갯소리는 제 전문입니다. 비님이 뛰어나기는 하지만 천님이 위에 계셔야 합니다. 형 아닙니까?"

"글쎄요? 하하……. 나중에 보십시오."

치우천은 웃으며 말꼬리를 돌려서 알한에게 속삭였다.

"차오스가 도착하면 부하들을 시켜서 하백족 주위를 돌아보게 해 주세요. 혹 발에게 무슨 일이 생기면 안 되니까 말입니다."

알한은 웃으며 고개를 끄덕였다.

"알겠습니다. 그건 염려 마십시오."

치우천은 웃으며 높은뫼를 달려 치우비의 옆으로 달려갔다. 알한은 치우천의 뒷모습을 보면서 혼자 생각했다.

'저 사람의 머릿속에는 뭐가 들었을까? 저 사람은 어디까지 생각하고 있는 것일까? 나는 도저히 감도 잡을 수 없구나.'

사람을 모으는 노래

적의 형태는 드러나게 하고 아군의 형태는 드러나지 않게 하면
아군은 집중되고 적군은 분산된다.
아군이 하나로 집중하고 적군은 열로 분산된다면
이것은 열로 하나를 상대하는 격이 되며
많은 아군으로 적은 적을 공격하게 되면 아군의 승리는 쉬운 일이 된다.
— 손자, 『손자병법(孫子兵法)』, 「허실(虛實)」 편에서

치우천 일행은 다음 날 낮에 다시 공상으로 출발했다. 부소다솔은 공상에서 사용할 물건들을 많이 챙겨 가야 하지 않겠냐고 했으나 치우천은 웃으며 그럴 필요 없다고 말했다. 그저 당장 같이 움직일 천 명가량이 한 달 정도 먹을 식량과 무기들을 준비했을 뿐이다. 뽑힌 전사들은 최소한 세 마리 이상의 말을 지니고 있었기 때문에 짐은 전부 말에 실었다.

치우천이 떠나고 나자 요새에서는 벌써 소문이 돌기 시작했다. 공상이 별것도 아니라 했으니, 아예 이 기회에 유망의 머리를 베고 형천을 죽일 계획까지 있다는 소문도 있었고, 그 인원으로 공상을 치는 것은 말도 안 된다, 미아우나 마갸르족이 붙어 봐야 몰살당할 것이라며 탄식하는 사람도 있었으며, 치우천이 아예 유망에게 항복해 버리려는 것이 아니냐는 소문도 돌았다.

그러나 수도 적은데다 확실하지도 않고 훈련도 잘되지 않은 전사들로 어떻게 공상을 점령하려는지 아는 사람은 아무도 없었다.

치우천은 요새를 떠나자마자 여덟 사람의 대장을 따로 불렀다. 부달, 쇠돌이, 부루벼락, 거서기, 삼, 초초룬, 와난강, 와난수 이렇게 여덟 명이었다. 치우천은 그들을 둘러보았다.

"이제부터 시작입니다. 공상을 무너뜨리고 못 무너뜨리고는 여러분들의 노력에 달렸습니다. 아직 공상에 도착하지 않았지만 싸움은 시작되었습니다. 목숨을 걸고 싸운다 생각하고 일을 하시기 바랍니다."

"무슨 일을 하면 되는 거요?"

와난수가 묻자 치우천은 싱긋 웃으며 말했다.

"먼저 노래 연습을 해야 합니다."

"노래?"

사람들은 어리둥절해져서 서로의 얼굴을 바라보았다. 큰 싸움을 앞두고 갑자기 무슨 노래 연습을 시킨다는 말인가? 걸걸한 성격의 부루벼락이 나섰다.

"노래를 불러서 유망을 잡는단 말인가? 귀라도 터뜨릴 건가?"

치우천은 웃으며 고개를 저었다.

"그럴 수야 없겠지요. 허나 대단히 중요한 일입니다."

"대체 노래를 왜 연습해야 하는데?"

"이제부터 여러분은 백 명씩을 거느리고 네 갈래로 나누어져서 따로 길을 가야 합니다. 여러분들은 크게 고함을 지르고, 악기를 울리거나 노래라도 부르면서 사람들의 눈길을 끌어야 합니다."

"뭣 때문에?"

"마갸르와 미아우족의 남은 사람들의 눈에 띄어야 합니다. 아직 수많은 사람들이 흩어져 숨어 지낼 것입니다. 지나족이 물러갔으니 마을을 다시 지은 곳도 있겠고. 아직도 불안하여 산 속에 숨어 지내는 사람들도 있을 것입니다. 그들을 모아야 하지만 일일이 찾아다닐 수는 없습니다.

노래를 부르고 크게 소리치고 다니면 미아우나 마갸르족의 전사들이
알아서 찾아올 것입니다."

치우천은 나뭇잎 몇 개를 뜯어 멋진 솜씨로 풀피리를 불어 젖혔다.
가락은 세 부분으로 이루어져 있었다. 듣기 좋은 음색으로 시작되다가
조금 뒤에는 구슬프게, 더 뒤로 가서는 아주 비장하고 웅장한 풍으로 바
뀌었다. 듣고 있던 전사들의 거친 마음이 찡하게 울리다가 종내는 비장
해져서 팔에 힘이 절로 들어갈 정도였다.

"거, 아주 좋은 소리일세!"

삼과 거서기가 감탄하며 동시에 소리치자 치우천은 웃으며 말했다.

"이 가락을 잘 익혀야 합니다. 그리고 가락만이 아니라 노래도 불러야
합니다. 내가 먼저 불러 보지요. 마갸르 말로 노래를 해 보겠습니다."

치우천은 쑥스러운 듯 몇 번 헛기침을 한 뒤에 노래를 시작했다. 노
래는 다음과 같은 뜻이었다.

하늘도 푸르기 이를 데 없고
꽃나무 우거진 좋은 이 땅에
나 여기서 우리 땅에서 태어났다네.
이 흙에서 자라난 열매를 먹고
이 하늘에서 내려 준 빗물 마시며
나 여기서 하루하루 살아왔다네.

하지만 지금은 땅도 짓밟혀
하늘도 흐려지고 비만 내리네.
정든 집은 불타서 잿더미 되고
정답던 부족 사람 흩어졌다네.

우리가 무엇을 잘못했던가?

우리가 누구를 해쳤었던가?

다투려 하지 않고 욕심 내지 않고

편안히 살아가던 우리인데

무슨 죄를 지었다고 이런 신세 되었나.

가자. 같은 말, 같은 어버이를 지닌 우리 부족이여.

우리는 더 이상 당할 수 없다.

힘을 내어 도끼를 들자,

힘을 내어 활을 들자.

하늘이여, 조상님이여, 우리를 도우소서.

흩어진 우리를 모이게 해 주시오.

배고픔과 두려움에 질리고 쫓기는

짐승 같은 세월은 더 이상 참을 수 없다.

하늘이여, 조상님이여, 우리를 도우소서.

흩어진 우리를 모이게 해 주시오.

가자. 같은 말, 같은 어버이를 지닌 우리 부족이여.

치우천의 노래 솜씨는 그리 뛰어나지 않았으나 목소리의 울림이 깊어서 듣기 거북하지 않았다. 마갸르 말로 된 가사는 운율이 잘 맞고, 마갸르 사람들이 좋아하는 특유의 박자를 제대로 따른 것이었다. 저절로 사람의 피가 끓어오르게 하는 노래였다.

노래를 듣던 와난수는 자기도 모르게 눈물을 흘렸고 와난강은 아예 흐느꼈다. 사울아비들도 침중한 표정이 되고, 인정 많은 치우비와 쇠돌이는 눈물을 훔쳤다. 온 얼굴을 천으로 감아 음산한 모습이 된 부달이 말문을 열었다.

"이 노래를 듣고도 달려 나오지 않을 전사는 없을 걸세."

초초룬도 비슷한 신세가 된 많은 동족들을 생각하자 눈물이 고였으나 씩씩한 그녀는 눈물을 감추려는 듯 오히려 흥, 하며 코웃음을 쳤다.

"쳇! 괜히 마음 약해지게 만들고 있어."

"미아우 말로 된 노래도 배워야 해."

그러면서 치우천은 미아우 말로 된 가사로 노래를 들려주었다. 가락과 맞추기 위해 몇몇 세부적인 부분은 다른 면도 있었으나 두 노래 모두 전체적으로는 같은 내용이었다. 마갸르 말은 다소 거칠고 투박한 면이 있는 데 반해 미아우 말은 콧소리가 많고 부드러운 편이었다. 마갸르 말로 된 노래가 끝 부분이 웅장하고 비장한 맛이 강한 반면 미아우 노래는 중간 부분의 애달픈 가사가 사람의 마음을 흔들리게 했다. 미아우 노래를 듣자 뻣뻣하던 초초룬은 더 이상 참지 못하고 흐느끼다가 버럭 소리를 질렀다.

"아, 이거 정말 심하네! 술 생각나는구나!"

사람들이 한숨을 쉬고 감탄하는 사이 치우비가 형에게 넌지시 말을 건넸다.

"형이 만든 노래 맞수? 형이 노래 좋아하는 건 알지만 이렇게 잘 만들 줄은 몰랐는데?"

치우천은 씩 웃으며 대답했다.

"네 형수가 만들어 주었다."

이 노래들은 소녀의 솜씨였다. 소녀는 음률에 대한 조예가 대단히 깊었기 때문에 노래를 만들어 달라고 부탁했다. 소녀의 재주를 알기 때문이기도 하나 치우천 개인적으로는 신시에서 서먹서먹해진 서로의 감정을 완화해 보려는 노력이기도 했다. 소녀는 이틀 만에 노래를 만들어 냈다. 이 기막힌 노래가 소녀의 작품이라는 말을 듣고 그제야 소녀를 알던 몇몇 사람들은 아! 하며 탄성을 터뜨렸다. 치우천은 헛기침을 하여 사람들의 시선을 주목시킨 다음 입술을 떼었다.

"이 노래를 여러분의 부하들에게도 알려 주십시오. 이 노래를 부르면서 천천히 나아가면, 분명 흩어진 전사들이 많이 찾아올 겁니다. 그들에게도 노래를 가르쳐서 발을 맞추며 나아가게 하는 것입니다. 한 가지 중요한 점이 있는데, 숫자가 천 명을 넘으면 뭉쳐서 오지 말고 반드시 흩어져서 오십시오. 말이 있으면 반드시 끌고 오도록 해야 합니다. 천 명이 넘는 인원이 움직이면 지나족이 움직일지도 모릅니다. 천 명이 넘으면 새로 온 사람들 중 괜찮은 사람에게 남은 사람들을 이끌게 하십시오."

"그러면 어디어디로 가야 하는가?"

"부루벼락 형과 쇠돌이는 남동쪽으로 나아가고, 초초룬과 부달 형은 남쪽으로, 거서기 형과 삼 형은 남남서쪽으로, 와난강님과 와난수님은 남서쪽으로 훑듯이 나아갑니다. 그렇게 하여 공상 위쪽의 아루타한 마을에서 만나기로 합니다."

"아루타한 마을? 파우족의 마을이었던 아루타한 마을 말이오?"

와난수가 묻자 치우천이 고개를 끄덕였다. 그러자 초초룬이 놀라며 펄쩍 뛰었다.

"그 마을은 불타 버려서 아무도 없는데? 파우족은 완전히 망했어. 다 죽었다구."

"우리가 모을 전사들은 모두 제각각 살던 사람들이야. 그들의 마음을 하나로 합쳐야만 한다. 그렇지 않고는 지나족과 맞서 싸울 수가 없어. 불타 버린 마을이야말로 사람들의 마음을 하나로 합치기에 좋은 곳이야. 그곳에서 모여 공상을 치기로 한다."

"아루타한 마을까지 알다니, 참. 언제 거기까지 가 봤지?"

초초문이 궁금해했으나 치우천은 대답하지 않았다. 지난번 비울걸과 함께 동쪽을 여행하면서 치우천은 공상부터 신시까지의 마을들을 모두 머릿속에 넣어 두었던 것이다.

꼼꼼한 거서기가 질문을 했다.

"천 형, 떠돌던 미아우와 마갸르족은 분명 많이 모일 거야. 그렇게 사람이 많이 모이면 먹을 것은 어떻게 하나? 우리야 한두 달 먹을 것은 가지고 있지만 사람 수가 늘어나면……?"

"아루타한 마을까지는 알아서 오도록 해야 해. 가진 것을 가지고 오든, 사냥을 해서든 말야. 아루타한 마을까지 오면 잘될 거야. 염려하지 마."

"언제까지 가야 하지?"

삼이 흥분되는 듯 정색을 하고 물었다.

"오늘부터 한 달 안으로 와야 합니다. 빨리 가면 스무 날에 갈 수 있는 거리이니 그 정도면 사람들을 모으면서 와도 충분할 것입니다. 빨리 와도 좋을 것이 없지만 늦으면 곤란합니다. 몇 명이 모였건 한 달 안에는 아루타한 마을에 모이도록 해야 합니다. 말을 타지 않은 사람은 대열을 따라오기가 어려울 테니, 그들은 직접 데리고 오지 말고 따로 아루타한 마을로 모이도록 해야 합니다."

그렇게 하여 각각의 대장들은 백 명 정도의 전사들을 데리고 흩어졌다. 그렇게 되자 남은 사람으로는 치우천, 치우비, 야율쿠리, 무라, 알한, 도단이와 울쿠타, 야쿠타, 리미, 마냥, 개르가 있었다. 치우천은 그중 울쿠타와 야쿠타에게 각기 임무를 주어 따로 행동하게 했다. 그들은 가장 말을 잘 타는 작은 주신의 전사 다섯씩을 거느리고 길을 떠났다. 치우천은 남은 육백 명 정도의 전사를 거느리고 나아가기 시작했다. 그들은 거의 다 작은 주신의 정예들이어서 행군 속도가 다른 부대와는 비교할 수 없을 만큼 빨랐다.

끊임없이 지나족이 철수했다고는 하지만 소수의 정찰 병력을 보내 북쪽을 감시하고 있었으며, 요소요소마다 수십 명에서 수백 명 정도의 병력을 두어서 경계를 하고 있었다.

치우천은 아루타한 마을로 똑바로 가지 않고, 다른 사람들이 올 것 같은 길을 찾아 갈지자로 진군하면서 초소를 찾아 다녔다. 가는 도중 여덟 개나 되는 초소를 발견했는데, 치우천의 부대는 초소를 발견할 때마다 공격하여 쫓아 버렸다. 그때마다 치우천은 웃으며 말했다.

"유망이나 형천은 역시 우리가 올 것을 잘 알고 있군. 다 쫓아 버려야 해. 그래야 다른 사람들이 오기가 쉽지."

그렇게 열흘 이상에 걸쳐서 길을 청소한 다음부터는 남은 길을 치워 주지 않고 곧장 아루타한 마을로 나아갔다.

"다 치워야 하지 않을까?"

치우비의 말에 치우천은 씩 웃었다.

"이 정도 치웠으면 우리 편은 그리 방해받지 않고 사람을 꽤 모을 거다. 여기까지 오면 숫자가 불어나 있을 테니, 저런 작은 무리의 지나족은 싸우려 하지 않고 도망칠 거야."

그렇게 하여 치우천은 스무이틀 만에 아루타한 마을에 도착했다.

열흘을 길 치우는 데 보냈으므로 열이틀 만에 도착한 것이다. 도단이 가 이러한 진군 속도에 놀라워하자 치우천은 웃으며 말했다.

"똑같은 천 명이 있어도 적보다 두 배로 빨리 움직이면 그것은 천 명 으로 볼 수 없다네."

"그렇겠지. 두 배로 빨리 움직이면 이천 명이 되는 셈이니까."

도단이가 말하자 치우천은 가볍게 웃어 보였다.

"이천 명이 될 수도 있지. 잘못 쓰면 똑같은 천 명일 뿐이고 잘 쓰면 수천 명도 될 수 있다네."

"그 말이 맞다. 백천 명이 있어도 두 배로 빠른 천 명의 전사는 따라 잡지 못하니까. 잘만 쓰면 아무리 많은 적도 상대할 수 있지."

야율쿠리가 너털웃음을 터뜨리며 맞받았다. 그러자 치우비가 웃으며 끼어들었다.

"하지만 그건 도망치는 거지, 싸우는 것은 아니잖아? 막상 싸울 때는 그렇게 안 될걸?"

야율쿠리와 치우비가 아옹다옹하자 도단이는 미소 지으며 고개만 끄덕였다.

불타 버린 아루타한 마을은 글자 그대로 참혹했다. 수많았던 집들은 타 버려 재와 썩은 숯덩이만 남았고 논밭은 잡초만 들쭉날쭉 무성해서 을씨년스럽기 그지없었다. 거기에 유망의 군대에 학살당한 사람의 뼈들이 사방에 널려 있어서 마을이 공격받았을 때의 참혹상을 그대로 보여 주었다.

치우천은 부하들을 시켜 한동안 기거할 움집을 짓도록 하고 사람들의 뼈부터 치우도록 했다. 그렇게 며칠이 지나자 치우천 외의 다른 사람들은 상상도 하지 못했던 자가 불쑥 나타났다. 시기르타였다.

"헤헤헤! 와 계셨군입쇼!"

시기르타는 치우천을 만나자 여전히 축 늘어진 배와 몇 겹으로 접힌 뺨과 턱을 출렁거리며 익살맞게 웃어 보였다. 시기르타는 수백 마리의 소와 짐을 실은 무리를 이끌고 있었다.

"내가 먼저 도착하지 않았소?"

치우천이 웃으며 반기자 시기르타는 고개를 저었다.

"그런가요? 그런데 물건은?"

시기르타는 부하들을 시켜서 마을 복판에 쌓인 잿더미를 들추게 했다. 밑에서 커다란 널빤지가 나왔다. 그것을 뒤집자 밑에 큰 굴이 파여 있었고, 그 안에는 가죽으로 만든 포대 자루와 토기 항아리 들이 그득했다.

"헷헷. 벌써 마른 낟알과 가죽을 여기에 놔두고 다시 갔다 오는 길입죠."

치우천은 신시를 떠나기 전에 사람을 시켜 시기르타에게 이 마을로 보급품을 싣고 오도록 말해 두었다. 만 오천 명분의 한 달 식량을 부탁했는데, 양이 막대하여 시기르타 같은 거상도 한 번에 그만큼 나르기가 힘들어서 세 번에 걸쳐 싣고 왔다는 대답이었다. 치우천은 믿음직하다는 듯 고개를 끄덕였다.

"그런데 열흘 만에 또 한 번을 오셨으니 참 빠릅니다. 근처에는 이제 미아우족이나 마갸르족의 큰 마을이 없을 텐데요?"

시기르타는 눈을 찡긋하며 헤헤 웃었다.

"물론 그렇습죠. 그러나 제가 누굽니까? 세상 제일의 장사꾼, 시기르타가 아닙니까요? 다 구하는 방법이 있습죠."

"어디서 구했소?"

시기르타는 킥킥 웃었다.

"어디긴 어딥니까? 지나족에게 구했습죠! 공상 근처에서 구해 온 것입니다요! 지나족 말고는 이렇게 많은 식량을 구할 데가 없습죠! 그렇다고 북쪽까지 수십 일 걸리는 길을 갈 수는 없잖습니까? 왜, 지나족에게서 구하면 안 됩니까요?"

치우천이 어이가 없는지 헛웃음을 지었다.

"그거야 상관없는 일이지만, 공상 근처에서 어떻게 이 많은 식량을 구했소? 공상도 전쟁을 코앞에 두고 있으니 식량을 함부로 팔지 않았을 텐데?"

"물론 팔지 않으려 했습죠."

"그런데 어떻게 구했소?"

시기르타는 배를 출렁거리며 킥킥 웃었다.

"치우천님은 머리가 좋으시지만, 장사만은 저를 못 따릅니다요! 물론 전쟁을 앞두고 식량은 절대 팔려고 하지 않습죠. 그러나 살 수 있는 방법이 있답니다."

"그 방법이 뭐요?"

"식량보다 더 귀한 것과 바꾸면 되는 거죠."

"식량보다 더 귀한 것?"

"무기와 가벼운 보석입니다요."

치우천도 그때야 무릎을 쳤다.

"그렇군! 좋은 무기는 당연히 팔리겠지. 그런데…… 혹시 구리 무기를 팔았소?"

"염려 마십시오. 많이 팔지는 않았으니까요. 어차피 염제 신농님의 전사들은 오랜 세월 구리 무기를 모아 왔기 때문에 제가 판 것 정도로 강해지거나 약해질 정도는 아닙니다요. 그보다 보석을 많이 팔았습죠."

"보석은 왜?"

"전쟁이 나면 전사가 아닌 사람은 들고 뛰어야 하는데, 들고 뛰는 데는 가볍고 값나가는 물건이 최고니까요. 그래서 아주 잘 팔립니다요. 저는 치우천님의 연락을 받고서 아예, 식량을 뺀 채 말에 가벼운 구리 무기와 보석만 조금 싣고 공상 쪽으로 달려갔습죠. 그래서 일단 무기를 바꾸고 소를 샀습니다요. 공상성은 이제 문을 닫아걸 것이고 소는 풀을 먹어야 하기 때문에 막 팔아 치우거든요."

"성안에 마른 풀을 쌓아 두지 않던가요?"

"그건 싸움에 탈 말에게 먹여야 하는 것입죠. 그래서 소는 팔아 버리고, 사람과 같은 낟알을 먹일 수 있는 돼지나 닭만 성안으로 들여보내고 있습죠. 그러니 공상 근처는 소 값이 쌀 수밖에 없습죠. 그렇게 소를 모조리 산 다음 공상 밖의 마을들을 찾아갔습죠. 그런데 거기에서는 소가 아주 비싸지요."

"어째서?"

"공상성 밖의 사람들은 거의 농사를 짓습니다요. 그래서 집집마다 낟알이 그득그득하죠. 하지만 난리가 나면 마을이 싸움판이 될지도 모르니 어디로 도망가야 하는데, 무거운 낟알들을 다 싣고 떠날 수가 없잖습니까요? 여차하면 소 등에라도 얹어야 조금이라도 더 물건을 실을 수 있기 때문에 소가 비싸고 먹을 것이 싸죠. 거기서 소를 반 정도 팔고 낟알을 잔뜩 구할 수 있었습죠.

그걸 여기 쌓아 두고 다시 가서 이번에는 보석으로 먹을 것을 사 오는 길입니다요. 이맘때쯤이면 치우천님이 오실 것이고, 치우천님은 보석으로 값을 쳐주실 테니 나는 이제 더 많은 보석을 들고 홀가분하게 돌아가면 되는 겁니다요. 제법 남는 장삽죠. 그리고 난 다음에는 서쪽으로 가서……"

치우천의 시기르타의 상술이 놀랍기는 했으나 더 듣다가는 끝이 없을 것 같아 얼른 손사래를 쳤다.

"됐소. 그런데 당신이 이렇게 지키는 사람도 없이 이 많은 물건들을 묻어 두고 갔을 줄은 몰랐소."

"이 마을은 홀랑 타 버려 사람 뼈만 그득한데 어느 놈이 물건이 쌓여 있다고 생각하겠습니까요? 치우천님도 그 때문에 여기서 보자고 하신 것 아닙니까요? 헤헤……"

시기르타가 두 번째 싣고 온 물건과 소들을 풀어 놓자 아루타한 마을은 먹을 것으로 가득 차다시피 했다. 다른 사람들은 치우천이 선견지명을 발휘하여 아루타한 마을을 순식간에 먹을 것으로 가득 채운 것을 보고 놀라워했다.

다시 며칠이 지나자 흩어졌던 네 갈래의 전사들이 전사들을 데리고 모여들었다. 남동쪽으로 갔던 부루벼락과 쇠돌이는 늦는 것이 겁났던지 삼천팔백 명의 전사를 모아서 이틀 먼저 도착했으며, 남남서로 나갔던 거서기와 삼은 이천사백 명의 전사를 모아서 하루 먼저 도착했다. 지리를 잘 알고 아는 부족이 많았던 초초룬과 부달은 딱 정해진 날에 오천사백 명이나 되는 전사들을 모아서 왔고, 와난강 와난수도 육천백 명의 전사를 모아서 도착했다. 이 인원은 말을 타고 올 수 있는 전사들의 숫자일 뿐, 걸어서 이곳으로 오겠다고 한 전사들은 훨씬 많다고 했다.

처음에는 몇 명, 몇십 명 단위로 모여들더니, 소문이 퍼졌는지 날이 갈수록 수많은 사람들이 뭉쳐서 무더기로 찾아들었다. 나중에는 아예 천 명, 이천 명 정도로 조직된 군대가 합류했는데, 그들은 지나족과 싸워 복수하거나 재침을 막기 위해 그들 스스로 조직한 군대였다. 그런 산발적 저항을 준비하던 군대들이 모이게 되자 수는 생각보다도 엄청나서, 말을 갖지 않은 사람을 따로 떼어 놓았는데도 이 정도 인원이 되었다는 것이다.

여기에 모인 전사들만 해도 거의 이만 명이 넘을 정도였고, 걸어서 이곳을 찾아오는 전사들의 숫자도 이보다 많으면 많았지 적지는 않을 것이란 소식이었다. 예상 밖의 성과에 치우천과 치우비 등도 반가워했지만 각 지역을 뒤진 대장들이 더더욱 놀란 것 같았다.

그들 스스로도 이렇게 많은 숫자의 동지들이 모인 것에 뿌듯해하고 가슴 벅차하고 있었으며, 지나족과도 한판 해볼 만하다는 희망에 들떠 있었다. 그래서 그들은 누가 시키지도 않았는데 떠나갈 듯 목소리를 맞추어 노래를 불렀다.

가장 먼저 들어온 부루벼락과 쇠돌이가 인솔한 부대가 다음 날 들어온 거서기와 삼 부대를 보면서 노래를 불렀고, 거서기와 삼 부대도 그들의 노랫소리에 맞춰 노래를 불렀다. 두 부대는 만나자마자 부족과 종족을 초월하여 반가워하며 얼싸안고 눈물을 흘렸다. 그러한 가슴 벅찬 장면은 다음 날 초초룬 부대와 와난강 부대가 들어오면서 절정에 달했다.

각지에서 모여든 부족의 전사들은 미아우와 마갸르 노래를 부르고 또 부르며 왔기 때문에 노래를 외우지 못한 사람은 하나도 없었다. 이만 명이 넘는 수많은 부족의 전사들이 지평선을 뒤덮을 정도로 까맣게 모여서 같은 노래를 부르는 광경은 그야말로 장관이었다.

대부분의 대장들도 수많은 지나족의 물결은 본 적은 있어도 이렇게 많은 군대가 자기편이 되어 본 적은 드물었다. 그래서 몹시 흥분하고 기뻐했다. 이 정도로 많은 숫자라면 공상이 아무리 크더라도 단박에 밀어 버릴 수 있을 것 같았다.

"이렇게 모여들 줄은 몰랐네."

부루벼락이 말하자 거서기도 활짝 웃으며 끼어들었다.

"전사들이 이리 많을 줄 도대체 어떻게 알았나?"

치우천은 말하지 않으려 했으나 사람들이 하도 기뻐하고 궁금해하자 마침내 입을 열었다.

"지난번 싸움에서 많은 마을이 불타고 수많은 사람들이 죽음을 당한 것은 사실입니다. 정말로 모조리 죽음을 당한 마을도 있었습니다. 두탄족이나 파우족은 거의 살아남지 못했죠. 허나 지나족과 맞싸운 부족은 두탄족과 파우족뿐이 아니었습니다. 그들은 비록 대부분 흩어졌지만 모두를 죽일 수는 없는 법입니다. 나는 그들이 반드시 어디든 숨어서 살아남아 있으리라 믿었습니다. 그렇게 믿었기에 나는 저번에 형천과 유망의 식량을 불태우는 작전을 썼는데, 제 생각보다도 더 훌륭하게 잘되었습니다. 그래서 저들을 믿을 수 있다는 생각을 한 것입니다.

그리고 지난번에 형천과 유망을 습격하라는 말을 퍼뜨리면서, 서로 흩어져서 따로 움직이지 말고 가급적 모여서 움직여야 한다고 했습니다. 덕분에 이렇게 모일 수 있었던 것 같습니다. 속으로 대강 어림잡아 열다섯천은 모일 것으로 믿었지만, 정말 예상 밖으로 많이 모여 주었군요. 고마울 뿐입니다."

"그런데 도대체 열다섯천이라는 숫자는 어떻게 나온 거야?"

야율쿠리가 끝이 보이지 않을 정도로 늘어선 전사들을 보며 치우천에게 묻자 치우천은 쑥스럽다는 듯이 머리를 긁적거리며 대답했다.

"지난번에 비울걸과 여행하면서 마을들을 잘 봐 두었거든. 전사가 얼마나 되고, 사람 수가 얼마나 되는지 대강 외워 두었는데, 전사 수가 대강 백이십천에서 백육십천 정도 될 것 같더란 말야……."

"그래서?"

"적게 잡아 백이십천이라 하고, 지나족과 싸워 반이 죽거나 흩어졌다 치면 육십천이 남지. 그중에 반을 모으는 것은 힘들 것 같아 반의반만 모은다 생각하면 열다섯천을 잡은 것뿐이야. 하하."

야율쿠리는 어이없다는 듯 껄껄 웃었다.

"이제 보니 순 제멋대로였잖아! 나는 또 무슨 엄청난 꾀가 있는 줄 알았더니만! 예끼!"

모두가 한참을 껄껄 웃었다. 무라가 조용히 치우천에게 말했다.

"지금 저들에게 한 말씀하세요. 지금이 아주 좋습니다."

"지금요?"

치우천이 눈을 크게 뜨고 묻자 무라는 여전히 무표정한 얼굴로 치우천을 바라보며 딱딱한 말투로 이야기했다.

"많이 모이기는 했지만, 부족도 다르고 쓰는 말도 다른 데가 많은 훈런받지 못한 어중이떠중이 전사들입니다. 이렇게 하나로 뭉쳤을 때 다 잡아 두고, 힘을 북돋워서 용기를 주지 않으면 안 됩니다.”

야율쿠리나 초초룬, 다른 사울아비들도 한마디씩 거들었다.

“자네가 아니면 누가 하겠는가? 어서 말하게.”

치우천은 힘 있게 고개를 끄덕이며 마을 중앙, 식량이 쌓여 있는 가장 위쪽으로 올라섰다. 그러고는 양팔을 하늘을 향해 힘껏 벌리며 힘껏 목청을 돋우어 외쳤다.

“용감한 미아우와 마갸르, 그리고 작은 주신의 전사와 사울아비들이여!”

치우천의 우렁찬 소리가 사방으로 울려 퍼지는 순간 노래를 부르던 이만 명의 전사들은 뚝 노래를 그쳤다가 이윽고 와! 하며 떠나갈 듯 환호성을 올렸다. 그 함성에 치우천은 저절로 피가 끓어올랐고 가슴이 벅차올랐다. 치우천의 낭랑한 음성은 수만 명의 머리 위를 뚫고 전사들의 귀에 똑바로 꽂히듯 퍼져 나갔다.

치우천은 우선 전사들에게 용기를 북돋아 주고, 지난날 지나족의 침입에 대한 부당함과 지나족의 만행에 대해 열거했다. 황폐해진 아루타한 마을의 복판에서 하는 연설이라 더더욱 설득력이 있었다. 치우천이 한마디 할 때마다 전사들은 흥분과 환호의 갈채를 보냈으며, 때로는 적개심에 이를 갈았고 금방이라도 싸우고 싶어서 안달이 날 지경이었다.

치우천은 현재의 정황을 사실 그대로 설명해 주었다. 유망이 이끄는 지나족은 동쪽으로 밀고 나와서 살고 있던 부족들을 지나족에 편입시키고 공상에 거대한 성을 쌓았다. 이제는 북으로 밀고 올라와 마갸르족과 미아우족을 사로잡고, 그들의 말을 못 쓰게 했으며, 풍습과 조상을 잊게 만들어 영원히 지나족의 종으로 만들려 하고 있다고 성토했다. 그런 짓을 막으려면 침략의 핵심이 되는 공상을 떨어뜨려야 하며 그러한 큰 싸움은 바로 이제부터 시작이라는 것을 분명하게 강조했다.

우리 편 전사들이 많이 모였지만 지나족의 전사들은 더 많으며, 더 오랫동안 싸움 기술을 익혀 온데다 공상이라는 거대한 성벽 뒤에 숨어 있기에 어려운 싸움이 될 것이라는 것도 숨김없이 밝혔다. 그러므로 전 사들은 대장의 명령에 무조건 따라야 하고, 조금이라도 명령을 어겨서 는 안 된다, 명령을 어기는 것은 자신만이 아니라 수많은 전사들을 해치 는 것과 다름없으므로 명령을 듣지 않는 자는 그 자리에서 목을 벨 것이 며, 이 명령을 따를 것을 맹세하고 따를 수 없는 자는 떠나라고 외쳤다.

전사들은 소리를 높여 명령에 따를 것을 각자의 신과 조상, 어버이의 이름으로 맹세했다.

"어려운 싸움이 되겠지만 이것은 여러분의 싸움이다! 남을 위해 싸 워 주는 것도 아니고 남이 가진 것을 욕심내거나 남을 해치기 위해 싸우 는 것도 아니다. 여러분이 살아온 땅과 여러분의 마을, 여러분의 가족과 친척, 여러분의 부족을 지키기 위한 싸움이다!

여기에는 많은 다른 부족의 사람들이 있다. 그러나 우리는 모두 같은 적, 지나족과 싸우는 전사이고 형제다! 이제껏 사이가 좋았건 좋지 않 았건 그것은 상관없다! 이번에 지나족을 몰아내고 공상을 빼앗으면, 지 나족은 다시는 쳐들어오지 못할 것이다! 여러분의 아들과 딸, 여러분의 땅과 밭, 여러분의 조상과 무덤과 신성한 장소들을 되찾자! 그리고 앞 으로 다시 싸우지 않도록, 다시는 싸우는 일이 없도록 서로를 믿고 형제 가 되자!"

치우천의 마지막 말에 전사들은 흥분하고 감동하여 몸을 떨었다. 그 들 중에 마갸르족의 유명한 전사 한 명이 벌떡 몸을 일으켰다. 그는 미 아우족의 다른 부족과 철천지원수같이 지내던 사람이었으나 곧바로 달 려 나가 상대 부족의 전사를 찾아 얼싸안으며 외쳤다.

"우리는 같이 싸운다! 이제 형제다!"

그것을 지켜본 전사들은 저마다 소리를 높이 지르며 얼싸안고 기뻐했다. 수백 년에 걸친 오해와 원한, 갈등이 순식간에 잊혀지고 마갸르는 미아우를 용서하고, 미아우는 마갸르를 용서했다. 많은 사람들이 가슴이 벅차올라 눈물을 흘렸으며, 여기저기서 수많은 사람들이 의형제를 맺었다.

큰 싸움을 앞두고 있었지만 그날 밤은 내내 축제 분위기였다. 치우 형제도 대장들과 함께 진탕 취했고, 사람들 앞에는 거의 나서지 않던 무라도 말술에 취해 놀랍게도 큰 소리로 웃음을 터뜨리기까지 했다. 그 웃음소리는 걸걸한 평소 목소리와는 달리 맑고 예뻐서 사람들은 취한 와중에도 의아하게 생각했다.

공상 싸움

한번 사용하여 이긴 방법은 거듭 사용하면 안 되고
적의 정세에 맞추어 무궁무진한 전략으로 대처해야 한다.
무릇 군대의 형태는 물의 형상과 같아야 한다.
물의 형태는 높은 곳을 피하고 아래쪽으로 달린다.
군대의 형태도 적의 실을 피하고 허를 쳐야 한다.
물이 땅의 형세에 따라 흐름을 정하는 것처럼
군대는 적의 정세를 따라 이용하여 승리를 얻는다.
—『손자병법(孫子兵法)』, 「허실(虛實)」 편에서

아루타한 마을에서 큰 잔치를 벌인 치우군은 다음 날 오후까지 쉬었다가 편성을 시작했다. 곧장 쳐들어가면 그만 아니냐고 투덜대는 사람도 많았으나 치우천은 사람들을 설득했다.

"여기저기서 모인 군대이니 자칫하면 제멋대로 움직이기 쉽습니다. 대장을 뽑아 다스리게 해야 제대로 군대 구실을 할 수 있습니다. 더구나 인원이 많아 제대로 움직이게 하려면 힘들 겁니다."

"어떻게 하려는 겁니까?"

와난강이 묻자 치우천이 대답했다.

"이번 싸움에서는 손가락처럼 움직이기로 합니다. 생각하기도 쉽고 알아서 움직이기 편할 겁니다."

"손가락?"

사람들이 궁금해하는 가운데 치우천은 군대를 다섯 부대로 나누었다. 우선 작은 주신과 도깨비 부대 등 가장 빠르고 기운 센 병사 이천 명을 치우비와 리미, 마냥, 개르에게 맡겼다.

"너희가 가장 앞설 부대이니 집게손가락이다. 여기저기를 가리키기도 하고 찌르기도 해야 한다. 빠르고 용감하게 움직여야 한다."

"염려 말라구."

치우비가 씩씩하게 웃으며 대답했다.

치우천은 삼천 명의 미아우족 군대를 편성하여 야율쿠리와 초초룬에게 맡겼으며, 사천 명의 마갸르족 군대를 와난수 와난강에게 맡겼다.

"이 두 부대는 가운뎃손가락과 넷째 손가락입니다. 집게손가락이 찌를 때는 물러서서 굳게 버티고 있다가 집게손가락이 적을 움켜쥘 때에는 한꺼번에 움켜쥐어야 합니다. 아시겠지요?"

치우천이 손을 쥐어 보이더니 곧이어 허공을 움켜쥐는 시늉을 해 보이자 와난수 와난강은 껄껄 웃으며 고개를 끄덕였다.

"간단하지만 훌륭한 방법이군. 잘 알겠소이다."

그 말을 듣고 야율쿠리도 웃으며 끼어들었다.

"그러면 누가 가운데고 누가 넷째 손가락이냐? 어흠! 내가 더 힘이 세니까 우리 부대가 가운뎃손가락을 해야겠다!"

야율쿠리의 말을 가로채듯 와난강이 얼른 되받았다.

"우리 마갸르 부대가 더 숫자가 많으니 우리가 가운뎃손가락을 해야겠소."

둘이 아옹다옹할 것 같자 치우천이 웃으며 나섰다.

"더 잘 싸우는 쪽이 가운뎃손가락을 하시구려. 공상에 도착하면 어느 부대가 가운뎃손가락인지 판가름 짓겠소."

그러고는 쇠돌이, 부루벼락, 거서기, 삼, 부달의 다섯 사울아비에게 오천의 병력을 주었다.

"형들은 새끼손가락입니다. 작고 힘이 없어서 새끼손가락인 것이 아니라 지나족이 그렇게 생각하도록 작은 부대로 나누어져 있어야 합니다. 그래서 적의 눈을 끌지 않게 움직이다가 생각지도 못하게 덮쳐들 수 있으니까요. 사울아비 형들은 부하를 잘 이끌 줄 알 테니 다섯천의 병사들을 나누어 맡고 있다가 별도의 명령이 있을 때 움직이십시오.”

차분하여 생각이 깊은 거서기가 입을 열었다.

“우리는 새끼손가락이지만 또 다른…… 그러니까 왼손이 될 수도 있겠군.”

“그려, 그려. 새끼손가락이지만 왼손이 되기도 하는 거여. 내가 집게손가락을 할게요, 형들.”

쇠돌이가 능청스럽게 말하자 부루벼락이 웃으며 되받았다.

“그래라. 내가 가운뎃손가락이다, 허허.”

그렇게 새끼손가락 부대를 맡은 다섯 사울아비들은 천 명의 부하를 알아서 나누어 맡았다.

마지막으로 치우천은 알한, 무라와 함께 나머지 육천 명의 병력을 맡았다.

“우리는 엄지손가락이 됩니다. 이번 공상까지 가는 길에 싸움이 없을 수는 없습니다. 지나족은 적어도 한 번은 우리에게 덤빌 것입니다. 이들을 단숨에 물리쳐야 합니다. 이제 우리는 손 모양으로 나아갈 것이며, 손 모양대로 움직일 것입니다. 이것을 보십시오.”

치우천은 오른손을 들어 보였다. 그리고 다섯 손가락을 쭉 펴 보이며 말했다.

“우리는 이렇게 나아갑니다. 그러다가 적이 나타나면…….”

치우천은 집게손가락을 똑바로 세워 허공을 찌르는 시늉을 해 보였다.

“이렇게 찌릅니다. 그러다가 때가 되면 손을 펴서…….”

치우천은 엄지손가락과 나머지 세 손가락을 펴서 뭔가를 움켜쥐는 듯하다가 재빨리 콱 잡는 시늉을 하며 말을 이었다.

"이렇게 잡아 버리는 것입니다! 우리는 수가 많고 훈련할 시간도 없었으니 이 한 가지만 잘 생각하여 움직이면 됩니다. 제가 손을 높이 들고 '움직인다!'라고 외치면 모든 부하들이 손 모양을 보고 따라 움직이게 하는 것입니다. 그러면 한꺼번에 잘 움직일 수 있을 것입니다."

사람들이 고개를 끄덕였다.

"많은 전사들을 한꺼번에 움직일 방법이 없어서 걱정이었는데, 그 방법이라면 잘될 것이다. 좋다."

부달도 고개를 끄덕이며 말했다. 치우천은 한 가지를 덧붙였다.

"새끼손가락 부대는 때로는 왼손 부대도 해 주어야 합니다. 제가 왼손을 들며 '움직인다!'라고 하면 새끼손가락 부대는 왼손 역할을 해 주어야 합니다. 그러니까 오른손으로 적을 쓸어 담기 좋게 눌러 주는 일을 해야 한다는 것입니다. 아시겠습니까?"

"물론이지유!"

쇠돌이가 헤헤거리며 말하자 부루벼락도 자랑스러운 듯 한마디 거들었다.

"천, 자네가 싸움을 보는 눈이 얼마나 틀림없는지 나는 아네. 자네 말대로 틀림없이 움직일 것이니 염려하지 말게나."

삼도 차분한 말투로 격려해 주었다.

"사람들은 자네를 믿고 있다네."

"감사합니다, 여러분. 우리는 훈련할 시간이 없으니 가는 길에 제가 자주 명령을 내릴 겁니다. 길을 가면서 연습하도록 합시다."

치우천은 그것으로 회의를 마친 후 곧바로 출발하자고 했다. 아루타한 마을에는 도단이와 몇몇 작은 부족장들을 남겨 다른 전사들을 모으도록 했다. 치우천은 도단이에게 일러두었다.

"자네는 모여드는 전사들을 받아들여 여기를 지키고 있게나. 말이 없는 부대는 빨리 움직일 수가 없으니, 일단 이곳을 잘 지키기만 하면 된다네. 시기르타라는 장사꾼이 물건들을 싣고 한 번 정도 더 올 걸세. 작은 주신에도 사람을 보냈으니 그들도 며칠 있으면 도착할 걸세. 내, 사람을 보내 어떻게 움직일지를 알려 주도록 함세."

도단이는 고개를 끄덕였다.

"알겠네. 맡겨 두게나."

치우천의 군대는 하루 동안 대강의 편성과 치우천의 작전을 숙지시킨 후 다음 날 아침 일찍 기세 좋게 출발했다. 아루타한 마을에서 공상까지 서둘러 가면 닷새 정도 걸렸다. 그러나 이만 명이나 되는 많은 군대가 가기 때문에 말을 탄 부대라 할지라도 사흘은 더 걸릴 것 같았다.

전군이 다섯 갈래로 나누어져서 손 모양대로 나아갔다. 길을 가면서도 치우천은 때때로 '움직인다!'라고 외치며 손을 펼치거나 찌르거나 움켜쥐는 시늉을 해 보였고 그때마다 각 부대는 '움직인다, 움직인다!'라고 소리를 지르며 대형을 바꾸곤 했다.

말로는 간단했지만 각각 수천 명의 부하들을 일사불란하게 움직이는 일이 쉽지만은 않았다. 그러나 그렇게 움직이는 것은 일종의 놀이 같았기 때문에 말단 전사들도 쉽게 이해하고 따라할 수가 있었다. 부대를 이끄는 대장도 각자의 능력을 최대한 발휘하여 부하들을 다스렸다.

"거치적거리거나 늦는 놈은 두들겨 패 줄 테다!"

야율쿠리와 초초룬의 부대는 성격대로 늦는 자나 거치적거리는 자들을 찾아내어 초죽음이 될 만큼 두들겨 패는 식으로 군기를 잡았다. 야율쿠리에게 걸리면 끝장인 것은 물론이고, 초초룬에게 걸려도 늘씬하게 두들겨 맞는 것을 피할 수 없었다. 야율쿠리가 더 아프게 때린다느니, 초초룬이 더 아프다느니 하는 소문까지 돌았다.

반면 와난강 와난수는 늦거나 거치적거리는 사람에게 한참 동안이나 따끔하게 훈시를 하는 것으로 벌을 주었다.

"자네가 늦어서 이 많은 전사들이 싸움에서 질 수도 있다. 자네는 고향을 되찾고 싶지 않은가? 지나족에게 도움이 되는 짓을 하고 싶단 말인가?"

와난강과 와난수는 매일 저녁 걸린 사람들을 모아 놓고 이런 연설을 했는데, 자그마치 저녁 무렵부터 한밤중까지 몇 시간 이상이나 이어졌다. 부자가 번갈아 훈시를 해 대는지라 듣는 것이 힘든 것은 물론 다리가 아프고 창피하여 견딜 수 없을 정도였다. 참다 못해 엉엉 우는 사람도 있었으며 차라리 맞는 것이 낫다는 이야기까지 돌았다.

"아이구, 잘했구먼! 오늘 저녁 쉴 때 내가 술 한잔 내겠어! 자자, 모두 박수들 쳐!"

쇠돌이는 가장 빨리 신호를 발견하여 움직인 사람을 표창하고 사람들에게 우스갯소리를 하면서 군기를 잡았다. 쇠돌이의 부대에서는 가장 늦은 사람이라도 두들겨 맞지는 않았다. 다만 저녁 때 쇠돌이와 씨름을 다섯 번 해야 할 뿐이었다. 쇠돌이는 항상 실실 웃으면서 부하들과 씨름을 했지만 쇠돌이와 씨름을 하느니 야율쿠리에게 두들겨 맞는 것이 덜 아플 거라며 투덜거렸다. 쇠돌이의 힘이 엄청난지라 말이 씨름이지 다섯 번이나 패대기쳐지고 나면 며칠은 앓아누워야 할 정도가 되었다.

부루벼락이나 거서기, 삼은 위의 세 부대의 특성을 섞어서 받아들였다. 거서기는 포상을 주로 많이 했고 삼은 훈시를 했으며 부루벼락은 기분 내키는 대로 때리기도 하고 포상을 하기도 하는 등 종잡을 수 없었다.

부달의 부대만은 조금 달랐다. 부달은 음산한 모습과 공포감에 가까운 말투로 분위기를 휘어잡았다. 부달은 말을 많이 하지도 않았으며 부하들을 나무라지도 않았다. 그저 딱 한마디를 했다.

"세 번 실수하면 목을 친다."

실제로 부달은 두 번 연속으로 늦어 거치적거린 사람을 발견하고는 조용히 다가갔다. 얼굴과 몸을 온통 천으로 감고 눈매만 매섭게 빛나는 부달이 다가서자 전사들은 분위기에 압도되어 자신도 모르게 좌악 옆으로 갈라섰다.

그 복판에는 거치적댄 마갸르 전사만이 다리를 후들후들 떨며 서 있었다. 부달은 앞으로 다가서자마자 무서운 빠르기로 칼을 한 번 휘둘렀다. 순간 전사의 머리칼이 산산이 흩어져 날아갔다. 부달이 지닌 청동검은 예리하기 이를 데 없어 머리칼마저도 벨 수 있었다. 머리칼이 썩둑 잘려 나간 전사가 사색이 되자 부달은 조용히 말하며 돌아섰다.

"다음번에는 목이다."

이후 부달의 부대는 가장 빨리 움직이는 부대가 되었다. 다만 부작용이 있었으니 뒤에서 욕을 가장 많이 먹고 사람들이 싫어하는 대장이 바로 부달이었다.

선발대이자 집게손가락인 치우비의 부대는 독특했다. 치우비는 웃으며 겸손하게 한마디를 했을 뿐이다.

"저는 잔소리는 하지 않겠습니다. 표 나게 늦는 전사는 다른 손가락 부대로 보낼 겁니다."

그 말 한마디만으로도 치우비의 부대는 숙연해졌다. 쇠돌이나 부루벼락 등의 부대는 모르지만, 야율쿠리에게 얻어맞거나 와난수 부자(父子)의 긴 훈시를 듣거나, 무시무시한 부달과 얼굴이 마주치는 것은 생각만 해도 등골이 오싹했기 때문이다. 이 부대는 원래가 작은 주신 출신의 정예병이 많아 벌을 받을 정도로 늦게 움직이는 자들이 적었다.

치우천의 부대는 치우천과 함께 움직였기 때문에 신호를 못 볼 염려는 없었으나 그 또한 다른 부대에 지지 않으려고 빠르게 움직였다. 치우천의 부대는 알한과 무라가 이끌고 있었기 때문이다. 알한은 웃으며 전사들을 잘 달랬고 무라는 말이 없었으나 전사들은 무라를 여신처럼 좋아하고 떠받들어 그녀의 신경을 거슬리는 일은 하지 않으려 스스로 애썼기 때문이다.

또 다른 이유도 있었다. 치우천은 전사들에게 잘 부탁한다는 말 외에는 아무 말도 하지 않았으나 알한이 과거 작은 주신에서 있었던 이야기를 퍼뜨렸다. 치우천은 부족장인데도 규칙을 어기자 스스로에게 매를 때렸다는 이야기였다.

그 소문이 퍼지자 전사들은 더더욱 엄히 규칙을 지키려 했다. '치우천은 정말 한다면 하는 사람'이기 때문에 잘못하면 절대 그냥 넘어가지 않으리라 생각한 것이다. 그러므로 굳이 처벌을 엄하게 하지 않아도 사람들은 알아서 잘 움직였다.

이렇게 사흘 정도 진군하는 동안 치우천은 하루에도 수십 번이나 손을 들고 '움직인다!'를 외쳐 댔다. 어떤 때는 연속으로 전사들을 움직이게 하여 정신이 다 빠져나갈 지경이 되었다. 처음에는 놀이 비슷했으나 익숙해지면 익숙해질수록 치우천이 하도 혹독하게 움직임을 유도하는 바람에 나중에는 전사들이 독이 오를 정도였다. 이런 짓을 왜 하느냐고 투덜대는 사람들이 많았으나 나중에는 그런 생각을 할 틈조차 없었다.

그럭저럭 수백 번 움직이는 연습을 하고 나니 전사들은 어느 정도 그에 익숙해졌다. 사람들 중에 눈이 좋은 사람들이 자연히 추려져서 옆 부대를 보는 임무를 맡게 되었고, 눈이 나쁘거나 무딘 사람도 나름대로 살아남으려고 알아서 신호대로 움직이는 법을 익혀 갔다. 옆 사람의 도움을 받기도 하고, 작은 무리를 지어 약속을 정하기도 했다.

그렇게 되자 자연히 사람들도 스스로 대오를 갖추게 되었다. 다른 사람이 중간에 끼면 신호를 받을 수 없기 때문이다. 그 때문에 각 부대는 급속하게 조직화되어, 흩어졌다가도 순식간에 원래의 대열을 찾아갈 수 있게 되었다.

무라와 알한은 어중이떠중이였던 전사들이 사흘 만에 잘 움직이게 된 것을 보고 감탄을 금치 못했다.

"굉장합니다. 간단한 방법으로 이렇게 많은 전사들을 손가락처럼 움직이게 하다니!"

치우천은 피식 웃으며 되받았다.

"잔머리를 굴린 것뿐입니다. 그냥 우르르 모여 가는 것이 아무래도 그래서……. 그러나 이 방법은 두 번 써먹을 방법은 못 됩니다."

"왜요?"

"이런 신호는 적이 알면 얼마든지 이용할 수 있거든요. 한창 싸우는 중에 갑자기 '움직인다!' 라고 소리를 질러 우리 편을 혼란스럽게 만들 수도 있구요. 이 방법은 딱 한 번만 써야 합니다. 그래도 지금 만든 대열은 공상 싸움이 끝날 때까지 대충은 쓸 수 있을 것입니다."

알한과 무라는 속으로 혀를 내두르며 고개만 끄덕였다.

한편, 공상의 유망은 그제야 치우천의 부대가 아루타한 마을에 집결했다는 소식을 들었다. 지나족의 정찰병은 이미 아루타한 마을에서의 움직임을 파악하고 있었다. 그러나 그가 죽을힘을 다해 달렸어도 공상까지 도착하기에는 사흘이 걸렸기 때문이다.

"이만 명이 넘는다고?"

"아루타한 마을에 새까맣게 모여 있었습니다. 식량도 산더미처럼 쌓여 있었구요. 다 타 버린 마을에 언제 그렇게 쌓아 두었는지 모르겠습니다만."

그 숫자는 지나족의 예상을 넘어선 것이었다. 형천과 축융은 침통한 표정을 지었다. 그러나 유망은 형천과 축융의 표정을 보고는 코웃음을 쳤다.

"그래 봐야 마구잡이로 긁어모은 어중이떠중이들이다. 이봐, 어디어디에서 모인 놈들인지 말해 봐."

"그게…… 미아우족도 있고 마갸르족도 있습니다. 어느 한두 부족이 아니라 사방에서 모인 놈들 같습니다."

"키탄이나 몽골, 타타르는?"

"그들은 없었습니다. 다만…….."

정찰병은 미아우 및 마갸르족에 대해 잘 아는 사람이었다. 그가 자기 눈으로 본 수십 개의 부족 이름을 늘어놓기 시작하자 유망은 발을 쾅 굴렀다.

"그만해! 됐어! 주둥이 닥쳐 주겠어?"

정찰병이 목을 움츠리자 유망은 형천과 축융을 번갈아 쳐다보았다.

"형천, 축융. 때는 지금이야."

"맞서 나갑니까?"

"그놈들은 모인 지 며칠 되지 않았을 거야. 쥐새끼 같은 것들. 당장 가서 밟아 버리라구. 빨리 가면 갈수록 놈들은 우왕좌왕할 거야. 잘되었군. 그놈들을 싹 밟아 버리면 다시 북으로 치고 올라가도 아무런 뒤탈이 없을 거야."

"제가 가겠습니다."

형천이 나서자 유망은 씨익 웃으며 되받았다.

"그럼 네가 가야지, 내가 갈까?"

"허허."

형천이 민망한 듯 헛웃음을 짓자 유망이 말했다.

"이봐, 이봐, 겁내지 말라구. 나는 이제 연기도 끊었어. 머리가 맑아. 아주 맑단 말야."

유망은 뭐라 중얼거리며 뒷짐을 지고 여기저기를 성큼성큼 다니다가 대뜸 물었다.

"지난번에 우리, 참 고생했지?"

"예……."

"그래, 고생했어. 배가 고파서 말을 잡아먹고, 물이 없어 피를 빨아 마시고, 풀뿌리를 캐 먹으며 도망쳤지. 우리만 그렇게 당해서는 안 되겠지, 그렇지?"

"물론입니다!"

소리친 것은 정찰병이었다. 얼결에 형천이나 축융보다도 먼저 소리치고 말았다. 정찰병이라 해도 유망에게 직접 보고를 할 정도이니 완전 말단은 아닌 심복이나 다름없었다. 허나 이렇게 함부로 끼어드는 것은 결례인지라 형천과 축융은 인상을 찌푸렸다. 그러자 유망은 웃으며 정찰병에게 다가가 차분하게 물었다.

"그래, 그렇지. 그러려면 어떻게 해야 하지?"

"저…… 저……."

정찰병은 식은땀을 흘리며 덜덜 떨었다. 유망은 미소를 지으며 음산한 목소리로 말했다.

"그러니 함부로 나서는 게 아니지. 그런데 넌 왜 아직도 여기에 있지?"

"무…… 물러가겠습니다!"

"그래. 그래야지. 그런데…… 그냥 가? 뭐 잊은 것 없어?"

유망이 비꼬듯 묻자 정찰병은 얼굴이 하얗게 질렸다가 입술을 깨물면서 대답했다.

"왼팔을 잘라 바치겠습니다. 무기를 주시옵소서."

"어? 그건 왜?"

유망은 멍한 듯하지만 형형하게 빛나는 눈으로 정찰병을 보았다.

"제 잘못을 갚으려면……."

정찰병이 각오한 듯 말을 하면서도 말끝을 흐리자 유망은 낄낄 웃음을 터뜨렸다.

"멍청아, 누가 팔을 달래? 그걸 뭐 하게? 먹을까? 먹으면 맛있을 것 같아? 맛있을까? 응? 이 멍청아! 그거 말고! 여기 두 대장에게 사과하란 말야!"

빠르게 쏘아붙이던 유망은 눈부신 동작으로 정찰병에게 다가와서 뒷덜미를 움켜쥐고 눌렀다.

"자, 이렇게. 죄송합니다. 주제넘게 나섰습니다. 죄송합니다. 얼른 해. 안 할 거야?"

"죄…… 죄송합니다! 주제넘게…… 나…… 나섰습니다. 죄…… 죄송……."

정찰병이 간신히 말하자 유망은 그를 걷어차 저만치 굴러 넘어지게 만들었다.

"너, 거기서 들어. 멍청아, 주제넘게 나서지 말고 듣고 있으라구! 함부로 입 놀리면 아가리를 도려내 줄 테니까."

악담을 퍼부은 유망은 미소 띤 얼굴로 형천과 축융을 쳐다보았다.

"놈들은 이만 명이지만 엉망진창일 거야. 그러니 우리도 이만 명을 데리고 그놈들을 친다. 당장 출발하면 되는 거야. 지난번에 당한 것을 되갚아야지. 안 그래?"

형천과 축융은 조용히 있었다. 유망이 정찰병을 향해 눈짓을 하자 정찰병은 즉시 외쳤다.

"그…… 그렇습니다! 그렇게 하신다면 틀림없이 우리가 이길 것입니다! 염제 신농께서 하신 생각이니 틀림없……."

그러자 유망은 픽 웃으며 손을 들었고 정찰병의 입은 그 순간 딱 다물어졌다. 유망은 마음에 들었는지 빙글거리며 말했다.

"자, 어때? 저 멍청이가 좋다고 했어. 그런데 치우천 놈은 멍청이가 아냐. 그렇지?"

"물론입니다, 염제 신농님."

"그러니 우리는 저 멍청이가 좋다는 대로 하면 안 될 거야. 다른 수를 내야지. 안 그래? 우리만 속고 사나? 우리도 치우천이란 놈을 속여 보자구!"

"다른 생각이 있으신지요?"

축융이 눈을 빛내며 묻자 유망은 웃으며 대답했다.

"형천, 그대가 가. 이만 명을 데리고 서둘러서. 당당하게 맞서자고 하는 거야. 내가 직접 보여 줄게. 이렇게 말야!"

돌연 유망은 정찰병의 덜미를 잡아 얼굴을 퍽퍽 소리가 나게 팼다. 유망의 기운이 엄청나서 정찰병은 금방 얼굴이 뭉개져 정신을 잃고 늘어져 버렸다. 형천과 축융은 기분이 좋지는 않았으나 염제 신농인 유망이 하는 일에 토를 달 수가 없었다. 형천은 속으로 생각했다.

'연기는 끊으셨지만, 성격은 여전하시구나.'

유망은 정찰병의 얼굴을 두들겨 패다가 대뜸 물었다.

"네 부하 중에 용감한 놈들이 좀 있지?"

"예. 대인족에 여섯 명의 대장이 있습니다."

"그놈들 중 세 명을 골라. 오천 명씩 주어서 빙 돌아가게 하는 거야."

"어디로……?"

"어디긴 어디야? 아루타한 마을이다. 놈들이 식량을 쌓아 두었다며?"

"아……!"

"형천 네가 서둘러 가면 놈들은 아직 출발 안 했거나 막 출발할 때쯤 될 거야. 생각 같아서는 놈들이 마을에서 출발할 때쯤 형천 네가 놈들과 만나면 좋겠지. 뭐, 놈들이 출발하지 않았어도 상관없어! 형천, 네가 나가면 놈들은 분명 식량을 빼앗기지 않으려고 앞장서서 너희와 싸우려 할 거야. 마을은 타 버려서 울타리도 없고 며칠 사이에 울타리를 세울 수도 없으니까."

유망은 정찰병의 머리채를 움켜쥐고 앞으로 확 잡아당겨 보였다.

"이렇게 앞으로 나올 거야! 그러니 형천 너는 마을 앞쪽으로 밀어붙여서 놈들을 치고……."

잠시 말을 끊고 유망은 정찰병의 얼굴을 퍽 소리가 나게 때리고 난 후 다시 외쳤다.

"그사이 쥐도 새도 모르게 세 부대가 마을로 가서 식량을 태우는 거야! 이렇게 뒤통수를 치는 거지! 하하핫!"

유망은 미친 듯 웃으며 정찰병의 뒤통수를 퍽, 퍽, 퍽 세 번 후려갈겼다. 세 번째 쳤을 때 정찰병의 머리에서 빠직 하는 소리가 들려왔다. 유망은 싱긋 웃으며 마치 더러운 것을 잡았다는 듯 얼른 손을 놓고 살짝 뒤로 물러서자 정찰병의 몸은 털썩 바닥에 늘어져 버렸다. 죽지는 않았으나 완전히 기절한 상태였다.

"그러면 놈도 이 꼴이 될 거야. 알아듣겠지?"

"좋은 작전입니다!"

형천과 축융이 고개를 끄덕이자 유망이 덧붙였다.

"놈들도 거지꼴이 되게 만들어 줘야지. 형천, 솔직히 너 자신 없지? 그러나 치우천 놈이 아무리 날고 기어도 굶고는 못 싸운다. 잡동사니 군대는 굶으면 대번 박살 난다. 그때 놈을 잡아 찢어발기는 거다! 우리가 당한 것보다 몇백 배 처참하게 갚아 준다! 감히 이 염제 신농을 건드리는 놈은 어떤 꼴이 되는지 보여 주지! 하하핫! 하하하핫!"

유망은 하늘을 보고 미친 듯이 웃어 젖혔다. 축융이 먼저 뒷걸음질로 막사에서 나가고, 형천은 늘어진 정찰병의 몸을 들고 나가려 했다. 그때 유망이 형천에게 말했다.

"형천?"

"예……?"

"내가 또 잘못한 건가?"

"아니옵니다."

"네 얼굴에 그렇게 씌어 있는데?"

"아닙니다. 좋은 작전이었습니다. 덕분에 잘 깨달을 수 있었습니다."

"저놈은 멍청이야. 건방져서 혼낸 게 아냐. 저런 놈은 당연히 벌을 받아야 해."

"왜 그렇습니까?"

"저런 멍청이가 정찰을 하고 왔으니, 저놈 말을 믿을 수가 없어. 난 그게 무서워."

"저 사람은 최선을 다했습니다."

"아냐, 아냐. 치우천 놈에게는 뭔가가 있어. 나를 속이고 있어. 주신 사울아비들은 그렇다 쳐도 그놈과 한통속인 키탄 놈들도, 몽골 놈들도, 타타르 놈들도 보이질 않다니! 멍청이! 멍청이! 저 멍청이 놈은 속은 거야! 뭔가 속았어! 뭔가…… 뭔가가……! 놈에게 뭔가가 또 있는데……! 아, 내가 가서 보고 싶은데…… 그럴 수는 없으니! 답답해! 저 멍청이 놈이 답답하고! 내 자신이 답답하고!"

형천은 조용히 서 있을 뿐 대답하지 않았다. 소리를 지르던 유망의 목소리가 이내 풀 죽은 목소리로 바뀌었다.

"형천?"

“예?”

유망은 묘한 눈빛으로 땅을 내려다보며 가라앉은 목소리로 말했다.

“생각해 보니 이상해. 몸 조심해. 너를 믿지만, 치우천은 무서운 놈이야. 아루타한 마을이 타 버리기 전에는 절대, 절대 섣불리 놈과 싸우지마. 아무리 어중이떠중이들이라 해도…….”

“문제없사옵니다.”

“아냐! 그러지 마! 먼저 마을에 불을 지르고 시간을 끌어야 해. 마을을 태우는 데 실패하면 무조건 공상으로 돌아와. 알았어?”

“저는 그리 약하지 않사옵니다.”

“형천, 나는 정말 그대가 걱정돼. 그대가 다치지 않았으면 좋겠어. 나는…… 나는 말야……. 싸움이 싫어. 피를 보는 것도 싫고. 헌데 싫어도 해야만 해. 그러니 할 수 없이 더 잔혹해질 뿐이야. 안 그러면……안 그러면 내 몸 안에서 뭔가가 부딪히고 부딪혀서…….”

유망은 괴로운 듯 머리를 싸쥐고 신음하다가 번쩍 고개를 쳐들었다.

“그러니 조심해. 빨리 이기자. 어서어서 이기고 싸움을 끝내자. 응?”

“알겠사옵니다.”

형천은 굳은 표정으로 엄숙하게 고개를 숙인 후 정찰병의 몸을 들고 막사를 나섰다. 유망은 천장을 멍하니 응시하고 조그맣게 휘파람을 불며 흥얼거렸다. 그것은 옛날, 치우천에게서 들었던 노랫가락이었다. 마약을 끊었지만 유망의 표정은 무척이나 쓸쓸하고 공허해 보였다. 마약에 취했던 때와 다를 것이 별로 없었다.

형천은 세 명의 대인족 대전사를 불렀다. 도한, 안생이라 부르는 두 명의 대전사와 위였다. 형천은 세 사람에게 각각 오천의 전사들을 붙여주며 명령했다.

“너희는 사람들이 다니는 길을 피해서 곧장 아루타한 마을로 간다.

들키지 않도록 앞길을 잘 살피면서 가야 한다. 싸울 필요는 없다. 스무 날 뒤까지 도착해야 한다. 먼저 도착했어도 섣불리 나서지 말고 아루타 한 마을 근처에 숨어 있다가 스물 날째 되는 밤에 일제히 달려 나가 아 루타한 마을에 쌓여 있는 주신과 마갸르, 미아우 놈들의 식량을 불태우 고 지키는 놈들을 쓸어버리는 것이다. 알았나?”

도한은 과묵하고 눈이 작은 중년의 거한이었고 안생은 큰 키에 비쩍 말라서 마치 말린 생선 같았지만 눈빛만은 매서운 남자였다. 두 사람 이 말없이 고개를 끄덕이자 형천은 위를 바라보며 근엄한 목소리로 말 했다.

“위, 이번에는 공을 세워야 한다. 지난번처럼 염제 신농님을 실망시 켜서는 안 된다.”

위는 지난번 유망에게 혼찌검이 났던 터라 어깨를 부르르 떨며 대답 했다.

“있는 힘을 다하겠습니다.”

지난번 사건 이후 위는 유망을 두려워하게 되었다. 몇 대 맞았다고 무서워하는 것이 아니었다. 위는 유망의 광기를 직접 본 몇 안 되는 인 물 중 하나였고, 그 광기 때문에 겁을 먹게 되었다.

유망이 자주 광기를 부린다는 사실은 대부분 형천이나 축융 같은 높 은 사람들만 알고 있었으며, 우연히 그런 모습을 본 사람들은 심복들을 제외하고 대부분 죽음을 당했다. 유망이 미친 짓을 한다는 것은 공공연 한 소문이었지만 그렇게 지독하게 비밀을 유지하기 때문에 염제 신농 의 권위가 그나마 남아 있었다.

위는 대전사라는 높은 지위에 있었으나 그런 모습을 직접 보고 말았 으니 여차하면 목이 달아날 위험이 있었다. 작은 실수를 해도 핑계 삼아 살려 두지 않을 것이 분명했기에 두려움을 느꼈다. 형천은 묘한 눈빛으로 위를 바라보았다.

"정말 힘을 다해야 할 거야."

위는 고개를 끄덕이며 다시 한번 진저리를 치면서 목을 움츠렸다.

형천은 세 명의 대전사와 만 오천의 전사를 출발시키고 다시 이만 명의 전사를 집결시켰다. 속도를 중시해야 하기 때문에 말을 탈 줄 아는 자를 뽑다 보니 그 인원이 한계였다. 형천은 더 이상 진다는 것은 생각하지도 않았다. 자신이 직접 나설 생각이었다. 그때 축융이 달려오며 물었다.

"형천, 꼭 직접 가야 하나?"

"내가 가는 것이 가장 좋을 걸세."

"아니, 난 그렇게 생각하지 않네. 어차피 놈들의 실력을 알아보러 가는 길이네. 자네는 염제님 옆을 지켜 주어야 하네."

"저놈들 중에는 치우비가 있을 걸세. 그놈은 내가 상대해야 하네."

축융은 고개를 저었다.

"그렇다고 번번이 자네가 공상을 비우는 것도 좋지 않네. 다른 대전사들을 보냈다가 놈들의 실력을 본 다음 나가도 늦지 않네. 염제님은 이제 연기를 끊으셨지만, 아직은 괴로우실 걸세. 자네가 옆에 있어야만 한다네. 염제님은 자네를 가장 믿으시니까."

축융의 말에도 일리가 있었고 유망이 걱정하던 일도 생각나서 형천은 푸욱 한숨을 쉬었다.

"그러면 그렇게 할까?"

"대전사들이 많은데 뭘 그리 걱정하는가? 다섯 명쯤 한 번에 보내면 문제없을 걸세. 그들에게도 싸울 기회를 주어야 하지 않겠는가?"

"믿을 만한 녀석들이 없는데. 상대가 치우천이라면 가볍게 볼 수 없네."

"이자들을 보게나."

축융이 손뼉을 짝짝 치자 다섯 명의 키가 크고 단단한 몸을 지닌 젊은 전사들이 막사로 들어섰다. 하나하나 상당한 힘이 있어 보였고 눈빛도 형형해 보통 사람 같지 않아 보였다. 그런데 다섯 명의 얼굴이 묘하게 닮아 형천은 무의식중에 물었다.

"닮았군. 누군가?"

"검은곰 부족장 유웅씨의 다섯 형제라네. 이번에 우리 편에서 싸워 주기로 하고 달려온 용사들일세."

"검은곰 부족? 헌원의 부하들 아닌가?"

검은곰 부족은 유웅씨라고도 불리는 부족장이 대대로 다스리는 꽤 큰 부족이었다. 이 부족은 헌원과도 친척으로 얽혀 있었으며 멀리는 주신과도 연관이 있었다.

"그렇지 않네. 헌원의 밑에 있었지만, 지금은 우리 편이 되기로 했다네. 뛰어난 용사들이니 믿어 보세나. 특히 말을 타고 하는 싸움에 익숙하다네."

형천은 아, 하고 감탄했다. 이번 작전은 움직임이 빨라야 했다. 한 걸음이라도 공상과 멀리 떨어진 곳에서 싸움을 할수록 유리하기 때문이다. 그러나 자신은 워낙 거구라 말을 타기 힘들었고, 말을 타고 벌이는 싸움에는 익숙하지 않았다. 형천은 축융이 정말 자신을 생각해서 수를 낸 것을 알고 한발 양보하기로 했다.

"맡겨 주십시오. 저희 형제의 솜씨를 보이고 싶어서 수천의 전사들과 함께 먼 길을 왔습니다."

일제히 고개를 숙이며 형천에게 말하는 다섯 형제의 목소리와 기세가 범상치 않았다. 형천은 믿음직하다는 생각에 고개를 끄덕였다.

'어차피 공상을 지켜 내면 이기는 것이다. 말 탄 부대는 달려오는 놈들과 싸우는 데 쓰는 것이 옳은 일. 차라리 나보다 기마 전투에 능한 자가 맡는 것이 나을지도 모른다. 그래, 맡겨 보자.'

"이상한걸요?"

알한이 혼잣말로 중얼거리자 치우천이 되물었다.

"뭐가 이상합니까?"

"지나족이 너무 안 보이는군요. 이제 지나 땅, 아니 지나족이 빼앗은 땅으로 들어섰는데 지나족이 이렇게 안 보일 수 있나요? 지키는 사람도 없고."

치우천은 싱긋 웃었다.

"곧 많이 보실 수 있을 겁니다."

"무슨 말씀이신지요?"

"지나족도 우리가 많은 수로 쳐들어온 것을 알고 있을 게 분명하죠. 그러니 작은 부대는 앞을 막지 않으려고 물러선 겁니다. 사실 그렇게 하라고 지난번에 작은 부대들을 밟고 다녔죠. 지나족은 또 실수한 겁니다. 아무도 없이 공상으로 도망쳐 들어갔으니 우리가 이만큼 다가온 것을 모를 겁니다. 하지만 곧 많은 군사로 우리를 건드리려 할 것입니다."

"그러면 맞아 싸울 준비를 해야 하지 않나요?"

무라가 한마디 하자 치우천이 싱긋 웃었다.

"그냥, 달립니다. 달리면 달릴수록 우리에게 유리합니다."

"예?"

"나중에 보십시오."

치우천은 더 이상 설명하지 않고 말 배를 걸어찼다. 치우천이 속력을 내자 알한과 무라는 따라붙을 수밖에 없었고, 치우천의 부대 역시 더 속도를 낼 수밖에 없었다. 그렇게 되자 손가락 대형을 유지하기 위해 다른 부대들도 일제히 속도를 올렸다. 그들의 전진 속도는 놀라울 정도였다.

작은 주신의 전사 중 몽골족 출신이나 주신 사울아비 출신은 그래도 잘 적응했지만 나머지 전사들은 탈진할 지경이었다. 정신없이 전진하는 가운데, 언제 신호가 날아들지 몰랐기 때문에 밥도 말 위에서 먹어야 했고 볼일도 말 위에서 해결해야만 했다. 말에서 떨어져 다치는 사람도 많았지만 부상자가 나와도 전진은 멈추지 않았다. 낙오자들은 결국 뒤처졌다가 밤이 된 후에 잠도 못 자고 죽을힘을 다해 찾아오는 수밖에 없었다. 이미 지나족의 땅에 들어온 판이니 혼자 도망칠 수도 없었다.

그런 식으로 사흘을 더 전진하자 어느덧 공상까지 고작 이삼일 거리에 육박하게 되었다. 보통의 말 탄 부대보다도 두 배 가까이 빠른 진격 속도였다.

그 사흘째 되던 날, 치우천은 앞에서 적이 몰려온다는 보고를 받았다. 수는 이만 명이 넘으며 거의 다 말을 탄 부대라는 이야기였다. 소식을 전한 사람은 치우비의 부대에 속한 작은 주신 전사였다. 치우천은 그에게 물었다.

"저들도 자네나 우리 부대를 보았을까?"

"장담은 못합니다만 못 보았을 거라고 생각합니다. 그들은 이제 성을 나선 것 같습니다. 서둘러 전진하면서 우리처럼 대열을 짜면서 나가려는 듯합니다."

"대장이 형천이 아닌가 보지?"

"아닌 것 같습니다. 처음 보는 사람들이 앞장서 있더군요."

"그들이 말을 잘 타던가?"

"말 타는 솜씨가 대단했습니다."

치우천은 웃으며 고개를 끄덕였다.

"거, 고마운 일이네."

알한과 무라가 왜 고맙냐고 묻자 치우천은 여전히 웃음기를 머금으며 대답했다.

"지나족은 말을 잘 타는 전사가 드뭅니다. 그 정도라면 공상의 전사들 중에 말 잘 타는 사람들이 전부 나온 듯하군요. 그들을 한 번에 몰아 주다니, 고마운 일이지요."

"저들은 공상을 지키는 게 가장 큰 일이니, 말을 잘 타고 못 타고는 중요하지 않을 겁니다."

알한의 말에 치우천은 고개를 저으며 대답했다.

"그렇게 되어야 우리가 마지막에 이길 수 있습니다. 잘된 일입니다. 바로 전진합니다! 빨리 도착했기 때문에 그들도 우리가 당장 덮치리라고는 생각하지 못할 것입니다."

"조금 있으면 해가 저물 텐데…… 숨었다가 기습하는 것이 낫지 않을까요?"

무라가 말하자 치우천은 단호하게 되받았다.

"그럴 것 없습니다. 오히려 있는 대로 소리를 지르며 요란하게 쳐들어가는 겁니다. 그래야 저들이 당황합니다."

"어두워지면 싸우기가 힘들 텐데요?"

고개를 갸웃거리는 알한을 보며 치우천은 자신 있게 말했다.

"훈련은 괜히 한 것이 아닙니다. 오늘 밤은 달이 밝을 테니 어두워도 옆 사람은 볼 수 있습니다. 우리 대열은 옆 사람만 보면서 움직이도록 짠 것이라 이 정도 어둠에는 상관없습니다. 기회입니다! 이 때문에 그리 숨차게 달려온 것입니다! 나갑시다!"

치우천은 말이 끝내기가 무섭게 손부터 치올렸다. 다른 사람들이 미처 뭐라 말할 틈도 없이 며칠 동안 고되게 훈련한 손가락 대형은 곧장 앞으로 달려 나가기 시작했다.

달려 나가면서부터 비로소 각 부대로 말 잘 타는 연락병들이 적을 친다는 말을 전해 주었다. 대장과 전사 들은 모두 놀랐으나 대열이 달리는 상황이라 멈출 수도 없었다. 그냥 그대로 죽을힘을 다해 달릴 뿐이었다.

유웅씨의 다섯 형제는 나이는 그리 많지 않으나 노련한 전사들이었다. 그들은 자신들이 끌고 온 부대를 포함해 이만 명이 넘는 많은 부대의 지휘권을 부여받고 긴장해 있었다. 그들은 아루타한 마을 부근에 있을 것으로 믿은 치우 군대가 공상을 떠난 지 사흘 정도 만에 덮쳐 올 줄을 생각지 못했다. 그러나 그들도 정찰병을 보내는 것을 게을리하지 않았기에 곧바로 앞에 치우 군대가 몰려온다는 연락을 받았다.

숨이 턱에 닿은 정찰병의 말을 듣고 다섯 형제 중 맏이인 우씽이 서둘러 말했다.

"벌써 여기까지 오다니! 곧 덮치겠구나! 아우들아! 어서 싸울 준비를 해야겠다!"

정찰병은 헉헉거리며 울부짖듯이 외쳤다.

"곧 덮치는 것이 아니라 바로 올 것입니다!"

"그게 무슨 소리냐!"

"놈들이…… 제…… 제 바로 뒤를 따라왔습니다! 죽을힘을 다해 달렸는데도 더 빨리 올 수 없었습니다! 놈들은 너무나도 빠릅니다! 대장님! 어서! 어서!"

놀란 다섯 형제가 막사 밖으로 뛰쳐나오자 우두두두 하는 진동음이 느껴졌다. 수많은 말들이 무서운 기세로 달려오는 느낌이 분명했으며 거리도 얼마 되지 않았다.

"미친놈들이다! 금방 어두워질 텐데!"

셋째인 우문이 외쳤다. 아닌 게 아니라 해가 완전히 넘어가서 조금만 있으면 밤이 된다. 그러면 양쪽이 엉켜서 누가 누군지 알 수 없어진다.

둘째인 우항도 놀라움을 이기지 못해 부르짖었다.

"놈들은 마갸르와 미아우의 어중이떠중이라고 하지 않았나? 그런 놈들이 어떻게 이렇게 빠르냐?"

다섯 형제는 고래고래 소리를 지르며 부하들에게 말에 타라고 외쳐 댔다. 지나 전사들도 놀라서 먹던 음식과 마시던 물을 내팽개쳤다. 옷도 입지 못하고 알몸으로 말에 올라탄 자도 있었고 무기조차 들지 못한 자들까지 있었다. 점점 다가오는 무시무시한 말발굽 소리에 지나 전사들은 당황하여 서로 부딪히며 평상시보다 더 갈팡질팡했다.

"어서 말에 올라라! 무기를 들어라! 적이다! 적!"

첫째인 우씽이 눈에 핏발을 세우며 외치는 순간, 저쪽 굽이에서 시커먼 먼지구름이 일더니 말을 타고 까맣게 몰려오는 대군의 모습이 보이기 시작했다.

"적이다!"

"치우 군대다!"

지나족은 공황 상태에 빠져서 허둥거렸다. 보통 사람보다 눈이 좋은 막내 우룡이 이를 악물며 눈을 부릅뜨고 적의 군대를 바라보더니 외쳤다.

"대단하네요!"

"뭐가 말이냐?"

"저게 어중이떠중이 부대라고요? 그럼 우리는 뭐죠?"

"무슨 소리냐?"

우씽이 악을 쓰자 우룡 역시 악을 쓰듯 외쳐 댔다.

"저렇게 달리면서도 조금도 흐트러짐이 없는 부대라구요! 도망쳐야 해요! 상대가 안 돼요!"

우씽은 상황 판단이 빠른 자였다. 그는 순식간에 상황을 냉정하게 계산하면서 재빨리 말에 오르며 외쳤다.

"자랑스러운 검은곰의 전사들아! 내가 앞장선다! 다른 자들은 무조건 뒤로 물러선다! 무조건! 이건 명령이다!"

"형님!"

둘째 우항이 눈물을 터뜨리며 부르짖었다. 다섯 형제와 함께 온 검은곰 전사들은 지나족 중에서도 매운 드문 정예 기병이었다. 그래서 그들만은 이미 어느 정도 혼란에서 벗어나 말에 올라타 있었지만 나머지 만 칠천의 전사들은 싸울 준비가 되어 있지 않았다.

우씽은 죽음을 각오하고 삼천 명만으로 앞을 막으려는 의도였고, 우항은 그것을 눈치챘기에 울부짖은 것이다. 우씽은 흐트러짐 없는 자세로 당당하게 목소리를 높였다.

"놈이 너무 빨랐다. 모든 것이 대장인 내 책임이다. 그러나 아우들아! 너희는 어서 물러서라! 전사들을 하나라도 살려서 물러섰다가 다시 대열을 갖추어 놈들을 되치는 거다. 너희가 빠르면 나도 살고, 우리는 이긴다. 늦으면 나도 죽고 우리는 진다. 알았느냐? 어서어서 움직여랏!"

우씽의 판단은 정확하여, 그 상황에서는 최선의 선택이라 할 수 있었다. 나머지 네 형제 또한 범상한 인물들은 아니었기에 그들은 분노를 억누르며 활발하게 지휘하기 시작했다.

우씽은 죽을 각오를 하고 목에 핏대를 세우며 외쳤다.

"가장 왼쪽 부대의 앞을 가로막는다! 무조건 몸으로 막는다! 가자!"

"적이 나눠집니다! 일부만 앞으로 달려들고 나머지는 뒤로 빠지려나 봅니다! 그대로 전진할까요?"

선봉에 섰던 개르가 치우비에게 외쳤다.

"형님에게서 신호는?"

"없습니다!"

마냥이 외치자 치우비는 눈을 찢어질 듯 부릅뜨며 외쳤다.

"신호가 없다면 그대로 돌진이다!"

치우비는 구름의 배를 박차며 길게 소리를 질렀다. 리미와 마냥도 소리를 질렀고 곧이어 치우비의 선봉 부대, 집게손가락 부대는 처절하게 고함을 지르며 무서운 속도로 달려 나가기 시작했다. 맨 앞에 치우비가 있었다.

"지나 전사들이여! 검은곰의 전사들이여! 놈들에게 질 수 없다! 단번에 들이쳐서 놈들을 박살 낸다! 우리가 죽음으로써 전부를 살리고, 우리가 죽음으로써 반드시 싸움에 이긴다! 죽는 게 무서운가?"

우씽은 무시무시할 정도로 투지를 불태우며 목청 높여 소리쳤다. 검은곰 부족의 용감한 기마 전사들은 일제히 대답했다.

"무섭지 않소!"

"우리도 간다!"

말을 마친 우씽은 삼천 명의 기병과 함께 치우비 부대에 못지않게 무서운 기세로 돌진해 나가기 시작했다.

"보통이 아니다! 대단해!"

옆에서 무서운 기세로 돌진해 오는 우씽의 기마대를 본 치우천이 자신도 모르게 외쳤다. 자신의 기습은 틀림없이 성공적이었다. 이만 명의 지나족 부대는 갈팡질팡하다가 몰살당할 것이 분명했다. 그런데 그 와중에도 죽음을 각오하고 맹렬하게 돌진해 오는 부대가 있는 것에 놀랐고, 뒷부대가 그 틈을 타서 대열을 갖추려는 모습에 감탄했다.

"형천 축융 말고도 저런 자들이 있었나? 마치 몽골족 같구나!"

치우천이 감탄하자 알한이 외쳤다.

"어떻게 합니까? 저들은 둘로 나누어졌습니다!"

"방향을 틀어서 놈들을 에워싼다!"

치우천이 우렁찬 목소리로 외치자 치우비의 부대는 오른편으로 방향을 돌렸다. 그런데 우씽의 부대는 놀랍게 방향을 바꾸어 치우비의 부대와 그대로 맞부딪쳐 나가려 하는 것이 아닌가?

무라가 비명을 지르듯 소리쳤다.

"비님의 부대! 적과 부딪힙니다!"

치우천이 놀라서 입을 딱 벌렸다.

'저건…… 아니다! 저놈들은 미쳤어!'

아무리 기마대끼리의 격돌이라 해도 서로의 거리가 좁혀지면 속도를 줄여야 하는데, 우씽의 부대는 조금도 속도를 줄이지 않고 있었으며 대열도 바싹 붙은 그대로였다. 양쪽에서 무서운 속도로 달리는 말들끼리 부딪히면 부딪힌 사람과 말들을 즉사를 면할 수 없었다. 그럼에도 그렇게 부딪혀 오는 것은 자신들의 몸을 희생하여 상대의 속도를 줄이는 작전이 분명했다. 맨 앞에서 달리는 치우비가 가장 위험할 수밖에 없었다.

"피하게 해야 해요!"

무라가 다급하게 외치자 치우천은 순간적으로 생각했다. 지금 당장 달려드는 우씽의 부대와 충돌하는 것은 위험하기 짝이 없었다. 그러나 지금 방향을 틀기 위해 움직인다 해도 적을 완전히 피할 수는 없었다. 도리어 우씽의 부대에 옆구리를 찔리게 된다. 더구나 치우비는 왼쪽, 즉 치우천의 엄지손가락이 달려드는 쪽으로 방향을 틀 수밖에 없었다. 그러면 달려오는 치우천의 부대와 엉키고 만다. 그렇게 되면 작전 자체가 흐트러진다.

치우천은 피가 맺히도록 입술을 깨물고 손을 들어 올리며 외쳤다.

"그대로 전진! 움켜쥔다!"

순간 무라가 외쳤다.

"비님이 죽어요!"

그 순간, 우씽의 부대는 비명 같은 고함을 지르면서 치우비의 부대 바로 앞까지 육박해 왔다. 양쪽 다 조금도 속도를 줄이지 않은 상태였기에 겁 없는 리미마저도 외쳤다.

"주인님! 위험……!"

치우비의 귀에 그 소리는 들리지 않았다. 치우비는 이미 양손에 커다란 도끼를 뽑아 들고 있었다. 무서운 속도로 밀려오는 지나족의 부대를 닥치는 대로 몇 번 찍어 넘기던 치우비는 쾅쾅쾅 하며 계속 몸에 무언가가 부딪혀 오는 것을 느끼다가 돌연 눈앞이 캄캄해져 버렸다.

치우비의 선봉대는 우씽의 삼천 명의 기병과 정면으로 충돌하여 수없는 사상자를 내며 뒤엉켜 버렸다. 특히 앞줄에 섰던 백여 명의 전사들은 말과 함께 땅에 떨어져 내렸고 지나족의 삼백 명이 넘는 기병들도 똑같은 신세가 되었다. 그 위로 수천의 기병대가 밟고 들어오며 무기보다도 몸을 먼저 부딪쳤다. 순식간에 벌어진 일이었다.

치우천은 정신을 차리며 외쳤다.

"움직인다! 움켜쥔다!"

신호가 떨어지자 달려가던 가운뎃손가락과 넷째, 새끼손가락, 그리고 치우천의 엄지손가락 부대는 일제히 우씽의 삼천 기병을 에워싸고 감아 들어갔다.

"형님……! 아아…… 형님!"

다섯 형제 중 남은 네 형제는 맏이 우씽이 포위당하는 것을 보면서도 도저히 손을 쓸 수 없었다.

"저…… 저놈들은 사울아비냐! 마갸르 미아우 놈들이 어떻게 저렇듯 움직일 수 있지? 응?"

성격이 괄괄한 셋째 우문이 미친 듯 부르짖자 둘째인 우항이 목이 터져라 외쳤다.

"어서 전사들 줄을 맞춰라! 저놈들을 도로 에워싸야 한다! 형님의 복수를 하자!"

우씽의 희생 덕분에 지나 전사들은 정신을 차리고 말에 올라타 있었다.

"형제들아! 네 갈래로 나누어져서 적을 친다! 형님의 죽음을 헛되이 하지 마라!"

지나족은 혼란스러움에 우왕좌왕했으나 눈앞에서 삼천 명의 아군이 전멸되어 가는 모습을 보았고, 네 형제의 분발로 되레 기운을 냈다. 그들은 네 갈래로 나뉘어서 돌진하기 시작했다.

우씽이 몰고 온 삼천 명의 기병대는 일단 포위를 당하자 순식간에 괴멸되어 갔다. 그러나 곧이어 지나족의 부대가 네 갈래로 갈라지며 돌진해 오자 알한이 소리를 질렀다.

"적이 나뉘져서 돌격해 옵니다!"

알한만 본 것이 아니라 지나족이 기세 좋게 돌격해 오자 다른 부대들도 잠시 멈칫하는 것 같아 보였다. 치우천은 치미는 흥분을 가라앉히며 왼손을 들어 올려 외쳤다.

"새끼손가락! 왼손 부대가 나간다!"

신호가 떨어지자 포위를 하고 있던 새끼손가락의 다섯 부대가 떨어져 나오면 전진했다. 그 부대들을 맡고 있던 다섯 명의 주신 사울아비들은 역전의 용사들이라 명령을 내리지 않아도 스스로 할 일을 잘 알고 있었다. 그들은 스스로 정한 다섯 손가락의 위치에 따라 네 갈래로 나누어진 지나족 부대를 하나씩 맞서 나갔으며 마지막 한 부대는 옆으로 돌았다.

유웅씨의 네 형제도 대단한 지휘력을 지니고 있었으나 더 이상은 전투 대형을 바꿀 수 없었다. 마치 이렇게 될 줄 알았던 듯 훈련까지 고되게 했던 치우군의 움직임도 따를 수 없었고, 주신 사울아비 용사들의 지휘력을 당해 낼 수도 없었다.

와난강, 와난수 및 초초룬, 야율쿠리가 이끄는 미아우와 마갸르의 전사들은 우씽의 부대가 지나족의 원흉인 양 이를 갈며 달려들었다. 그들의 복수심 어린 무기 앞에 지나족 전사들은 순식간에 시체가 되어 나뒹굴어 갔다.

"물러서면 나랑 씨름이 백 판이여, 백 판!"

쇠돌이는 거대한 구리 도리깨를 휘두르면서도 입심 좋게 떠들어 댔고, 부루벼락은 신이 난 듯 채찍을 휘둘러서 지나 전사들을 연달아 넘어뜨렸다.

"미친 지나 놈들아! 맛이 어떠냐? 너희 땅으로 썩 물러나지 못해?"

거서기의 도끼와 삼의 긴 창도 쉬지 않았음은 물론이다. 옆구리를 찌른 부대를 맡은 부달은 음산한 모습 그대로 미동도 하지 않고 팔 한쪽만 놀려서 달려드는 지나 전사들을 번번이 두 동강 내는 솜씨를 보였다. 상처를 입은 후에 칼 솜씨가 더 예리해진 것 같았다.

이윽고 부달과 삼에게 동시에 습격당한 막내 우룽의 부대가 산산이 흩어져 갈 때쯤 치우천은 총진격 명령을 내렸다. 우룽의 부대는 지나족치고 말 달리는 솜씨도 능했고 싸움 실력도 상당했다. 그러나 기세가 꺾인 터였고 활발한 치우군의 움직임에 따라 잡힌 형편이라 간신히 호각세를 유지하는 정도였다.

그때 치우천이 앞서 포위망을 폈던 부대를 동원하자 지나 전사들도 더 이상 견디지 못하고 허물어지기 시작했다. 복수심은 충천했지만 앞이 막히고 옆구리를 찔린 지나 전사들은 새롭게 사방을 에워싸 오는 치우군을 당할 수가 없어 결국 뿔뿔이 흩어져 도망치기 시작했다. 이때부터는 일방적인 학살이었다.

치우천은 대열을 가다듬고 무섭게 포위해 달아나던 지나 전사들을 수없이 쓰러뜨렸다. 대부분의 지나 전사들이 싸움에 쫓겨 말을 잃었기 때문에 공상으로 되돌아간 전사들은 극히 드물었다.

지나족 전사들 중 죽은 사람은 오천이 넘었으며, 공상으로 간신히 도망친 전사들은 삼천 남짓밖에 되지 않았고, 나머지 일만이 넘는 전사들은 말을 잃고 뿔뿔이 흩어졌다가 대다수는 후에 마갸르, 미아우족에게 잡혀 버렸다. 그나마도 다섯 형제의 지휘력이 뛰어났기 때문에 피해를 줄인 것이다.

다섯 형제도 처참한 대가를 치렀으니, 돌격해 들어왔던 맏이 우씽은 죽은 후 시체조차 남지 않았으며 둘째 우항은 쇠돌이의 도리깨에 맞아 떨어졌다가 말에 밟혀 죽고, 막내 우릉은 삼의 창에 찔린 후 부달의 검에 목이 달아났다. 셋째 우문과 넷째 우민만이 도망쳤으나 공상으로는 돌아가지 못했다. 검은곰 부족의 삼천 전사는 거의 살아남지 못했다.

싸움이 끝나자마자 치우천은 허탈한 표정으로 알한을 돌아보았다.

"아우는?"

"아직 모릅니다만…… 비님은 약한 분이 아니십니다."

"빨리 찾아보십시오. 아니, 내가 찾겠소."

"아닙니다. 일단 여기 계십시오. 제가 알아보겠습니다."

알한이 달려간 사이 치우천은 무라가 눈물 젖은 눈을 내리깔며 고개를 푹 숙이고 있는 것을 보았다. 치우천이 자신을 바라보는 것을 눈치챈 듯, 무라는 고개를 들더니 치우천에게 쏘아붙였다.

"크게 이기니 좋은가요?"

아우를 희생시킨 것에 대한 항의에 치우천은 얼굴이 하얗게 질렸으나 이내 냉정한 모습을 되찾았다.

"아우는 죽지 않소."

"아무리 비님이 힘이 세다 해도 저렇게 매일매일 앞장만 서다가는 언젠가 죽어요. 죽는다구요! 하긴 그보다는 싸움에서 이기는 것이 더 중요하겠지요?"

"내가 아우가 죽기를 바랄 것 같소?"

치우천이 벌컥 화를 내자 무라는 무심결에 말을 더듬었다.

"그건 아니겠죠. 그러나…… 당신의 꿈을 이루기 위해서는…… 당신 아우가 죽어도 어쩔 수 없다고 하시겠죠?"

"난 그렇지 않소! 난…… 난…….'

치우천은 말을 잇지 못하다가 이윽고 한숨을 푹 내쉬었다.

"내 아우는 세상에서 가장 소중합니다. 나도 싸울 때마다 그 녀석이 걱정되어 미칠 지경입니다. 그러나 그 때문에 녀석을 뒤로 더 돌리지 못하는 것입니다…….'

치우천은 무라를 비장한 눈빛으로 바라보며 말을 이었다.

"무라님, 욕하셔도 할 수 없습니다. 그러나…… 그러나 이것만은 말씀드리겠습니다. 나에게 비 녀석은, 적어도 내 목숨보다는 훨씬 소중합니다."

"당신의 꿈보다는요? 당신의 믿음보다는요?"

무라가 날카롭게 묻자 치우천은 눈을 질끈 감았다.

"그건 말할 수 없습니다. 그러나…… 나는 그 녀석이 없는 세상은…… 도저히…… 도저히 상상할 수 없군요. 생각하기도 싫고, 무섭습니다. 너무도 싫고 무서워서 그것을 피해 왔는지도 모릅니다. 내 아우는 무적이라고 생각하고, 어떤 일을 겪어도 죽지 않는다고 혼자만 믿어

왔는지도 모릅니다. 제 잘못이 크군요. 허나 무라님, 저를 믿어 주십시오. 저는 그런 사람이 아닙니다."

무라는 말없이 정중하게 치우천에게 고개를 숙여 보이고 몸을 돌렸다. 그때 알한이 달려오며 외쳤다.

"하핫! 치우비님은 멀쩡하십니다! 염려 마십시오! 내가 뭐랬습니까? 치우비님이 그 정도로 다치겠습니까? 조금 다치기는 했지만…… 펄펄 날고 있습니다. 아무 문제없습니다!"

치우천은 답답하고 억눌렸던 감정을 떨쳐 버리려는 듯이 활짝 웃으며 그쪽으로 달려갔다. 알한은 무라에게 나지막한 목소리로 말했다.

"무라님, 치우천님도 걱정이 많으십니다. 그분이야말로 우리 중에서 가장 힘든 분입니다. 그러니……."

무라는 말없이 고개를 돌려 알한을 외면했다. 알한은 둥글고 큰 눈으로 무라를 잠시 바라보다가 쓴웃음을 짓고는 활달하게 우스갯소리를 쏟기 시작했다. 그러나 무라의 미간에 잡힌 작은 주름은 좀처럼 펴지지 않았다.

공상성에 남아 있던 유망과 형천, 축융은 전사들이 떠난 지 사흘 만에 패전 소식을 받고는 경악했다. 유웅씨 다섯 형제의 지휘는 부족한 점이 없었고, 지나족의 누구보다도 뛰어났다. 그럼에도 완벽하게 패배를 당한 것은 치우천에게 기습을 허용했기 때문이다. 그러나 유웅씨 형제가 아니라 형천이나 축융이 갔더라도 눈치채지 못했을 것이다. 치우천 부대의 속도는 일반적인 지나족의 행군 속도를 초월했기 때문이다.

철저하게 패했다는 사실도 놀라웠지만 어느새 치우천의 군대가 공상과 지적지지까지 돌입한 것이 더 놀라웠다. 놀란 유망은 외쳤다.

"빠르구나! 빨라! 이렇게 빠르다면 하루 이틀 내로 여기로 몰려올지도 모르겠다. 서둘러라! 서둘러!"

유망은 치우천 측의 불순분자들이 섞여 들어오는 것을 막기 위해 공상 성문을 닫아걸라고 명령했다. 그리고 창힐을 불러서 다시 한번 방어 준비에 만전을 기하라 명하고 성안에 남아 있던 전사들을 소집했다.

만 오천의 전사가 빠져나가고 이만의 전사들이 전멸하다시피 했어도 그들의 수는 팔만 오천을 넘어 구만 명에 가까웠다. 게다가 공상성 안에 는 십여 만에 달하는 비전투원이 있었다. 대부분 기술자, 장사꾼, 여자, 아이 들이었으며 성 밖에 살던 사람도 많았다. 노동력이 어느 때보다 필 요한 이때, 공상은 식량이 충분했으므로 전부 데리고 들어온 것이다.

물론 성안으로 들어올 수 있었던 사람들은 치우천의 공격 소식이 들 리자마자 재빨리 얼굴을 익혀 두었던 사람들뿐이었다. 조금이라도 낯 설어 보이는 사람들은 가차 없이 쫓아내 버렸다.

유망은 치우천의 공격 소식이 들려온 후에 공상에 들어왔던 사람들 중 아직 나가지 않은 바깥사람들은 그날 강제로 쫓아 버렸다. 혹시나 숨 어 들어온 첩자가 있을까 염려한 것이다. 그다음 축융을 시켜 공상 주변 의 집과 밭에 불을 지르게 했다.

"그럴 필요까지 있습니까? 사람들이 좋아하지 않을 텐데요."

축융이 조심스레 물었으나 유망은 단호했다.

"어차피 싸움이 나면 밭은 못 쓰게 돼. 집도 놈들을 이기고 다시 지 어 주면 된다. 집을 그냥 두면 놈들에게 쓰라고 선물하는 것이나 마찬가 지야. 축융, 불은 지르되, 싸움이 끝나면 새로 지어 준다고 사람들에게 말해. 싸움을 앞두고 성안에 있는 놈들이 불만스러워하는 건 좋지 않으 니까."

축융은 굳은 얼굴로 알았다며 나갔다. 축융은 물론, 축융족 불 주술 사와 불 부대는 불을 지르는 데에 최고의 솜씨를 지니고 있었다. 공상성 주위의 몇천 채를 헤아리던 수많은 집들은 그날 하루 만에 훨훨 불타올 랐으며 밭이나 나무마저도 남김없이 타올랐다. 한편으로는 장관이었으되, 비정하고 잔혹한 광경이기도 했다.

사람들은 피했지만 미처 데리고 떠나지 못해 버려둔 수많은 개, 고양이, 닭, 오리 같은 작은 짐승들은 불에 타 죽고 말았다. 소, 말, 나귀 같은 큰 동물들만 성안으로 끌고 들어갔을 뿐이다.

성안에 들어갈 수 있던 사람들은 그나마 나중에 집을 지어 준다는 약속이라도 받았지만, 성안에 들어가지 못하고 밀려난 사람들은 졸지에 집과 모든 것을 잃은 유민이 되어 분노의 피눈물을 흘리며 뿔뿔이 흩어졌다. 아무리 신세가 막막해도 싸움터에 버티고 앉아 있을 배짱은 없었던 것이다.

마지막으로 축융의 부대가 돌아오자마자 유망은 둑을 터서 공상성 주변에 파 놓은 호수에 물이 흐르도록 만들었다. 공상성은 네 길 높이의 단단한 돌 벽과 성벽 전체를 에워싼 물로 난공불락의 성이 되었다. 유망은 마지막으로 성벽의 높은 곳에 올라서 물이 차오르는 것을 보며 만족스럽게 웃었다. 그 옆에는 창힐과 형천, 축융이 있었다.

"식량 준비는 얼마나 되어 있지, 창힐?"

"성 밖의 사람들을 몰고 오며 거둔 것이 많아서 일곱 달은 충분히 버틸 수 있습니다."

"그래, 일곱 달. 치우천 놈이 아무리 잘났어도 일곱 달 치 먹을 것을 날라 오지는 못했겠지."

"일곱 달커녕, 한 달 치도 없을 것입니다."

유망은 킥킥 웃었다.

"거기다가 아루타한 마을은 곧 우리 손에 떨어진다. 우리 손에 떨어지지 않더라도 적잖은 피해를 입을 거야. 공상성에 가만히 있는 한, 아무리 놈의 꾀가 대단해도 우릴 어쩔 수는 없다. 그렇지?"

형천과 축융, 창힐은 일제히 머리를 조아렸다.

"당연한 말씀입니다."

유망은 싱긋 웃으며 형천에게 물었다.

"그 주신…… 신시에서 온 놈은 아직도 성안에 있나?"

"어제 나갔습니다. 놈은 우리에게 뭔가 요구하려 했던 것 같습니다."

"요구?"

형천이 씩 웃으며 되받았다.

"그놈이 말하더군요. 치우천 녀석이 분명 땅굴을 팔 거라고 말입니다. 놈은 그 사실을 우리에게 알려 주지 않으려고 버텼는데, 뭔가 뜯어내려고 그런 듯합니다."

"하하, 우리도 눈치채고 있는 것을 가지고 생색을 내려 했다니? 아무것도 주지 않았지?"

"당연히 그렇습니다. 결국 그놈은 나가면서, 큰 생색이나 내는 것처럼 그 말을 해 주더군요. 들은 척도 안 했습니다. 껄껄……."

"우리가 이용하는 놈들이긴 하지만, 정말 빌어먹을 놈들이야. 하하. 주신에 그런 놈들이 몇몇만 더 있었어도 신시까지 먹을 수 있을 텐데 말야. 하핫."

"그런 놈들은 지금도 충분히 많습니다. 썩어 빠진 주신은 우리 적이 아닙니다. 다만 치우천 그놈만은 반드시 잡아야 합니다. 주신에서도 치우천 놈이 제발 죽거나, 하다못해 졌으면 좋겠다는 생각을 가지고 있는 듯합니다."

"불쌍한 놈이야. 그런데도 저렇게 죽기 살기로 싸우다니, 참."

유망은 복잡한 표정으로 잠시 생각하더니 창힐에게 말을 건넸다.

"창힐, 땅굴도 막을 수 있겠지?"

"물론이옵니다. 벌써 며칠 전부터 굴 파기에 소질 있는 사람들을 찾아냈사옵니다. 땅을 파고 들어가 살던 부족 사람들인지라 땅파기는 뛰어나더군요. 그 사람들 백 명가량과 다른 힘센 사람들로 사백 명가량을 모아 두었사옵니다. 이미 성 아래의 여기저기를 파 놓고 있사옵니다. 놈들이 굴을 파고 들어오거나 성벽 밑을 파고 들어오면 소리로 알 수 있사옵니다. 끓는 물을 붓고 연기를 피우기만 하면 굴 파던 놈들을 해치울 수 있사옵니다."

"전에 생각난 건데, 놈들이 굴을 아주 깊이 파면?"

"성벽을 무너뜨리려면 그렇게 깊이 파서는 아니 되옵니다. 성벽 바로 아래를 파야 성벽이 무너지는 법입니다. 그리고 성안으로 들어오려면 아무리 깊이 땅을 파도, 결국은 성안으로 뚫고 올라와야 하는 법, 소리를 안 내고는 도무지 할 수 없다 하옵니다."

"그것 말고 다른 방법은 없겠지?"

이번에는 형천이 나섰다.

"제아무리 치우천 놈이 날고 기어도 그것 말고는 성벽을 기어오르는 수밖에 없을 것입니다! 그건 간단히 막을 수 있습니다."

축융이나 창힐, 그 밖의 다른 사람들도 같은 생각이었다. 유망은 만족한 듯 웃으며 자신만만하게 말했다.

"남쪽 전사들도 오겠지?"

"당연히 달려올 것이옵니다. 그 전사만도 오만은 되옵니다."

"그래. 우리는 겁낼 것 없다. 느긋하게 앉아 있다가, 놈들이 먹을 것이 떨어져 쩔쩔맬 때 한꺼번에 덮치는 거야. 그러면 놈들을 모조리 잡을 수 있다. 특히 치우천 치우비 두 놈은 반드시 없애야 한다!"

오랜만에 유망은 높거나 뒤틀리지 않고 선명한 목소리로 엄하게 명령을 내렸다. 부하들은 목소리에 용기를 얻어 힘차게 대답했다.

"예!"

유망이 무리하다시피 서둘러서 공상의 방어를 굳힌 것은 잘한 일이었다. 유망이 성의 방어를 굳히고 하루도 안 되어서 치우천의 부대는 공상으로 돌입했다. 그런데 이상하게도 치우천의 부대는 대부분의 말을 버렸는지 걸어서 공상 주위로 접근해 왔다. 그것을 이상하게 여긴 유망이 형천과 축융, 창힐에게 물었다.

"저놈들이 왜 걸어서 오지? 말은 어쩌고?"

"높은 성벽을 공격할 때는 말이 소용없습니다. 더구나 풀을 계속 먹여 줘야 하니 많이 끌고 오기 힘들었겠지요. 오다가 어디로 치워 버렸나 봅니다."

유망이 관찰한 대로 치우천 부대는 부달과 이천여 명의 전사들에게 수만 마리의 말들을 맡겨서 어디론가 보낸 상태였다. 말을 가진 것은 치우비 직속의 집게손가락 부대 정도였다. 공상성 아래에 도착했을 때는 성 주변을 에워싸다시피 있던 울창한 나무와 집들이 불에 타 버린 다음이었다. 아직도 검은 숯덩이에서 후드득 불똥이 떨어지며 재가 흩날리는 광경을 보면서 치우천의 부대는 숙연해졌다.

그러다가 네 길 높이나 되는 공상의 높은 성벽을 보고 치우천의 부대는 술렁이기 시작했다. 화살이 날아오지 않을 정도의 거리에서 멈춘 치우천의 부대는 회의를 열었다.

"성벽이 정말 높더군. 넘기 어렵겠던데?"

삼이 불안한 듯 말하자 쇠돌이도 한마디 거들었다.

"성벽을 넘으려면 사다리를 만들어야 하는데, 근처 나무가 다 타고 없으니 어쩌우?"

부루벼락이 투덜거리는 목소리로 되받았다.

"성벽이 높아서 화살을 넘기기도 만만치 않을 거야. 놈들은 성벽에서 화살을 내리쏘고 돌이며 끓는 물도 끼얹어 댈 거야. 이거, 쉽지 않을 것 같은데?"

초초룬도 한숨을 쉬었다.

"성안으로 냇물이 흘러 들어가지 않아. 물이 흘러 들어간다면 독을 풀어서 없애 버릴 수도 있는데……."

"아무리 독을 풀어도 백천 명을 어떻게 다 독으로 죽인단 거요? 말이 안 되잖소?"

와난강이 빈정거리자 초초룬은 벌컥 성질을 냈다.

"한번 보겠어요? 하나 못하나?"

"그만들 하십시오."

이런 상황에서도 치우천은 미소를 지으며 말다툼을 제지했다. 거서기가 차분하게 물었다.

"천 형, 이제 공상을 어떻게 뺏을 건지 말해 줘야지. 보름 만에 뺏겠다고 했잖아?"

치우천은 지난번 공상 싸움 이후에는 속히 신시를 쳐야 한다는 말만 했을 뿐, 정작 공상 점령 계획에 대해서는 이후에 말해 주겠다며 언급하지 않았다.

"나, 키탄 부족장 야율쿠리가 말한다. 내가 보기에는 방법은 한 가지뿐이다. 힘센 전사들을 골라서 어두울 때 밧줄을 타고 조용히 성벽을 올라가는 것이다. 치우비나 내가 앞장선다면 금방 올라갈 수 있다. 일단 그렇게 들어가 성문을 안에서 열면 그만이다. 어떤가?"

와난강이 고개를 저었다.

"마갸르의 와난강이 말합니다. 성벽을 올라갈 때 들키지 않으리란 법이 없고, 성벽 위에도 전사가 없을 리 없습니다. 지나족이 누구처럼 바보인 줄 아십니까?"

"뭐요?"

와난강의 비아냥거리는 말투에 야율쿠리가 눈을 부릅뜨자 치우천이 차분한 목소리로 나섰다.

"지금부터 내 말을 잘 들어 주십시오. 이 싸움의 대장은 저입니다. 그러니 제 말을 따라 주셔야 합니다."

모두가 입을 다물었다. 간신히 주위가 조용해지자 치우천이 말을 이었다.

"여러분은 제 생각보다도 잘해 주셨습니다. 이렇게 공상에 도착했으니 반드시 성을 함락시켜야지요. 지금부터 제가 말하는 대로 서둘러 움직여 주십시오. 먼저 야율쿠리와 초초룬은 삼천 명의 전사를 골라서 보이지 않을 만한 곳에서 땅굴을 팝니다."

"땅굴! 그렇군! 그 방법이 있었군!"

야율쿠리가 껄껄 웃으며 무릎을 쳤다.

"쇠돌이와 부루벼락 형은 삼천 명의 전사를 데리고 땅굴에서 나오는 흙을 눈에 띄지 않도록 멀리 버리는 일을 해야 합니다. 흙을 쌓아 둔다면 금방 저쪽에서 알아차릴 테니까요. 나머지 대장들은 땅굴을 숨기기 위해 번갈아 가면서 공상을 공격하는 척하며 소리를 지르고 화살을 쏘아야 합니다. 성벽을 기어 올라가는 시늉을 해도 좋습니다만 피해가 나지 않도록 싸우는 척만 하다가 물러서십시오."

생각보다 특별한 것이 없는 작전이라 대장들은 의아하여 고개를 갸웃거렸다. 그러자 삼이 물었다.

"주신 사울아비 스승 삼이 말하오. 그게 다인가?"

"아뇨, 물론 특별한 것도 있습니다. 야율쿠리, 초초룬?"

"뭐지?"

"땅굴은 하나만 파서는 안 된다. 열 개 정도 파는 것이 좋겠다. 땅을 파면서 언제나 조심해라. 항상 귀를 열어 두고 굴을 파야 한다. 우리가 굴을 파면 그것을 알아차리고 막으려 할 거야. 발각되면 이번에는 저쪽에서 굴을 파고 올 거야. 발각된 낌새가 보이면, 그때는 즉시 굴을 빠져나와 도망쳐야 해. 잘못하면 부하들을 많이 죽인다."

야율쿠리가 인상을 쓰며 물었다.

"놈들이 땅굴 파는 것을 쉽게 알아낼 수 있을까?"

치우천이 슬쩍 웃으며 대답했다.

"보통 부족장이 지키는 성이라면 모를 수도 있지. 허나 저 안에는 유망이나 형천, 축융이 있어. 우리가 아무리 감춘다 해도 알아낼지도 몰라."

"만약 그렇게 파다가 모조리 들키면? 치우천, 식량이 많지 않다. 가진 것은 잘해야 스무 날 치뿐이야. 공상까지 땅굴을 파려면 빨리 해도 보름은 걸릴 거라고."

미간을 찌푸리는 야율쿠리를 보며 치우천은 웃었다.

"보름…… 보름이라……. 야율쿠리, 자네는 땅도 잘 파는군."

"뭐?"

"난 울쿠타 야쿠타가 가장 땅을 잘 파는 줄 알았는데. 자네 말하는 게 그들이 말한 것과 똑같군."

"난 지난번에 지나족 막사에 잡힌 자네를 구해 준 적도 있어. 울쿠타 야쿠타와 같이 땅을 팠지만."

"좌우간 열심히 해라. 발각되어도 그만이니 미련 갖지 말고."

여유를 잃지 않은 치우천을 보며 알한이 심각한 표정으로 입을 열었다.

"그런데 치우천님. 땅굴이 성공한다 해도, 과연 공상으로 몇 사람이나 들어갈 수 있을까요? 공상 안에는 수십천의 전사들이 있는데, 좁은 땅굴로 몇이나 들어갈 수 있겠습니까?"

알한이 걱정하자 치우천은 싱긋 웃었다.

"글쎄, 아마 그전에 발각되지 않을까 싶은데?"

"그러면 땅굴을 뭐하러 팝니까?"

"다른 방법이 있나요?"

치우천이 웃으며 되묻자 와난강 역시 심각한 표정으로 나섰다.

"마갸르의 와난강이 말합니다. 그러지 말고 우리 전사들 중 지나 말을 잘하는 자들을 골라서 성안으로 들여보내는 게 어떻겠습니까? 지난번에 말 탄 부대가 우리에게 져서 말을 잃고 도망친 놈들이 많습니다. 그놈들로 꾸며 성안으로 들어가게 한 다음, 틈을 보아 불을 지르고 다니게 하는 겁니다. 그러면…….”

말끝을 흐리는 와난강을 보며 치우천은 고개를 저었다.

"좋은 생각이긴 합니다만 형천이나 축융이 속지 않을 겁니다. 갑자기 얼굴도 모르는 자들이 오는데 성안에서 받아들여 줄까요? 오히려 그 전사들은 죽고 맙니다."

"다른 방법이 없지 않습니까? 몇몇이 죽더라도 할 수 없습니다."

그러자 치우천이 단호히 말했다.

"전사 하나하나, 아니 모두 헛되이 죽게 할 수는 없습니다. 하나라도 죽지 않을 수 있다면 그렇게 해야 합니다."

"그럼 뭡니까? 땅굴도 대강 파고, 공격도 대강 하면 공상성이 떨어집니까?"

집요하게 묻는 와난강을 향해 치우천은 쐐기를 박으려는 듯 말끝에 힘을 주었다.

"떨어집니다! 보름째 되는 날, 떨어집니다. 아니, 떨어져야 합니다."

"어떻게 말입니까?"

"당장은 말할 수 없습니다. 여기 모인 여러분을 믿지 못하는 것은 아넙니다만, 혹시라도 실수하는 사람이 나오거나 엿듣는 자가 생길지도 모릅니다. 비밀은 무조건 바깥으로 내뱉지 않는 것이 가장 좋습니다."

"치우천님의 능력을 의심하는 것은 아닙니다. 당신의 명령이라면 무조건 따릅니다. 허나 정말 그렇게 놀다시피 하는 공격으로 공상이 떨어집니까? 주술이라도 쓸 겁니까? 기적이라도 바라는 겁니까?"

"기적을 보여 드릴 수도 있겠지요, 와난강님. 만약 우리가 사다리를 놓고 성벽으로 넘으려 한다면, 여러분이 대단히 용감하기는 하나 이 인원의 전사들로 백천이나 되는 지나 전사들을 이길 수 있을 것 같습니까?"

"아마…… 힘들겠지요."

"그러면 열 개의 땅굴을 무사히 파서 공상성으로 기어들어 간다 해도, 그 안의 전사들을 물리칠 자신은 있습니까?"

"그것도 힘들겠지요."

"그래서 저는 꾀를 쓰는 것입니다. 그러나 이 꾀는 완전히 비밀이어야 합니다. 다시 말씀드립니다만, 여러분을 못 믿어서가 아니라 그만큼 중요하기 때문에 말씀드리지 못하는 것입니다. 약속드립니다. 기적을 보여 드리겠습니다. 보름째 되는 날, 공상은 우리 손에 들어옵니다. 제 약속이 지켜지는지 아닌지 봐 주십시오."

치우천은 외치듯 말하고 자리에서 일어섰다. 사람들은 도무지 믿을 수 없다는 표정으로 멍하니 앉아 있었다. 치우비는 형이 자리를 뜨자 재빨리 작은 소리로 속삭였다.

"그럴 것까지는 없잖아?"

치우천은 고개를 저었다.

"아니, 필요한 일이다. 공상을 무너뜨리는 것이 아니라, 저들이 나를 완전히 믿게 만들어야 한다. 비야, 우리가 다음에 나갈 곳은 신시다. 공상도 힘든 곳이지만 신시로 칼을 돌리는 것은 어려운 일이야. 내 말을 확실하게 따르도록 해 두지 않으면 사람들은 마음이 약해진다. 알겠니? 공상을 얻기 위해 이러는 게 아니다. 공상은 얻은 것이나 다름없어. 나는 다음번에 치게 될 신시 싸움을 위하여 준비하는 거야."

치우비는 감탄에 겨운 표정으로 형의 얼굴을 바라보았다.

"형은 대단해."

"이제야 알았느냐? 하하, 비야. 너에게는 알려 줄 수도 있다만······."

"아냐, 나만 알 수야 있나? 나도 똑같이 모르고 있다가 나중에 깜짝 놀라겠어. 안 그러면 다른 사람들이 흉봐."

"원 녀석도."

"형, 하지만 나는 의심 안 해. 나는 무조건 형을 믿고, 보름째 되는 날 공상이 우리 손에 떨어지리라 믿어."

사실 치우천으로서도 생각한 것이 있고 자신도 있었으나, 조금은 조바심이 나는 터라 신경이 날카로웠다. 그러나 아우의 격려 어린 말에 치우천은 긴장이 풀리는 듯했다.

"너, 괜찮으냐?"

"뭐가?"

"저번 싸움에서 다친 거."

"아, 그때는 정말 정신없더라구. 놈들이 죽기 살기로 와서 부딪치는 바람에 말들에 깔려서 깜빡 정신이 나갔지 뭐야. 하지만 별로 다친 데는 없어."

그러나 이야기와는 다르게 치우비의 몸 여기저기에는 상처와 멍이 가득했다. 치우천은 무라가 했던 말을 떠올리며 나지막이 한숨을 내쉬었다.

이후 열흘에 걸쳐 치우천의 부대는 무기력하게 공상을 공격했다. 정확하게는 성을 공격하는 시늉을 했다고 보는 편이 맞다. 와, 하고 몰려왔다가 몇 발의 화살을 쏘고 돌을 몇 개 던지고 나서 금세 물러났다. 성벽을 지키는 형천은 나중에는 맥이 빠질 지경이었다. 사상자도 거의 나오지 않았으며, 싸움이라기보다는 어린애들 전쟁놀이를 하는 기분이었다.

치우천의 부대는 비밀리에 땅굴을 파고 있었다. 파낸 흙을 계속 은밀하게 버리고 있었으나 공상성 안의 유망은 그런 사실을 훤히 알고 치우천 부대를 비웃고 있었다. 유망은 창힐을 시켜 공상성 안에도 많은 굴을 파서 적의 땅굴 위치를 찾을 준비를 갖추고 있었다.

창힐은 공상성 안에서 굴 파는 자들이 아주 능숙하고 열심이라 쉽게 치우천의 땅굴을 찾아낼 것이라고 보고했다. 형천이나 축융은 성 밖으로 나가서 치우천 군대를 쳐 보는 것이 어떻겠느냐고 말했으나 유망은 허락하지 않았다.

"저 꾀 많은 놈과 뭐하러 싸워? 우리 전사를 한 명이라도 아끼는 것이 낫다. 이대로라면 저놈은 버티지 못해. 그런데 형천?"

"예?"

"지금쯤은 아루타한 마을에 우리 전사들이 갔을 테지?"

"오늘쯤 마을을 덮칠 것입니다."

형천과 유망은 흡족한 생각에 씨익 웃었다. 치우천이나 유명한 대장이 한 명도 없고, 전사도 몇 없을 아루타한 마을이라면 만 오천의 지나 전사들로 쑥밭이 될 것이 분명했다.

유망은 웃음기를 머금으며 다시 물었다.

"그 소식이 언제쯤 치우천 놈에게 전해질까?"

"나흘이나 닷새 정도 걸린다고 봐야겠지요. 놈들은 말을 잘 달리니까요."

마침 치우천 부대가 파고 있는 땅굴 소리를 찾은 것 같다는 보고가 들어왔다. 이것으로 열 개째 굴을 찾은 것이다. 나머지 굴은 이미 흔적을 찾았고 언제라도 연기와 물로 공격할 준비를 갖춰 놓은 상황이었다.

유망은 흡족한 듯 손뼉을 치며 창힐을 쳐다보았다.

"좋군! 좋아! 단번에 밑바닥으로 떨어뜨려 주지. 창힐?"

"예!"

"놈들의 굴을 공격할 준비를 해라."

"예!"

창힐의 지휘를 받아 지나족은 땅굴을 파 들어갔다. 마침내 치우천 쪽이 파던 땅굴과 마주치자 지나족은 준비해 두었던 나무에 불을 붙여, 매캐한 연기가 피어오르는 나무들을 굴속으로 밀어 넣었다. 그리고 한참 있다가 굴속으로 물을 퍼부었다.

치우천의 말대로 야율쿠리의 부하들은 저쪽에서 땅 파는 소리가 들리자 급히 도망쳐 나왔으나, 늦어서 연기에 질식하거나 물에 빠져 죽은 자들이 상당수 있었다. 공상성 쪽에서 연기를 밀어 넣고 물까지 부어 대자, 치우천 쪽에서 비밀스럽게 파던 땅굴에서 연기가 역류해 나와 치우천의 진중에서는 연기가 모락모락 솟았다.

그것을 보고 유망은 미친 듯이 웃어 댔다. 성벽을 지키던 지나족도 그들을 비웃으며 큰 소리로 욕을 했다.

일껏 애쓴 것이 허사가 되자 치우천 진영의 대장들은 넋이 빠지고 힘이 없어진 듯했다. 그들은 치우천에게 무슨 방법이 없냐고 물었지만 치우천은 기다리라고 할 뿐이었다.

하루가 더 지나자 이제 치우천 쪽은 더 이상 굴을 파지 않고 나무를 모아 사다리를 만드는 등 전에 없던 총공격 태세를 갖추었다. 그러나 유망과 형천, 축융은 조금도 겁내지 않았다.

"저놈들은 축 처져 있습니다. 땅굴이 실패했으니 방법이 없겠지요."

축융의 말에 형천도 껄껄 웃으며 한마디 보탰다.

"놈들은 말도 버린 처지입니다. 돌아갈 길이 막막하겠군요."

유망이 무척 만족스러운 듯 고개를 크게 끄덕였다.

"아마 며칠만 있으면 더 놀라운 이야기가 들릴걸? 아루타한 마을의 먹을 것들이 다 타 버렸다는 이야기 말야. 그러면 놈들은 꽁지가 빠지게 달아나겠지."

형천은 눈을 빛내며 말했다.

"그때가 기회입니다. 달아나는 것을 추격하여 쓸어버려야 합니다."

"당연하지. 놈들은 말도 없다."

그때 창힐이 자그마한 목소리로 조심스럽게 말문을 열었다.

"그러나 우리도 말이 거의 없습니다. 지난번 싸움에서 잃어서……."

"상관없다! 그놈들은 말을 타고 살았기 때문에 뛰는 것이 우리보다 느리다. 차라리 우리 지나족이 더 잘 달릴 것이다. 더구나 우리 전사들은 성안에서 편히 지내며 힘을 쌓았고, 저놈들은 먹을 것마저도 떨어지고 있다. 창힐, 잘 보아라. 이제 저놈들이 쌓아 둔 식량은 별로 없다. 저놈들에게 식량을 날라다 주는 놈들도 없어. 모든 놈들이 어깨가 축 처지고 힘이 전혀 없지 않은가? 저런 건 일부러 꾸며서 되는 일이 아니야."

그것은 틀림없는 사실이었다. 아무리 대장이 연기를 하라고 지시를 내렸다 해도, 말단 전사 하나하나까지 맥이 빠진 모습을 저렇듯 완벽하게 연기할 수는 없는 법이었다. 모두가 침울해하고 맥이 빠져 있는 것으로 보아 사기는 땅바닥에 떨어져 있는 것이 분명했다. 유망의 초토화 작전 때문에 치우천 부대는 막사도 몇 개 짓지 못하고 있었다. 식량을 감춰 두었을 리도 없었다. 치우천의 부대는 괴멸 직전이었다.

유망이 기다리던 날이 되었다. 포위를 시작한 지 열나흘째 되는 날이었다. 그날, 멀리서 다섯 필 정도의 말이 북쪽에서 달려오는 것을 지나족의 정찰병들은 놓치지 않았다. 자세히 알아볼 수는 없었지만 그들은 먼지에 뒤덮이고 초췌해 보였다. 심한 싸움을 겪었던 듯 온몸에 뒤집어쓴 피가 말라붙은 자도 있었다. 멀쩡한 상태에서 보내진 연락병이 아니었다.

보고를 받은 유망은 껄껄 웃었다.

"아루타한 마을이 무너진 게 분명하구나! 그래서 치우천 놈에게 알리러 온 거야!"

"놈도 더는 버틸 수 없겠군요!"

"당연하지! 그러나 치우천 놈은 꾀가 많거든! 놈은 일부러 우리를 총공격하려는 시늉을 할 것이다. 그러다가 갑자기 돌려서 도망칠 게 분명해."

"염제 신농님의 생각이 맞사옵니다. 틀림없이 치우천은 마지막까지 꾀를 부릴 것입니다."

보기 드물게 창힐이 웃으며 맞장구를 쳤다. 유망은 근엄한 표정으로 대전사 이상의 대장을 모두 부르라고 했다. 육십 명에 달하는 대장급 인원이 모이자 유망은 엄숙하게 명령했다.

"때가 왔다! 지루한 싸움은 끝이다! 놈은 분명 우리를 공격하는 척하다가 도망칠 것이다. 그때가 놈들을 쓸어버릴 순간이다! 모든 부대는 놈들을 추격할 준비를 해라. 하나도 남기지 말고 마지막까지 뒤쫓아 잡아야 한다! 이제부터 우리에게 맞서는 놈은 하나도 없을 것이다!"

대장과 대전사 들은 소리 높여 "염제 신농 만세!"를 외쳤다. 유망은 만족스러운 듯 창힐을 쳐다보았다.

"창힐, 그래도 모르니까 너는 성에 남아 있어라. 전사 오천을 두고 갈 테니 뒷정리를 부탁한다."

아니나 다를까, 치우천의 부대는 포위를 풀고 한 덩이가 되어서 공상의 북쪽 성문으로 모여들기 시작했다. 기세가 자못 대단했으나 유망은 비웃었다.

"그래 봐야 도망치려고 발악하는 것뿐이다."

그 말 그대로, 치우천의 부대는 성벽을 향해 맹렬하게 돌입하는가 싶더니 방향을 바꾸어 북쪽으로 도망치기 시작했다. 유망의 생각이 맞아떨어진 것이다. 유망은 크게 웃으며 목소리 높여 명령을 내렸다.

"나가라! 시건방진 주신 놈들과 마갸르, 미아우 놈들을 쓸어버리자!"

명이 떨어지자마자 공상의 성문이 열리고 지나 전사들이 물밀듯이 쏟아져 나왔다. 구만 명에 달하는 전사들이 대전사와 대장의 지휘를 받아 해일처럼 쏟아져 나오는 광경은 장관이었다. 선두에는 형천이 섰고, 유망은 전사들을 독려하다가 중간쯤에 나왔으며, 최후로 축융이 뒤를 맡았다. 축융은 세심하게 공상성의 거대한 성문이 닫히는 것까지 확인한 후에야 추적을 시작했다.

십만에 가까운 대군의 추격을 받자 치우천의 부대는 식은땀을 흘리며 도망칠 수밖에 없었다. 대장들은 그때까지도 치우천에게 혹시 무슨 수가 있겠지 하며 믿었는데, 마지막까지 이렇게 쫓기게 되자 치우천을 원망스럽게 쳐다보았다.

치우천이 말끝에 힘을 주며 외쳤다.

"자, 이제 다 되어 간다. 나를 믿는다면, 하루만 죽을 힘을 다해 달려가자!"

"도망친다고 공상성이 무너진답니까? 차라리 죽음을 각오하고 싸웁시다!"

쇠돌이나 부루벼락이 도망치는 와중에도 목소리를 높였으나 치우천은 고개를 저었다.

"하루만 더 참자. 하루만!"

알한이 걱정스레 말했다.

"저놈들이 쫓아오는 게 더 빠릅니다. 이대로라면 지쳐서 따라잡힙니다."

"놈들도 말 탄 부대가 있는데, 왜 안 따라오는 거지?"

치우비가 의아한 듯 묻자 치우천은 그 말에만 대답을 했다.

"놈들은 우리 꾀를 겁낸다. 몇몇만 튀어나올 뿐 쫓아오지는 않을 거야. 잘되고 있으니 염려 마라."

"잘되는 게 도망만 치는 게요?"

이제는 대장급들도 불만스레 외쳤으나 치우천은 계속 달아나라고 독려할 뿐이었다. 처음에 치우천 부대와 지나족 간의 거리는 달려서 한 시간 정도의 거리였으나 반나절 정도 달린 후에는 따라 잡힐 지경에 이르렀다.

그쯤 되는데도 매복도 없고 치우천이 꾀를 쓰는 것 같지도 않자 드디어 지나족의 말 탄 전사들이 앞으로 튀어 나오기 시작했다. 치우천은 말을 가지고 있던 치우비의 집게손가락 부대를 뒤로 돌려서 그들을 막았다. 잠시 혼전이 벌어졌다. 치우비의 부대가 그들을 전멸시킬 수도 있었지만, 금방 지나족의 본대가 추격하는 바람에 또 달아나야만 했다.

그렇게 어두워질 때까지 줄곧 달리기만 했던 치우천의 부대는 기진맥진해졌다. 어느덧 치우천의 부대가 어느 골짜기로 들어섰을 무렵, 치우천 부대의 앞을 막아서는 무리가 있었다. 앞장서 달리던 사람들은 적인 줄 알고 질겁을 했으나 그들은 잠시 사라졌던 부달의 부대였다. 그런데 그들은 처분한 줄로만 알았던 수만 마리의 말을 그대로 갖고 있는 것이 아닌가?

"말이다!"

"살았다!"

다리에 힘이 풀려 지칠 대로 지친 치우천의 부대는 환호성을 올렸다. 치우천은 갑자기 허공을 보고 크게 웃고는 우렁차게 외쳤다.

"자! 이제 시작이다! 정말 여기까지 잘 와 주었다! 모두 말에 탄다. 그리고 지나족의 부대를 피해 공상으로 돌아간다!"

"돌아간다고요?"

대장들은 놀랐지만, 치우천은 그때야 당당한 목소리로 외쳤다.

"이제 공상은 빈 껍질이다. 그 안에 저 많은 지나족이 있을 때는 칠 수 없었다. 그러나 지금은 된다! 놈들은 우리보다 빨리 갈 수 없다!"

말단 전사들은 그저 와! 하며 외쳤으나 대장급들은 치우천의 행동을 이해할 수 없었다. 물론 지나족의 모든 부대를 밖으로 유인한 것은 잘한 일이었다. 그러나 지금 되돌아간다면, 지나족 부대도 서둘러 공상으로 돌아갈 것이다. 치우천의 부대가 아무리 말을 급히 달리고, 지나족의 부대가 맨몸으로 달려간다 해도 기껏 한나절이나 하루 정도 차이다. 주력 부대가 빠졌다고는 하나 공상의 높은 성벽은 그렇듯 간단히 넘을 수 있는 게 아니었다. 되레 공상 성벽을 공격하다가 뒤따라온 지나족에 의해 앞뒤로 포위되어 전멸할 가능성이 훨씬 높았다.

그러나 그런 의견을 낼 시간조차 없었다. 지나족이 뒤쪽에 바짝 따라붙고 있었기 때문이다. 치우천은 치우비에게 말했다.

"비야, 너는 지나족을 습격하여 최대한 시간을 끌어라. 이제 곧 어두워지니, 놈들은 지치고 혼란스러워서 오늘은 더 이상 움직이지 못할 것이다. 놈들이 추격을 멈추면 밤을 새워서라도 공상으로 달려와라. 공상 서문으로 와야 한다. 무리하게 싸울 필요는 없다. 알았지?"

"알았어!"

치우비의 집게손가락 부대가 지나족을 막아 시간을 버는 사이 치우천의 전사들은 정신없이 말에 올랐고, 말에 오르자마자 치우천의 명령이 떨어졌다.

"골짜기를 오른쪽으로 돌아가면 다시 남쪽으로 갈 수 있다. 공상까지 있는 힘을 다해 나간다!"

이 골짜기는 치우천이 남으로 진군하면서 보아 둔 곳이었다. 북으로 똑바로 갈 수도 있었지만, 산을 끼고 오른쪽으로 돌아 다시 남으로 내려가는 길도 있었다. 치우천의 전사들은 지쳤지만 안간힘을 다해 말을 달렸다.

부달은 전에 치우천의 명령을 받아 이 골짜기에서 말을 쉬게 했었기 때문에 말들의 기운은 넘쳐흘렀다. 치우천의 부대는 골짜기를 돌아 남으로 달려가기 시작했다.

한편, 치우비의 부대가 골짜기를 막아서자 혼전이 벌어졌다. 좁은 골짜기라 치우비의 부대를 포위할 수 없어서 형천은 안타까워했다. 그러나 주변이 어두워지자 치우비의 부대도 지나족을 헝클어 놓고는 이내 어둠 속으로 사라져 버렸다.

"우리를 성 밖으로 빼돌리려는 수작이었군요. 놈들이 말을 여기에 감춰 두었을 줄은 몰랐습니다."

형천이 허탈한 듯 외치자 유망은 코웃음을 쳤다.

"그래 봤자 얕은꾀에 불과해. 치우천 그놈은 내가 공상을 텅 비우고 나왔으리라 믿었나 보지. 공상에는 창힐과 오천의 전사가 있다. 성벽을 지키고 있으면 며칠은 충분히 버틴다. 우리가 놈들을 쫓아 에워싸면 전멸시킬 수 있다."

의기양양한 유망을 보며 축융은 약간 신중론을 폈다.

"허나 놈의 꾀가 있을지 모릅니다. 지금까지도 놈은 우리를 감쪽같이 속이지 않았습니까? 우리 말을 먼저 없애고 자기들 말을 감추어서 우리를 방심하게 한 다음, 성 밖으로 끌어냈습니다. 혹시나 성이 무너진다면……."

"그럴 리는 없어!"

유망이 버럭 소리를 질렀다.

"공상성은 그리 물렁한 곳이 아냐! 오천 전사밖에 없어 불안하긴 하지만, 그렇다고 이만 명 정도로 하루 만에 떨어질 성은 아니다! 땅굴도 다 막았는데 무슨 방법이 있겠는가?"

"그렇다면 놈이 왜 공상으로 돌아갔을까요? 말을 얻었으니 도망치면 살 수 있을 텐데, 공상으로 돌아간 것은 죽으러 간 것이나 다름없잖습니까?"

"치우천 놈은 마지막 발악을 하는 거다! 하루 사이에 죽을힘을 다해 공상을 무너뜨리려고 얕은꾀를 쓴 거야! 그러나 공상은 하루 사이에 절대 떨어지지 않는다! 절대!"

유망은 큰 소리로 장담했으나 사실 속으로는 불안했다. 창힐은 믿을 수 있는 인물이었고 오천이라는 전사도 적은 수가 아니었다. 방어도 물샐틈없이 단단했다. 그럼에도 불안한 마음이 드는 것은 어쩔 수 없었다. 유망은 마음을 다잡고 외쳤다.

"서둘러 공상으로 돌아간다! 밤을 새워서 간다! 말 탄 자들은 앞에 적이 숨어 있나 잘 살펴라!"

하지만 지나족의 부대 또한 하루 종일 달린 터라 몹시 지쳐 있었다. 그렇다고 염제 신농의 말을 거역할 수도 없는 노릇이었고, 또 전사들도 공상성이 걱정되어 두말없이 뒤를 따랐다. 그러나 매복까지 살피면서 진군해야 하는 터라 당연히 행군 속도는 느릴 수밖에 없었다.

치우천은 계속 소리 지르면서 부대를 독려하여 속도를 늦추지 않았다.

"우리가 지나족을 이길 수 있는 것은 빠르기 때문이다! 그것으로 우리는 하루를 얻었다. 공상은 거의 비어 있다. 그 성을 우리가 빼앗으면 되는 거다! 힘을 내라! 달려라! 달려!"

그러나 대장들은 누구 하나 치우천의 말이 실감나지 않았다. 유망이 바보가 아닌 이상, 아무리 맹추격을 펼쳤다 해도 공상성을 비워 두었을 리는 없었다. 그 높은 성벽에, 땅굴마저도 실패했는데 어떻게 유망의 본대가 다시 뒤를 따라잡기 전에 공상을 빼앗는단 말인가? 질문할 틈조차 없을 정도로 치우천은 서둘렀고 흥분해 있었다.

드디어 보름째 되는 날, 해가 아침 하늘을 붉게 물들이며 떠오를 무렵, 치우천의 부대는 공상성 서문에 도착했다. 비슷한 시각에 치우비의 부대도 그곳에 도착할 수 있었다. 치우비의 집게손가락 부대는 다른 부대에 비해 정예였기 때문에 조금 더 말을 빨리 달릴 수 있었던 것이다.

공상성을 지키던 창힐은 지나족의 본대가 아닌, 치우천의 부대가 다시 몰려온 것을 보고 놀라서 전사들을 성벽 위로 오르게 해 전투태세를 갖추게 했다. 많은 수가 빠져나갔어도 방어에는 빈틈없었다.

골짜기를 겨우 벗어난 치우천의 이만 명 전사들은 지치고 힘든 몸을 쉬면서 아직도 막막하게만 보이는 공상성의 우뚝 솟은 성벽을 보며 탄식했다.

그때 치우천이 홀로 앞으로 나아갔다. 솟아오르는 아침 해와 거대한 공상성을 등지고 우뚝 선 치우천의 모습은 전사들의 눈길을 끌었다. 치우천은 차분하면서도 쩌렁쩌렁 울리는 목소리로 외쳤다.

"그동안 고생이 많았다. 이제 공상성은 우리 것이나 다름없다. 나는 보름 내에 공상을 무너뜨리겠다고 여러분과 약속을 했고, 지금 그 약속을 지키고자 한다. 기적이라고 하면 그렇게 보아도 좋다. 아니라면 아니라고 해도 좋다. 하지만 나, 치우천은 약속을 지키는 사람이며, 내가 말한 것은 무엇이든 이루어질 것이다.”

치우천은 잠시 말을 끊더니 이내 천지를 진동케 할 만큼 커다란 소리로 외쳤다.

“내가 말한 대로 될 것이다! 공상성은 무너진다!”

치우천을 따르는 대장들과 전사들은 얼이 빠진 듯했고 성벽 위에 올라 있던 지나 전사들은 배를 잡고 웃어 댔다. 기적이 벌어진 것은 그때였다.

“무너진다!”

“공상 성벽이! 성문이 무너진다!”

거대한 공상 성문과 성벽이 갑자기 굉음과 함께 흔들리더니 아래쪽부터 무너져 내리기 시작했다. 두꺼운 통나무로 만든 성문이 무너지는 돌 더미에 깔려서 산산이 부서지고 성벽 위에 올라섰던 많은 지나 전사들이 비명과 함께 떨어져 내렸다. 도저히 믿어지지 않는 광경이었다.

“무슨 일이냐! 어떻게 된 것이냐!”

차분하던 창힐마저도 놀라서 허둥댔으니 지나 전사들의 경악은 이루 말할 수 없었다. 치우천의 부대도 눈앞에서 벌어지는 믿을 수 없는 광경을 입을 딱 벌리며 지켜볼 뿐, 어느 누구도 말 한마디 하지 못했다. 기적이 벌어진 것이다. 그 순간, 치우천이 외쳤다.

“나가라!”

명령이 떨어지는 순간, 치우천의 이만 전사들은 밤새 쫓기듯이 달린 피로를 잊고 단숨에 달려가기 시작했다. 무서운 기세로 말을 몰아 성문을 뛰어넘어 성안으로 돌입한 전사들을 지나족은 막지 못했다. 아니, 막을 엄두조차 낼 수 없었다. 기적을 눈앞에서 보고 사기충천한 치우천의 전사들은 평소의 실력보다 두 배나 더 강해지고 빨라진 것 같았고, 지나 전사들은 기가 꺾여 아무런 대항조차 하지 못했다.

더구나 지나 전사들은 성벽을 지키느라 그 담을 따라 분산되어 있었기 때문에 조직화된 저항은 엄두도 낼 수 없었다. 수적으로도 치우천의 군대가 네 배에 달했다. 성안에 일반 주민들이 셀 수 없이 많았지만 구석에 숨고 엎드려 항복할 뿐이었다.

한동안 공상성 여기저기에서 소규모 접전이 벌어졌으나 싸움은 금방 끝났다. 야율쿠리가 순식간에 동문을 접수했고 와난강 와난수는 북문을 점령했으며 거서기, 삼, 부루벼락은 남문을 점령했다.

쇠돌이와 초초룬은 식량 창고와 무기 창고에 불을 지르려던 창힐을 추적하여 생포하는 데 성공했다. 정말로 눈 깜짝할 사이의 대승이었다. 전사들이 환호하며 미친 듯 좋아하는 모습을 보자 치우천은 다급하게 외쳤다.

"아직 끝나지 않았다! 엄지손가락 부대는 성안을 뒤져서 남은 지나 전사들을 잡아라. 새끼손가락 부대는 무기고를 뒤져 화살과 활을 찾아라!"

"화살은 또 왜?"

부루벼락이 묻자 치우천은 웃으며 대답했다.

"이제부턴 우리가 성을 지켜야 합니다. 벼락 형, 주인이 바뀌었으니까요."

"그래! 그래! 천, 아니 천 대장, 대장님의 말씀대로 하겠습니다!"

부루벼락은 치우천을 만난 이래 처음으로 치우천에게 존댓말을 하며 껄껄 웃으면서 달려갔다. 야율쿠리, 초초룬, 와난강, 와난수도 꽁꽁 묶인 창힐을 끌고 치우천 주변으로 모여들었다. 창힐은 고개를 숙인 채 아무 말도 하지 못했고 치우천의 얼굴조차 쳐다보지 않았다.

와난강과 와난수가 다가오자마자 동시에 치우천에게 깊이 고개를 숙였다.

"치우천님은 하늘이 내신 영웅이시오! 정말…… 정말…… 우리는 치우천님과 같은 때에 산 것만으로도 영광이오!"

말은 하지 않았으나 야율쿠리나 초초룬도 흥분을 감추지 못하고 얼굴이 벌겋게 상기되어 있었다.

그때 한 떼의 주민들이 우르르 치우천 쪽으로 달려왔다. 부하들이 제지하려 했으나 치우천은 그들을 알아보고는 황급히 외쳤다.

"잘해 주었습니다! 잘해 주었어요! 고생 많았습니다!"

그들은 달려와서 치우천을 얼싸안고 환호했다. 부하들은 깜짝 놀라 그들을 바라보았다. 특히 묶인 채 아무 말도 않던 창힐은 그들을 바라보고 기겁을 했다.

"너…… 너희는……!"

아직도 흙투성이 옷을 그대로 입고 있는 그들은 바로 창힐이 땅굴 방어를 맡겼던 일꾼들이었다. 창힐은 그제야 모든 것이 이해가 되었는지 장탄식을 터뜨렸다.

"네…… 네놈들이……! 그러면 네놈들이 서문 밑을 파서 성문을 무너뜨렸구나!"

그러자 일꾼들 중 우두머리였던 자가 씩 웃으며 머리를 쌌던 두건을 팽개치며 웃었다.

"이제 아셨나? 하하핫!"

그들은 창힐의 명을 받고 방어용 땅굴을 파면서 비밀리에 따로 굴을 파서 서문 밑을 파 들어갔던 것이다. 그리고 굴을 나무 기둥으로 받쳐서 간신히 무너지지 않을 정도로 세워 두었다가 치우천의 부대가 다가오자 나무 기둥을 넘어뜨려 서문을 붕괴시킨 것이다.

창힐은 넋이 나간 듯 외쳤다.

"그럴 리가 없다, 그럴 리가……! 너희는 치우천이 공상에 오기 전부터 성에 있던 자들인데⋯⋯. 공상성의 사람들은 하나하나 조사했는데⋯⋯!"

그러자 일꾼은 배를 잡고 웃어 댔다.

"우리는 싸움이 시작되기 몇 달 전부터 여기 들어와 살았다! 너희들의 얕은꾀로 우리 천 부족장의 꾀를 당해 낼 것 같으냐? 응?"

일꾼 대장은 놀랍게도 툰툰이었다. 툰툰은 미아우족이었지만 지나족과 많은 싸움을 한 까닭에 지나족의 말이나 모든 것에 능숙했다.

치우천은 신시로 떠날 무렵부터 유망과의 싸움은 공상에서 결판이 난다고 생각하고 있었다. 그래서 툰툰과 수백 명에 달하는 작은 주신의 전사들을 공상성에 잠입시켜 살도록 했던 것이다. 작은 주신의 전사들은 지난번 유망과의 싸움 때 유망의 군량미 수송을 끊었던 부대 일원이었다. 치우천은 그들을 미리 공상에 잠입시켜 놓았다가 이번 작전을 구상했다.

치우천은 유망이나 형천 등이 보통이 아니니, 농성을 하면서도 반드시 신원을 검사할 것이라 믿었다. 그러나 싸움이 일어난 후에 성으로 들어오는 사람을 의심하는 데 그칠 것이 분명하리라고 확신했다. 치우천은 그 허를 찔렀다.

툰툰과 작은 주신 전사들은 이전부터 공상에 들어와 있었기 때문에 의심커녕 신뢰를 받았다. 물론 그때부터 땅굴 작전을 구상한 것은 아니었다. 울쿠타와 야쿠타가 땅굴 작전이 좋다고 주장한 것이 계기였다. 허나 그 작전은 너무 위험해 유망이나 형천에게 탄로 나기 십상이었다.

치우천은 한 단계를 뛰어넘은 계책을 세웠다. 울쿠타 야쿠타를 공상성에 잠입시켜, 지나족을 도와 굴을 파는 척하다가 서문 밑을 파라는 계획을 툰툰에게 알려 준 것이다. 울쿠타 야쿠타가 그들에게 굴 파는 법을 가르쳐 준 것은 물론이다. 울쿠타 야쿠타는 결국 공상 성문이 닫힐 때

이방인이라고 쫓겨나긴 했으나 자신들의 임무를 다했다.

창힐은 이를 갈며 외쳤다.

"치우천! 네 꾀는 대단하다! 그러나 서문은 무너졌고, 염제 신농님의 군대가 곧 도착한다. 너희와 똑같이 서문으로 들어와 너희를 죽일 것이다!"

치우천은 창힐의 말에는 대답하지 않고 대장들을 돌아보았다.

"지금 이럴 때가 아닙니다. 야율쿠리, 초초룬, 와난강님, 와난수님은 가운뎃손가락 부대와 넷째 손가락 부대를 끌고 서문을 막아야 합니다. 급히요!"

"서문을 다시 만들려면 오래 걸릴 텐데. 한나절만 지나면 놈들이 올 텐데 언제……."

와난수가 당황한 듯 말끝을 흐리자 치우천은 빙그레 웃었다.

"왜 성문을 다시 만든다고 여기십니까? 아직 북, 남, 동문이 있는데요. 성에 문이 꼭 네 개 있어야 되는 것도 아니지요"

"그렇다면……."

그때 툰툰이 허허 웃으며 나섰다.

"나에게 맡기시오. 여기 창힐님은 공상 성벽을 높이느라 정말 고생하셨다오."

"무슨 소리요, 툰툰?"

와난수가 묻자 툰툰은 한바탕 웃고는 대답했다.

"공상 성벽을 높이고, 만에 하나 성벽이 상할 때를 대비하여 많은 돌들을 다듬어 쌓아 놓았다오. 그걸로 쌓아 올리기만 하면 되는 것이오!"

성벽을 쌓을 때는 무엇보다도 성벽을 쌓기 위한 돌을 자르고 다듬는 일이 가장 힘들다. 그런데 그런 돌들이 충분히 준비되어 있다 하니, 수많은 사람들이 한꺼번에 달려들면 한나절 만에 대강이라도 성을 쌓을 수 있었다.

치밀한 와난강은 다시 치우천에게 물었다.

"아무리 그래도 급히 쌓은 성은 그렇게 튼튼하지는 못할 텐데요?"

치우천은 대답했다.

"튼튼할 필요가 뭐 있습니까? 유망의 군대가 화가 나서 들이치기는 하겠지만 그들을 왜 겁내야 합니까?"

와난강은 이내 그 뜻을 깨닫고 고개를 끄덕였다. 유망의 군대가 많기는 하지만 정벌군이 아니었다. 치우천의 뒤를 추격할 목적으로 일부러 몸을 가볍게 하여 급히 달려 나간 군대다. 즉 식량이나 장비를 최소한으로만 갖춘 부대이니 성을 오래 공격할 수가 없었다. 더구나 이틀 동안 달리기만 한 지친 몸으로 사다리 하나 없이 견고한 공상성을 공격할 수도 없었다.

치우천은 창힐을 돌아보며 말을 건넸다.

"유망님과 창힐님이 워낙 꼼꼼히 준비를 하셔서 공상성 주변에서는 풀 한 포기, 물 한 모금도 구하기가 어렵죠. 우리 대신 그렇게 열심히 방어 준비를 해 주셨으니 얼마나 고맙습니까?"

"그러나 너희는 여기 갇혀 죽는다! 너희의 본거지였던 아루타한 마을은 우리가 점령했을 것이다! 유망님이 그곳을 근거지로 하면 너희는 돌아가지 못한다!"

창힐이 악을 쓰자 치우천은 고개를 끄덕이며 창힐의 눈을 바라보았다.

"정말 창힐님의 지혜는 뛰어나군요. 그런데 아루타한 마을을 점령하셨다고 했나요?"

"아루타한 마을에서 네놈에게 연락병이 온 줄 알고 있다! 거지꼴이더군! 그 마을로 만 오천의 전사가 갔으니 무사할 리 없다!"

치우천이 껄껄 웃으며 되받았다.

"정말 미안합니다만, 연락병은 우리가 이겼다는 소식을 전해 주려고 급히 오느라 그런 것뿐입니다. 제법 큰 싸움이 있었던 모양입니다만, 아루타한 마을은 무너지지 않았습니다."

창힐은 경악을 금치 못해 통곡이라도 하고 싶었으나 억지로 눌러 참으며 외쳤다.

"그럴 리가 없다! 너는 이만 명을 전부 끌고 이리 왔으니 아루타한 마을은 분명 텅 비어 있었는데!"

치우천은 짐짓 아, 하며 탄성을 터뜨리면서 말했다.

"그건 그렇죠. 우리가 떠날 때는 텅 비어 있었죠. 하지만 마갸르나 미아우의 전사들이 계속 그리로 모여들었습니다. 공상으로 온 것은 말을 가진 사람들뿐이었거든요. 마갸르나 미아우, 아니 어느 부족이라도 나름대로의 힘이 있는 법입니다. 설마 마갸르나 미아우 전사가 고작 이것밖에 남지 않았다고는 보지는 않겠지요? 적어도 스무천…… 아니, 이만 아니면 삼만은 더 모여들었다고 알고 있습니다만."

"거짓말!"

"거짓말이 아닙니다, 창힐님. 당신들의 작전도 훌륭했습니다. 그러나 미아우와 마갸르의 전사들은 여기 스무천 명만이 아닙니다. 저는 분명 말했죠. 말을 많이 지닌 사람만 나와 함께 가고, 나머지는 아루타한 마을에 모여 있으라고요. 당신들은 공상성이라는 껍데기 안에 꽉 갇혀 있어서 상황이 변하는 것을 알 수 없었을 테죠. 그게 당신들의 가장 큰 약점이었습니다."

"아…… 아…… 설…… 설령 이삼만이 있었다 해도…… 그 눈먼 놈 말고는 제대로 된 대장이 없을 텐데……."

치우천은 피식 실소를 터뜨렸다.

"창힐님의 말을 그 사람들이 들었으면 몹시 서운했겠군요. 도단이는 단순히 눈먼 소경이 아닙니다. 더구나 몽골족의 큰 영웅인 보돈차르님과 치베가 제대로 된 대장이 아니라고요? 그럼 누가 제대로 된 대장입니까?"

"뭐……라고?"

요원의 불길 같은 기세로 북방 몽골족을 통합해 가는 영웅 보돈차르의 이름은 창힐도 알고 있었다. 그러나 창힐은 그가 왜, 어떻게 아루타한 마을에 있었는지 이해할 수가 없었다.

"아…… 말도 되지 않는다. 그 멀리 있던 자들이…… 어찌……! 몽골족이 아무리 빠르다고 하지만 그럴 시간이 없었어!"

치우천은 타이르듯 차분하게 말했다.

"창힐님, 분명 시간이 안 되지요. 내가 신시를 나서면서 바로 몽골족에게 사람을 보냈다 해도, 그 사람이 아무리 빨리 달려갔다 해도 지금쯤이나 연락이 닿았을 겁니다. 그만큼 멀리 있는 사람들이지요. 그러나 다른 방법이 있습니다. 내게는 아주 더럽고 괴팍하면서도 재주가 좋은 벗이 한 분 계십니다. 짐작하시겠습니까?"

창힐은 자기도 모르게 소리쳤다.

"도깨비 왕 비울걸!"

"맞습니다. 비울걸입니다. 나쁜 버릇입니다만, 저는 누구도 놀도록 내버려 두지 않습니다. 그가 이번 싸움에 왜 안 나타났겠습니까? 그 사람은 말보다 훨씬 빠를뿐더러, 그의 도깨비들은 사람들이 몇 달 걸려 갈 길을 불과 며칠 만에 날아가 소식을 전할 수 있지요. 그래서 보돈차르 안다와 치베 안다는 소식을 듣자마자 출발했고, 말 잘 달리는 몽골 전사들이라서 벌써 아루타한 마을에 도착한 것뿐입니다. 그러면 시간이 맞겠지요? 저는 공상으로 오기 전에, 보돈차르 안다와 치베 안다에게 우리 뒷길을 지켜 달라고 부탁했습니다. 그 두 사람과 이삼만이나 되는 전

사가 있는데 왜 지겠습니까? 지나 대인족의 세 대전사도 한가락 하는
사람들이지만 불쌍한 신세가 되었더군요. 둘이 죽고, 위……라던가 하
는 대전사만 부하들을 모두 잃은 뒤 어디론가 도망쳤다는데요?"

　"이…… 이……."

　창힐은 차분한 성격이었지만 분노를 이기지 못해 폭발할 지경이었
다. 치우천은 창힐에게 다시 한마디 했다.

　"똑똑한 사람일수록 자기 꾀에 넘어가는 법이고, 단단하다고 생각한
곳이 실은 가장 약한 곳이 되는 법입니다. 창힐님, 유망님은 이제 갈 길
이 없습니다. 많은 전사들을 거느리고 있지만, 지난번과 마찬가지로 굶
주리고 힘 빠진, 어디에 발붙일 곳도 없는 신세입니다."

　"유망님은 반드시 공상을 다시……."

　창힐이 애써 반박하려 하자 치우천은 고개를 저었다.

　"하루치 먹을 것도 없는 판에 어떻게 버티려 할까요? 힘이 날까요?
명령이나 통할까요? 아루타한 마을도 막혔으니 북쪽으로 갈 수도 없겠
지요. 굶주려서 거기까지 갈 수도 없을 겁니다. 더구나 이 일대 마갸르
나 미아우족 누구도 유망님을 좋게 생각하지 않을뿐더러 유망님이 마
을들을 죄다 불 질러 버려 먹을 것도 구할 수 없습니다. 남쪽으로 가고
싶겠지만 그 길은 멀고도 멀죠. 일이 그렇게 되었으니 유망님이 수십 년
을 두고 길러 낸 전사들은 먹을 것을 찾아서 흩어질 것입니다. 창힐님,
당신을 잡았지만 해치지 않겠습니다. 유망님께 말씀을 전해 주십시오.
지나족은 지나족 땅으로 돌아가야 합니다. 미아우의 땅 한가운데 있는
이 공상성, 이렇게 단단하게 잘 정비한 공상성이 버티는 이상, 미아우의
땅은 여기 살던 미아우족에게 넘기고 돌아가야 할 겁니다. 유망님은 욕
심이 컸습니다. 그저 자신의 땅에서 사셔야 합니다."

　창힐은 듣다 못해 분이 머리끝까지 치밀어 올라 그만 기절해 버리고

말았다.

치우천은 고개를 저으며 방어 계획을 지시하기 시작했다. 야율쿠리와 초초룬, 와난강, 와난수는 툰툰과 함께 부하들을 몰고 가서 무너져 내린 서문을 치웠다. 그리고 창힐이 준비한 석재로 서문을 막으며 쌓아 올리기 시작했다.

알한과 무라는 공상성 안에 식량과 무기들이 엄청나게 쌓여 있다고 보고했다. 뿐만 아니라 치우비가 어느 창고 문을 부수고 들어갔다가 막대한 양의 가공되지 않은 구리 덩이와 주석 덩이를 발견했다. 유망이 구리 무기에 욕심을 가지고 어떻게든 구리 무기를 제작하려고 오랫동안 모아 둔 것이 분명했다.

치우천은 다른 것은 가볍게 보아 넘겼지만 금속들을 보고는 흥분을 감추지 못했다.

"유망은 역시 대단한 사람이구나. 이렇듯 엄청난 양의 구리를 모았다니! 이렇게 많은 구리로 실험을 하도록 내버려 두었다면 유망도 구리 무기를 대량으로 만들었을 것이고, 어쩌면 세상을 뒤엎었을지도 모른다! 대단하구나!"

치우비도 흥분을 감추지 못해 들뜬 목소리로 말했다.

"형, 그러면 불쇠 할아범도 불러야 하겠네? 불쇠 할아범이 보면 기절할 거야. 이 정도라면 우리 군대 모두가 구리 무기를 갖겠는걸!"

치우천은 웃으며 치우비를 바라보았다.

"그럴 수도 있겠지. 그런데 구리 무기를 그렇게 함부로 흩는 것은 안 된다."

"왜?"

"구리 무기 하나가 몇 사람의 목숨을 빼앗는지 모르지는 않겠지? 너무 많은 구리 무기를 흩으면, 그중 일부는 못된 놈이나 적의 손에도 들어갈 수 있다. 신중하게 써야 한다."

"그렇긴 해."

"불쇠 할아범을 부르긴 해야겠구나. 지금 하는 일도 중요하지만 이 구리를 잘 사용하는 일도 중요하다."

"그런데 불쇠 할아범하고 울라트, 질쾌에게 대체 무슨 일을 맡겼던 거야?"

치우천은 치우비의 질문을 가볍게 받아넘겼다.

"차차 알게 된다."

치우비는 휴 한숨을 쉬며 말끝을 흐렸다.

"형은 대단해. 공상이 이토록 쉽게 우리 손에 넘어오다니 말야……."

"쉽다고? 이 녀석 좀 보게나. 내가 얼마나 고생했는데 쉬웠다고 하느냐?"

"하하……. 그래, 쉽진 않았지. 피를 적게 보고 빼앗아서 다행이야."

말은 그렇게 했지만 치우비도 속으로 감탄했다. 거대한 공상성을 빼앗는데 아군에서 죽은 사람은 고작 삼백여 명이었으며, 그중 태반은 사고나 명령 불복종의 처단 등에 의해서였다.

공상성을 수비하던 지나족 역시 천여 명이 죽었을 뿐 사천여 명은 그대로 사로잡혔다. 이렇게 큰 싸움에서 이렇듯 적은 사상자만으로 목적을 달성한 예는 지금껏 없었다. 치우비가 그 정도로 놀랐을 정도였으니, 다른 사람들의 놀라움은 몇 배 더했다.

유망과 형천, 축융이 기진맥진하여 돌아왔을 무렵 공상성의 서문은 막힌 성벽 위로 치우천의 군대가 그득했다. 전사들은 기뻐 웃고 소리치며 유망의 군대를 놀려 댔다.

유망은 분노로 속이 뒤집힐 것 같았으나 방법이 없었다. 지나 전사들은 극도로 지쳐 있었으며 가진 것도 없었다. 추격전을 나간 상태라 무장만 하고 있었을 뿐, 성을 공격할 사다리도 하루치 식량도 없었다.

치우천이 성벽 위에서 외쳤다.

"유망님, 공상은 미아우족의 손으로 다시 들어갔습니다. 그러니 남의 땅을 넘보는 욕심을 버리고 지나족 땅으로 돌아가는 것이 어떻겠습니까? 안 그러면 당신의 많은 전사들은 굶어 죽을지도 모릅니다. 서로의 땅을 지키면서 평화로이 살아도 충분한데, 왜 부질없는 욕심을 내십니까?"

치우천이 비아냥거리는데도 유망은 놀랍게도 얼굴이 해쓱하게 변했을 뿐 태도의 변화를 보이지 알았다. 오히려 형천과 축융이 화가 나서 펄펄 뛰었으나 유망은 그들을 제지했다.

"그만해. 내가 졌어."

"염제 신농이시여! 허나……."

형천과 축융은 분하고 억울하여 눈물을 흘리며 고개를 숙였으나 유망은 싱긋 웃을 뿐이었다.

"이봐, 왜들 우는 거야? 젠장, 우리가 죽었나?"

유망은 축융과 형천의 뒷덜미를 잡아 고개를 치켜 올리더니 말을 이었다.

"눈 똑바로 뜨고 봐라. 우린 졌어. 제길, 실수한 것도 아니고 할 수 있는 데까지 안 해 본 것도 아냐. 그래도 진 건 진 거야! 그것도 완전하게! 젠장, 망할! 저놈은 괴물이야! 나, 염제 신농이 말한다. 우린 졌다. 그러니 깨끗이 물러가자. 젠장, 창피하구나! 창피해!"

유망은 돌연 성벽 쪽으로 고개를 돌리더니 큰 소리로 외쳤다.

"치우천! 이 빌어먹을 놈아. 네놈이 이겼다! 허나 네놈에게 한마디 묻고 싶다!"

치우천도 차분하게 맞받아 외쳤다.

"말씀하십시오, 유망님."

"다리는 괜찮으냐?"

치우천은 유망이 뜻밖의 말을 하자 자신도 모르게 움찔했으나 침착하게 대답했다.

"많이 좋아졌습니다만 조금 불편합니다. 유망님 말고는 아무도 고칠 수 없다고 하더이다."

"그러냐? 하하핫! 그렇단 말이지?"

유망은 미친 듯이 웃더니 외쳤다.

"치우천! 내가 언젠가는 네 다리를 깨끗이 고쳐 놓겠다! 알겠지?"

"고마우신 말씀입니다!"

"하하핫, 치우천! 나는 이제 나를 이상하게 만들던 연기를 끊었다. 알고 있느냐?"

"들은 적이 있습니다. 축하할 일입니다."

다른 사람들은 유망과 치우천이 무슨 이야기를 하고 있는지 이해할 수가 없었다. 치우비나 알한도 그렇고, 형천이나 축융조차도 이해하지 못했다. 유망이 다시 외쳤다.

"조금만 지나면 남쪽에서 우리의 수많은 남쪽 전사들이 온다. 그들을 막을 수 있겠느냐?"

치우천은 담담히 되받았다.

"준비한 바 있습니다."

"너 없이도 말이냐?"

"무슨 말씀이신지요?"

"나 유망은 더러운 놈들과는 맺어지지 않겠다. 그런 놈들 힘을 빌려 너를 이기고 싶지는 않구나! 너는 얼른 주신으로 가야만 살 것이다! 똑똑한 놈이니, 내 말뜻을 알겠지?"

치우천은 대답하지 않았다. 그러자 유망이 외쳤다.

"우리 둘이 누가 더 부하들을 잘 키웠나 한번 보자. 물론 나도 돌아가야 한다. 허나 너 없이 공상을 지킬 수 있다면 다시는 공상을 건드리지 않겠다. 허나 공상이 무너진다면 주신까지도 무사하지 못할 줄 알아라!"

치우천은 잠시 생각하다가 정중하게 외쳤다.

"염제 신농님의 뜻, 받들겠습니다!"

치우천은 지금까지 유망을 일컬을 때 항상 '유망님'이라고 말했다.

그러다가 지금 이 자리에서 처음으로 '염제 신농'이라는 경칭을 사용했다. 유망은 호탕하게 웃으며 물었다.

"창힐이 안에 있지? 살아 있겠지?"

"그렇습니다."

"그를 돌려보내 나더러 돌아가라고 할 생각이었나 보지?"

"맞습니다."

"그러면 됐다. 난 돌아갈 테니 창힐에게 보여 줘라. 네가 공상을 지키는지 못 지키는지! 그러면 됐다! 다시 보자!"

유망은 곧바로 명을 내려 서쪽으로 군대를 몰고 사라져 버렸다. 뒤를 쫓고 싶어 하는 사람들도 있었지만 치우천은 명령을 내리지 않았다. 치우비와 알한 등 대장들은 치우천에게 궁금하다는 듯 눈길을 보냈다. 치우천은 시선들을 의식하고는 입을 열었다.

"왜들 그래?"

"형, 유망이 무슨 소리를 한 거지?"

"너는 무슨 소리인지 모르겠느냐?"

"반밖에는 모르겠어."

"반은 알았느냐?"

치우천은 아우가 대견하다는 듯이 고개를 끄덕이자 이번에는 알한이 나섰다.

"저는 하나도 모르겠습니다. 유망이 뭘 어쩌자는 것이고, 치우천님은 또 어찌하실 건가요?"

"알한님은 내가 어찌했으면 좋겠습니까?"

"제가 어떻게 압니까? 유망이 무슨 속으로 그런 소리를 한 것입니까?"

치우천은 한숨을 쉬며 대답했다.

"유망이 드디어 기지개를 켠 겁니다. 이제부터의 유망은 예전의 유망과는 비교도 되지 않을 만큼 강해질지도 모르겠습니다. 저는 주신으로 돌아가야 합니다."

"공상을 빼앗았으니 주신에도 가 보셔야겠지만, 남쪽에서 수많은 군대가 올라온다지 않습니까?"

"일단 모두 모이도록 해 주십시오."

유망이 순순히 물러갔기 때문에 사람들은 웃고 떠들며 기뻐하고 있었다. 그런 차에 치우천이 부르자 급히 달려왔다. 사울아비들 중 가장 연장자인 부루벼락이 쇠돌이, 거서기, 삼, 부달 등을 앞세우고 일제히 치우천에게 고개를 숙여 보였다.

"뭡니까, 벼락 형?"

"나, 주신의 사울아비 스승 부루벼락이 말씀 올립니다. 이제 치우천님은 말씀을 높이지 마십시오."

"갑자기 무슨 뜽딴지같은 짓입니까? 무슨 말을……."

부루벼락은 눈을 빛내며 정색을 하고 되받았다.

"공상을 넉 달 만에 함락시키면 치우천님은 웃뜸사울아비가 되기로 하셨습니다. 이것은 한웅님께서 직접 하신 약속입니다. 이제 공상을 함락시켰으니, 치우천님은 웃뜸사울아비십니다. 주신의 수많은 사울아비들을 부리실 수 있는 웃뜸사울아비가 된 것입니다. 우리는 이날을 기대하고 있었습니다. 웃뜸사울아비로서의 체면과 위엄을 갖추십시오. 그 래서 주신을 바로잡아 주십시오!"

부루벼락은 평소의 빈정거리고 장난기 어렸던 것과는 딴판으로 정중한 표정에 위엄 있게 눈을 빛냈다. 그러나 치우천은 허탈한 듯 웃어 보이며 뜻밖의 말을 건넸다.

"아직 신시로 돌아가지 않았으니, 그 약속은 이루어진 것이 아닙니다. 그리고 웃뜸사울아비는 제가 아닌 다른 사람이 될 것입니다."

"그게 무슨 말입니까?"

"제가 아니라 비가 웃뜸사울아비가 될 것입니다."

다른 사람보다도 치우비 지신이 놀라 펄쩍 뛰었다.

"형! 그게…… 그게 무슨 말이야!"

"못 들었느냐? 네가 웃뜸사울아비가 되어야 한다는 말이다."

치우천이 강하게 말하자 이번에는 부루벼락과 다른 사울아비들이 의아한 표정을 지었다.

"비가 강한 것은 알지만, 그래도 자네의 머리가 없이는 결코……."

말을 거의 하지 않던 부달마저도 말을 꺼냈지만 치우천은 고개를 저었다.

"제가 웃뜸사울아비가 되려고 하면 일을 망칩니다."

"무슨 소리인가?"

"한웅님께서는 분명 저와 약속을 하셨습니다. 그러나 귀족들은 그렇지 않을 것입니다. 절름발이가 웃뜸사울아비가 되려 한다고 수군거리며 이 핑계 저 핑계로 깎아 내릴 것입니다. 겉껍데기만 남은 웃뜸사울아비 자리에서는 아무것도 하지 못합니다. 웃뜸사울아비는 제가 아니라 가장 강한 사울아비인 비가 되어야 합니다."

치우천은 정연하게 설명했다. 틀린 말은 아니었지만 그래도 쉽게 납득할 수 없었다. 치우비는 달랐다. 비는 한참 생각에 잠겼다가 이윽고 말문을 열었다.

"형님 말이 맞는 것 같아. 내가 하는 게 낫겠어."

치우천은 아우가 대견하여 씩 웃으며 되받았다.

"맞다. 네가 하나 내가 하나 어차피 우리 형제에게는 마찬가지 아니냐? 내 머리를 쓰지 않으면 안 되고, 네가 힘을 써 주지 않으면 안 되는 거야."

치우비 역시 웃으며 사람들에게 말했다.

"다른 분들도 아무 말 마십시오. 그깟 자리에 오르고 말고는 문제가 아니지만, 제 생각에도 그래야 뭔가 할 수 있을 것 같습니다."

모인 사람들 중에서도 은근히 치우천을 더 믿는 사람들과 치우비를 더 따르는 사람들이 있었지만, 지금 두 형제에게는 의혹이나 욕심을 전혀 찾아볼 수 없었다. 도리어 그들은 잠시나마 속된 생각을 했던 스스로를 부끄러워하며 입을 다물었다.

그때 치우천이 흐뭇한 표정으로 치우비를 쳐다보았다.

"아우야, 왜 그래야 하는지 너도 아는 것 같구나. 네 입으로 말씀을 드려라."

"그래야 해?"

"어서."

치우비는 멈칫했으나 형이 눈짓을 하자 몇 번 헛기침을 하다가 어울리지 않게 수줍은 듯 입을 열었다.

"몇 가지 이유가 있습니다. 첫째, 우리 일은 공상에서 끝나는 것이 아닙니다. 신시를 깨끗이 하는 것이 또 다른 큰일입니다. 형님이 웃뜸사울 아비가 되면 번잡한 일에 휘말려서 다른 일들을 준비할 수 없을 것입니다. 둘째, 형님이 말한 대로 귀족이나 다른 자들이 걸고넘어지는 일이 많아져 번거로울 것입니다. 저희가 신시에 있을 때만 해도 우리 형제를 해치려는 녀석들이 숨어든 적까지 있었습니다. 제가 그 자리에 오르면 그나마 나을 겁니다. 귀족도 겁을 낼 테고, 함부로 시비도 안 걸 테고, 어떻게 나오든 제가 막기도 쉬울 거고요.”

그 말에 사울아비들 고개를 끄덕였다 치우천은 병약한 자라 해서 많은 사람들이 무시했지만, 치우비에게는 만만히 대할 수 없을 것이다. 심할 경우 암살의 위협이 끊이지 않을 수도 있다. 그 경우 치우비라면 훨씬 더 적절하게 대처할 수 있을 것이다.

그때 거서기가 나섰다.

“하지만 자네 형제……”

그때 부루벼락이 눈을 부라리자 거서기는 당혹해하며 말을 바꾸었다.

“아니, 죄송합니다. 신시의 귀족 놈들도 두 분이 항상 같이 생각한다는 것을 알 것 아닙니까? 그래도 놈들이 치우천님을 노린다면……”

말뜻을 알겠다며 치우천이 고개를 끄덕이면서 말했다.

“거서기 형, 우리 형제가 위험하기는 마찬가지지만 그래도 조금 낫고 덜한 것이 있다오. 내가 웃뜸사울아비에 있다가 죽으면 비는 보통 사울아비 큰스승일 뿐이오. 별달리 큰 힘을 쓸 수 없지요. 그러나 아우가 웃뜸사울아비에 있을 때 내가 죽으면 아우는 가만있지 않을 거요. 웃뜸사울아비로서 힘을 모아 귀족과 사생결단을 낼지도 모릅니다. 놈들이 바보가 아닌 이상, 그런 짓은 함부로 못할 겁니다.”

그 말이 맞았다. 치우비는 치우천의 정책을 수행하는, 일종의 안전장치 같아 보였다.

부달이 입을 열었다.

“놈들이 비님을 노리면? 한 놈 한 놈으로는 비님을 당할 놈이 없겠지만, 사람을 죽이는 방법이 칼만 있는 것도 아니잖소.”

그러자 삼이 대신 되받았다.

"그렇긴 해도 이 방법을 쓰면 적어도 칼에 죽을 위험은 많이 줄어드는 것 아니오."

"내가 옆에 있으면 적어도 두 사람이 독에 당하는 일은 없을걸!"

초초룬의 말에 이어 알한도 한마디 끼웠다.

"저도 힘이 될 겁니다. 여러분 모두 힘이 되어 준다면 놈들이 어떤 해를 끼치지는 못할 겁니다. 제아무리 주신이라도 치우천님의 머리를 뛰어넘는 놈은 없을 겁니다."

그제야 사람들은 완전히 승복을 했다.

"끝으로 주신 사울아비 모두가 형님을 아는 것은 아니지요. 소문만 듣고 비웃는 사람도 있을지 모르고, 형님의 힘만 보려는 자들도 있을지 모릅니다. 그럴 경우 형님이 곤란해집니다. 적어도 제가 그 자리에 오르면, 넘보고 도전하는 놈들을 힘으로 밟아 줄 수 있습니다. 그렇게 사울아비들을 하나로 만들어야 우리가 신시를 정리하고 한웅님의 힘을 되찾는 큰일을 할 수 있습니다."

치우비가 정연하게 말하자 사람들 중 쇠돌이가 중얼거렸다.

"에휴, 누군 좋겠다. 힘만 센 줄 알았더니 머리도 우라지게 좋구먼그려. 헤헤헤."

부루벼락이 쇠돌이를 향해 눈을 부라렸으나 치우천이 호탕하게 웃었다.

"쇠돌이, 고맙네그려. 비 녀석은 원래 머리도 좋았다네. 생각하기를 귀찮아해서 그런 것뿐이지."

치우비는 부끄러운 듯 뭐라고 중얼거렸으나 들릴 정도의 소리는 아니었다. 그러자 치우천이 웃음기를 머금고 말했다.

"아무튼 그 일 때문에 저는 어서 신시로 돌아가야 합니다. 귀족들이 공상이 벌써 무너졌다는 것을 알면, 틀림없이 술책을 부릴 것입니다. 하루라도 빨리 제가 신시로 가야 대책을 세울 수 있거든요. 유망도 대단한 영웅이긴 합니다. 졌는데도 오히려 더 당당해지다니."

"그런데 유망이 한 말은 무슨 뜻이오?"

와난수가 묻자 치우천은 대답했다.

"유망은 이제 주신의 귀족과 관계를 끊을 것입니다. 아니, 귀족들 쪽에서 유망의 이용 가치가 없다고 여길지도 모르죠. 그는 이제 저와 내기를 건 셈입니다."

"공상성을 두고?"

"그렇다고 봐야죠. 유망은 제 사정과 주신 사정을 훤히 아는 것 같습니다. 어서 가라고 충고까지 해 주고요."

"그 사람이 다리를 고쳐 준다는 건 무슨 소리요?"

"이야기를 하자면 깁니다만, 간단하게 말하면 반드시 자기 손으로 저를 이기겠다는 의미죠. 같은 입장에서요."

"같은 입장?"

"저는 아직 다리를 절고, 유망은 기이한 연기에 취해 살던 사람입니다. 유망은 지금껏 세상 사람을 우습게 보았는데 정신을 차린 것 같더군요. 앞으로는 무서운 사람이 될지도 모릅니다."

"그래 봤자 아닌가?"

"유망은 가볍게 볼 사람이 아닙니다. 불과 몇 년 만에 수많은 미아우와 마갸르족을 짓밟은 것을 보십시오. 반쯤 미쳤을 때도 형천이나 축융 같은 사람들이 그를 버리지 않는 것을 보십시오. 그 사람을 무시하면 안 됩니다."

사람들은 치우천이 정색을 하자 덩달아 숙연해져서 잠시 동안 말이 없었다.

"그럼 혼자 가는가?"

어색해진 분위기를 깨려는 듯이 툰툰이 묻자 치우천은 웃어 보였다.

"이번 공상을 무너뜨리기로 할 때 한웅님과 웃뜸사울아비만 약속한 것이 아닙니다. 성공하면 작은 주신 사람들은 주신 사람이 됩니다."

"그건 알고 있네만."

"귀족들이 질리도록 싫어하는 것이 바로 그것입니다. 그걸 막기 위한 가장 좋은 방법은 제가 신시로 올라가는 도중에 죽이는 겁니다."

"그건…… 그렇겠지."

"그런데 주신의 귀족도 작은 주신 전사들이 대단하다는 걸 압니다. 그러니 저 하나 죽이려고 한두 명을 보내지는 않을 겁니다, 하하. 아마 유망과 싸울 때보다 힘들지도 모르죠."

사람들은 소름이 끼쳤다. 야율쿠리 등 다른 부족의 대장들은 설마 하는 표정을 지었으나 주신에서 온 사울아비들의 표정은 달랐다.

"충분히 그럴 수 있다."

부달이 이를 갈 듯이 말하자 부루벼락도 외쳤다.

"사울아비들을 동원할 수도 있고, 주변의 다른 부족을 움직일 수도 있다. 주신의 이름으로 부탁하면 이 일대에서 나서지 않을 부족이 없으니까."

치우천은 머리를 긁적였다.

"제가 가장 곤란하다고 여기는 것은, 제가 일껏 도와드린 분들과 싸워야 할지도 모른다는 것입니다."

그러자 와난강과 와난수가 부르짖었다.

"무슨 소리요? 이 근처 마갸르와 미아우족 중에서는 그런 짓을 할 부족이 없소이다!"

치우천은 고개를 저으며 침통하게 말했다.

"아닙니다. 잘 생각해 보십시오. 저는 저 혼자 힘으로 여러분을 구하러 온 것이 아닙니다. 주신 한웅님의 명령을 받고 왔습니다. 만약 주신에서 치우천을 죽이라는 명령이 내려온다면 여러분의 부족장은 과연 어떻게 할까요? 많이 괴로워할지도 모릅니다만 결국은 주신의 말을 들어줄 것입니다. 은혜를 베푼 것은 제가 아니라 주신이니까요."

"주신에서 해 준 거라고는 사울아비 삼천을 내준 것뿐이오! 그나마 한 명도 도움이 되질 않았잖소."

와난수가 벌컥 화를 내자 치우천은 정색을 하며 되받았다.

"그건 아닙니다. 그런 명령을 받지 못했으면 혼자 올 수도 없었고, 부족장들이 모이지도 못했을 것이며, 미아우나 마갸르 전사들이 이렇게 뭉치지도 못했을 것입니다. 더구나 여기 벼락 형, 삼 형, 부달 형, 쇠돌이, 거서기가 어찌 저를 도왔겠습니까? 저 혼자 한 일이 아닙니다. 주신의 힘을 업었기에 성공할 수 있었습니다."

"그러면 어쩌려는 거요?"

"저를 죽이러 올 사람들도 주신 편에 있는 사람들뿐입니다. 그러니 싸우지 않고 가는 것이 가장 좋습니다. 그래서 여러분의 도움이 필요합니다. 여기 모인 전사들만 아니라 거기에 야율쿠리, 초초문의 부대도 이제야말로 정말 필요합니다."

"그러면 수만 명을 끌고 가는 거요?"

"할 수 있는 한 많은 수를 데리고 가야 합니다. 핑계를 만들어 줄 수 있을 만큼 많아야죠. 안 그러면 섣불리 전쟁이 나서 피가 흐릅니다. 한 사람이라도 다치게 할 수 없습니다. 아예 싸움이 안 나도록, 날 수 없도록 만드는 것이 가장 좋습니다. 그것이야말로 대장으로서 할 일입니다."

사람들은 고개를 끄덕였다. 유망의 십만 대군을 물리친 치우천이 몇만 명의 전사를 끌고 북상한다면, 아무리 주신에서 명령을 내려도 그들과 싸울 멍청이는 없을 터였다. 또한 저쪽에서 아무리 닦달해도 상대가 안 된다며 거절을 하면 된다.

야율쿠리는 키탄족이라 직접적인 관계가 없었으나 부족의 입장이 난처할 수밖에 없었던 초초룬, 와난강, 와난수, 툰툰이 동시에 말했다.

"치우천님의 마음에 감사드립니다. 미아우와 마갸르는 치우천님의 은혜를 잊지 않을 것입니다!"

다른 사람은 몰라도 항상 걸걸하던 초초룬마저도 틀에 박힌 소리를 하자 야율쿠리가 뒤에서 뭐라고 놀렸으나 초초룬은 들은 척도 하지 않았고 부끄러워하지도 않았다. 도리어 눈을 빛내며 치우천을 바라보며 말했다.

"미아우의 초초룬 부족장이 말합니다. 우리는 벗이지만, 그리고 나는 격식을 따지는 게 세상에서 가장 싫지만, 그래도 이 말만은 해야겠습니다! 우리 미아우족에게, 치우천님은 큰 은혜를 베풀었고 사람들을 살렸습니다. 앞으로 내가 앞장서서 미아우족이 치우천님을 잊지 않도록 영원히 부모로 여기고 은인으로 생각하도록 하겠습니다!"

하도 진지하게 말해서 치우천마저도 입을 굳게 다물고 정색으로 고개를 끄덕였다.

"주신의 사울아비 큰스승 치우천이 진심으로 고맙게 생각하오, 초초룬 부족장."

초초룬도 고개를 끄덕이더니 이윽고 눈에 긴장을 풀고 한숨 쉬듯 말했다.

"거참, 정말 싫어하던 짓인데…… 죽기 전에 내가 이런 소릴 할 줄 몰랐어."

초초룬이 다시 걸걸하게 말하자 치우천도 표정을 풀고 장난스레 되받았다.

"초초룬, 나도 정말 놀랐다. 근데 멋지던데?"

"제기랄! 뭐가!"

그러면서 초초룬이 얼굴을 붉히자 야율쿠리가 놀렸다.

"멋지다, 멋져! 초초룬 여자답구나……."

"너…… 죽고 싶냐?"

"그러면서 그런 소리는 어떻게 했어?"

"뭐…… 해 보니 못할 짓은 아니데. 히히."

두 사람의 대화에 다들 웃음을 터뜨렸다. 치우천이 말했다.

"우리도 언젠가는 그렇게 딱딱하게 말해야 할 날이 올지도 모르죠. 하지만 그렇더라도 우리는 벗입니다. 나도 어색하군요. 앞으로 중요한 일은 그렇게 하더라도 우리끼리 있을 때는 언제까지나 지금처럼 이야기하기로 약속합시다. 웃뜸사울아비니 뭐니 아직 된 것도 아닌데 너무 딱딱합니다."

치우천이 제안하자 제일 먼저 치우비가 긁적거리며 되받았다.

"거, 정말 그래요. 벼락 형까지 그러니 내가 못 견디겠네요, 하하."

사람들 사이에 다시 웃음이 터지면서 어색한 분위기가 풀렸다.

야율쿠리가 물었다.

"헌데 공상으로 유망의 남쪽 군대가 온다는데, 그건 어쩌고? 공상은 비워 놓을 거야?"

치우천은 장난스럽게 웃으며 말했다.

"여길 지킬 사람은 따로 있으니 걱정 마."

"누가?"

"잊어버렸나? 삼천 사울아비들이 있잖아."

"뭐? 그 맥 빠진 푸성귀 같은 놈들이 어떻게……."

야율쿠리가 기가 막힌 듯 외치자 치우천은 싱긋 웃었다.

"그들도 사울아비들이야. 주신 사울아비를 우습게 보지 말게. 그들은 못 싸우는 것이 아니라 안 싸우려 했던 것뿐이야. 허나 공상에 가둬 두면 사정이 다를걸?"

"무슨 소리야?"

"그들이 받은 명령이 뭐겠나?"

"그거야…… 공상을 점령하지 못하게 하라는 거겠지."

"그래. 그런데 나는 공상을 이미 점령했어. 그들도 허탈하겠지. 어떻게 해야 할지 모를 거야. 그런 와중에 그들을 공상에 두고 가 버리면 그들이 어찌할까? 더구나 적들이 밀려오면? 유망의 군대가 그들과 나를 딴 사람으로 생각해 줄 리 없다는 사실을 그들도 잘 알고 있을 건데?"

이번에는 쇠돌이가 물었다.

"공상을 버리고 도망가면유?"

"그럴 수 없지. 싸우다가 도망치는 것도 아니고, 나는 이미 공상을 무너뜨렸는데, 그들이 도망치면 공상을 잃을 뿐이야. 나는 곧 떠날 테니 책임도 없고, 공상을 되빼앗기면 그들에게 아무런 도움도 안 돼. 그리고 그들은 그래도 사울아비일세. 아무리 명령을 받아도 제 손으로 공상을 버리는 짓은 추호도 못할 짓이지. 고민하는 사이 유망의 군대가 들이칠 것일세. 싫건 좋건 죽지 않으려면 싸워야겠지."

"그들의 수는 삼천뿐인데…… 그게 될까?"

툰툰이 걱정스레 말하자 치우천은 고개를 저었다.

"사울아비들을 추릴 때에는 고시울률님만 있었던 것이 아닙니다. 비렴님도 함께 추리셨어요. 이건 그들이 실제로는 아주 강한 사울아비들이란 소리입니다. 고시울률님이 제대로 싸우지 않도록 입김을 넣었을 뿐이죠. 저는 그들도 사울아비들이라 믿습니다. 모두가 썩었다고는 생각하지 않아요. 다만 그들도 공상 함락은 말도 안 된다고 믿고 고시울률님의 뜻에 따르기로 했다고 생각합니다. 주신 땅이 된 공상을 적이 에워싸는데도 그냥 도망갈 자들은 아니라고 봅니다."

그때 부달이 조용한 목소리로 나섰다.

"솔직히 말하게. 자네는 그들도 버리거나 적으로 만들지 않고 깨우쳐서 받아들이자는 거지?"

치우천은 부달이 자신의 참뜻을 알아주자 고마운 마음에 고개를 끄덕였다.

"알아주셔서 감사합니다. 그들도 소중한 주신의 사울아비입니다, 부달 형."

부달이 되받았다.

"그런 놈들까지 버리지 않고 감싸 안다니. 귀족이란 놈들이 자네의 반의반만 되었어도 주신이 이 꼴은 안 되었을 걸세. 나는 여기 남아 있겠네. 그놈들의 머리가 안 돌아가면 내가 일깨워 주지."

"부달 형이 그래 주신다면 고마울 뿐입니다."

"그러면 내가 앞장설게."

치우비가 몸을 돌리려 하자 치우천이 웃으며 말렸다.

"비야, 너는 같이 갈 필요가 없단다."

"뭐? 그러면 나는 뭘 하지? 공상을 지킬까? 내가 형하고 같이 가야 해. 나는……."

치우비가 고집을 쉽게 꺾지 않을 것 같자 치우천이 재빨리 말했다.

"아니, 너는 할 일이 있지."

치우천의 말에 치우비는 고개를 갸웃했다.

"너, 보고 싶은 사람이 있지 않니? 이때가 기회다."

그 말을 듣자마자 치우비의 얼굴이 환하게 밝아졌다. 그 모습을 보며 치우천은 속으로 생각했다.

'녀석……. 좋긴 좋은가 보구나. 하지만 비야. 너를 계속 위험한 데만 둘 수는 없단다. 너도 네가 하고 싶은 일을 해야지.'

그러면서 치우천은 무라가 자신의 얼굴을 돌 같은 표정으로 말없이 보고 있음을 느꼈다. 치우천은 살포시 옅은 미소를 보냈다. 치우천의 속마음을 읽은 것은 무라밖에 없는 듯했다.

진몽희와 만나다

귀한 구슬을 찾은 뒤, 황제는 상망에게 그것을 맡겼다.

그러나 상망은 진몽씨의 딸의 계책에 빠져 구슬을 빼앗겼다.

황제는 그것을 알고 그녀를 잡으려 했고 진몽씨의 딸은 벌을 받을까 두려워

구슬을 삼킨 뒤 문천(汶川)[*]에 뛰어들었다.

후에 그녀는 말의 머리에 용의 몸을 한 기상(奇相)이라는 문천의 수신(水神)이 되었다.

—『촉전(蜀典)』권2, 「기상(奇相)」에서

우씽과의 기마전에서 치우비는 크게 다치지 않았지만 치우비의 말 구름은 넘어져서 꽤나 다쳤다. 다행히 다리가 부러지지는 않았지만 한동안 치우비의 큰 몸을 싣고 빨리 움직이는 데는 무리가 있었다. 대신 치우천이 빌려 주어 치우비는 지금 높은뫼의 등에 올라타 달리고 있었다.

'상망이 하백족을 만나러 가면서 발도 데리고 온 것 같다. 지난번에는 우리도 큰 싸움을 앞두어서 일부러 말하지 않았단다. 서둘러 가면 만날 수도 있을 게다. 발이 함께 온 것을 보면 일이 힘들 테고 잘못되었을 수도 있다. 일이 잘되었다 해도 얼굴은 볼 수 있을 게다. 이제 너는 주신의 웃뜸사울아비가 될 것이니 헌원에게 당당히 요구할 수도 있다. 가서 만나거라.'

치우천이 웃으며 하던 말들이 치우비의 귓가에 쟁쟁하게 맴돌았다.

'발! 내가 간다! 내가 가!'

---

* 지금의 사천성에 있는 민강(泯江).

치우비는 생각만 해도 좋은지 계속 미소를 지으면서 달리는 말에 박차를 가했다. 치우비의 뒤에는 세 사람이 따르고 있었다. 도깨비 리미, 개르, 마냥이었다.

새로 만든 요새에 다다르자마자 치우비는 차오스와 유쌍을 불렀다. 그들은 치우천이 공상 싸움을 할 동안 하백족을 살피고 있었다. 차오스가 투덜거리면서 입을 열었다.

"공상을 얻으셨다면서요? 거참, 나 차오스도 한몫했어야 하는 건데."

"그 이야기는 나중에 합시다. 상망은?"

치우비가 급히 묻자 유쌍이 남자답지 않게 곱게 웃으며 나섰다.

"제가 말씀드리겠습니다, 치우비님. 그동안 제가 하백족 사이에 들어가 알아낸 것이 있습니다."

'어이쿠, 또 너냐?'

치우비는 묻지 않은 것까지 장황하게 설명하는 수다쟁이 유쌍이 나서자 답답했다. 그러나 대놓고 말할 수가 없어 물었다.

"혹시 상망과 발님이 같이 오지 않았더냐?"

"어? 제가 말씀드리려 했는데? 알고 계셨나요?"

'형님의 생각은 틀림없구나!'

"그동안 저는 물건들을 가지고 가서 하백족에게 장사를 하면서 인심을 얻었습니다. 그래서 간신히 알아낸 이야기들이 있지요. 차근차근 들어 보세요. 힘들게 알아낸 중요한 이야기들이니까요."

"알았다. 말해 보려무나."

치우비는 마음을 가라앉히고 유쌍의 이야기를 듣기 시작했다.

"하백족은 다른 부족과는 관계를 맺지 않고 물을 벗 삼아 살아가는 부족입니다. 그래서 전사들은 적습니다만 부족 사람 모두 물에 능숙해서 반은 물고기 같답니다. 더구나 하백족에는 특별한 주술사가 많은데……."

"상망과 발님 이야기부터 하면 안 될까?"

"뭐든지 차근차근 들으셔야 된다고 생각합니다. 이걸 알아내느라 저도 힘들었고, 이 이야기를 들으셔야 나중에 도움이 될 겁니다."

"알았다, 알았어. 이야기해 봐라."

유쌍은 치우비의 심정을 이해하는 듯 씩 웃어 보였다. 치우비는 누가 유쌍에게 자기 이야기를 한 것 같아 얼굴이 붉어졌다.

"하백족은 원래 여자 선인이신 오로파라님의 후손이라고 하지요. 몇백 년 전의 여자 선인이셨는데 두 명의 따님을 두었습니다."

"선인님도 따님을 두시나?"

"낳아 기른 따님일 수도 있지만 데려다 기른 따님일 수도 있지요. 좌우간 두 따님 중 한 분은 오로파라님의 가르침을 받아 물에서 살 수 있는 재주를 얻으셨지요. 진오라는 분이신데, 그분이 바로 하백족을 세운 분이라고 합니다."

"선인님들은 죽지 않는다던데 오로파라님은?"

"두 따님을 세상에 보내고 하늘로 오르셨답니다. 그런데 둘째 따님도 계셨지요. 둘째 따님은 오로파라님의 뒤를 이어 선인의 대를 이으셨는데, 유명하신 분입니다. 이름을 들어 보신 적이 있으실 겁니다."

"누구신데?"

"타타츄이트! 모든 벌레들의 어머니이신 타타츄이트라고 불리는 분이십니다."

치우비도 이름을 어디서 들은 것 같았다. 금방 생각이 나지 않아서 고개를 갸웃거리다가 갑자기 소리쳤다.

"타타츄이트! 맞다! 초초룬의?"

유쌍은 헤헤 웃으면서 장난처럼 애늙은이 같은 표정을 지어 보이며 고개를 끄덕였다.

"맞습니다! 그분은 모든 벌레들을 부리는 신기한 도를 닦으셨지요."

"그렇다면 초초룬이 타타츄이트님의 가르침을 받아 그런 재주를 가지게 된 걸까?"

"그럴 겁니다. 그런데 초초룬님 말고도 타타츄이트님의 가르침을 받은 분이 또 계시지요. 사십 년쯤 전에요."

"흠, 신기한 이야기이기는 하구나. 그런데 왜 지금 그런 것을 알아야 하지?"

"관계가 있다니까요! 사십 년 전에, 세상에는 타타츄이트님의 가르침을 받은 여자분이 세상에 나오셨지요. 그분은 지나족이셨으며, 후에 화산족의 젊은 영웅과 짝을 이루셨지요."

"가만…… 화산족? 그러면 혹시……?"

치우비가 짚이는 게 있어 말끝을 흐리자 유쌍이 눈을 빛냈다.

"그렇지요! 그분이 바로 치우비님이 밤이나 낮이나 잊지 못하시는 공손발님의 어머님이십니다! 누조라고 불리는 분이신데, 그분은 벌레 중에서도 특히 누에라는 신기한 벌레를 다루는 법을 배우신 분입니다. 지나족은 비단이라는 아주 곱고 얇은 옷감을 만들어 내는데, 그게 누조님의 가르침 덕분이라는 겁니다!"

조용히 듣고만 있던 리미가 신기함을 참을 수 없다는 듯 입을 열었다.

"허! 거참, 신기한 일이군! 나도 비단이란 옷감은 본 적이 있는데 정말 얇고 곱기가 이루 말할 수 없을 정도더군. 그런데 그것을 벌레가 만든다는 말인가? 아이구, 주인님, 죄송합니다. 말씀하시는데……."

"아냐. 괜찮아, 리미. 이거 복잡하군. 초초룬이 타타츄이트님의 가르침을 받아 벌레를 다루는 것이 맞다면, 초초룬하고 발의 어머님인 누조하고는 같은 스승을 모신 셈인데……."

"더 위로 올라가 진오님도 오로파라님에게서 배운 것이니 하백족도 가르침의 뿌리는 같다고 볼 수 있지요."

리미가 끼어들어도 나무라는 사람이 없자 개르도 은근슬쩍 말을 끼웠다.

"벌레를 다루는 것하고 물을 다루는 것은 전혀 상관이 없는 것 같은데……."

유쌍이 웃으며 고개를 저었다.

"상관이 있습니다! 상관이 있지요! 오로파라 선인님의 스승이 누구인지 아십니까?"

"그걸 우리가 어떻게 알아?"

치우비가 좀 멍하게 되묻자 유쌍은 자랑스럽게 대답했다.

"그게 아주 먼 옛날의 대선인이신 발귀리님이시라는 겁니다! 그 이름을 아는 사람조차 별로 없지만, 하백족은 알고 있더군요! 발귀리님은 세상에 처음 말을 만드신 분이며 모든 선인의 어머니이시라고 합니다. 따지고 보면 오로파라님에게도 말하는 법을 가르쳐 주셨다고 합니다. 그리고 진오님께서는 물과 말하는 법을 알려 주신 것이고, 타타츄이트님께는 벌레와 말하는 법을 알려 주신 거죠. 신기한 이야기 아닙니까?"

유쌍의 말에 다른 사람은 놀라며 신기해했으나 치우비는 멍하니 생각이 잠겼다. 자신과 형은 발귀리 선인을 두 번이나 만난 적이 있었다. 그래서 그런지 발귀리 선인을 그렇게 먼 옛적의 선인으로 말하는 것이 현실감 있게 와 닿지 않았다. 의외로 치우비의 표정에서 변화가 별로 없자 유쌍은 머리를 긁적였다.

"역시…… 믿기 힘들지요? 발귀리 선인이라는 분이 계시다는 이야기는 저도 믿기 힘들었지요. 그러나 치우천님이 가지고 계신 우린 구슬은 발귀리 선인님께서 만드신 거라 하잖았습니까?"

"그건 그렇지. 그런데 왜 그런 선인들 이야기만 하는 거지?"

"지루해. 마냥은 뭐가 뭔지 모르겠어."

마냥이 검은 얼굴을 불쑥 내밀고 불만스럽게 이야기하자 유쌍은 놀란 듯 입을 다물었다가 이윽고 말했다.

"중요한 관련이 있다니까요. 자, 발귀리 선인님이 우린 구슬이란 신기한 구슬을 만들어서 신수와 사람이 말할 수 있게 하잖았습니까? 그런데 오로파라 선인도 비슷한 구슬을 만드신 모양이더군요. 그 구슬의 이름은 푸린이라 하는데, 진오님에게로 전해져서 지금까지 하백족이 보관하는 가장 중요한 보물이라고 하더군요."

"푸린 구슬? 뭐 하는 물건인데?"

리미가 묻자 유쌍은 또다시 머리를 긁적였다.

"아무도 모릅니다. 하백족 가운데도 아는 사람이 없더군요. 진몽희님 말고는 아는 사람이 없을 거예요."

"진몽희가 누군데?"

"하백족을 이끄는 부족장이자 주술사랍니다. 나이 많은 할머니라고들 하는데, 능력이 대단하답니다. 하백족을 만드신 진오님의 후손으로, 진오님 이래로 가장 뛰어난 부족장이라는 말이 있어요. 이제 본론으로 넘어갑니다. 지나족에서 상망님과 공손발님이 온 것은, 헌원님의 명을 받들고 진몽희님을 만나 푸린 구슬을 얻고자 하는 거라더군요!"

"허! 헌원님이?"

치우비가 의아하다는 표정으로 내뱉고는 이내 중얼거렸다.

"그 구슬이 대체 뭐길래? 그리고 발은 왜……?"

"저도 모릅니다요. 하백족 말로는 헌원님이 푸린 구슬을 얻으러 온 것이 한 번이 아니라는 겁니다. 벌써 다섯 번이나 찾아왔답니다."

"다섯 번이나?"

"그렇죠. 놀랍게도 힘센 끽구도 왔었고, 머리 좋은 이주와 지가 각각

한 번씩, 생각 깊은 풍후와 상백도 왔었답니다. 그러나 그들은 푸린 구슬커녕 진몽희조차 찾아내지 못했다고 하더군요."

"하백족을 찾아갔는데 진몽희를 왜 못 찾아?"

"진몽희는 그들이 올 것을 미리 알고, 자신을 찾아내면 한번 생각해 보겠다고 하며 몸을 숨겨 버렸답니다. 진몽희는 부족 사람 말고 다른 사람에게 한 번도 얼굴을 보인 적이 없거든요. 목소리를 들은 사람은 있지만요. 아주 늙은 목소리라 할머니라고는 그러는데, 사실 바깥에서 찾아간 사람들 중 진몽희를 본 사람은 아무도 없지요. 하백족은 진몽희님에 대해서는 절대 아무 말도 안하구요. 그러니 진몽희님을 찾아낸 사람이 아무도 없는 게 당연하죠."

"진몽희가 마을에 없었나? 너도 하백족의 마을에 몇 번이나 다녀왔다고 했잖아."

치우비의 다그침에 유쌍이 멋쩍게 씩 웃었다.

"그게…… 그렇습니다. 하백족의 마을은 아무 때나 옮겨 다닐 수 있기 때문에, 그들이 숨으려 한다면 아무도 찾아낼 수 없답니다."

"뭐? 마을이 어떻게 옮겨 다니느냐? 하백족이 몽골족 같은 유목민이냐? 옮긴다 해도 왜 못 찾겠느냐?"

"저도 모릅니다. 그렇다고 하니 그런가 보다 해야죠. 더구나 부족장 진몽희는 더 대단해서, 한번 숨어 버리면 아무도 찾아내지 못한다고 합니다. 그러니 끽구나 이주, 지 같은 사람도 실패했죠."

그 말을 들은 개르가 코웃음을 쳤다.

"홍! 재주가 대단한가 보군! 풍후, 상백이 누군지 몰라도 힘센 끽구나 똑똑한 이주, 지도 못했다는데 그럼 상망은 통과할 거란 말인가? 그 늙은이가 무슨 재주가 있다고?"

치우비는 개르의 말에 고개를 절레절레 저었다.

"상망은 보통 사람이 아냐. 겉모습은 볼품없지만 사람 고치는 솜씨뿐 아니라 싸움 솜씨도 대단할 거야."

"그 늙은이가 무슨 싸움을 하겠습니까?"

리미가 고개를 갸웃했으나 치우비는 정색을 하며 말했다.

"힘으로야 별것 없겠지. 그러나 상망은 대단한 재주를 가지고 있어. 나보고 끽구하고 상망하고 둘 중 하나와 목숨 걸고 싸워야 한다고 하면, 나는 상망과 싸우느니 차라리 끽구를 택할 거야."

"그 정도입니까? 정말요?"

"정말일지 아닐지는 몰라. 뭐, 아무 힘이 없을지도 모르지. 그러나 만약 힘이 있다면 정말 무서운 사람일 거고, 나 같은 사울아비에게는 가장 껄끄러운 상대일지도 몰라. 그런데 이상하단 말야. 대체 발은 왜 데려왔을까?"

"저도 이상했습니다만 알아낼 수 없었죠. 한 가지 짚이는 게 있긴 합니다."

"그게 뭐냐?"

"발님은 어린 여자고, 아무 힘도 없거든요. 그러니 먼 길을 가려면 거치적거리기만 할 텐데, 같이 온 이유가 있긴 있을 거란 말이죠."

"질질 끌지 말고 시원시원하게 이야기해 봐."

개르가 답답한 듯 다그쳤으나 유쌍은 여전히 애늙은이처럼 태연스레 말꼬리를 늘였다.

"뭐든 급히 하다간 빠뜨리고 놓치는 게 있게 마련이잖아요. 그렇다고 제가 쓸데없는 이야기를 한 건 아니랍니다. 생각해 보세요. 저는 이미 다 말했다구요."

치우비가 웃으며 고개를 끄덕였다.

"푸른 구슬은 오로파라 선인이 만드신 거고, 따지고 보면 진몽희나 발의 어머니 누조나 같은 스승을 모셨으니, 무슨 관련이 있을 것 같은 데……?"

"바로 그렇지요!"

"그 관련이 뭐냔 말야?"

치우비가 답답한 듯 쏘아붙이자 유쌍은 헤헤 웃으며 눈가에 주름을 잡아 보였다.

"저도 모르겠는데요?"

"흠, 이럴 줄 알았으면 초초룬도 불러올걸 그랬네. 이야기 다한 거냐?"

유쌍이 얼른 손을 내저었다.

"아닙니다. 이걸로 끝이 아니죠. 더 중요한 일이 있습니다."

"그게 뭔데?"

"상망님하고 발님이…… 하백족에 붙들린 것 같습니다."

"뭐?"

"어떻게 된 건진 모르지만, 그동안 하백족의 대접을 받으며 잘 있는 데 지금은 붙잡혀 갇혀 있는 것 같더군요. 그래서 저도 차오스의 도움을 받으러 급히 돌아온 것인데 치우비님이 계실 줄은 몰랐습니다."

"그럼 그 이야기부터 해야지!"

치우비는 보기 드물게 화를 벌컥 내며 소리치더니 일어섰다.

"모두 나를 따라라. 리미, 마냥 개르는 도깨비들을 준비시키고 차오 스, 너는 네 부하들을 따라오게 해라. 괜스레 벌 아저씨나 다른 사람들 에겐 알리지 말고."

치우비가 달려 나가자 리미와 개르, 마냥도 황급히 뒤를 따랐다. 차 오스는 유쌍을 곱지 않은 눈길로 쳐다보며 쏘아붙였다.

"답답한 녀석아, 그 이야기부터 했어야지!"

유쌍은 변명하듯 우물거렸다.

"갇혀 있지만 위험한 건 아닐지도……. 너무 서둘면……."

"그래도 치우비님의 마음은 그런 게 아니야. 자자, 너도 가자."

차오스가 채근하자 유쌍은 머리를 긁적거리며 머뭇거렸다.

"저…… 저는 갈 수 없는데요."

"뭐라고? 무슨 소리냐? 하백족 사이에 들어갔다 온 네가 안내해야 할 것이 아니냐?"

"아…… 저……."

유쌍이 우물거리는데 밖에서 치우비의 목소리가 커다랗게 들려왔다.

"유쌍! 앞장서라!"

"네! 네! 갑니다! 가요!"

유쌍은 치우비의 목소리가 들리자 찔끔거리며 내키지 않는 걸음으로 나갔다. 차오스는 유쌍이 왜 저러나 싶어 고개를 갸웃거리다가 곧 따라 나섰다.

유쌍의 안내를 받아 치우비는 깊은 숲 속으로 들어갔다. 도깨비 부대와 차오스의 용병들도 뒤를 따르고 있었다. 숲 속을 헤매며 저녁 무렵까지 길을 간 후에, 어느 지점에 이르러 치우비는 멀리서 풍겨 오는 아주 희미한 물 내음을 맡았다. 치우비가 코를 쫑긋대자 유쌍이 입을 열었다.

"물 내음이 나죠? 하백족은 물이 없으면 못 삽니다. 어두워지기 전에 하백족의 마을에 닿을 수 있을 겁니다."

물 내음은 갈수록 짙게 풍겼지만 숲도 점점 울창해져 갔다. 마침내는 높이 자란 풀들을 칼로 걷어 내지 않고는 앞으로 나가기가 힘들게 되었다. 리미 등과 함께 앞장서서 풀을 쳐내며 전진하던 치우비는 문득 주변에서 낯선 낌새를 챘다.

"누가 있다."

치우비가 헛 소리를 내며 걸음을 멈추자 다른 사람들도 걸음을 멈추었다. 잠시 숲 속에 정적이 감돌았다. 그때 치우비의 앞으로 뭔가가 휙 하고 날아들었다. 뼈를 다듬어 만든 촉을 단 기다란 작살 창이었다.

치우비는 창이 자신을 노린 것이 아니며, 바로 앞에 꽂힐 것을 눈치채고는 미동조차 하지 않았다. 리미와 개르가 움찔하며 튀어 나가려는데 치우비가 가만히 손을 들어 막았다. 이어서 휙휙휙 하며 다시 숲 속에서 여러 자루의 창이 날아오더니 자로 잰 듯 치우비의 발 앞에 나란히 박혔다. 대단한 솜씨였다.

그때 유쌍이 나서더니 웃으면서 뭐라고 외쳤다. 하백족의 말 같았는데 알아들을 수는 없었지만 주신 말과 크게 다르지 않았다. 유쌍이 한참 떠들어 댔는데도 저쪽에서는 대답이 들려오지 않고 도리어 다시 세 자루의 작살창이 날아왔다. 그 창들이 유쌍의 발 앞에 와 꽂히자 유쌍은 찔끔하더니 울상이 되어 치우비의 얼굴을 바라보았다. 그러자 치우비가 크게 소리쳤다.

"나는 주신의 사울아비 큰스승 치우비다! 우리는 싸우러 온 것이 아닌데 하백족은 싸우고 싶은 건가?"

간신히 지나 말을 하는 정도인 치우비가 하백족의 말을 알 리 없어 주신 말로 외친 소리는 쩌렁쩌렁하게 울려 숲 속에 퍼져 나갔다. 다른 사람은 깨닫지 못했지만 치우비는 숲 속에 숨은 하백족이 자신의 목소리에 움찔 놀라는 기척을 알 수 있었다.

치우비는 앞에 떨어진 창들을 한 손으로 주욱 걷었다. 여섯 자루의 창을 양손에 쥔 치우비는 그것들을 가볍게 뚝 꺾으며 다시 외쳤다.

"나는 이름을 댔는데 창을 던지기만 하고 대답은 없구나. 싸우자는 것으로 알겠다!"

그러자 숲 속 어디에서 투박하지만 날카로운 주신 말이 들려왔다.

"당신이…… 주신의 치우비요? 태산 회의의 대용사, 타타르의 영웅, 키탄의 구원자, 지나족의 악몽, 신수의 정복자라는?"

'붙이는 게 뭐가 저리 많아?'

치우비는 어리둥절했지만 상대의 주신 말이 꽤 능숙한지라 이내 대답했다. 목소리로 보아 나이가 많은 남자 같았다.

"그런 것까지는 모르지만 여기 있는 나는 치우비가 맞소!"

"정말 그 치우비요? 믿기 어렵소."

치우비는 웃으며 외쳤다.

"그깟 치우비가 뭐라고 거짓으로 이름을 댄단 말이오?"

그러자 그 목소리는 퍽 유창하게 되받았다.

"대용사 치우비는 지나족과 싸우고 있다고 들었는데, 어떻게 여기에 있단 말이오? 더구나 아무 상관도 없는 우리 하백족을 왜 찾아왔냐는 말이오? 아무래도 당신은 주신 말을 잘하는 지나족 같소!"

"당신들이 믿건 말건 나는 치우비요!"

"당신들은 우리 마을에 올 수 없소!"

"손님으로 가도 안 되겠소?"

"그렇게 많은 부하를 끌고 올 수 없단 거요!"

"그러면 몇 명만 들어갈 수는 없소?"

"한 명도 안 되오!"

"원 참. 나 혼자 가도 안 되겠소?"

상대가 빡빡하게 나오자 사람 좋은 치우비도 점점 기분이 꼬여 갔다. 그러나 상대는 한술 더 떴다.

"당신이 정말 그 유명한 치우비라면, 당신 한 사람은 받아 줄 수도 있소! 그러나 무기를 버리고 부하들도 멀리 가게 한 다음 들어와야 하오."

"조금 있으면 어두워질 텐데 길도 모르는 부하들은 그냥 숲 속에서 잠을 자란 말이오? 짐승이 나오면 좋지 않잖소?”

“저 정도 숫자로 무슨 짐승을 무서워하오?”

“나는 사울아비인데 무기까지 버리고 혼자 가라는 거요?”

“당신이 우리 마을에 오고 싶어 하는 것이지, 우리가 청한 것은 아니오!”

“세상에 이렇게 인심 사나운 부족도 있단 말이오?”

“많이 봐주는 거요.”

치우비는 기가 막혀 유쌍의 얼굴을 바라보았지만 유쌍은 자기도 모르겠다는 듯 어깨를 으쓱해 보였다.

“이건 심하네요. 이 정도는 아니었는데…….”

유쌍의 말을 듣고 치우비는 인상을 찌푸렸다. 분명 저 우두머리 같은 자가 억지를 쓰는 것 같았기 때문이다. 치우비는 다시 외쳤다.

“그러면 나 혼자 가면 되겠소? 무기도 놓고 말이오?”

“당신이 치우비라는 걸 보여 줘야 하오.”

“당신들이 믿건 안 믿건 나는 치우비고, 나는 내 이름을 두고 거짓말을 한 적이 없소!”

“당신이 치우비란 걸 믿을 수 있도록 힘을 보여 주시오!”

“원 참……. 이게 무슨 어린애 장난인가?”

치우비가 어이가 없어 구시렁거리자 유쌍이 재빨리 말했다.

“하백족은 의심이 많으니 힘을 좀 보여 주세요.”

치우비는 내키지 않는 듯 쩝 입맛을 다시다가 외쳤다.

“좋소, 좋아. 내키지는 않지만 바보짓을 한번 해 봅시다. 당신들은 치우비가 얼마나 힘센 사람으로 알고 있소? 내가 대체 뭘 해 보여야 믿겠소?”

“치우비는 지나족의 형천이나 끽구에 비해 밀리지 않는 용사라고 들었소! 그런데 끽구는 우리 하백족을 찾아와 한 아름이나 되는 나무를 통째로 뽑아서 힘을 보였소. 당신도 그만한 것은 할 수 있겠지?”

“허, 이거 화나는데?”

치우비는 은근히 성질이 나서 주변을 둘러보았으나 한 아름이나 되는 나무는 보이지 않았다. 치우비는 가만히 나무들을 살피다가 몸을 날려 세 그루의 두꺼운 나무둥치에 쾅쾅쾅 소리를 내며 세 방의 주먹을 날렸다. 그러고는 날렵하게 처음에 있던 자리로 돌아오자 세 그루의 나무가 우지직 소리를 내며 각각 다른 방향으로 넘어져 버렸다.

나무들이 넘어지자 치우비가 다시 몸을 날렸는데, 그와 동시에 세 그루의 나무가 쓰러진 세 방향에서 사람들이 튀어 나왔다.

치우비는 무라에게 익힌 솜씨를 발휘하여 오른손으로 한 사람, 왼손으로 한 사람의 덜미를 잡아채었다. 치우비는 눈부신 동작으로 두 사람을 리미와 개르에게로 집어 던지고 뛰어올라서 나머지 한 명의 허리춤을 붙잡았다.

세 사람은 작살 창을 여러 자루 들고 있었으나 반항도 하지 못하고 잡혀 버린 것이다. 잘 숨어 있다 생각했는데 나무가 자신들이 숨었던 곳으로 넘어진데다 치우비가 빠르고 정확하게 덮쳐왔기 때문에 피할 재간이 없었다.

치우비는 세 번째 사람을 옆구리에 낀 채 원래 자리로 돌아왔는데, 내던져진 두 사람이 그제야 리미와 개르의 손에 떨어질 정도로 빠른 솜씨였다. 세 사람이 느닷없이 치우비에게 잡히자 숨어 있던 하백족이 놀랐는지 창을 들고 여기저기서 모습을 드러냈다.

그 모습을 보며 치우비가 큰 소리로 외쳤다.

“내가 당신들과 싸우려 했다면 당신들은 하나도 남지 않았어! 자, 이젠 내가 치우비라는 것을 믿겠소?”

그때 치우비의 옆구리에 끼었던 사람이 파닥거리며 발버둥을 쳤다. 그 순간 치우비는 손에 오는 감촉이 부드러운 데 놀라 무심코 손을 놓았다. 그러자 그 사람은 후닥닥 앞으로 빠져나오더니 치우비의 코앞에서 고개를 쳐들었다. 그자의 얼굴을 보고 치우비는 깜짝 놀랐다.

키도 크고 머리가 무척 길고 검었는데, 눈썹이 선명하고 눈매가 아주 매서워 보이는 여자가 아닌가? 여자가 머리를 쳐들면서 긴 머리카락이 치우비의 얼굴과 눈가를 후려쳐서 치우비는 순간 정신을 차리지 못했다.

여자는 알아들을 수 없는 소리를 외치며 치우비의 뺨을 철썩 후려쳤다. 치우비는 한 대 얻어맞고 얼떨떨하다가 두 번째로 뺨을 후려치려는 여자의 손목을 탁 잡았다. 그와 동시에 리미와 개르는 각각 잡았던 두 하백족의 목에 손을 댔고 차오스는 칼을 빼 들었다.

뒤에 있던 하백족 한 명이 창을 휙 던졌다. 그 모습을 본 마냥이 눈을 빛내면서 곧바로 창을 던졌다. 놀랍게도 두 창은 허공에서 부딪혀 중간에 떨어져 버렸다. 창끝이 맞닿을 정도로 정확하게 부딪힌 것은 아니지만 날아드는 창을 창으로 던져 맞히는 솜씨에 하백족도 긴장한 듯했다.

그때쯤 하백족도 우르르 창을 들었고 도깨비 부대와 용병들도 일제히 무기를 빼 들었다. 치우비가 외쳤다.

"잠깐!"

치우비의 목소리에 도깨비 부대의 용병들이 주춤하자 하백족도 창을 손에 든 채 동작을 멈추었다. 치우비는 맞은 것에는 개의치 않고 여자에게 말했다.

"정말 싸울 거요?"

여자는 눈초리를 곤두세우고 입술까지 깨물면서 잡히지 않은 손으로 치우비의 뺨을 치려 했다. 치우비는 부하들 앞에서 눈을 번히 뜨고 맞을 수만도 없어서 또 그녀의 손목을 잡아챘다. 여자는 귀청이 떨어질 만큼 커다랗게 소리를 질러 댔다. 치우비가 알아들을 수는 없었지만 분명 욕을 하는 것 같았다. 유쌍이 얼굴까지 파랗게 질려서 치우비에게 속삭였다.

"자기 몸에 손대지 말라고 그러는 거예요."

"어?"

치우비는 멋쩍어서 여자를 순간 놓아주려 생각했다. 그러나 하백족과 자신의 부하들이 대치하는 터에 여자가 더 화를 내면 자칫 싸움이 벌어질 수도 있었다. 치우비는 하백족의 초조해하는 얼굴을 훑어보고는 생각했다.

'가만 보니 하백족이 꽤나 신경 쓰는 것 같네. 이 여자가 대장인가? 내가 무슨 짓을 한 것도 아닌데 이 여자는 별나게 왜 이럴까? 더구나 목소리가 아까와는 딴판인데? 흉내 내는 재주도 있나 보군. 이 여자를 잡고 있으면 하백족이 창을 던지지는 못하겠지. 어차피 난 발을 구하러 온 건데 체면 차려서 무엇해? 이 여자가 중요한 여자라면 좋겠네.'

여자가 다시 소리를 지르려고 하자 치우비는 마음을 굳게 다잡고 여자에게 말했다.

"나는 참을 만큼 참았소. 당신은 나를 모욕했고, 나는 그 빚을 받아야겠소. 해치지는 않겠지만, 당신 마을로 가야 되겠소. 부하들더러 앞장서라고 하시오."

여자는 화난 고양이처럼 몸을 비틀면서 빠져나가려 했지만 치우비의 손아귀는 굳게 잠긴 쇠 자물쇠 같아서 아무리 힘을 써도 빠져나갈 수 없었다. 여자는 욕설을 퍼붓다가 치우비가 알아듣지 못하는 것을 깨닫고는 주신 말로 욕했다.

"이 돼지 같고 소 같은 놈아! 어서 손을 놔!"

치우비는 여자의 욕은 아예 들은 척도 하지 않았다. 그러나 여자가 발로 치우비의 몸을 걷어차자 그는 귀찮은 듯 여자의 양팔을 한데 모아 왼손에 쥐고 들어 올리며 유쌍에게 눈짓을 했다.

"마을로 안내하라고 전해라."

치우비의 명이 떨어지자 유쌍은 얼굴이 새파랗게 질렸지만 하백 말로 뭐라고 말했다. 그 말을 들은 하백족은 수군수군 하더니 이윽고 숲 속으로 사라졌다. 그리고 두 명의 하백족 남자가 앞으로 나서며 화난 표정으로 치우비에게 따라오라는 듯 손짓을 해 보였다. 치우비 일행이 전진하려 하자 여자가 다시 뭐라고 소리쳤고 하백족은 치우비에게 손을 저어 보이며 정색을 했다.

"다 따라오면 안 된다는데요?"

유쌍의 말에 치우비는 쩝 입맛을 다셨다.

"리미, 개르, 마냥만 따라와. 싸우러 가는 건 아니니까. 유쌍, 너도 따라와야지. 차오스, 너는 부하들과 함께 여기서 기다려."

하백족은 여전히 많다는 듯했으나 치우비가 인상을 쓰자 군소리 없이 길을 안내하기 시작했다. 여자는 가면서 하백 말과 주신 말을 섞어서 계속 욕을 하고 발버둥을 쳤다. 귀찮아진 치우비는 여자를 장난기 어린 눈으로 노려보며 왼손에 힘을 조금 주었다.

여자는 손목이 아픈지 발길질을 멈추었다. 치우비는 여자에게 고개를 끄덕여 보이며 길을 갔다. 길을 가는 도중 여자가 치우비를 걷어차려 하면 치우비는 손목을 죄었고 여자는 아파서 발버둥을 멈추었다. 그런 식으로 길을 가면서도 여자는 조금만 손목이 풀어지면 발버둥을 치고 욕을 했다.

치우비는 성가셔서 여자에게 툭 쏘아붙였다.

"그만 좀 하시오. 귀찮아 죽겠소."

"이 바보 멍청이 자식! 차라리 나를 죽여라!"

치우비는 여자가 하도 앙칼지게 쫑알거리자 짜증이 났다.

"당신은 여자니까 내가 해칠 수도 없고. 억울하기도 하겠지만 말이오, 이젠 그만할 때도 되잖았소? 당신, 힘들지도 않소?"

"날 내려놓으면 되잖아!"

"그러면 당장 도망가거나 나한테 덤벼들 거 아니오? 난 당신들 마을에 꼭 가야 한단 말이오. 가서 당신들 부족장인 진몽희님을 만나야 한단 말이오."

"뭘 하려는지 모르지만, 너는 진몽희님을 못 만날 거다! 이 나쁜 놈!"

여자가 여전히 욕을 했으나 치우비는 대꾸도 하지 않았다. 한참 묵묵히 가다가 치우비가 여자에게 물었다.

"팔 아프오?"

"너 같으면 안 아프겠니? 어깨가 빠진다! 빠져! 거기다가 손목도 아프단 말야!"

여자가 표독스럽게 퍼붓자 치우비는 귀가 멍해져서 귀를 후비적거리다가 여자의 손목이 퍼렇게 멍이 든 것을 보았다. 치우비는 안쓰러운 마음에 여자에게 타이르듯 말했다.

"당신도 아플 거고 나도 팔이 아프군. 다치게 하긴 싫어요. 놔줄 테니 도망치지 말아요. 알았어요?"

치우비가 여자의 손을 놓아주자 여자는 즉시 몸을 날려서 도망치려 했다. 치우비가 재빨리 발을 걸자 여자는 푹 넘어져 버렸다. 치우비는 손목을 잡아 일으켜 세워 주었다.

"마음은 알겠지만 피차 힘들 일일랑 하지 맙시다. 도망가지 말아요. 알겠죠?"

치우비가 다시 놓아주자 여자는 순순히 내려서서 조용히 따라왔다.

그러나 몇 걸음 그렇게 가는 듯하다가 여자는 재빨리 몸을 날려 옆의 풀 숲에 뛰어들려 했다. 치우비는 웃으며 여자의 발목을 걸었고, 여자는 덤 불에 얼굴을 처박으며 넘어져 버렸다. 치우비는 쯧쯧 혀를 몇 번 차고는 여자를 일으켜 세우며 말했다.

"벌써 두 번째네요. 또 도망가려 하면 화냅니다."

그때 여자가 갑자기 입에서 뭔가를 훅 내뿜었다. 가시 같은 것들이 번뜩여서 치우비는 재빨리 고개를 돌렸다. 하마터면 얼굴에 맞을 뻔했 다. 옆 나무에 푹푹 박힌 것을 보니 뼈로 만든 바늘 같았다. 생선 가시 같은 것을 하나하나 잘 갈아 만든 예리한 물건이었다. 치우비는 인상을 쓰며 여자에게 경고했다.

"재주가 대단하군. 그런데 이게 세 번째요. 한 번 더 이런 짓을 하면 여자로 안 보고 전사가 싸움을 건다고 생각하겠소."

"그럼 어쩔 건데?"

여자가 날카롭게 쏘아붙이자 뒤에 있던 리미가 협박하듯 말했다.

"그러면 우리가 주인님을 지켜야지! 나 같으면 아마 그 대단한 가시 가 나오는 입부터 막을 거다. 주먹으로 몇 대 맞으면 입이 아예 날아가 버릴지도 모르지."

여자는 아까 치우비가 주먹 한 방으로 가볍게 나무를 쓰러뜨리는 광 경을 보았기에 몸을 부르르 떨었다. 치우비는 말은 그렇게 했지만 실제 로는 백 번을 도망쳐도 여자를 두들겨 팰 생각은 없었다. 치겠다는 것은 리미이지 치우비가 아니었지만, 여자는 치우비의 눈치를 살폈다. 그러 자 그 눈치를 보고 재미있다는 듯 개르가 한마디 보탰다.

"그다음에는 도망 못 가게 종아리를 걷어찰지도 모르지. 네 다리가 바위만큼 튼튼하지 않으면 다리가 앞으로 굽어질 거다. 걷기 힘들지도 몰라."

마냥도 싱글거리며 끼어들었다.

"나 같으면 시끄러운 혀부터 뽑겠어. 잡아서 주욱 늘인 다음에 탁! 헤헤헤."

여자는 얼굴이 해쓱해져서는 마을에 도착할 때까지 반항하거나 욕을 하지 않았다. 리미, 개르, 마냥은 웃으면서 농담을 한 것뿐이지만 여자가 보기엔 달랐다. 하나같이 흉악하고 무서워 보이는 도깨비들이 웃으며 농담을 하자 겁을 먹고 말았다. 치우비라면 아무리 겁을 주었어도 끝까지 도망치려 했을 것이다.

여자는 아직도 화난 고양이 같은 표정 그대로였고 씩씩거리기는 했지만 별다른 짓을 할 것 같지는 않았다. 퍼렇게 멍들고 부어오른 손목을 보고 치우비는 히죽 웃으면서 미안하다는 듯 고개를 살짝 숙였다.

"나도 이제 살 것 같군요. 멍은 금방 풀릴 겁니다. 아프게 했다면 미안합니다."

허나 여자는 코웃음만 쳤다. 여자의 얼굴은 여기저기 먼지가 묻고 머리가 헝클어져 그다지 미인처럼 보이지는 않았지만 윤곽이 뚜렷하고 선이 고우며 입술이 두툼한 것이 육감적인 데가 있었다.

치우비가 다시 말을 걸었다.

"미안하다고 하는데 대답도 안 하시오?"

"말하면 시끄럽다면서?"

여자는 여전히 반말로 쏘아붙였다. 치우비는 사람 좋게 웃었다.

"아까는 미안했습니다. 그때 들은 게 남자 목소리라 당신이 남자인 줄 알고 함부로 다룬 거랍니다. 그다음에는 이미 내친김에, 부하들 사이에 싸움이 날 것 같기도 해서 미안한 짓을 했으니 마음을 푸십시오."

치우비가 정중하게 말하는데도 여자는 코웃음만 쳤다. 치우비는 개의치 않고 넌지시 물었다.

"그런데 하백족 마을에 바깥사람들이 와 있지 않소?"

"말할 수 없다!"

"아, 다 알고 있으니 그러지 말아요. 지나족에서 온 사람들 있지 않소? 우린 그 사람들에게 볼일이 있어서."

"난 모른다! 알아도 말할 수 없다!"

"너무하는군. 알았소. 뭐, 당신 탓을 할 수는 없지. 진몽희님은 나이 많고 훌륭한 부족장이라 들었으니 당신처럼 나를 대하진 않을 거요."

"진몽희님은 너를 잡아 토막 내서 물고기 밥으로 주실 거다."

치우비가 은근하게 나오는데도 여자가 악담을 퍼붓자 어지간하던 리미는 속이 뒤틀렸는지 한마디 쏘아붙였다.

"치우비님을 잡아? 너희 하백족 따위가 전부 덤벼도 치우비님 손끝도 못 건드린다. 만약 덤빈다면 내가 너부터 토막을 내서 물고기 밥으로 주도록 하마."

개르도 씩씩 거리며 끼어들었다.

"네가 치우비님이 지나족의 악몽이라 했지? 그 말이 맞다. 치우비님은 너희 하백족보다 몇백 배 많은 화산족 마을에 두 번이나 혼자 들어가셔서 쑥밭을 만들고 나오신 분이다. 네가 말한 끼구하고 수십천의 전사들이 있는 속을 늠름하게 휘젓고 다니며 다 쳐 죽이고 나온 분이야!"

사실은 거의 죽다 살아난 것을 개르가 살을 붙여 과장되게 말하자 치우비는 멋쩍어 개르의 말을 막았다.

"개르, 그만해라."

그러나 리미와 개르는 멈추지 않았다. 여자는 치우비에게는 그렇게 당당했지만 도깨비들에게는 욕커녕 대꾸 한마디도 못했다. 겉으로 드러내지 않으려 간신히 애를 썼지만 도깨비들이 무서워서 견디기 힘든 표정을 숨길 수는 없었다. 그것이 재미있어서 이번에는 마냥이 여자에게 다가와서 시커먼 얼굴을 바짝 들이댔다.

"히히, 우리 주인님은 말야……."

순간, 여자는 부르르 몸을 떨다가 그만 그 자리에 스르르 쓰러지며 기절해 버리고 말았다. 느닷없이 시커먼 얼굴이 허연 이를 드러내며 얼굴 앞으로 다가오자 더 참을 수 없었던 것이다. 막상 이야기를 하려던 마냥은 당황하기도 하고 부끄럽기도 하여 쩔쩔맸다.

"내가 그리 무서운가? 마냥은 슬퍼요, 슬퍼."

치우비는 기가 막혀서 앞에 가던 하백족 남자에게 여자를 업으라고 했으나 그 사람들은 놀란 표정으로 손을 휘휘 저어 보였다. 치우비는 머리를 긁적이며 생각했다.

'저 여자 성격이 굉장히 사나운가 보다. 같은 부족 부하인데도 안 업으려 하네. 그런 성격에 내가 아까 손목을 잡았으니 난리칠 만도 하군. 어차피 욕먹은 것, 내가 업고 가는 게 낫겠다. 도깨비들이 업으면 깨자마자 또 기절할걸? 그나저나 정말 성격이 좋지 않은 여자구나. 골칫덩어리다.'

치우비는 여자를 들쳐 업고 부지런히 걸음을 옮겼다. 리미와 개르는 못생겨서 여자를 기절시켰다고 마냥을 놀리며 유쌍과 함께 그 뒤를 따랐다. 치우비는 유쌍에게 슬쩍 말을 붙였다.

"제대로 가긴 가나 보다."

"어떻게 아시나요? 지난번에 제가 간 길과는 다른데요."

"우리 주위에 하백족이 늘고 있어. 아주 많구나. 뭐, 우릴 공격할 낌새는 없으니 염려 마라. 마을에 다 와 간다는 소리겠지."

그때 유쌍이 울상을 지어 보이며 말을 더듬었다.

"저…… 저는 이쯤에서 돌아갈 수 없을까요?"

솜털도 벗지 못한 유쌍이 겁먹은 표정이 역력하자 리미가 싱긋 웃었다.

"왜, 주인님을 믿지 못하겠느냐?"

"그건 아냐! 그건 아닌데…… 암튼…… 아이구! 나 미치네."

유쌍은 머리까지 쥐어뜯으며 금방이라도 울음을 터뜨릴 것 같았지만, 왜 그러는지 이유를 아는 사람은 아무도 없었다.

숲 주변에서 보이지 않게 치우비 일행을 에워싼 사람들의 수가 점점 늘어 갔다. 조금 지나자 노련한 리미와 개르, 마냥도 똑똑히 느낄 수 있게 되었고 조금 더 지나자 둔한 유쌍도 많은 사람이 에워싸고 있다는 것을 느낄 수 있었다. 그들은 섣불리 다가오지 않고 있었다.

한참을 걸어 어느새 별이 총총하게 떠오르는 밤이 되었을 무렵, 마침내 일행은 하백족 마을에 도착하게 되었다. 마을 어귀에 이르자 따라오던 하백족은 더 이상 숨지 않고 몸을 드러냈다. 작살창을 든 하백족 수백 명이 모여 눈을 번뜩이며 치우비 일행을 감시하는 가운데 치우비 일행은 하백족의 마을로 들어섰다.

개르는 긴장감을 풀려는 듯 유쌍에게 말을 건넸다.

"하백족 집들 중 절반은 물에 세워졌나 보네. 뗏목을 엮어서 그 위에 세운 것 같은데? 그러니까 물에 떠서 마음대로 옮겨 다니겠지."

유쌍은 픽 웃으며 개르에게 혀를 날름 내밀었다.

"그게 그렇게 쉬운 게 아니에요. 부족장의 집과 물신을 모신 사당은 무척 크잖아요."

"그런데?"

"저렇게 큰 집이라면 아무리 물에 세워졌다고 해도 강가를 돌면 보여야 하는데, 하백족이 사라지면 그것 역시 감쪽같이 사라진단 말이에요. 조금 지나면 또 나타나고. 그래서 하백족이 신기한 재주가 있다고들 하는 거예요."

개르는 지지 않으려는 듯 고집스럽게 우겼다.

"집을 부수고 다시 짓나 보지."

"억지 부리지 말라구요. 저렇게 큰 집을 어떻게 하루 만에 쉽게 헐고 또 짓는단 말이에요."

유쌍의 말을 듣고 개르는 고개를 갸웃거리다가 입을 다물었다. 유쌍의 말이 맞는 것 같았다. 치우비는 조용히 듣기만 할 뿐이었다.

마침내 마을 한가운데로 들어서자 다섯 사람의 하백족이 앞으로 나섰다. 대부분의 하백족은 물고기 비늘처럼 번쩍이기는 하지만 뭔지 모를 가죽옷으로 살짝 몸을 가린 반면, 차림과 장식이 화려한 것으로 보아 부족장이나 원로 같아 보였다. 오른쪽 두 사람은 나이가 꽤 든 남자였고 왼쪽의 두 사람은 나이가 약간 든 중년의 여자였으며, 가운데 선 사람은 여자였는데 머리가 희끗희끗하고 지팡이를 짚었으며 얼굴에 주름이 가득한 할머니였다.

치우비는 주름이 가득한 할머니의 모습을 유심히 살펴보았다.

'저 할머니가 진몽희인 모양이다.'

아니나 다를까, 그 할머니가 앞으로 나서면서 상당히 정확한 주신 말로 또박또박 말했다.

"여자 선인 진오님의 후손인 우리 하백족은 손님을 맞이하는 일이 퍽 드물다오. 주신의 사울아비 큰스승 치우비님이 이런 외진 곳까지 무슨 일로 오시었소?"

"주신 사울아비 큰스승 치우비가 사과드립니다. 마을에 찾아오고 싶었을 뿐인데 마음과 달리 소란을 부렸습니다."

할머니는 지팡이를 한 번 쿵 하고 땅에 찧어 보이면서 화난 소리로 말했다.

"그렇게 제멋대로 찾아오는 손님이 어디 있단 말이오? 어깨에 멘 우리 하백족 여전사나 내려놓고 말하시오!"

"대단히 죄송합니다만 주변에 하백족 전사가 너무 많은 것 아닙니까? 전사를 물리시기 전에는 내려놓기가 겁나는군요. 무기를 내려놓고 물러서면 그렇게 하지요."

할머니가 호통을 쳤다.

"당신은 그 유명한 치우비라면서 그렇게 겁이 많단 말이오? 더구나 도깨비들을 우르르 데려오다니!"

할머니가 묘하게 자존심을 건드렸지만 치우비는 우직하게 말했다.

"유명한 치우비가 아니라 열 명의 치우비가 있어도 저렇게 많은 작살이 날아오면 버틸 수 없지요. 도깨비들이 다칠 수도 있구요."

"당신은 손님으로 온 거요? 싸우러 온 거요?"

"손님으로 오고 싶었지만 손님 대접을 안 해 주면 별수 없지 않습니까? 우리는 먼저 힘을 쓰려고도 하지 않았고, 하백족을 다치게 하려고도 하지 않았습니다. 이름도 밝히고 우리 뜻을 전했는데도 하백족이 먼저 우리를 멀리하더군요."

할머니는 지팡이로 땅을 몇 번이나 내려치면서 호통을 쳤다.

"도깨비들을 우르르 몰고 왔는데 누가 순순히 응한단 말이오!"

치우비는 아차 싶었다.

'그렇구나. 도깨비들은 유명해져 이제 주신이나 마갸르, 미아우족은 그렇게 신기하게 보지 않는다. 그러나 하백족은 숨어 사는 부족이니 도깨비들이 무서웠던 거야. 그 생각을 못하고 내 생각만 했군.'

치우비는 솔직하게 사과했다.

"죄송합니다. 미처 생각을 못했군요. 그러나 이들은 도깨비들이 아니라 먼 곳에서 온 사람들입니다. 생김새는 다르지만 용감한 전사고 충실한 부하들입니다."

"당신은 주신 사람이라면서 부하가 도깨비들이니 내가 믿을 수 없는 것 아니겠소?"

치우비는 껄껄 웃으며 고개를 끄덕였다.

"내 이름을 그리 잘 아신다면, 내가 용감한 도깨비 전사들을 데리고 있다는 것도 알았을 것 같소만."

치우비는 누가 자꾸 뒤에서 꿈지럭거리는 느낌을 받았다. 말하다가 슬쩍 돌아보니 유쌍이 자기 뒤에 바짝 붙어서 숨어 있었다. 치우비는 아무래도 유쌍이 하백족의 마을에 무슨 죄를 지은 것 같아서 켕기는 기분이 들었다.

"나는 싸우러 온 것이 아닙니다. 이 선물들을 받아 주시기 바랍니다."

치우비는 부하들에게 말해서 요새에서 준비해 온 약간의 선물들을 내놓도록 했다. 선물들은 대부분 주신의 앞선 물건이었다. 고립되어 지내는 하백족에게는 잘 만들어진 물건이 가장 좋다고 유쌍이 알려 줬기 때문이다. 무기와 장신구, 수놓은 천과 물들인 가죽 같은 물건들을 보자 하백족의 눈이 빛났다. 그러나 적의는 풀지 않았다. 할머니가 지팡이로 땅을 두드리며 말했다.

"하백족은 거지가 아니오! 물건을 내놓는다고 덥석 받지 않소! 사람부터 풀어 주시오!"

"물론 풀어 드리겠소! 그러나 창부터 치우라고 하시오."

할머니가 내키지 않는 듯 눈짓을 하자 하백족은 겨누었던 창을 치우고 몇 발짝 물러섰다. 치우비는 여전히 기절해 있는 여자를 가리켰다.

"여자분이 아직 정신을 못 차리고 있군요."

할머니가 급히 말했다.

"우리가 받아 가겠소."

치우비는 씩 웃으며 화제를 바꿨다.

"먼저, 한 가지 물읍시다. 이 마을에 지나족이 와 있지 않습니까?"

"그건 왜 물으시오?"

"우린 그 사람들을 만나러 왔습니다."

할머니는 고개를 갸우뚱거렸다.

"그것은 우리 하백족과 지나족의 문제요. 주신 사람이 끼어들 일이 아니오."

"그 사람들은 저와도 상관이 있습니다."

할머니는 마음이 급한 듯 눈을 빛내며 되받았다.

"이제까지 봐준 것만 해도 전에 없던 일이오. 하백족의 일에 더 간섭하고 싶으면 우리 부족과 싸워 이겨야 할 거요!"

"싸운다고요?"

치우비는 도리어 자신 있게 눈에 힘을 주었다. 치우비의 안광이 번득이자 눈빛을 본 하백족은 호랑이 앞의 강아지처럼 기가 꺾이고 풀이 죽어 자신도 모르게 뒤로 몇 발짝씩 물러섰다. 할머니도 치우비의 눈빛을 보고는 놀란 듯 외쳤다.

"대단하구나! 치우비! 부족 전부가 싸워도 위험할 지경이구나! 하지만 우리 하백족은 물러서지 않는다!"

치우비는 얼른 눈빛을 거두고는 사람 좋게 웃었다.

"누가 싸우고 싶다고 했습니까? 이 여자 때문에 자꾸 그러시는 것 같은데, 뭐, 그렇다면 좋습니다. 데려가십시오."

치우비가 기절한 여자를 내려놓으려 하자 할머니는 조심스레 다가왔다. 치우비는 예리하게 물었다.

"이 여자분은 굉장히 귀한 분 같네요. 손녀라도 되십니까?"

"무슨 소리냐? 그냥 여전사일 뿐이니라."

"해치려는 것도 아닌데 전사 하나가 잡혀 있다고 이 난리입니까? 더구나 부족장님이 직접 여전사 하나를 잡으려고 이 위험한 치우비 옆으로 오시려고 하다니요. 허허."

할머니가 몸을 움찔하자 치우비는 싱긋 웃었다.

"하백족의 마을에 지나족이 온 것이 처음이 아니지요? 끽구, 이주, 지, 풍후, 상백, 모두 다 아는 분들이지요?"

할머니는 부르르 몸을 떨며 여전히 입을 열지 않았고, 치우비는 여유 있게 계속 말했다.

"그 사람들은 푸른 구슬을 얻으러 왔다던데 진몽희님의 시험을 통과하지 못했다더군요. 시험이란 게 진몽희님을 찾아내는 거였다면서요? 그런데 그 사람들은 순순히 돌려보내 주시고서, 상망님하고 공손발님은 잡아 두었나요? 혹시 상망님이 진몽희님을 찾아낸 것 아닙니까? 푸른 구슬을 줄 수 없어서 잡아 둔 것은 아닌지요?"

대뜸 할머니가 호통을 쳤다.

"이놈! 하백족의 얼굴을 더럽히려느냐? 우리 하백족은 절대 약속을 어기지도 않고, 거짓말을 하지도 않는다!"

"그러면 왜 그 사람들을 잡아 둔 겁니까?"

"이유가 있다!"

"전 납득이 안 갑니다."

"제기랄, 네놈은 이미 다 알고 왔구나. 그렇다면…… 속일 것도 없다! 우린 떳떳하니까!"

할머니는 치미는 노여움을 거두지 않고 외쳤다.

"진몽희님을 찾아내는 시험은 수십 년 전부터 해 온 것이다! 시험을 통과하는 사람에게 푸른 구슬을 내주라는 진오 선인님의 예언이 있었기 때문이야! 지금 잡혀 있는 지나족은 시험을 통과하지 못했다! 시험을 통과하지 못하면 우리가 잡든 말든 우리 마음이다. 여태까지는 그냥 놓아주었지만 이번에는 놓아줄 수 없는 것뿐이야! 우리라고 그들이 누

구인지도 모르고 무턱대고 지나족과 싸우고 싶겠느냐? 그러나 할 수 없
단 말이다!”

치우비는 고개를 끄덕이며 되받았다.

“알 만합니다. 형님이 계셨으면 훨씬 일이 더 쉬웠을 텐데……. 멍청
한 저로서는 이제야 이해가 되는군요. 상망님과 공손발님이 잡혀 있는
것은 시험은 통과하지 못했지만, 답을 알아 버렸기 때문이군요!”

할머니는 치우비에게 눈을 흘기며 쏘아붙였다.

“거의 다 말해 준 것이나 다름없는데 잘난 척 마라. 그래서 그들이 여
기 있는 것뿐이다! 우리 하백족이 다 죽어도 절대 그들을 풀어 줄 수는
없어!”

“상망님은 약속을 지키시는 분입니다. 말하지 않는다는 맹세를 하면
되잖습니까?”

“그렇지 않다! 상망 그 늙은이가 약속을 지킨다 해도, 헌원은 푸린 구
슬을 포기하지 않을 거야! 상망 놈이 풀려나면 분명 지나족의 누군가가
답을 알고 와서 푸린 구슬을 얻어 갈 것이다. 상망도 약속을 꼭 지킨다
는 맹세는 죽어도 할 수 없다고 버티고 있단 말이다!”

의외의 말을 듣자 치우비는 약간 놀랐다.

“상망님이 그러셨다구요?”

“그래! 자기 입으로 맹세할 수 없다는데 어떻게 풀어 주겠느냐! 더구
나 우리는 진오 선인님의 가르침을 지켜야 해! 하백족이 없어져도 그런
엉터리 식으로 푸린 구슬을 내줄 수는 없다!”

치우비는 혼란스러워졌다.

‘그것 참, 그게 뭐 그리 대단한 물건이기에 그러지? 그렇다면 상망님
도 목숨을 걸었다는 건데……. 대체 이유가 뭘까?’

“푸린 구슬이 뭐기에, 그리 난리를 치는 겁니까?”

치우비의 물음에 할머니는 탄식하듯 대답했다.

"아무 쓸모없는 것이다!"

"예?"

"조금도 쓸모없다니깐! 주술의 힘도 없고 아무 힘도 없는 시커먼 구슬일 뿐이다!"

"그러면 뭐하러……."

"이 녀석아! 구슬뿐이라면 나는 그냥 내줄 수도 있다! 그러나 진오 선인님의 가르침이 있는데, 너 같으면 마음대로 하겠느냐? 주신 신시에는 천부인이 있다는데 그것이 설령 힘이 없다 해도 마음대로 내줄 수 있겠느냐?"

"천부인은 하늘과 땅을 뒤엎을 굉장한 힘이 있다는데요?"

"말이 그렇단 거다! 용사라는 사람이 왜 이리 멍청하냐!"

모욕적인 말을 들은 리미나 개르 등이 인상을 썼으나 치우비는 멍청이라는 말을 많이 들은 터라 모욕받았다는 생각조차 들지 않았다. 치우비는 흥분한 할머니의 눈과 하백족의 분위기를 훑어보며 생각했다.

'그러고 보니 하백족의 처지도 딱하구나. 상망님이 뻣뻣하게 나온다 해도 해칠 수도 없는 노릇일 테니. 상망님을 해치고 발을 해치면 지나족과는 전쟁이고, 하백족이 제아무리 재주가 좋아도 단번에 전멸이다. 그렇다고 부족을 세운 선인님의 가르침이 있었으니 그냥 놓아줄 수도 없겠구나. 이거 참……. 형님이 계셨으면 금방 꾀를 냈을 텐데…….'

한참 머리를 긁적이던 치우비는 좋은 생각이 떠올랐다. 틀림없을 것 같았다. 치우비는 목소리를 가다듬고 외쳤다.

"이제 보니 양쪽 모두 딱하게 되었군요. 내가 나서서 해결하면 어떻겠습니까?"

치우비의 말에 할머니는 묘한 눈빛으로 치우비를 바라보았다. 치우비는 자못 당당하게 말을 이었다.

"이제 문제를 알았습니다. 그 때문에 꼼짝 못하는 거군요. 할머니 말씀대로라면, 누가 이 시험을 풀어 버리면 상망님과 발님은 풀려날 수 있는 것 아닙니까?"

"허, 제법이구나. 그렇다."

"그러면 제가 시험을 받아 보겠습니다."

"자네가? 정말 할 수 있겠나?"

할머니가 눈을 빛내며 묻자 치우비는 가슴을 두드리며 외쳤다.

"물론입니다. 하핫! 이 문제는 풀렸습니다!"

"뭐? 무슨 소리냐?"

"저는 진몽희님을 이미 찾았고, 잡았지 않습니까? 제가 잡고 있는 이분이 진몽희님이 틀림없습니다! 안 그러면 모두 그렇게 이 여자분에게 신경 쓸 일이 없으니까요! 저는 벌써 진몽희님을 찾아내 잡은 것이고, 시험을 푼 것입니다."

"어떻게 그리 단정하는가? 진몽희는 부족장인데 분명 늙었을 것 아닌가?"

할머니가 눈을 찌푸리자 치우비는 예리한 표정으로 되받았다.

"진몽희님의 얼굴은 아무도 본 적이 없고 목소리만 들은 사람이 있다 했습니다. 그런데 이 여자는 남자 목소리도 쉽게 내는 재주가 있으니, 진몽희님인 게 틀림없습니다. 할머니께서는 부족장인 것처럼 나셨지만, 한 번도 부족장이라거나 진몽희님이란 말씀을 안 하셨습니다! 다들 진몽희님이라면 부족장이니 나이도 많으리라 생각하겠지만 그게 바로 함정 아니겠습니까? 어떻습니까? 하하핫!"

치우비는 당당하게 웃었고 리미와 개르 등도 와하며 환호성을 올렸다. 마냥은 주인님 잘한다며 박수까지 쳤다. 그런데 하백족의 반응이 약간 이상했다. 하백족은 조용히 치우비를 바라보고 있을 뿐이었다.

이상한 낌새를 눈치챈 치우비와 도깨비들이 입을 다물자 이번에는 하백족이 깔깔거리고 웃기 시작했다.

그러자 유쌍이 얼굴이 파랗게 질려서 발을 동동 굴렀다.

"아이구! 틀렸나 봐요! 다들 틀렸다고 비웃고 있어요."

치우비도 순간 놀라기도 하고 창피하기도 해서 얼굴이 붉으락푸르락해졌다.

'아…… 오랜만에 머리를 써 봤는데! 내 딴에는 잘했다고 우쭐했는데……! 이게 무슨 창피냐!'

갑자기 할머니가 소리를 버럭 질렀다. 순간 하백족은 웃음을 그치고 조용해졌다. 그러자 할머니는 천천히 치우비 앞으로 걸어 나오더니 한숨을 쉬었다.

"자네, 머리가 그 정도밖에 안 되는가?"

한결 누그러진 말투이기는 했지만 치우비는 창피하여 얼굴이 벌게졌다. 치우비는 두말없이 여자를 내주었고 하백족의 다른 여인들이 여자를 부축해 갔다. 할머니는 혀를 끌끌 찼다.

"다들 그렇게 속는다네. 머리 나쁜 녀석들은 나를 진몽희님이라 하고, 조금 머리가 돌아가는 사람들은 그 아이를 진몽희님이라고 하지. 그러나 아닐세. 머리 좋은 사람들은 진몽희님을 직접 찾아 나서지만, 찾기가 아주 힘들지. 많은 위험을 이겨내야 하기에 자네라면 할 수 있다고 생각했는데……. 아, 이거 참 안타깝네. 지나족에게 구슬을 빼앗기느니 자네에게 주는 것이 좋았는데……. 그래서 일부러 자네에게 많은 것을 알려 주었는데……."

치우비는 얼굴을 붉히며 다소곳이 말했다.

"제가 성급했나 봅니다. 저는 바보 같아서 몰랐지만 제 형님이라면 수수께끼를 풀 수 있을 겁니다. 그러니……."

할머니는 고개를 저었다. 어느새 할머니의 얼굴에도 아쉬움과 안타까움이 깃들여 있었다. 강인하면서도 순진한 치우비의 성격이 마음에 든 모양이었다.

"자네 형님이라면 치우천님 말인가? 머리는 좋은 분이지만, 힘이 모자라서 안 될 걸세. 수수께끼는 풀겠지만, 진몽희님께 가려면 여러 가지 시험을 홀로 거쳐야 한다네. 자네라면 통과하겠지만 자네 형님은 힘들 거야."

"왜 그렇습니까? 말씀을 들어 보니 할머님도 푸린 구슬을 내주고 싶어 하는 모양인데, 구슬이 별것 아니라면서 왜 그토록 힘들게 지키는 겁니까?"

"알고 싶다면 누구에게도 말하지 않겠다고 맹세하게. 자네는 틀리고서도 화를 내지 않는 것을 보니 정말 착하군그래. 보통 용사들은 거칠기 마련인데……."

"착한 게 아니라 마음이 약할 뿐입니다. 하백족의 비밀을 남에게 알릴 생각은 추호도 없습니다. 맹세합니다."

치우비가 맹세하자 할머니는 치우비에게 귓속말로 이야기를 해 주었다.

"자네는 믿을 만한 사람이네. 자네는 푸린 구슬을 욕심내기보다는 우리 부족과 지나족을 도와주려고 시험에 든 것임을 안다네. 그래서 내가 특별히 말해 주는 걸세. 푸린 구슬에는 하백족의 미래가 있다네. 푸린 구슬은 아무것도 아니지만 그것을 얻으려면 머리가 좋고 힘도 세야 하네. 즉 대용사, 대영웅이어야 얻을 수 있다는 말일세. 푸린 구슬을 얻는 사람이 나오면 진몽희님은 그분의 아내가 되는 걸세."

치우비는 그 말을 듣고 소스라치게 놀랐다.

"네?"

"진몽희님은 자네가 생각하는 대로 할머니도 아니고 못나지도 않으시네. 설마 늙은 할머니를 대영웅과 맺어 줄 만큼 우리 하백족이 뻔뻔한 줄 아는가? 하백족에서 가장 뛰어나고 가장 예쁜 여자가 진몽희님의 이름을 이어 왔다네. 자네가 잡은 여자아이도 괜찮지 않은가?"

"아름다운 분이더군요."

"그 아이도 귀한 사람이기는 하네. 여차할 경우 다음 진몽희님이 될 수도 있는 아이니까 말야. 허나 진몽희님은 아니지. 그분의 동생이야. 진짜 진몽희님은 훨씬 아름다우시다네. 나이는 그 아이보다 두어 살 많으시지만 아직 젊으시고."

"알겠습니다. 그런데 대체 왜 그래야 합니까?"

"그렇게 해야만 하백족을 이끄는 뛰어난 영웅이 나온다는 걸세. 대영웅과 진몽희님 사이에서 난 아이는 장차 세상을 바꿀 큰 영웅이 된다는 진오님의 예언이 있었기 때문일세."

"허, 그럴 줄 알았으면 함부로 시험을 하지 않을걸 그랬습니다."

"나는 자네가 시험을 통과해 주길 바랐네만……. 조금만 덜 성급했어도 좋았을 텐데. 그러면 내가 좀 더 이것저것 눈치채게 말해 주었을 테고 수수께끼를 풀 수 있었을지도……."

"아닙니다. 저는 그럴 수 없습니다. 아이구, 저는…… 저는 마음에 둔 여자가 있답니다!"

"뭐라구? 허, 그랬는가?"

"꼭 혼인을 해야만 합니까?"

"뭐, 영웅이 싫다면야 할 수 없겠지만, 그러면 푸른 구슬은 돌려줘야 한다네."

"허허, 이것 참. 어차피 저로서는 끼어들 수 없는 일이었군요."

"다 하늘의 뜻인 것을 어쩌겠는가? 자네도 실패했으니……. 영웅을 찾지 못하면 하백족은 지나족에게 다 죽을 걸세. 그렇다고 풀어 줄 수도 없고……."

할머니가 한탄하자 치우비는 정색을 하며 말했다.

"시험에는 실패했지만 사람은 풀어 주시기 바랍니다. 제가 어떻게든 상망님과 발님을 설득해 보겠습니다. 그래도 지나족이 쳐들어온다면 제가 대신 나서서 막아 드리는 한이 있더라도……."

"자네가 정말 그럴 수 있는가? 가만……. 그러면 혹시 자네가 마음에 둔 사람이……. 그러고 보니 자네가 화산족 마을에서 난리를 피운 것도 여자 때문이라는 소문이 있던데, 혹시……?"

할머니가 눈치 빠르게 묻자 치우비는 얼굴을 붉혔다.

"맞습니다."

할머니는 골치가 아픈 듯 미간을 잔뜩 찌푸렸다.

"허! 발님을 잡아 두면 지나족 말고도 자네도 적이 되겠군!"

"그러고 싶지 않습니다. 풀어 주신다면 제가 책임을 지겠습니다. 절대 비밀이 새지 않도록……."

"흠……."

할머니가 여전히 심각하게 인상을 쓰며 깊은 생각에 빠져 있었다. 그때였다. 할머니 옆에 있던 중년의 아름다운 하백족 여인이 나서면서 미아우 말로 소리쳤다.

"유쌍! 숨어도 다 알아! 어서 나와!"

그러자 유쌍은 얼굴이 벌겋게 되어 내키지 않는 듯 쭈뼛거리며 나섰다. 그러자 그 여인은 눈물까지 지어가며 유쌍의 손을 잡고 달래며 수선을 피웠다. 영락없이 오랜 만난 연인 같아 보였다. 그러자 리미와 개르는 멍하니 서로를 바라보며 중얼거렸다.

"저 녀석……. 어느새 여자라도 후렸나? 머리에 피도 안 마른 것이……."

리미와 개르는 어이가 없어 껄껄 웃는데 하백족 사이에서 여자 한 명이 또 달려 나왔다. 그리고 돌연 유쌍과 중년 여자를 가리키며 사나운 목소리로 외쳐 댔다. 그런데 그것만이 아니라 세 명의 여자가 더 뛰어나오는 것이 아닌가?

멍하니 바라보는 사이 다섯 명의 여자는 유쌍을 가운데 놓고 말다툼을 벌이더니 서로 유쌍을 끌고 가려다가 급기야는 따귀까지 때리고 울고불고 난리를 쳤다. 그러면서 유쌍을 할퀴고 꼬집고 때렸다.

유쌍은 비명을 질렀다.

"도와줘요!"

"얼굴만 반반한 꼬마 바람둥이 녀석아! 네가 그래서 오기를 꺼렸구나!"

리미가 껄껄 웃으며 빈정거리자 유쌍이 악을 쓰며 외쳤다.

"안 그러면 하백족 이야기를 어떻게 들어요! 아이구…… 아파요!"

개르도 한마디 거들었다.

"며칠 되지도 않는데 다섯? 에라이, 죽일 놈아! 한 명한테 알아내도 충분하잖아!"

마냥이 입을 헤 벌리며 중얼거렸다.

"마냥은 부럽다……."

치우비 역시 우습기도 하고 기가 막히기도 해서 헛웃음을 지었다.

"너 보기와 딴판이구나. 아니, 생긴 그대로구나. 내가 시킨 것도 아니고, 끼어들기 싫으니 알아서 해라."

하백족에서는 이런 문제는 스스로 처리하게 놔두는 듯, 하백족 사람들은 웃지도 않았고 시끄럽다거나 조용히 하라는 등의 간섭도 하지 않았다. 그사이 유쌍은 다섯 여자의 집중 공격을 받고 엉망진창이 되어 갔다.

그때 갑자기 수선스러워지더니 하백족의 여자 하나가 울면서 뛰어나왔다. 생각에 잠겨 있던 하백족의 할머니는 놀라며 그 여자와 몇 마디를 주고받았다.

무슨 말을 하는지 알아들을 수 없는 치우비 일행은 멍하니 서 있었는데, 갑자기 사람들이 일제히 주저앉더니 서럽게 울기 시작했다. 유쌍을 끌어당기며 싸우던 다섯 여자들도 유쌍을 놓고는 땅을 치며 통곡하는 것이 아닌가.

유쌍은 얼굴이 잔뜩 긁힌 채 치우비의 뒤로 도망쳐 왔다. 영문을 모르는 치우비가 유쌍에게 물었다.

"무슨 일이냐?"

유쌍은 퉁퉁 볼멘소리로 대꾸했다.

"몰라요."

"장난하지 말거라. 무슨 일이냐?"

"진몽희님이 죽었다나 봐요."

유쌍의 말에 치우비 일행은 깜짝 놀랐다.

"뭐? 어째서?"

"그것까지 어떻게 알아요? 이제 상관없잖아요!"

순간, 할머니가 뭐라고 외치자 하백족이 일제히 치우비에게 몰려왔다. 치우비는 놀라 물러서려 했으나 하백족에게 적의가 느껴지지 않아 그냥 그 자리에 서 있었다.

하백족은 치우비를 높이 들어 올려 세우고는 소리를 지르며 기쁨에 겨워 춤을 추면서 여기저기를 돌아다니는 것 아닌가? 전사들뿐만 아니라 집 안에 있던 여자들과 아이들까지 달려 나와 노래하고 춤을 추어 댔다. 도깨비들도 마찬가지였지만 치우비의 어리둥절함은 더했다.

'이게…… 이게 어떻게 돌아가는 거냐? 뭐가 뭔지 모르겠구나!'

하백족 사람들이 치우비를 할머니 앞으로 데리고 오자 할머니는 치우비에게 고개를 숙이며 크게 외쳤다.

"백 년 시험을 통과하신 영웅님께 인사드립니다!"

치우비는 어이가 없어 할 말을 잃고 멍하니 서 있었다. 뭐라 할 틈도 없이 치우비는 물 위에 세워진 거대한 부족장의 집으로 안내되고 온갖 가지 음식이 가득 차려진 상 앞에 앉았다. 그러더니 아까 할머니 양옆에서 있던 네 명의 원로가 치우비에게 인사를 드리고, 계속해서 여러 하백족의 사람들이 인사를 올렸다.

더는 참지 못한 치우비가 소리를 쳤다.

"이게 뭡니까? 뭐하는 겁니까? 난 시험에 떨어졌는데요?"

늘씬한 여인이 치우비에게 다가와 말했다.

"제가 설명드리겠습니다."

치우비는 여자의 얼굴을 보다가 앗, 하고 소리쳤다. 화려하게 치장하여 못 알아보았지만, 아까 자신이 잡았던 그 여자가 아닌가?

"당신……?"

치우비가 눈을 동그랗게 뜨고 말을 잇지 못하자 그 여자가 대신 말했다.

"제가 진몽희입니다. 시험을 풀어내신 영웅, 치우비님께 인사드립니다."

신시에 드리운 검은 그림자

한편 치우천은 분주히 움직이고 있었다. 일단 사람을 보내 카라치 마을에서 기다리던 양역과 삼천 명의 사울아비를 부달과 함께 공상으로 밀어 넣은 것을 시작으로, 이만 군대를 몰고 북진하여 아루타한 마을에 도착했다.

마을에 도착하니 도단이와 보돈차르, 치베가 치우천 일행을 반갑게 맞이했다. 그들 중에는 공상에서 밀려났던 울쿠타 야쿠타 형제도 있었다. 그곳에는 이만에 가까운 미아우, 마갸르족과 보돈차르가 몰고 온 삼천 명의 몽골 정예 기병이 있었다. 보돈차르는 오랜만에 만나는 치우천을 보고 반가워했다.

"천 안다! 정말 반갑다. 자네는 볼 때마다 점점 큰사람이 되어가는구나! 공상을 빼앗고 많은 유망의 전사들을 물리쳤다니! 대단하구나!"

"반갑습니다! 이번 승리에는 보돈차르님과 치베 안다의 도움이 컸습니다.”

치우천은 아루타한 마을에서 이후의 전략에 대해 회의를 했다.

“공상에는 양역과 부달 형이 있고 삼천 사울아비가 있지만, 만의 하나를 대비하여 도울 군대를 남겨 두려 합니다. 아루타한 마을도 길목을 잡을 수 있는 중요한 곳이니 다시 잘 세워야 할 겁니다.”

치우천은 전에 없이 치밀하게 군대를 배치했다. 치우천의 머리에는 모든 계획이 세워져 있었으나 지도도 없이 말로만 하는 전략 회의인지라 다른 사람들은 치우천의 의도를 짐작하기 어려웠다.

치우천의 다음 목표는 신시였다. 그러나 신시를 치는 계획은 최악의 사태에 대비하는 것이며, 실제로 치우천은 신시를 치지 않고 일을 마칠 수 있기를 바랐다.

유망의 남쪽 군대가 몰려오고 있으니, 여차하면 아루타한 마을에 있는 보돈차르와 치베가 전사들을 데리고 공상에 있는 양역, 부달과 삼천 사울아비를 지원하도록 했다. 초초룬과 미아우 부족들은 아루타한 마을에 집결하여 마을을 정리하고 나무 울타리를 두르게 했으며, 울쿠타를 북쪽 요새로 보내 포리를 데려와 마을 수리에 힘을 보태게 했다.

북쪽 요새에는 와난강 와난수와 마갸르 부족장들을 배치했고, 중간 지점인 카라치 마을에는 툰툰을 배치하기로 했다. 모든 곳에 전사들을 보냈지만, 남아서 지킬 전사들은 말을 잘 타지 못하는 보병들, 즉 후에 아루타한 마을에 도착한 병력들이었다. 서로 긴밀하게 연락을 취하기 위해 천 명의 말 잘 타는 사람들을 정찰병으로 활용하게 했다. 처음의 숙영지에 남아 있던 울라트, 불쇠, 질쾌와 천여 명의 전사들에게 야쿠타를 보내어 다음의 말을 전하라고 했다.

“그곳 일은 질쾌가 맡고, 울라트와 불쇠 할아범은 북쪽 요새로 돌아왔다가 불쇠 할아범은 나중에 공상으로 옮겨 하던 일을 계속하라고 전하면 된다."

"그들이 무슨 일을 하고 있었는데요?"

야쿠타가 묻자 치우천은 빙긋 웃을 뿐이었다.

"그렇게만 전하면 알아들을 것이다."

치우천은 가장 기동력이 좋은 보돈차르의 몽골 기병들에게 신시를 향해서 오고 있을 작은 주신 사람들을 북쪽 요새로 안내하도록 했다. 호위는 야율쿠리의 군대가 맡을 예정이었다.

마지막으로 치우천은 알한, 무라와 주신 출신 사울아비들만 데리고 당당히 신시로 북진하여, 주신 접경의 북쪽 요새에서 작은 주신 사람들을 기다리면서 공상의 싸움 결과를 지켜보다가 다른 사람들과 만나 신시로 귀환할 계획이었다. 치우비도 그때쯤이면 합류할 것이었다.

치우천이 직접 대군을 이끌 것이므로 주신 귀족들은 함부로 손을 쓰지는 못할 터였다. 신시에 들어가 공상 점령의 쾌거를 인정받고 치우비를 웃뜸사울아비 자리에 앉힌 뒤 작은 주신족을 주신 사람으로 만드는 것이 전략의 요지였다.

대강의 전략을 듣고는 보돈차르가 입을 열었다.

"몽골의 보돈차르가 말한다. 좋은 계획이지만 간단하지 않을 수도 있다. 주신은 수십 년 동안 웃뜸사울아비가 없었다. 주신을 위협하던 유망이 공상을 빼앗기고 힘을 잃은 이상, 주신 귀족들이 웃뜸사울아비가 나오도록 가만있을 것 같지는 않은데?"

치우천이 고개를 끄덕였다.

"그럴 것입니다. 이다음이 문제입니다. 몇몇 분은 알고 계시겠지만, 신시를 쳐야 할 것입니다."

이전에 이야기를 들었던 사람들은 덤덤했지만 나머지 사람들 깜짝 놀랐다. 치우천은 잠시 침묵을 지키다가 말을 이었다.

"이것이 마지막 단계입니다. 이제껏 누구와 했던 싸움보다도 힘들 수 있습니다. 가급적 하지 말아야 할, 일어나지 않은 것이 가장 좋은 싸움입니다. 그러나 더 이상 피할 수 없습니다. 이대로 둔다면 제가 신시에 도착하는 즉시 피바람이 몰아칠 것입니다. 한웅님과 삼사님도 위험합니다. 우리는 신시를 치는 것이 아니라 신시를 좀먹는 자들을 치는 것입니다. 이것은 주신뿐 아니라 다른 부족을 구하는 일이 될 것입니다."

"도대체 무슨 일인데 그러는 것인가?"

치우천은 한숨을 내쉬며 대답했다.

"이전에 대략 들었던 분도 있습니다만 자세히 아는 사람은 제 아우뿐이었습니다. 오늘, 모든 것을 이야기하겠습니다. 전부 하늘이 정한 것 같습니다. 마치 저희 손으로 모든 것을 마무리 지어야 한다고 누가 새겨 놓기라도 한 것처럼 말입니다……."

모두 극도로 긴장한 표정으로 치우천의 입만을 바라보았다. 치우천은 한동안 하늘을 바라보다 돌연 눈물을 주르륵 흘리며 입을 열기 시작했다.

"신시에 아주 크고 뿌리 깊은 음모가 있었지만, 지금껏 아무도 그것을 알지도, 눈치채지도 못했습니다. 제가 그것을 알게 된 것은 세 사람 때문이며, 그 세 사람 덕분에 오늘의 제가 있는 것이기도 합니다. 첫 번째 사람은 돌아가신 제 어머님이십니다……."

사람들은 깜짝 놀랐다. 치우천의 어머니가 치우천에게 슬픈 추억으로 남았다는 것은 알고 있었지만, 돌아가신 지 십여 년이 넘는 어머니 때문에 음모를 깨닫게 되었다니.

치우천의 차분한 목소리가 이어졌다.

"저와 아우가 어려서 몹시 아플 때, 어머님은 구름골에 사는 신수 번개범에게서 아홉구비란 약초를 얻어 오기 위해 목숨을 버리셨습니다.

어머님은 아홉구비를 얻으셨지만 차마 입에 담기도 힘든 처참한 모습으로 끝내 목숨을 잃으셨습니다. 그 때문에 우리 형제는 어머니를 해친 번개범에 대해 그 후 십여 년이나 복수심을 불태워 왔습니다. 마침내 지난번 번개범을 만나 겨룬 이후, 저는 마음을 연 번개범을 통해 여러 가지를 알아낼 수 있었습니다. 비냐와도 많은 이야기를 했지만 번개범과도 이야기를 했습니다."

야율쿠리가 흥분하여 뭐라고 외치려다가 다른 사람들이 노려보자 곧 입을 다물었다.

"우린 구슬이 있었기에 저는 번개범과 이야기를 할 수 있었습니다. 그때 들은 이야기가 너무도 놀라운 것이라, 저는 그 이야기를 가슴에 묻고 정리될 때까지 아무에게도 말하지 않았습니다. 그러나 오늘, 모든 것이 밝혀진 것 같습니다."

알한이 의아한 표정으로 입을 열었다.

"번개범을 그냥 죽인 줄 알았더니, 이야기도 나누었단 말인가요?"

"알한님, 번개범은 죽지 않았습니다."

"네? 아니, 그때 번개범은 비냐라는 여자의 몸과 함께 부스러져서 사라져 버리지 않았습니까?"

치우천은 다시 한번 말끝에 힘을 주었다.

"번개범은 죽지 않습니다. 비냐도 죽지 않았구요."

사람들은 놀라서 웅성거렸다. 그때 치우천을 따라 번개범과 싸웠던 사람들은 번개범에서 비냐가 나와 가리족의 정당성을 말한 뒤 결국 번개범과 같이 부스러져 먼지가 되어 버리는 것을 눈으로 보았다. 그런데 번개범이 죽지 않았다니?

"번개범은 죽은 것이 아닙니다. 도력을 써서 그렇게 보이게 만든 것뿐입니다. 제가 그렇게 하라고 했습니다."

"왜? 번개범은 자네 원수잖은가?"

보돈차르가 말하자 치우천은 고개를 저었다.

"그렇지 않습니다. 번개범은 제 어머니를 해치지 않았습니다. 번개범은 어머니를 만났으나 해치기는커녕 도리어 어머니의 용감함에 감탄하여 구름골에서 자라는 약초는 무엇이든 따 가도 된다고 허락해 주었습니다."

"아니…… 그럼 누가 자네 어머니를 해쳤는가?"

"가리족이다! 그놈들이 그런 게 틀림없어! 놈들도 번개범을 따라 구름골에 살았으니까!"

화난 표정으로 툰툰이 말하자마자 초초룬이 외쳤으나 치우천은 다시 고개를 저었다.

"그렇지 않아! 가리족은 사람 고기를 먹는 사나운 족속이지만 자신들이 섬기는 번개범의 뜻을 거스르지는 않는다."

"그럼 누가 그랬는지 번개범이 가르쳐 주었습니까?"

도단이가 묻자 치우천은 역시 고개를 저었다.

"번개범도 어머님이 그렇게 된 것에 대해서는 모르고 있었소, 전혀."

"믿을 수 없구먼! 제기랄! 믿을 수가 없어!"

괄괄한 삼이 소리쳤다.

"하지만 번개범 놈은 한웅님을 습격하여 수많은 사울아비를 해친 놈이잖은가? 그놈이 그렇게 얌전할 리가 없다구!"

"그건 삼 형의 말이 맞습니다. 번개범은 분명 한웅님을 습격하긴 했지요. 허나 번개범은 제 어머니를 해치지 않았습니다."

"그런 괴물의 말을 믿을 수 있겠는가?"

"번개범은 비냐를 만났을 때 그녀를 해치지 않고 도리어 참혹하게 변한 비냐를 자기 몸에 넣어서까지 살리려 했습니다."

그 말에 사람들은 입을 다물었다. 치우천은 말을 이어 갔다.

"어머님을 누가 해쳤는지는 분명하지 않았습니다. 허나 중요한 사실이 있었지요. 예전 태산 회의 때에 저는 비렴님의 명령을 받고 한웅님을 지키기 위해 유망의 막사에 숨어든 일이 있습니다. 그때 가리족이 유망의 막사에 드나드는 것을 보았지요.

당시 저는 비렴님에게서 가리족의 이야기를 들었습니다. 사람 고기를 먹는 가리족은 전에 주신과 다른 부족에게 쫓겨 전멸한 것으로 알려져 있었지요. 그런데 가리족은 전멸하기는커녕 이번에 유망이 쳐들어오기 전에 미아우족을 들이쳐서 그들의 땅을 쑥밭으로 만들었습니다. 이상하지 않습니까?"

"확실히 이상하지! 아무리 신수를 앞세웠다 해도 전멸당한 부족이 다른 부족을 쳐들어간다는 건……."

사람들이 웅성거리자 치우천이 손을 들어 보였다.

"또 한 가지 있습니다. 지난번에 비냐는, 번개범과 가리족을 시켜서 한웅님을 해치려 했던 것이 다름 아닌 주신 사람이었음을 밝혔습니다. 그것이 누구인지는 비냐도 몰랐고, 번개범도 몰랐습니다. 그러나 주신 사람이란 것만은 알고 있었습니다."

"대체 무슨? 주신의 누가……."

차분한 거서기가 믿기지 않은 결론에 도달한 듯 몸을 부르르 떨자 치우천이 고개를 끄덕였다.

"그렇습니다. 주신의 누군가 이 일을 시킨 겁니다. 그는 가리족을 치게 하고, 그들이 도망갈 구멍을 열어 놓았습니다. 신수가 사는 구름골은 아무도 가지 않는 곳이니 충분히 가리족이 숨어 살 수 있었지요."

"가리족은 풍백 비렴님이 치셨다고 들었는데 그럼 그분이……."

야율쿠리가 놀란 듯 중얼거리자 치우천은 잘라 말했다.

“비렴님 혼자 친 것도 아니고 많은 부족과 사울아비가 있었는데 그 분이 어느 결에 가리족을 빼냈겠나? 비렴님은 아니야. 누가 그전에 미리 귀띔을 해서 가리족이 미리 구름골로 도망치게 만든 거지!”

“가리족이 우연히 도망쳐 들어간 것은 아닐까?”

삼이 자못 심각하게 말하자 치우천은 고개를 저었다.

“구름골은 좁은 골짜기입니다. 번개범이 있기 때문에 짐승들도 그곳에는 얼씬거리지 않습니다. 그곳에서 가리족은 무엇을 먹고 살았을까요?”

얼핏 가리족이 수상하다고 눈치를 챘다 해도 거기까지 생각한 사람은 아직 없었다. 치우천은 단호하게 말을 이었다.

“그자가 식량을 구해 주며 가리족을 키운 것입니다. 번개범을 이용하기 위해서 말입니다. 번개범을 이용하여 한웅님을 해치려 한 사람도 그입니다. 그리고…… 그리고 어머니가 죽음을 당하신 것도 바로 그자 때문입니다…….”

치우천은 주먹을 불끈 쥐고 이를 악물며 비통하게 외쳤다.

“어머니는 보신 것입니다. 아무도 없어야 할 구름골 안에 번개범만 사는 것이 아니라는 것을, 죽어 없어진 것으로 알았던 사람 먹는 가리족이 산다는 것을 말입니다. 그 때문에 어머님은 추격을 당했고, 그 와중에도 어머님은 이…… 이…… 못난 자식들을 위해 아홉구비를 놓지 않으시고…… 칼과 도끼에 맞으면서…… 도망쳐 오신 것입니다. 어머니는…… 어머니는 오른손에 아홉구비를 꼭 쥐고 계셨습니다. 그 때문에 칼도 써 보시지 못하고 당할 수밖에 없었던 것입니다…….”

치우천의 눈에서 눈물이 주르륵 흘러내리는 가운데 한 사람이 버럭 소리를 쳤다.

“고시울률! 그가 틀림없어! 이럴 수가! 자기 딸을 죽이다니!”

부루벼락이었다. 부루벼락은 미친 듯이 외쳤다.

"아버지가 딸을 죽이다니! 그가 그런…… 그런 사람일 줄이야! 이 개 만도 못한 놈 같으니!"

치우천이 뜻밖의 말을 하며 막아섰다.

"벼락 형! 말을 삼가시오. 그분은 우리 외할아버지시오. 못나고 모자란 분이지만, 그럴 분은 아니오!"

"뭐…… 뭐라고?"

그 말에는 부루벼락만이 아니라 다른 사람들도 놀랐다. 고시울률이야말로 한웅의 바로 다음 권력을 지녔으며, 충분히 그런 일을 꾸미고도 남을 사람이란 것은 누구나 아는 사실이었다. 그런데 아니란 말인가? 치우천은 이를 악물고 말했다.

"나도…… 처음에는 그렇게 생각했습니다. 미칠 것만 같았죠. 허나…… 조금 더 깊이 생각해 보고 아니라는 결론을 내렸습니다."

"그…… 그럼 누구란 말인가?"

사람들은 치우천의 믿어지지 않는 말에 눈을 휘둥그레 뜨고는 귀를 기울였다. 치우천은 어느새 눈물을 거두고 무섭게 눈을 빛냈다.

"분명합니다. 그분을 좋은 사람이라고는 결코 말할 수 없습니다. 고시울률님에게 우리 형제는 말할 수 없는 구박을 받고 지냈습니다. 우리 아버지 역시 그러했지요. 그분이 우리 형제를 못 살게 굴려고 항상 생각했던 것도 사실이고, 지금도 마뜩찮아 견딜 수 없어 하는 것도 맞을 겁니다. 허나, 허나 그분은 딸을 자기 손으로 죽일 만큼 모질지도 않으며, 귀신도 모를 꾀를 낼 만큼 영리한 분도 아닙니다."

"그럼 도대체 누가? 치우가람 바람 형제 놈들이우?"

이번에는 쇠돌이가 흥분하여 외쳤다. 그러나 치우천은 고개를 가로 저었다.

"어머님이 돌아가실 때 그놈들은 너무 어린 나이였습니다. 그런 짓을 꾸밀 리 없지요."

"고시울률도 아니고, 치우가람 바람 형제도 아니라면 대체 누구란 말이우? 난 아무리 생각해도 고시울률밖에 없다고 생각하는데?"

"자자, 이야기를 마저 들어 보세."

도단이가 쇠돌이를 달래자 치우천이 말을 이었다.

"고시울률님은 아닙니다. 아직도 우리 아버님과 형제가 살아 있다는 것이 가장 좋은 증거입니다. 딸마저도 죽일 만큼 그분이 모질었다면 아버님이나 우리 형제를 죽이는 것은 문제도 되지 않았을 것입니다."

"천님의 어머님은 돌아가신 후였으니 구태여 치우우레님이나 천님비님을 해칠 이유가 없지 않았겠습니까?"

"그럴 수도 있습니다만……."

치우천은 잠시 동안 생각하다가 입을 열었다.

"어쨌든 고시울률님만으로는 충분하지 않습니다."

"왜 그렇게 생각하시는지요?"

"고시울률님은 사와라 한웅님을 굳이 해칠 이유가 없기 때문입니다."

"그건 무슨……? 한웅님을 해치고 자기가 한웅이 되려는 것이 아닌가요?"

거서기가 묻자 치우천은 고개를 저었다.

"그렇지만은 않습니다. 지금대로라면, 다음 한웅은 틀림없이 고시울률님이 되십니다. 사와라 한웅님이 돌아가신 다음, 다른 집안에 한웅 자리를 넘기느냐 그냥 고시씨가 하느냐로 사람들의 의견이 갈라져 있기는 합니다만, 어느 집안도 고시씨 집안만큼 크고 힘 있지는 못합니다. 섣불리 한웅이 되려고 나설 사람도 없구요."

"그건…… 그렇네."

부루벼락이 고개를 끄덕여 보였고 삼도 동의했다. 부루벼락은 그래도 명문에 속하는 부루씨였고 삼도 들은 것이 많은 사람이었다. 한웅은 고시씨, 치우씨, 부루씨, 신지씨의, 주신에서 가장 큰 다섯 집안 가운데 하나에서 나온다.

현재 고시씨 말고는 누구 하나 한웅으로 내세울 만한 사람이 없었다. 치우씨의 웃뜸인 치우괄괄은 병이 심해 움직이지도 못하는 산송장이라 치우가람이 대신 일을 하고 있었고, 부루씨의 웃뜸인 부루위단은 고시 울률의 충실한 부하였다.

부소씨의 웃뜸인 부소메는 사와라 한웅보다도 나이가 많아 언제 죽거나 노망이 날지 모르는 처지였고 다음 대에 변변한 인물도 없었다. 부소다솔은 정직했지만 겁도 많고 모자라는 것이 많은 인물인데, 그가 나은 편이었다.

신지씨는 운사로 있는 신지울태 말고는 일체의 활동을 하지 않고 조용히 산 지 수십 년이 되어 갔다. 신지씨도 주신의 일에 참여해야 한다는 여론 때문에 신지울태가 대표로 나서다시피 한 셈이지만, 그런 일에는 나서지 않은 것이 지금의 신지 집안의 방침이었다.

따지고 보면 설혹 사와라 한웅이 다른 집안에 한웅 자리를 넘긴다 해도 마땅한 사람이 없는 것이 실제의 형편이었다. 몇몇 사람들을 억지로나마 물망에 올릴 수는 있지만, 그렇게 되어 봤자 실제로는 고시울률이 세력을 장악할 것이 틀림없었다.

치우천이 계속 말했다.

"그럼에도 실제로 한웅님을 노리는 번개범의 습격이 있었으며, 실패하기는 했지만 요즘 한웅님은 빠르게 기력이 떨어지고 계십니다. 지난번에 만나 뵙고 난 후 저는 이상하다고 생각했습니다. 한웅님이 아무리 나이가 드셨다고 하나 병도 아닌 것 같은데 너무도 쇠약해지시는 것 같아 의심스러웠습니다. 그래서 나는 번개범을 만난 후에 무라님께 뭔가 한 가지를 알아보게 했습니다."

그 말을 듣고 무라가 깜짝 놀랐다.

"그게 이 일과 상관이 있나요?"

"그렇습니다. 미리 알려 드리지 못해 죄송합니다만."

"그게 뭐요?"

사람들이 무라에게 일제히 묻자 무라는 살짝 한숨지은 후 말문을 열었다.

"저는 누가 다친 줄 알았지요. 그게 설마 주신 한웅님인 줄은 몰랐습니다. 제가 말씀드리겠습니다. 저는 아시다시피 카린족 출신입니다. 그래서 카린 사람들과는 가까운 편이지요."

"그래서요?"

도단이가 흥미 있는 듯 묻자 무라는 말을 이었다.

"카린족에게는 여섯 명의 무녀가 있습니다. 예전에 저와 함께 열세 자매에 속해 있던 사람들입니다. 이들은 주술에도 능하지만 사람을 고치는 약이나 해치는 독에 대해서도 잘 압니다. 지금 헌원님을 돕고 있는데 저는 시기르타에게 부탁하여 그들에게 이상한 독에 대해 물었고, 그들은 그것이 차이라시라는 독이 틀림없다고 이야기해 주었습니다."

"차이라시는 어떤 독입니까? 무서운 독입니까?"

와난강이 조용히 묻자 치베도 중얼거렸다.

"무서운 독인가 보군. 단번에 사람을 죽이기도 하는……."

무라는 고개를 저었다.

"전혀 무서운 독은 아닙니다만 그래도 방심할 수 없는 독이라더군요."

"그게 무슨 소리요?"

"그 독으로 사람이 죽으려면 적어도……."

무라는 한 손을 들어 작은 복숭아 정도 크기라는 시늉을 해 보였다.

"이만큼의 양을 먹어야 죽음에 이르기 때문에 그렇게 무서운 독은 아닙니다. 오히려 독 중에서 가장 약할지도 모릅니다."

"허허, 그 정도라면 이 흙도 독이겠네. 그만큼 먹으면 죽을지도 모르니깐."

쇠돌이가 흙을 집어 올렸다가 우수수 떨어뜨리며 실소를 터뜨렸으나 무라는 조용히 말했다.

"허나 이 독은 먹고 마시는 것이라면 어느 것에 섞어도 표가 나지 않습니다. 일단 섞으면 절대 냄새나 맛도 없고 색깔도 없을뿐더러 워낙 독성이 약하기 때문에 독을 넣었는지 안 넣었는지 알아낼 방법이 없습니다. 독이 들어간 음식을 먹어도 전혀 이상하지 않으니까요. 허나 그 독은 한번 몸에 들어가면 아무리 오랜 세월이 지나도 빠져나가지 않고 쌓이기만 하면서 차차 몸을 망쳐 죽음에 이르게 됩니다."

차이라시는 일종의 만성 독약인 셈이다. 순간 거서기가 갑자기 바닥을 주먹으로 쾅 내려치며 고개를 번쩍 들었다.

"그러면 한웅님께서……?"

치우천은 재빨리 거서기의 입을 막았다.

"아직 모르는 일입니다. 무라님도 방금 말씀하셨잖습니까? 독을 섞었는지 아닌지 알아낼 방법이 없다고. 확실하지 않은 것을 함부로 말하다가는 되레 당합니다. 그러나 분명 의심스럽기는 합니다."

사람들이 한숨을 쉬고 혹은 통탄하자 치우천은 덧붙였다.

"지금 상태로는 한웅님이 위험합니다. 고시울률님이 이 모든 일의 가운데 있는지, 아니면 또 다른 사람이 있는지 알아내 뿌리를 뽑아야 합니다."

그러자 삼이 천천히 말했다.

"나는 고시울률님이 중심에 있다고 믿네. 고시울률님도 나이가 많지 않은가. 하루라도 빨리 한웅이 되고 싶어서 서두르는 것 아닐까?"

치우천은 고개를 저었다.

"차라리 그렇다면 별 문제가 아닐지도 모르죠. 그러나 이렇게 생각해 보십시오. 그게 만약 계략이라면?"

"무슨 계략 말인가?"

"고시울률님의 밑에 있지만, 고시울률님을 딛고 올라서려는 사람의 계략이라면요?"

"이해가 안 되네. 자세히 말해 주게나."

"고시울률님은 위험하게 한웅님을 해치려 할 이유가 없습니다. 그런데도 누군가는 자꾸 그런 짓을 하고 있습니다. 왜 그럴까요? 저는 이렇게 생각해 보았습니다. 사와라 한웅님이 돌아가시고 고시울률님이 다음 한웅님으로 뽑힐 때, 그자가 나타나서 사와라 한웅님의 죽음에 얽힌 비밀을 말한다면…… 과연 어떻게 될까요?

밝히기만 한다면 분명히 고시울률님은 한웅이 되실 수 없을 것입니다. 이전 한웅을 해친 죄인이 한웅이 될 수는 없을 테니까요. 그렇다면 그전까지 세력이 없거나 약한 누군가가 한웅의 자리를 노려 볼 수 있지 않겠습니까? 다섯 집안 출신이 아니어도 한웅이 될 수 있을지도 모릅니다!"

사람들은 경악하며 입을 딱 벌렸다.

"그…… 그건 정말 무서운 일이다!"

치우천은 심각한 표정으로 한마디를 보탰다.

"문제는 또 있습니다. 한웅님의 습격에 나타났던 늑대는 아무래도 헌원님의 밑에 있는 비휴를 생각나게 합니다. 비휴는 그런 적이 없다고 말했지만 적어도 주신에는 그렇게 늑대를 부리는 사람이 없습니다. 가리족은 유망의 막사에 드나들기도 했습니다. 그것은 주신에서 꾸며지는 음모가 지나족과도 어떻게든 연결이 되어 있다는 뜻입니다.

이렇게 생각해 보는 것은 어떻습니까? 고시울률님은 한웅의 자리를 얻기 위해 사울아비들의 힘을 눌러 왔습니다. 그 때문에 지나족과 어느 정도 거래를 하여 지나족이 땅을 늘리는 것을 눈감아 주는 대신 한동안 안정을 누리려 했을 것입니다. 그런데 어떤 인물이 끼어들어서, 도리어 지나족의 힘을 빌려서 한웅님을 해친 게 고시울률님이라는 증거를 손에 쥐려 한다면요? 그렇게 하여 정말 얻고자 하는 것이 단순한 귀족의 자리가 아니라, 더 큰 것이라면요?"

"그…… 그건 지나친 생각인 듯하네. 지나족이 뭐가 좋다고 그런 일까지 끼어든단 말인가?"

도단이가 놀란 듯 중얼댔지만 치우천은 단호하게 말했다.

"가능합니다. 고시울률님이 밀려나고 주신이 혼란스러워진다면 충분히! 그렇게 되면 신시 안에서 사울아비끼리의 싸움이 벌어지게 됩니다. 유망이 미아우와 마갸르를 치든, 헌원이 타타르나 몽골, 창족을 치든 주신은 개입할 수조차 없습니다. 주신 안에서 한웅 자리를 놓고 싸움이 벌어지면 쉽게 싸움이 끝나지 못합니다.

주신 안에서조차 뜻이 갈라지고 서로가 서로를 못 잡아먹어서 으르렁댄다면? 그게 오래 간다면? 안에 숨은 누가 농간을 부려 주신 안에서의 싸움이 길어지게 만든다면? 어떤 다른 부족도 주신의 힘을 믿거나 기대하지 않을 것입니다. 그렇게 되면 몇 년 안에 주신은 지나족의 손에 의해 망할지도 모릅니다!"

치우천은 괴로운 듯 말하다가 한숨을 쉬었다. 사람들도 긴장하고 놀라 몸을 가볍게 떨었으며, 주신의 사울아비들은 두 주먹을 불끈 쥐고 눈을 부릅떴다.

"그렇게 놓아둘 수는 없지! 그렇다면 그런 짓을 꾸미는 놈들은 지나족일까?"

부루벼락이 묻자 치우천은 고개를 삐딱하게 기울이며 대답했다.

"알 수 없지요."

"지나족이 아니라면 주신 놈들이 그런다는 건데, 그렇게 하면 그놈들도 망하는 것 아닌가? 그놈들이 뭘 바라고……."

"그들도 거기까지 바라는 건 아닐지도 모릅니다."

"그게 무슨 소리인가?"

"바로 그 직전까지! 즉 자신들이 힘을 얻는 순간까지만 바라는지도 모르죠. 주신이 혼란스러워지면, 주신 사람은 위기감을 가질 것입니다. 그래서 서로 싸우기보다는 힘을 몰아주어서 혼란을 없애고 단결하려고 할 겁니다. 그렇다면 죄가 많은 귀족보다는 새로 일어난 그자의 편을 들 가능성이 높지요. 거기까지만 성공한다면 그들은 무엇이든 할 수 있습니다. 무엇이든지……."

사람들은 놀라고 머리가 복잡한 듯 입까지 딱 벌렸다. 치우천은 거기에 결정적인 도장을 찍듯 눈을 빛내며 단호히 말했다.

"귀족을 없애면 다섯 가문도 쑥대밭이 됩니다. 그쯤 되면 아예 한웅 자리도 없어질지 모르지요. 다섯 가문이 번갈아 이어 온 한웅 자리에 그 그림자가 앉을 수 없을지도 모르니까요. 그러면 한웅이 아닌…… 이를테면 주신 왕이 생기는 것이지요. 주신이라는 나라를 없애고 새 나라를 세우는 것이 목적인지도 모릅니다. 그 정도 목적이 있어야 모든 일이 이해가 됩니다."

사람들은 믿기지 않는 이야기에 망연해하기도 하고, 고개를 설레설레 젓기도 했다. 엄청난 이야기였지만 믿지 않을 수도 없었고 믿기도 힘들었다.

치우천은 숨을 길게 내쉬며 말을 이었다.

"이런 걱정은 제가 처음 한 것이 아닙니다. 주신에는 아직도 주신을 깊이 걱정하시는 분들이 계십니다. 지난번 번개범을 만난 후에, 마음을 터놓고 상의한 분이 저를 깨우쳐 주셨습니다."

"그게 누구신지요?"

격식을 갖춰 도단이가 묻자 치우천이 곧 대답했다.

"아까 말한 세 분 중 두 번째 분이라 할 수 있지요. 바로 풍백 비렴님이십니다. 그분은 고시울률님과 맞서는 입장이시지만 생각이 깊은 분입니다. 고시울률님이 그럴 이유가 없다는 것을 제게 말해 주신 분이 바로 비렴님입니다. 비렴님이 고시울률님과 맞서면서도, 막상 고시울률님과 크게 싸우는 일을 피하는 것도 그런 깊은 뜻이 있기 때문입니다. 비렴님과 이야기를 나누면서 저는 그 그림자 같은 사람이 신시에 있다는 생각이 굳어져 갔습니다. 이 생각이 맞다면 신시는 아무도 모르는 검은 어둠에 덮여 있는 셈입니다.

우리가 정말 싸워야 할 적은 고시울률이나 귀족들이 아니라 바로 이 드러나지 않은 자들입니다. 어쩌면 고시울률님은 그들에게 이용당하는 존재인지도 모릅니다. 고시울률만이 아니라, 우리 모두가 이용당하고 있는지도 모르죠."

"아무리 그래도 믿기 힘들구려. 그렇게 생각하면 그럴 수도 있지만 아닐 수도 있지 않소?"

도단이가 말하자 치우천은 고개를 저었다.

"글쎄요. 내가 한 생각이지만 나도 믿기 힘들었습니다. 그러나 바로 오늘 내게 그렇다는 확신을 준 사람이 있습니다. 그분이 남긴…… 글자를 보았습니다."

"글자? 글자를 쓰다니?"

사람들은 놀라서 웅성거렸다. 치우천은 사람들이 떠드는 것을 개의
치 않고 조용히 말했다.

"남긴 글자가 많았던 것은 아닙니다. 나도 글자는 거의 모르지만, 몰
래 배운 바가 있습니다. 오늘 막사를 치는데, 제 막사 앞 나무에 글자가
새겨져 있었습니다. '맞다'라고요."

"황당하군! 누가 장난한 것인지도 모르잖습니까!"

와난강이 말하자 치우천은 고개를 저었다.

"장난으로 글자를 새길 수 있는 사람은 없습니다."

이번에는 삼이 말했다.

"그러나 자네도 뭐가 맞는지 분간 못했다면서? 어떻게 '맞다'라는
말 한마디로 그렇게 단정 짓는가?"

"그때 제가 생각하던 것이 맞다는 뜻일 겁니다. 그래서 알 수 있었습
니다. 믿어지지 않겠지만, 저는 그런 식으로 여러 번 가르침을 받은 적
이 있으며 한 번도 틀린 적이 없습니다."

사람들은 웅성거렸다.

"그렇다면 그 사람은 자네가 언제, 어디서 무슨 생각을 하는지 다 안
단 말인가?"

"그게 대체 누군가?"

"이건…… 말도 안 되는군!"

"그가 바로 제가 말씀드린 세 번째 사람입니다."

"그게 누구요?"

사람들이 궁금해하자 치우천은 이윽고 말했다.

"바로…… 맥달님입니다."

"맥달님? 그분이 어떻게 여기 글자를……?"

"그분은 모든 것을 아시니까요. 그래서 저는 분명 그런 사람이 신시

에 있다는 것을 확신하게 된 것입니다."

"하지만 돌아가신 분이 그걸 어떻게 알고……!"

부루벼락의 말에 치우천은 무섭게 눈을 빛냈다.

"다들 그분이 돌아가셨다고 알고 있습니다. 저도 그렇게 믿었고요. 그러나…… 차차 마음을 가라앉히고 보니 그럴 것 같지 않았습니다. 맥달님은 앞날을 내다보는 분입니다. 저는 전에 신시에서 맥달님과 직접 이야기를 나눌 기회가 있었습니다. 그분은 분명 자신의 죽음도 잘 알고 있다고 말했습니다. 그래서 나는 점차 마음을 가라앉히면서 그분은 죽지 않았을 거라 믿었습니다. 죽은 척하고 어딘가 숨어 계실 것입니다."

그 말에 도단이가 어리둥절한 표정으로 고개를 갸웃거렸다.

"그분은 돌아가셨는데?"

"그럴 리 없다네. 자네도 알고 있지 않았는가? 질쾌도 그렇고."

"뭘 말인가?"

"맥달님이 돌아가셨다고 질쾌가 말했다던데. 거짓말 아니었는가? 이제 그분은 위험하지 않을 거야. 나에게 숨길 것 없다네. 이제 이야기해도 될 걸세."

그러자 도단이의 얼굴이 창백해졌다.

"그분은…… 돌아가셨네. 정말 돌아가셨어."

치우천의 얼굴이 일그러졌다.

"그게…… 무슨 말인가?"

갑자기 치우천이 무시무시한 눈빛으로 도단이를 쳐다보자 도단이는 놀란 듯 어깨를 흠칫거렸다.

"천, 자네가 나를 보고 있는가? 보이지는 않지만 무섭다네."

"설마…… 설마 도단이, 자네였는가?"

치우천이 묻자 도단이는 얼굴이 창백해지더니 고개를 끄덕였다.

"그렇네. 내가 그분을 찔렀네. 자네 계획대로 치우가람 녀석에게 믿음을 주기 위해 그분을 찔렀다네. 놈들은 애당초 나를 믿지 않으려 했네. 안 그랬으면 그놈들은 나나 질쾌를 절대 믿지 않았을 거야."

"허나…… 자네와 질쾌가…… 그분을 숨겨 준 것이 아니었는가?"

그러자 도단이는 한숨을 쉬며 말했다.

"나도 그러려 했네. 허나…… 그분이 말씀하셨네. 소리 없이 그분 뒤로 숨어 들어온 우리에게 뒤도 돌아보지 않고 이렇게 말씀하셨네. '망설이지 마십시오. 죽은 척하는 것으로는 그들을 속일 수 없습니다. 천님을 잘 도와주시기 바랍니다'라고 말이네. 그래서 나는…… 죄송하다고 말하고 힘껏 칼을 찔렀고…… 그분은 태연히 받아들이셨네."

그 말을 듣는 순간 치우천은 망치로 머리를 얻어맞은 듯한 충격을 받았다. 여태껏 혹시나 혹시나 해 왔던 일이었지만 도단이의 말을 듣고 나자 일말의 기대마저도 허물어져 버린 것이다.

'맥달! 맥달! 그러면 정말 죽은 것이오? 당신은 역시 알고서…… 알고서 받아들인 거란 말이오?'

그러나 도단이는 거기서 그치지 않고 마저 말했다.

"나는…… 나는 지금도 겁이 나네. 그…… 눈부신 흰옷을 입으신…… 그분의 몸에서 뿜어져 나오던…… 피를 잊을 수 없다네. 그…… 그분은 쓰러지시며 말씀하셨네. 태워 달라고 말이네. 그게 그분의 마지막 말씀이셨네. 질쾌가 숨을 거두신 것을 확인했고, 우리는 불을 질렀다네. 나도 슬펐고, 눈물을 흘렸네. 그분의 집에 들어가기 직전까지 나는 질쾌와 함께 그분을 빼낼 작정이었네. 그러나 그분은 모든 것을 알고 계셨어. 내가…… 내가 대체 어찌할 수 있었겠는가? 내 평생…… 가장 힘든 일이었네."

희게 뒤집어진 도단이의 눈에서 눈물이 솟구쳐 나왔다. 그러나 치우천은 버럭 고함을 질렀다.

"왜……? 왜 그랬는가?"

도단이는 슬픔에 겨운 어조로 조용히 되받았다.

"왜라니? 나는…… 나는 그놈들의 믿음을 얻어야 했네. 그게 자네의 작전이 아니었나? 무슨 수를 써서라도 성공해야 하지 않았는가? 그래서 우리는 다투는 척했고……. 비록 맥달님이 귀한 분이나 이 전쟁만큼 중요한 분은 아니었잖은가? 더구나 그분이 원하신 일이네. 자네를 위해 알고 하신 일이 분명하단 말이네……."

치우천은 도단이의 말에 울음을 터뜨렸다. 많은 대장들이 모여 있는 곳에서 치우천이 이렇게 울음을 터뜨릴 줄 몰랐기에 모두 놀라고 당황했다. 도단이도 당황한 듯 하얗게 질린 얼굴에 입술을 깨물며 말했다.

"책임을 피할 생각은 없었네. 신시의 일이 처리되면, 신시 사람들에게 내 죄를 밝히고 목숨을 끊을 생각이었다네. 질쾌도 마찬가지일 걸세. 자네에게 말하지 않은 것은…… 정말…… 그럴 필요가 없다고 여겼기 때문이네. 자네와 맥달님이 가까웠나? 자네가 사막에 버려지던 때 이야기 나눈 것 말고는 자네는 맥달님을 만난 적이 없다고 알고 있었네. 자네…… 왜 그리 통탄해하는가? 혹시 맥달님과 가까웠던 것인가? 아…… 나는…… 나는 정말 몰랐네. 정말……."

순간 도단이는 혀를 깨물려고 했으나 옆에 있던 삼이 재빨리 도단이의 턱을 붙잡았다.

"죽을 셈인가? 이게 뭔가?"

거서기와 부루벼락도 놀라 소리치자 사람들도 저마다 웅성거리지 시작했다. 그런데도 치우천은 울기만 할 뿐 고개를 들지 않았다. 그것을 본 야율쿠리가 땅을 내려치면서 버럭 고함을 질렀다.

"이게 뭐야! 모두 조용히 해!"

야율쿠리는 무서운 기세로 치우천에게 소리를 질렀다.

"치우천! 너 왜 그래? 이 무슨 못난 꼴이냐! 네가 이 정도밖에 안 되는 놈이었나? 그 여자가 뭐길래? 빠져 있기라도 했느냐?"

치우천은 비통함을 참지 못하고 버럭 소리쳤다.

"헛소리 마라! 너는 몰라!"

야율쿠리는 무시무시한 기세로 되받아 외쳤다.

"치우천! 네 말대로 난 모르겠다. 나만 아니라 여기 누구도 모를 것이다. 그러나 대장들이 모인 자리다! 보일 행동이 있고 안 보일 행동이 있다! 나는 우리 울크리족을 위해 형들을 내 손으로 쳐 죽였다! 아무리 못된 형들이고 나를 괴롭힌 형들이었다지만 어릴 때는 사이좋은 형들이었다! 형들이 어머니와 아버지를 죽이고 나는 그 형들을 죽였다! 하지만…… 하지만 나는 참았다. 지금껏 눈물 한 방울 흘린 적 없다! 치우천! 그 여자가 대체 뭐냐! 네 애인이냐? 스승이냐? 너는 나보다 못난 놈이었느냐?"

사람들이 야율쿠리를 말리려 했지만 야율쿠리는 거칠게 그들을 뿌리치며 외쳤다.

"나보다 못난 놈이라면, 나는 너를 따르지 않겠다!"

야율쿠리가 치우천을 후려갈기려는데 쇠돌이가 야율쿠리의 허리를 감싸 안고 매달려 간신히 제지했다. 분위기가 엉망진창이 되어 가자 사람들도 흥분했다. 그때 초초문이 사방으로 눈을 흘기며 오싹한 목소리로 끼어들었다.

"젠장! 다들 움직이지 마! 움직이면 독을 푼다!"

그러자 와난수가 조용히 일어나 말했다.

"마갸르의 와난수가 감히 한 말씀 드리겠소. 우리, 마음을 가라앉힙시다. 남의 사정을 안다고 할 수 없는 거요. 치우천님께도 그만한 까닭이 있겠고, 나는 남이고, 여러분도 남이니, 자리를 잠시 비우는 것이 좋겠소."

그때 치우천이 갑자기 손을 들었다. 사람들은 치우천이 손을 들자 인상을 굳히며 자리에 앉았다. 치우천은 이를 악물고 고개를 들어 옷소매로 얼굴을 닦았다.

"못난 모습 보여서 죄송합니다. 계속하겠습니다. 도단이, 자네 탓을 하는 게 아니니 자네도 침착해 주게. 나도 그러겠네."

치우천은 간신히 힘을 내어 얼굴을 굳히고는 신시를 공략할 전략에 대해 사람들과 마저 이야기를 나누었다. 치우천은 이때만큼 힘들고 몸이 마음대로 움직여지지 않은 적이 없었다.

스스로 생각해도 터질 듯한 이 슬픔이 어디서 비롯되었는지 알 수 없었다. 인연이 깊고 서로를 잘 이해하기는 했지만, 고작해야 서너 번 만나 몇 마디밖에 나누지 않은 사이였다. 그런데 왜 이리 괴로운지 치우천으로서도 알 수 없었다.

간신히 회의를 마치자 사람들은 곧바로 일어나 돌아가 버리고 말았다. 도단이도 일어나 나갔고 그의 옆에는 삼이 따랐다. 사람들이 나가자마자 치우천은 그 자리에 허물어지듯 쓰러져서 목을 놓아 하염없이 통곡했다.

만남과 헤어짐

대선인 발귀리가 우린 구슬을 만든 것처럼,
푸린 구슬은 후대의 선인 오로파라에 의해 만들어졌다.
오로파라의 힘은 발귀리보다 약했기에 오로파라는
발귀리가 남긴 고대의 유물 중 하나를 바탕으로 푸린 구슬을 만들었다.
이는 오로파라의 소통의 힘을 뒷받침해 주기 위해서였으나
오로파라의 힘이 대도에 미칠 정도가 아니었기에
그녀의 피를 이은 자만 사용할 수 있다는 흠이 있었고,
의도하지 않게 발귀리가 지니고 있던 다른 금단의 힘을 지니게 되었다.

"무슨 소리요? 아까 당신은 진몽희님이 아니라고 하잖았소? 진몽희님은 죽었다고 했으면서 왜 지금 당신이 진몽희님이라고……."

치우비는 잠시 말을 멈추고 눈을 감더니 이해가 되지 않는다는 듯 얼굴을 문질렀다.

"난…… 도대체 뭐가 뭔지 모르겠소."

"제가 설명해 드리지요. 아까 저는 진몽희가 아니었습니다. 다들 그렇게 알고 있었죠. 그래서 당신은 시험을 풀지 못했다고 생각했습니다. 헌데…… 지금에야 알게 된 사실이지만…… 제 언니였던 진몽희는 이미 죽어 있었습니다. 그러니 저는 그때 진몽희였고, 치우비님은 시험을 푸신 겁니다."

진몽희가 된 여자는 눈물을 흘렸다. 방금 전의 사납고 암팡지던 태도는 오간 데 없고 완전히 부드럽고 여자다운 태도로 바뀌어 있었다.

"언니는…… 언니는 아무도 볼 수 없는 강 밑 동굴 속에 있었지만 모든 것을 알고 있었나 봐요. 이대로는 안 된다는 것을 알고…… 언니는

스스로 목숨을 끊은 겁니다."

치우비는 비로소 상황을 이해할 수 있었다. 그리고 문득 그 여자가 가여워졌다.

"왜…… 귀한 목숨을……."

진몽희는 여전히 눈물을 흘리면서 차분하고도 정중하게 말했다.

"그러지 않으면 하백족은 머지않아 지나족에게 짓밟혔을 겁니다. 주신에게도 죄를 지었을 거구요. 부족을 위해서는 그 길밖에 없었을지도 모릅니다. 언니가…… 불쌍합니다."

치우비는 얼굴도 본 적이 없는 여인이 가엾어서 눈시울을 붉혔으나 눈물을 보일까 봐 애써 참았다.

"그러면 당신도 그 강 밑 동굴에 갇혀야 하는 거요?"

"그렇지 않습니다. 진오님이 내신 시험은 풀렸으니 되풀이할 필요가 없겠지요."

"이제는 당신이 진몽희가 되었다고요?"

"그러합니다."

"그러면 상망님과 공손발님도 풀어 줄 수 있겠습니까?"

"물론 풀어 드릴 수 있습니다. 지나족과 원수가 되고 싶지는 않으니까요."

치우비는 진몽희가 두 사람을 풀어 준다고 하자 반가운 마음에 다른 일은 더 이상 생각조차 나지 않았다.

"그러면 어서 풀어 주시오."

그때 할머니가 정교하게 조각된 나무 상자를 들고 와서 공손하게 진몽희에게 바쳤다. 진몽희도 정성스레 그것을 받아들고는 치우비에게 내밀었다.

"받으소서."

"이게 뭡니까?"

"하백족의 보물인 푸른 구슬입니다."

"아……."

상자를 내미는 진몽희의 얼굴은 붉게 상기되어 있었다. 그러나 치우비는 별생각 없이 그것을 받았다.

"상망님과 공손발님이나 풀어 주시구려. 그들을 만나면 안 되겠소?"

"원하시는 대로 하소서."

진몽희는 치우비와 함께 밖으로 나왔다. 그러자 어느새 하백족이 수십 명의 지나족을 집에서 데리고 나오는 모습이 보였다. 그리고 마지막으로 상망과 공손발이 저만치에서 나왔다. 공손발은 나오면서 머리에 장식을 꽂으며 투덜거렸다.

"뭐야! 이제 겁난다 이거야? 그런다고 내가 너희를 용서할 줄……."

"발!"

치우비는 너무도 반가워 공손발의 이름을 크게 외치며 달려갔다. 순간 공손발의 커다란 두 눈이 더욱 커졌고 마치 눈앞에 뿌옇게 안개가 낀 것처럼 아스라하게 변했다. 공손발의 손에서 장식이 툭 하고 떨어졌다. 상망도 놀라서 눈이 휘둥그레졌다. 치우비는 정신없이 달려 공손발 앞으로 가려 했으나 상망이 재빨리 앞을 막아서며 외쳤다.

"안 돼!"

상망이 막건 말건 곧장 공손발 앞으로 달려가려는 치우비를 상망은 교묘하게 그 앞을 가로막으며 팔을 잡고 매달렸다.

"뭐 하는 거냐! 네가 여기 왜 있는 거야?"

치우비는 상망의 말은 귀에 들리지 않았다. 치우비의 눈에는 공손발 말고는 아무도 보이지 않았다.

"발! 내가 왔다! 아무 염려 마! 발!"

치우비는 매달리는 상망을 질질 끌며 공손발 앞까지 다가갔다. 공손발은 정신이 나간 듯, 치우비가 바로 앞까지 왔는데도 한참 동안 멍하니 서 있다가 돌연 눈물을 한 방울 흘렸다.

"비……? 정말…… 정말…… 너야?"

치우비는 참지 못하고 공손발의 손을 덥석 잡았다.

"그래! 나야. 내가 왔어. 정말…… 정말 반갑다. 더…… 더…… 예뻐졌구나, 발!"

발은 뿌옇게 안개 낀 것 같은 눈으로 멍하니 물었다.

"나를…… 구하러 온 거야?"

"그래. 이젠 걱정 안 해도 돼!"

"난…… 나는 네게 못할 짓을…….'"

온몸이 부들부들 떨려 차마 말을 잇지 못하는 발을 치우비는 와락 끌어안고 엉엉 울기 시작했다.

"보고 싶었다! 죽고 싶을 정도로 보고 싶었어!"

상망이 뭐라고 계속 소리를 쳤지만 이 순간 치우비와 공손발의 귀에는 아무 소리도 들리지 않았다. 돌연 발도 흐느끼며 치우비의 품속으로 파고들었다.

"이…… 멍청이! 왜 여기까지 왔어! 왜!"

결국 공손발을 커다랗게 으앙, 울음을 터뜨렸다. 치우비도 울음을 그치지 않고 어깨를 들먹였다.

"같이 가자, 발? 응? 나랑 같이 가자!"

"난…… 난 그럴 수 없어. 그럴 수…….'"

공손발이 흐느끼며 간신히 말하자 치우비는 정신을 가다듬고 공손발을 다독였다.

"발아, 발아. 염려하지 마. 나는 주신의 웃뜸사울아비가 될 거야. 공상을 무너뜨렸다구. 정식으로 너를 맞아들일 거야. 헌원님도 반대하시지 못할 거야."

"하…… 하지만 나는…… 너를 찔렀잖아. 치우천님은 나를 용서하지 않을……."

"아냐! 아냐! 형님은 그렇지 않아. 나를 여기로 보내 준 사람이 형님이란 말야. 발, 걱정할 것 없어. 정말로 걱정할 것 없어!"

"그게…… 정말이야? 난…… 나는……."

발은 감격에 겨워 말을 잇지 못했다. 그때 돌연 치우비는 뒷덜미에 서늘한 기운을 느꼈다. 반사적으로 치우비가 몸을 돌려 보니 수십 명의 하백족이 자신에게 창을 겨누고 있지 않은가? 그 앞에는 할머니와 네 명의 원로가 얼굴빛이 허옇게 변해서 씨근거리고 있었다. 그리고 그 옆에서 진몽희가 눈물을 흘리고 있었다.

"치우비님! 무엇하는 게요! 이게 무슨 짓이오!"

할머니가 화가 났는지 큰 소리로 외쳤다. 치우비는 하백족이 왜 이러는지 영문을 알 수 없었다.

"대체 갑자기 왜들 이러십니까? 나는……."

얼빠진 듯한 치우비의 말이 채 끝나기도 전에 할머니가 발까지 구르며 소리쳤다.

"부끄러운 줄도 모르오?"

"도대체 무엇이 부끄럽다는 겁니까?"

상망이 조그맣게 속삭였다.

"자네, 혹시 하백족의 시험을 통과한 겐가?"

"그렇습니다."

"혹시 저들이 주는 푸른 구슬을 받았는가?"

"그렇습니다."

상망은 한숨을 내쉬었다.

"자네는 정말 머리가 안 돌아가나? 그렇다면 그게 무슨 의미인지 잊어버렸단 말인가? 여기서 대놓고 이러면 저들이 화내는 게 당연하잖나!"

치우비는 아차 싶어서 울상을 지었다.

'가만……. 하백족은 영웅을 진몽희님의 짝으로 맞이하기에 앞서 이 시험을 치르도록 하고 푸른 구슬을 준다고 했다. 그렇다면 진몽희님을 나와…… 맺어 주려고 할 텐데…… 그 앞에서 발과 껴안아 버리기까지 했으니…….'

생각이 그에 미치자, 하백족이 왜 갑자기 신경을 곤두세우는지 이해가 되었다. 하지만 발을 보는 순간 너무 기쁘고 정신이 없어서 방금 들었던 사실마저도 까맣게 잊어버리고 있었던 것이다. 특히 선두에 선 할머니의 분노가 대단한 것 같아 치우비는 변명하듯 말했다.

"저…… 저는 발을 좋아한다고 말했잖습니까?"

할머니는 지팡이를 땅에 쾅 찧으며 외쳤다.

"자네는 푸른 구슬을 받았네! 그렇다면 진몽희님과 혼인을 해야지!"

"아이구…… 그건 제가 얼결에 받은 겁니다. 정 그러시다면 받지 않고……."

상망이 끼어들어 다급하게 소리쳤다.

"발 아가씨는 그걸 가져가야만 하네!"

동시에 진몽희도 외쳤다.

"그러면 일이 틀어져요! 당신이 그렇게 나온다면 우리 언니는 왜 죽은 거죠?"

하백족의 할머니도 소리쳤다.

"엎질러진 물이야! 자네는 진몽희님과 혼인을 해야 해! 안 그러면 죽는다!"

그 말을 듣자 발은 왈칵 성질이 나서 앙칼지게 소리쳤다.

"비! 그러면…… 그러면 우릴 풀어 주려고 저 고양이 같은 년이랑 혼인한다고 했단 말야? 이 멍청잇!"

순간, 고분고분했던 진몽희가 암코양이처럼 눈을 빛내며 받아쳤다.

"누굴 보고 멍청이라고 하는 거야! 지나족 계집!"

그 눈빛을 본 발 역시 지지 않고 외쳤다.

"이 고양이 같은 계집이! 멍청이! 얼른 그거 돌려줘! 난 안 가도 돼! 잡혀 있어도 된단 말야!"

"누구 마음대로!"

"망할 놈의 하백족! 우리 아버지가 싹 쓸어버릴 거다!"

삽시간에 일이 꼬이자 치우비는 혼란스러워서 넋이 나갈 지경이었다. 진몽희와 할머니, 하백족의 원로들이 소리를 지르자 하백족 전사들이 창을 앞세우고 다가오기 시작했다. 저만치에 있던 리미와 개르, 마냥, 유쌍도 무기를 뽑아 들었으며, 막 풀려난 지나족의 전사들도 여차하면 맨손으로 달려들 기세였다.

이렇게 나가다가는 큰일이 벌어질 것 같아 치우비는 있는 힘을 다해 소리쳤다.

"그만두시오!"

치우비가 힘을 모아 소리를 지르자 사방이 쩌르렁 울렸다. 하백족도 놀라서 자기도 모르게 우르르 뒤로 물러섰고 몇 명은 엉덩방아를 찧기까지 했다. 치우비는 틈을 주지 않고 외쳤다.

"하백족과는 다투고 싶지 않소! 그러나 상망님과 발님을 잡혀 있게 둘 수도 없소! 하백족은 나와 싸우려는 것이오?"

이글이글 불타오르는 치우비의 눈을 똑바로 쳐다보기도 두려울 지경이었고, 몸에서 풍겨지는 엄청난 기세 때문에 하백족은 숨이 막힐 지경이었다. 보통의 하백족은 물론이고, 하백족의 원로들의 생각도 똑같았다.

'아까까지는 덩치만 크고 멍해 보이기만 했는데…… 화를 내니 아무도 상대할 수 없겠구나!'

'하늘이 낸 용사가 틀림없다. 그냥 보낼 수 없다! 하백족이 저 사람을 놓치면, 다시는 저만한 영웅을 만날 수 없을지도 모른다! 어떤 대가를 치르더라도 잡아 두어야 한다!'

할머니는 생각을 정리하고 마음을 독하게 다잡은 뒤 커다랗게 외쳤다.

"치우비님을 다치게 하고 싶지는 않소만 이미 예언은 이루어진 것이니 진몽희님과 혼인하지 않고서는 절대 가실 수 없소! 가려거든 우리 부족을 몽땅 죽이고 가시오!"

치우비는 하백족에게서 도망치기 어렵겠다 생각했지만 조금도 두려워하지 않았다.

"정말 이럴 거요?"

치우비가 다시 소리치자 이번에는 진몽희가 치우비에게 간곡하게 하소연을 했다.

"우리 하백족은 무엇이든 해 드릴 수 있는데……. 제…… 제가 그리도 마음에 안 드십니까?"

진몽희가 애처롭게 이야기하자 치우비의 마음이 흔들렸다.

"아니…… 그런 건 아니지만……."

발이 치우비의 팔을 매섭게 꼬집으며 쏘아붙였다.

"뭐?"

치우비는 몹시 당황해서, 무섭던 기세마저 순식간에 흩어져 버렸다. 진몽희는 눈물을 뚝뚝 흘리면서 앞으로 나아갔다.

"치우비님이 그러시면 우리 부족은 어찌하라는 것입니까? 진오님의 예언을 지키지 못한다면 우리 부족 사람들은 죽은 것이나 마찬가지입니다. 그것을 위해 죽은 저희 언니는 어찌합니까? 저는 또 어찌합니까?"

"너는 왜 끼어드는 거야! 뭘 어쩌라는 거야!"

발이 화를 내며 소리치자 치우비는 더 이상 안 되겠다 싶어서 황급히 말했다.

"하백족 여러분, 저는 애당초 발과 상망님을 구하러 온 것입니다. 진몽희님이 예쁘시기는 하지만…… 흠, 아니 뭐, 솔직히 그렇잖아, 발아. 그렇지만 저는 그런 일에 대해선 전혀 알지도 못했습니다. 저는 여기서 싸우다 죽는 한이 있어도 발을 배신할 수는 없습니다. 저에게는 발뿐입니다. 싸우기도 싫습니다."

"엎질러진 물이오!"

할머니가 뻣뻣하게 나오자 치우비는 입술을 깨물고 발에게 살짝 속삭였다.

"발, 미안해. 하백족이 너무 많아서 너를 데리고는 못 갈 것 같아. 그러니 너, 어서 가."

그러더니 치우비는 큰 소리로 외쳤다.

"정 그러시다면 푸린 구슬을 돌려드리고 제가 대신 남을 테니 발과 상망님을 보내 주십시오. 시험을 못 통과한 것으로 치면 되잖습니까? 제가 남는다면 상망님은 시험에 대해 말하지 않을 것입니다."

그러자 발이 울면서 치우비에게 매달렸다.

"안 돼! 비! 그러면 저 고양이가 무슨 수작을 부릴지도 모르잖아!"

치우비는 발을 보고 싱긋 웃으며 말했다.

"나를 믿어, 발. 너를 배신하느니 차라리 내 손으로 목을 찔러 죽어 버릴 거야."

발은 깜짝 놀라 외쳤다.

"죽는단 소리 하지 마! 네가 죽으면…… 아니, 너 따위는 죽어도 되지만…… 아니, 아니. 정말 그런 건 아니야. 알지? 응? 너는 날 데려가야 하잖아! 응? 약속했잖아! 웃뜸사울아비가 된다면서? 응?"

"난 괜찮아."

치우비는 발에게 눈을 찡긋해 보였다. 그러자 발은 울상이 되어 억지로 인상을 써 보이며 으름장을 놓았다.

"이 멍청이! 너 따위 도움은 필요 없어! 너나 어서 가 버려! 저들은 날 못 건드릴 거야! 그러니 네가 가라구!"

"못 봐 주겠군!"

할머니가 호통을 치자 발과 치우비는 흠칫하며 입을 다물었다.

"치우비님은 절대 갈 수 없소!"

선포하듯이 지팡이를 쿵쿵 내려 찧는 할머니와 진몽희를 번갈아 쳐다보며 발은 울먹울먹한 표정으로 외쳤다.

"진몽희, 너도 비가 좋은 거야? 넌 비를 본 지 하루밖에 안 되었잖아! 이 멍청이가 뭐가 좋다구 그래!"

진몽희는 고개를 살짝 돌린 채 대답하지 않았다. 발은 진몽희가 치우비에게 깊은 호감을 가지고 있다는 것을 본능적으로 느꼈다. 발은 약이 올라 발을 동동 구르다가 꽥 소리를 질렀다.

"좋아! 좋다구! 내가 양보한다구. 진몽희, 너도 이 멍청이에게 시집오면 되잖아! 대신 내가 언니야! 알아?"

발의 성격으로 볼 때 대단히 충격적인 말이었지만 이 말에 가장 놀란 것은 치우비였다.

"발! 나는 그렇게 하지 않을 거야! 절대!"

"잘난 척하지 마! 네가 입 발린 소리 한다고 누가 좋대? 사내 놈들은 여자를 줄줄이 거느리는 거 좋아하잖아!"

"나는 아냐!"

"주신 남자들도 다 그렇던데, 뭘 그래?"

"발, 주신에도 그런 사람들이 있지만 우리 치우 집안 남자들은 안 그
래. 아버님도 어머님 한 분밖에 없으셨고 형님도 그래. 나도 발 너 하나
뿐이야. 너와 안 맺어지면 나는 혼자 살 거야!"

참으로 묘하고 위험한 상황 속에서 치우비와 발은 험하게 입씨름을
벌이긴 했어도 마치 둘의 마음을 확인하는 것 같아 더없이 흐뭇했다. 그
러나 두 사람을 지켜보고 있던 하백족 사람들은 울화통을 터뜨렸다. 보
다 못해 원로 중 한 명이 소리쳤다.

"우리 부족은 지나 화산족에 비하면 훨씬 적소! 그러나 발님은 부족
장 현원님의 따님일 뿐이고 진몽희님은 하백족의 족장이오! 어떻게 작
은마누라로 갈 수 있단 말이오! 우리 부족을 이렇게 모욕해도 되는 거
요?"

한동안 잠자코 있으면서 생각을 정리한 상망이 점잖게 입을 열었다.

"하백족 진몽희님께 지나 화산족 상망이 말씀드리오. 치우비님과 발
님의 마음이 저토록 굳으니, 당신들이 무슨 소리를 해도 저분들의 마음
을 바꿀 수는 없을 것이오. 치우비님과 발님은 몇 년 전에 만나 갖은 고
초를 겪으면서도 서로만을 생각한 한 쌍이라오. 주신족이나 화산족 중
에는 그것을 모르는 사람이 드물 지경이오. 아무리 하백족 진오 선인님
의 예언이 있었다 해도 갑자기 두 사람 사이에 끼어들기는 어려우리라
생각됩니다."

"그러나 우리 하백족의 시험은 이미 치러졌소!"

할머니가 소리치자 상망은 차분히 되받았다.

"잘 생각해 보십시오. 비록 실패했지만, 만약 내가 시험에 성공하면

어떻게 하려 했습니까? 나 같은 늙은이더러 진몽희님과 혼인을 올려야 한다고 했겠습니까? 모르긴 몰라도 아마 푸린 구슬만 주고 진몽희님과 혼인을 올릴 영웅은 계속 찾지 않았을까요? 푸린 구슬은 그런 경우에 쓰려고 있는 것 아니었습니까?"

상망의 날카로운 지적에 하백족은 입을 다물었다. 상망은 하백족 할머니가 입을 열지 못하도록 조목조목 짚어 갔다.

"푸린 구슬이 진오님의 예언의 징표라고는 하나, 그것을 만든 분은 진오님이 아니고 오로파라님입니다. 애당초 모든 일은 푸린 구슬 때문에 빚어진 일입니다. 우리가 원하는 대로 푸린 구슬을 진작에 바꾸어 주었다면 이런 일은 생기지도 않았을 것입니다. 잘 생각하십시오. 지금 욕심을 부려 억지로 잡아 둔다 해도 치우비님은 뜻을 굽힐 분이 아닙니다. 치우비님도 영웅이지만 형 치우천님은 이제 주신은 물론 마갸르, 미아우, 키탄, 타타르, 몽골족까지 떠받드는 대영웅입니다. 그런 분이 아우가 잡혀 있는 것을 그냥 보고 있을까요?"

할머니가 파르르 떨며 외쳤다.

"협박하는 것이냐!"

상망은 여유 있게 웃으며 고개를 저었다.

"하백족이 저나 발님을 해치지 못한 것은 첫째, 우리가 죄가 없기 때문이고, 둘째 헌원님의 힘을 무서워하기 때문이란 걸 압니다. 그러나 치우비님과 친한 부족들이 화산족보다 훨씬 가까이 있다는 걸 아셔야 합니다."

진몽희가 하얗게 질린 얼굴로 입술을 깨물며 말했다.

"좋습니다. 돌아가십시오. 우리 부족이 힘이 없으니 할 수 없군요. 대신 푸린 구슬은 돌려주고 저에 대해 아무 말도 하지 않겠다고 맹세하십시오."

치우비는 잘되었다 싶어서 얼른 그러겠다고 말하려 했지만 상망이 손사래를 치며 나섰다.

"왜 그리 푸른 구슬을 아끼시오? 그것만 없다면 지나족의 누구도 하백족을 건드리지 않을 겁니다. 푸른 구슬은 단순한 보물이 아닙니다. 하백족에게는 소용이 없지만, 공손발님에게는 목숨이 달린 문제란 말입니다!"

치우비는 깜짝 놀랐다.

"뭐요? 목숨이 달렸다고요? 그게 정말인가요?"

발은 훌쩍이며 아무런 대답을 하지 않았고, 상망이 한숨을 쉬며 고개를 끄덕였다.

"그렇다네. 푸른 구슬을 가진 사람은 언제든 발님의 목숨을 빼앗을 수 있다네. 그런 위험한 물건이라 다른 부족의 손에 있는 것을 그냥 놔 둘 수가 없는 것일세."

그러자 하백족의 할머니가 네 명의 원로가 동시에 외쳤다.

"어떻게 그럴 수가 있느냐? 저 지나족 아이가 오로파라님의 기운을 가지고 태어난 아이란 거냐?"

"발님은 헌원님과 누조님 사이에서 나신 따님이시오. 누조님은 타타츄이트님의 먼 제자이시며, 아시다시피 타타츄이트님은 오로파라님의 둘째 따님이셨소이다. 오로파라님의 기운이 발님에게 이어지지 못할 리 없지 않소? 하백족이 구슬을 소중히 감추어 두고 있었던 것은 고맙소만, 발님의 몸을 지키기 위해서는 우리가 그것을 얻어야 한단 말이오!"

상망의 말을 듣고 하백족이 웅성거리기 시작했다. 이번에는 치우비가 큰 소리로 외쳤다.

"하백족에게 묻겠습니다. 이 구슬이 정말 공손발님의 목숨을 빼앗는 힘이 있습니까? 솔직히 말해 주십시오!"

진몽희가 차분한 목소리로 대답했다.

"구슬은 오로파라 선인이 만드신 것, 오로파라님의 기운을 간직한 사람에게만이 소용이 있습니다. 발님에게 그 기운이 전해졌다면…… 그럴 수 있습니다."

그 말을 듣는 치우비는 품에 넣었던 푸린 구슬을 꺼내 물끄러미 바라보다가 발에게 선뜻 내밀었다.

"이것이 하백족의 보물이라고는 하지만 아무도 발을 위태롭게 할 수 없소! 누구라도 자기 목숨을 남에게 맡기고 싶지는 않을 것이오! 나는 더 이상 이 일로 시간을 끌지 않겠소! 허나 하백족에게는 빚을 졌으니 나중에 하백족이 무슨 부탁을 하더라도 나는 거절하지 않겠소! 안파견 한님의 이름을 걸고 맹세하리다!"

치우비가 단호하게 잘라 말하자 하백족은 또다시 웅성거렸다. 상망도 다짐하듯 외쳤다.

"푸린 구슬을 주신다면 헌원님은 은혜를 잊지 않으실 것이오. 우리 지나족도 하백족의 일이라면 힘을 아끼지 않을 것입니다. 여러분은 가장 큰 두 부족을 원수로 삼느냐, 벗으로 삼느냐의 기로에 서 있소. 결코 푸린 구슬이 아깝다고 생각할 때가 아닙니다!"

원로들과 할머니, 진몽희는 상의를 했다. 발은 걱정이 되는지 치우비의 팔을 잡으며 살짝 기대자 치우비는 안심시키려는 듯 어깨를 토닥거렸다.

"발, 아무 염려 마라. 꼭 돌려보내 줄게."

마침내 할머니가 나서서 한숨을 쉬며 말했다.

"할 수 없군, 할 수 없어. 하늘이 하백족을 버리시는구먼. 푸린 구슬은 하백족이 보관하기는 했으나 오로파라님의 기운이 이어지지도 않았고 힘을 끌어 낼 재주도 없으니 우리가 주인 노릇을 할 수 없겠군. 돌아가시게."

그 말이 떨어지자 리미, 개르와 마냥이 안도의 한숨을 내쉬었으며, 잡혀 있던 지나족은 환호성을 질렀다. 일이 잘 풀리게 되자 치우비도 웃으며 고개를 숙여 고마움을 표했다.

"정말 감사합니다. 이제 하백족은 제 벗입니다. 이 은혜는 결코 잊지 않겠습니다."

하백족 역시 싸움을 바라지 않았는지 평화롭게 일이 끝나자 기뻐하는 표정이 역력했다. 할머니는 잔치를 베푼다고 했지만 상망과 치우비는 그럴 것까지는 없다고 정중히 사양했다.

치우비와 발, 상망은 서둘러서 하백족의 마을을 나섰다. 치우비는 마음이 느긋해진 터에 왜 이리 서두르느냐고 했지만 상망의 의견은 달랐다.

"진몽희라는 계집의 눈빛이 아무래도 마음에 들지 않네. 분명 꿍꿍이가 있는 것 같단 말씀이야. 어서 가는 게 좋겠네."

치우비는 설마 싶었으나 상망의 눈을 믿고 따를 수밖에 없어 말없이 발걸음을 빨리 했다. 얼마나 갔을까. 어느덧 일행은 하백족의 마을에서 빠져나와 기다리고 있던 차오스, 용병들과 합류하게 되었다.

안심할 수 있게 되자 치우비와 발은 기뻐했다. 오랜만에 다시 만나게 된데다 치우비가 만사를 제치고 자신을 구하러 와 주었다고 생각한 발은 치우비에게 더 이상 까탈을 부리지 않고 진심으로 고마워했다.

밤이 깊은지라 그날 밤은 숲 근처에서 쉬기로 했다. 치우비와 발은 꼭 붙어서 잠도 자지 않고 계속 이야기를 나누었다. 그동안 있었던 오해가 풀리고 앞으로는 모든 일이 잘될 것만 같았다. 허나 상망이 자지 않고 근처에 웅크리고 앉아 있어 비와 발은 상망의 눈치를 보며 그날 밤을 지새웠다.

　그렇게 치우비와 발은 시간 가는 줄도 모르고 며칠을 보냈다. 상망은 처음에는 아무 말도 않고 있었지만 며칠이 지나자 더는 참지 못하고 근엄하게 말했다.

　"이제 우리는 돌아가야 한다네."

　치우비는 섭섭하고 아쉬워 볼멘소리로 되받았다.

　"벌써요?"

　"자네도 바쁘지 않던가?"

　"그건 그렇습니다만…… 며칠만이라도 더 있으면 안 될까요?"

　"자네가 며칠 시간이 있다 해도 우리에겐 시간이 없다네. 나는 푸린 구슬이 발님의 목숨을 빼앗을 수 있다는 것을 하백족에게 말했다네. 하백족이 그 점을 이용하려 할지도 모르고, 하백족이 아니라도 구슬을 노리는 놈들이 나오면 골치 아프네. 그러니 어서 돌아가야 해."

　"할아범! 구슬은 할아범이 가져가면 되잖아! 나도 비랑 같이 가고 싶은데……."

　애원하는 발을 보며 상망이 고개를 저었다.

　"아가씨, 며칠 때문에 평생 후회하시려고 그러세요?"

　"무슨 소리야?"

　"아가씨, 생각을 해 보세요. 지금 아가씨가 도망가면 아버님이 틀림없이 화내실 거라구요."

　"비는 이제 웃뜸사울아비가 되잖아. 주신의 웃뜸사울아비가 나에게 혼인하자고 하면 영광이지, 뭐! 나도 그 정도는 안다구!"

　발이 당당하고도 거침없이 나오자 치우비의 뺨이 붉어졌다.

　"그건 저도 압니다요. 하지만 저 녀석은 아직 웃뜸사울아비가……."

　타이르는 상망의 말에 아랑곳하지 않고 발이 대뜸 화를 냈다.

　"할아범! 누구 맘대로 이 녀석 저 녀석이야? 더 이상 그런 소리는 하지 말라구!"

상망은 기가 막힌 듯했으나 이윽고 한숨을 길게 내쉬었다.

"알…… 알았습니다요. 조심하겠습니다요."

"그래야지! 저이는 이제…… 호홋, 알잖아!"

발은 괜스레 쑥스러워 생글거리며 얼굴을 붉혔고, 치우비는 사과처럼 얼굴이 붉어진 채 꿀 먹은 벙어리가 된 듯 입을 다물었다. 상망은 몇 번 헛기침을 하더니 점잖게 한마디 했다.

"흠흠, 그래도 비님이 아직 웃뜸사울아비가 된 것은 아닙니다요. 그러니 일단 자리에 오른 다음에 아버님께 청혼을 하는 것이 순서입죠. 아버님은 까다로운 분이시잖습니까? 전에 비님은 아버님과 크게 싸우기까지 했고 말입죠. 그런 맺힌 것을 풀려면 서둘러서는 안 됩니다요. 차근차근 해야 합죠."

옳은 말이라 여겨 치우비는 고개를 끄덕였다. 발이 걱정스러운 듯 물었다.

"그런데…… 아버지가…… 고집을 꺾을까?"

상망은 치우비를 힐끗 보며 대답했다.

"헌원님은 치우천님과 뜻이 다르다지만, 이렇게 두 집안이 가까워지게 된다면 세상을 위해서 아주 좋은 일입죠. 주신은 이제 공상을 빼앗아 유망님의 힘을 한풀 꺾이게 만들었어요. 그리고 치우비님이 웃뜸사울아비 자리에 오른다면 아버님도 마다하실 수 없습죠. 허허, 이 소식은 헌원님도 아직 모르실 겁니다. 들으시면 깜짝 놀라시겠지요. 그렇게 되면 전에 있던 불미스러운 일은 잊고 지나족과 주신은 화해하게 될 것입니다요. 그러기 위해서라도 지금은 행동을 조심해야 합니다. 아무리 주변 일이 돌아가는 게 그렇다 해도, 헌원님의 마음을 건드려서는 자칫 일이 틀어질지도 모르니까 말입니다."

발도 결코 머리가 안 돌아가는 편은 아니라서 고개를 끄덕여 보였다. 상망의 입가엔 정말 친손녀를 대하는 할아버지처럼 따뜻한 미소가 떠올랐다.

"저도…… 전에 약속했잖습니까? 일이 이루어지게 힘을 다한다고 말이에요. 이번에 푸린 구슬을 얻는 일에 비님이 도움을 주신 것을 알면 아버님도 마음을 푸실 겁니다. 이제 걱정하실 필요 없다구요. 비님, 부디 발님을 잘 부탁드립니다."

상망이 정중하게 치우비에게 인사를 하자 치우비도 깍듯이 인사했다.

"상망님을 저는 할아버님같이 생각합니다. 이러실 것 없습니다."

상망은 낄낄 웃으며 손사래를 쳤다.

"내가 비님의 할아버지면 헌원님보다 윗줄에 서게 되는데, 어떻게 그럴 수 있겠소? 그냥 늙은 종이라 생각하시구려."

"허허…… 저는 참……."

치우비는 멋쩍은 듯 머리를 긁적였다.

"비님은 정말 좋은 색시를 얻는 겁니다. 짓궂은 구석도 있지만, 속마음은 착하기 그지없답니다. 저렇게 예쁘고 정이 깊은 색시가 그리 흔하겠습니까?"

"맞습니다, 맞아요!"

치우비가 좋아서 어쩔 줄 모르자 발이 입을 샐쭉거렸다.

"멍청이! 그렇게 좋아? 부끄러운 줄도 모르고……."

"멍한 데는 있지만 솔직히 비님만 한 사내가 없습죠. 힘도 있고 용기는 물론 마음씨도 좋은데다……."

"그렇지? 그렇지?"

발이 아이처럼 좋아하자 상망은 껄껄 웃었다.

"그렇게 좋아요? 나 같으면 조금은 부끄러워하겠구먼."

"할아범! 날 놀리는 거야?"

"아닙니다요, 아니에요. 이 할아범은 세상에서 아가씨가 가장 소중합니다요. 아가씨가 행복하면 그것으로 그만이에요. 헤헤, 꼭 행복하십시오. 비님, 앞으로 우리 아가씨를 잘 부탁드립니다."

"염려 마십시오."

"그러면 아쉬워도 지금은 일단 헤어집시다요. 저도 이제부터는 이 일에 앞장서겠습니다. 치우비님은 얼른 신시로 돌아가셔서 청혼 준비를 하세요. 저는 아가씨와 함께 돌아가 헌원님께 잘 말씀드리겠습니다."

"감사합니다, 상망님."

치우비와 발은 헤어지기 아쉬웠지만 둘 다 곧 틀림없이 만나리라 믿고 아쉬운 작별을 했다. 발은 물론 상망도 내내 싱글벙글한 얼굴이었다.

치우비는 신이 나서 길을 가다가 쉴 때면 술을 마시고 얼근하게 취해 춤추고 노래하며 즐거워했다. 리미, 개르, 마냥, 차오스, 유쌍도 좋아했다. 유쌍이 여자란 어떻다고 자랑스레 떠들어 댈 때마다 리미나 개르는 유쌍이 하백족 여자들을 꼬인 것 때문에 여자들에게 할퀸 자국이 여기저기 있으면서도 그런 소리만 한다고 놀려 댔다.

치우비에게는 즐거운 기다림이었다. 신시로 돌아가기만 하면 웃뜸사 울아비 자리에 오를 것이고, 그렇게 되면 발과 맺어지는 것은 틀림없다고 생각했다. 그러나 두 사람의 앞길에는 치우비나 발뿐 아니라 상망도 예측하지 못한 운명이 먹구름처럼 그들을 기다리고 있었다.

흔들리는 마음

치우천의 부대는 맹렬한 속도로 북진하여 주신 접경을 향해 달려가고 있었다. 그러나 정작 주인공인 치우천은 활기를 잃고 맥이 없었으며, 대장들의 분위기도 예전만큼 활기차 보이지 않았다. 마침내 아루타한 마을을 지나 북쪽의 요새에 도착했을 때 대장들은 상의하여 그곳에서 며칠 머물기로 했다. 야율쿠리가 그렇게 제안했기 때문이다.

"두 형제는 붙어 있어야 하는데, 하나가 떨어지니 외로워서 그런가 보다. 치우비가 오면 천도 기운을 낼 거다, 하핫. 여기서 며칠 기다린다고 일이 잘못되지 않을 거다."

치우천은 그곳에 도착하자마자 열이 올라 심하게 앓아누웠다. 그러면서도 치우천은 서두르지 말고 상황을 살필 것이며, 공상에서의 일이 정리되면 여러 곳에 분산된 보돈차르, 치베, 툰툰 등의 부대를 재정비하라고 일렀다.

며칠 지나지 않아 여기저기에서 소식이 속속 전해져 왔다. 가장 먼저 공상의 소식이 치우천에게 전해졌다. 발 빠른 야쿠타가 가져온 정보였다. 치우천은 드러누워 앓다시피 하고 있었으나 대장들을 불러서 야쿠타의 말을 듣게 했다.

야쿠타는 사람들이 모인 자리에서 활짝 웃으며 말했다.

"우리가 이겼습니다!"

공상 싸움의 전모는 이러했다. 유망의 남쪽 전사들 오만 명이 몰려와서 그곳을 지키던 삼천 명의 사울아비들과 만 명가량의 미아우, 마갸르 군대와 치열한 전투를 벌였다. 사울아비들은 싸울 의지가 없던 자들이었으나, 성안에 갇힌 신세가 되자 더 이상 피하지 않고 격렬하게 저항했다. 거기에는 양역의 지휘와 부달의 선무(宣撫)가 큰 역할을 했다.

유망의 부대는 주술사까지 동원하여 갖은 방법으로 공상의 성벽을 넘으려 했으나, 사울아비들은 죽을힘을 다해 엿새 동안 공상을 지켜 냈다. 엿새가 지나자 아루타한 마을에서 대기하던 나머지 만 명 정도의 미아우, 마갸르 연합군이 보돈차르와 치베의 지휘로 성을 공격하던 지나족의 배후를 들이쳤다. 안팎으로 적을 맞이한 지나족은 허물어질 뻔했으나 용케 전열을 수습하여 하루 반을 버티어 냈다.

그런데 이번에는 지나족 쪽에서 원군이 도착했다. 그들은 후퇴하던 유망의 부대에서 추린 정예들로, 축융이 이끌고 있었으며 수는 만 명 정도였다. 외부에서 지나 원군이 도착하자 보돈차르와 치베의 부대는 한때 위기에 빠졌다. 그러자 공상을 지키던 양역이 기회를 잡아 성문을 열어 보돈차르와 치베의 부대를 성안으로 들였다. 언제 지나족에게 되잡힐지 모르는 다소 무모한 작전이었으나 다행히 몽골족의 활 솜씨로 지나족의 접근을 막을 수 있어 성안으로 무사히 들어갔다.

축융은 성안의 병력이 늘어난 것에 좌절하여 포위를 풀고 자신들의 땅으로 후퇴했다. 공상성에서는 그들의 뒤를 쫓지 않았으나 곳곳에 숨어 있던 미아우족과 마갸르족은 밤마다 그들을 습격하여 지치게 만들어 커다란 손해를 입혔다. 처음에 육만에 달했던 지나족 부대는 이만 명에 달하는 사상자와 포로를 남기고 뿔뿔이 흩어져 패주했다는 소식이었다.

소식을 들은 대장들은 환호성을 올렸으며, 열에 신음하던 치우천도 오래간만에 웃음을 보였다.

"잘되었습니다……. 양역, 부달 형, 보돈차르 안다와 치베 안다의 공이 큽니다. 이제 유망도 섣불리 움직이지는 못할 것입니다. 아무리 일러도 내년까지는 공상 근처로 나올 수 없습니다. 유망이 정말 나와 한 약속을 지킨다면 다시는 안 나올지도 모르죠."

모두가 승전의 기쁨에 들떴고, 특히 땅을 잃었던 마갸르와 미아우족이 가장 좋아했다. 북쪽 요새에 모여 있던 미아우나 마갸르 부족장들은 치우천의 은혜를 잊지 않겠다고 하며 자신들의 땅으로 돌아가도 되겠느냐고 물었다.

치우천은 두말없이 돌아가라고 대답했다. 몇몇 대장들은 전사들을 더 모아서 신시에서의 싸움에 대비해야 하지 않느냐고 귓속말을 했지만 치우천은 듣지 않았다.

부족장들이 물러간 후 치우천은 그 이유에 대해 설명했다.

"저들은 더 이상 싸우고 싶어 하지 않으며, 하루라도 빨리 고향에 돌아가고 싶을 것입니다. 그런 사람들을 잡아 둘 필요는 없습니다. 어차피 이 일은 가능한 한 적은 사람들로 해결해야 합니다. 신시는 제 고향입니다. 가급적 큰 싸움은 피해야만 합니다."

며칠이 지나자 이번에는 천 명의 사울아비들과 불쇠와 울라트, 소녀 등이 북쪽 요새에 합류해 왔다. 소녀는 치우천이 아프다는 이야기를 듣고 눈물을 지으며 슬퍼했고, 당장이라도 치우천을 만나고 싶어 했다.

그러나 치우천은 소녀보다도 불쇠와 울라트를 먼저 불렀다. 불쇠와 울라트는 치우천이 아픈 것에 놀라며 안부를 물었으나 치우천은 괜찮다고만 말하면서 누가 들을세라 조용히 물었다.

"일은 잘되었나요?"

"글쎄, 그럭저럭 해 나가는 중이라네. 자네가 만들라는 것은 다 만들었네만, 그것의 비밀은 아직도 풀 수가 없네."

"쉿! 아직 아무도 알아서는 안 됩니다. 우리 편이라도요."

치우천이 경계의 빛을 띠자 불쇠는 고개만 끄덕였고, 대신 울라트가 맑은 목소리로 대답했다.

"그럼요, 염려 마세요. 일을 하는 사람들조차 무슨 일을 하는지 모르고 있어요."

"울라트, 사람은 얼마나 풀었지?"

"시기르타에게 부탁하여 풀었으니 열천 명도 넘을 거예요. 머지않아 소식이 올걸요?"

치우천은 고개를 끄덕이며 불쇠에게 물었다.

"그런데 비밀은 아직 풀기 어렵습니까?"

"아직은 통 모르겠네."

"일단 만든 물건들은 여기 놓아두시고 공상으로 가십시오. 거기에는 유망이 모아 놓은 엄청난 양의 구리와 주석이 있습니다. 그것으로 이번에 만든 것과 똑같은 물건들을 많이 만드시기 바랍니다. 그리고 '그것'의 비밀도 계속 밝히도록 해 보시구요."

"알았네. 내 무슨 수를 써서라도 그것의 비밀을 밝히고야 말겠네!"

"그런데 오라버니. 리미, 개르, 마냥은 잘 있나요? 안 보이던데?"

"금방 도착할 거다. 비가 그들을 데리고 갔거든."

"빨리 왔으면 좋겠네요. 도깨비 부대가 없으니 나는 아무것도 아니더라구요. 힘도 없고 줄 풀린 활 같아서 심심하기도 하고 말이에요. 비

오라버니도 괜찮지요?"

치우천은 살짝 웃으며 고개를 끄덕였다.

"괜찮지. 그 녀석은 이제 소원 풀이를 했을걸?"

"소원 풀이요?"

치우천은 치우비가 아마도 발을 만났을 것이라고 알려 주며 울라트에게 은근한 목소리로 물었다.

"너도 시집가야 하지 않겠니?"

"어? 날 놀리나요? 난 시집 안 가욧!"

"어디 봐 둔 남자라도 없느냐?"

"자꾸 놀리면 화낼 거예요!"

치우천은 오랜만에 호탕하게 웃음을 터뜨렸다.

그러고 나서야 치우천은 소녀를 만났다. 소녀는 여전히 아름답고 우아했으며 다정다감하기 이를 데 없었다. 그러나 그녀를 만나는 것이 반갑기보다 왠지 불안하고 거북했다. 아무리 그녀를 마음속으로 붙잡아 두려고 노력해도 잘되지 않았다.

소녀는 치우천의 걱정을 하며 극진히 간호를 해 한시도 치우천의 곁을 떠나려 하지 않았다. 다정하게 이야기를 나누는 소녀와 치우천을 보며 사람들은 두 사람의 금슬을 부러워했다.

그러나 치우천은 느낄 수 있었다. 두 사람 사이에는 어딘가 금이 가 있다는 것을. 어디서부터 시작된 금인지 알 수도 없었고 밝혀 따져서 털어 낼 수도 없었다. 두 사람이 주고받는 이야기는 따뜻하고 다정했으나, 이야기가 겉돌고 자꾸만 끊기는 것은 어쩔 수가 없었다. 다시 두 사람이 만난 둘째 날 밤, 소녀는 요 근래 불쇠와 울라트와 함께 이상한 물건을 잔뜩 만들던 이야기를 했다.

"구리로 그런 이상한 물건을 만드는 것도 무슨 생각이 있으셔서겠지요? 무기도 아니고 이상한 판 같은 것을 왜 만들려고 하시는지 알아도 될까요?"

치우천은 무심하게 고개만 끄덕이며 "응" 했을 뿐이다. 소녀가 다시 물었다.

"무엇에 쓰시려는 것이죠?"

"음."

소녀는 살짝 한숨을 쉬었다. 치우천은 화들짝 정신을 차리며 쑥스러운 듯 얼른 사과했다.

"미안하오. 듣지 못했소. 다시 한번 말해 줄 수 없겠소?"

소녀는 슬픈 듯 고개를 숙이며 물었다.

"저를 곁에 두고도 하실 생각이 그리도 많은가요?"

"아니오. 나는 다만……."

치우천은 당황하여 변명하려 했으나 소녀의 눈에서 눈물이 흘러내렸다.

"천님은 왜 자꾸 멀리 달아나려 하시는지요? 제가 아무리 따라가려 해도 자꾸만 멀어지시는 이유가 무엇인지요?"

치우천의 안색이 어두워졌다. 마음속에는 소녀가 비냐를 죽인 사실이 마치 목의 가시처럼 걸려 있었다. 그리고 잊으려 해도 잊히지 않는 맥달의 모습이 남아 있었다. 그 두 가지가 치우천의 마음을 뒤엉키게 하고 있었다. 치우천은 용기를 내어 비냐의 일을 물을까 하다가 한숨을 쉬며 그만두어 버렸다. 소녀는 치우천이 한숨을 쉬자 조용하지만 날카롭게 말했다.

"요 며칠, 마음이 상하는 일이 있으셨다 들었습니다."

치우천이 대답하지 않자 소녀의 목소리가 높아졌다.

"여자 하나가 죽은 것이, 그리도 마음 상하셨습니까?"

소녀가 자기 마음의 틈을 날카롭게 집어내자 치우천은 흠칫거렸다.

"누가 그러오?"

"모르는 사람이 없습니다. 맥달…… 그 여자와 대체 무슨 일이 있으셨지요?"

"아무 일도 없었소!"

"천님, 저는 천님을 믿습니다. 천님이 아무 일도 없으셨다니 아무 일도 없는 것이겠지요. 그러나 마음으로도 아무 일 없었습니까?"

입술을 깨물며 다부지게 묻는 소녀를 멀거니 쳐다보며 치우천은 깊이 한숨을 내쉬었다.

"당신이 생각하는 것 같은 일은 절대 없었소. 마음으로도. 나는 선인으로서 맥달을 안타깝게 생각했고, 나를 도와준 은인으로서 맥달에게 미안했으며, 한 사람으로서 맥달을 불쌍히 여길 뿐이오."

치우천은 지금껏 맥달과 있었던 일을 소녀에게 이야기해 주었다. 자부 선인의 맥을 타고 온 맥달을 처음 만났던 일과 맥달이 자신을 도왔던 일, 신시에서 만나 나누었던 이야기며, 맥달이 곳곳에 남긴 예언에 이르기까지 하나도 숨기지 않았다.

치우천은 그 이야기를 하면서 자신도 모르게 들떠 약간 흥분하기까지 했다. 치우천은 마지막으로 가장 최근에 겪은 맥달의 이야기를 했다.

"내가 한참 신시에 숨어 있는 인물이 정말 있느냐 없느냐를 고민할 때, 나는 내 막사 바로 앞에 있는 나무에서 글자를 발견했소. '맞다' 라고 되어 있었소. 이곳은 태산에서 주신으로 갈 때 거치는 길이기도 하니, 맥달이 미리 알고 새겨 둔 것이 분명했소. 그래서……"

치우천은 문득, 소녀가 하얗게 질린 얼굴로 어깨를 바르르 떨고 있는 것을 보았다. 소녀의 눈이 이글거리며 타오르고 있었다. 치우천은 놀라서 말을 잇지 못했다.

"당신……."

소녀는 조용하고도 섬뜩한 목소리로 말했다.

"제가 아는…… 치우천님은 항상 침착하고 차분했습니다. 그런데…… 그 여자의 이야기를 하실 때는 그렇게 들뜨시는군요?"

"이상하게 생각 마시오. 하도 놀라운 재주가 있는 사람이라……."

"놀랍죠, 놀라워요. 그러나 예언이나 재주나 신수보다도…… 더 놀라운 게 있어요. 어떻게…… 어떻게 그 여자는 당신 마음속을 그토록 꽉 채울 수 있었지요?"

소녀는 파르르 떨며 눈물을 뚝뚝 떨구었다. 그러나 눈은 부릅뜬 채 조금도 깜박이지 않고 몸도 움직이지 않았다. 마치 불타오르는 얼음덩어리를 본 듯한 기분에 치우천은 몸을 떨었다.

"몇 년을 같이 산 저보다도…… 몇 번 만나지도 않은 여자가…… 당신의 마음속에 더 가득했던가요? 당신에게…… 나는 무엇이지요?"

다그치는 소녀의 말에 치우천은 울컥 토해 내듯 외쳤다.

"나에게는 당신뿐이오! 당신, 왜 자꾸 그러는 거요? 내 옆에는 무라님도 있고, 울라트도 있으며 초초룬도 있소. 그들처럼 맥달님도 좋은 벗일 뿐이오!"

"아니에요. 거짓말하지 마세요. 당신의 마음에는 그 여자가 가득해요……."

"왜 그러는 거요? 질투하는 거요? 제발 그만두시오! 맥달은 이미 죽었소!"

치우천이 소리치자 소녀도 순간 놀라울 정도로 무서운 목소리로 소리쳤다.

"그래요! 죽었어요! 나는…… 나는 억울해요! 산 여자라면 싸울 수도 있지만, 죽은 여자와는 싸울 수조차 없어요! 죽은 여자가 당신 마음을 가져가고 나에게는 껍데기만 남긴 건가요? 네?"

치우천은 소녀가 안쓰럽기도 했지만 동시에 부아가 치밀었다.

"그게 무슨 소리요? 어떻게…… 어떻게 그런 소리를……!"

소녀는 울음을 터뜨렸다. 그러고는 허리에서 단검을 꺼내어 재빨리 자신의 목에 겨누었다.

"나도…… 나도 죽으면 그 여자만큼 생각해 줄 건가요? 아니, 내가 죽어야만 그래 줄 건가요?"

"그러지 마시오!"

치우천은 놀라서 소녀에게 뛰어들어 손목을 비틀어 단검을 빼앗으려 했다. 소녀는 단검을 떨구고 울부짖으며 치우천을 밀쳐 냈다.

"소녀, 이러지 마시오. 그녀가 죽어서 마음 아픈 것은 사실이오. 그러나 곧 그녀를 잊을 것이오. 나에게는 당신뿐이오. 당신이 원한다면 내 목숨을 줄 수도 있소!"

치우천이 눈물을 흘리며 간절하게 말했지만 소녀는 울면서 고개를 저었다.

"당신은 영영 그 여자에게서 벗어날 수 없어요! 그 여자는 당신을 옭아매었어요! 예언의 힘으로 당신이 가는 곳마다 글자를 남기겠죠! 잊을 만하면 생각나게 만들고, 당신에게 빚을 지우겠죠! 그것을 어떻게 이겨 낼 수 있나요? 어떻게 잊을 건가요? 나는…… 나는 당신을 원해요! 당신 껍데기가 아니라 당신의 모든 것을 원한다구요! 당신은 내 것이에요!"

치우천은 안타까워 되받아 소리쳤다.

"나는 이미 당신 것이오!"

소녀는 몸을 비틀더니 치우천을 끌어안았다. 그러고는 치우천의 귀에 대고 말했다.

"나는…… 나는 괴로워요. 견딜 수 없어요. 두 번 다시…… 두 번 다시 그 여자 생각을 하지 말아야 해요. 그래야만 돼요. 나는 참을 수 없어요……."

그러면서 소녀는 떨어뜨렸던 단검을 들어 자신과 치우천의 목에 동시에 갖다 대며 속삭였다.

"차라리…… 우리 같이 죽어요. 누구에게도 빼앗기지 않도록. 우리 둘 다 이대로…… 이대로 계속 있도록……."

치우천은 나지막하면서도 침착하게 되받았다.

"그래야만 하겠소?"

소녀는 치우천의 말을 못 들은 듯 치우천의 몸을 어루만지며 치우천의 귀에 감미롭게 속삭였다. 꿈을 꾸고 있는 것 같았다. 소녀의 분위기는 지금 치우천이 무슨 소리를 해도 들리지 않을 것 같았다.

"당신…… 나는 당신의 것…… 당신은 내 것……."

차가운 구리단검의 날이 목을 스치자 치우천은 눈을 감았다. 소녀를 떼어 낼 생각은 들지도 않았다. 무서웠지만 황홀했고, 끔찍했으나 감미롭기도 했다. 소녀는 치우천의 귓불을 살짝 깨물면서 두 사람의 목에 동시에 닿은 단검에 힘을 주려고 했다.

그때 치우천의 귓가에 한 줄기 노랫소리가 들려왔다. 공상을 정벌하러 나섰을 때 불렀던 노래였다. 그 노래는 퍽 유명하게 되어, 미아우나 마갸르족은 어디서나 그 노래를 부르곤 했다. 노랫소리에 치우천은 문득 정신을 차렸다. 등에서 식은땀이 흘러내렸다.

치우천은 눈을 감은 채 조급함을 감추며 천천히 말했다.

"저 노래가 들리오? 당신이 지어 준 것이오. 그 덕분에 나는 공상을 얻었소. 저 노래의 힘이 없었다면 이기기 힘들었을 것이오. 나는 당신을 잊지 못할 거요……."

소녀의 손이 움찔했다. 귓불을 깨물었던 소녀의 입에서 조용한 목소리가 흘러나왔다.

"제…… 노래가 좋았나요?"

"하늘을 두고 맹세하건대 세상의 어떤 소리보다도 좋았소."

소녀는 고개를 들어 치우천의 얼굴을 바라보았다. 어느새 소녀의 눈은 영롱하게 빛나, 음울한 그림자가 말끔히 사라져 버렸다.

"제가 지난번에 물건을 하나 만들었는데…… 보시겠어요?"

소녀는 철없고 순수한 어린 소녀처럼 들뜬 목소리로 말했다. 치우천은 소녀의 급격한 변화에 당황했으나 내색하지 않고 간신히 고개를 끄덕였다.

"듣고 싶소."

소녀는 몸을 일으켰다. 손에 들려 있던 단검은 분명 놓지도 않았는데 어디로 갔는지 보이지 않았다. 소녀는 몸을 돌려 아까 가지고 온 듯한 상자를 열었다. 거기에는 정교하게 만들어진 악기가 들어 있었는데, 예전에 소녀가 켜던 물건 소리, 즉 일종의 비파와 비슷했다. 그러나 전에 보았던 비파보다는 줄이 두 개 더 많았고 크기도 달랐다.

치우천은 혼란에 빠졌다. 방금 전까지만 해도 소녀는 치우천과 함께 죽으려고 했었다. 치우천은 저항할 수도 없었다. 그런데 저렇게 들뜬 아이 같은 행동이라니…….

'저 여자는 나를 정말 좋아하는구나. 부끄럽게도, 내가 저 여자를 좋아하는 것보다 훨씬 더 강하게!'

이내 다른 생각이 스쳤다.

'저 여자는 나로서는 도저히 상상할 수 없을 만큼 무서운 여자인지도 모른다. 비냐의 일을 보아도 그렇다. 잔혹하고 무서운 여자다!'

그러나 치우천의 눈에 소녀는 잔혹하고 사악하게 보이지 않았다.

'설혹 그렇다 해도 그것은 치우천, 너를 너무도 사랑하기 때문이다! 제정신이 아닐지도 모른다. 그렇다면 불쌍한 일이다. 그리고 네 책임이다!'

치우천은 불안해졌다.

'허나 그게 아니라면 어떻게 생각해야 하는가?'

마음속 깊은 곳에서 또 다른 소리가 울려왔다.

'저 여자는 너를 사랑하는 게 아냐. 자신의 자존심을 사랑하는 것뿐이야……'

'그렇지 않아!'

속으로 번민하던 치우천 앞에 소녀가 눈을 빛내며 앉았다.

"전보다는 소리가 나을 거예요. 천님도 풀피리를 불어 주시겠어요?"

"그…… 그러리다……."

소녀가 연주를 시작했다. 이전의 소리도 듣기 좋았지만, 새로 고쳐 만든 악기의 소리는 전보다 훨씬 맑고 뛰어났다. 치우천의 풀피리 솜씨도 대단했지만 소녀의 연주는 치우천의 솜씨로는 따라잡을 수 없을 만큼 높은 곳에 있었다.

'이렇게 고운 소리를 내는 사람이 나쁜 생각을 할 리 없어. 이 여자는 누구보다 아름답고, 재주 많은 여자다. 치우천, 치우천. 이상한 생각은 하지 마라. 아까 일은 무심코 한 일임이 분명해. 장난이었을 뿐이야. 그리고 죽은 사람은 이제 잊어라. 그래, 잊어.'

치우천은 점점 소녀의 음악에 취해 갔다. 두 사람의 가락은 듣기 좋게 잘 어우러져 밤하늘에 퍼져 나갔고, 근처에 있던 사람들은 넋을 잃고 귀를 기울였다. 허나 연주를 하면서 소녀가 무슨 생각을 하는지 치우천은 상상도 하지 못했다.

'이번 한 번…… 한 번만이야. 너는 용서받을 수 있어. 치우천……

너는 내 음악을 알아. 그것만으로도 용서받을 수 있어. 하지만 다시는…… 다시는 그러지 마. 나는 네 모든 것이 필요해……. 모든 것이…….'

다음 날, 화색이 만면한 치우비가 도깨비 부대와 차오스의 용병대를 끌고 요새에 도착했다. 치우비는 형의 몸이 좋지 않다는 소리를 듣자 금세 울상이 되어 달려갔다. 치우천의 옆을 떠나지 않던 소녀가 미소 지으며 치우비를 맞았다.

"천님은 괜찮으실 겁니다. 염려 마세요."

치우천도 차분하게 치우비를 맞아들였다.

"나야 항상 아프지 않았느냐? 심하지 않으니 염려 말거라."

치우천은 아우에게서 발과 상망의 이야기를 들었다. 치우천은 잘되었다고 말하며 반드시 둘의 혼인을 이루겠다고 약속했다. 아울러 헌원이라도 이런 혼인을 절대 거절할 수 없을 것이라고 일러 주었다.

"우리가 유망에게 지고 있다면 몰라도, 이긴 이상 헌원도 어쩔 도리가 없다. 헌원이 제의를 거절하면 많은 부족이 지나족에게서 떨어져 나갈 거야. 더구나 아직 유망이 망한 것도 아닌데다 유망은 자신을 돕지 않은 헌원을 좋게 보지 않을 테지. 거기에 주신과도 적이 된다면 헌원은 발붙일 곳이 없다. 나중에는 어떨지 모르지만 헌원은 승낙하지 않을 수 없을 거야. 또 누가 아느냐? 이 기회에 헌원이 마음을 고쳐서 주신과 지나족들이 평화롭게 된다면 그거야말로 잘된 일이지."

누구도 따를 수 없는 머리를 가진 치우천이 잘라 말하자 치우비의 기분은 날아갈 것 같았다. 좋아하는 아우를 대하자 치우천의 얼굴에도 오래간만에 밝은 빛이 돌았다.

그렇게 며칠이 지나고 공상을 향한 위협도 사라지자 여기저기 배치

되어 있던 대장들도 맡았던 곳을 원래의 부족장들에게 넘기고 북쪽 요새로 속속 달려왔다. 부달과 양역, 그리고 마을 수리를 돕기 위해 내려간 포리를 제외하고 다른 사람들은 차례대로 북쪽 요새에 도착했다. 초초룬, 보돈차르, 치베도 도착하여 오랜만에 벗들과 회포를 풀었다.

며칠이 더 지나자 작은 주신에서 인원이 집결하여 동쪽으로 왔다. 야율쿠리 및 키타야와 구르의 지휘하에 이천 명의 전사들과 만 명에 가까운 비전투원이 짐을 짊어지고 옮겨 온 것이다. 그들 중에는 싱카도 끼어 있었고 여전히 괴이하기 그지없는 기인 비울걸도 함께 있었다.

치우천은 몸도 많이 좋아졌으니 내친김에 본격적으로 움직이자며 대장들을 모이라 했다. 이 요새에 있는 모든 대장이 모인 것은 아니었다. 치우천이 하는 일은 자칫 신시를 놀라게 할지도 모르기에 치우벌이나 부소다술에게는 알리지 않았다.

여기 모인 대장은, 우선 주신 사람으로는 치우천, 치우비, 도단이, 쇠돌이, 부루벼락, 거서기, 삼, 이렇게 일곱 명이었다. 질쾌는 원래 머물던 자리에서 울라트가 시기르타에게 부탁했던 일을 대신 맡아 지휘하고 있었고, 부달과 양역은 공상에 남아 있었다.

거기에 작은 주신의 치베, 무라, 알한, 울라트와 리미, 개르, 마냥에 키타야, 구르까지 아홉 명이 함께했고 다른 부족 사람으로는 보돈차르, 야율쿠리, 초초룬, 와난강, 와난수, 울쿠타, 야쿠타, 툰툰, 유쌩까지 아홉 사람이 있었으니 모두 스물다섯 명이었다.

한자리에 모이자 치우천이 입을 열었다.

"이제 작은 주신의 사람들도 도착했으니 신시로 가면 됩니다. 그러나 앞으로 상황이 어떻게 될지는 짐작하기 어렵습니다. 주신 귀족들이 어떻게 나올지는 그때그때 상황을 보아야 합니다. 대략 세 가지 경우가 있을 것입니다."

치우천은 세 가지 경우를 하나하나 설명하기 시작했다.

"첫째, 우리를 도중에 습격하는 경우입니다. 주신 사울아비들이 나올지 다른 부족이 나올지는 모릅니다만 이것은 귀족들이 대놓고 우리를 거부하는 경우입니다. 그렇다면 우리는 맞서 싸울 수밖에 없습니다. 그때는 우리를 가로막는 자들을 물리친 뒤 곧장 달려가 신시를 점령해 버리는 수밖에 없습니다.

아직 신시의 귀족들은 우리를 얕보고 있을 것이며, 설령 얕보지 않는다 해도 이 소식을 들은 지 얼마 되지 않았을 것입니다. 지금이라도 당장 주신 전체에 퍼져 있는 사울아비들을 한데 모으고 싶겠지만 그럴 시간을 주어서는 안 됩니다. 최대한 빠르게 움직여서 귀족을 치고 한웅님을 구해야 합니다. 이 경우 야율쿠리의 키탄 전사들과 초초룬의 미아우 전사들, 그리고 보돈차르님의 몽골 전사와 키타야, 구르님의 타타르 전사까지 동원하여 최대한 빨리 일을 끝내야 할 것입니다."

생각이 깊은 구르가 고개를 끄덕이며 입을 열었다.

"자네 생각대로 할 수 있을 걸세. 허나 주신 사람들이 좋게 생각하지는 않을 거야. 아무리 그래도 주신 사람들은 신시가 다른 부족들에게 떨어지는 것을 원하지 않을지 모르네."

구르가 예리하게 지적했으나 치우천은 그것에 대해 생각한 바가 있었다. 치우천군의 가장 큰 문제는 군대의 기반이 주신에 있지 않다는 점이었다. 많은 부족의 지지를 받고는 있지만, 자칫 잘못하면 '다른 부족의 앞잡이가 되어 주신을 말아먹는' 일처럼 보여 주신에 발을 붙일 수 없을지도 몰랐다. 그런 비난을 막기 위한 방법도 생각해 둔 바가 있었다.

"맞는 말씀입니다. 그러나 만약 귀족들이 우리를 기습한다면 사울아비들만으로는 힘이 모자랄 것이라 여길 것입니다. 즉, 이 근처의 미아우건 마갸르건, 아니면 지나족이라도 끌어들여서 우리를 막고 시간을 벌려고 할 것입니다. 그렇게 된다면 주신 사람들은 귀족을 먼저 욕할 것입니다. 우리는 단 며칠이면 주신의 땅으로 들어가게 될 것이고, 싸움도 주신 땅에서 하게 됩니다. 그러므로 다른 부족을 먼저 끌어들인 것은 우리가 아니라 귀족이 되는 셈이지요. 이 소문을 낸다면 결코 우리가 불리하지는 않을 것입니다!"

"우리의 인원을 합하면 몇십천이 된다. 그렇다 해도 신시를 점령하기는 쉽지 않을지도 모르는데……. 신시는 수백 년을 걸쳐 만들어진 주신의 서울일세. 공상도 크기는 하지만 신시에 비할 바는 아니야. 그렇게 했을 경우 사방에서 사울아비들이 몰려오기 전에 신시를 손에 넣을 수 있을까?"

보돈차르가 차분한 목소리로 묻자 치우천은 대답했다.

"잘되어야 열에 셋 정도겠지요."

사람들이 웅성댔다. 치우천은 항상 필승의 작전을 세운 후에 움직이는 사람인데, 열에 셋이라면 너무도 불리한 것 같았다. 보돈차르는 눈을 빛내며 다시 물었다.

"만약 싸움이 길어지고 주신 밖에서 사울아비들이 달려온다면?"

"그러면 열에 하나도 이길 확률이 없습니다. 저는 주신 사울아비들의 위력을 누구보다 잘 압니다."

야율쿠리가 헛기침을 한 뒤 입을 열었다.

"그러면 그렇게 되어서는 안 되겠군. 두 번째 경우는 뭔가?"

치우천은 차분하게 사람들에게 말했다.

"두 번째 경우는 우리를 습격하지 않고 순순히 저를 신시에 받아들이되, 저나 제 아우가 웃뜸사울아비가 되기 전에 저희 형제를 해치우려 하는 경우입니다."

앞서 했던 이야기보다 더 충격적이었는지 사람들은 긴장했다. 팽팽

한 긴장 속에서 키타야가 한숨을 지었다.

"그래, 그래. 충분히 있을 수 있는 일이오. 그렇게 되면 모든 것이 무너지지. 자네 형제들이 없다면 이 많은 부족들이 하나로 뭉칠 수 없을 테니……."

"그렇다면 어쩌지?"

야율쿠리가 침통하게 묻자 치우천이 변함없는 목소리로 말했다.

"습격이 없거나 설령 습격이 있다 해도 주신 귀족들이 보냈다는 증거가 없다면 경솔히 움직일 수 없습니다. 주신 사람들의 마음을 거스른다면 당장 신시를 빼앗는다 해도 금방 사방에서 몰려든 사울아비들에 의해 단숨에 빼앗길 것이며, 신시를 지킨다 해도 주신은 조각조각 찢어져버릴 것입니다. 그러느니 차라리 우리 형제가 죽는 게 나을 정도로요."

초초룬이 눈을 빛내며 어색하게 웃으면서 끼어들었다.

"그런 소리 하지 마. 그렇게 되면, 여기 있는 벗들이 서로 싸우게 될지도 모르지. 치우 형제가 있으니 잠자코 있지만 두 사람 빼고는 남만 못하다고 생각하는 사람은 하나도 없거든?"

"난 그럴 생각이 없소."

툰툰이 재빨리 이야기했다. 구르는 허, 하며 고개를 숙였고 키타야는 너털웃음을 지었다. 정작 치우천은 호쾌하게 웃었다.

"그렇게 될지도 모르지, 초초룬. 그러나 그럴 필요는 없지 않은가? 우리는 벗인데 말야."

웃음기를 거두고 초초룬이 심각하게 되받았다.

"물론 그래. 나는 절대 너희 형제를 배신 안 해. 다른 사람도 그럴 거야. 우리는 너를 중심으로 뭉쳐 있기 때문에 화도 내지 않고 다투지도 않아. 하지만 너희가 없어지면 다시 몽골은 타타르와, 타타르는 키탄과, 키탄은 마갸르와, 마갸르는 미아우와 싸우게 될 거야. 지금 당장은 몰라도 몇 년 안으로 또 그런 일들이 벌어질 거야.

그러니 너희 형제는 꼭 살아야 한단 말야. 그래서 너희의 뜻대로, 세상을 뒤집어서라도 사람들이 싸우지 않고 평화롭게 살도록 만들어야 한단 말야. 물론 너희 형제가 고맙고, 너희를 돕기 위해서라면 있는 힘을 다하겠지만, 그건 결코 주신 잘되라고 그러는 게 아냐. 죽는단 소리는 아예 하지 마. 너희 목숨은 이제 너희 형제 마음대로 할 수 있는 게 아니라구!"

초초룬은 오랜만에 열변을 토했다. 표현이 거칠기는 했지만 있는 그대로를 솔직하게 말한 것이기에 초초룬의 말에 불쾌해했던 몇몇 사람들도 끝내는 인정하며 박수를 쳐 주었다. 특히 야율쿠리는 껄껄 웃으며 휘파람까지 불었다.

"와! 부족장이 되더니 멋있어졌네? 말도 잘하네!"

"놀리지 마! 젠장!"

초초룬은 화난 듯 툭 쏘아붙였으나 부끄러웠던지 자신도 모르게 얼굴이 살짝 붉어졌다. 그 모습에 야율쿠리가 싱글거리며 익살을 부렸다.

"얼굴이 조금만 더 말솜씨를 따라갔어도 내가 데려갔을 텐데…….
히히."

"너, 이 자식! 죽을래? 키탄 놈아! 전쟁이닷!"

야율쿠리와 초초룬이 아옹다옹하는 것을 치우비가 간신히 말리고 나자 치우천은 웃으며 말했다.

"계속하죠. 그 경우, 여러분은 신시 부근에서 눈을 부릅뜨고 신시를 지켜보셔야 합니다. 만약 귀족들이 사람을 보내 우리를 해치려 한다면, 여러분이 위협이 될 수 있을 것입니다. 우리가 억울하게 죽음을 당할 경우 가만있지 않겠다는 정도만 보여 주셔도 큰 힘이 될 것입니다. 만약 비가 무사히 웃뜸사울아비의 자리에만 앉는다면 그때부터 사울아비들의 힘을 비가 다스릴 수 있으므로 귀족들을 쳐 나갈 수 있겠지요."

"그러나 놈들이 그렇게 가만있을 리는 없소."

삼이 외치자 부루버락도 한마디 보탰다.

"내, 창피한 이야기라서 말을 안 하려 했지만, 우리 부루씨 집안만 해도 절대 가만 안 있을 거요. 부루버들 그 여자만 해도 나와는 한집안이지만 여우 같고 귀신 같아서 눈도 마주치기 싫은 간교한 여자요! 눈을 번히 뜨고 비가 웃뜸사울아비가 되게 놔둘 놈들이 아니오!"

"놈들이 다른 꾀를 부릴지도 모릅니다. 그러나 어떤 방법으로 그럴지는 잘 알 수 없습니다. 밤에 사람을 보내 우리를 죽이려 할지도, 우리를 함정에 빠뜨리거나 죄를 뒤집어씌울지도 모르죠. 그것은 그때그때 알아서 막을 수밖에 없습니다.

다행히 이번 공상 점령에 대한 상에는 웃뜸사울아비 자리만이 아니라 작은 주신 사람들을 주신 사람으로 만드는 것도 포함되어 있습니다. 일단 제 아우는 신시 밖에 있어야 합니다. 모든 것이 정해진 다음에 들어가야 하지요. 허나 저와 치베, 무라님, 알한님, 울라트와 도깨비들은 저와 같이 움직일 수 있습니다. 작은 주신 사람으로 되어 있으니까요. 거기에 여기 계신 사울아비 스승들이 도와주시고, 삼사님의 힘도 얻을 수 있다면 어지간한 위험에서는 몸을 지킬 수 있을 겁니다."

초초룬이 고개를 휘저으며 버럭 외쳤다.

"그것만 가지고는 안 돼! 독! 독을 잊었어? 내가 아니면 독에는 안전하지 못해! 나도 너희 형제와 같이 가겠어!"

치우천은 난색을 표했다.

"초초룬 족장은 미아우 전체의 대족장이나 다름없는 몸인데, 작은 주신 사람이 되겠다는 거요?"

"제길! 그럴 수야 없지. 그러니 일단 작은 주신에 들어갔다가 너희가 무사해지고 난 다음에 날 쫓아내면 되잖아! 제길!"

그 말에 야율쿠리가 토를 달았다.

"너 미쳤냐? 미아우의 대족장이 남의 부족에 들어갔다가 쫓겨난다고? 미아우족 사람들이 창피해서 칼을 물고 죽게 만들겠다는 거냐?"

조용히 있던 툰툰이 웃으며 나섰다.

"초초룬님, 염려 마십시오. 갈 사람이 있답니다."

초초룬은 미아우 전체의 대족장처럼 받들어졌기 때문에 툰툰도 그 밑에 있게 된 거나 진배없었다. 때문에 툰툰은 과거와는 달리 초초룬에게 깍듯한 태도를 보였다.

"그게 누군데? 당신?"

"아닙니다. 저 역시, 작지만 우리 부족을 이끌어얍죠. 허나 저는 아들이 많으니 하나 정도 쫓아내는 건 상관없습죠."

그러면서 유쌍을 가리켜 보였다. 유쌍은 쩝 입맛을 다시며 퉁명스럽게 중얼거렸다.

"같은 말이라도 쫓아내는 게 뭐냐구요, 쫓아내는 게. 아버지가 자식 사랑에 저토록 무디다니, 원 참……."

그러자 치우비가 웃으며 농담을 했다.

"유쌍 저 녀석은 여자 후리는 재주가 뛰어나서 신시를 뒤집어 놓을지도 모르겠는데요?"

"아이구, 무슨 말씀을 하시나요?"

사람들이 장난처럼 웃고 떠들자 정색을 하고 있던 치베가 화를 냈다.

"지금 시시덕거리고 있을 때인가? 큰 싸움을 앞두고 뭐 하는 건가!"

치베가 위엄 있게 나무라자 모두 조용해졌다. 치우천은 속으로 웃으면서 말을 이어 나갔다.

"좌우간 우리는 어떻게든 살아남아서 웃뜸사울아비의 자리를 얻어

내야겠지요. 그래서 사울아비들의 힘을 앞세워 한웅님을 해치려는 음모를 밝히고 귀족들을 하나씩 쳐내는 것입니다."

이번에는 알한이 입을 열었다.

"그럴 경우에는 어느 정도 성공할 확률이 있다 보십니까?"

"대략 반반이라 생각합니다. 놈들이 무슨 수를 쓸지 알 수 있다면 열에 아홉은 문제없지만요."

줄곧 우울한 얼굴로 앉아 있던 도단이가 외쳤다.

"내가 알아다 주겠소!"

"자네가?"

부루벼락이 고개를 갸웃거리자 도단이는 전에 없이 강렬한 목소리로 말했다.

"신시에서 일을 꾸민다면 필시 치우가람 형제 놈들이 빠지지 않을 거요. 나는 그들에게 몸을 팔았으니, 무슨 수를 써서라도 놈들의 계획을 알아오겠소이다."

"도단이, 그건 위험하네. 공상이 떨어진 이상 놈들이 더는 자네를 안 믿을지도 몰라."

치우천이 말렸으나 도단이는 막무가내였다.

"아냐. 자네가 조금 다른 수를 썼지만 틀림없이 땅굴 작전으로 공상을 점령했어. 비록 공상이 떨어졌다 해도 놈들 입장에서 나는 잘못된 정보를 준 것이 아니야. 놈들을 다시 믿게 만들 수도 있다네. 이미 발을 들여놓았으니 내가 알아서 하겠네."

도단이는 고집을 피웠고 치우천은 그런 모습이 안타까워 입을 다물고 말았다. 조용히 있던 거서기가 물었다.

"그러면 세 번째 경우는 무엇이오?"

"그건 귀족들이 알아서 나와 협력하려 할 경우요. 그럴 확률은 거의 없다고 보지만, 나에게 무슨 제의를 할지도 모르는 일이오. 그럴 경우 물론 적절히 타협하는 척하면서 그들의 약점을 찾아야겠지요. 일이 훨씬 쉽게 풀릴 것입니다. 귀족들이 약하게 나온다면 일은 거의 된 것이나 다름없으니 어느 정도 안심해도 되겠지요."

그때 나지막한 목소리가 오랜만에 울려 퍼졌다. 거의 입을 열지 않던 무라의 목소리였다.

"다른 경우에는?"

"어떤 경우 말입니까? 무라님?"

치우천이 되묻자 무라가 말했다.

"나는 잘 모르지만, 그중 어느 한 가지 방법만 쓴다는 보장은 없지 않나요? 다른 부족을 시켜 우리를 기습하고, 치우천님 치우비님과 타협하는 척하면서 두 분을 죽이려 한다면요? 그럴 경우 우리는 어떻게 움직여야 하나요?"

치우천은 웃으며 대답했다.

"우리를 습격하는 사람들이 있으면 당연히 싸워야겠지요. 허나 그들이 주신 사울아비들이 아니거나 신시의 귀족이 시켰다는 증거가 없을 때 신시를 쳐서는 안 됩니다. 두 번째 경우로 보고 조심해야겠지요."

"만약 이 이야기가 그들에게 새어 나간다면요?"

"그런다면야 저는 죽은 목숨이겠습니다만 그럴 리가 있겠습니까? 여기 모인 분들은 저와 죽음을 함께한 벗들입니다. 저는 여러분을 믿습니다."

"허나 치우천님, 여기서 말한 작전이 알려지면 그야말로 낭패입니다. 한 사람이라도 배신하는 사람이 나오면 모든 것이 틀어질 수 있습니다. 주신 땅으로 들어간 후에 누가 일부러 사울아비들과 싸움을 벌인다면 어쩔 거죠? 신시에 우리 계획을 일러바치고 치우천님을 혼자 떼어 놓은 다음에 해치면요?"

무라가 열을 올렸으나 치우천은 태연했다.

"나는 모두를 믿습니다. 믿는 사람들에게 배신당한다면 그거야말로 어쩔 수 없는 일이지요."

치우천은 딱 잘라 말하고 무라가 뭐라 대꾸하기도 전에 사람들을 둘러보았다.

"이제 준비를 합시다. 싸움이 없으면 다행이겠지만 있어도 당하지 않게 준비는 튼튼히 해야 되겠지요."

사람들은 일어서서 밖으로 나가는데, 무라가 혼자 조용히 앉아 있다가 치우천을 불렀다.

"왜 그러십니까, 무라님?"

"아무래도 이상하군요. 치우천님."

"뭐가 이상하다는 겁니까?"

"치우천님은 공상 싸움 때에도 비밀이 새어 나갈까 봐 진짜 작전에 대해서는 말하신 적이 없어요. 그런데 아직 신시에 도착하려면 멀었는데 굳이 이렇게 계획을 말하실 필요는 없지 않나요? 뭔가 숨기시는 것이 있지요?"

치우천은 주위에 아무도 없는 것을 재빨리 확인하고는 가볍게 한숨을 쉬었다.

"제가 그 정도로 서툴렀습니까?"

"둔한 나도 눈치챌 정도이니 조금만 눈썰미 있는 사람이라면 눈치챌 겁니다. 치우천님, 혹시 우리 중 배신자가 있나요?"

치우천은 얼굴빛을 흐렸다. 무라는 비록 싸늘한 표정을 풀지는 않았지만 눈빛은 여전히 빛났다.

"그래서 그 사람을 찾아내시려는 건가요?"

치우천은 고개를 끄덕였다.

"이번 싸움에 나는 모든 것을 걸었습니다. 이번 상대는 유망이나 형천처럼 힘이 강하지는 않지만, 아주 위험하고 두려운 상대입니다. 분명히 말해 이번 싸움의 진정한 상대는 고시울률도 아니고 치우가람 형제도 아닙니다. 귀족도 아닙니다. 지난번 이야기했듯 누군지 도저히 알 수 없는 사람이 숨어 있습니다.

저는 아직 우리 안에 그 사람의 그림자가 숨어 있다고는 믿고 싶지 않습니다. 그러나 일이 잘못될 경우 모든 것이 허사가 되고 우리는 끝장입니다. 신시를 손에 넣는 것보다, 보이지 않는 적과 겨루는 일이 더 힘들다는 것입니다."

무라가 차분한 어조로 짧게 말했다.

"제가 돕게 해 주세요."

"특별히 무라님이 도와주실 일은 없습니다."

"정말인가요?"

"물론입니다."

"저는 머리도 좋지 않고 말도 잘하지 못합니다만 항상 당신을 지켜보고 있었습니다. 천님은 지금 몹시 조급하십니다. 위험에 빠져 있습니다. 천님, 천님은 스스로 모험을 하고 계신 것인가요?"

치우천은 눈을 감았다. 무라의 말이 맞았다. 지금의 치우천에게 고시울률이나 치우가람, 바람은 큰 적수이기는 하나 이기지 못할 적은 아니었다. 그러나 치우천의 걱정대로, 치우천과 고시울률 등을 맞서게 하여 이익을 보려는 제삼의 세력이 있다면 이야말로 무서운 적이 아닐 수 없었다. 그 때문에 치우천은 위험을 자초하여 상대의 뿌리를 캐내려고 일부러 정보를 흘려 사람들에게 작전을 말한 것이었다.

"적어도 저는 의심하지 않으시겠지요?"

"무라님은 그럴 수 없습니다. 무라님은 제 아우와 더불어서 제가 가장 믿을 수 있는 사람입니다. 보돈차르님도 절대 그들과 상관있는 분이 아닙니다. 키타야님과 울라트, 구르님도 아니겠지요. 그분들은 너무도 먼 곳에서 오신 분들입니다. 도깨비들도 믿을 수 있습니다. 그러나 그 밖의 사람들은…… 이런 말을 하고 싶지 않지만 모두가 가능성이 있습니다."

"만약 배신자가 있다면…… 그것은 분명 주신 사울아비들 중 하나이거나 주신과 가까운 미아우, 마갸르족 사람일 것입니다."

확신에 찬 무라의 말에 치우천은 고개를 저었다.

"저희 어머님이 죽음을 당한 것은 열 몇 해 전의 일입니다. 그때부터 계획된 일입니다. 다만 저는 그 와중에 끼어든 사람이겠지요. 제가 세상에 나선 것은 태산 회의 때부터입니다. 우연히 우리와 만난 사람은 믿을 수 있지만 그 외의 사람들은 믿기 힘들다는 말입니다."

"목숨 걸고 싸운 동료들을 믿지 않으면 아무것도 할 수 없습니다."

무라가 긴장하여 말하자 치우천은 조용히 말했다.

"제가 신시로 걸음을 돌리지만 않았다면 그 사람은 저를 그냥 두었을 것입니다. 알 수 없는 배신자도 계속 제 옆에 있었을 것입니다. 허나 신시를 깨끗이 하지 않고는 헌원의 길을 막을 수 없습니다."

"헌원이나 유망이 끼어든 것은 아닐까요?"

"그럴 수도 있습니다. 그러나 확실한 것은 아무것도 없습니다."

"그렇다면 부루벼락님이나 쇠돌이님, 거서기님, 삼님, 도단이님 모두가?"

치우천은 체념한 듯 한숨을 내쉬었다.

"저는 그들을 의심하는 것은 아닙니다. 그럴 가능성이 있을 뿐입니다. 가능성이 있는 것을 그들뿐만이 아닙니다. 비렴님, 병예님, 신지울태님도 반드시 우리 편이라고 장담할 수 없습니다. 아니…… 제 아저씨인 치우벌님이나 제 아버님일지도 모릅니다."

"설마요!"

"저는 그분들이 배신자라고 말하는 것이 아닙니다. 다만 배신자가 아니라는 증거가 없을 뿐입니다. 이번 기회에 배신자를 잡아야 합니다. 반드시요!"

"배신자가 정말 있는 것입니까? 저는 정말…… 믿을 수 없습니다."

"있습니다. 맥달님이 예언을 남겨 주었습니다. 저는 맥달님의 말은 정말로 믿습니다."

무라는 한숨을 쉬며 물었다.

"그렇다면 그분들을 제쳐 놓으시면 되지 않습니까? 그리고 다시 계획을 세울 수는 없습니까?"

"그분들 없이는 아무것도 이룰 수 없습니다. 그분들을 빼면 남는 사람이 몇입니까? 더구나 신시 안에 이미 계신 분들을 어떻게 빼고 생각할 수 있습니까?"

"치우천님, 그러면 배신자가 생길 경우에 대비하여 다른 계획을 세워 두신 바 있습니까?"

"세울 수가 없습니다. 마음의 대비만을 하고 있을 뿐입니다. 무라님, 제 머리가 조금 돌아간다 해도, 상대가 저를 훤히 알고 저는 아무것도 모르는 상태에서는 이길 수 없습니다. 차라리 아무 작전 없이 움직이는 편이 낫다고 생각합니다. 그때그때 최선을 다할 뿐이지요."

솔직히 털어놓는 치우천의 모습은 힘들고 지쳐 보였다. 무라는 조용히 치우천을 바라보다 입술을 깨물며 생각에 잠겼다.

곧 치우천은 표정을 고치고 편안하게 웃어 보였다.

"덕분에 마음이 많이 가벼워졌습니다. 무라님은 사람의 마음을 편하게 만들어 주시는군요. 제 안사람이 무라님을 따르는 마음, 이제야 잘 알겠습니다."

무라는 충격적인 말을 했다.

"방법은 하나뿐입니다. 치우천님, 저는 비냐를, 그리고 번개범을 만나고 싶습니다."

치우천은 의외의 말에 안색이 변했다.

"무슨 말씀입니까?"

"치우천님이 처음에 그 보이지 않는 자의 낌새를 채신 것은 번개범 때문입니다. 천님은 분명 알지 못할 상대가 번개범을 키우고 있었다고 말했습니다. 번개범은 죽지 않았다고 말하셨지요. 그렇다면 천님은 어디 있는지 아실 것입니다. 번개범이 있는 곳에 저를 보내 주실 수 없습니까?"

"무라님, 대체 왜……?"

"치우천님, 저는 부하들에게서 비냐가 아직 살아 있다는 이야기를 들었습니다. 비냐가 무슨 말을 했는지도요."

무라의 입에서 뜻밖의 이야기가 나오자 치우천은 몹시 놀랐다.

"그것을 어떻게 알았습니까?"

"지난번 번개범과 싸울 때, 비냐가 자기 입으로 말하는 걸 들은 사람이 많습니다. 그러니 제 귀에도 들어오게 마련이지요."

"비냐가 자기 입으로 말했다고요? 그녀는 저와 우린 구슬로……."

"아닙니다. 치우천님은 중간에 우린 구슬을 떨어뜨렸고, 그래서 비냐가 직접 주신 말로 말했다고 합니다. 아직까지 모르고 계셨다니…… 정말 충격이 크셨던 모양이군요."

어떤 일에나 태연하던 치우천도 지금만큼은 자신도 모르게 손이 떨렸다. 참으로 묘하게도 치우천은 아직 그 사실을 모르고 있었다. 그때 비냐가 소녀의 잔학함을 큰 소리로 외치는 것을 많은 사람들이 들었다는 사실을. 그들이 자신의 낯을 보아 자신의 귀에는 이야기가 들어오지 않게 했지만, 실제로 많은 사람들이 소녀의 행동에 대해 알고 있다는 것을.

'이 일을 어떻게 하는가? 사람들이 떠드는 것이야 상관없지만……
무라님이…… 무라님이…….'

무라는 보기보다 정이 깊어서 같이 자란 열세 자매들에 대한 사랑이 극진했다. 싸움터에서조차 자기가 죽을지언정 같이 자랐던 유우를 죽이지 않으려 할 정도였다. 같이 자란 비냐를 소녀가 죽였다는, 그것도 조금의 감정도 없이 잔혹하게 살해하려 했다는 것을 무라가 안다면 그녀가 어떻게 나올지는 아무도 알 수 없었다.

그 때문에 치우천은 그 이야기를 아무에게도 하지 않았지만, 이제 보니 자기만 빼고 모든 사람들이 다 알고 있었던 것이다.

"비냐를 누가 그랬는지도…… 아십니까?"

무라의 얼굴이 창백하게 변했다.

"비냐는…… 아주 추악한 몰골로, 죽다 살아난 모습이라더군요. 분명한 번 죽었다가 다시 살아나서, 죽은 것만 못하게 되었다고 들었습니다. 그리고 비냐를 그렇게 만든 것이…… 소녀라는 말도 들었습니다……."

치우천은 간신히 입을 열어 물었다.

"어떻게…… 하실 겁니까?"

그러자 무라의 냉정한 표정이 삽시간에 허물어지더니 맑은 눈에서 눈물이 주르륵 흘러내렸다.

"모르겠습니다. 지금은 모르겠습니다. 허나 저는…… 치우천님을 돕고 싶습니다. 비냐는 분명히 더 아는 것이 있을 것입니다. 비냐가 아니라도 번개범은 더 말할 것이 있을지 모릅니다. 치우천님, 저는 카와 슈,

그리고 수십 마리의 개명수를 어릴 때부터 길렀습니다. 비냐가 번개범과 금방 친해진 것처럼, 저는 사람보다 호랑이들과 더 쉽게 가까워질 수 있습니다.

지난번 치우천님은 번개범과 싸웠으니, 번개범도 뭔가를 숨기고 있을지 모릅니다. 저라면 알아낼 수 있습니다! 지금 치우천님의 방법도 틀리지는 않습니다만 너무 위험합니다. 제가 알아내겠습니다. 숨어 있는 자의 정체를 밝혀내서 배신자를 제거하겠습니다. 그리고……."

무라가 말을 잇지 못하고 고개를 푹 숙이자 치우천은 망연하게 무라를 쳐다보았다.

"소녀가 범인인지 확인하고 싶으십니까?"

치우천이 허탈한 듯 묻자 무라는 고개를 끄덕였다.

"저는 비록 카린을 떠났지만…… 비냐와 소녀는 둘 다…… 제 자매였습니다. 저는…… 저는 어떻게든 해야 합니다. 소녀가 치우천님의 안사람인 것을 잘 압니다. 그 때문에 모른 척하려고도 생각해 보았습니다. 허나…… 이대로 있을 수는 없습니다."

무라는 돌연 몸을 일으켜 치우천에게 정중히 절을 했다.

"치우천님, 제가 반드시 알아내겠습니다. 목숨을 걸고, 무슨 짓을 해서라도 배신자를 알아내고 치우천님을 지키겠습니다. 그러니 제 자매들의 일을…… 제게 맡겨 주십시오! 그러실 수 없다면, 지금 죽이십시오!"

치우천은 실로 암담했다. 무라의 생각을 듣고 보니 그것만이 신시에 숨어 있는 검은 그림자의 정체를 밝힐 수 있는 유일한 방법 같았다. 번개범은 자신과의 대화를 극도로 꺼렸으며, 생각이 정리되지 않아서 어머님과 관계되었던 옛일에 대해 상세히 묻지도 않았다. 더구나 치우천은 그때 번개범을 다시 찾지 않겠다고 약속한 바도 있으니 무라를 보내는 것이 유일한 방법일 수도 있었다. 그러나…… 그렇게 한다면 소녀는 어떻게 된단 말인가?

치우천은 눈을 감고 애써 마음을 가라앉혔다.

'치우천아, 치우천아. 소녀는 너를 위해 그런 것이지만, 그녀의 죄는 죄대로 가야 한다.'

그러나 다른 생각도 들었다. 수많은 생각들이 꼬리를 물고 일어나 치우천을 가운데 두고 번갈아 꾸짖는 것만 같았다.

'그래서는 안 된다! 지금까지는 나를 생각하여 무라가 참고 있었지만, 내가 소녀를 무라에게 맡겨 직접 비나를 만나 참혹한 모습을 본다면 무라는 소녀를 용서하지 않을 것이다. 치우천아, 너는 사랑하는 사람, 너만 믿고 있는 여자 하나를 지켜 줄 수 없단 말이냐? 그까짓 꿈이 무엇이고 주신이 무엇이냐?'

'네가 무라의 윗사람이라고 소녀를 지켜 준다면 네가 그동안 했던 귀족들이나 악한 자들과 무엇이 다르냐? 너는 네 아우도, 네 자신도 잘못하면 벌을 받아야 한다고 외쳐 왔다. 그런데 그녀가 너를 좋아한다는 이유로, 그녀가 네게 모든 것을 걸었다는 이유로 모든 것을 버릴 것이냐? 이것은 작은 일이지만 너는 여기서부터 허물어진다. 그렇게 되면 모든 것이 허물어질 것이다!'

'너는 사랑하는 사람 하나 지켜 주지 못한단 말이냐? 그것도 너를 위해 한 짓인데 네가 시킨 짓이 아니라고, 책임을 회피할 생각이냐? 너는 그 정도밖에 안 되는 녀석이었더냐?'

치우천은 치열하게 번민했다. 미칠 듯한 혼란과 고통이 치우천의 가슴을 후벼 파는 가운데, 치우천은 마침내 땀을 흘리며 입을 열었다.

"무라님께…… 맡깁니다. 다만…… 다만 소녀와의 옛정을 잊지 마시길……."

무라는 눈물을 흘리며 치우천에게 다시 한번 고개를 깊이 숙이는가 싶더니 번득하는 순간 사라져 버렸다. 치우천은 고통스럽게 이를 악물며 그 자리에 앉아 있었다. 그러나 치우천의 마음은 어느덧 정리되어 칼을 품은 것 같은 굳은 결심만이 앙금처럼 남았다.

'마음이 아프다. 마음이 아프지만…… 무라야말로…… 무라야말로 소녀의 일을 심판할 수 있는 유일한 사람이다. 따른다. 그리고 소녀가 죽으면…… 나도 따라 죽는다. 그뿐이다…….'

다가오는 검은 그림자

그렇기에 전투는 적을 속임으로 시작되고, 유리한 곳을 차지하기 위해 행동한다.
병력을 나누기도 하고 합하기도 하며 임기응변한다.
그러므로 행동은 빠를 때는 바람〔風〕과 같이, 느릴 때는 수풀〔林〕과 같이,
쳐들어갈 때는 불〔火〕과 같이, 움직이지 않을 때는 산(山)과 같아야 하고,
기밀을 감출 때는 야음과 같으며 움직일 때는 벽력 같아야 한다.
—『손자병법(孫子兵法)』,「군쟁(軍爭)」편에서

마침내 치우천의 군대는 주신 접경을 넘어 신시로 향했다. 치우천의 예상과는 다르게 주신 접경에서는 아무도 치우천의 부대 앞을 막지 않았다. 오히려 주신 변방의 주민이나 사울아비들은 공상을 점령한 영웅들이 온다고 크게 환대했다. 보름이나 행군할 동안 아무도 치우천의 부대를 건드리지 않았다. 대장들은 아마 귀족들이 두 번째 작전을 꾸미고 있다고 생각했으나 치우천의 생각은 달랐다.

치우천은 내색은 하지 않았지만 침통함을 금할 수 없었다.

'분명 누가 내 작전을 귀족들에게 알렸다. 그렇지 않고서는 고시울률이 우리를 막지 않았을 리 없다. 아무에게도 속을 털어놓을 수 없다니, 괴롭구나.'

지금 치우천에게 가장 걱정스러운 것은 계획이 새어 나가는 일이 아니었다. 믿었던 벗들 사이에 배신자가 있다는 소문, 그것이야말로 치우천에게 가장 큰 적이 될 수 있었다. 불신의 눈빛이 보이기 시작하면 여러 부족으로 이루어진 이런 부대 따위는 금방 허물어진다. 생각해 보면

이 군대는, 수평 관계는 그리 굳지 못하고 거의 치우천과 각 부족 간의 수직 관계로 짜여 만들어진 것이나 다름없었다.

이런 부대에 의심의 눈초리가 돌면 사기가 떨어짐은 물론이고 어느 작전도 먹혀들지 않는 혼란에 빠져 결국은 전멸할 수밖에 없었다. 그 때문에 치우천은 함정으로 걸어 들어가고 있다는 사실을 알면서도 누구에게도 상의하거나 속을 터놓을 수 없었다. 치우비나 몇몇은 믿을 수 있었지만 배신자에 대한 감정을 숨기면서 태연히 행동할 수 있을 만한 사람은 없었다.

'싸움이 벌어지면 상황에 따라 대응하는 것이 차라리 낫다. 내 목숨을 노리더라도 어느 정도는 막을 수 있다. 다행히 사람들에게 알린 계획 정도만 상대가 대비한다면 나 또한 임기응변으로 대처할 수 있다. 놈들이 함정을 파 놓는다면 나는 태연히 함정으로 들어가서 빠져나와 주겠다!

허나 나는 상대가 누구인지도 모른다. 그러니 그들이 원하는 게 무엇인지, 무엇을 위해 움직이는지도 모른다. 만약 상대가 일부러 계획을 흘린 것을 눈치채고 전혀 다른 방향에서 나를 친다면 당할 수밖에 없다. 상대가 누구인지만 알 수 있어도……. 무라님이 과연 해내실 수 있을까?'

무라야말로 치우천이 가진 마지막 비장의 한 수였다. 무라가 갑자기 사라진 이유는 치우천조차 모르는 것으로 되어 있었다. 그녀가 부하 한 명에게 카린에 다녀온다는 말 한마디만 남기고 없어졌다는 보고를 받자 치우천은 누구보다도 놀라는 시늉을 해 보였다. 숨어 있는 배신자에게 그 연기가 제대로 먹혀들 것인지 아닌지는 알 수 없었지만 말이다.

그러는 사이 시간은 흘러 치우천의 부대는 어느새 신시 바로 밑에 이르렀다. 아무도 그들의 앞을 막지 않았고 도리어 환영하고 박수를 보내주기만 했다. 치우천의 목숨을 노리는 사람도 없었다. 의외로 귀족들은 이번만큼은 치우천을 위하여 커다란 환영대를 세우고 신시의 성문을 꽃으로 장식까지 해 놓고 있었다.

치우천을 따라온 대장들은 상대가 신사적으로 나오자 허탈하기도 했으나 한편으론 두근거리는 마음을 감출 수 없었다. 치우천이 신시의 남쪽 성문 근처에 이르자 우사 병예가 직접 이끄는 한 무리의 사울아비들이 나와 치우천을 영접하며 격려해 주었다.

"주신의 사울아비 큰스승 치우천은 흉악한 유망의 무리를 공상에서 몰아내어 주신의 벗 미아우족과 마갸르족의 땅을 되찾는 큰 공을 세웠다. 사와라 한웅께옵서는 치우천의 큰 공을 기뻐하셔서 신시 안에서 큰 잔치를 베풀기로 하였으니 치우천은 신시 안으로 들라."

그러나 예상대로 치우천과 그가 지명한 몇 사람들만 안으로 들어서는 것을 허락받았을 뿐, 나머지 부대는 신시 밖에 기다리고 있으라는 명이었다. 물론 수만에 이르는 부족 집합체 같은 치우천의 군이 신시 안으로 들어가겠다고 고집을 부릴 수도 없는 일이었다.

치우천의 작은 주신 부대는 신시에서 오 리 정도 떨어진 곳에 머물렀으며 나머지 미아우, 마갸르 등의 군대는 신시에서 십 리 되는 곳에 머물렀다. 야율쿠리, 초초룬, 보돈차르는 따로 각각 오천 정도씩의 부대를 신시에서 수십 리 떨어진 곳에 머물러 있게 했는데, 이렇게 많은 타 부족 군대가 신시 주변에 머문 일은 이번이 처음이라고 사람들은 말했다. 물론 그들도 공상 싸움에 공을 세웠기 때문에 그런 허락이 떨어졌겠지만, 그렇기에 순순히 허락한 것이 더욱 미심쩍을 정도였다.

치우천은 신시에 같이 들어갈 사람으로 작은 주신 사람들만을 골랐다. 치베, 키타야, 구르, 리미, 개르, 유쌍과 작은 주신의 용감한 전사 스무 명이 그들이었다. 사울아비들도 오랜 원정을 마쳤으니 따로 신시에 들어가게 되었으며, 부족장들은 일단 같은 날 신시에 들어가지 않고 밖에서 대기하기로 했다.

치우비는 알한, 울라트, 마냥, 싱카, 비울걸, 울쿠타, 야쿠타, 차오스와 함께 나머지 작은 주신 전사들과 도깨비 부대, 용병대와 남아 있기로 했다. 작은 주신이 통째로 옮겨 왔기 때문에 그들 중에는 씨름꾼 보챠두와 그의 아들들도 있었다.

치우천은 신시로 들어가기 직전 치우비를 불렀다.

"우리는 호랑이 굴에 들어가는 것이나 다름없다. 너와 같이 가고 싶지만 밖에서 군을 이끄는 게 더 중요하다. 우리에게 무슨 일이 생기면 치베가 신호할 것이니 잘 보고 행동해라. 치베가 불화살을 쏘아 올릴 텐데, 너는 눈이 좋으니 볼 수 있을 것이다. 불화살이 한 번 오르면 작은 주신 부대에게 싸울 준비를 하게 하고, 두 번 연달아 오르면 사방의 부대를 모이게 해라. 만약 세 번 오르면 더 볼 것도 없이 즉시 신시를 공격해라. 물론 불화살이 오르지 않아도 공격을 받으면 상대가 누구든 싸워야 한다. 그리고 우리가 화살 석 대를 올리면 울라트가 싣고 온 나무 상자들을 부숴서 그 안에 든 물건을 써라."

"그게 뭔데?"

"네가 전에 가시덤불을 들어 한웅님을 구할 때 가시에 긁혀 몸이 상했지? 그것을 보고 만든 물건이란다. 그것 말고도 여러 가지가 있지만 모든 것은 우리가 함께 겪은 일들 속에 있단다. 너는 항상 나와 함께한 내 아우가 아니냐?"

치우천이 환한 미소와 더불어 알들 모를 듯한 말을 남기자 치우비는 의아해하며 물었다.

"지금 이야기해 주면 안 돼?"

"그것들은 위험한 때가 아니면 아직 써서는 안 되는 물건들이란다. 조금도 어긋나면 안 된다. 알겠지?"

"염려 마! 나도 같이 가고 싶지만……."

"녀석, 내 걱정은 마라. 누가 아느냐? 아무 일 없이 잘 풀릴지 말이다."

치우천은 신시의 커다란 성문을 통과하며 깊이 심호흡을 했다.

'이제 시작인가…….'

그러나 치우천이나 치우비도 상상하지 못하는 일이 벌어졌다. 치우천 일행이 성문을 통과하자마자 갑자기 요란한 소리를 내며 신시의 성문이 닫히기 시작했다. 치우천과 일행만이 아니라 그들을 안내하던 병예마저도 깜짝 놀랄 정도였다. 순간 병예에게도 창이 겨누어져 즉시 한쪽으로 끌려 나갔다. 아무리 병예가 주술력이 강해도 예기치 못한 사이에 들이밀어진 창에는 어찌할 수 없었다.

성문이 닫히자마자 사방에서 사울아비들이 쏟아져 나왔다. 용병에 능한 구르와 키타야는 작은 주신 전사들로 하여금 치우천을 둥글게 에워싸도록 했다. 그러자 치우천은 치베에게 말했다.

"치베! 화살을 준비해라! 우선 한 대!"

치베는 사울아비들이 다 뛰어나오기도 전에 예의 그 놀라운 활 솜씨로 불화살을 쏘아 올렸다. 그러는 사이 뛰쳐나온 수백 명의 사울아비들은 치우천의 부대를 완전히 포위하여 무기를 겨누었다. 작은 주신의 전사들도 그에 질세라 이를 악물고 무기를 마주 겨누었다.

저쪽에서 누가 천천히 말을 타고 걸어왔다. 바로 고시울률과 부루위단 그리고 치우가람과 치우바람 형제였다. 그들의 모습을 보고 치우천은 코웃음을 쳤다.

치우바람이 짐짓 씩씩거리며 커다랗게 외쳤다.

"치우천! 이 주신의 배신자 놈아! 감히 다른 부족 놈들을 수도 없이 끌고 와서 신시를 치려고 해? 썩 항복하고 꿇어 엎드려!"

치우천은 침착하게 되받았다.

"신시를 칠 거였으면 내가 여기 왜 들어왔겠소? 이런 야단스러운 환영이라니. 고시울률님, 좀 더 그럴듯한 함정은 없었소?"

고시울률은 한동안 치우천을 조용히 지켜보더니 위엄 있게 입을 열었다.

"네가 공상을 친 재주는 인정한다. 하지만 신시에서 소란을 피우려고 하는 건 용서할 수 없지."

"내가 언제 신시를 쳤소? 나는 공상을 치고 상을 받으러 온 것이오. 내가 무슨 잘못이 있다고 이렇게 둘러싸는 겁니까? 일껏 공상을 점령했더니 상으로 목을 자르겠다는 말씀이오?"

"주신은 공을 세우면 이런 식으로 갚느냐?"

"흥! 세상 모든 부족들이 비웃을 것이다!"

치베와 키타야, 구르도 나서서 마구 욕을 했고, 특히 유쌍은 조금도 겁을 먹지 않고 신시가 다 울릴 만큼 큰 소리로 욕을 퍼부었다.

"너희 놈들은 신시에 앉아서 백성들 긁어먹는 것 말고 뭘 했느냐? 애써 싸워 지나족을 막아 낸 전사들을 이런 식으로밖에 못 대하다니! 이 썩은 돼지비계 같은 놈들아!"

부루위단은 그런 욕설에는 관심도 없다는 듯이 치우천을 보며 비꼬았다.

"미친 녀석! 네놈의 검은 속을 누가 모를 줄 아느냐? 공을 세웠다고 다른 부족의 도적들을 잔뜩 끌고 와서 신시를 뒤엎으려 한 것이 네놈이 아니더냐?"

그 말에 치우천이 고함을 치며 되받았다.

"신시는 이미 뒤집혔지. 네놈들이 돼지코로 긁고 지나가서 벌써 신시는 몇 번이나 뒤집혔어. 한웅님도 몰라보는 썩은 귀족 놈들! 그리고 거기에 달라붙은 구더기 같은 것들! 안파견 한님도 네놈들의 썩은 냄새에 코를 싸쥐고 얼굴을 돌리실 것이다!"

주신에서 안파견 한님을 두고 하는 욕은 욕이라기보다 사생결단을 하자는 무서운 저주나 다름없었다. 똑같은 욕이라도 안파견 한님을 빗댄 욕은 그야말로 전 집안이 동원되어 죽을 때까지 싸워도 시원치 않을 욕이었다.

치우천이 그런 무서운 욕지거리를 퍼붓자 부루위단은 화를 이기지 못해 손을 벌벌 떨었다.

"저런…… 저런 고얀……!"

치우천은 더욱 크게 외쳤다.

"너희도 낯짝이 있다면 한웅님께 말씀드려라! 나는 공상을 무너뜨렸으니 주신의 웃뜸사울아비나 다름없고, 여기 모인 사람들도 더 이상 다른 부족이 아니라 주신 사람들이다! 나, 치우천! 사와라 한웅님을 뵙기를 청한다!"

"고얀한 놈이로다. 우리는 한웅님의 명을 받아 나온 것인데 네놈이 뻔뻔스럽게 한웅님을 팔아?"

치우가람이 으르렁거리듯 말하자 치우천은 냉랭한 표정으로 되받았다.

"흥! 한웅님 핑계만 대는 놈들아. 네놈들이야말로 한웅님을 앞세워 못할 짓이 없는 놈들이다!"

"잔말 말고 무릎을 꿇어라! 네놈은 도망 못 간다!"

"도망? 내가 왜 도망을 가느냐? 나는 잘못이 없다. 너희가 먼저 나를 공격했다. 신시의 모든 사람들이 똑똑히 알고 있을 것이다. 내가 아니라 너희가 도망가야 할 것이다!"

치우천은 크게 웃고는 치베에게 버럭 소리쳤다.

"석 대!"

그러자 치베는 연속하여 석 대의 불화살을 쏘아 올렸다. 그것을 보고 고시울률은 조용히 물었다.

"신시를 치려는 거냐?"

치우천은 당당하게 대답했다.

"앉아서 당할 수는 없소이다. 주신과 한웅님을 지키기 위해서라도 신시는 청소할 필요가 있소!"

"벌써?"

치우비는 형이 들어가자마자 성문이 닫히고 연달아 불화살이 오르는 것을 보고 경악했다. 그러나 미리 당부받았던 일인지라 치우비는 각 부대에 울쿠타와 야쿠타를 비롯해 사람들을 보내는 한편, 급히 도깨비 부대와 용병대에게 울라트가 싣고 왔던 상자를 부수라고 했다. 도깨비 부대와 용병대들은 순식간에 상자를 부수고 안에 들어 있는 것을 꺼냈다. 안에는 생전 처음 보는 구리 무기들과 가죽끈이 달린 구리판, 그리고 구리 그릇이 가득했다.

"이게…… 뭐야? 무기는 알겠는데, 다른 건……."

치우비가 머뭇거리는 사이 도깨비들 중 한 명이 외쳤다.

"치우비님! 여기 사람 그림이 그려져 있습니다!"

치우비가 달려가 보니 넓적한 구리판에 사람의 몸이 그려져 있었고, 구리 그릇에는 사람의 머리가, 가늘고 길며 둥근 구리판에는 사람의 팔과 다리가 그려져 있었다. 치우비는 순간, 치우천의 말이 생각났다.

'모든 것은 우리가 함께했던 일들 속에 있단다.'

치우비는 과거 가시덤불을 안고 돌진하면서 숱하게 몸을 다쳤던 일을 떠올렸다. 그러자 이 구리 조각들이 무엇을 의미하는지 알 수 있었다. 치우비는 뒷면에 사람의 몸이 그려진 구리 조각 하나를 들어 자기 팔에 걸친 다음 가죽끈을 움켜쥐었다. 그것은 치우비의 팔에 꼭 맞았다. 그리고 사람의 몸이 그려진 가장 큰 구리판을 들어 목 아래 대었다. 도깨비들과 작은 주신 전사들은 놀라서 외쳤다.

"구리 옷이다! 구리로 된 옷이다!"

그때 울라트가 나서더니 빨리 서두르라고 채근했다.

"오라버니! 그것을 입어요! 그리고 너! 너! 너! 힘이 세다고 믿는 녀석들만 저걸 입어!"

글자 그대로 그것은 구리로 된 옷, 바로 갑옷이었다. 그때까지는 상상하기 힘든 일이었다. 구리 무기를 만드는 것도 힘겨웠던 때에 구리로 그렇게 크고 알맞게 휘어진 몸 모양을 만든다는 것은 결코 쉬운 일이 아니었다. 신시 제일의 대장장이 불쇠 할아범을 치우천이 데리고 간 이유는 비록 따로 있었으되, 전사들 천 명을 공상 싸움에 참가시키지 않고 놓아둔 이유가 여기에 있었다.

치우비는 자기가 다쳤던 것을 잊지 않고 이것을 만든 형의 마음에 감격하여 자신도 모르게 눈물을 흘렸다. 구리 갑옷은 형의 마음이었다.

'형! 나는…… 이제 아무도 겁나지 않아. 아무도!'

치우비가 몸과 팔, 어깨, 그리고 허벅지에까지 온몸에 구리 갑옷을 걸치고 몸을 펴자 주위에서 찬탄의 함성이 일어났다. 최후로 치우비가 구리 그릇처럼 생긴 것을 보다가 머리에 쓰자, 이제 치우비는 얼굴과 손, 정강이 아래 말고는 완전히 구리로 감싸져 있었다.

번들거리는 구리로 감싼 치우비의 거대한 몸은 세상에 무엇도 그것을 뚫을 수 없을 것 같아 보였다. 또 울라트의 지시를 받은 힘센 전사들 몇몇이 달려 나와 자신들의 갑옷을 입고 있었다.

실제로 구리 갑옷은 무거워 보통 힘을 지닌 사람들은 입고 쉽게 움직일 수 없었다. 상자 안에 든 구리 갑옷은 스무 벌 정도밖에 되지 않았다.

불쇠가 고심참담했으나 그 이상은 만들어 낼 수 없었던 것이다. 그러나 그것만으로도 사기를 올리기에는 충분하고 남았다.

치우비는 옆에 떨어져 있던 기다란 자루 도끼를 집어 들었다. 그 도끼는 자루까지 질 좋은 검은 구리로 만들어져 무게가 엄청났으며, 보는 것만으로도 무서울 정도로 예리하고 컸다. 갑옷 역시 무척 무거워서 보통 사람은 거기에 눌려 버릴 정도였지만, 힘을 타고난 치우비에게는 문제가 되지 않았다.

치우비가 갑옷을 입고서 도끼를 들어 양팔을 활짝 펴며 크게 함성을 지르자 작은 주신의 전사들이 소리 높여 환호했다. 신시의 성벽 위에는 많은 사울아비들이 올라가 활을 겨누고 있었지만, 치우비의 엄청난 모습을 보자 얼이 빠지고 기가 죽어서 화살을 당길 엄두도 내지 못했다.

곧이어 치우비의 함성이 터져 나왔다.

"주신은 형님을 배신했다! 공을 세운 우리를 도리어 죽이려 하고 형님을 성안에 가두었다! 이것은 썩어 빠진 귀족들의 짓이다! 작은 주신의 전사들이여! 우리의 적은 신시다! 공격!"

치우비와 스무 명의 갑옷 전사는 일제히 성벽으로 달리기 시작했다. 다른 전사들도 고함을 치면서 성벽으로 향했다. 이미 그들은 사다리와 갈고리 밧줄 등의 성 공격 무기를 준비하고 있었다.

사울아비들은 달려오는 전사들을 향해, 특히 갑옷을 입은 전사들을 향해 화살을 날리기 시작했다. 화살이 일제히 쏟아지자 전사들은 반사적으로 몸을 움츠렸다. 수많은 화살들이 전사들의 몸에 맞았다. 사울아비들의 솜씨는 결코 녹록치 않았던 것이다.

그러나 화살은 구리판으로 된 갑옷을 뚫지 못하고 촉이 부러진 채 땅으로 떨어져 버렸다. 활이 약해서 그런 것은 아니었다. 아무리 주신이라도 수없이 쏘아 대는 화살촉을 모두 구리로 만들 형편은 아니었기에 대부분의 화살촉은 뼈로 만들었다. 활이 아무리 강하다 해도 화살은 구리 갑옷을 뚫을 수 없었다.

성벽에서 쏘아 대는 화살이 위력을 발휘하지 못하자 전사들은 기가 살아서 함성을 질렀고, 성 위의 사울아비들은 비록 노련했으나 당황하여 갈팡질팡했다. 신시 성벽의 사수들은 대단한 솜씨를 지녔기에 활만 믿고 돌이나 끓는 물 같은 준비는 하지 않고 있었다. 이 판에 투구와 갑옷을 입은 전사들이 달려오자 대처할 수가 없었던 것이다.

그 틈을 타서 순식간에 스무 개의 사다리가 성벽에 걸쳐졌다. 갑옷을 입은 전사들은 선두에 서서 몸으로 화살을 받으며 성벽으로 오르기 시작했다. 최초의 갑옷과 투구가 싸움터에 등장한 것이다.

"미친놈들."

성을 공격하는 소리가 들리자 고시울률은 점잖게 웃으며 빈정거렸다.

"신시가 텅텅 빈 상태라고 생각하는 것은 아니겠지?"

"공상을 보름 만에 무너뜨린 우리 부대요. 신시라고 해도 별수 없소이다. 사울아비들은 아직 흩어져 있고 이제야 오는 중일 텐데?"

치우천의 말을 듣고 고시울률은 크게 웃었다. 그리고 부루위단과 치우가람 형제도 함께 웃었다. 치우가람이 한쪽 눈을 찌푸렸다.

"그렇다고 너희 같은 쓰레기들이 신시를 함락시킬 수 있다고 보나? 신시 안의 사울아비만 열천은 넘는다!"

치우천도 냉랭히 웃으며 대꾸했다.

"내가 그 정도도 생각 못했으리라 믿었나? 공상의 지나족은 그 열 배였지만 모조리 쫓겨났다."

"호? 그래? 사울아비하고 지나족 떨거지들이 같은 줄 아나 보지?"

"너희는 내 꾀에 이미 빠졌어. 내가 가장 처리하기 쉬운 쪽으로 움직여 주었으니까.”

“흥! 네놈 부하들이 잘 싸우는 것은 네놈이 있기 때문이다. 네놈이 여기서 죽어 버리면 저놈들은 허깨비들이다.”

치우천은 하얀 이를 드러내며 씩 웃어 보였다.

“누가 고분고분 죽어 준다고 했나?”

“네놈이 아무리 재주가 좋아도 성문은 닫혔고 스무 명뿐이다! 빠져나갈 수 있다고 믿는 건 아니겠지?”

치우천이 크게 웃었다. 고시울률은 눈살을 찌푸렸고, 부루위단은 놀랐으며, 치우가람, 바람은 고개를 갸웃했다.

“뭐가 우습지?”

치우천은 웃음을 멈추고 말했다.

“설마 내가 정말 멍청하여 스무 명만 데리고 왔다고 믿는 건 아닐 테지? 우리가 적게 온 것은, 숫자가 적어야 쉽게 빠져나갈 수 있기 때문이야.”

말을 채 맺기도 전에 치우천은 큰 소리로 한 사람을 불렀다.

“비울걸!”

말이 떨어지는 순간 온통 시커먼 옷을 입고 회색 머리를 어지럽게 흩날리는 비쩍 마른 흉악한 노인이 치우천 앞에 귀신처럼 떨어져 내리듯 나타났다. 기이한 노인이 갑자기 나타나자 고시울률과 치우가람 형제는 놀라서 화살을 쏘라고 소리를 질렀다. 그러나 비울걸이 한발 더 빨랐다.

치우천을 에워싸고 있던 사울아비들이 화살을 쏘기도 전에 거대한 누런 먼지구름이 땅에서 무서운 기세로 솟구쳐 올랐다. 먼지구름은 한데 엉기고 뭉쳐서 거대한 사람 형상을 만들어 갔다.

“도깨비다! 땅도깨비다!”

사울아비들이 놀라 아우성치는 사이 거대한 땅도깨비가 양팔을 휘두르며 포효했다. 고시울률과 부루위단의 말이 놀라서 뛰어올라 하마터면 굴러 떨어질 뻔했다. 치우가람이 외쳤다.

"도깨비건 뭐건 쏴라! 쏴!"

사울아비들은 마음을 가다듬고 화살을 우박처럼 쏟아부었다. 땅도깨비는 화살을 맞으면서도 계속 소리를 지르며 커다란 통나무 같은 팔을 휘둘러 댔다. 사울아비들은 용감하게 화살을 퍼부으며 창을 앞세우고 도깨비들에게 돌격했다.

그러다 문득 치우가람이 보니, 치우천과 스무 명이 넘는 사람들은 그사이 온데간데없이 사라진 것이 아닌가? 다음 순간, 거대한 땅도깨비가 갑자기 생명을 잃고 허공에서 우수수 부서져 내려 사방에 흙먼지가 가득했다. 말을 타고 돌진하던 사울아비들은 흙더미에 깔려 넘어졌고, 먼지 때문에 앞을 분간하지 못하고 성벽에 들이받고 나가떨어졌으며, 자기들끼리 부딪히고 서로 화살을 날려 짧은 시간에 입은 피해가 막심했다.

"놈들이 빠져나갔다! 찾아라! 찾아!"

치우바람이 먼지가 들어간 눈을 움켜쥐고 소리쳤으나 치우천과 부하들은 어디로 사라졌는지 자취도 찾을 수 없었다. 먼지투성이가 된 고시울률은 이를 부드득 갈며 치우가람에게 외쳤다.

"놈을 찾는 것보다 신시를 공격하는 놈들을 쳐부수는 게 우선이다! 치우가람! 전사들을 나가게 해라!"

"알겠습니다!"

치우가람이 힘차게 고개를 끄덕였다.

"성벽에 화살을 올리고 연기를 피워라! 신호를 해라!"

그러면서 치우가람은 음흉하게 웃어 보였다.

'네놈들이 잘났다고 하지만 절대 이길 수 없다. 너희는 꼼짝도 못하고 항복할 수밖에 없어!'

치우비가 막 성벽 위로 기어 올라가던 참이었다. 그때였다. 높은 곳에 올라간 치우비의 눈에 멀리서 일어나는 먼지구름이 보였다.

"저게 뭐지?"

치우비는 안색이 변하면서 급히 외쳤다.

"일단 물러서라! 구리옷을 입은 전사들이 화살을 막으며 물러서서 대열을 갖춰라!"

치우비의 명이 떨어지자 훈련을 잘 받은 작은 주신의 전사들은 물러서서 후퇴를 시작했다. 알한도 어느새 갑옷 앞판을 한쪽 걸치고 화살을 막아 내다가 치우비에게 달려와 물었다.

"무슨 일입니까?"

"적입니다! 신시 밖에도 적이 수없이 많습니다!"

알한의 얼굴이 일그러졌다.

"미친놈들! 신시를 싸움판으로 만들려는 건가요?"

치우비 역시 분노를 이기지 못해 이를 바드득 갈았다.

"나쁜 놈들! 우릴 속이려고 백성들에게 알리지도 않았어!"

신시 성벽 주변으로 수많은 집들이 가득 차 있었다. 만약 공성전만 일어난다면 이 많은 집들이 크게 상하지는 않을 것이나, 성 밖에서 접전이 벌어진다면 수많은 백성들이 어떻게 해서 도망친다 해도 이 집들과 재산은 짓밟힐 수밖에 없었다.

눈이 밝은 야쿠타가 소리쳤다.

"남동쪽에서 먼지가 세 줄기 일어납니다!"

다른 정찰병들도 외쳤다.

"동쪽에서도 두 줄기 일어나고 있습니다!"

"북동쪽에서도 세 줄기 먼지가 보입니다! 적이 엄청난 것 같습니다!"

"침착해라! 어차피 한 번은 치러야 할 일이다!"

보돈차르가 나서서 치우비 측의 대열을 정비하기 시작했다. 연락을 받은 야율쿠리, 초초룬, 보돈차르의 부대가 집결하여 이쪽의 군세는 거의 삼만에 달했지만 여덟 줄기나 되는 먼지구름의 기세로 보아 적들의 수도 엄청난 것이 분명했다.

"주신의 사울아비란 사울아비는 다 모았단 말인가?"

알한이 자기도 모르게 내뱉자 눈을 감고 있던 싱카가 입을 열었다.

"하나하나가 적어도 오륙천은 넘습니다."

"저들 모두가 사울아비는 아닐 거야! 아무리 주신이라도 사울아비가 그렇게 많을 수는 없어!"

야율쿠리가 애써 부정하자 초초룬이 냉정하게 말했다.

"아무리 그래도 사울아비들이 이끄는 부대야. 더구나 구리 무기를 가지고 있을 거라구! 지나족 따위와는 비교할 수 없을지도 몰라!"

"도대체 형님은 어디 가신 거야?"

치우비가 외치는 순간, 치우비 옆에 먼지구름이 일어나면서 비울걸이 귀신처럼 모습을 드러냈다. 비울걸이 무뚝뚝하게 한마디 했다.

"네 형은 한웅인가 뭔가 하는 늙은이를 구하러 갔다. 여긴 너에게 맡긴다고 하면서."

치우천은 리미와 개르를 앞세우고 구르와 키타야를 양옆으로 하여 스무 명의 전사들과 함께 한웅이 사는 큰 집으로 달려가는 중이었다. 일단 고시울률과 치우가람의 눈에서 벗어나자 예상대로 치우천의 앞을 가로막는 사람이 없었다.

사울아비라고 해서 특별한 차림이 필요한 것은 아니었다. 더구나 신시에 적이 쳐들어온 상황에서 신시의 솟대 부근을 지나는 것은 당연히 사울아비라고 생각하지, 설마 밖에서 들어온 자들이라고는 아무도 생각하지 못했던 것이다.

이것은 미리부터 계획한 일은 아니었다. 치우천은 원래 비울걸의 힘을 빌려 성 밖으로 빠져나갈 생각이었다. 그러나 마지막 순간, 지금 신시 안으로 뛰어들면 오히려 사람들의 의심 없이 사와라 한웅을 구할 수 있다는 생각이 들었다.

몇 사람이 치우천의 앞을 막았지만 그때마다 치우천은 "신시에 적이 쳐들어와서 한웅님을 지켜야 한다!"라고 소리쳤다. 덕분에 치우천은 전혀 의심받지 않고 신시 가운데를 지나 솟대길을 거쳐 한웅의 거처로 향할 수 있었다.

리미와 개르는 얼굴이나 머리칼이 눈에 띌까 봐 풀잎으로 엮은 해 가리개를 머리에 눌러쓰고 있었는데, 두 도깨비나 키타야, 구르, 유쌍은 치우천의 담력에 혀를 찼다. 실로 누구도 상상하지 못할 기지로 허를 찌른 행동이었다.

치우천은 한웅의 큰 집에 뛰어들면서 외쳤다.

"신시성 밖에 적이 쳐들어왔다. 사울아비들은 나가서 도우라! 우리가 한웅님을 옮겨 뫼시겠다!"

"너는 누구냐?"

"나는 하늘 군대의 사울아비 큰스승 양역이다! 비렴님의 명을 받고 한웅님께 알리러 왔다! 어서 한웅님이 계신 곳으로 안내해라! 그리고 가마를 준비하란 말이다! 일이 급하다!"

"그런 일은 우리가 할 것이니……."

그러자 치우천은 두말없이 사울아비의 얼굴을 후려쳐서 쓰러뜨리며 외쳤다.

"꾸물거리는 놈은 목을 베겠다!"

실로 치우천은 대담하기 짝이 없었다. 사실 보통 때라면 이렇게 간단하게 한웅에게 갈 수 없을 것이었다. 허나 신시가 세워진 지 수백 년이 지났지만 이렇게 공격을 받은 일은 단 한 번도 없었다. 그리고 아직 조직이나 임무가 철저하게 분담되지 않은 때라 한번 혼란에 빠지자 금방 수습되지 않았다. 그 때문에 사울아비들은 놀라 허둥지둥하며 한웅이 타는 큰 가마를 가지러 사라져 버렸다.

'잘될 것 같다!'

치우천은 생각했다. 그런데 그때, 뒤쪽의 문이 열리면서 두 사람이 천천히 걸어 나왔다. 한 사람은 나이 많은 노인이었고 한 사람은 중년의 남자였는데 둘 다 어디선가 본 사람들 같았다.

"당신들은 뭐요? 어서 한웅님이 있는 곳으로 안내를……."

치우천이 외쳤으나 두 사람은 놀랍게도 빙그레 웃을 뿐 조금도 놀라거나 당황하지 않았다. 다음 순간, 두 사람이 동시에 손을 조금 움직인 것 같았는데 어느새 리미와 개르가 머리에 덮었던 해 가리개가 둘로 쪼개져 떨어져 내리고 있었다. 리미와 개르는 수많은 싸움을 거친 용사 중의 용사였는데, 그들조차 느끼지도 못할 만큼 두 사람은 빠르게 움직였던 것이다.

"당신들은……!"

치우천은 두 사람이 누구인지 기억이 났다. 그들은 바로 하늘 제삿날 춤을 보여 주었던 두 명의 단군이었다. 두 사람은 리미와 개르의 해 가리개를 베어 넘기고도 여유 있게 미소만 짓고 있었다. 그들 중 노인이 먼저 입을 열었다.

"저 녀석들이 사울아비로 보이나?"

그러자 중년 남자가 정색을 하며 답했다.

"도깨비는 사울아비가 될 수 없지요."

"그러면 저놈들이 왜 여기서 난리일까?"

"글쎄요. 한웅님이 어쩌고 하는 것을 보니 한웅님을 어떻게 할 것 같은데요?"

순간 리미와 개르는 서로 슬쩍 눈빛을 교환하고는 동시에 무서운 기세로 달려들었다. 리미와 개르의 도끼가 두 사람의 머리를 정확히 노리고 날아들었으나 두 사람은 태연하게 이야기를 나누고 있었다.

"이러는데 가만두어도 되겠는가?"

순간 치우천이나 키타야, 구르 등은 입을 딱 벌리고 다물지 못했다. 리미와 개르의 도끼는 정확하고 빠르며 힘이 있었다. 그러나 두 사람은 움직이지도 않은 것 같았는데 어느새 리미와 개르의 뒤편에 서 있는 것이 아닌가. 도끼가 빗나가 허공을 가르자 리미와 개르도 크게 놀랐다. 곧바로 뭐가 번쩍하더니 리미와 개르는 컥 소리를 지르며 저만치에 처박혀 버렸다. 중년 남자는 아무 일 없었다는 듯이 노인의 말에 고개를 끄덕였다.

"가만두면 안 되겠지요."

갑자기 치우천의 등에 소름이 확 돋았다. 하늘 제사 때 이 두 사람이 추던 춤을 구경하면서 치우비가 했던 말이 생각났던 것이다.

—내 저렇게 멋진 솜씨는 처음이야. 저분들은 싸움 솜씨도 정말 뛰어나겠어.

—무슨 소리냐? 춤추는 것을 보고 싸움이라니?

—싸움도 몸을 놀리는 것이고 춤도 몸을 놀리는 것인데, 저 정도로 몸놀림이 틀림없다면 싸움 기술도 뛰어날 수밖에.

'비 녀석은 형천이나 금천을 보고도 그런 소리를 한 적이 없었다. 저

사람들이 앞을 막는다면……. 큰일이다!'

두 사람은 아무 무기도 들고 있지 않았다. 그렇다면 그들은 맨손으로 리미와 개르의 해 가리개를 베었단 말인가? 리미와 개르는 수많은 싸움을 치르는 동안 단련되어 도끼에 맞아도 쉽게 쓰러지지 않는 강골들인데 한 번의 손놀림에 꼼짝도 못하고 기절해 버린 것이다.

키타야와 구르는 얼굴이 하얗게 질린 채 치우천의 앞을 막아섰고, 그 앞을 스무 명의 작은 주신 전사들이 에워쌌다. 그러나 두 사람은 능청스럽게 미소를 지으며 얘기를 나눴다.

"무릎을 꿇지 않을 것 같은데 저 녀석들이 뭘 믿고 그러겠나?"

"우리가 늙었다고 우습게 보는 모양이네요."

"내가 늙었지, 네가 늙었느냐? 벌써 늙은이 취급을 당하다니 너도 참 그렇구나."

"저런, 기분이 상하는군요. 그러면 어쩌죠?"

"어떻게 할까?"

"전부 없애 버리지요, 뭘."

두 사람은 우스갯소리를 주고받으며 미소 띤 얼굴로 천천히 앞으로 다가섰다. 그러나 전사들은 물론 키타야, 구르, 치우천마저도 꼼짝도 할 수 없었다. 이상하게 몸이 움직이지 않았다. 숨겨진 실력을 지닌, 이 사람 같지도 않은 두 단군 앞에서 치우천과 부하들은 마치 뱀 앞에 선 쥐 같았다.

"뭐라구요? 형님이 신시 안에?"

치우비가 놀라서 외쳤다. 비울걸은 냉정하게 말했다.

"네가 형을 믿는다면, 형이 하는 대로 놓아두어라. 네가 할 일은 겁먹지 말고 저놈들을 쳐부수는 일이다."

"하지만…… 저들은…… 저들은 주신 사람들인데…….”

치우비가 힘없이 말끝을 흐리자 보돈차르가 일갈했다.

"비 안다! 정신 차렷! 여긴 싸움터다! 우리를 치는 자는 누구건 적이야! 앉아서 죽고 싶은 건가? 자네가 대장이다! 자네 형은 없단 말야!”

"우리가 질 리 없습니다! 치우비님! 명령을!”

알한이 활짝 웃어 보이자 치우비는 이를 악물고 소리쳤다.

"준비해라. 손가락 대형이다!”

치우비의 명령이 떨어지자마자 차오스가 나서서 외쳤다.

"들었느냐? 자, 모두 움직여라! 움직여!”

"늦는 놈은 가만 안 둔다!”

야율쿠리가 버럭 소리치자 초초룬도 한마디 거들었다.

"자! 잘들 해보자! 어려울 것 없다!”

이미 작전을 세워 두었던 만큼 각 부대는 대열을 세워서 손가락 대형으로 열을 맞추었다. 여덟 개로 나뉘어 달려오는 사울아비 부대들 중 가장 앞장선 부대 하나는 치우비 측 전사들의 눈에 보일 정도로 가까워져 있었다. 전사들이 돌격을 하기 위해 마음을 가다듬고 있을 무렵, 눈이 밝은 야쿠타가 갑자기 펄쩍 뛰어오르며 외쳤다.

"치우비님! 저…… 저건……!”

보돈차르가 재빨리 야쿠타의 머리를 눌러 주저앉히며 나직하게 말했다.

"입 다물어라.”

냉정하기 짝이 없는 보돈차르의 이마에 땀이 흐르고 손이 가볍게 떨리고 있었다. 몽골족이라 따를 자 없이 눈이 밝은 보돈차르도 그 사람의 얼굴을 보았던 것이다. 야쿠타는 보돈차르에게 찍혀 눌리면서도 자기 눈을 믿을 수가 없었다.

"보돈차르님! 알…… 알려야……!"

"그러면 우리는 전멸할지도 모른다!"

"하지만 그럴 수는……! 이럴 수는 없어요! 이럴 수는 없어!"

야쿠타는 미친 듯이 눈물을 흘리며 악을 썼다. 치우비의 눈이 야쿠타를 향하자 보돈차르는 스르르 눈을 감았다.

'이런……'

"무슨 일이냐? 야쿠타? 말해라!"

치우비가 외치자 보돈차르는 푸욱 한숨을 쉬었다.

"비 안다, 자네를 믿네. 마음을 굳게 먹게."

치우비는 보돈차르가 왜 그러는지 알 수 없어서 다시 야쿠타에게 물었다.

"너…… 왜 그러느냐? 뭘 보았느냐?"

야쿠타가 울음을 터뜨리며 외쳤다.

"이럴 순…… 이럴 순 없어요. 저…… 저 사람은…… 적군의 맨 앞에 선 사람은……!"

치우비도 그 사람의 얼굴을 보았다. 순간 치우비의 얼굴이 하얗게 질리면서 다리에 맥이 풀려 주저앉으려는 것을 보돈차르가 팔을 잡아 버텨 주었다. 보돈차르는 주르륵 땀을 흘리며 치우비에게 단호한 목소리로 말했다.

"비 안다, 마음을 굳게 먹어야 한다, 굳게!"

치우비에게는 더 이상 보돈차르의 목소리가 들리지 않았다. 여덟 개로 나뉘어서 자신들에게 덮쳐드는 사울아비들, 그중에서도 맨 앞에 서서 무서운 기세로 달려오고 있는 사람은 다름 아닌 치우 형제의 아버지 치우우레였다.

"슈! 빨리! 조금만 더 빨리!"

같은 시각, 무라는 개명수인 슈에게 계속 외치고 있었다. 무라의 흰 머리와 백옥 같던 피부는 먼지로 뒤덮였고 아름다운 슈의 몸도 흙투성이가 되어 있었다. 옆을 달리는 카의 몰골 역시 나을 것이 없었다. 개명수들은 호랑이보다도 힘이 세어 며칠을 달려도 지치지 않는다고 했지만 그런 카와 슈조차도 혀를 반쯤 빼물고 있었다.

무라는 정신이 아득하여 금방이라도 슈의 등에서 떨어져 내릴 것만 같았다. 벌써 나흘째 물 한 모금 마시지 못하고 달리기만 했던 것이다. 무라는 이를 악물었다.

'어서 가야 해! 늦으면…… 늦으면 끔찍한 일이 벌어져!'

무라는 결국 번개범과 비냐와 가리족을 만났다. 번개범이 자세한 것을 알고 있지는 못했지만 무라는 한 가지 놀라운 사실을 알아냈다. 자신이 직접 알아낸 사실임에도 그것을 믿기 어려울 정도였다. 치우천이 걱정했던 신시의 검은 그림자는 분명 존재했다. 그 그림자는 지금 무서운 일을 벌이고 있었다.

"달려! 슈!"

무라는 다시 한번 슈에게 외쳤다. 조금이라도 늦으면 모든 것이 허물어질지 몰랐다. 치우천과 치우비의 목숨도, 많은 벗들과 전사들, 부족들의 운명은 바람 앞의 등불과 같았다. 생각만 해도 끔찍한 결과가 그들을 기다리고 있었다.

무라는 슈의 등을 꽉 움켜쥐었고 슈도 주인의 마음을 눈치챈 듯, 있는 힘을 다해 다리를 뻗었다. 푸른 나무가 가득한 숲 속을 한 줄기 하얀 번개가 스쳐 갔다.

헌원의 약속

대평원의 동북쪽에 흉리토구(凶犁土邱) 산이 있는데,
이 산의 남쪽에 응룡(應龍)이 살고 있었다.
응룡은 한 쌍의 날개를 달고 있으며 물을 모아 구름과 안개를 일으키고
비를 부르는 능력을 갖고 있었다.
—『산해경(山海經)』, 「대황동경(大荒東經)」과 주석에서

동굴은 크고 넓었으며, 사방에 길게 늘어진 종유석들로 뒤덮여 분위기가 자못 신비로웠다. 보통 동굴은 깊이 들어가면 갈수록 시원해지는 법이지만, 신기하게도 이 굴은 들어가면 들어갈수록 점점 더워졌다. 한여름의 땡볕을 쬐듯 동굴 속을 걸어가는 사람들의 온몸은 땀으로 흠뻑 젖어갔다. 반은 더위로, 반은 동굴을 차지하고 있는 주인에 대한 경계심 탓이었다.

사람들의 숫자는 꽤 많았으나 긴장한 터라 아무도 섣불리 입을 열지 않았다. 동굴 안에는 조심스러운 발걸음 소리와 사람들이 들고 있는 관솔불이 가끔씩 탁탁 튀는 소리만 고즈넉하게 메아리칠 뿐이었다. 바람이 없는데도 자주 깜박이는 불꽃은 여기저기 솟아 있는 종유석 사이로 사람들의 그림자를 기괴하게 일렁거리도록 만들었다.

그들은 지나족이었다. 대열의 맨 앞에는 덩치 큰 끽구가 있었고, 그 뒤에는 두 명의 선인 광성자와 적송자가 반쯤 눈을 감은 채 걸어가고 있었다. 선인들 뒤로 두 명의 신하를 좌우에 거느린 헌원이 걷고 있었다.

대열 끝에는 뭔가를 짊어진 오십 명이 넘어 보이는 긴 행렬이 뒤따랐다. 무기는 들고 있지 않았다. 그들은 벌써 그렇게 한나절 넘게 동굴을 걸어 내려가는 중이었다.

갑자기 끽구의 뒤를 따르던 적송자와 광성자가 동시에 걸음을 멈추고 손을 치켜들었다. 행렬이 멈추어 섰다. 모두가 바싹 긴장해 있었다. 천하제일의 장사라는 끽구도 긴장을 감추지 못해 땀을 줄줄 흘렸고, 선인인 광성자와 적송자도 온몸에 힘이 바싹 들어갔다. 얼굴빛의 변화가 없는 사람은 헌원뿐이었다.

헌원이 조심스럽게 입을 열었다.

"그것이옵니까?"

광성자는 말없이 고개를 끄덕였으며 적송자는 여전히 반쯤 눈을 감은 채 헌원에게 말했다.

"이제는 돌아가려 해도 늦었소이다."

헌원은 미소를 띠며 대답했다.

"그냥 돌아갈 마음은 애초부터 없었습니다."

순간 동굴 전체가 나직한 소리로 웅웅거리며 울리기 시작했다. 뒤따르던 자들의 낯빛이 시퍼렇게 질리는가 싶더니 다리를 후들후들 떨기 시작했다. 그들은 지나족에서 손꼽히는 전사에다 힘센 장사들이었으나 두려움을 이기지 못했다.

헌원은 양옆을 따르던 두 사람에게 조용히 말을 건넸다.

"풍후, 상백. 자네들이 부하들을 돌보게. 나 혼자 들어가 보겠네."

풍후는 쉰 살가량 되어 보이는 남자로 곱상하고 영리해 보이는 외모에, 눈을 떴는지 감았는지 모를 정도로 눈이 작았다. 그는 항상 고개를 갸우뚱하게 기울이고 다녔다. 상백은 머리가 하얗게 세고 흰 구레나룻이 무성했으며 얼굴에 주름살이 많았지만 덩치가 크고 어깨가 떡 벌어져 있었다. 풍후는 버릇인 듯 혼잣말처럼 중얼거렸다.

"그런가요? 아, 그래야겠지요. 그렇게 하십시오, 헌원님."

상백은 생각이 달랐다.

"너무 위험한 일이오니 헌원님께서는 제발 마음을 바꾸시어……."

헌원은 웃으며 고개를 저었다.

"내가 해야 할 일일세. 자네가 나를 걱정하는 마음은 잘 안다네. 그러니 마음 약해지지 말게."

그러면서 헌원은 품 안에 손을 넣어 무언가를 꺼내 손에 들었다. 우린 구슬이었다. 적송자가 입을 열었다.

"헌원님의 뜻을 따르기는 하지만 이 일은 아무래도 좋지 않아 보이오. 사람끼리의 일에 사람 아닌 것을 들이는 것은……."

헌원이 되받았다.

"여러 차례 말씀 드렸지만 제 뜻은 변함이 없습니다."

그러자 광성자가 나직이 한숨을 쉬며 적송자에게 타이르듯 말했다.

"도리가 없네. 그만하게. 이것도 하늘이 정하신 일일 뿐."

광성자는 헌원에게 고개를 끄덕이며 차분하게 말을 이었다.

"여기서부터는 혼자 가시는 것이 좋겠소이다."

앞장섰던 끽구는 불안한 눈길로 헌원을 쳐다보았다.

"제가 같이 가겠습니다."

"아닐세. 자네 뜻은 고맙지만 혼자 가야만 한다네. 그편이 훨씬 좋을 것이네."

헌원은 보일 듯 말 듯한 특유의 미소를 지으며 우린 구슬을 두 손에 받쳐 들고 조심스레 앞으로 나아갔다. 끽구가 참지 못하고 따르려 했지만 광성자가 막았다.

"헌원님 말씀이 옳으니 자네는 여기서 기다리게. 이건 헌원님께서 거쳐야 하는 시험이니."

헌원은 조용히, 서둘지도 않고 느리지도 않은 차분한 발걸음으로 어두운 동굴 속을 걸어 들어갔다. 암흑 속이지만 횃불 하나 들지 않아 몇 걸음마다 종유석이나 석순에 부딪히기 일쑤였다. 그러나 당황하거나 놀라는 기색 없이 그냥 차분히, 동굴과 하나인 것처럼 걸음을 옮겼다. 동굴 안을 웅웅 진동시키던 나지막한 울림은 헌원이 깊이 들어감에 따라 점점 더 커져 마침내는 수백 수천의 알 수 없는 존재들이 사방에서 떠드는 아우성처럼 변했다. 그럼에도 헌원은 흔들림 없이 차분하게 걸음을 옮겼다.

얼마를 그렇게 들어갔을까? 두 손에 들려 있던 우린 구슬에서 희미한 빛이 뿜어져 나왔다. 우린 구슬의 빛은 어두운 동굴을 선명하게 밝힐 정도로 빛나고 있었다. 허나 헌원은 언제부터인지 눈을 감은 채였다. 이 깜깜한 어둠 속에서는 눈을 감은 편이 되레 편했기 때문이다. 빛은 곧 사라졌다. 헌원도 걸음을 멈추었다. 구슬에서 빛이 솟구쳤다가 꺼짐과 동시에 헌원의 뇌리로 누군가의 사념이 흘러 들어왔다.

누구냐?

무슨 일에도 놀라지 않는 헌원이었으나 이 순간만은 약간 어깨가 움찔거렸다. 헌원은 마음속으로만 이야기할까 했으나 스스로 결의를 다지려는 듯 큰 소리로 대답했다.

"나는 지나, 화산족의 부족장인 공손헌원이다. 그대가 응룡인가?"

응룡?

"오래전부터 내려온 거대한 뱀의 후손. 도를 얻어 신수가 된 그대를 우리 사람들은 응룡이라 부른다."

곧이어 그 존재의 비웃음 같은 느낌이 전해져 왔다.

내가 이름을 얻은 줄은 몰랐군. 그것도 지저분한 더운 피가 도는 사람에게서.

헌원은 입술을 깨물었다. 헌원은 화산족 중에서도 뱀족에 속했다. 응룡도 뱀의 일종이며, 뱀의 차가운 피를 지니고 있다. 더운 피를 가진 인간과는 본디 결코 함께할 수 없는 생물이다. 찬 피를 가진 존재들과 더운 피를 지닌 인간들은 헤아릴 수 없는 긴 세월동안 서로를 죽여 왔다. 오랜 기간 동안 이어져 온 뱀의 인간에 대한 적대감은, 더운 피가 도는 다른 동물들에게서 갖는 감정보다 훨씬 더 강렬했다. 비록 뱀족이 뱀의 강인함, 뱀의 독기, 뱀의 모양새를 좋아하고 받들기는 했지만 인간과 뱀 사이의 본질적인 거리를 좁히기는 힘들었다.

허나 한 치의 흐트러짐 없이 헌원이 침착하게 되받았다.

"차가운 피가 도는 응룡이여, 그대와 우리 인간 사이에 골이 깊다는 것은 안다. 그러나 나는 그대를 세상으로 이끌어 내려고 왔다."

몸에 도는 피만큼이나 싸늘하면서도 빈정거리는 대답이 들려왔다.

네가 들고 있는 것이 발귀리 선인의 우린 구슬 맞지?

"그렇다."

그것이 아니었으면 감히 내 굴을 기웃거리는 너 같은 인간을 만나 주진 않았을 것이다. 그냥 짓밟아 버릴 수도 있고.

그래도 헌원은 자신감 있는 눈길로 쏘아보듯이 어둠을 주시했다. 그 느낌이 기이하다는 듯한 응룡의 반응이 느껴지자 헌원이 차분히 말했다.

"네가 뭐라 하든 나는 너를 데리고 가야 한다. 너는 나를 따라야 하니까."

뭐? 그게 누구의 뜻이냐? 발귀리 선인의 뜻이냐, 너의 뜻이냐?

"나의 뜻이다."

헌원은 고립자의 존재와 이 세계의 흐름에 대해 어느 정도 식견이 있었다.

응룡은 한동안 생각에 잠긴 듯했다. 헌원은 서두르지 않고 묵묵히 기다렸다. 얼마나 지났을까, 응룡이 다시 생각을 전해 왔다.

너는 왜 하필 나를 찾아왔는가? 나는 움직이기 싫다. 너도 알다시피 나는 차가운 피가 도는 뱀의 후손이다. 네가 생각조차 못할 정도로 아득한 옛날에 세상은 우리 일족의 것이었다. 그때의 우리는 너희가 감히 상상도 못할 만큼 강했다. 너희가 크다고 우러러보는 큰 나무보다 우리의 몸이 더 컸고, 내딛는 발걸음 소리만으로도 세상을 울리게 했다. 우리는 땅을 지배하고 세상을 거침 없이 휩쓸었다.

그러나 우리가 무엇을 잘못했는지 아는가? 너무 강한 나머지 그 힘을 써서 는 안 될 곳에 사용했다. 우리 외의 그 어떤 존재도 적수가 될 수 없었기 때문 에 우리는 스스로를 적으로 삼고 말았다. 아무 이유도 없이 벌어진, 피와 찢어 진 살점이 나뒹굴던 우리끼리의 싸움에서 나는 간신히 살아났다. 몇 번째인지 알 수 없던 싸움이었다. 그 싸움 후, 나는 내 모습을 물에 비추어 보고 깨달음 을 얻었다. 나는 같은 종족의 피를 뒤집어쓰고 있는 내 모습에서 혐오감을 느 꼈고, 그때부터 세상을 떠나 깊은 굴로 들어와 고기를 먹지 않고 스스로를 죽 음으로 이끌려 했다.

하지만 기이하게도 나는 죽지 않고 너무나도 긴 세월 동안 살아남게 되었 고, 나의 종족은 멸망하여 세상에서 찾아볼 수조차 없게 되었다. 지금 있는 자 그마한 뱀이나 도마뱀은 몰락한 우리 종족과는 전혀 다른, 찌꺼기일 뿐이다. 세상을 지배하고 뒤흔들었던 우리 종족의 거대한 발걸음 소리는 이제 어디에 서도 들을 수 없으며 그 소리를 기억해 주는 자 또한 없다.

하하, 헌원이여. 세상을 지배하겠다고? 이미 세상을 지배했던 자의 말에 귀 를 기울여라. 세상을 지배했던 종족은 지금 어디에 있는가? 지금 세상을 지배 한다는 사람들이 우리에 대해 무엇 하나 아는 것이 있는가? 더 이전에도 우리 조차 알지 못하는 어떤 종족이 있었을 테고, 너희 사람들 이후에도 지금 너희 가 알지 못하는 어떤 존재가 세상의 지배자라고 나설지도 모른다. 그러나 그게 어쨌다는 것인가? 지나고 나면 부질없고 허망하기 짝이 없는 것…….

응룡은 차분하게 긴 이야기를 풀어 놓았다. 헌원이 길게 한숨을 내쉬자 응룡은 조용히 덧붙였다.

다 부질없는 짓이다. 나는 서로를 죽이기 싫어 세상을 등졌다. 선인의 이름이나 지배자라는 이름으로 청한다고 내 마음이 변할 수 있다고 생각하나? 그런 생각은 하지 않는 것이 좋을 것이다. 그대의 뜻을 이루는 데 왜 내가 필요한가? 그대의 말처럼 사람이 세상을 지배하고 있다면, 사람의 힘만으로 충분하지 않겠는가…….

헌원은 그 뜻을 충분히 이해한다는 듯이 고개를 끄덕이며 말했다.

"응룡이여, 그대가 말한 이야기는 놀랍다. 그대들의 세상이 끝난 것은 그대에게는 아쉽고 안된 일이며, 허무한 일일지 모른다. 그대는 모든 것이 의미 없고 끝없는 반복이라 말하지만, 지금 세상을 이루고 있는 인간에게 그런 말이야말로 오히려 의미가 없다.

물론 우리 사람들도 언젠가는 실패하고 그릇된 길로 들어서서 스스로를 망치게 될 수도 있겠지. 허나 그럴지 모른다고 하여 아무것도 하지 않으면 이 세상이 죽은 것과 무엇이 다르겠는가? 나는 이제 그대의 종족이 우리 인간보다 먼저 있었다는 것을 안다. 그대는 그대의 일족이 허무하게 사라졌다고 하지만, 우리 인간의 세상이 이루어질 틀을 닦았다고도 할 수 있지 않을까?

그대가 생각하듯 인간도 그대 종족을 모조리 잊은 것은 아니다. 나는 화산족의 뱀족이다. 우리는 뱀을 섬긴다. 차가운 뱀을 왜 섬기는지 이전까지는 몰랐지만 오늘에서야 알게 되었다. 잊혔지만 정말 잊힌 것은 아니기에 우리 더운 피가 흐르는 인간이 너희 찬 피가 흐르는 뱀족을 받드는 것이다. 세상에서 이루어지는 모든 것 중에 헛된 것은 없다."

헌원, 그대는…… 우리 차가운 피 종족의 세상이 헛된 것이 아니었다고 말하는 것인가?

응룡의 울림 속엔 착잡한 느낌이 스며 있었다. 그 순간 헌원은 응룡이 품고 있는 가장 큰 감정이 자멸해 버린 자기 종족에 대한 슬픔과 회한 그리고 허무함이라는 것을 정확하게 짚어 냈다. 응룡이 자신을 따라 나서느냐 아니냐는 그러한 점을 적절히 짚어 내느냐 못하느냐에 달려 있었다.

"그대들이 없어진 것은 안된 일이고 되돌릴 수도 없다. 그렇다고 해서 모든 것에 아무 뜻이 없다고는 믿지 않는다. 내가 만들고 싶은 세상 또한 먼 훗날에 보면 헛되다 할지 모른다. 하지만 나중에 헛되게 보인다고 지금 아무것도 하지 않는 것이 어찌 옳단 말이냐?

그대가 본 대로 사람은 나약하다. 하나만 떼어 놓으면 들짐승 하나만도 못한 게 사람이다. 그러나 사람은 말과 생각으로 뭉쳐서 강인한 존재가 되었다. 그대의 종족이 이빨과 발톱의 힘으로 했던 일을 우리 사람은 말과 생각으로 해 보려는 것이다. 그대는 세상을 지배해 봐야 헛되다고 말하지만 세상을 지배해야 세상을 바꿀 수 있다. 세상을 바꾸어 보아야 더 나은 세상이 열린다.

응룡, 나를 따르라. 나와 함께 세상을 지배하여 세상을 바꾸자. 나를 따르는 일이 곧 세상을 구하는 길이다. 비록 다시 피로 물든 나날을 보내게 된다 할지라도, 옛날 그대가 느꼈던 것처럼 의미 없는 나날이 아니라 새 세상을 만들어 가는 의미 있는 일이다."

너희 인간의 세상이 이루어진다고 나에게 무슨 도움이 된다는 것이냐?

헌원은 응룡의 마음 한 구석에 자리 잡은 야심을 보았으나 그래도 뭔가 부족하다는 것을 알 수 있었다. 어두운 굴속에서 오랜 세월을 지낸 만큼 바깥으로 나가고 싶다는 욕망도 있겠지만 이제껏 지내 온 세월의 타성에 발목이 잡혀 있다고나 할까. 그래도 다시 나가고 싶어 하는 본심을 헌원은 엿볼 수 있었다. 응룡은 나름대로 생각이 깊은 존재였으나 역시 찬 피를 지닌 난폭한 맹수였다. 도력으로 억제한다고는 하나 움직이고 싶고, 날뛰고 싶고, 파괴하고 싶은 본능이 사라진 것은 아니었다. 헌원에게는 그 본능이 필요했다. 그러기 위해서는 구실이 필요했다. 응룡이 못 이기는 척 숨겨진 본능에 몸을 맡길 만한 구실이……. 이윽고 헌원이 말문을 열었다.

"응룡, 그대는 잊힌 그대 종족의 옛날을 의미 있는 것으로 만들어 보지 않겠는가? 내가 그렇게 해 줄 수 있다."

응룡은 놀란 듯했다.

무슨 소리냐? 그게 어떻게 가능하단 말이냐?

"응룡, 그대는 더 이상 흉악한 뱀이 아니다. 그대, 그대 종족이 그러하다. 나를 도와 세상을 평안하게 하는 하늘의 사자요, 신성한 힘을 지닌 존재가 되는 것이다. 그대가 나를 도와 힘을 빌려 주면 나를 따르는 부족과 내 모든 후손으로 하여금 그대를 의지하고 그대를 섬기며 그대의 종족을 신성하게 여기도록 해 주겠다. 우리 인간의 대가 끊어지는 날이 와도 그 기억이 남는다면 우리 인간이 섬겼던 그대 종족의 그림자 또한 인간의 기억을 따라 갈 것이다."

나는 찬 피가 도는 종족이다. 너희 따위는 보기만 해도 귀찮고 갑갑한……. 그런 우리를 더운 피가 도는 너희 인간이…….

인간과 파충류는 아득하게 오래전부터 언제나 적이었고, 본능적으로 적대감을 느껴 대립하는 존재였다. 그런 상황에서 헌원의 말은 응룡에게는 충격이라 할 수밖에 없었다. 허나 헌원은 자신 있게 되받았다.

"나는 할 수 있다. 나는 세상의 지배자가 될 테니까."

응룡은 놀란 듯이 중얼거렸다. 그 어조에 분명히 감격의 떨림이 있음을 헌원은 놓치지 않았다.

나는…… 나는 헛된 세월을 보낸 것이 아니었는가. 그렇게…… 죽어 간 나의 종족은 이렇듯 세상에 잊히지 않고 남아 있었던가. 그렇구나, 이것이 내 운명이었는가? 이 때문에 내가 긴 세월을 참고 기다리며 남아 있었던 것인가? 그렇다. 그렇구나!

응룡이 웃음을 터뜨렸다. 그와 더불어 동굴 전체가 우르릉 울리면서 석순과 종유석 들이 요란한 소리를 내며 무너져 내렸다. 서 있기 힘들 정도로 발밑이 흔들리는가 싶더니 땅거죽이 갈라지며 붉은 광채가 솟구쳐 어둠을 밝혔다. 그 가운데에서 무시무시한 형체가 서서히 모습을 드러냈다. 거대한 머리가 높이 솟구쳐, 타는 듯 붉게 번쩍이는 눈이 바라보자 헌원은 자신도 모르게 눈을 부릅뜨며 입을 반쯤 벌렸다.

도마뱀을 닮은 커다란 머리와 무시무시한 이빨이 가지런히 돋은 큰 입, 작은 뿔과 돌기와 딱딱한 각질로 뒤덮인 흉측한 피부, 어마어마하게 큰 덩치를 지탱해 주는 거대하고 굵은 꼬리, 모습 하나하나가 헌원의 마음을 옥죄어 얼어붙게 만들 정도로 무시무시했다. 헌원의 몸에 흐르는 더운 피의 오래된 감각이 그런 공포를 확산시켰는지도 모른다.

응룡은 굵직한 뒷발로 일어서면서 작은 앞발을 허공에 휘저으며 동굴이 쩌렁쩌렁 울려 귀가 멍멍해질 정도로 커다랗게 포효했다. 헌원은 무시무시하고 흉포한 모습에 압도되어 몇 걸음을 물러섰다. 그러나 헌원은 거의 넋을 잃을 듯한 외중에도 우린 구슬을 놓치지 않고 꼭 쥐고 있었다.

그때 응룡이 콧김을 힘껏 내뿜으며 말했다.

어떤가? 이것이 본래의 내 모습이다. 대체 얼마 만에 다른 존재에게 보여 주는 본모습인가! 하핫! 멋진가, 음? 보기만 해도 두렵지 않은가? 세상의 지배자라고 하는 그대마저도 뒷걸음질 치는가? 하핫! 이런 나를, 이런 우리 종족을 정말로 사람들의 마음속에 신성하게 심어 줄 수 있겠는가?

응룡은 위를 쳐다보며 기괴하기 이를 데 없는 소리로 다시 한번 울부짖었다. 놀란 마음을 간신히 진정시킨 헌원은 생각을 가다듬고는 입을 열었다.

"응룡이여, 그대의 모습은 과연 훌륭하다! 그러나 그대 말대로 사람들이 보면 놀라지 않을 수 없다. 그렇지만 그대는 신수 아닌가? 자신의 모습 정도는 바꿀 수 있겠지?"

헌원이여, 내가 도력을 얻은 지 얼마나 되는지 아는가? 그런 내가 모습 하나 바꾸지 못할 것으로 생각하는가? 허나 왜 모습을 바꾸어야 하는가?

헌원은 이때라는 생각에 재빨리 말했다.

"응룡이여, 우리 인간도 태어날 때의 모습과는 달리 옷을 입고 장신구를 걸쳐 겉모습을 꾸민다. 존경받는 사람일수록 잘 꾸며서 존경받는 존재로 바꾸어 나간다. 그대는 나와 뜻을 같이하기로 했으니, 조금은 사람의 마음을 헤아려 좀 더 존경받을 수 있는 모습으로 보이게 해야 할 것이다."

내 본모습을 숨기고 거짓되게 굴라는 것인가? 그렇다면 우리 족속이 그런 영광을 얻는다 해도 무슨 의미가 있단 말인가?

응룡이 눈을 부라리자 헌원은 말끝에 힘을 주어 대답했다.

"인간은 누구나 옷을 입어 저마다 겉모습을 꾸미지만, 그것을 거짓되다고 말하는 자는 아무도 없다."

응룡은 약간 혼란스러운 듯했다. 응룡은 오랜 세월 도를 닦은 신수이긴 해도 고립자의 한계를 지니고 있었다. 현명하지만 다른 존재와 대화하는 것을 알지 못했고, 속임수나 능란한 언변을 경험하지도 못했다. 생각은 깊었으되 순진하기로는 어린아이나 다를 바 없었다. 때를 놓치지 않고 헌원이 말했다.

"응룡 그대는 우리 부족의 상징이 될 것이다. 우리 부족은 화산족이지만, 실은 다섯 부족으로 된 부족이다. 나는 뱀 부족이지만, 사슴 부족, 물고기 부족, 구름 부족, 번개 부족 이렇게 다섯 부족이 모인 것이 화산 족이다. 그대는 우리 화산족 전체의 상징이 되어야 하므로 다섯 부족의 모습을 모두 갖춰야만 한다."

본모습을 버리고, 다른 모습을 하라고……?

응룡이 얼떨떨한 듯 말끝을 흐리며 묻자 헌원은 힘주어 강조했다.

"인간이 누구나 하는 것처럼 옷을 입는 것이다, 옷."

응룡이 그래도 혼란스러워하며 승낙할 기미를 보이지 않자 헌원은 덧붙였다. 헌원은 뛰어난 그림 솜씨와 상상력을 지닌 인물이었다.

"그대의 몸은 너무 크고 무거워 보이는군. 하늘을 날 수 있는가?"

그 정도는 일도 아니지!

"그렇다면 가볍고 민첩해 보이는 것이 좋겠다. 우선 응룡, 그대의 몸을 뱀처럼 길고 날렵하게 바꾸라."

응룡은 주춤거리며 망설이는 듯했다. 도력을 얻어 육신은 껍질이나 다름없었지만, 몇천만 년이나 지니고 살아온 모습을 바꾼다는 것이 내키지 않는 것 같았다. 그러자 헌원은 다그치듯 큰 소리로 외쳤다.

"어서!"

순간, 응룡의 거대한 몸이 허공에서 한 번 빙글 꼬이듯 돌아가면서, 둔중하던 몸이 기다란 뱀과 같은 모습으로 바뀌었다. 다만 네 개의 다리만은 이전 모습의 앞발처럼 작고 짤막하게 매달려 있었다. 응룡은 공중에 뜬 채 조금씩 똬리를 틀면서 헌원에게 물었다.

이 정도면 되었는가?

"좋군. 그리고 그대의 머리에 뿔이 솟아 있으면 더 멋져 보이겠다. 사슴을 닮은 뿔이 머리에 솟으면 내가 머리에 모자를 쓴 것처럼 잘 어울리게 될 것이다."

그런 것까지 해야 하는가?

응룡의 말에 불만이 섞인 듯했으나 헌원은 힘주어 대꾸했다.

"인간 세상에서는 높은 사람일수록 더 화려하고 멋진 옷을 입게 되어 있다. 그대를 화려하게 꾸미면 꾸밀수록 그대를 높이는 것이란 말이지."

다음 순간, 응룡의 머리에는 사슴을 닮은 커다랗고 화려한 뿔이 솟아났다. 그러자 헌원이 고개를 갸웃거리며 말했다.

"지금 그대의 몸 색깔은 변한 모습에 어울리지 않는군. 아, 그렇지. 물고기처럼 몸을 비늘로 두르고, 색깔을 번쩍이는 금빛으로 하라. 그러면 더더욱 멋질 것이다."

왜 하필 금색인가?

"금은 사람들에게 가장 귀한 물건이다. 아무리 오랜 세월이 지나도 변하지 않는 것이니 그대와 흡사하지 않는가?"

응룡은 반신반의하면서 또 한 번 허공에서 몸을 틀었다. 응룡의 거칠고 둔탁하던 회갈색 피부가 반질반질한 금빛 윤기가 감도는 비늘로 뒤덮여 휘황찬란하게 번쩍였다. 헌원이 넌지시 물었다.

"그대 스스로 그대의 모습을 느낄 수 있겠지? 얼마나 보기 좋은가?"

글쎄……. 그러나…….

말끝을 흐리는 것으로 보아 응룡 역시 자신이 만들어 낸 모습에 점점 도취되어 가는 듯했다. 헌원은 그 느낌을 놓치지 않고 못을 박듯이 확고하게 말했다.

"그대는 항상 구름을 몰고 다녀야 하며, 번개와 벼락을 쳐서 그대가 나타났음을 사람들에게 알려야 한다. 그러면 그대는 완전히 우리 부족의 상징이 되어 저절로 숭배를 받을 것이다."

응룡은 몸 주위에 다섯 가지 색깔의 현란한 구름을 만들었다. 헌원이 정해 주지 않았는데도 알아서 화려한 구름을 만든 것이다. 그리고 공중에서 멋지게 몸을 틀며 뇌성과 번개가 주변에 감돌게 만들었다. 그러한 응룡의 새로운 모습은 누가 보아도 멋지고 경탄을 자아낼 만했다.

헌원은 만족해하며 고개를 끄덕였다.

"응룡, 그대는 그대의 족속 중에서 가장 아름다운 모습을 지니게 되었을 것이다. 이제 그대와 그대의 종족은 더 이상 사람들의 적이나 하찮은 뱀 따위가 아니라, 멋진 모습을 지닌 용의 종족으로 영원히 떠받들어지고 기억에 남게 되리라."

응룡도 새로운 자신의 모습이 황홀한 듯 이리저리 둘러보다가 문득 작은 소리로 웅얼거렸다.

하지만 이건 내 본모습이 아니…….

응룡의 말이 미처 끝나기 전에 헌원은 틈을 주지 않고 호통을 쳤다.

"그럼 지금의 모습이 싫은가? 그대는 흉한 모습으로 사람들에게 기억되고 싶은가, 아름다운 모습으로 기억되고 싶은가?"

응룡은 대답하지 못하고 눈을 끔벅였다. 그의 눈빛은 비록 맑긴 했지만 처음 동굴에서 모습을 드러냈을 때의 흉포한 눈빛보다도 총기가 없어 보였다. 헌원은 나직하고도 단호하게, 아랫사람을 대하듯 근엄한 목소리로 말했다.

"그 모습을 누가 주었는지 잊지 말라. 앞으로는 나를 주인으로 섬겨야 한다. 그대는 나를 세상의 지배자로 만들어야 뜻을 이룰 수 있으니, 먼저 그대부터 나를 그대의 지배자로 섬겨야 하는 것이야."

뭐? 그건…….

"싫다는 것인가? 이미 자네는 승낙했어. 지금 그 모습이 증거 아닌가? 어서 맹세하게나. 나를 그대의 지배자로 섬기겠다고."

응룡은 한참 혼란스러워하다가 이윽고 화려하게 변한 자신의 몸을 둘러보고는 마음을 정한 것처럼 말을 전해 왔다.

약속은 틀림없이 지키는 거지?

"헌원의 이름으로 한 약속은 틀림없다네. 나, 헌원은 응룡의 족속인 용족과 응룡의 대대손손 영원히, 우리 지나족의 피가 영원토록 전해지는 그날까지 섬기고 받들며, 잊지 않고 사랑할 것을 맹세한다네."

헌원의 맹세가 끝나자 응룡은 비로고 고개를 숙였다.

나 응룡, 헌원을 지배자로 받아들일 것을 맹세한다.

"그리고 나의 명령에 따르고 복종할 것을 맹세해야 한다."

그건…… 좀…… 갈수록 심해지는 것 아닌가? 우리는 동등한 관계가 아니었는가?

"지배자는 주인이다. 주인의 말에 복종해야 비로소 주인으로 받아들이는 것이다. 그렇지 않은가? 염려 마라. 그대나 그대의 종족에게 해로운 명령은 결코 내리지 않을 테니까. 내가 먼저 맹세한다. 그러니 너도 맹세해라."

응룡은 한동안 혼란스러워하다가 마침내 말했다.

좋다, 맹세한다.

응룡의 맹세가 떨어지는 순간, 헌원은 여느 때와는 전혀 다르게 활짝 웃으며 속으로 생각했다.

'치우천…… 너는 신수를 굴복시켰다지만, 나는 내 부하로 삼았다. 어떠냐?'

헌원은 속마음을 드러내는 성격이 아니라서 겉으로 소리 내어 웃지는 않았지만, 마음속으로는 호쾌하게 웃고 있었다. 거대한 금빛에 휩싸여 있던 응룡은 잘된 것 같으면서도 뭔가 이상하게 여겨져 연신 눈을 끔벅였다. 헌원은 두 번 맹세했고, 자신도 두 번 맹세를 했으니 손해 보지 않았다는 것이 그나마 응룡이 내린 결론이었다.

거듭되는 함정

주장(主將) 된 자는 영웅들의 마음을 거두어 잡는 데 힘쓰며 이를 잊어서는 안 된다.
공이 있는 자에게 상과 녹을 주며 대중과 의사가 통해야 한다.
그러므로 여러 사람과 함께 좋은 일을 하면 이루어지지 않는 것이 없고,
여러 사람과 함께 안 좋을 일을 극복하면 벗어나지 못할 것이 없다.
나라가 다스려지고 집안이 편해지는 것은 사람들의 마음을 얻는 데 달렸고,
나라가 망하고 집안이 기우는 것은 사람들의 마음을 잃는 데서 온다.
—『삼략(三略)』,「상략(上略)」 중에서

"아버지…… 아버지가……."

치우비는 어깨를 부들부들 떨며 선 채 같은 말만 되뇌고 있었다. 곁에서 치우비를 부축하던 보돈차르가 외쳤다.

"비 안다! 어서 움직이게!"

그때 알한이 황급하게 소리쳤다.

"남동쪽 부대 세 무리가 우리 뒤쪽으로 온다!"

보돈차르가 목청을 돋워 알한에게 물었다.

"동쪽은?"

그 말에 떨어져 있던 야율쿠리가 대답했다.

"똑바로 온다!"

보돈차르는 눈을 크게 뜨고 마지막으로 다가오는 세 줄기 북동쪽 부대를 바라보았다. 중앙 부대는 치우우레의 부대였고, 나머지 두 줄기의 부대들도 서로 합치려고 할 뿐, 갈라질 기미는 보이지 않았다. 보돈차르는 치우비에게 다그치듯 말했다.

"적은 세 방향에서 오고 있고, 서쪽은 비어 있다. 맞서 싸울 텐가, 아니면 서쪽으로 피할 건가? 결정을 내려라!"

"피할 수 없습니다!"

치우비가 소리쳤다.

"형님이 신시 안에 있습니다! 우리는 신시를 쳐야 합니다!"

"세 방향에서 적이 몰려오고 있는데 신시를 어떻게 친다는 말인가?"

야율쿠리가 카랑카랑한 목소리로 외쳤다.

"어떻게 할 거야? 이대로 기다리기만 할 건가?"

다급해진 보돈차르는 치우비를 채근했다.

"비 안다, 어서 움직여야 한다. 움직이지 않고 이대로 당하겠다는 건가?"

야쿠타가 치우비에게 다가왔다. 얼굴이 눈물 자국으로 얼룩져 있었으나 더 이상 눈물은 흘리고 있지 않았다.

"비 형! 우레님은 나를 종살이에서 구해 주신 분이고, 내 아버지이시기도 해요. 하지만 이렇게 가만히 있을 수는 없어요."

보돈차르도 한마디 거들었다.

"어서 움직여야 한다!"

치우비의 눈에서 강렬한 빛이 뿜어져 나왔다. 그리고 결심한 듯 입술을 굳게 깨물더니 약간 기울어져 있던 몸을 곧추세웠다.

"적이 어떻게 오고 있습니까?"

치우비가 기운을 내는 듯하자 보돈차르는 그나마 다행이라는 생각에 차분하게 대답했다.

"여덟 줄기로 나누어져 오고 있다. 하나하나가 다섯천은 될 듯싶은데, 남쪽에 세 줄기, 동쪽에 두 줄기, 북쪽에 세 줄기가 오고 있다."

그에 대해 치우비 측은 손가락 대형으로 다섯 줄기의 병력을 지니고 있었다. 집게손가락은 보돈차르가 이끄는 몽골의 기병대였고, 가운뎃손가락은 야율쿠리를 위시한 키탄의 정예들이었으며, 넷째손가락은 초초룬, 툰툰이 이끄는 미아우족 전사들, 새끼손가락은 와난강 와난수가 이끄는 마갸르 전사들이었다. 작은 주신의 전사들과 도깨비 부대는 치우비와 함께 엄지손가락에 속해 있었다.

치우비가 외쳤다.

"보돈차르 안다, 안다의 집게손가락과 새끼손가락 부대가 남쪽을 맡아 주십시오. 야율쿠리의 가운뎃손가락과 초초룬의 넷째손가락 부대가 동쪽을 맡아 싸워 주십시오."

치우비가 정신을 찾은 듯하자 보돈차르는 기쁜 듯 고개를 끄덕였다.

"좋다. 주신의 사울아비들과 겨뤄 보는 것은 전사들에게는 꿈이다! 있는 힘을 다하겠다."

상황이 급했기 때문에 야쿠타는 발 빠른 전령들을 거느리고 치우비의 명령을 전하러 달려 나갔다. 보돈차르도 달려가려다가 치우비를 돌아보았다.

"그럼 엄지손가락이 북쪽을 막을 건가? 모자라지 않겠는가?"

보돈차르의 말에 고개를 저으며 치우비는 알한과 울라트를 불렀다.

"알한, 자네는 나 대신 작은 주신 전사들과 차오스의 부대를 이끌게. 그리고 울라트, 너는 도깨비 부대를 이끌고 구리옷을 입은 전사들을 지휘해라. 그리고 신시의 성벽을 쳐라!"

알한과 울라트는 깜짝 놀라 동시에 외쳤다.

"그럼 북쪽은요?"

치우비는 한숨을 쉬며 말했다.

"북쪽에는 아버님이 계시잖아. 북쪽은…… 북쪽은……."

"그냥 놔두자는 겁니까?"

알한이 어이가 없어 목소리를 높이자 치우비는 고개를 푹 숙였다. 치우비는 어떻게 해야 할지 갈피를 잡을 수가 없었다. 아버지가 자기를 치러 오는 것도 괴로운데, 하물며 아버지와 어떻게 맞서 싸운단 말인가. 옆에 있던 울라트가 고개를 저으며 외쳤다.

"안 돼요! 안 돼! 오라버니! 말도 안 돼! 그러면 다 죽어요!"

"그만해."

치우비는 괴로운 듯 울라트의 말을 막았다.

"나는…… 죽어도…… 아버님을 공격하라고 말할 수 없어. 아버님이 설마…… 설마 나를 공격하시겠니?"

울라트는 어이가 없어 소리를 꽥 질렀다.

"그렇지 않을 거면 여기까지 왜 오셨겠어요?"

치우비는 고개를 돌려 울라트의 눈길을 피했다. 치우비의 얼굴은 괴로움으로 가득 차 있었다.

알한이 나섰다.

"가만히 있을 수는 없습니다. 저도 치우우레님이 오실 줄은 몰랐습니다. 하지만 여기는 싸움터입니다! 상대가…… 쳐들어오는데 눈만 멀거니 뜨고 아무것도 하지 않는다는 말입니까? 가만히 앉아 죽으란 말입니까?"

알한의 말이 끝나자마자 치우비가 돌연 소리를 질렀으나 목소리에는 힘이 없었다.

"아버님이…… 그러실 리 없어!"

알한이 입술을 깨물며 말했다.

"제가 나서겠습니다. 죽더라도 저는 치우우레님을 공격하지 않을 것입니다. 맹세하겠습니다. 치우우레님이 저를 공격하지 않는다면 치우비님의 말이 맞겠죠!"

그러자 울라트가 알한을 말렸다.

"만약 공격하면요?"

알한은 짐짓 커다란 소리로 웃었다.

"치우우레님이 저를 죽인다면 그때는 치우비님도 싸울 수밖에 없지 않겠습니까?"

평소 농담을 잘하던 알한은 지금도 반쯤 웃음 띤 얼굴로 말했지만, 농담을 하고 있는 것이 아니었다.

당황한 치우비의 얼굴빛이 창백해졌다.

"그래서는 안 됩니다! 알한님!"

알한이 껄껄 웃었다.

"그렇다고 여기 가만히 있을 겁니까? 이러나저러나 죽는 것은 마찬가지입니다. 차라리 나 하나 죽어서 치우비님이 정신을 차리는 것이 낫지요!"

답답해 미치겠다는 듯이 울라트가 펄쩍 뛰며 쏘아붙였다.

"오라버니! 정말 이럴 건가요? 우리를 전부 죽일 셈인가요?"

치우비는 괴로워 머리를 쥐어뜯었다.

"아버님이 그러실 리가 없어! 좋은 뜻으로 오신 거야! 분명……!"

어느덧 얼굴이 벌겋게 달아오른 울라트가 가슴을 탕탕 치며 외쳤다.

"여기는 싸움터예요! 우리는 이겨야만 해요! 이기지 못하면 비 오라버니도 죽고, 오라버니를 믿고 여기까지 목숨을 걸고 달려온 벗들과 전사들까지 모두 죽어요! 그뿐 아니라 신시로 들어간 천 오라버니 일행도 죽는다구요! 그렇게 두고만 볼 건가요?"

형 이야기가 나오자 치우비는 잠시 고개를 들었으나 이내 고개를 푹 숙이며 쥐어짜는 목소리로 물었다.

"그러면 아버지를 내 손으로 죽이라는 거냐?"

"그런 게 아니에요! 방어는 해야잖아요!"

"난…… 나는……."

치우비가 말을 잇지 못하자 울라트가 날카롭게 되받았다.

"오라버니, 못하시겠거든 차라리 내가 명령하겠어요! 지금 오라버니는 제정신이 아니에요!"

너무도 괴로워 정신이 혼미한 지경에 이른 치우비가 무심코 고개를 끄덕이자마자 울라트는 알한에게 눈길을 돌렸다.

"알한님! 알한님이 나가서 치우우레님을 막으세요! 치우우레님을 다치게 하시지는 말구요! 책임은 내가 져요!"

치우비가 뭐라 말하기도 전에 울라트는 노기를 이기지 못해 꽥 소리를 질렀다.

"오라버니에게 실망했어요! 오라버니는 대장이잖아요!"

치우비의 두 눈에 눈물이 고였다.

"나는…… 대장이 아니어도 좋아! 아버지와 어떻게……."

울라트가 불끈하며 외치자 치우비는 눈물을 줄줄 흘리며 모든 것을 포기한 목소리로 알한에게 말했다.

"알한님, 부탁합니다."

알한은 측은한 눈길로 치우비를 쳐다보았다.

"괴로운 마음, 잘 압니다. 허나 힘을 내셔야 합니다. 치우우레님을 다치지 않게 조심하겠습니다."

"이런 망할! 제기랄! 미친!"

누구에게 하는지도 모르게 마구 욕설을 퍼부으며 울라트는 헝클어진 머리칼 사이로 매섭게 눈을 빛내며 외쳤다.

"도깨비 부대!"

싱카에 이어서 항상 웃음을 띠던 마냥이 엄숙한 표정을 지으며 앞으로 나섰다. 울라트는 빈틈없는 표정으로 날카롭게 외쳤다.

"너희도 알한님과 같이 가라!"

울라트의 명령이 떨어지자마자 알한도 소리쳤다.

"차오스! 투르크 전사들을 거느리고 앞장서라! 작은 주신 전사들은 나를 따르라!"

옆에서 말없이 지켜보던 차오스 역시 울적했으나 그런 것을 떨치려는 듯 크게 외쳤다.

"가자! 명령이 있으면 어디라도 가야 한다!"

마침내 알한이 투르크 용병들과 도깨비 부대, 작은 주신 전사들 천여 명을 불러내 줄을 세우기 시작했다. 그러나 총대장이 무력감에 빠지자 그들의 사기도 전 같지 않았다. 알한이 사기를 높이려 했으나 소용없었다. 안 그래도 힘든 싸움에 적의 우두머리를 죽이거나 다치게 할 수 없다는 전제가 붙어 있으니 전사들의 사기가 위축되는 것을 막을 수 없는 노릇이었다. 다만 앞서 달려 나간 보돈차르가 이 일이 퍼지지 않도록 잘 단속하여 야율쿠리와 초초룬은 사정을 모른 채 힘껏 앞으로 달려갔다. 보돈차르도 냉정을 되찾고 부하들을 빈틈없이 독려하여 말에 박차를 가했다. 그러나 안팎으로 적을 맞은 위험한 상황에서 총대장이자 전군의 대들보인 치우비가 무력한 모습을 보이자 보돈차르는 마음이 무거웠다.

한편, 아무것도 모르는 야율쿠리는 기세 좋게 소리쳤다.

"저놈들은 가짜다! 주신 사울아비라지만, 주신을 갉아먹는 벌레 같은 놈들이다! 두려워할 것 없다! 나를 따르라! 우하핫!"

야율쿠리가 호탕하게 웃으며 달려 나갔다. 야율쿠리가 직접 가려 뽑은 키탄의 아홉 장사가 뒤를 따랐고, 나머지 전사들이 늑대 울음소리 같은 함성을 지르며 일제히 달려갔다. 용맹스럽고 아무것도 두려워하지 않는 부족의 기개로 키탄족은 항상 쐐기형으로 진격했고, 파괴력 또한 무시무시했다.

"미아우의 전사들아, 뒤를 받쳐라!"

초초룬이 소리치자 미아우족의 전사들은 와! 하고 키탄족의 뒤와 양 옆으로 달리며 넓게 퍼져 나갔다. 초초룬의 주위는 미아우족 중에서 가려 뽑은 여덟 명의 남자 전사와 여덟 명의 여전사가 지키고 있었다. 미아우의 진격 방식은 언뜻 보면 질서가 없어 보였지만 미아우 족은 원래 독 가루나 독충을 쓰는 법에 능한 탓에 밀집 대형보다는 흩어지는 편이 오히려 더 대단한 위력을 발휘할 수 있었다.

"여섯 줄로 서라!"

보돈차르는 매처럼 번득이는 눈빛으로 명령을 내렸다. 대략 삼천 몽골 기병들이 여섯 대열로 서면 한 줄에 오백 명이 되는 셈이다. 이는 상당히 넓은 면적을 확보하며 나아가는 방법이었다. 보돈차르는 신시를 공격하는 엄지손가락 부대를 보호하는 일에 초점을 맞추기 위해 넓은 진형을 선택했다. 잘 훈련된 몽골의 기병 전사들은 순식간에 줄을 맞추어 대열을 가다듬었다. 몽골 기병들은 보돈차르의 치밀하고도 조직적인 훈련으로 주신이나 작은 주신의 사울아비들 못지않은 정예가 되어 있었다.

"화살을 세 번 쏘고, 적을 돌파한다! 가자!"

보돈차르의 명령이 떨어지자마자 여섯 대열로 넓게 퍼진 몽골 기병들이 일제히 달리기 시작했다. 처음에는 천천히 달리다가 적에게 다가갈수록 속도를 올리는 것이 그들의 전통적인 전투법이었다.

"마갸르의 전사들이여! 이곳이 신시이고 주신의 땅일지라도 우리는 벗을 도와 부족을 바로잡는 명예로운 싸움을 하는 것이다! 용기를 내어 최선을 다하라!"

마갸르를 이끄는 와난강 와난수 부자는 꼼꼼한 성격 그대로 장황하게 외치면서 전사들을 독려했다. 그들은 신중하게 돌 던지는 부대를 둘로 나누고, 그들을 보호하는 기병 부대를 딸려 몽골 기병 양옆으로 흩어져 나아가게 했다. 마갸르의 기병들은 수가 많지 않았지만 상당히 날래고 끈질겼다. 와난강 와난수는 신중한 편이라 네 명의 마갸르족 작은 부족장이 인솔하는 중앙 부대를 예비대로 삼아 천천히 이동하도록 했다.

벗들의 기세등등함과는 달리 치우비는 억지로 몸을 움직여 신시를 공격하는 시늉을 해 보았지만 금세 공격의 맥이 빠졌다. 비는 자기감정을 숨기지 못하는 성격이었다. 그러니 아무리 큰 소리를 내려 해도 힘이 없고 맥 빠진 호령밖에 나오지 않았다. 총대장의 목소리에 힘이 없자 신시를 공격하던 부하들과 지휘관들은 무슨 일이 생겼나 하여 금세 전열이 흐트러졌다. 울라트는 치밀어 오르는 화를 이기지 못해 버럭 소리를 질렀다.

"차라리 물러서라고 해요! 그렇다고 금방 치고 나오지는 못할 거예요! 물러서 있다가 위험해지는 부대를 구해 주는 게 낫겠어요!"

치우비는 몇 번이나 얼굴을 문지르며 정신을 차리려 했으나 여전히 충격에서 벗어나지 못해 멍한 상태였다. 그 와중에 울라트의 말을 듣고 치우비는 물러서서 방어를 굳히라고 명령했다.

치우비가 집중을 못하자 신시를 공격하던 부하들도 제풀에 힘이 꺾이기 시작했다. 신시에서는 지원 부대가 온데다가 치우비의 부대가 힘을 잃은 듯하자 기세를 올려 맹렬하게 화살을 쏘아 올렸다. 갑옷을 입은 전사들과 방패수들이 애써서 화살을 막아 냈지만, 힘이 꺾여 공격과 방어가 느슨해지자 치우비의 부대는 성벽에서 밀려나기 시작했다. 신시를 지키는 사울아비들은 비록 기강이 해이해진 안사울아비들이었지만 그렇다고 이런 분위기를 눈치채지 못할 만큼 어리석지는 않았다. 그들은 치우비 부대의 상태를 재빨리 파악하고 화살을 퍼부으며 역공을 가할 채비를 갖추기 시작했다.

그때 울라트의 눈앞에서 뭔가 훌쩍거리더니 검은 그림자가 나타났다. 동에 번쩍 서에 번쩍 하는 비울걸이 돌아온 것이다. 비울걸은 치우비의 주변 분위기가 이상한 것을 보고 의아해서 물었다.

"뭐야? 왜들 질질 짜는 거야? 얘, 덩치야. 너 왜 그러니?"

울라트는 비울걸의 옷자락을 끌어당겼다.

"문제가 생겼어요! 할아버지, 어떡해요?"

"무슨 문제?"

비울걸은 그 기이한 얼굴을 갸웃했으나 이야기를 듣는 순간 퀭한 구멍 같은 비울걸의 눈동자에서 빛이 뿜어져 나왔다.

눈 깜짝할 사이에 두 명의 단군은 스무 명의 작은 주신 전사 사이로 파고들었다. 몸놀림이 눈에 보이지도 않았는데 어느새 전사들이 급소를 얻어맞고 선 채로 정신을 잃어 장작개비처럼 픽픽 쓰러졌다. 남아 있는 뒤쪽의 몇 사람이 이를 악물고 무기를 휘둘렀으나 보이지 않을 정도로 빠르게 움직이는 단군들의 몸을 베기에는 어림도 없었다. 치우천이나 키타야, 구르마저도 움직일 엄두도 내지 못할 만큼 순식간에 벌어진 일이었다. 전사들이 쓰러지자 두 명의 단군은 똑바로 치우천을 향해 날아들었다.

"멈춰라!"

치베의 긴장된 목소리가 울리자 두 명의 단군이 걸음을 멈추었다. 두 단군은 각각 수염이 희고 검은 것에 따라 흰 단군, 검은 단군이라 불리는 자들이었다. 그들의 얼굴은 여전히 싱글거리는 표정 그대로였다. 그러나 치우천의 앞을 막아서 치베의 표정은 심각했다. 구리단검과 구리

검을 든 키타야와 구르 역시 굳은 표정이었으며, 유쌍은 얼굴빛이 하얗게 질려 있었다. 치베는 어느새 신호를 올릴 때 쓴 긴 활을 던져 버리고 짧고 단단한 활을 손에 쥔 채 화살 두 대를 겨누고 있었다.

"움직이지 마라."

치베가 나직하게 말하자 중년 남자인 검은 단군이 웃으며 입을 열었다.

"그럴 수 있을까?"

그러자 이번에는 흰 수염의 늙은 단군이 받았다.

"그럴 수도 있겠는걸?"

"저놈이 그 정도입니까?"

검은 단군이 의외라는 듯이 짐짓 놀라는 표정을 짓자 흰 단군이 고개를 끄덕였다.

"제대로 배운 녀석은 대접을 해 줘야지. 얕보기만 하면 안 된다네."

그 틈을 타 치베는 치우천에게 나지막이 속삭였다.

"천 안다, 사람들을 데리고 가라!"

치우천은 속에서 불같은 것이 치밀어 올랐다. 치베가 두 단군을 상대한다는 것은 목숨을 버리겠다는 의미였다. 잠시나마 그들을 저지한다 해도 어디선가 사울아비 한 명만 튀어나오면 활을 돌릴 수 없는 치베는 잡히거나 죽게 될 터였다.

"그럴 순 없다, 치베. 너와 나는 안다 아닌가? 죽어도 같이 죽는다."

치베는 씩 웃으며 목소리를 한껏 낮춰 되받았다.

"안다니까 이러는 것이다."

두 사람을 번갈아 쳐다보며 늙은 단군이 웃으며 말했다.

"네 몸값을 너무 비싸게 치는 모양이다? 네 솜씨가 아무리 대단하다 해도 내 팔 하나 정도일걸?"

검은 단군도 한마디 거들었다.

"팔 하나 정도 버리더라도 저놈을 놓치면 안 되지요."

순간 흰 수염의 늙은 단군이 재빨리 팔을 휘저으며 말했다. 옷자락이 펄럭거림과 동시에 펑 하며 뭔가 터지는 소리가 들려왔다.

"그렇지."

치베의 이마에서 식은땀이 한 방울 흘러내렸다. 방금 흰 단군의 손짓을 간단한 동작이었으나 놀라우리만치 빨랐다. 독수리처럼 눈이 밝은 치베도 그 손짓을 따라갈 수 없었다. 더구나 리미와 개르를 단숨에 쓰러뜨린 단군의 놀림이라면 자신이 죽을힘을 다해 화살을 쏜다 해도 한 대 정도는 잡거나 쳐낼 수 있을 것 같았다. 한 대가 빗나간다면 나머지 한 대가 적중해도 두 명의 단군 중 한 명이 남는 셈이다. 치베가 땀을 흘리며 상황을 가늠하고 있을 때 키타야와 구르가 이를 갈며 앞으로 나섰다.

"우리도 있다."

검은 단군은 여전히 빙그레 웃으며 대꾸했다.

"그래, 있군. 어쩔 건가? 먼저 덤벼들 건가?"

키타야와 구르는 그럴 수 없었다. 아니, 치베도 먼저 움직일 수는 없었다. 저 무시무시하게 빠른 단군들에게 공격을 가하다가 빗나가기라도 하면 모든 것이 단박에 끝날 것이다. 저렇게 빠른 자들을 이기려면 먼저 덤벼들 것이 아니라 덤벼 오는 것을 어떻게든 잡아 받아치는 수밖에 없었다. 크고 작은 싸움터에서 잔뼈가 굵은 키타야와 구르도 그런 사실을 잘 알고 있었다. 허나 이대로 시간을 끌면 안 된다는 것도 알고 있었다. 이렇게 팽팽한 대치 상태에 사울아비 몇 명만 불쑥 나타나도 치우천 일행은 끝장이었다. 지금 당장은 주변에 아무도 없지만 조금만 시간이 지나면 사울아비들이 몰려올 것이 분명했다.

물러설 곳도 없고 물러나서도 안 되는 절박한 상황에 치우천은 속으로 이를 악물며 외쳤다.

"당신들은 고시울률님의 사람이오?"

검은 단군은 대꾸를 하지 않았으나 흰 단군이 웃으며 대답했다.

"더러운 이름을 함부로 입에 올리지 말거라."

묻기 전부터 치우천은 그들이 고시울률의 부하는 아닐 것 같다고 생각했다. 고시울률 밑에 웅크리기엔 그들의 기량과 실력이 너무도 뛰어났기 때문이다. 고시울률은 이렇듯 강하고 무서운 사람들을 부하로 거느릴 만한 배짱이 없는 인물이었다.

"나는 한웅님을 고시울률의 손에서 구하고자 목숨을 걸고 신시로 들어온 것이오. 왜 나를 막으려 하시오?"

흰 단군이 아이처럼 맑게 웃으며 말했다.

"아이야, 수를 쓰려고 하지 마라. 네 말에 속아 주기엔 나는 너무 늙었단다."

검은 단군이 말했다.

"너나 고시울률이나 내가 보기에는 둘 다 똑같다."

"말로만 한웅님을 위한다고 하면서 뒤로는 자기 잇속만 챙기려는 놈들이지."

흰 단군이 말하자마자 검은 단군이 말을 이어 갔다.

"병들고 아프신 한웅님을 끼고서 신시를 통째로 집어먹으려는 놈이 바로 너 아니더냐?"

또다시 흰 단군이 허허 하고 비아냥거리듯 되받았다.

"고시울률이라는 늑대가 설치더니 너 같은 어린 범이 또 설쳐 대다니. 그 꼴이 한술 더 뜨는 판이라 더 이상 두고 볼 수가 없어 우리가 나섰다."

두 단군이 주고받는 이야기를 들은 치우천은 답답하기 짝이 없었다.

"한웅님과 만나게 해 주시오! 나는 한웅님을 지키려고 달려온 것이오!"

검은 단군이 이를 드러내며 씨익 웃었다.

"허허, 거참 감동적이로군."

흰 단군도 웃으며 맞장구를 쳤다.

"그런데 왜 나에게는 한웅님을 잡아 빨리 항복을 받고 신시를 통째로 먹겠다는 말로 들릴까?"

치우천을 눈을 똑바로 뜨고 두 단군을 쳐다보았다.

"나는 한웅님의 명을 어기지 않았는데도 공격을 받았소. 그리고 공격을 받았기에 나를 지키려고 신시와 할 수 없이 싸우게 된 것이오. 고시울률이 이렇게 노골적으로 싸움을 걸 정도라면 한웅님도 안전하시다 볼 수 없소! 그래서 목숨을 걸고 달려온 것이란 말이오!"

치우천이 격앙된 목소리로 외쳤으나 흰 단군은 싱긋 웃으며 귀를 후볐다.

"그래, 그래. 한웅님, 한웅님. 그렇게 짖어 대는 놈들치고 좋은 놈들 못 보았다. 그런데 어쩌느냐? 한웅님은 우리가 지키고 있다. 그러니 안심하거라. 너는 우리를 못 당하니 네가 도와주겠다고 해도 도움이 될 것 같지도 않구나. 뭐, 어차피 우리 손에 죽겠지만, 그 입만 열면 나불거리는 한웅님 걱정일랑 그만해도 좋다는 거다. 알겠니?"

싱글거리며 말하던 흰 단군의 한쪽 손이 눈 깜짝할 순간에 길게 늘어난 것처럼 흰 그림자를 이루며 치우천에게 덮쳐들었다. 검은 단군의 몸도 순간 번득이며 그림자조차 보이지 않을 정도의 빠르기로 옆으로 움직였다. 키타야와 구르는 눈을 부릅뜨고 긴장하던 터라 크게 소리를 지르며 각각 흰 그림자와 검은 단군을 쫓아 달려들었다.

치베는 조각처럼 꼿꼿이 서서 미동조차 하지 않았다. 그때 치우천은 치베가 눈을 감고 있는 것을 보았다. 치우천은 치베와 같은 명궁이 눈을 감은 이유를 금방 깨달을 수 있었다. 치베는 시력이 놀라울 만큼 좋았지만 그렇다고 눈에만 의존할 정도로 경험 없는 전사가 아니었다. 자신의 눈조차 속일 수 있는 두 단군의 몸놀림 앞에서는 차라리 눈을 감는 것이 낫다는 것을 본능적으로 느낀 것이다. 치베의 표정에는 진정한 강적을 맞이해 예전에 볼 수 없었던 비장함이 흐르고 있었다.

"텡그리시여! 내 안다를 위해……!"

커다랗게 외치면서 치베는 두 대의 화살을 동시에 쏘아 날렸다. 화살들은 완전히 엉뚱한 방향으로 날아갔다.

"힘을 주소서……!"

치베의 외침이 끝나갈 무렵, 키타야는 흰옷 조각이 얼굴을 스치자 허공에 칼을 휘두르며 제풀에 넘어졌고, 구르도 옷 조각에 발이 걸리면서 그 자리에 고꾸라졌다. 두 개의 번득이는 그림자는 두 단군이 믿을 수 없을 만큼 빠르게 찢어 내던진 옷자락이었다.

허공에 쏘아진 것 같던 치베의 화살 두 대가 퍽퍽 소리를 내면서 뭔가에 박혔다. 아무것도 없는 것 같던 허공에서 갑자기 하얀 것이 어른거리더니 흰 단군이 어이없다는 표정으로 나타났다. 그의 얼굴에는 허탈감과 놀라움이 섞여 있었다.

그는 치베의 화살 한 대를 손에 쥐고 있었지만, 나머지 한 대의 화살이 그의 어깨에 박혀 있었다. 상처 뒤쪽에서 피가 푹 하고 뿜어져 방울방울 튀었다. 치베의 움직임은 거기서 끝나지 않았다. 치베는 눈을 감은 채 활을 던져 버리고 화살통에서 가장 긴 화살 하나를 뽑아 들며 치우천에게 덮치듯 몸을 날렸다. 그러면서 나지막한 소리로 외쳤다.

"나보다…… 나보다……."

갑자기 몸을 날린 치베의 몸뚱이가 공중에서 뭔가에 걸린 듯 땅에 툭 떨어졌다. 치우천과 유쌍은 경악했다. 언제 나타났는지 검은 단군의 몸이 치베의 몸에 겹쳐 땅에 떨어졌다. 치베는 귀신같이 뒤로 돌아 치우천을 덮치려던 검은 단군의 기척을 눈치채고 활을 잴 틈도 없이 몸을 날려 치우천을 구했던 것이다. 긴 화살로 자신의 몸을 꿰뚫어 등 뒤의 단군의 몸까지 관통하게 한 것이 거의 찰나에 벌어진 일이었다.

그제야 치베는 헉 하며 신음 소리를 내뱉다가 미소를 지으며 눈을 치떴다. 그러고는 맑은 눈으로 치우천을 올려다보았다.

"더…… 소중한 내 안다를 위해……."

검은 단군은 왜 치베가 몸에 상처를 내면서까지 자기를 공격했는지 아직도 깨닫지 못해 중얼거렸다.

"대체…… 왜……?"

치베는 비록 얼굴을 마주 볼 수도 없고, 눈을 뜨지도 못했지만 억지로 웃어 보이며 힘겹게 속삭였다.

"안 그러면 네가 피할 테니까……."

한 대의 화살에 꿰인 두 사람이 고통스러워하며 용을 쓰자 화살이 툭 부러져 버렸다. 치베는 몸에 힘이 빠졌는지 축 늘어졌다. 허나 검은 단군은 약간 휘청거리다가 금세 몸을 일으켰다. 치베는 완전히 화살에 몸이 뚫린 상태였으나 검은 단군은 배에 화살이 박히긴 했어도 움직일 수는 있었다.

치우천은 느닷없이 벌어진 사태에 멍하니 몸을 떨다가 돌연 눈을 부릅떴다. 키타야와 구르가 천 조각을 걷어 내고 다시 달려들려는 순간 목덜미에 강한 타격을 받고 동시에 쓰러져 버렸다.

"팔 하나짜리가 아니었구나……. 야만족이지만 대단한 놈이구먼……."

피가 흐르는 자신의 어깨와 검은 단군의 몸을 번갈아 들여다보며 흰 단군이 씁쓸한 표정으로 중얼거렸다. 키타야와 구르를 단박에 쓰러뜨린 것도 물론 그였다.

쓰러진 치베를 참담한 표정으로 바라보던 치우천에 눈에서 한 줄기 눈물이 흘러내렸다. 그 앞에 이제 유쌍만이 다리를 덜덜 떨며 서 있었다. 치우천은 무서운 힘으로 유쌍의 덜미를 잡아 저만치 던져 버렸다. 그러고는 이를 악물고 칼을 휘두르며 검은 단군에게 달려들었다. 치우천은 칼솜씨가 뛰어나지는 않았지만 보통 사울아비 정도의 실력은 되었고, 더구나 치솟는 분노와 독기가 눈에 넘쳐흐르자 상대방도 의외라는 듯 한순간 기가 질려 버렸다.

"그는! 그는 야만족이 아니다! 몽골의 자랑스러운 전사이고, 나와 안다를 맺은 내 벗이며 형제다! 그의 이름은 치베! 치베다!"

칼을 휘두를 때마다 치우천은 있는 힘을 다해 소리를 질렀다. 허나 검은 단군은 배에서 피를 흘리면서도 세 걸음을 물러서자마자 보이지 않을 정도의 빠른 손놀림으로 치우천의 몸 여기저기를 가격했다. 치우천은 전혀 충격을 받지 않은 듯했다. 검은 단군의 얼굴에서 놀라는 기색이 역력했다. 비록 자신이 얕지 않은 상처를 입어 위력이 반감되기는 했겠지만, 리미나 개르 같은 거친 사나이들도 단박에 쓰러뜨린 공격이 치우천에게 먹혀들지 않는 것 같아 당황했다.

치우천은 계속하여 거칠게 칼을 휘두르며 검은 단군을 압박해 나갔다. 검은 단군은 세 번이나 더 몸을 후려갈겼으나 치우천은 끄떡도 하지 않았다. 단군은 놀라움을 금치 못해 얼굴이 하얗게 질려 갔다. 치우천은 비명에 가까운 기합성을 내지르며 칼을 등 뒤로 휘저었다가 있는 힘을 다해 검은 단군을 향해 내리쳤다.

검은 단군이 기세에 압도되어 피할 생각도 못한 채 급한 나머지 뒤로 넘어져 몸을 굴렸다. 그러면서 검은 단군은 몸으로 날아오는 칼날을 힘껏 후려쳤다. 그 아찔한 순간 칼날이 부러지면서 검은 단군의 어깨를 아슬아슬하게 스치고 지나갔다. 칼날을 부러뜨리지 않았더라면 검은 단군의 몸은 두 토막이 났을 터였다. 그의 얼굴이 파랗게 질린 것을 보자 치우천은 독기가 가득한 눈으로 그를 잡아먹을 듯이 내려다보며 외쳤다.

"야만족이 아니다……!"

치우천은 부러진 칼을 들어 올렸다가 방향을 틀어 옆으로 던졌다. 칼은 똑바로 흰 단군에게 날아갔다. 흰 단군은 딱딱하게 굳은 얼굴로 칼날을 잡으려다가 문득 손을 거두었다. 그러자 부러진 칼은 흰 단군의 어깨에 박히지 않고 튕겨 나와 땅에 쨍그랑 소리를 내며 떨어졌다.

비로소 치우천은 헉헉거리며 가쁜 숨을 몰아쉬면서 말했다.

"내 벗은…… 주신만큼이나 명예로운 몽골 사람이다. 야만족은 없다……. 누구도 야만족이 아니란 말이다……!"

둘의 눈빛이 마주친 순간, 흰 단군은 숙연한 표정으로 눈을 깔며 치우천에게 고개를 끄덕여 보였다. 그러자 치우천은 굵은 눈물을 주르륵 흘리면서 힘없이 하하 웃으며 그 자리에 털썩 주저앉았다.

치우천은 내색을 하지 않았으나 검은 단군의 공격에 극심한 타격을 받았다. 단군의 공격은 하나하나가 서 있기조차 힘들 정도로 위력 있고 고통스러웠다.

그러나 치우천은 누구보다도 고통을 견디는 힘이 셌다. 치베가 피투성이가 되어 쓰러지자 그는 초인적인 힘을 짜내 무서운 공격을 열 번 가까이 받아넘겼던 것이다. 할 말을 마치고 나니 치우천은 손끝 하나 움직일 수 없었다. 정신은 맑아 억울하고 분한 감정을 가눌 길 없었으나 몸은 전혀 움직일 수가 없었다.

치우천은 마지막 힘을 짜내어 웅얼거리듯 말을 내뱉었다.

"그 누구도 야만족이 아니란 걸 알아 주면 고맙겠소……."

치우천은 입가에서 주르륵 피를 흘리면서 나무토막처럼 옆으로 쓰러졌다. 마지막 순간에 얼굴을 땅에 박으면서도 치우천은 치베에게서 눈을 뗄 수가 없었다. 쓰러진 치베를 향해 손을 뻗고 싶었으나 움직여 주지 않았다.

검은 단군이 이를 악물고 일어나 치우천의 손을 잡아 치베의 손을 잡도록 해 주었다. 그러면서 애석하다는 듯이 나지막이 중얼거렸다.

"내 자네들을 얕본 것을 사과하네. 야만족이 아니라 몽골의 전사였군. 야만족은 없다고 했는가? 잘 기억하겠네."

흰 단군도 다가와 치우천에게 말했다.

"대단하군, 대단해. 몸이 약한데도 그토록 용을 썼군그래. 지금은 손끝 하나 움직이지 못하겠지? 그러나…… 내 말이 들리는가?"

치우천은 아직도 눈을 부릅뜨고 있었다. 치우천이 눈을 약간 움직이지 흰 단군은 한숨을 푹 쉬었다.

"우리가 싸움에서 졌네. 이 친구도 자네에게 이기지 못했고 나도 자네 칼에 맞았네. 그나마 운이 좋은 게지. 칼이 부러지지 않았으면 우리 둘 다 죽었을 걸세. 패배를 인정하네."

옆에서 검은 단군이 중얼거렸다. 말투가 덤덤한 것을 보니 생각보다 상처는 심각한 것 같지 않았다.

"그 칼은 내가 부러뜨린 것이고, 당신은 칼이 부러진 줄 알면서도 일부러 피하지 않았잖소?"

그 말에 흰 단군이 눈을 쓱 흘기자 검은 단군은 이내 입을 다물었다. 흰 단군이 다시 치우천에게로 시선을 돌렸다.

"이자들을 야만족이라 부른 내 어리석음도 사과하네. 그래, 맞네. 야만족이란 없지. 자네들이 이 싸움에서 이겼네. 신시의 흰 단군, 검은 단군을 이긴 자들은 자네들이 처음이니, 그 명예는 우리가 영원히 보장해 줌세. 허나……."

흰 단군은 땅에 떨어진 구르의 칼을 집어 검은 단군에게 던지며 말을 이었다.

"우리에게는 맡은 임무가 있네. 자네들의 목을 베어야만 하네. 우리가 자네들에게 해 줄 수 있는 것이 그뿐이라 아쉽구먼. 자네들은 죽겠지만, 이기고 죽는 것이니 편히 안파견 한님의 곁으로 가시게나."

그러면서 치우천에게 정중하게 인사를 해 보였다. 옆에서 지켜보던 검은 단군이 투덜거렸다.

"아니, 그럼 내가 목을 베라는 거요?"

"자네가 아니면 누가 하겠는가? 보다시피 내 어깨에 화살 구멍이 나 있잖은가."

흰 단군이 은근슬쩍 발뺌을 하자 검은 단군이 씩씩거리며 대꾸했다.

"내 배에는 구멍이 나지 않은 줄 아시오?"

"아, 나는 아까 저 친구가 던진 칼에 어깨도 맞았어. 보기엔 별것 아니겠지만 워낙 매섭게 던져서 지금도 온몸이 저리다네."

"나도 아까 어깨를 맞았수다. 칼날은 날아갔지만 저 친구가 내리치는 힘이 너무 강해서 칼 바람만으로도 내 몸이 벌써 반으로 쪼개졌는데 도력으로 간신히 몸을 붙이고 있는 거란 말이우!"

"허, 그놈 참……."

검은 단군이 박박 우기며 생떼를 쓰자 흰 단군이 어이없다는 듯 중얼거리다가 말했다.

"솔직히 난, 이 녀석 목을 벨 수가 없다네. 차마……."

"난들 하고 싶은 줄 아시우?"

그러자 흰 단군이 버럭 화를 냈다.

"자네, 언제부터 이렇게 꼬박꼬박 말대꾸를 하게 되었나? 수염이 허옇게 센 늙은이에게 대들다니!"

치우천 일행의 목을 베어야 하는 입장이지만, 어느새 그들에게 마음이 기울어진 두 단군은 자기가 선뜻 나서서 목을 베기 싫어 아옹다옹하는 꼴이 되었다.

그때 갑자기 누가 비척거리며 풀숲에서 걸어 나왔다. 두 단군은 아연 긴장하며 그쪽으로 눈을 돌렸다가 허탈하게 웃음을 머금었다. 유쌍이었다. 여전히 얼굴은 파랗게 질리고 눈물과 콧물이 범벅이 되어 울고 있었다.

"죽은…… 거예요? 다 죽은 거예요?"

두 단군은 처음부터 유쌍이 솜털도 가시지 않은 별 볼일 없는 어린아이란 것을 꿰뚫어 보고 있었다. 잘생기기는 했으나 용기도 배짱도 없는 보통아이 같았다. 그래서 아예 관심 밖이었다. 아니나 다를까, 치베가 쓰러질 때 치우천이 풀숲으로 던지자 유쌍은 다시 뛰쳐나오지도 못하고 숨죽여 흐느끼고 있었던 것이다. 어리다고는 해도 기개 있는 전사들의 동행자치고는 유약한 모습이었다. 두 단군은 아무리 철이 없다지만 그 모습이 비겁해 보여 유쌍에게 싸늘한 비웃음을 보냈다.

"아직 죽진 않았지. 곧 죽을 거지만."

흰 단군이 말하자 검은 단군도 냉소하며 한마디 거들었다.

"너는 오래오래 살 거다. 너 같은 것은 아무도 죽이고 싶어 하지 않을 테니."

유쌍은 몸을 부들부들 떨면서 눈물과 콧물을 계속 흘렸다. 지금까지는 이름만 들어도 든든한 용사들이 항상 곁에 있어 자신도 괜스레 어깨가 으쓱했고 당당할 수 있었다. 허나 리미와 개르가 일격에 쓰러질 때부터 유쌍은 겁이 났고, 치베가 스스로 목숨을 던지자 경악했으며, 세상이 뒤집혀도 끄떡도 하지 않을 것 같던 치우천마저 쓰러져 버리자 아무 생각도 할 수 없었다. 자못 영웅 행세를 해 왔지만, 의지했던 사람들이 다 쓰러져 버린 지금, 감당할 수 없는 괴물 같은 두 사람을 홀로 대하게 되자 서 있을 수도 없을 만큼 두려웠다.

"나…… 나는요……."

유쌍이 훌쩍이며 간신히 뭔가 말하려 하자 검은 단군이 그 꼴이 보기 싫은 듯 버럭 소리를 질렀다.

"입 다물어라! 기분 망친다!"

흰 단군도 차갑게 말했다.

"그 자리에 엎드려 고개를 땅에 처박고 얌전히 있으면 목숨만은 살려 주마."

유쌍은 자신도 모르게 다급히 엎드리며 고개를 땅에 처박았다. 그 모습을 보며 두 단군은 혀를 쯧쯧 찼다. 검은 단군은 치우천을 보며 고개를 절레절레 저었다.

"이거 기분 좋게 안파견 한님에게 보내야 하는데, 못 볼 꼴을 보이는군. 내 저 녀석을 한 칼에 죽여 줌세. 어떤가?"

그 말에 유쌍은 화들짝 놀라 고개를 번쩍 들었다. 그때까지도 정신을 잃지 않고 눈을 뜨고 있던 치우천과 유쌍의 눈이 마주쳤다.

치우천의 눈빛이 맑았다. 화난 기색은 보이지 않았다. 되레 유쌍을 보고 웃고 있는 것 같았다. 치우천은 안간힘을 쓰며 눈동자를 살짝 옆으로 움직여 보였다. 그 눈빛을 보니 치우천의 목소리가 귀에 들리는 것 같았다.

왜 나왔니? 어서…… 어서 가지.

'아냐. 난…… 난 정말…… 나는 싸울 힘도 없고…… 정말…… 정말로 나는…….'

유쌍은 턱을 덜덜 떨며 두 눈을 질끈 감았다. 두 줄기 눈물이 주르륵 흘러내렸다.

'난…… 무…… 무서워. 미안해요, 치우천님. 미안해요, 정말…….'

유쌍이 간신히 눈을 떴을 때 치우천의 눈빛은 여전히 부드럽게 웃음을 머금은 듯했다.

괜찮아, 유쌍. 괜찮아. 넌…… 너는…….

―……너도 이제 우리 중 하나다!

문득 치우비가 자신의 어깨를 툭 두드리며 했던 말이 귀에 쟁쟁했다. 언제였던가? 예전에 처음 치우 형제와 이름 쟁쟁한 영웅들을 만났을 때 기뻐서…… 너무나 기뻐서 …….

"나…… 나는……."

유쌍이 벌레처럼 기면서 몸을 일으키는 모습을 두 단군은 혐오감에 가득 찬 눈길로 바라보고 있었다. 유쌍은 끝내 공포를 이기지 못하고 오줌을 질질 싸서 아랫도리가 흥건히 젖어 있었다. 눈살을 찌푸리며 검은 단군이 물었다.

"무서우냐?"

유쌍은 흐흑, 하더니 다시 눈물을 쏟았다.

"너…… 너무 무서워요. 너무 무서워……."

"집어치웟!"

검은 단군이 빽 소리를 질렀다.

"너 같은 것은 죽이라고 해도 죽이지 않는다! 그런데도 무서우냐? 이 머저리 같은 녀석!"

"난…… 나는 무서워요. 이래서는 안 되는데…… 안 되는데……."

유쌍은 계속 중얼거리며 비칠비칠 무릎걸음으로 두 단군에게 다가갔다. 그 모습을 본 흰 단군이 의아한 눈빛으로 물었다.

"무섭다면서 왜 기어오느냐?"

유쌍은 껑껑거리다가 입을 열었다.

"무서워서…… 너무 무서워서 그래요."

"우리가 무섭다면서 왜 오느냔 말이다? 냄새난다. 저리 갓!"

"난…… 난 당신들이 무섭지만…… 더 무서운 건…….""

"뭐?"

두 단군이 의아하여 고개를 갸웃하는 순간 유쌍은 날렵하게 두 손을 내뻗었다. 그러가 검은 단군이 얼굴을 굳히며 손을 휘저었다. 어느 틈엔가 단군의 손에는 알록달록한 독사 네 마리가 쥐어져 있었다. 무시무시한 독을 가진 뱀들로 유쌍이 소매에서 날린 것이다. 솜씨는 빨랐지만 단군들을 상대하기에는 역부족이었다.

"이놈이?"

검은 단군이 눈을 부라리자 유쌍은 통곡을 하면서 뒤로 넘어졌다.

"이럴 줄 알았어, 이럴 줄…… 엉엉…….""

유쌍은 엉금엉금 치우천 쪽으로 기어가기 시작했다. 더 이상 다리가 후들거려 걸을 수 없었다. 유쌍은 치우천을 향해 울면서 외쳤다.

"안…… 안 될 것이 뻔한데. 난…… 난 비겁하게라도 사는 게 좋은데……. 저런 바보짓 하기 싫었는데…….""

치우천은 스르르 눈을 감으며 눈물을 흘렸다. 유쌍은 더 크게 울며 외쳤다.

"그럴 수가 없어요!"

유쌍은 치우천의 다리를 부둥켜안고 하염없이 울어 댔다. 그 광경을 보고 검은 단군과 흰 단군의 표정이 해쓱해졌다. 한편이 소란스러워지며 이윽고 수십 명의 사울아비들이 달려오기 시작했다. 유쌍은 이제는 정말로 끝났다 생각하며 울음을 삼키며 멍한 눈빛으로 허공을 바라보았다. 누가 가볍게 머리를 쓰다듬는 것 같았다. 놀라서 보니 치우천의 손이었다. 괜찮다는 듯, 이해한다는 듯한 따뜻한 손길이었다. 유쌍은 또다시 울기 시작했다.

"제길! 다시 도망갈까 생각하는 중인데…… 이제 그러지도 못하겠잖아요!"

허나 유쌍은 마음이 한결 편안해진 듯, 그의 얼굴에는 두려움이나 공포의 빛이 거의 사라지고 없었다. 그 모습을 보고 두 단군은 말없이 눈빛을 주고받았다.

백여 명이나 되어 보이는 사울아비들을 몰고 온 덩치 큰 남자가 헐떡거리며 두 단군 앞에 달려와 고개를 숙였다.

"하늘 군대 작은스승 우발승이 흰 단군, 검은 단군님께 인사 올립니다. 여기에 도깨비와 야만족 놈들이 들어와 한웅님을 잡으려 한다던데……."

그러면서 우발승은 여기저기 쓰러진 치우천 일행을 둘러보았다.

"이놈들인가 보군요?"

흰 단군이 대답했다.

"이 사람들은 야만족이 아니야."

검은 단군도 한마디 거들었다.

"그놈들은 저쪽으로 갔어. 자, 한웅님께는 아무 일 없었으니 염려 말게나."

우발승은 의아한 듯 고개를 갸웃거리다가 군말 없이 인사를 올리고 부하들을 몰고 서둘러 다른 쪽으로 달려갔다. 치우천은 눈을 감고 체념 상태에 있었다. 일이 어떻게 돌아가는지 알 수 없었다. 누가 치우천의 몸 여기저기를 탁탁 재빨리 두드렸다. 잠시 후 그의 몸 안에서 무엇이 울컥 하며 치밀어 올랐다. 치우천은 자신도 모르게 몸을 벌떡 일으키며 시커먼 핏덩어리를 토해 냈다. 핏덩이를 뱉고 난 순간 이상하게 몸이 개운해지며 고통이 많이 가셔 움직일 수 있을 것 같은 기분이 들었다. 몸이 풀린 듯하자 치우천은 번쩍 고개를 들며 물었다.

"대체 왜……?"

검은 단군이 싱긋 웃으며 말했다.

"좋아할 것 없다. 너희를 풀어 주려는 것은 아니니까."

"기회를 한 번 주려고 하는 것뿐이다."

흰 단군이 맞받아 설명했다.

"우리는 네가 간사하고 흉악한 놈이라 들었다. 너무 허황된 일을 많이 벌였고 말야. 한웅님을 말로 꾀어 터무니없는 짓을 벌이는 놈이라 생각했지. 더군다나 싸움이 벌어진 이 판국에 네가 여기 나타나다니! 그래서 우리는 한웅님을 지키는 김에 입까지 막으려고 보자마자 죽여 없애려 했다. 네 말에는 누구나 홀려서 넘어간다고 하더구먼. 허나 네 부하들이 제법 늠름하고, 저런 꼬마 겁쟁이마저도 덜덜 떨면서도 도망치지 않는 것을 보니, 네놈이 그렇게 속이 시커먼 거짓말쟁이 같지는 않구나."

"그냥 거짓말쟁이는 아니겠지요. 거짓말로 영웅을 속이기는 쉽지만, 겁쟁이는 속이기 어렵지요. 겁쟁이는 겁이 많아 자기만 챙기니까요. 겁쟁이가 스스로 목숨을 버릴 정도라면…… 거짓말로는 안 되겠지요."

검은 단군의 말에 흰 단군이 너털웃음을 지었다.

"그거 내가 가르쳐 준 이야기 아니냐? 좌우간 그래서 너에게 작은 기회를 주려고 하는 것뿐이다."

치우천은 감사의 인사를 하려 했으나 흰 단군은 손을 저으며 덧붙였다.

"그래서 네가 바란 대로, 한웅님을 마지막으로 한 번 만나게 해 주려는 것뿐이야. 할 말이 많은 듯하니 시원하게 말이나 다하고 죽으라고 말이다. 너를 살려 둘 수는 없어. 목숨을 사흘쯤 더 붙일 뿐이니 고마워할 것 없다."

"한웅님을 뵈옵고 이야기를 할 수가 있다면 저는 죽지 않을 것입니다."

결의에 가득 찬 치우천의 말에 두 단군은 동시에 고개를 갸웃했다.

"그렇지 않을 텐데……? 사흘 후면 너는 죽게 되어 있어."

"제가 왜 사흘 후에 죽는단 말입니까?"

치우천이 이상해서 되묻자 검은 단군이 대답했다.

"너는 네 부하들로 하여금 신시를 공격하라 했고……."

"그건 할 수 없는 일이었습니다. 지금이라도 멈출 수 있습니다."

"글쎄다? 한웅님의 명령이 있으셨으니 그대로 이루어질 텐데?"

"한웅님과 저를 이야기하게 해 주신다면, 저를 살려 주시는 것과 다름없을 겁니다. 신시를 공격한 죄는 크지만 어쩔 수 없었습니다. 저를 죽이라는 명령은 고시울률의 짓이겠지요."

그러자 두 단군은 고개를 갸웃거리며 서로를 바라보았다. 치우천은 고시울률이 수작을 부린 것이 분명하다고 생각했다.

잠시 이야기를 끊고 치우천은 황급히 치베의 상처를 살폈다. 다행히 숨이 붙어 있었다. 치우천은 기쁘고 반가운 마음에 들뜬 목소리로 단군에게 물었다.

"아직 죽지 않았습니다! 도와주실 수 있겠습니까?"

"뭐? 왜?"

"이 친구를 죽게 둘 수는……. 부탁드립니다."

치우천이 간절히 말하자 검은 단군은 고개를 갸웃거렸다.

"이 녀석아, 그놈을 살려서 무엇하느냐? 그놈을 더 고통스럽게 할 거냐?"

"무슨 말씀입니까?"

두 단군은 다시 한번 서로의 얼굴을 마주 보더니 이내 물었다.

"너, 정말 아무것도 모르고 있는 게냐?"

"도대체 뭘 말입니까?"

치우천이 어리둥절해하자 두 단군은 또다시 마주 보며 중얼거렸다.

"이놈이 알고 보니 바보였던가 보오."

"정말 모르고 있는 것 아닌가?"

"그렇다면 정말 모르고 제 발로 들어왔다는 건데, 그러면 멍청이 아니오?"

"그런데 그렇게 멍청이 같아 보이지는 않으니 말이 안 되잖아?"

"대체 무슨 말씀입니까?"

그러자 흰 단군은 치우천을 측은하다는 듯 바라보며 말했다.

"이 녀석아, 차라리 지금 죽는 게 나아. 네 녀석은 이미 죗값으로 사흘 후에 솟대 거리에서 갈가리 찢어져 죽이기로 정해졌다고 말했잖나? 다른 놈들 모두 함께!"

"그건 한웅님의 뜻이 아닐 겁니다!"

치우천이 화들짝 놀라서 외치자 검은 단군은 혀를 끌끌 찼다.

"글쎄다. 나는 한웅님이 직접 명령을 내리시는 것을 들었는데? 그 명령은 벌써 나흘 전에 내려졌단다. 더구나 너는 신시를 공격하는 죄를 짓기까지 했으니……."

치우천은 순간 망치로 머리를 얻어맞은 것 같았다.

'나흘 전……? 그렇다면 이상하다! 내가 돌아오기도 전에 이미 나를 죽이기로……? 그렇다면 내가 신시로 공연히 뛰어들었다는 건가?'

치우천은 영문을 알 수가 없었다.

"그렇다면 왜 신시 성문을 열고 나를 맞이한 척한 겁니까?"

"그렇게 너를 잡으려고 한 것이지. 한웅님도 허락하신 일이라네. 한웅님은 네가 수십천의 야만…… 아니, 다른 부족 전사들을 몰고 오는 것을 아시고는 대단히 화를 내시며 너를 잡을 방법을 찾으셨어."

"한웅님이 속으신 겁니다! 저는…… 저는 절대……!"

흰 단군이 치우천의 목 언저리를 슬쩍 손가락으로 짚는가 싶더니 치우천은 온몸에 힘이 빠지며 스르르 그 자리에서 쓰러져 버렸다. 검은 단군이 지껄이는 말을 마지막으로 들으며…….

"글쎄다. 모르긴 우리가 더 모르겠구나. 하여튼 네가 죽기 전 사흘 안으로 한웅님을 뵙게는 해 주마. 그러나 네가 죽는 건 피할 수 없을 거야."

치우천은 캄캄해져 가는 의식 속에서 필사적으로 생각의 끈을 놓치지 않으려 했다. 이것은 모략이라고……. 자신들 속에 있던 배신자의 정보로 고시울률이 한웅님을 협박하여 얻은 결과가 분명하다고……. 어떻게든 사와라 한웅에게 이 일의 전모를 밝히고 사와라 한웅이 독살되어 가고 있다는 사실을 알려야 한다고…….

끝내 생각의 끈을 놓치고 치우천은 캄캄한 의식 속으로 깊이 빨려 들어갔다.

한편, 흙먼지와 함께 달려간 보돈차르의 몽골군과 와난강 와난수의 새끼손가락 부대는 남쪽에서 몰려온 사울아비 부대와 격돌했다. 그들은 길을 달려가는 와중에 간략히 작전을 토의해서 진형을 맞추었다. 보돈차르의 기병이 가운데에서 전진하고, 와난강과 와난수가 마갸르 보병을 이끌고 양쪽을 감싸는 특이한 진형을 취하기로 한 것이다. 남쪽에서 올라오는 세 갈래의 사울아비들을 보돈차르와 와난강 와난수가 각각 한 부대씩을 거느리고 그들과 맞서기로 정해 놓았다.

가운데 부대의 선두에 선 보돈차르는 침착한 지휘로 몽골 기병들을 이끌며 전진했다. 보돈차르가 앞서 있는 것을 보고 맞은편에서 오던 사울아비 부대에서도 한 사람이 조금 앞으로 나섰다. 그것을 보자 보돈차르는 몽골군의 전진을 멈추었다. 피차 화살이 닿지 않을 거리였다.

"나는 주신, 하늘 군대의 사울아비 큰스승 고시가라라고 한다. 너희는 어디서 온 누구냐?”

사울아비의 대장이 앞으로 나서며 묻자 보돈차르는 침착하지만 커다란 목소리로 답했다.

“나는 몽골, 보돈차르족의 보돈차르다.”

“몽골 전사들이 어찌 주신의 신시를 공격하는 것이냐?”

“우리는 주신을 도와 지나족과 싸워 큰 승리를 거두었다. 그런데 이번 싸움에 가장 큰 공을 세운 대장인 치우천을 신시에 잡아 가두었다. 이것이 과연 주신에서 공을 세운 사람을 대하는 방법인가?”

고시가라는 잠시 입을 다물고 있다가 말했다.

“그는 주신 사람이니 안파견 한님과 한웅님이 만드신 법에 따라야 한다. 몽골 사람이 참견할 일이 아니다.”

“참견하지 않을 수 없는 일이다. 우리도 그 일에 끼어들었고, 그는 나의 안다이다.”

“지금 전사들을 돌려 몽골로 돌아간다면 내가 책임지고 싸움 없이 갈 수 있게 해 주겠다. 주신은 머나먼 몽골과 공연히 싸울 생각이 없다.”

고시가라가 온건하게 말했으나 보돈차르는 코웃음을 치며 냉랭히 되받았다.

“지금 치우천 안다를 풀어 주고, 그런 짓을 꾸민 자들에게 벌이 떨어지면 돌아가지 말라 해도 돌아간다. 그러나 그렇게 되지 않으면 우리는 돌아가지 않는다!”

고시가라가 화를 내며 버럭 소리를 질렀다.

“어디 감히!”

보돈차르는 침착함을 잃지 않고 날카롭게 말했다.

“주신이 비록 큰 나라이나 너희가 틀렸다. 너희가 옳지 않으니 우리는 너희를 두려워하지 않는다.”

"일이 어찌 되었건 감히 주신 신시로 칼과 화살을 돌린 이상, 무사하지는 못할 것이다!"

고시가라가 호통을 쳐도 보돈차르의 태도에는 흔들림이 없었다.

"먼저 칼을 돌린 것은 너희다. 우리 몽골에서 믿는 텡그리께서는 공을 세운 전사들을 가장 훌륭히 대접해야 한다고 가르치셨다. 너희가 믿는 안파견 한님은 그렇게 가르치시지 않고 오히려 공을 세운 사람을 잡아 죽이라고 하셨는가?"

고시가라는 안파견 한님의 이름이 나오자 크게 화를 내며 외쳤다.

"결국 피를 보자는 말이군! 좋은 말로 타이르려 했더니, 속셈을 드러내는구나!"

보돈차르는 눌리는 기색 없이 보기 드물게 길게 이야기했다.

"고시가라 큰스승, 우리가 주신을 치러 여기까지 온 줄 아는가? 그랬다면 우리가 지나는 길에 주신 사람들을 왜 가만두었겠는가? 왜 주신 사람들이 우리를 환영하고 기쁘게 맞이했겠는가? 우리는 다만 치우천을 풀어 주고 우리에게 정당한 대접을 해 주기를 바랄 뿐이다."

"보돈차르 족장, 주신 안의 일은 주신에서 해결한다. 치우천이 네 벗이라지만 주신 사람이다. 네가 이러는 것은 너와 너희 부족 전사들을 죽이는 일이라는 것을 알아야 한다."

"아까 말했듯 너희가 틀렸으므로 나는 조금도 두렵지 않다. 텡그리께서는 우리 편이시며, 너희의 안파견 한님도 우리를 도와주실 것이니까 말이다."

고시가라는 더 이상 참을 수 없다는 듯이 커다랗게 소리를 질렀다.

"보돈차르! 내 이름을 걸고 말하건대, 너희는 절대 돌아가지 못할 것이다!"

보돈차르도 지지 않고 당당하게 맞섰다.

"나 역시 일을 해결하기 전에는 돌아가지 않는다!"

고시가라가 말머리를 돌려 사울아비들 사이로 돌아가자 보돈차르도 말을 달려 자신의 부대로 돌아왔다. 돌아오자마자 보돈차르의 곁으로 다섯 명의 몽골 소부족장이 달려왔다. 보돈차르의 오른팔이나 다름없는 부장들로 치베와도 잘 아는 사람들이었다. 보돈차르는 목소리에 힘을 주어 짧게 명령을 내렸다.

"곧바로 전진한다!"

명령이 떨어지자마자 몽골 전사들은 말의 배를 박차며 달려 나가기 시작했다. 삼천 명의 전사들이 일제히 말을 달려 나가기 시작하자 반대편의 사울아비들도 움직이기 시작했다. 싸움이 시작되자 보돈차르의 얼굴은 딱딱하게 굳어져 갔다.

몽골족은 탁월한 기동력을 발휘하여 적진을 흐트러뜨리면서 말을 탄 채 활을 쏘는 것으로 유명했다. 허나 지금 그 전술은 사울아비들에게 잘 먹혀들지 않았다. 동북아시아 전체를 누비면서 많은 종족과 접해 본 사울아비들은 몽골족의 전술이 어떤지 잘 알고 있었다. 주신 사울아비들은 몽골족이 전진하는 방향을 짚어 맞서지 않고 도리어 뒤로 물러서며 후퇴하고 있었다. 아니, 후퇴한다기보다는 양옆으로 갈라지면서 몽골족에게 화살을 퍼부어 댔다.

비록 몽골 전사들보다 말 타는 기술이 뒤떨어졌지만 주신의 활은 몽골 활의 두 배 이상이나 멀리 나갔다. 때문에 도망치다가 거리가 벌어지거나 추격 방향에서 안전거리를 확보하면 주신 사울아비들은 말을 멈추고 간헐적으로 화살을 날렸고, 몽골 전사들은 눈을 번히 뜨고 화살을 맞아야 했다. 몽골 측에서도 이를 갈며 화살로 응사를 했지만, 그들의 화살은 주신 활의 반도 날아가지 못했다. 전사들이 자꾸만 쓰러지자 소부족장 중 한 명이 보돈차르에게 외쳤다.

"피해가 큽니다!"

보돈차르는 이를 악물고 대답했다.

"멈출 수 없다! 더 빨리 달린다!"

그러자 소부족장이 비명을 지르듯 외쳤다.

"이러다가 포위당합니다! 뒤를 잡힙니다!"

몽골족은 간헐적으로 화살을 쏘며 움직이는 사울아비들의 뒤를 따라 잡기 위해 있는 힘을 다해 전진하고 있었다. 그러나 일부 사울아비들이 몽골족을 유인하듯 전진하며 화살을 쏘는 한편으로 수많은 사울아비들이 둘로 갈라져 몽골족의 배후를 위협해 들어왔다.

그러나 보돈차르는 신경 쓰지 않는 듯 계속 전진만을 외쳤다.

"온다!"

새끼손가락 부대, 즉 마갸르족의 왼편을 지휘하던 와난수가 먼저 사울아비들의 움직임을 감지했다. 사울아비들의 수는 일만 오천은 되어 보일 정도로 많았으나 말을 탄 자는 삼천 정도에 지나지 않았다. 나머지 일만 이천은 정식 사울아비가 아닌 것이 분명했다. 그러나 그들은 잘 통제되고 있었다. 그들은 속도 차이 때문에 사이가 많이 벌어진 마갸르군과 몽골군의 사이를 양쪽에서 파고들듯 밀려오고 있었다.

"강이 녀석이 잘해 주겠지."

오른편을 지휘하고 있는 아들 와난강을 생각하며 와난수는 급히 마갸르 전사들에게 외쳤다.

"자! 지금부터다! 있는 힘을 다해 싸워라! 알겠는가?"

와난수의 고함이 떨어지자마자 마갸르족은 커다랗게 소리를 지르면서 대답했다. 그러고는 맹렬한 기세로 달리기 시작했다. 마갸르족의 전사들은 말을 타고 있지 않았으며, 전투에 임해 말을 가진 사람들도 대부분 말을 풀어 놓은 상태였다. 그 때문에 그들의 진군 속도는 그리 빠르지 않았다. 허나 와난수의 명령이 떨어지자마자 마갸르족은 놀라운 속도로 달리기 시작했다.

"마갸르 놈들이 빠르게 움직입니다!"

고시가라는 사울아비 작은스승들의 보고를 듣고 눈살을 찌푸렸다. 먼발치에서 움직이는 마갸르족의 속도가 갑자기 빨라진 것을 확연히 느낄 수 있었다. 고시가라도 놀랄 수밖에 없었다.

"말도 타지 않은 놈들이 어떻게 저리 빨리 뛰는가?"

마갸르 전사들이 빨라진 데는 이유가 있었다. 치우천이 유망에게 마술 같은 승리를 얻는 것을 본 와난수 와난강 부자는 오랜 생각과 고민 끝에 자신들의 마갸르 전사들을 강하게 만들 방법을 찾아냈다. 하루아침에 작은 주신 전사나 사울아비처럼 강하게 만들 수는 없었지만, 그래도 한 가지, 마갸르 전사들을 빨리 달리게 만드는 것은 가능했다. 그것만큼은 치우천과 같은 머리나 조직력이 없어도 가능한 훈련 중 하나였다.

'전사들의 승패는 빠르기에서 결판난다! 더 빠르면 더 강해진다.'

이런 결론을 얻게 된 와난강 와난수 부자는 몇 달 동안 틈만 나면 전사들에게 달리기를 연습시키고 달리는 속도와 지구력을 높이는 데 열중했다. 덕분에 마갸르족 전사들은 비록 길어야 반나절 동안이지만, 다른 부대의 허를 찌를 수 있을 정도로 빠르게 움직일 수 있게 되었다. 와난수 와난강 부자는 보돈차르와 이동하면서 잠시 사울아비들을 막을 방법을 궁리하다가 마침내 와난강이 제의한 이 작전을 구사하기로 결정했다.

"달려라! 더 달려라!"

와난강도 미친 듯 말을 몰아 여기저기로 좌충우돌 달리며 전사들을 독려하고 있었다. 이제 사울아비들의 대다수가 보돈차르를 포위하려는 듯 양옆에서 밀고 들어오는 것이 완연히 보였다. 그러나 출발이 늦은 마갸르 전사들의 도착이 더 빠를 것 같았다. 이대로라면 사울아비들은 포위를 하는 것이 아니라 오히려 역포위를 당하는 셈이었다.

"이런! 놈들에게 저런 수가 있었구나!"

고시가라는 말 등을 내리치며 분통을 터뜨렸다. 자신의 포위 작전이 되레 역포위를 당하는 상황이 되어 가는 것을 두 눈으로 뻔히 보면서도 어떻게 손을 쓸 수가 없었다. 그러나 고시가라는 크게 고개를 흔들고 뺨을 툭툭 쳤다. 그 모습을 보고 사울아비 작은스승들은 서로 얼굴을 번갈아 보면서 기대에 부푼 눈빛을 주고받았다. 고시가라는 하늘 군대에서 '꾀주머니'라고 할 만큼 임기응변에 능한 인물로 명성이 자자했다. 그는 항상 묘한 꾀를 내기 전에 고개를 흔들며 뺨을 치는 버릇이 있었으니, 지금 고시가라가 뺨을 치는 것은 이 상황을 타개할 묘책이 있다는 뜻이었다.

"됐다!"

와난강과 와난수는 양측에서 마갸르족을 몰고 들어오면서 환호성을 올렸다. 죽을힘을 다해 달린 마갸르족은 사울아비들보다 한발 앞서서 적의 앞을 막아섰다. 가까이 보니 그들은 사울아비라기보다는 주신 여기저기서 모은 보통 장정들 같았다. 그들은 작전대로 일이 되지 않고 역포위를 당해 앞이 막히자 당황한 기색이 역력했다. 더구나 앞이 막혔는데도 뒤에서 계속 밀려드는 통에 제대로 싸움도 해 보지 못하고 대오가 산산이 흩어지기 시작했다. 와난강이 적진을 훑어보고 외쳤다.

"아무나 잡을 것 없다! 말 탄 사울아비들만 잡아라!"

와난강은 날카로운 눈으로 주신 군대가 움직이는 것은 몇몇 사울아비들에 의해서라는 것을 알아본 것이다. 안 그래도 몇 되지 않는 사울아비들은 통제를 잃은 자기 군대에 휩쓸려서 제대로 달리지 못해 우왕좌왕하고 있었다. 그런 사울아비들을 마갸르족이 달려들어 하나둘씩 말 아래로 떨어뜨렸다.

허나 사울아비들은 남다른 데가 있어 말에서 떨어진 뒤에도 완강하게 저항했다. 그들 대부분은 구리 무기를 가지고 있는데다 무기를 다루는 솜씨가 여간 뛰어난 것이 아니었다. 섣불리 서너 명 정도가 덤벼들었다가는 사울아비를 잡기커녕 되레 무기가 박살 나거나 실력에 밀려 죽거나 다치기 십상이었다. 적어도 열 명 이상이 한꺼번에 덤벼야 간신히 잡거나, 잡지는 못해도 말을 빼앗고 도망치게 만들 수 있었다.

사울아비들을 잃은 주신 전사들은 거미 새끼처럼 뿔뿔이 흩어져 도망치기 시작했다.

"다 죽이거나 잡을까요?"

부하가 의기양양하게 묻자 와난수는 웃으며 고개를 저었다.

"밭이나 갈던 사람들을 사울아비들이 추려서 데리고 온 모양이다. 따지고 보면 치우천님과 같이 주신 사람이고, 전사나 사울아비도 아닌데 죽여 무엇하겠느냐? 그냥 흩어 도망치게 해 주자."

그때까지 사울아비들을 뒤쫓던 몽골 전사들도 환호성을 올렸다. 와난수 와난강의 역포위 작전은 보기 좋게 성공하여 주신 군대가 거미 떼처럼 흩어지는 광경이 보였기 때문이다.

"하늘 군대 사울아비도 별것 아니구나!"

"이겼다! 이겼어!"

말단 전사들조차도 기뻐서 환호를 올리고 있는데 지휘자인 보돈차르가 그것을 모를 리 없었다. 그는 냉엄한 얼굴에 약간 웃음을 흘리면서 전사들을 둘러보다가 돌연 얼굴빛이 굳어졌다. 옆에 있던 소부족장이 의아해하는 표정으로 보돈차르를 쳐다보았다. 보돈차르는 소부족장이 뭐라 묻기도 전에 혼자 외쳤다.

"아니다! 너무 쉽다! 이건 아니다!"

보돈차르는 미친 듯 말을 몰아 맨 앞으로 나섰다. 다들 달려가는 대형이었지만 보돈차르의 말이 그중 가장 빨랐기에 가능했다. 앞서 달려가는 사울아비들의 무리를 본 순간 아차 싶어 보돈차르가 탄식하듯 외쳤다.

"언제부터 사울아비들이 저렇게 줄었나? 응?"

그 뒤를 따라온 소부족장 하나가 얼른 대답했다.

"아까부터 계속 조금씩 떨어져 나갔습니다. 그러나…… 도망치거나 뒤떨어지는 자들이 분명합니다."

보돈차르는 입술을 깨물다가 크게 소리쳤다.

"이제 겨우 반나절도 안 달렸다! 그런데 뒤처지는 자가 그리도 많겠느냐? 주신 사울아비들은 우리 못지않게 말을 잘 탄단 말이다!"

그때 뒤쪽에서 다급하게 외치는 소리가 들려왔다.

"뒤쪽에 사울아비들이 나타났습니다! 큰일입니다!"

보돈차르는 얼굴빛이 해쓱해졌다.

"당했다!"

소부족장은 부들부들 떨면서 입을 열었다.

"하지만…… 그렇게 흩어진 자들이 어떻게 대열을 이루고…… "

"저들은 사울아비다! 보통 전사들이 아니야!"

고시가라는 포위에 실패한 순간 금세 묘책을 찾아냈다. 지금 쫓기는 시늉을 한 사울아비들이 뒤로 돌아 몽골 전사를 막을 수는 없었다. 대열을 갖출 시간도 없고, 대열을 뒤로 돌리다가 적의 공격을 받으면 그대로 전멸이었다. 허나 그런 추격전에서 하나둘씩 떨어져 나가는 사람들에게 일일이 신경 쓸 수도 없는 노릇이었다. 바로 그 점을 이용하여 고시 가라는 눈에 띄지 않을 정도로 사울아비들을 낙오시켜 몽골군의 뒤로 돌렸다. 보돈차르가 선두에 나섰다면 눈치챘을지 모르나, 역포위 작전의 성공 여부가 마음에 걸려 대열의 뒤에 남아 있던 탓에 미처 알지 못했다.

"할 수 없다! 있는 힘을 다해 쳐 나가면서 천천히 왼쪽으로 돌아 뒤로 간다!"

보돈차르가 명령하자 소부족장들이 비명을 질렀다. 제아무리 말 위에서 살아가는 몽골족일지라도 대군이 일제히 방향을 바꾸기는 쉽지 않았다. 더구나 앞뒤에 적이 있는 상황이고 보니 엄청난 피해를 입을 수도 있었다.

"그러다가 완전히 포위될 수도 있습니다! 다 죽습니다!"

"이대로 뚫고 나갑시다! 사울아비들이 아무리 빨라도 우리 몽골족보다는 느립니다!"

보돈차르는 힘겹게 고개를 저었다.

"그러면 저 마갸르족은 죽는다. 그렇게 할 수는 없다."

그 말에 소부족장들이 일제히 외쳤다.

"마갸르족 때문에 우리가 죽을 수는 없습니다!"

"우리가 포위를 빠져나간 다음에 복수하면 됩니다!"

"마갸르족에게 사울아비들이 몰리도록 한 다음, 우리가 다시 그들을 포위하면……."

급히 외쳐 대던 소부족장은 짝, 소리와 함께 채찍을 얼굴에 맞아 하마터면 말에서 떨어져 구를 뻔했다. 보돈차르는 화난 듯 외쳤다.

"마갸르족이라도 지금은 우리의 벗이고, 우리와 함께 싸우고 있다! 나는 내 부하들이 비겁한 말을 하는 것을 들을 수 없다! 입을 다물어라!"

그러고는 목소리를 높여 외쳤다.

"내가 남을 위해 목숨을 버려야 남도 나를 위해 목숨을 버릴 수 있다!"

보돈차르는 앞장서서 달려 나가며 방향을 왼편으로 틀었다. 그러자 다른 몽골 전사들도 입을 다물고 그 뒤를 따랐다.

"사울아비들이다! 말 탄 사울아비들 무리가 나타났다!"

와난강 와난수의 부대는 갑작스레 들이닥친 사울아비들의 대열에 산산이 흩어지고 있었다. 우왕좌왕하는 주신 부대들 사이에서 작전 성공의 기쁨을 맛보던 그들로서는 자다가 뒤통수를 얻어맞은 격이었다.

"사울아비들이 어디 또 있었단 말이냐? 보돈차르 족장이 그들을 몰고 나갔을 텐데?"

와난강 와난수는 헝클어지는 자신의 부대들 사이에서 있는 힘을 다해 방어전을 펼치고 있었으나 형세는 난감했다. 대열을 갖춘 사울아비들의 위력은 엄청났다. 대략 백 명 단위로 여기저기서 구리 무기를 휘두르며 달려오는 주신 사울아비들의 말발굽에 마갸르 전사들을 제대로 저항도 해 보지 못하고 짓밟혔다.

사울아비들은 낙오하면서 백 명 단위로 대열을 갖추어 몽골군의 후미를 치는 한편, 대부분은 마갸르족 사이로 과감하게 돌파를 시도했다. 다섯 군데 중에서 네 군데가 돌파에 성공했으며, 제대로 저항도 못한 와난강 와난수의 부대들은 갈가리 흩어져 앞뒤를 짐작할 수 없는 혼란 속에서 무너져 가고 있었다.

단 한 군데, 와난강 직속의 돌 던지는 부대만이 죽을 각오로 돌을 던져서 간신히 돌파를 막아 냈을 뿐이다.

"과연 사울아비들은 다르구나. 이건 정말……."

와난수는 부하들을 단속하려 애쓰면서 탄식처럼 내뱉었다. 와난강은 온몸이 상처투성이가 되어 이를 부드득 갈며 속으로 외쳤다.

'지나족과의 싸움도 겁났지만 사울아비들과 싸우는 것은 정말……. 고작 몇백 명이 이렇게 우리를 헝클어 놓다니, 이놈들 대단하구나!'

보돈차르의 끈질긴 몽골 전사들도 끊임없이 뒤에서 사울아비들의 화살이 날아들자 동요하기 시작했고 피해도 속출했다. 그러나 보돈차르는 멈추지 않고 평원을 반 바퀴 돌아 드디어 적들에게 휩쓸리려는 마갸르족 부대와 합류했다. 마갸르족 사이를 돌파하려던 일단의 사울아비들은 보돈차르의 부대가 옆에서 나타나자 동요하며 물러섰다.

"보돈차르 족장! 어떻게……."

와난수와 와난강은 반가웠다. 마갸르족만으로 주신 사울아비들의 돌파를 막기는 역부족이었기 때문이다. 그러나 보돈차르와 몽골 전사들의 상태는 좋지 않았다. 몽골 전사들의 피해도 제법 컸거니와 말들이 지쳐 있었다. 몽골의 말들이 아무리 끈기 있게 달린다지만, 죽기 살기로 몰아 무리한 이동을 했기에 어떨 수 없었다. 일단 물러선 사울아비들은 도망치지 않고 곧바로 보돈차르를 쫓던 부대와 합류하고 더 큰 무리를 만들어 단숨에 이쪽을 쓸어버리려는 듯 대열을 가다듬었다.

"아, 힘들겠군……."

보돈차르는 이를 갈며 신음하듯 말했다. 몽골족이 여러 마리의 말을 가지고 있기는 하나, 그 여분의 말들을 갈아탈 시간 여유가 없었다. 수천 명이 탈 말을 끌어오고 그것을 갈아타면 대열이 흐트러져 단숨에 되잡히게 된다. 허나 지쳐서 거품을 물고 있는 말들로 어떻게 적을 맞아 싸운단 말인가. 약간의 시간만 있으면 다시 대열을 갖출 수 있지만, 고시가라는 이런 기회를 적에게 내줄 만큼 머리가 모자라는 지휘관이 아니었다.

대열을 갖춘 주신 사울아비들이 다시 달리기 시작하려는 순간, 아무
도 상상하지 못했던 일이 벌어졌다. 주신군과 보돈차르군 사이에 갑자
기 거대한 '그것'이 나타난 것이다. 고시가라를 비롯한 사울아비들은
물론, 보돈차르나 와난수 와난강도 깜짝 놀랐다. 여기서 '그것'을 보리
라고 상상한 사람은 아무도 없었다.

동쪽을 맡은 야율쿠리와 초초룬은 두 갈래의 사울아비 부대와 격돌하
기 직전이었다. 야율쿠리가 거느리는 키탄 전사들은 기병의 숫자가 적
었기 때문에 한데 똘똘 뭉쳐 빽빽한 대형을 취했다. 이는 기병의 돌파를
막기 위한 것으로 키탄족 특유의 과감한 전술이기도 했다. 그에 비해 초
초룬의 미아우 전사들은 열 명 단위로 나뉘어 수백 개의 작은 조를 만들
었다. 초초룬은 야율쿠리의 급한 성질을 잘 아는 터라 타이르듯 말했다.
　"나가서 싸우는 것은 안 돼. 우리는 저들을 막기만 하면 된다. 이기는
것보다 치우비가 신시를 공격하도록 지키는 것이 우리가 해야 할 일이
다. 그것을 잊으면 안 된다."
　야율쿠리는 초초룬에게 씩 웃어 보였다.
　"나를 바보로 아는 거냐? 나도 같은 생각이다. 물론……."
　야율쿠리는 손에 든 기다란 양날 구리도끼를 힐끗 바라보고는 말을
이었다.
　"생각 같아서는 몰고 나가 놈들을 쳐 없애 버리고 싶지만…… 염려
마라. 나도 안단 말이다."
　초초룬은 웃으면서 반농담조로 말을 건넸다.
　"너희 키탄족 늑대 새끼들은 우리 미아우 전사들이 지켜 줄 거다."
　야율쿠리도 지지 않고 맞받았다.
　"미아우 전사들은 우리 키탄 전사들 든든한 등판 뒤에 숨어 있거나

해라.”

두 사람은 그 말이 씨가 되어 아옹다옹 말싸움을 벌였다. 둘의 말싸움은 달려온 연락병의 보고로 중단되었다.

“사울아비들이 옵니다! 수가 많습니다!”

둘은 약속이라도 한 것처럼 말다툼을 딱 멈추었다. 초초룬이 야율쿠리에게 말했다.

“말 탄 사울아비들이 먼저 밀고 들어올 거다. 우리는 독을 써서 어떻게든 그들을 막겠다. 흩어져 있으니 우리를 잡기는 어려울 거야. 너희도 잘 버텨 줘야 한다. 너희가 무너지면 우리는 그야말로 하나씩 사냥을 당하게 된다.”

“우리 키탄 사람은 절대 물러서지 않는다. 너희나 잘해라.”

야율쿠리가 호기롭게 말하자 초초룬이 피식 웃음을 흘렸다.

“솔직하게 이야기하자. 아마 엄청 당할 것 같은데…… 그렇지?”

야율쿠리는 크게 너털웃음을 터뜨렸다.

“유명한 주신 사울아비들과 싸우는데 멀쩡할 수 있겠나?”

“그래도 물러서지 않겠지?”

“죽기 전에는 물러서지 않는다!”

그러자 초초룬은 씩 웃으며 목소리를 한껏 높여 명령을 내렸다. 야율쿠리의 부대 수천 명이 빽빽하게 한군데로 둥글게 모여들었고 초초룬의 부대는 그 주위에 수를 헤아릴 수 없을 정도로 어지럽게 퍼져 나갔다. 열 명 단위로 구성된 초초룬 부대의 전사들은 한자리를 지키지 않고 계속 움직이며 주위를 돌아다녔다. 멀리서 보면 마치 불타오르는 태양 같은 모습이었다.

그에 비해 이들과 맞서는 두 갈래의 사울아비 군대는 기병이 앞서고 보병이 뒤를 따르는 전형적인 대형이었다. 이윽고 사울아비 측의 돌파가 시작되었다. 초초룬과 야율쿠리의 군대는 아옹다옹하던 미아우와 키탄족 출신이었으나 지금은 놀랄 만큼 손발이 척척 맞았다. 말 탄 사울아비들의 무서운 돌격은 미아우 전사들의 독벌레와 독 가루 공격으로 점점 대형이 흐트러지기 시작했다. 사람보다도 말이 먼저 독벌레와 독 가루 냄새에 질겁하기 때문에 무시무시한 사울아비들의 돌파력도 제 위력을 발휘하지 못했다.

사울아비들은 견디다 못해 말을 버리고 걸어서 공격하기 시작했다. 그렇게 되자 이번에는 물러서 있던 키탄 전사들이 몰려들었다. 키탄족 전사들이 사울아비보다 강하지는 않았지만 그들은 떼로 몰려다니며 사울아비들을 공격했고, 또 말에서 막 내려 힘들게 달려오는 사울아비들을 때맞춰 공격했기에 막상막하의 혼전이 벌어졌다.

"잘한다! 우리 키탄 전사들이 최고다!"

"우리 미아우 전사들 덕인 줄 알아라."

의외로 자신들이 밀리지 않고 고전하지 않자 야율쿠리와 초초룬은 저절로 신이 났다. 최고 최강이라는 주신 사울아비와 동등하게 겨루며 밀리지 않는다는 사실이 자신감을 주었다. 허나 두 사람이 깨닫지 못한 사실이 하나 있었다. 그들은 꽤 오랫동안 치우천과 늘 같이 다녔기 때문에 은연중에 사울아비들의 전술에 통달해 있었다는 점이었다. 그러니 주신 사울아비들의 작전이 제대로 먹혀들지 않는 것은 당연했다.

최초의 공격에 실패하다시피 한 사울아비들의 대장은 일시 후퇴를 하더니 곧바로 대열을 정비하여 다시 휘몰아쳐 왔다. 처음처럼 한 군데를 돌파하는 것이 아니라 산발적으로 흩어져서 여러 곳을 동시에 돌파하려 했다. 그렇게 되자 당장 미아우 전사들의 손이 부족해졌다. 독벌레나 독 가루의 위력은 대단했지만 무한정 쓸 수 있는 것도 아니었다. 가진 독물을 다 사용한 미아우 전사들은 전투 능력이 없는 짐 덩어리에 가까운 존재였다. 물불을 가리지 않는 용맹한 키탄 전사들이라지만 사울아비들의 돌파로 대열이 흩어지면 힘을 제대로 발휘할 수가 없었다. 승리에 찬 자신감도 잠시였다. 상황이 좋지 않게 흘러가자 야율쿠리는 늑대처럼 울부짖으며 크게 외쳤다.

"키탄 전사들이여! 사울아비들을 그냥 둘 것이냐? 몸으로 막아라!"

야율쿠리 자신이 앞장서서 돌파해 들어오는 사울아비 부대 하나를 막아서더니 곧바로 그쪽으로 돌진해 들어갔다. 야율쿠리의 좌우, 뒤로 많은 수의 키탄 전사들이 따랐다. 사울아비들이 말을 타고 사람을 짓밟으면서 돌격해 들어왔지만 수많은 키탄 전사들이 목숨을 걸고 무작정 덤벼드니 대책이 없었다.

수십 마리의 말과 수백 명의 사람들 사이에 글자 그대로 몸으로 부딪치는 격돌이 벌어지자 살과 피가 튀고 처참한 비명과 고함 소리가 땅을 흔들었다. 말과 사람의 몸뚱이가, 거침없이 무기를 휘두르며 달려드는 엄청난 기세를 이기지 못해 부러지고 쪼개지며 피가 하늘까지 물들이는 듯했다. 흙먼지와 피로 뒤범벅이 되어 더 이상 적과 자기편을 구분할 수도 없어 무작정 무기를 휘두르는 끔찍한 혈전이었다. 한순간의 대격돌로 수십 명의 키탄 전사들이 순식간에 죽고 그 이상이 중상을 입었으나 그와 맞선 사울아비들의 손해도 막심했다. 더구나 줄을 맞춰 달리던 대열이 갑자기 충돌하여 정지했기 때문에 말이 쓰러지자마자 잇달아 넘어져 피해는 더욱 컸다.

많은 사람들이 죽거나 다치자 악에 받친 키탄족 전사들도 사울아비의 돌파에 정면으로 맞서기 시작했다. 곳곳에서 엄청난 충돌이 일어나며 무기에 맞은 사망자보다 서로의 몸에 치이고 밟힌 중상자가 끔찍할 정도로 늘어났다. 야만적인 전술에 놀란 사울아비 큰스승은 돌파 시도를 멈추고 부대를 물러서게 했다.

"봤느냐? 하핫! 사…… 사울아비들도 별…… 별거 아닌……."

온몸에 피 칠갑을 하고 얼굴까지 선혈로 붉게 물든 야율쿠리는 자못 호탕하게 웃으려 했다. 그러나 야율쿠리도 언제인지도 모르게 온몸에 수십 군데의 크고 작은 상처를 입은 탓에 서서 말을 하기도 힘들 정도로 만신창이가 되어 있었다.

대장이 그러했으니 부하들의 피해는 이루 말할 수 없었다. 비록 사울 아비들의 돌파를 몸을 던져 막았지만 키탄족이 한 번의 충돌에서 입은 피해는 엄청났다. 사망자보다 부상자들이 훨씬 많아 전열을 가다듬을 수 없을 판이었다. 그에 비해 사울아비들은 비록 호된 타격을 입었지만 물러서서 대열을 갖추며 말머리를 나란히 하고 있었다. 그 모습을 바라보는 초초룬의 눈빛이 어두워졌다.

'독벌레와 약 가루도 떨어져 가고…… 야율쿠리와 키탄 전사들은 만신창이가 되었다. 한 번 더 몰려오면 버티기 힘들겠다. 사울아비들이 강하긴 강하구나! 더구나 저들의 수가 더 많다. 한 번은 어떻게 막더라도 두 번째 몰려오면 우리는 죽은 목숨이다.'

초초룬은 자기도 모르게 장탄식이 흘러나왔다. 사울아비들과 자신의 전사들 사이에 아직도 전투력에서 엄청난 차이가 있음을 절실하게 깨달았다. 양쪽 다 처음 맞붙는다면 밀릴 것이 없었으나, 싸움이 격렬해지고 피해가 심해질 경우에도 사울아비들은 침착하게 대열을 갖추는 반면, 자신의 전사들은 겁에 질려 대번에 침착함을 잃고 갈팡질팡하며 갈수록 힘이 떨어지는 것이 확연했다. 이대로라면 그야말로 전멸은 시간 문제였다.

치우비의 가슴은 미어지는 것 같았다. 저만치 서 있는 치우우레가 부하들을 독려하며 북쪽에서부터 치우비의 부대를 공격하기 시작했다.

허나 치우비가 지휘하는 전사들은 신속하게 대응하지 못했다. 거리가 가까워지자 많은 수의 사람들이 치우우레를 알아보고는 술렁거리기 시작했기 때문이다.

"저 사람을 지난번에 봤다. 치우천 치우비님의 아버지 아닌가?"

"이럴 수가 있는가? 자기 아들을 공격하러 오다니!"

여러 사람들이 분노했으나 몇몇 사람들은 의견이 달랐다.

"이 일을 어떻게 하나? 저 사람을 공격하면 치우천 치우비님 얼굴을 어떻게 본단 말이냐?"

"하지만 자기 아들을 버렸잖은가? 당연히 우리도 싸워야 하는 것 아닌가?"

총대장격인 치우비가 여전히 결단을 내리지 못하고 있었기에 대장급의 사람들끼리도 의견 충돌을 일으켰다. 알한이 이끄는 한 무리의 투르크 용병들이 달려 나가 치우우레가 지휘하는 부대를 막아서기 시작했다. 허나 알한의 짐작대로 치우우레의 부대는 알한의 부대에 가차 없이 화살을 퍼부었다. 그것을 본 치우비는 끝내 아버지가 자신들을 저버렸다는 생각에 더 마음이 상했다. 더구나 몇몇 주신 사울아비들은 화살을 퍼부으면서 큰 소리로 알한의 부대에게 소리치기까지 했다.

"주신에서 태어났으면서 주신을 버린 치우천 치우비 놈아! 너희는 치우씨도 아니고 주신 사람도 아니다!"

"썩 물러가라! 후레자식의 부하들아!"

대부분의 투르크 용병들은 그런 소리는 안중에도 없었지만 적어도 알한에게는 그 소리가 화살보다도 더 두려웠다. 알한은 투르크 용병들을 지휘하여 방패로 사울아비의 화살을 막아 낼 뿐 공격 명령을 차마 내릴 수 없었다. 그 모습을 본 차오스가 으르렁거리듯 소리쳤다.

"알한님! 들이칩시다! 저쪽의 놈들 중 말 탄 사람이 몇 없는 것을 보니 모두가 사울아비는 아닌 듯합니다. 별것 아닌 놈들 같으니 몰아치면 됩니다!"

알한은 내키지 않는 마음으로 진격 명령을 내렸다. 투르크의 용병들은 몹시 거친 자들이라 상대가 누구이든 적이기만 하면 그것으로 족했다. 투르크 전사들이 일제히 몰려 나가자 주신 전사들은 기다리고 있었던 것처럼 돌아서며 욕을 퍼부었다.

"주신을 배신한 것으로 모자라서 이젠 아비까지 배신한다."

"애써 싸워 봐야, 너희도 배신당할 것이다."

투르크 용병들은 불같이 화를 내며 그들을 뒤쫓으려 했으나, 재빨리 알한이 명령을 내려 그들을 도로 불러들였다. 차오스가 씨근거리며 퉁명스럽게 물었다.

"저놈들은 입으로 싸웁니까?"

"놈들의 꾀 같으니 신경 쓸 것 없다."

알한이 대답하자 차오스가 넌지시 말했다.

"나는 치우비님이 왜 고민하시는지 모르겠습니다."

"무슨 소리인가?"

"자기 아버지라도 싸울 때는 싸워야 진정한 전사입니다. 저렇게 약해지면 안 되지요. 알한님, 저에게 말 잘 타는 백 명만 주십시오. 제가 단번에 들어가서 치우우레님을 죽이겠습니다."

"그래서는 안 돼!"

알한이 펄쩍 뛰자 차오스가 씩 웃었다.

"제가 책임집니다. 그다음에 제 목을 베십시오. 그러면 끝나는 것 아닙니까?"

알한은 한숨을 쉬며 고개를 저었다.

"그렇게 간단하지 않다니까!"

그러는 중에 잠시 물러갔던 주신 군대가 다시 몰려들기 시작했다. 이번에는 아까보다 훨씬 많은 대열이 전진하기 시작했다. 알한이 거느린 전사들은 대략 천 명 정도였는데 적은 삼천 명도 넘어 보였다. 알한이 한숨을 쉬며 전세를 파악하고 있는 사이 뒤쪽에 있던 도깨비 부대에서 마냥과 싱카가 달려왔다. 싱카는 말을 탔지만 마냥은 말을 타지 않고 숨이 턱에 닿도록 달려온 것이다. 마냥은 알한을 보자마자 다급하게 입을 열었다.

"어떻게 할 건가요? 알한님!"

마냥의 말에 이어 싱카도 한마디 보탰다.

"도깨비 싱카가 말씀드립니다. 일이 어렵게 되었습니다."

알한이 미처 입을 열기도 전에 차오스가 나섰다.

"뭐가 어렵단 말이오? 내가 가서 치우우레님과 같이 죽으면 그만 아니오?"

심각한 표정으로 싱카가 고개를 저었다.

"주신족은 부모를 섬기지 않는 사람을 가장 나쁜 사람으로 여긴다고 들었습니다. 지금 치우비님이 괴로워하시고 싸울 엄두를 못 낼 정도로 말입니다."

"그러니 내가 나선다지 않소?"

"허나 그렇게 치우우레님이 돌아가시면, 치우비님은 더 슬프고 괴로워서 못 싸우실 겁니다. 게다가 주신 사람들은 자기 아버지를 죽게 한 아들을 결코 용서하지 않을 거구요. 그러면 치우천님과 치우비님은 영영 주신에 발을 붙일 수 없게 됩니다. 작은 주신으로 돌아갈 수밖에 없습니다. 당장 싸움이 문제가 아니라 정말로 모든 게 틀어집니다."

알한도 검고 긴 머리를 출렁이며 고개를 끄덕였다.

"맞습니다, 싱카. 그러니 어떻게 해야겠습니까?"

알한은 자기 부하나 차오스를 제외하고 그 누구든, 도깨비들에게도 존대를 했다. 싱카는 차분한 목소리로 말했다.

"방법은 한 가지뿐입니다. 치우우레님을 다치지 않게 잡아 오는 수밖에 없습니다."

"잡아 온다고? 그것도 다치지 않게?"

차오스는 믿지 못하겠다는 듯 소리쳤다.

"가서 같이 죽는 것도 쉽지 않을 거요! 그런데 어떻게 적의 대장을 산 채로 잡아 온단 말이오?"

차오스가 말도 안 된다는 듯이 고개를 젓자 싱카는 눈을 반쯤 감고 합장을 한 채 조용히 입을 열었다.

"저와 마냥은 뜻을 모았습니다. 도깨비 부대도 그런 생각입니다. 저희가 가겠습니다."

알한은 손을 휘휘 저으며 외쳤다.

"그건 죽는 길입니다!"

"우리는 목숨이 아깝지 않습니다. 어차피 도깨비로 죽어 갈 목숨을 치우천 치우비님에게 빌린 것입니다. 이런 때 돌려드리지 않으면 언제 돌려드리겠습니까?"

싱카와 마냥이 물러설 기미를 보이지 않자 알한이 나무라듯이 목소리를 높였다.

"무턱대고 뛰어 봐야 성공할 리가 없습니다!"

고집스럽게 싱카가 되받았다.

"힘든 것은 압니다만, 저는 요기입니다. 한순간 사람들의 눈을 흔들리게 만드는 재주를 부릴 수 있습니다. 치우우레님이 있는 곳까지 갈 수 있습니다."

"그렇다고 빠져나올 수 있을 것 같습니까? 더구나 치우우레님은 주신에서도 손꼽히는 용사이십니다. 형천과 맞싸워도 크게 밀리지 않을 정도인데 무슨 수로 산 채로 잡는단 말입니까?”

“도깨비 싱카, 말씀드립니다. 저는 의심스럽습니다. 치우우레님이 간신히 보일 정도로 앞으로 나서기는 했지만, 더 앞으로 나오지 않는 것이 이상합니다. 다른 이유가 있는지도 모릅니다. 가짜이거나…….”

싱카의 말에 알한은 고개를 저었다.

“아무려면 치우비님같이 눈이 밝은 분이 자기 아버지를 못 알아보겠습니까? 나도 전에 신시에서 그분을 여러 번 뵈었습니다. 틀림없는 그분입니다.”

“가짜가 아니라도, 무슨 협박을 받았는지도 모릅니다.”

싱카가 단정적으로 말해도 알한은 계속 고개를 저었다.

“보통 사람이 아니라 치우 형제의 아버님이시고, 으뜸가는 사울아비십니다. 그런 분이 협박을 받는다고 마음에 없는 일을 하실 리 없지요. 백에 하나 이루어질 수 없는 일이니 괜히 목숨만 버릴 뿐입니다!”

싱카가 괴로운 듯 인상을 찌푸리자 알한이 껄껄 웃으며 말했다.

“허나 나, 알한은 바로 그런 일을 좋아하는 사람입니다! 좋습니다! 갑시다! 아무리 될 일이 아니라지만 그 길밖에는 없지 않습니까!”

“뭐…… 뭐라구요? 알한님! 그러면 여기는…….”

차오스의 말이 미처 끝나기도 전에 알한이 그의 어깨를 툭 치며 말했다.

“차오스, 될 수 있으면 적을 마구 흩어 주게.”

“알한님! 알한님은 대장이십니다! 여기 부하들을 다스리고 또…….”

막아서는 차오스를 뿌리치며 알한은 큰 소리로 말했다.

“대장이니까 가장 힘든 곳에 있어야 하는 거야! 이제부터는 차오스, 네가 대장이다! 대장의 명령이다! 알겠나?”

알한은 뒤도 돌아보지 않고 싱카, 마냥과 함께 달려갔다. 차오스는 몇 번 입술을 들썩이며 소리 나지 않게 욕을 해 댔다. 순식간에 대장이 자리를 비우고 빠져나가자 전사들은 멍해져서 차오스의 얼굴만 바라보고 있었다. 그러자 차오스는 몇 번 더 투덜대다가 혼잣말처럼 크게 외쳤다.

"좋다! 알한! 이제는 내가 대장이다!"

차오스는 주변을 둘러보며 볼을 실룩이면서 입을 열었다.

"제기랄! 모두 들어라!"

투르크 용병들이 큰 소리로 대답하자 차오스는 마른땅에 침을 퉤, 뱉으며 말했다.

"대장으로서 명령한다. 알한님…… 아니 알한은 이제 대장이 아니다. 제기랄! 우리를 내버려 두고 혼자 뛰쳐나갔다! 이젠 내가 대장이다. 누가 뭐래도 우리는 적과 마주하고 있다! 싸워야 한다! 그러니 대장으로서 나 차오스가 말하는데, 저 바보 같고 무책임한 알한 말이다……."

대뜸 차오스는 들고 있던 긴 창을 땅에 쾅 내리치며 말을 이었다.

"저런 바보가 죽으면 세상이 재미없어진다! 절대 알한을 죽게 하지 마라! 이게 새 대장인 나, 차오스의 명령이다! 알았나?"

투르크 용병들은 처음에는 와! 하고 웃다가 이내 우! 하며 커다랗게 함성을 질렀다. 빠르게 앞으로 달려 나간 알한과 도깨비 부대를 따라 투르크 용병들도 무서운 속도로 그들을 감싸며 달렸다. 그들은 주신 측의 군대와 정면으로 충돌했고 무기와 피가 어지러이 흩날리는 치열한 싸움이 시작되었다. 주신군은 사방에서 기다렸다는 듯 그들을 포위하여 점점 거리를 좁혀 들기 시작했다.

알한과 도깨비들이 죽을힘을 다해 주신군의 안으로 파고들었으나 치우우레의 모습은 뒤쪽으로 파묻혀 갔다. 알한과 도깨비들이 많은 수의 주신 부대를 물리쳤으나 어느새 포위되기 시작했다. 알한은 몽둥이를 미친 듯 휘두르면서 싱카에게 외쳤다.

"이상하군요! 치우우레님은 저렇게 뒷걸음질 칠 분이 아닌데요?"

싱카도 두 자루의 칼을 허공에 띄워 적을 물리침과 동시에 기다란 몽둥이를 손에 들고 휘두르며 다급하게 대답했다.

"그분도 고민하시나 봅니다!"

달려드는 주신군은 제대로 훈련받지 못한 듯 알한의 긴 몽둥이를 맞고 수없이 나가떨어졌다. 더구나 기이하게 생긴 싱카가 신기한 재주를 부리고 마냥이 창을 휘두르는 등 도깨비들이 험악하게 무기를 쓰자 주신 부대는 그들을 에워싸고 버틸 뿐 감히 접근하지 못하고 있었다.

그때 쨍! 하는 소리가 들리며 창을 휘두르던 마냥이 뒤로 몇 걸음을 물러섰다. 마냥이 손에 들고 있던 창은 어느새 반 토막이 나 있었는데 부러진 것이 아니라 깨끗하게 잘라져 있었다. 마냥은 등 뒤에 맸던 새 창을 급히 꼬나 쥐며 외쳤다.

"구리칼!"

싱카와 알한이 마냥에게로 눈을 돌렸다. 그쪽에서는 스무 명가량의 주신 사람이 무기를 들고 앞으로 걸어오고 있었다. 복장이 유별나지는 않았으나 구리 무기를 들고 있었고, 몸가짐이나 침착한 눈매도 매서웠다. 사울아비들이 분명했다.

싱카가 몽둥이를 하늘로 치켜들며 주문을 외우자 두 자루의 칼이 그들을 향해 날아들었다. 허나 그들 중 두 사람이 도끼와 긴 도리깨를 휘둘러 칼을 공중에서 튕겨 냈다. 나머지 사람들은 신경조차 쓰지 않는 듯 유유히 다가왔다.

알한이 입술을 깨물면서 말했다.

"좋군요, 좋아. 마침내 진짜 사울아비를 싸움터에서 만나게 되는군요. 이날을 기다리고 있었습니다. 싱카, 여긴 내가 맡겠습니다."

싱카는 잠시 알한을 바라보다가 말없이 고개를 끄덕여 보이고는 마냥과 함께 도깨비 부대를 이끌고 치우우레가 사라진 방향을 쫓아 달려갔다. 그들은 피차 목숨을 건 상황이라 구질구질한 말은 필요 없었다.

알한은 반갑다는 듯이 크게 웃으며 외쳤다.

"나는 투르크의 알한입니다. 지금은 작은 주신에 몸담고 있습니다. 태산 회의에서 본 사람이 있다면 내가 누군지 알 것입니다. 자, 내 몽둥이는 가볍지 않으니 당신들 모두 덤비기를 바랍니다."

알한은 차오스와 용병 부대 외에는 누구에게나 공손하게 말을 건넸지만 싸움을 앞에 둔 상대에까지 존댓말을 하자 사울아비들 중 몇몇은 피식 웃었다.

허나 알한이 말을 끝내고 칼 열 자루 분량의 구리가 들어간 무겁고 긴 몽둥이를 허공에서 빙빙 휘둘러 바람 소리가 울려 퍼지자, 그 기세에 사울아비들은 웃음을 거두고 걸음을 멈추었다. 이윽고 사울아비들 중 거구의 사내가 앞으로 나섰다. 덩치는 크나 아직 소년이라고밖에 할 수 없을 정도로 앳된 티가 났다. 어떻게 보면 치우비를 닮은 것 같기도 하여 알한은 잠시 미간을 실룩거렸다.

"혼자 덤빌 겁니까? 나는 아이를 죽이고 싶지 않은데요?"

소년은 씩 웃으며 말했다.

"당신 같은 명예로운 전사에게 사울아비들이 어찌 떼를 지어 덤비리까? 아버지와 아들이 싸우는 판인데 나이를 가리다니요?"

그러면서 소년은 세 개로 나누어진 구리 도리깨를 힘 있게 고쳐 쥐었다. 보통 도리깨는 긴 자루에 구리 막대가 하나 달려 있으나 소년은 양쪽 끝에 구리 막대가 달린 기이한 도리깨를 가지고 있었다. 소년이 도리깨를 빠르게 휘두르자 양 끝에 달린 짧은 구리 막대들이 파도치듯 돌며 기묘하게 움직였다. 알한은 범상치 않은 움직임을 보고는 놀라는 표정을 지었다.

"허! 어린 나이에 뛰어나군요."

소년은 순박하게 웃으며 되받았다.

"제 이름은 광이라 하오이다. 치우 집안사람입지요."

"치우 집안이시라고요? 지금 누구와 싸우는지 알고 있습니까?"

알한은 치우광의 말을 듣고 한숨을 지었다. 그러고 보니 한 집안 출신이라 그런 것일까? 치우광은 치우비보다 훨씬 어렸지만 큰 덩치나 순박한 미소가 어딘지 모르게 치우비를 연상시켰다.

알한은 씁쓸하게 웃었다.

"치우 집안분과 싸우는 것이 정말 내키지 않는군요."

치우광이 공손하게 되받았다.

"저 역시 알한님 같은 분과 싸우는 것이 마음에 내킬 리야 없지요. 할 수 없이 하는 싸움이라니, 참 더러운 것이네요."

알한이 껄껄 웃으며 호기롭게 말했다.

"그렇소! 더러운 것이니, 얼른 끝내 버립시다!"

알한은 몽둥이를 휘두르며 들어갔다. 치우광은 나이가 어렸지만 우두머리가 틀림없었다. 그렇지 않으면 자신과 이렇게 농 짓거리를 하는 것을 사울아비들이 그냥 둘 리가 없었다. 사실 제아무리 알한이라도 사울아비 스무 명과 상대한다는 것은 자살행위나 다름없었다. 다만 대장 격인 치우광을 단번에 꺾으면 어떻게든 될지 모른다고 생각했다. 허나 치우광은 만만치 않았다.

알한의 몽둥이는 보기에는 가볍게 돌리는 것 같아도 치우비나 끽구 정도가 되지 않고서는 만만히 받아 낼 수 없을 정도로 힘이 넘쳤다. 허나 치우광은 그런 알한의 몽둥이를 다섯 번이나 연거푸 받아 냈다. 뒤로 다섯 발짝이나 밀리기는 했지만 치우광은 순식간에 땀을 뻘뻘 흘리면서 알한의 다섯 번 공격을 막았고, 그사이 두 번이나 도리깨 자루로 역습을 시도하기까지 했다. 알한은 치우광의 실력을 보고 속으로 놀랐다.

"이번에는 제 차례입니다."

치우광이 상기된 표정으로 도리깨를 휘둘러 들어오자 알한은 몽둥이로 도리깨를 튕겨 냈다. 그러나 도리깨에 매달린 짧은 자루들이 튕기듯 번번이 다가드는 통에 알한 역시 몇 번이나 땀을 짜냈다. 다시 한 차례의 격돌이 끝나자 치우광이 고개를 휘저어 땀을 닦으면서 입을 열었다.

"알한님은 태산 회의 때 지나족의 금천과 겨루어 보셨지요?"

"그렇습니다."

"저는 어떠합니까?"

치우광이 다소 치기 어린 미소를 지으며 정말 궁금한 듯 묻자 알한도 마주 웃어 보였다.

"십 년만 더 애쓰면 금천도 이길 수 있을 겁니다. 그런데 오늘 무사할 수 있을지 모르겠군요."

그러면서 다시 몽둥이를 휘두르자 치우광도 열심히 도리깨를 돌려 공격을 막았다. 알한과 치우광의 주위로 사울아비들이 계속 모여들었다. 치우광의 명령이 있었는지 아무도 나서지는 않았으나 주변을 완전히 적이 에워싸자 알한은 꺼림칙했다. 이미 그 수는 백 명이 넘어선 것 같았다.

'이기든 지든 나는 오늘 죽겠구나.'

알한은 속으로 탄식하며 최후의 각오를 했다. 그에게는 나중에 금천을 만나면 쓰려고 생각해 두었던 비장의 한 수가 있었다. 비장의 수를 쓰려고 숨을 몰아쉬며 준비하는데 반대쪽이 소란스러워지며 낯익은 목소리가 들렸다.

"알한님을 찾아라! 알한님을 찾아!"

투르크 용병들을 이끌고 달려온 차오스의 목소리였다. 목소리를 듣자 알한은 힘이 솟는 것 같았다. 그 순간 치우광이 대뜸 한 발짝 물러섰다.

"알한님의 부하입니까?"

"그렇습니다."

치우광은 싱긋 웃으며 알한에게 말했다.

"백 명 정도밖에 안 돼 보이는데 여기까지 파고들다니. 목숨을 걸고 알한님만 찾는 것 같네요."

알한은 대답하지 않고 입술을 깨물었다.

"저는 알한님을 이길 재주가 없으니 이만 물러서겠습니다."

치우광의 느닷없는 말에 알한은 깜짝 놀라 치우광을 쳐다보았다. 나이 어린 치우광의 눈에서 격렬한 감정의 빛이 은은하게 번졌다.

"저는 힘을 다해 싸웠습니다. 더 이상은 무리일 것 같습니다."

그러면서 치우광은 돌연, 이제까지 정중했던 것과는 전혀 달리 무시무시하게 커다란 목소리로 주변의 사울아비들에게 고함을 쳤다.

"그런가? 그렇지 않은가?"

그 물음에 사울아비들이 일제히 대답했다.

"그렇습니다!"

"물러난다!"

치우광은 자르듯이 외치고는 알한에게 미소를 지어 보이며 조용히 말했다.

"나중에 다시 겨룹시다, 알한님. 그리고 부디……."

치우광은 부하 사울아비가 끌고 온 말 등에 날듯이 가볍게 올라타고는 사울아비들과 함께 오른쪽으로 달려갔다. 수많은 사울아비들이 치우광을 따랐다. 그 방향은 치우비의 부대 쪽도 아니고 치우우레 쪽도 아닌 제삼의 방향이었다.

선봉에 섰던 수백 명의 치우광 부대가 이탈하자 다른 주신 전사들은 갑자기 혼란에 빠져 우왕좌왕하더니 달아나기 시작했다. 잠시 후 차오스와 용병들이 알한에게 달려왔다. 얼마나 급히 말을 몰았는지 말들이 숨이 턱에 닿아 부글거리는 거품을 입에 물고 있었다.

알한은 고개를 숙인 채 깊은 생각에 잠겨 있었다. 차오스가 다가와 말에서 뛰어내리며 알한에게 외쳤다.

"이 바보 같은 알한 녀석! 도대체 뭐냐? 치우우레를 잡는다 해 놓고 고작 여기 있었냐? 응?"

알한이 그 말에 고개를 들자 차오스는 뒤로 움찔하면서 변명이라도 하듯 말을 더듬거렸다.

"내가…… 지금은 내가 대장이잖나? 그러니 욕도 할 수 있는 것 아닌가?"

알한은 웃으며 고개를 끄덕였다.

"맞지. 아니, 맞습니다. 차오스 대장."

차오스는 얼굴을 찡그리며 툭 내뱉었다.

"그러면 대장으로서 알한에게 명령한다!"

"하십시오, 대장."

알한이 태연히 되받자 차오스는 피식 웃으며 말했다.

"이제는 다시 네가 대장이다. 알았나, 알한 대장? 아니…… 대장님?"

껄껄 웃는 알한을 쳐다보며 차오스의 눈가에 눈물이 글썽거렸다. 차오스가 알한의 어깨를 잡고 흔들었다.

"안 죽어서 다행이오! 다시는 그러지 마시오!"

알한이 조용히 한숨을 내쉬는 사이 차오스의 나머지 부하들이 가까이 달려왔다. 알한은 다급히 그들에게 외쳤다.

"잠깐! 잠깐! 적이 물러나고 있다! 멈추어라!"

투르크 용병들은 알한을 알아보고 그 자리에 멈추어 섰다. 곧이어 그 뒤로 한 떼의 사람들이 우르르 달려오고 있었다. 그들 중 맨 앞에 달려오고 있는 것은 치우비가 아닌가.

"치우비님!"

알한이 외치자 치우비는 붉게 충혈된 눈으로 맹렬하게 달려 나오더니 말에서 구르듯 내려와 알한의 어깨를 두 손으로 꽉 움켜쥐었다.

"알한님! 내가, 내가 바보였소. 내가 바보 같아서 알한님을 죽게 할 뻔했습니다."

치우비는 눈물을 주르륵 흘리며 알한이 뭐라 대답할 틈도 주지 않고 외쳤다. 치우비는 격앙되어 있었다.

"이건 내가 풀어야 할 일이오. 나는 바보같이 피하려고만 했소. 이제 나는 결심했소! 나는, 나 치우비는…… 비록 주신의 적이 되고, 아버지와 싸우는 한이 있어도 벗들을 죽일 수는 없소!"

치우비가 외치자 투르크의 용병들은 감격하여 함성을 질렀다. 그러나 알한은 씁쓸한 표정으로 조용히 불렀다.

"치우비님."

치우비는 듣지 못한 듯 말에 올라타며 외쳤다.

"내가 책임을 진다! 내 명령에 따르라! 우리 눈앞에 있는 것은 적이다! 모두…… 모두 쓸어버려라!"

치우비는 우렁차게 외치면서 주르륵 굵은 눈물을 흘렸다. 알한이 치우비의 말고삐를 홱 잡아채며 날카롭게 소리쳤다.

"치우비님!"

치우비가 핏발 선, 피곤해 보이는 눈을 알한에게 돌리자 알한이 조용히 물었다.

"치우비님, 치우광이라는 젊은 사울아비를 아십니까?"

치우비는 알한이 난데없는 이야기를 꺼내자 당황스러워하다가 이내 생각이 떠오른 듯 말했다.

"광…… 광이라면…… 먼 동생뻘이지만 친하지는 않은데요. 이름은 들은 것 같습니다만……."

알한은 치우광이 사라진 제삼의 방향을 가리키며 말했다.

"그분이 저와 겨룬 대장이었는데, 지금 저리로 가셨습니다. 저를 쉽게 죽일 수 있었을 텐데도 말이죠."

"그건……."

"치우비님, 저들은 우리와 싸우지만 우리 적이 아닙니다. 그렇게 싸워야 할 것 같습니다."

치우비가 잠시 입을 다물고 치우광이 사라졌다는 쪽을 바라보자 알한은 뭔가 더 말하려다가 입을 다물었다. 치우비는 마음을 가라앉히려는 듯 몇 번 깊은 숨을 쉬더니 차분한 목소리로 말했다.

"무슨 말씀인지 알겠습니다. 침착하게 행동하겠습니다."

알한은 치우비를 보고 기쁘게 웃었다.

"이제 꺼릴 것이 없으십니까?"

"그렇습니다. 알한님, 감사합니다."

치우비는 고개를 끄덕이며 전보다 훨씬 우렁찬 목소리로 외쳤다.

"작은 주신의 전사들과 투르크의 전사들이여! 지금부터 어깨를 맞대고 빽빽이 대열을 맞추어라! 앞줄에 선 사람은 긴 창을 들고 방패를 들어라! 적을 흩어 버리기만 하면 될 뿐, 구태여 죽이려 애쓸 것은 없다!"

그 말을 듣고 차오스가 알한에게 물었다.

"무슨 말씀입니까? 적을 죽이지 않으면……."

알한이 가볍게 웃으며 차오스의 어깨를 툭 쳤다.

"그게 가장 좋은 방법이라네."

이윽고 치우비를 선두로 이천 명가량의 부대가 빽빽하게 붙어 섰다. 치우비는 도끼를 말 뒤춤에 매달고 커다란 몽둥이를 들었고 알한도 선두에 섰다. 이천 명의 전사들은 한 덩어리로 뭉쳐 치우비의 명령에 따라 맹렬한 속도로 달려 나갔다.

그 무렵 느닷없이 빠져나간 치우광의 모습에 잠시 흩어지던 주신 전사들이 다시 뭉치려고 하던 차였다. 그런데 한 덩어리로 뭉친 치우비의 부대가 무섭게 돌격해 오자 도로 산산이 흩어졌다.

치우비는 그런 주신 전사들에게는 눈도 돌리지 않고 계속 적진을 돌파해 나갔다. 주신 전사들은 목숨을 걸고 싸우려는 기미가 전혀 없었고, 허덕거리며 사방으로 흩어져 도망치려고만 했다. 치우비는 속으로 의아하게 생각했다.

'치우광이 이렇게 한 것인가? 아무래도 이상하다. 아무리 그래도 아버님이 이끌고 온 부하들이 이렇게 약할 리가 없는데……'

저만치에서 싱카와 마냥이 거느린 도깨비 부대가 악전고투하는 모습이 보였다. 그들은 훨씬 많은 숫자의 적에게 포위되어 있으면서도 누구를 에워싸고 있는 듯했다. 그 안에 치우우레가 있을 것 같아 치우비의 가슴이 두근두근 뛰었다.

"서둘러라!"

그러나 치우비의 부대는 아까와 다르게 잘 조직된 사울아비의 부대와 맞닥뜨렸다. 그들은 다른 전사들이 흩어지는 것은 신경도 쓰지 않고 있다가 치우비의 부대가 돌진해 오자 정면으로 막아섰다. 치우비와 작은 주신 전사들이 열심히 싸웠으나 그들의 실력이 대단하여 쉽게 돌파할 수가 없었다. 치우비와 알한이 분전했지만 뛰어난 사울아비들이 많아 일대 혼전이 벌어졌다.

그때 차오스가 대열을 이탈하여 투르크 용병의 일단을 거느리고 도깨비 부대를 향해 달려갔다. 도깨비 부대를 에워쌌던 주신 부대가 우왕좌왕 갈피를 못 잡는 틈을 타 마냥과 도깨비 부대는 기를 쓰고 포위망을 뚫기 시작했다. 순간 예상치 못한 일이 벌어졌다. 그때까지 도깨비 부대에 포위되었던 일단의 부대가 오히려 역공을 가해 도깨비 부대는 한순간에 허물어지기 시작했다. 치우비와 알한은 사울아비들에 에워싸여 있었고, 차오스 역시 수많은 적을 상대하느라 그들을 도울 여력이 없었다.

마냥이 사방으로 창을 휘둘러 마침내 한쪽을 뚫자, 밀리기 시작한 도깨비 부대가 와르르 몰려나왔다. 맨 뒤로 미친 듯이 달려 나오는 싱카의 뒤를 쫓는 자가 있었다. 커다란 도끼를 든 치우우레였다.

치우비는 네 명의 사울아비를 혼자 상대하다가 치우우레의 모습을 보자 벼락 같은 고함을 지르면서 있는 힘을 다해 들고 있던 커다란 몽둥이를 내던졌다. 사울아비들은 치우비가 무기를 던질 줄은 예상 못했던 듯, 몽둥이에 맞아 말에서 떨어져 버렸다. 치우비는 번개 같은 동작으로 두 손을 뻗어 두 명의 사울아비의 팔을 낚아챘다. 사울아비들은 치우비의 힘을 이기지 못하고 비명을 지르면서 무기를 떨어뜨렸다.

치우비는 양손에 두 사람을 움켜쥔 채 말에서 펄쩍 뛰어내렸다. 두 사울아비는 꼼짝도 하지 못하고 치우비의 손에 끌려갈 수밖에 없었다. 치우비는 사나운 얼굴로 싱카 쪽으로 달려갔다. 치우비의 무서운 기세와 눈빛, 그리고 양손에 잡혀 인형처럼 대롱거리는 두 사울아비들 때문에 주신 전사들은 앞을 막아설 수도, 화살을 쏠 수도 없었다.

치우비가 달려오는 것을 보고 싱카는 소리를 질렀다.

"비님! 물러나십시오! 어서 물러……."

그때 싱카의 뒤를 쫓던 치우우레는 돌을 던져 싱카를 맞히려 하던 참이었다. 치우비는 그 순간 아슬아슬하게 몸을 날리며 싱카를 얼른 저만치 밀어내고 치우우레가 던진 돌을 걷어차 버렸다.

치우우레는 노한 기색으로 커다란 도끼를 들고 멈추어 섰다. 치우비도 싸늘한 표정으로 치우우레를 노려보았다. 그러자 치우우레가 인상을 잔뜩 찌푸리며 입을 열었다.

"이런 못된 놈. 감히 네가…… 네가 한웅님을 배신하고 신시를 공격해?"

치우우레가 분노한 듯 번득이는 눈빛으로 외쳤지만, 마주 보는 치우비의 눈빛이 훨씬 더 매서웠다. 치우비의 눈빛이 무섭게 빛나자 치우우레는 말을 잇지 못했다.

치우비는 아무 말 없이 두 손에 쥐고 있던 사울아비들을 허공에 들어 보였다. 그들은 이미 치우비의 힘을 이기지 못하고 기절해 축 늘어져 있었다.

"나는 아버지의 부하들을 다 압니다. 그런데 이들은 처음 보는 사람들이군요."

"뭐라고? 이 미친 녀석이 무슨 소리를…….”

치우우레가 버럭 소리를 지르는데 치우비는 고개를 저으며 조용히, 그러나 또박또박 말끝에 힘을 주어 되받았다.

"당신은 우리 아버지가 아니야. 당신은 누구지?"

그때 주신의 사울아비들 중 여섯 명이 일제히 치우비를 향해 화살을 쏘는 동시에 네 명이 달려들었다. 순간 알한이 하늘에서 뚝 떨어지듯 뛰어들며 긴 몽둥이를 빙빙 돌려 화살을 막아 냈고, 차오스가 고함을 지르며 부하들 몇과 함께 네 명의 사울아비를 온몸으로 막았다. 그 틈을 타 쓰러져 헐떡이는 싱카를 마냥이 부축해 일으켰다. 화살들이 알한의 몽둥이를 맞고 튕겨 나가자 알한이 치우비에게 외쳤다.

"이 사람이…… 아버님이 아니란 말입니까? 하지만…….”

치우비는 음울한 목소리로 말했다.

"아니오!"

그러면서 치우비는 사울아비들을 내던지고 맨손으로 치우우레를 향해 달려들었다. 치우우레는 도끼를 휘둘러 치우비를 막으려 했지만 치우비의 손은 어느새 치우우레의 도끼날을 맨손으로 쥐고 있었다. 일단 치우비의 손에 잡힌 도끼날은 돌에 박힌 것처럼 꼼짝도 하지 않았다.

돌연 싱카가 외쳤다.

"등! 등입니다!"

치우비는 다른 손을 뻗어 치우우레의 등을 움켜쥐려 했다. 치우우레는 도끼를 놓고 날렵하게 양손으로 치우비의 손을 막으려 했으나, 한 손과 두 손이 부딪히자 두둑 소리가 나면서 치우우레가 비명을 질렀다. 치우우레의 두 손목이 부러지고 말았다. 치우비는 치우우레의 등판의 옷자락을 길게 찢었다. 드러난 맨등에는 기이한 무늬가 새겨져 있었다. 치우비의 얼굴이 굳어졌다.

"글자 주술?"

그 글자 주술은 치우우레의 이름을 등에 새겨 그 사람을 완전히 치우우레와 똑같이 보이도록 만드는 주술이었다. 치우비는 태산 회의 때 글자 주술을 접할 기회가 있었기에 금방 눈치챘다.

치우비가 손으로 치우우레의 등을 문지르자, 치우우레는 비명을 올리면서 그 자리에 쓰러졌다. 그는 순식간에 치우우레보다 작은 키에 땅땅한 체구를 지닌 남자의 모습으로 바뀌어 버렸다. 알한이나 차오스는 물론 작은 주신의 전사들과 투르크 용병, 주신의 사울아비마저도 이 변괴에 놀라 헉, 하며 숨을 삼켰다. 단 한 명, 싱카만이 놀라지 않고 소리쳤다.

"주술로 모습을 바꾼 것입니다! 잘하셨습니다! 치우비님!"

사울아비들은 대장이 쓰러지고 이상한 일이 벌어지자 정신을 차릴 수가 없었다. 게다가 기세를 얻은 치우비의 부하들이 하늘이 떠나갈 듯 함성을 올리자 황급히 몸을 돌려 우르르 달아나기 시작했다. 알한은 좋아서 싱글벙글 웃으며 말문을 열었다.

"이제 아무 염려 없군요! 대단한 주술입니다! 그런데 어떻게……."

치우비도 이제야 안심이 된 듯 한숨을 깊이 내쉬었다. 그러자 쓰러진 가짜 치우우레가 믿어지지 않는다는 듯 눈을 크게 뜨고 외쳤다.

"너…… 네가 어떻게 알았느냐? 어떻게……!"

그는 얼굴과 외양은 물론 목소리까지도 쉰 목소리로 변해 있었다. 치우비는 그를 노려보며 말했다.

"너는 아버지와 얼굴도 똑같고 목소리도 똑같았다. 하지만…… 나는 알 수 있어."

"어떻게 알 수 있단 말인가! 글자 주술을 깨다니! 이건……!"

치우비는 서글픈 듯 이를 악물고 눈물을 흘리면서 천천히 말했다.

"아버지는…… 우리 어릴 때 아버지께서는 항상 바빠서 늦게 오셨기 때문에 우리 형제는 아버지를 잘 볼 수 없었다. 하지만 형과 내가 자고 있을 때 아버지는 밤늦게 돌아오셔서도…… 항상 우리를 안고 볼을 비벼 주곤 하셨지. 컴컴하여 아무것도 보이지 않았고 아무 말씀도 안 하셔서 목소리도 들리지 않았지만, 아버지라는 것을 항상…… 항상 알 수 있었다. 그런데 네놈이…… 네놈이 아무리 모습이 같고 목소리가 같아도 내가 아버지를 몰라볼 것 같으냐? 더구나 내가…… 내가 이렇게 마음이 아픈데…… 아버지라고 마음이 아프지 않았을 리 있겠느냐? 허나 너는 조금도 슬퍼하지 않았어. 겉모습만 바꾼다고…… 우리 아버지 노릇을 할 수 있을 것 같아? 엉?"

치우비는 눈물을 주르륵 흘리다가 벼락같이 그자의 멱살을 잡아 올려 흔들며 소리쳤다.

"아버님께 무슨 짓을 했느냐! 어디 계시느냐!"

가짜 치우우레는 큰 소리로 웃었다. 그러자 옆에서 차오스가 눈을 부라리며 욕을 퍼부었다.

"이런 미친놈이?"

그런데도 그자는 더욱 크게, 마치 녹슨 구리를 긁는 것 같은 이상한 소리를 내며 미친 듯이 웃어 댔다. 이상하다고 생각한 알한이 급히 그자의 옆구리를 걷어차 웃음을 멈추게 했다. 그는 고통 때문에 숨을 컥컥거리다가 다시 웃음을 터뜨렸다.

"하하, 너는 역시…… 그렇구나. 하하핫, 네놈이…… 주술을 알아 본 것은 용하지만…… 하하, 어떻게 할 것이냐?"

그자의 말이 떨어지자마자 양쪽에서 두 갈래로 달려오는 전사 무리가 보였다. 원래 북동쪽에 있던 세 갈래의 부대가 분명했다. 그중 치우우레의 부대가 먼저 전진하고 나머지 두 부대는 대기하고 있다가 웃음소리를 신호로 달려오는 듯했다.

알한이 눈을 크게 뜨며 놀라 외쳤다.

"그러면 함정? 비님을 끌어내기 위한……."

가짜 치우우레는 계속 웃으며 말했다.

"분명 네놈이 스스로 죽든지, 아니면 제일 앞장서서 뛰쳐나올 것이라더니 그 말이 맞구나."

"이런 비겁한 놈들!"

차오스가 씩씩거리며 가짜 치우우레의 멱살을 잡아 올리자 그자가 이죽거렸다.

"싸워서 이길 수 있다고 보느냐? 너희는 포위된 거야. 더구나 네놈들이 싸워서 이기면 치우우레의 목이 날아간다. 그는 저기에 붙잡혀 있단 말이다. 그러니 어서 무릎 꿇고 항복하는 게 어때?"

"네놈들이 어찌……! 어찌 우리 아버지를 잡느냐? 아버님께 무슨 죄가 있다고!"

치우비가 분노를 이기지 못해 부르짖자 가짜 치우우레가 당당하게 되받았다.

"사울아비 큰스승이면서 한웅님의 명을 받들지 못하겠다고 버텼으며 자기 입으로 죽여 달라고 말했으니 죽어 마땅하다! 덕분에 내가 이런 지경에 뛰어들게 된 것이 아니겠느냐?"

"아버님이……."

치우비의 마음이 다시 흐트러지기 시작했다. 그 말을 듣자 알한이나 차오스 역시 섣불리 적과 싸울 수 없었다. 다른 전사들이나 도깨비들도 마찬가지였다. 비록 한 부대를 물리치기는 했으나 현재 그들은 치우우레만을 목표로 삼았었기에 너무 깊이 들어왔고, 힘도 많이 쓴 상태였다. 게다가 치우우레가 인질로 잡혀 있다지 않은가? 알한은 치우비에게 말했다.

"일단 빠져나가야 합니다. 우리가 버티고 있으면 섣불리 아버님을 해치지 못할 것입니다."

알한의 말에 치우비는 정신을 가다듬고 서둘러 말을 찾아 올라탔으나 어느새 주위로 수많은 적들이 몰려들고 있었다. 치우비와 알한, 차오스가 거느린 병력은 고작 천 명 정도인 데 반해 그들은 만 명도 넘는 듯했으며, 이미 그들을 거의 포위하고 있었다. 차오스는 틀림없이 죽을 것이라고 생각했다. 싱카는 간사한 적들의 술수에 이를 갈며 분노를 삭였다. 알한만은 혹시 울라트가 구원 부대를 보내 주지 않을까 생각했으나 그럴 기미는 전혀 없었다. 사실 울라트도 곤경에 처해 있었다. 신시 안에서도 이쪽의 병력이 줄어든 것을 파악하고 별동대를 성문 밖으로 내보내 한창 싸움이 벌어지고 있었다.

같은 시각 울라트는 신시 성문을 열고 뛰쳐나온 부소눌하가 이끄는 사울아비들과 사투를 벌이고 있었다. 울라트가 거느린 부하들은 작은 주신의 전사들이 주축이 된 정예였지만 사울아비들도 만만치 않았다. 특히 치우비나 알한, 차오스와 도깨비들이 빠져나간 상태라 지휘하기가 힘들었다. 비울걸마저도 어디로 사라졌는지 감감소식이었다. 울라트 옆에는 울쿠타 야쿠타밖에 없었다.

생전 처음 어려움에 맞닥뜨리자 울라트는 몸이 떨려 왔다. 하지만 어릴 적부터 치우 형제를 따라다니며 전투를 지켜보아 온 터라 상황을 파악하는 눈과 절대 물러서지 않는 오기가 있었다. 울라트는 발 빠른 야쿠타를 시켜 갑옷 입은 전사들을 모아 일차 공격을 저지함과 동시에 울쿠타를 시켜 전사들을 돌려 옆구리를 치려고 했다. 하지만 사울아비들의 지휘관은 옆구리를 질러 오는 울쿠타의 부대를 무시하고 곧바로 울라트의 본진을 급습했다.

"제기랄! 왜 이렇게 맘대로 안 되는 거야!"

울라트는 밀어닥치는 적을 보고서 어깨를 파르르 떨었지만 앙칼지게 소리를 질러 부하들을 독려하려 했다. 그러나 울라트는 체구도 작고 목소리도 크지 않아 부하들을 생각대로 부릴 수가 없었다. 울라트는 입술을 질끈 깨물며 옆에 있던 덩치 큰 전사들에게 외쳤다.

"저 나무를 가져와라!"

울라트의 막사 부근에는 성을 공격하려고 베어 둔 통나무들이 많이 있었다. 네 명의 부하가 기다란 통나무를 들고 오자 울라트는 끝에 매달리더니 외쳤다.

"높이 들어 올려!"

전사들은 울라트가 무슨 장난을 하나 싶어 어리둥절했지만 울라트는 욕을 하면서 서두르라고 소리를 질렀다. 네 명의 전사가 통나무를 들어 올리자 울라트는 끝에 매달린 채 높이 솟아올랐다.

"스구얼타는 왼쪽을 지켜랏! 쿠루! 이 머저리야! 너, 작은 주신 전사 맞아? 물러서면 죽을 줄 알아!"

높은 곳에 올라가서 전황을 한눈에 보게 된 울라트는 앙칼지게 부하들의 이름을 일일이 부르면서 독려했다. 주신 사울아비들이 그런 울라트를 그냥 놔둘 리 만무했다. 기실 그것은 자살행위나 다름없었다. 사울아비들은 우뚝 솟아오른 울라트를 향해 일제히 화살을 쏘았다. 나무를 버텨 세우고 있던 작은 주신 전사들이 놀라 통나무를 내리려 했으나 울라트는 다급하게 외쳤다.

"내리면 너희 죽을 줄 알아! 오른쪽으로!"

전사들이 급히 통나무를 오른쪽으로 기울이자 여러 대의 화살이 울라트의 몸 부근을 아슬아슬하게 스치고 지나갔다. 더불어 울라트의 몸도 휘청하고 통나무에서 떨어질 뻔했지만 그녀는 필사적으로 매달렸다. 다시 화살이 날아오자 이번에는 작은 주신 전사들이 통나무를 기울여서 화살을 피했다. 울라트의 뺨에 화살 한 대가 스쳐 지나가고, 어깨와 다리 등에도 화살이 스쳐서 피를 흘리기 시작했다.

"울라트님! 어서 내려오세요!"

"내려오세요!"

작은 주신 전사들이 안타까워하며 소리쳤지만 울라트는 독하게 마음을 먹고 고개를 저었다.

"여기서 지면 어차피 다 죽는다! 죽는 게 무서우면 싸우지도 않았어!"

여린 소녀에 지나지 않은 울라트가 목숨을 걸고 투혼을 발휘하자 작은 주신 전사들도 용기를 내어 무섭게 분발했다. 울라트는 치우비 군대의 살아 있는 깃발이나 다름없었다. 지금 이 자리에 울라트 이외에는 지휘할 만한 대장이 없었으나, 수십 명씩의 부하를 거느린 소대장급 전사들은 죽을힘을 다해 곳곳에서 치열하게 싸워 사울아비들을 밀어내기 시작했다. 저항이 완강해지자 사울아비의 대장은 크게 화를 냈다. 울라트가 적의 사기를 높이는 중심이라고 판단한 사울아비 대장 부소눌하는 커다랗게 외쳤다.

"어떻게든 저 계집을 떨구어라!"

그러자 백 명이 넘는 사울아비들이 주신의 막강한 활을 재어 울라트를 노렸다. 울라트는 그래도 눈 하나 깜빡하지 않았다. 지금 화살을 겁내어 내려간다면 작은 주신 전사들의 사기가 금세 땅에 떨어질 것이 분명했기 때문이다.

'내가 죽지, 뭐. 그러면 화가 나서 더 잘 싸울 거야. 오라버니들…… 잘 싸워 줘요…….'

백 대에 가까운 화살이 한 사람을 노리고 일제히 날아들자 울라트는 눈을 질끈 감았다. 화살 날아드는 소리가 쉭쉭 들려왔다. 뭔가가 휙 하고 지나가는 느낌이 드는 순간 이상하게도 화살이 전혀 몸에 꽂히지 않았다. 울라트는 깜짝 놀라 눈을 떠 보니 작은 주신 전사들이 일제히 함성을 지르고 있었다. 아래를 내려다보니 땅 바닥에 야쿠타가 뒹굴고 있었다. 야쿠타의 손에는 화살이 잔뜩 꽂힌 커다란 가죽 망토가 쥐어져 있었다. 위기의 순간에 몸이 가벼운 야쿠타가 가죽 망토를 휘두르며 화살들을 받아 낸 것이다. 거의 죽을 목숨이었던 울라트를 야쿠타가 살린 셈이었다. 울라트가 환하게 미소 짓자 야쿠타도 씩 웃으며 일어나 먼지를 털며 울라트에게 엄지손가락을 세워 보였다. 순간 야쿠타의 몸에 두어 대의 화살이 꽂혀 있는 것이 눈에 들어왔다. 울라트가 화살을 보고 걱정스런 눈빛이 되자 야쿠타는 웃으며 말했다.

"옷에만 꽂혔을 뿐이야. 빗맞은 거니까 염려 말라구!"

야쿠타는 아무렇지도 않게 화살을 톡톡 뽑아 내던지고는 우렁찬 목소리로 전사들을 독려했다.

"연약하신 울라트님마저 이렇듯 목숨을 거시는데 전사로서 부끄럽지 않은가?"

울라트도 그때를 놓치지 않고 외쳤다.

"돌격!"

야쿠타의 말에 용기를 얻은 작은 주신 전사들이 함성을 지르며 달려 나갔고 갑옷 입은 전사들 중 두 사람이 갑옷을 벗어서 긴 막대기에 붙잡아 매었다. 그것으로 울라트를 노리는 화살을 쳐내려는 것이다. 화살들이 또다시 빗발쳐 날아왔지만 야쿠타와 갑옷 막대기를 맨 전사들이 쳐내었다. 그때 발 빠른 울쿠타가 사울아비들의 옆구리를 찔렀다.

사울아비들의 대장인 부소눌하는 혀를 차며 부대를 교묘하게 이동시켜 울쿠타의 습격을 피했다. 이런 상황이라면 울쿠타는 기습을 포기하고 다른 방향으로 피해야 정상이었다. 그런데 울쿠타는 고지식하게도 죽기 살기로 옆구리만을 하염없이 노리고 따라 붙어 마침내 본격적으로 공격을 시작한 것이다. 한마디로 엉망진창인 싸움이었다.

부소눌하는 화를 이기지 못해 자신의 머리를 주먹으로 쾅쾅 치며 외쳤다.

"이런 엉터리 같은 싸움이 있나! 치우비! 보돈차르! 야율쿠리! 와난강 와난수는 어디 가고 이런 천둥벌거숭이들만 있는 거냐!"

아무리 보아도 대장이라 할 수 있는 자는 세 명에 불과했다. 대장 같아 보이는데도 죽을 각오로 화살 앞에 나선 울라트나, 부하들을 팽개치다시피 하고 화살을 쳐내는 데에나 신경 쓰는 야쿠타나, 한 번 따돌렸음에도 다시 죽기 살기로 멧돼지처럼 옆구리만 노리고 달려드는 울쿠타에게서 지휘력이라고는 전혀 찾아볼 수 없었다. 부소눌하는 머리가 좋고 뛰어난 능력을 지닌 사울아비 중 하나였으며 나름대로 치우천의 부대에 대해 많은 연구를 해서 교묘한 전략을 짜 두고 있었다.

그러나 정작 마주친 치우천의 부대는 명성과는 딴판이었다. 기가 막힌 꾀나 통솔력을 보이는 대장은 하나도 없고, 대장이라고 할 수도 없는 어린 것들이 무모하기 짝이 없는 짓만 하고 있었다. 오히려 너무 무모하기 때문에 자신의 꾀가 엉망이 되어 예측할 수 없는 상황으로 빠져들고 있었다. 부소눌하는 치미는 화를 간신히 억누르면서 냉정하게 상황을 살펴보았다. 이런 사분오열된 적진은 밀어붙이기만 하면 전멸시킬 수 있었다. 그러나 그들이 전력의 전부라고 생각하기엔 미심쩍기 이를 데 없었다.

'몇 안 되는 숫자로 공상을 치고, 염제 신농과 형천의 군대도 물리친 작은 주신의 부대가 이렇게 난잡할 리 없지 않은가! 치우비나 다른 무서운 놈이 숨어 꾀를 부리는 것이 분명하다!'

그때 갑자기 부소눌하 부대의 왼편에서 돌이 쏟아져 내렸다. 사울아비 작은스승 한 명이 달려와 외쳤다.

"마갸르족입니다! 와난강 와난수의 돌 부대인 것 같습니다!"

"역시! 함정이구나!"

부소눌하는 안타까움에 손바닥으로 무릎을 철썩 쳤다.

"아쉽지만 굳이 함정에 빠질 이유가 없지!"

부소눌하는 유연하게 사울아비들을 뒤로 돌려 화살을 쏘아 엄호하며 순식간에 신시 성문 안으로 철수해 버렸다. 간신히 사울아비들의 공격을 막아 낸 울라트는 곧바로 나무에서 내려왔다. 그러자 저쪽에서 와난강 와난수 부자가 달려왔다.

"어떻게 오셨나요? 이기셨군요!"

기쁜 마음에 울라트는 목소리를 높이며 말하다가 보니 아무래도 뭔가 이상했다. 와난강 와난수의 부대는 그야말로 만신창이로, 먼지를 뒤집어쓰고 있어서 호쾌한 승리를 거둔 것 같지 않았다. 하지만 뒤를 쫓는 자들이 없는 것으로 보아 이긴 것은 틀림없는 것 같았다.

와난수가 허탈한 듯 웃으며 입을 열었다.

"이긴 것은 아니지만 이기긴 이겼네."

"그게 무슨 소리죠? 그런 게 어디 있어요?"

와난강이 피곤한 듯 말을 이었다.

"보돈차르님과 우린 죽을 뻔했어. 아까 던진 돌이 우리에게 남은 마지막 무기였다네. 무기 좀 내주게나."

"그렇게 밀렸나요? 적은요?"

"적의 말들이 다 도망갔으니 우릴 건드리지는 못할 걸세."

"그럼 이긴 것 아닌가요?"

"그렇게도 볼 수 있지만, 우리가 한 게 아니래두!"

와난수가 허탈하게 말하자 울라트는 되받았다.

"아! 비울걸 할아버지가 그랬나요?"

"아니네, 비울걸님은 뵌 적이 없다네."

"그럼 누가 그렇게 했죠?"

와난수는 약간 내키지 않는 듯 입맛을 다셨다.

"신수 덕분이네."

"신수요?"

"그…… 모습은 보이지 않았지만 검은 소용돌이 같은 구름과 벼락을 떨어뜨리는 것이 있었다네. 하도 날씨가 급히 변해서 이상하다 여겼는데, 작은 주신 사람 하나가 말해 주더군. 신수라고."

울라트는 깜짝 놀라 물었다.

"번개범 말인가요? 번개범이 왔나요?"

보돈차르와 와난강 와난수의 부대를 구원한 것은 번개범이었다. 번개범은 특별히 누구를 노리고 공격하지는 않았지만 미친바람과 번개를 몰고 날아와 양군의 사이를 지나가 버렸다. 그러자 고시가라의 부대는 더 이상 전진할 수 없었다. 신수를 본 일이 없는 고시가라였지만 알 수 없는 거대한 힘이 싸움에 개입했다는 것을 깨닫고 황급히 물러섰다. 고시가라는 주신에서도 하늘과 안파견 한님에 대한 신앙이 깊으며 주술이나 징조를 깊이 믿고 따르는 사람이었다. 고시가라로서는 이런 이상한 조짐이 나타나 싸움을 가로막는 것은 하늘의 뜻이며, 안파견 한님의 뜻이라고밖에 볼 수 없었다. 다 잡은 적을 놓치는 것이 아쉬웠고 신시가 위험하다는 생각도 있었지만 하늘의 뜻을 어길 마음은 들지 않았다.

결국 고시가라는 몇몇 반대하는 소수의 부대장만을 남겨 두고 과감하게 군대를 돌렸다. 이 싸움에 자기가 끼어들어서는 안 된다는 하늘의 뜻이라고 생각했기 때문이다. 남은 소부대장들도 더 이상 싸우려 않고 멀찍이 물러나 다른 부대와 합류할 기회를 찾았다. 덕분에 발 빠른 보돈차르 부대는 말을 갈아탄 뒤 신시를 돌아 야율쿠리와 초초룬 부대를 도우러 박차를 가해 달려갔다. 그와 더불어 와난수 와난강의 마갸르 부대는 무기가 거의 떨어져 야율쿠리와 초초룬을 돕기 전에 무기를 얻을 겸 울라트의 본진에 들른 것이다.

간략하게 정황을 설명한 와난수는 울라트에게 말했다.

"우리에게 어서 망가지지 않은 무기를 주게. 야율쿠리 부족장과 초초룬 부족장을 도와야 하네."

울라트도 상황이 급하다는 것을 깨닫고 말했다.

"이런 급한 때에 무슨 허락이 필요한가요? 때려 부수고 털어 가도 암말 않을 테니 이기기나 해요!"

그러자 와난강이 웃으며 말했다.

"이미 그러라고 했어. 미안하지만 시간이 없어서……."

말이 끝나기가 무섭게 마갸르족의 전사 하나가 와난강에게 달려와 무릎을 꿇으며 말했다.

"무기를 얻었습니다. 구리 무기도 많습니다."

그 말에 울라트는 펄쩍 뛰며 말했다.

"아니, 아무리 그래도 구리 무리를 막 가져가면 안 돼요!"

"나중에 돌려주겠네. 가자, 강아!"

"예! 아버님!"

와난수와 와난강이 웃으며 서둘러 부하들을 몰고 가자 울라트는 화가 나서 펄쩍펄쩍 뛰며 외쳤다.

"아무리 급해도 이게 뭐예요! 구리 무기는…… 안 되는데! 제대로 쓸 줄이나 알아요? 응? 지면 알아서 해욧!"

울라트가 발을 동동 구르며 소리치는데 옆에 서 있던 야쿠타가 갑자기 핑그르르 몸을 돌며 그 자리에 픽 쓰러졌다. 울라트와 부하들이 깜짝 놀라 몸을 살펴보니, 깊은 화살 상처가 네 곳이나 있었고 그중 두 군데는 화살촉이 부러져 몸에 박혀 있었다. 보통 사람 같으면 벌써 쓰러져 정신을 잃고도 남을 만큼 큰 상처였다.

"빗맞은 게 아니었잖아! 아무렇지 않은 척하더니……!"

야쿠타는 정신을 잃은 상태였다.

"야쿠타! 죽지 마! 눈을 떠! 눈을!"

울라트는 정신을 잃어 호흡이 점점 희미해져 가는 야쿠타의 멱살을 잡고 외쳤다. 그러나 야쿠타는 눈을 뜨지 않았다. 울라트는 이를 뿌드득 갈더니 야쿠타의 뺨을 후려쳤다. 힘껏 네 대를 때리자 울라트의 손이 삽시간에 빨갛게 변했다.

"야쿠타! 이놈! 지금 대장은 나야! 여긴 싸움터다! 어서 눈을 뜨고 일어나서 나를 지켜라! 명령이란 말이다!"

울쿠타가 울부짖듯 외치면서 힘껏 야쿠타의 뺨을 갈기자 입이 터졌는지 피가 푹 뿜어 나왔다. 주위의 사람들은 놀란 듯하면서도 애절한 눈빛으로 보고만 있었다. 그러나 울라트가 무지막지하게 때린 것이 효과가 있었는지 야쿠타는 헉, 하며 숨을 내쉬기 시작했다.

울라트는 야쿠타의 몸에 박혀 있던 두 대의 화살촉을 거침없이 쑥쑥 뽑았다. 피가 솟구쳐 울라트의 손이며 얼굴까지 튀어 올랐지만 눈썹 하나 까딱하지 않았다. 두 번째 화살촉을 뽑을 때 엄청난 고통이 있었는지 야쿠타는 신음 소리를 토하며 눈을 번쩍 떴다. 그러자 울라트는 냅다 야쿠타의 따귀를 갈기면서 소리쳤다.

"이 자식이 엄살을 피워? 얼른 일어나! 명령이란 말이다! 지금은 내가 대장이야, 이 자식아!"

울라트는 허리에 두른 끈을 풀어 피가 솟구치는 야쿠타의 상처 부위를 단숨에 졸라맸다. 야쿠타는 고통스러워 끙끙거리며 몸을 반쯤 일으켰다. 그때 저만치에서 울쿠타가 뽀얀 먼지를 일으키며 달려오면서 외쳤다.

"저게 야쿠타를 잡네? 야! 이 미친……!"

정신없이 달려오던 울쿠타는 옆에 있던 작은 주신의 전사인 스구얼타가 발을 걸자 땅에 처박혀 버렸다. 울쿠타가 먼지투성이가 된 얼굴로 스구얼타를 쳐다보자 스구얼타는 험악하게 인상을 쓰며 말했다.

"그 주둥이로 대장님께 뭐라고 했냐?"

야쿠타가 고통으로 신음하자, 울라트는 야쿠타의 칼을 뽑아 땅에 거꾸로 콱 꽂은 뒤 칼자루를 억지로 야쿠타의 손에 쥐어 주었다.

"넌 명령을 따라야 해. 여기서 내 주위를 지키란 말야!"

야쿠타는 이를 악물고 늘어진 몸을 간신히 일으켜 세워 손에 핏줄이 불거져 나올 정도로 칼자루를 잡고 매달렸다.

울라트는 지치고 맥이 풀려 쓰러질 판이었지만 혼신의 힘을 모아 작은 주신 전사들에게 신시 성벽을 공격하라고 명령했다. 작은 주신 전사들도 지칠 대로 지쳤지만 울라트가 독기로 가득 차서 날뛰자 힘을 내서 공격을 시작했다. 더구나 야쿠타가 반송장이 되어서도 땅에 꽂힌 칼자루를 쥔 손을 절대로 풀지 않는 것을 보자 분발할 수밖에 없었다.

울쿠타도 처음에는 울라트를 원망했으나 야쿠타가 필사적으로 몸을 추스르고 칼을 놓지 않는 모습을 보고 한숨을 내쉬며 미친 듯 성벽에 달려들었다. 대부분의 사람들은 울라트가 저렇듯 있는 힘을 끌어 모아 끝까지 버티는 이유를 깨닫지 못하고 있었다. 울라트는 성안으로 들어간 아버지와 치우천 일행이 걱정되어 미칠 지경이었다. 무엇이든 하면서 움직이고 있어야지, 그대로 있다가는 초조함을 이기지 못해 머리가 터질지도 몰랐다. 비록 맹렬한 기세는 아니더라도 공격이 계속 이어졌기 때문에 신시 안에서도 섣불리 성문을 열고 나올 수 없었다. 이것만으로도 울라트는 기대 이상의 역할을 하고 있는 셈이었다.

치우비와 알한은 새까맣게 양쪽을 에워싸며 다가오는 적을 긴장한 눈빛으로 바라보았다. 양쪽으로 길게 포위하듯 다가왔기 때문에 함부로 움직일 수가 없었다. 어느 한쪽으로든 달려가도 두 개의 판자에 눌리는 것처럼 완전히 괴멸될 수 있었다. 그렇다고 가만히 있어도 완전히 포위되어 전멸할 수 있었다. 이렇게 적은 숫자로는 묘수가 없는 난감한 상황이었다.

그때였다. 하늘이 컴컴해지면서 돌연 세찬 바람이 불기 시작했다. 방금까지만 해도 구름이 약간 끼었을망정 햇살이 비쳤는데 갑자기 어두워지자 주신 군대만이 아니라 치우비의 부대마저도 술렁거리기 시작했다. 알한이 소리쳤다.

"치우비님! 왼쪽을 보십시오!"

치우비가 놀라 돌아보는 순간 몇 줄기의 번갯불이 번쩍이며 별안간 몸이 날아갈 것 같은 거센 바람이 휘몰아쳤다. 소용돌이치는 거대한 안개 덩이 같은 것이 맹렬하게 달려들었다. 치우비와 알한은 틀림없이 전에 본 적이 있는 모습이었다.

"번개범?"

치우비는 깜짝 놀랐다. 안개 덩이는 여러 줄기의 무서운 벼락을 내리 꽂으며 치우비의 군대와 주신 군대 사이를 휩쓸고 지나갔다. 벼락이 떨어지고 세찬 바람이 휘몰아치자 주신 군대는 뒤로 물러서서 나아갈 생각을 하지 못했다. 치우비의 부대도 놀라기는 마찬가지였으나 전에 번개범과 겨뤘던 사람들이 많이 끼어 있었다. 그 덕에 부하들의 혼란을 어느 정도 제어하며 가까스로 대오를 유지할 수 있었다.

주신 군대는 처음 겪는 일인데다가 부대의 상당수가 정식 사울아비가 아니라 여기저기서 끌어 모은 보통 사람들이라 혼란을 걷잡을 수가 없었다. 번개범과 맞선 경험이 있는 자들은 대부분 치우우레의 부하뿐이었기 때문이다.

게다가 두 갈래의 주신 군대 중 오른쪽 부대도 어지러워지기 시작했다. 미친 듯이 휘몰아치는 소용돌이 바람과 벼락 때문만이 아니라 누군가의 공격을 받은 것 같았다. 치우비의 부대는 숫자도 적고 공격할 만한 처지가 아니라 그저 우두커니 지켜보고만 있었다. 이윽고 부대 한편이 허물어지면서 일단의 부대가 그들을 돌파해 몰려나왔다. 그 선두에는 보돈차르가 있었다.

"보돈차르님이……? 어떻게 이쪽으로?"

치우비의 놀라움은 그것으로 그치지 않았다. 보돈차르의 뒤를 따라

희고 커다란 형체가 날렵하게 달려 나왔다. 무라를 태운 개명수 카였으며, 무라는 등 뒤에 한 사람을 업고 있었다. 치우비는 그것이 누군지 단번에 알아보았다. 아버지 치우우레였다. 개명수 카는 무라와 치우우레를 함께 태우고도 날렵하게 달려와 치우비 앞에 멈추어 섰다. 치우비는 아버지의 모습을 보고 와락 울음을 터뜨렸다. 씩씩하고 용맹스럽던 치우우레는 얼마 지나지 않은 사이에 훌쩍 마르고 온몸에 상처가 가득했으며 머리가 드문드문 하얗게 센 볼품없는 노인으로 변해 있었다.

"아…… 아버지! 이게…… 이게 도대체……!"

치우비가 달려들어 치우우레를 안고 눈물을 흘리자 치우우레는 힘없이 웃으며 말했다.

"이 녀석아…… 아무리 그래도…… 주신 사람끼리 싸우면…… 되느냐? 벌을 받아야겠구나."

"할 수 없었어요. 아버지…… 저는……."

그러자 치우우레는 쇠잔하기 짝이 없는 오른손으로 치우비의 머리를 쓰다듬으며 말했다.

"다 안다…… 그래…… 할 수 없는 일이지. 내가 너희를 왜…… 모르겠느냐."

치우우레는 얼마나 지쳐 있었던지 그 정도 말을 하는 것만으로도 벌써 의식을 잃어 가고 있었다.

"비 안다, 아버님을 쉬시게 하게."

치우비의 옆에 다가온 보돈차르가 말했다. 치우비는 아버지에게 하고 싶은 많고도 많은 말을 억지로 눌러 참고 아버지를 업으려 했으나 무라가 말렸다.

"부하들에게 맡기세요."

치우비는 이를 악물고 도깨비들 중 몇에게 눈짓을 했다. 이미 주신 군대는 일제히 후퇴하기 시작했기에 행동의 제약은 없었다. 치우비는 울면서 주먹으로 있는 힘껏 땅을 쳤다. 땅바닥이 움푹 파이며 들어가는 데도 성질에 못 이겨 두 번 세 번 주먹질을 했다. 치우비는 고개를 번쩍 들고 분노에 가득 찬 목소리로 외쳤다.

"어떤 놈이오? 누가 아버님을 저렇게 만들었소?"

무라가 치우비의 눈길을 피하며 얼버무렸다.

"저도 모릅니다. 제가 치우우레님을 구했을 때…… 그분은 이미……."

"저건 어떻게 된 겁니까?"

치우비가 번개범이 일으키는 검은 회오리와 세찬 바람을 가리키며 무라에게 물었다.

"번개범입니다."

"번개범이라는 것은 알지요. 그런데 번개범이 왜 끼어들었단 말입니까? 우리를 돕겠다고 나선 것입니까?"

"그렇습니다. 천님이 우린 구슬을 빌려 주셔서 번개범과 이야기를 할 수 있었습니다. 번개범의 힘이라면……."

치우비는 혼란스러웠지만 이내 정신을 가다듬고 단호하게 말했다.

"그건 안 됩니다."

그 말을 듣고 차오스가 불쑥 나섰다.

"왜요? 신수가 싸워 준다면 단번에 신시를 무너뜨릴 수도 있습니다!"

알한도 한마디 보탰다.

"번개범은 이미 끼어들지 않았습니까? 자기 발로 달려와서 우리를 돕는다는데 뭐가 나쁩니까?"

치우비는 마음이 다급해지자 대꾸할 말이 잘 나오지 않았다. 치우비는 답답하여 가슴을 두드리다가 외쳤다.

"그게 아닙니다. 저도 고맙습니다만 번개범은 우릴 도와서는 안 돼요!"

"하지만 이미 돕고 있지 않습니까?"

"아이쿠, 큰일이네. 그러면 안 돼요! 안 돼!"

치우비가 발을 구르자 알한도 답답한 듯 머리를 마구 헝클어뜨리며 물었다.

"왜 안 된다는 겁니까?"

별안간 치우비는 평소와는 달리 엄청 빠르게 외쳤다.

"번개범은 한웅님을 공격했고 가리족과 친해요. 그런 번개범이 우리 편에 서면 적들이 뭐라고 하겠어요? 오래전부터 주신을 칠 계획을 세웠다고 떠들어 댈 겁니다! 그러면…… 형님이…… 형님이 신시에 들어가셔서 소식이 없는데! 꼼짝없이 당한다구요!"

그 말에 얼굴빛이 하얗게 질린 무라가 주저앉으며 외쳤다.

"천님이…… 소식이 없다구요?"

치우비의 얼굴이 안타까움 때문에 일그러졌지만 애써 무라를 위로하려 했다.

"하지만 난 형님을 믿어요. 고시울률이나 치우가람 놈에게 잡힐 리 없습니다. 반드시 사와라 한웅님을 직접 찾아뵙고, 모든 것을 바로잡을 거예요! 그러니……."

치우비의 말이 채 끝나기도 전에 무라가 소리쳤다.

"그건 안 돼요!"

항상 돌같이 싸늘할 정도로 침착하던 무라가 소리치자 치우비뿐만 아니라 일한과 차오스, 도깨비들까지 놀라서 눈을 크게 떴다.

"사와라 한웅! 바로…… 그가 모든 일을 꾸몄다구요!"

무라의 외침에 치우비는 놀라서 입을 딱 벌렸다.

"말……도 안 돼요. 한웅님이라니……?"

무라는 재빨리 격한 감정을 추스르며 굳은 얼굴로 되받았다.

"물론 믿기 힘드실 겁니다. 저도 믿기 힘들었어요. 허나……."

잠시 숨을 고르며 무라는 묘한 동작으로 카의 머리를 돌려세우며 말을 이었다.

"지금은 이야기할 때가 아닌 듯하군요. 어쨌거나 저들을 물리쳐야만 합니다. 그래야……."

무라가 잠시 말을 끊자 치우비는 눈을 끔벅이며 고개를 몇 번 젓더니 의외로 힘차게 말했다.

"물론…… 싸워야죠!"

치우비는 도끼를 힘껏 움켜잡으며 무라를 돌아보았다. 눈빛은 결연했지만 그 안에는 슬픔과 분노와 의혹이 혼란스럽게 물결치고 있었다. 치우비는 자신 없는 어조로 무라에게 재빨리 속삭였다.

"하지만…… 난 믿을 수가 없어요."

무라는 치우비의 말에 답하지 않고 거친 숨을 한 번 내쉰 뒤 날카롭게 외쳤다.

"갑시다!"

그 시각 야율쿠리와 초초룬은 사울아비들의 세 번째 공격에 맞서 분전하는 중이었다. 사울아비들의 공세는 집요하고도 강력하여, 야율쿠리와 초초룬의 부대는 어느덧 백 명에 가까운 사망자와 칠백 명이 넘는 부상자가 발생했다. 전군의 오분의 일이 죽거나 다친 참담한 상황에 이르렀다. 그러나 와난강 와난수의 부대가 새로이 전열을 갖추어 밀려들고, 보돈차르의 기마병이 양쪽에서 달려들자 사울아비들은 더 이상 전진할 수 없었다.

원군이 밀려들자 이번에는 사울아비 측은 방어로 진형을 바꾸어 싸우기 시작했다. 그들은 군대를 세 갈래로 나누어 각각의 방향을 완벽하게 방어했다. 그들의 지휘 솜씨는 보통이 아니었다. 그에 비해 보돈차르나 와난강, 와난수나 야율쿠리, 초초룬의 부대는 지쳐 있어 강력한 공세를 퍼부을 수가 없었다.

이윽고 치우비 부대마저 그쪽으로 이동해서 포위할 것처럼 보이자 주신 측의 대장은 귀신같이 군대를 모아 후방을 경계하며 피해도 거의 입지 않고 썰물처럼 빠져나갔다. 때마침 날이 어두워지면서 세찬 바람이 불기 시작했다. 어둠과 휘몰아치는 바람 때문에 더 이상 싸움을 계속할 수 없었다.

세 갈래 나누어져 들이닥친 신시의 지원군은 후퇴하면서 하나로 합쳐져 삼십 리 정도 떨어진 널찍한 벌판에 진을 쳤다. 고시가라의 부대 대부분이 후퇴하고, 또 치우광의 부대가 전장을 이탈했기 때문에 야율쿠리 초초룬을 상대하던 부대가 주력 같았다. 대장이 누구인지는 아직 알 수 없었으며, 비록 다른 부대의 보통 전사들이 합류하여 수가 퍽 늘어나긴 했어도 중심이 되는 사울아비들이 대거 이탈한 상태였다. 작은 주신은 이전처럼 절망적인 상황은 아니었다. 치우비도 다른 군대들을 이끌고 신시 주변을 에워싼 본진으로 돌아왔다.

번개범 덕분에 그나마 하루를 버틸 수 있었던 전사들은 지쳐 드러눕다시피 했지만 치우비는 그럴 수 없었다. 먼저 아버지 치우우레의 안부를 확인하고, 치우비가 돌아오자마자 엉엉 울음을 터뜨린 울라트를 달래야 했으며, 기타 부상자들이나 피해 상황까지도 둘러보아야 했다. 번개범은 어디에 숨었는지 모습이 보이지 않았다. 또한 부상을 입은 야쿠타를 만났고, 경상을 입은 야율쿠리와 초초룬의 상태까지 살피며 각 부대가 겪은 싸움의 내력에 대해 보고를 받았다.

무라가 뒤를 계속 따랐지만 치우비는 무라에게 한마디도 묻지 않았

다. 어색한 마음에 괜스레 다른 사람들에게 굳이 묻지 않아도 될 것까지
도 자잘하게 묻고 다녔다. 표정은 태연했지만 치우비의 등덜미에서는
계속 식은땀이 흐르고 있었다. 결국 무라가 먼저 입을 열었다.

"비님, 피하실 일이 아닙니다. 제 말을……."

치우비는 하던 말을 딱 멈추고 어찌할 바를 모르는 듯 시선을 굴리다
가 고개를 숙였다.

"믿을 수가 없습니다. 그건…… 그건 말이 안 됩니다."

무라는 입술을 깨물다가 손을 저어 주변 사람들을 물러가게 했다. 치
우비의 명령은 아니었지만 주변에 있던 자들은 분위기가 심상치 않음
을 느끼고 슬그머니 빠져나갔다. 치우비가 입을 열었다.

"저도 많이 생각해 봤습니다. 허나…… 허나 말이 안 됩니다."

무라는 조용히 한숨을 쉬었다.

"저도…… 아직 많은 부분에서 말이 안 된다고 생각합니다. 하지
만……."

무라는 고개를 번쩍 들었다.

"그렇게밖에까지 생각할 수가 없습니다."

치우비는 고개를 저으며 목소리에 힘을 주었다.

"그럴 리 없습니다. 사와라 한웅님은 주신의 한웅입니다! 뭐가 아쉬
워서 그런단 말입니까!"

무라가 냉랭하게 되받았다.

"작은 주신의 무라, 이름을 걸고 말씀드립니다. 다른 것은 모르겠습
니다. 허나 번개범을 기른 것은 한웅님이 명한 것입니다. 저는 이번에
그 사실을 알아냈습니다."

답답한 듯 가슴을 쾅쾅 두드리는 치우비를 쳐다보며 무라는 계속 말
했다.

"번개범이 천님과 비님의 원수가 아닌 것은 분명합니다. 그때 천님께서는 번개범과 혼자 이야기를 나누었다고 들었습니다. 그에 대해서 두 분은 아무에게도 말씀을 하지 않으셨지요. 벌써 스물 몇 해 전, 가리족을 쳐부수러 나가신 것은 그때 최고의 젊은 사울아비로 이름 높으셨던 비렴님이었습니다. 그때 누가 가리족을 빼돌려 구름골에 살던 번개범과 가까워지게 만들었습니다. 번개범이 예전에 자신을 살려 준 사람이 누구라고 말했는지, 비님은 들으셨습니까?"

치우비는 고개를 끄덕였다.

"형님께 들었습니다."

무라는 불안한 듯 눈가에 그늘을 드리우며 말했다.

"저 역시 그 이야기를 번개범에게 들었습니다. 저도 알고 있지만 맞는지 확인해 볼 필요가 있습니다. 누구라고 들으셨습니까?"

치우비는 고통스러운 듯 작은 목소리로 힘겹게 이야기했다.

"제…… 아저씨인…… 치우괄괄님이라 들었습니다."

무라는 안심이 되는 듯 숨을 내뿜으며 고개를 끄덕였다.

"번개범이 거짓을 말하지는 않았군요."

치우비는 손사래를 치며 무라의 말을 막았다.

"그것은 아무 도움이 안 됩니다. 괄괄 아저씨는 이미 십 년도 더 전에 앓아누워 말조차 못하는 산송장이 되었습니다. 그런 괄괄 아저씨가 어떻게…… 형님도 그럴 수는 없다고, 그것으로는 진실을 알 수 없다고 했습니다."

무라는 고개를 끄덕였다.

"저도 번개범을 만나러 가기 전, 천님께 이야기를 조금 들었고, 다시 한번 번개범에게 확인했습니다."

치우비는 괴로운 듯 말했다.

"우리 형제가 비록 치우가람 형제와는 맞서지만 괄괄 아저씨는 좋은 분이었습니다. 괄괄 아저씨는 어머니의 원수가 아닙니다. 그때 아저씨는 먼 곳에 나가셔서 신시 근처에는 계시지도 않았습니다. 아저씨가 계셨다면 어머님 혼자 번개범을 상대한다고 나가시지도 않았을 겁니다. 아저씨가 한웅님을 해치려 했을 리 없습니다! 저희 아버님보다도 몇 배 더 한웅님을 위하던 분이셨습니다!"

"물론 그럴 것입니다. 허나 그때 가리족을 구하여 구름골에 몰아넣은 사람은 분명 치우괄괄님입니다. 치우괄괄님 혼자 그랬을 리 없습니다. 누군가의 명령을 받고 그랬던 것이 분명합니다. 당시 치우괄괄님은 어떤 위치에 있었습니까?"

치우비는 괴로운 듯 대답했다.

"괄괄 아저씨는 치우웃뜸이셨고, 삼사에 못지않았습니다."

"그런 분에게 명령을, 그것도 그런 기이한 명령을 내릴 수 있는 사람은 사와라 한웅님뿐입니다."

무라가 잘라 말하자 치우비는 고개를 저었다.

"형님과 저도 그 생각을 해 보았습니다. 그것은 말이 되지 않았습니다. 한웅님께서 번개범을 기르셨다면 어찌하여 번개범에게 자신을 습격하도록 했단 말입니까? 그리고 지난번 유망과의 싸움 때 번개범으로 하여금 지나족을 치게 하지 않고 어찌 마갸르족을 치게 했단 말입니까?"

"저도 그것은 잘 모르겠습니다. 그 때문에 몹시 헷갈립니다."

"형님도 그것은 말이 안 된다 했고, 그런 생각을 지웠습니다. 형님은 번개범과 가리족이 한웅님의 손을 떠나 다른 사람에게 들어갔을 것이라 했습니다. 그리고 그자야말로 주신을 혼란으로 몰아넣어 우리를 위협하는 그림자라고 했습니다. 무라님은 그것을 알아내러 가신 것 아닙니까?"

무라는 치우비를 달래듯 차분하게 대답했다.

"그렇습니다."

"그런데 그 그림자가 한웅님이라는 겁니까?"

"그렇습니다."

"말이 안 됩니다!"

"지난번 천님과 이야기할 때 번개범은 싸움에서 쓰러진 뒤였습니다. 그래서 많은 것을 말할 수 없었고, 천님께서도 놀라서 자세한 것을 묻지 못하셨습니다. 번개범 안에는 비냐가 있었지요. 비냐는 아직도 천님을 미워합니다. 그래서 많은 이야기를 할 수 없었을 것입니다. 그 때문에 제가 간 것입니다. 저는…… 저는 비냐와 많은 이야기를 나누었고, 중요하지 않다고 생각했던 것들 중에서 실제로는 대단히 중요한 사실을 알아냈습니다."

"어떤 것 말입니까?"

"저는 가리족의 이야기를 들은 바 있습니다. 지난번 싸움 때 천님과 비님은 가리족 전사들을 물리치셨습니다. 가리족의 부족장마저도 비울걸님에게 목이 달아났습니다. 지금 구름골에 남아 있는 가리족은 여자나, 늙은이, 아이뿐입니다."

"그게 어쨌다는 겁니까?"

무라는 치우비의 말에는 대답하지 않고 계속 말을 이었다.

"번개범은 줄곧 주신에서 사람이 왔다는 이야기만 했습니다. 가리족은 우린 구슬이 없으니 직접 얘기해 누군지는 알 수 없었고, 다만 주신 사람이 계속 가리족을 먹여 살리고 번개범에게 명령을 내렸다는 것만 알고 있었습니다. 허나 주신 사람들을 직접 만난 것은 가리족 족장과 늙은 사람들이었습니다. 저는 남아 있는 노인들에게 주신 사람들이 언제 왔는지, 어떤 이야기를 했었는지 들을 수 있었습니다!"

"그들을 만났단 말입니까?"

"비냐의 도움으로 그럴 수 있었습니다. 치우비님, 처음에 번개범과 가리족을 구한 것은 치우괄괄님이며, 그 일은 스물여섯 해 전의 일입니다."

"압니다. 형님이 고시울률님을 의심하지 못한 것도 그 때문입니다. 그때는 고시울률님이 지금 같은 힘을 갖기 전의 일이니까요."

"팔 년 동안, 가리족은 매번 치우괄괄님이 보낸 사람과 만났습니다. 그 사람이 가리족이 다른 부족과 바꾸어 먹을 것을 구할 수 있는 값진 물건들을 전해 주었지요. 열여덟 해 전에 그 일을 맡은 사람이 바뀌었습니다. 가리족의 노인 하나가 그 일을 기억하고 있었죠. 그런데 열네 해 전에 그 사람의 발길이 뚝 끊어지고 말았답니다."

치우비의 눈이 약간 커졌다.

"그 때문에 가리족은 먹을 것을 구할 길이 없어서 근처 부락에서 도둑질하고 또다시 사람을 잡아먹었습니다. 구름골 밖으로 나가면 부족이 죽을 것이라는 주신 사람의 말이 있었지만, 배고픔 때문에 많은 사람이 굶어 죽은 가리족으로서는 뾰족한 방법이 없었을지도 모릅니다.

허나 가리족은 주신을 여전히 무서워했으며, 그중에서도 자신의 부족을 철저히 쳐부순 비렴님을 가장 무서워했습니다. 그때쯤 비렴님은 삼사가 되셔서 풍백의 지위를 얻으셨다는 것을 가리족도 주워들었기에 더더욱 비렴님을 두려워했답니다. 때문에 가리족은 자신들이 구름골 밖으로 나왔다는 흔적이 남지 않게 매우 조심했습니다. 하지만 꼬리가 길어서인지 결국 가리족은 주신 사울아비들에게 발각되었고 서둘러 구름골 안으로 도망쳐 들어갔습니다.

이제 분명 비렴님의 사울아비들이 올 것이니 다 죽었다고 생각했답니다. 그런데 주신의 원정군은 오지 않았고 두 해가 지난 후에 주신 사람이 와서 다시는 구름골 밖으로 나오지 말 것이며, 무엇이든 시키는 대로 하지 않으면 비렴님을 보내겠다고 했답니다. 가리족은 벌벌 떨며 꼼짝도 못했지요."

"그게 어쨌다는 겁니까?"

"그때 그 사람이 내린 물건은 한웅님의 표식이 있는 물건들이었습니다! 그 사람은 표식을 지운 다음 쓰라고 했답니다."

치우비가 멈칫하자 무라는 계속 말을 이었다.

"한웅님이 내리시는 물건은 특별한 표시가 되어 있다 들었는데, 맞습니까?"

치우비는 고개를 끄덕였다.

"맞습니다. 천부인의 표식이 있습니다."

"그것은 아무나 새길 수 없는 것이라 들었습니다만."

"감히 천부인의 표식을 함부로 새길 수 있는 사람은 없습니다. 목에 칼을 들이대고 협박해도 새기지 않습니다. 천부인은 안파견 한님과 자부 선인 때부터 내려온 주신의 상징입니다. 엄청난 힘을 가지고 있기에 천부인에 죄를 지으면 반드시 벌을 받게 됩니다."

치우비는 잠시 숨만 쉬다가 믿을 수 없다는 듯이 목소리를 높였다.

"하지만 그것만으로 한웅님이 뒤에 있다고 생각할 수는 없습니다! 한웅님이 내린 물건을 모아서 주었을 수도 있잖습니까?"

"말 두 마리에 가득 실릴 만큼 많은 구리 물건을 한 사람에게 내린 일이 있습니까?"

무라의 말에 치우비는 할 말을 잃었다. 천부인의 표식이 새겨진 한웅의 하사품을 받기란 무척 어려웠다. 치우우레처럼 한웅에게 충성을 바친 사울아비 큰스승의 집에도 천부인이 새겨진 한웅의 하사품은 네 개뿐이었다. 유망이나 헌원 같은 대부족장이라도 몇 번 받지 못했을 것이며 고시울률일지라도 열 개를 넘지 못할 것이다.

"치우 집안이나 고시 집안처럼 오래된 집안에 물건이 쌓여 있을 수는 있나요?"

무라가 확인하듯 묻자 치우비는 고개를 저었다. 천부인의 표식이 찍힌 한웅의 하사품 같은 귀중품은 가진 것 자체가 영광이므로 특별히 다루며, 남에게 팔거나 줄 수도 없다. 그것을 지닌 사람이 죽으면 장례를 치를 때 많은 사람들을 불러 모은 다음 물건들의 천부인 표식을 깎아 낸다. 물건의 표시를 깎는 것은 그 사람의 영광된 공을 하늘에 계신 안파견 한님께 돌려보낸다는 의미이며, 그 뒤로는 평범한 구리 물건이 된다. 또한 그 물건을 무덤에 넣기도 했다. 그 때문에 한 사람이 천부인 표식의 물건을 많이 지닐 수가 없었다. 한웅의 창고를 직접 열 수 있는 사람만 제외하고.

"그렇다고 한웅님이 스스로 그랬다고 보기는 어렵습니다. 한웅님 근처에 있는 사람이……"

치우비가 궁색한 변명을 하자 무라는 한숨을 쉬며 고개를 저었다.

"저는 주신 일은 잘 모르지만, 대주신의 한웅님 창고가 쉽게 열릴 리도 없고, 그만한 물건이 없어졌다면 난리가 날 것 같습니다만……. 그맘때쯤 그런 소문이 있었습니까?"

치우비는 안타까운 표정으로 짧게 고개를 저었다.

"그때 저는 신시 안에 살았습니다. 한웅님의 창고가 털린 일은 신시가 세워진 이후로 단 한 번도 없었습니다. 한웅님 허락이 없이 물건이 나갈 수도, 설령 빼돌렸더라도 잠잠할 수는…… 없을 것 같습니다."

치우비는 주먹을 쥐고 땅을 탁탁 치면서 말했다.

"허나…… 한웅님께서 왜 번개범을 시켜 스스로를 노린단 말입니까? 그럴 리가 없잖습니까?"

"사와라 한웅님 말고는 그럴 수 있는 사람이 없습니다."

힘없이 대답한 무라는 잠시 입을 다물고 서 있었다. 그러다가 치우비가 머리를 쥐어뜯자 무라는 천천히 입을 열었다.

"치우비님, 저는 세 가지를 알아내러 떠났습니다. 첫째는 모든 일의 뒤에 서 있는 그림자를 찾으려 한 것입니다. 그것은 사와라 한웅님 말고는 아무도 할 사람이 없습니다. 이건…… 아무래도 치우천님의 머리를 빌리지 않고는 안 될 일이라 생각합니다."

치우비도 고개를 끄덕였다.

"형님이라면 확실하게 생각할 수 있을 테죠. 허나 형님은 결국 신시에서 나오지 않았어요."

치우비의 안색이 흐려졌다. 무라도 굳은 얼굴에 애석한 표정을 지으며 탄식했다.

"사실 이것도 사와라 한웅님이 그림자라는 큰 증거가 됩니다. 치우천님이 신시로 들어가셨는데, 신시는 잠잠해요. 치우천님이 한웅님을 만났다면 우리와 계속 싸우려 하지 않았을 테고, 치우천님이 잡혔다면 그것을 알려 우리를 항복시키려 했을 겁니다. 이것도 저것도 아니라면…… 이건 정말…… 제가 조금이라도 빨리 와서 들어가지 못하게 했어야 했는데……."

마음이 착잡한 치우비는 가까스로 얼굴을 폈다.

"저는 형님을 믿습니다. 치베와 두 부족장님도 같이 가셨으니 웬만하면 괜찮을 겁니다. 설령 무슨 일이 있다 해도 우리가 신시를 계속 누르고 있으면 어떻게 하지는 못할 겁니다."

무라는 마지못한 듯 고개를 끄덕였지만 두 사람의 얼굴에는 수심이 드리워져 있었다. 치우비는 그 분위기를 깨려고 무라에게 물었다.

"그런데 다른 두 가지 일은 무엇이죠?"

"한 가지는…… 아직 말씀드릴 수 없는 일입니다. 그리고……."

무라는 두 번째 일을 말하기 싫어서 재빨리 말을 돌렸다. 소녀에 관한 문제였기 때문이다.

"세 번째로는 누가 배신자냐 하는 문제입니다. 지난번 회의에 있었던 사람들 중에 분명 치우천님의 계획을 알려 준 사람이 있습니다. 그게 누구인지 알아내고 싶었는데, 만약 사와라 한웅님이 그림자라면 사울아비들 중 누구나 배신자가 될 수 있습니다."

치우비는 한숨을 깊이 내쉬었다.

"전…… 믿지 못하겠습니다. 사울아비 중 하나라면 쇠돌이, 벼락 형, 도단이, 거서기, 삼 형…… 이렇게 다섯 중 하나라는 말인데…… 저는 아무도 의심할 수 없습니다!"

"저도 도저히 누구라 말할 수가 없었습니다. 사실 사울아비가 아니라도 누구든 의심할 수는 있습니다. 하지만 적어도 지금 우리와 같이 싸우는 사람들은 아닌 게 분명하니, 결국 사울아비 벗들만 남습니다. 그러나 제 머리로는 대체 배신자가 누구인지 짐작조차 할 수 없습니다."

"다른 것은 없습니까?"

"없습니다. 부끄럽게도 그게 전부입니다."

무라가 고개를 숙이자 치우비는 탄식했다.

"형님이 계신다면! 형님에게 알릴 수 있다면!"

무라가 심각한 목소리로 되받았다.

"천님께서도 아실 수 있을지 모릅니다."

"네? 어떻게요?"

치우비가 눈이 휘둥그레지자 무라는 살며시 웃어 보였다.

"모두 열심히 싸웠는데 통 보이지 않는 사람이 있었습니다. 그렇지 않나요?"

치우비는 잠시 생각해 보다가 무릎을 쳤다.

“비울걸!”

무라는 고개를 끄덕였다.

“맞습니다. 제가 카를 타고 오다가 주신 부대를 뛰어넘으려 했을 때, 비울걸님이 도깨비들을 부려서 그들의 진지 한구석을 엉망으로 만들고 있는 광경을 보았습니다. 왜 돌격하는 부대를 공격하지 않고 뒤떨어진 곳에 있는 진지를 공격하는지 이상하여 비울걸님께 달려갔습니다. 때마침 보돈차르님의 부대가 도착해 치우우레님을 구할 수 있었습니다.”

“비울걸님도 아버님을 구한 은인이구려!”

“그렇습니다. 보돈차르님의 도움도 있었죠. 그러나 비울걸님이 아니고서는 아버님을 그리 쉽게 찾을 수는 없었을 겁니다. 비울걸님 말로는 이쪽의 부대에는 주술력이 아주 강한 사람이 있었답니다. 그래서 자신이 나서서 흐트러뜨릴 수 없기에 대신 치우우레님을 찾으려 했다는군요.”

“미리 말이라도 해 주지 않고서! 원 참……..”

치우비가 허탈해서 중얼거렸지만 무라는 대꾸하지 않고 그때의 일을 말해 주었다.

무라는 치우천이 신시로 들어갔다는 이야기를 비울걸에게 들었다. 무라는 비울걸에게 자신이 치우우레를 옮길 테니, 대신 신시로 들어가서 자신이 알아낸 정보를 전해 달라고 부탁했다. 신시는 주술이 잘 통하지 않도록 지은 곳이었다. 특히 중심으로 갈수록 그 힘이 세어지는 곳이라 비울걸은 자신이 없었지만, 사와라 한웅이 그림자일지 모른다는 무라의 말에 놀라며 꼭 치우천을 만나겠다고 하고 사라졌다는 것이다.

“비울걸님은 신시로 들어가셨을 겁니다. 치우천님을 만나게 되었으면 좋을 텐데…….”

무라가 걱정스레 말하자 치우비도 고개를 끄덕였다. 그때 울쿠타가 달려와 말했다.

"치우비님! 치우비님! 급히 오셔야겠습니다. 대장들이 모여 있습니다."

"무슨 일이냐?"

"사울아비 대장 한 사람이 찾아왔습니다. 알한님이 반가워하시더군요."

"가 봐야겠습니다."

치우비가 말하며 그 자리를 떠나려 하자 무라가 재빨리 귓속말로 속삭였다.

"저와 나눈 이야기는 아직 하지 않는 게 좋을 것 같습니다. 비울걸님이 오실 때까지는."

치우비는 고개를 끄덕이며 울쿠타를 따라 대장들이 모여 있는 곳으로 걸음을 옮기자 무라도 그 뒤를 따랐다.

그날 밤

치우천은 손이 뒤로 묶인 채 돌벽에 몸을 기대어 앉아 있었다. 어두컴컴한 골방에는 창문 하나 뚫려 있지 않아 별빛조차 볼 수 없었다. 단단한 나무 문 틈으로 들어오는 빛이 없는 것으로 보아 밤이 되었으리라 짐작했을 뿐이다. 치우천은 생각에 빠져 있었다. 자신이 왜 이렇게 되었는지, 모든 일을 누가 꾸몄는지 처음부터 천천히 따져 나가기 시작했다. 여러 가지를 생각하고 또 생각했지만 아직도 뭔가가 부족했다.

'그림자는 누구란 말인가? 가면 갈수록 알 수 없구나.'

치우천의 생각으로 그림자가 될 수 있는 사람은 현재 상황으로 볼 때는 셋뿐이었다.

첫째는 고시울률이다. 정황을 보아서는 고시울률이 그림자라고 보는 편이 제일 이치에 맞았다. 번개범을 시켜 한웅을 습격하게 하고, 한웅에게 독을 먹이고, 치우천의 습격을 직접 지휘한 것은 고시울률일 가능성이 가장 높았다. 아울러 치우가람, 바람 형제를 부린다는 점도 충분히 의심스러웠다. 허나 치우천은 고시울률의 성격이나, 그가 얻을 것이 별로 없다는 점에서 그가 그림자라는 확신이 들지 않았다. 더구나 고시울률은 번개범과 가리족과는 상관이 없었다.

처음 가리족을 구름골로 끌어들인 사람은 치우괄괄이다. 허나 당시엔 고시울률이 치우괄괄을 부릴 수 있는 처지가 아니었다. 치우괄괄은 십여 년 전 풍병으로 말조차 못하는 폐인이 되어 버렸으니 그가 그림자일 수는 없었다. 그리고 고시울률 같은 성격의 사람이 딸이자 치우천의 어머니인 미리내를 죽이고 시치미 뗀다고는 볼 수 없었다.

그렇게 본다면 두 번째로 의심할 수 있는 사람은 풍백 비렴이다. 가리족을 쳐부순 사람이 비렴이니만큼 그들을 구름골에 몰아넣은 사람도 비렴일 수 있었다. 이상하게 자신이 신시에 들어온 다음에 비렴은 모습을 드러내지 않았다. 그는 삼사의 으뜸인 풍백의 지위에 있었고 주신보다는 다른 부족에게 명망이 높으며 사람됨이 차분하고 생각이 깊어 큰일을 꾸밀 만한 능력이 있었다. 자신에게 호의적이었다고 해서 비렴을 빼고 생각할 수는 없었다.

비렴이 의심스럽다면 삼사 모두 의심스럽다고 볼 수도 있었으나 병예는 늙어 패기가 없었고 신지울태는 조용한 성격이라 비렴을 도우면 몰라도 앞장설 수는 없을 것 같았다. 허나 비렴은 항상 충성스러웠고 번개범에 대항해 목숨을 걸고 싸웠으니 또한 말이 되지 않았다. 삼사 모두 목숨을 잃을 뻔했으니 말이다. 자신은 삼사와 뜻을 같이하여 고시울률을 견제할 수 있는 유능한 도구이니 함정에 빠뜨릴 이유가 없었다. 비렴이나 삼사가 그림자일 가능성은 가장 낮았다.

세 번째로 의심스러운 사람은 사와라 한웅이다. 고시울률의 권세가 크다지만 한웅의 권세보다 클 수는 없었다. 사와라 한웅이라면 모든 것을 조종할 수 있었고, 충성스러운 치우천의 벗들 중 몇몇 사울아비를 조종하여 뭔가를 알아낼 수도 있었다. 무엇보다도 치우천이 신시로 오는 것에 대비하여 많은 군사를 동원할 수 있는 권력을 지닌 것은 사와라 한웅뿐이었다.

사와라 한웅이 고시울률에게 속았거나 명분에 밀려서 군대를 동원했다고 생각할 수도 있다. 허나 자신을 제압한 두 단군의 경우, 그들은 고시울률도 미워하고 자신도 미워했다. 그런 사람을 부릴 수 있는 것은 아무리 생각해도 사와라 한웅뿐이었다. 두 단군이 고시울률의 부하라면 자신을 살려 두지 않고 목을 베어 싸움에서 승리하는 데 쓰려 했을 것이다. 치우천은 신시 안으로 들어오고부터 사와라 한웅을 의심하는 마음이 짙어졌다.

그렇지만 사와라 한웅에게도 그런 짓을 할 이유가 없었다. 자신을 이용하여 고시울률을 쳐내고 권력을 확실히 할 수 있다는 점에서는 사와라 한웅 이상으로 의심 가는 사람을 찾기 힘들었다. 허나 치우천은 사와라 한웅에게 충성을 맹세했으니 굳이 제거할 이유가 없었다. 둘 다 없애는 것은 사와라 한웅이 죽은 후 주신을 더 혼란스럽게 할 뿐이다. 더욱이 사와라 한웅은 늙고 병들었으며 독에 잠식당한 상태인데다가 자식도 없으니 권력 때문에 아웅다웅할 이유가 없었다. 무엇보다도 번개범 문제가 마음에 걸렸다. 목숨을 걸고 자살 행위나 다름없는 습격을 받으면서까지 일을 꾸몄다고는 도저히 생각할 수 없었다.

만약 위의 셋 중 누구도 아니라면, 치우천으로서도 정체를 알아내기란 정말 어려웠다. 분명 모습이 드러나지 않은 사람은 아닐 것이다. 주신에서 이렇듯 큰 힘을 발휘하면서 아무도 모르는 곳에 있을 수는 없는 일이었다. 치우가람 형제나, 기타 다른 집안사람이 일을 꾸몄을지도 모른다. 전에 생각한 대로 고시울률과 자신을 맞붙게 하여 둘 다 제거하고 주신을 통째로 손아귀에 넣으려 할지도 몰랐다. 허나 그렇다 해도 위에서 말한 세 사람 중 누구의 등 뒤에 붙어 힘을 업고 있는 것은 분명했다.

그렇지 않고서는 이런 엄청난 일을 꾸밀 수 없었다. 숨어 있는 자가 누구인지 알아내려면 누구의 힘을 업고 있는지부터 밝혀야 한다.

결국 그림자가 고시울률이냐, 사와라 한웅이냐를 구분하려면 번개범이 누구에 의해 움직였는지 알아내는 길밖에 없었다. 그것이 가장 큰 열쇠가 될 것이고, 그것만 알아낸다면 모든 것을 다시 해석할 수 있을 것 같았다. 그 때문에 치우천은 무라를 번개범에게 보냈지만 아쉽게도 아직 소식이 없었다.

'이제 끝난 것이나 다름없으니 생각해서 무엇하나?'

허탈한 생각이 들었다. 자신은 사흘 후에 죽는다고 했다. 이 밤이 지나가면 이틀이 남는다. 시간이 없었다.

'비가 잘 싸워 준다면 혹시……?'

생각하던 치우천은 쓸쓸한 마음으로 고개를 저었다.

'아니다. 한웅님이 우리 편일 경우에는 그것으로 압력을 넣을 수 있다. 허나 한웅님이 우리 편이 아니거나 그림자에게 굴복했다면 내 목은 달아날 것이며, 아우와 벗들도 위험해진다.'

치우천은 신시에 오면서 자신의 역량을 최대한 발휘하여 군대를 동원했지만 그래도 주신의 힘에 정면으로 맞설 수는 없었다. 자신이 직접 지휘한다 해도 오랫동안 훈련된 수많은 사울아비들을 쉽게 이길 자신은 없었다. 더구나 신시를 며칠 내에 함락한다는 것은 말도 되지 않았다.

지금 몰려온 지원군은 치우비와 벗들의 힘으로 어떻게 물리친다손 쳐도 단단한 신시의 성벽은 높았다. 공상처럼 미리 수를 써 둔 것도 아니니 결국 포위하면서 신시의 식량이 떨어지기만을 기다리는 수밖에 없다. 그런 중에도 지원군은 끊임없이 몰려올 것이고 결국 신시의 성벽이 그들의 무덤이 될 것이었다.

'끝난 건가?'

치우천은 고개를 저어 그런 생각을 떨쳐 냈다.

'포기하지 않는다. 포기해서는 안 된다. 이보다 더 힘들고 위험한 경우도 나는 버티어 냈다. 이번에도 버티고 이겨 내야 한다.'

치우천은 함께 들어왔던 동료들의 걱정이 앞섰다.

'다른 사람들은 어디에 있을까? 치베가 많이 다쳤는데 죽지는 않았을까?'

인기척이 들렸다. 치우천은 누가 구하러 온 것이 아닌가 하여 귀를 기울였으나, 밖에서 어렴풋이 들리는 목소리가 태연한 것 같아 실망했다.

곧이어 빗장이 덜그럭거리더니 문이 열렸다. 두 명의 단군 중 검은 단군이 관솔 횃불을 들고 있었고, 그 뒤에는 얼굴이 뽀얗고 뺨이 유달리 붉은 젊은 여인 한 명과 두 명의 사울아비가 보였다. 검은 단군이 웃으며 말을 건넸다. 어떻게 몸조리를 했는지 상처를 입었다고는 전혀 느껴지지 않았다.

"잠깐 만나 보아야 할 분이 계시다."

"한웅님이 부르십니까?"

치우천이 혹시나 하여 물었으나 검은 단군은 고개를 저었다.

"아니다."

젊은 여인이 살짝 치우천에게 인사를 했다.

"불그네라고 합니다. 치우천님이시지요?"

"치우천입니다."

치우천은 얼결에 마주 인사를 했으나 한 번도 본 적이 없는 사람이었다. 여인은 군소리하지 않고 따라오라는 시늉을 했다. 그러자 검은 단군이 치우천의 손을 뒤로 하여 단단히 묶고, 가죽끈으로 눈까지 가렸다.

"누구를 만나는 것입니까?"

치우천이 묻자 검은 단군은 짧게 대답했다.

"가 보면 안다. 허튼짓은 하지 말도록."

치우천은 피식 웃었다.

"그럴 힘도 없습니다."

잠시 후 치우천은 불그네와 사울아비 두 명, 검은 단군의 호송을 받으며 걷기 시작했다. 눈을 가리고 있으니 어디로 가는지 알 수 없었다. 잠시 후 문을 몇 군데 지나고 따듯한 기운이 느껴지는 방으로 들어섰다. 누가 치우천의 눈을 가린 것을 풀어 주었다. 손길로 보아 불그네인 듯했다.

눈을 가렸던 가죽끈이 풀리자 치우천은 의아하여 눈을 크게 떴다. 치우천이 안내되어 온 방 안은 몹시 컸으며, 온갖 화려한 꽃과 보물, 그림들로 가득 차 있었다. 치우천은 신시에서 자랐기 때문에 희귀한 그림들과 조각들을 보고 누가 만든 것인지 알아볼 수 있었다. 그중 몇몇은 놀랍게도 부루버들이 만든 것 같았다. 그리고 방만큼이나 화려한 옷을 입은 한 여인이 높은 의자에 앉아 있었다. 머리가 희게 세고 얼굴에 주름이 많은 노파였지만, 젊었을 때의 화사함이 은근히 스며 있는 위엄 있는 모습이었다.

"네가 치우천이냐?"

치우천은 정중히 그 자리에 앉아 꼿꼿이 고개를 들고 대답했다.

"맞습니다. 헌데 뉘신지?"

노파는 슬쩍 미소를 지으며 되받았다.

"죽지 못해 살아가는 할망구일 뿐이다."

치우천은 주위를 둘러보다가 고개를 숙여 절을 했다.

"처음 뵙습니다. 죽기 전에 한웅님의 마누라님을 뵙게 될 줄은 몰랐습니다."

노파는 재미있다는 듯 웃으며 물었다.

"그게 무슨 소리냐? 내가 누구라고?"

"한웅님의 큰마누라님이 아니시옵니까?"

"그걸 어떻게 알았느냐?"

치우천 같은 중죄인을 다른 사람에게 알리지 않고 마음대로 부를 수 있는 것, 검은 단군 같은 사람마저도 복종하게 만드는 것, 신시 안에 이토록 크고 넓은 방을 가지고 있으며 나이와 차림새를 볼 때 맞아떨어지는 사람은 한 명밖에 없었다. 허나 치우천은 복잡하게 설명하지 않고 간단히 되받았다.

"달리 누구시겠습니까?"

노파는 노파답지 않게 손으로 입을 살짝 가리고 수줍은 듯 쿡쿡 웃더니 이윽고 말했다.

"풍백께옵서 주신에서 제일 똑똑한 녀석이라 말씀하시더니 틀린 말은 아니로구나."

표정 변화도 없이 치우천은 아무 말도 하지 않고 담담히 앉아 있었다. 노파가 말을 이었다.

"그래. 내가 한웅님의 안사람, 부소구슬이다. 내가 왜 너를 불렀는지 알겠느냐?"

치우천은 짧게 대답했다.

"저를 풀어 주시려거나, 아니면 묻고 싶은 것이 있는 게지요."

"왜 그리 계속 짤막하게 대답하느냐?"

"복잡하게 생각하는 것은 저의 일입니다. 마누라님께옵서는 듣고 판단하시면 되는 것이니까요."

부소구슬은 입을 가리며 쿡쿡 웃더니 고개를 끄덕였다.

"비위도 맞출 줄 아는 녀석이구나. 좋다. 내 너에게 한 가지 묻고 싶은 것이 있느니라. 잘 대답하면 너를 풀어 줄 수도 있느니."

치우천은 그저 담담한 미소만 지었다. 그러자 부소구슬은 살짝 눈을 찌푸렸다.

"내 말을 못 믿는 게냐?"

치우천은 역시 대답하지 않았다. 부소구슬이 다시 말했다.

"나는 한다면 한다. 한웅님이 두려워하는 사람이 세상에 단 세 명 있느니라. 그중 누구를 가장 무서워하시는 줄 아느냐?"

"마누라님이겠지요."

치우천이 대답하자 부소구슬을 손을 부르르 떨며 말했다.

"그래, 한웅님은 나를 무서워하신다. 나는 시집오고 여태껏 한 번도 한웅님께 대든 적이 없고, 한웅님의 뜻을 따르지 않은 적도 없다. 내 집 안이 부소씨라고 하여 부소씨 집안을 편든 적도 없고, 무엇을 부탁해 본 적도 없느니라. 하다못해 한웅님이 둘, 셋, 넷, 다섯, 여섯…… 일곱 번째 계집을 얻으셔도 나는…… 나는…… 더구나 그분은 스스로 몸을 망치려고……."

부소구슬은 눈에서 불똥이 튈 것처럼 흥분하는가 싶더니 이내 덤덤하게 말을 이었다.

"됐다. 아무튼 한웅님이 가장 무서워하시는 사람이 나다. 그것이 이 방에서 여러 십 년을 그냥 앉아 늙기만 한 대가였느니라……."

부소구슬은 치우천이 유심히 자신을 바라보는 눈빛을 깨닫고 마주 쏘아보며 물었다.

"네가 그것을 알겠느냐?"

치우천은 깊이 한숨을 쉬며 말했다.

"어찌 감히 안다 하오리까? 다만…… 안쓰러울 따름입니다."

"내가 왜 너를 불렀는지 짐작하겠느냐?"

"묻고 싶으신 것이 있다 하지 않으셨사옵니까?"

부소구슬은 고개를 끄덕이며 말했다.

"그래, 먼저 하나 묻자. 너는 아주 큰 원수가 아주 큰 은혜를 베풀면 어찌하겠느냐?"

치우천은 말뜻을 알아듣기 힘들어 고개를 갸웃거렸다. 이상하게 마음속에서 불길한 예감이 들었다. 부소구슬은 다시 조용히 물었다.

"또 하나 묻자. 내가 아주 큰 죄를 지은 사람에게 큰 은혜를 베풀면 죄가 갚아지겠느냐, 그대로 남겠느냐?"

치우천은 얼굴빛이 해쓱해졌다가 굳은 표정이 되었다. 뭔가 감이 잡혔기 때문이다. 그러자 부소구슬은 치우천의 눈길을 피해 고개를 돌리면서 서글픈 목소리로 말을 이었다.

"나는 네 어미와 친한 사이였느니라. 일이 그렇게 될 줄은 정말 몰랐느니라……."

치우천이 자리에서 튕기듯 일어나자 문이 와당탕 열리면서 검은 단군이 빛살만큼이나 빠르게 날아 들어와 치우천의 어깨를 잡았다.

"당장 죽고 싶으냐?"

검은 단군이 눈을 부라리며 손에 힘을 주자 치우천의 어깨에서 두둑하며 뼈가 탈골되는 소리가 들렸다. 치우천은 불타는 눈으로 부소구슬을 노려보았다. 아픈 것도 느끼지 못했다. 부소구슬이 손사래를 쳤다.

"검은 단군, 놔주시게. 그냥 놔두시게."

"그…… 그럴 수는……."

검은 단군이 머뭇거리자 부소구슬은 인상을 썼다. 그녀의 눈에 눈물이 흐르고 있었다.

"나가서 절대로 들어오지 마시게."

검은 단군은 머뭇거리다가 고개를 깊이 숙인 후 방에서 나갔다.

"참 말하기 힘들었느니라. 역시 너는 단번에 알아채는구나. 아무도 몰랐겠지만…… 네 어미를 죽게 만든 것은 바로 나다. 나, 부소구슬이다."

치우비는 울쿠타를 앞세워 무라와 함께 대장의 막사로 들어섰다. 그 안에는 다른 대장들이 둘러서 있었고 가운데에 한 남자가 서 있었다. 치우비를 찾아왔다는 사울아비 대장이었다. 치우비가 들어서자 알한이 먼저 치우비에게 다가와 말했다.

"저 사람이 치우광입니다. 치우비님, 저 사람이 아니었다면 우리는 위험했을 것입니다. 할 말이 있는 듯하니 들어가 보시지요."

치우비는 찬찬히 치우광의 얼굴을 바라보았다. 키가 치우비의 귀까지 올라온 치우광은 덩치도 크고 기운이 넘쳐 보였지만 얼굴은 앳되어 보였다. 그리고 얼굴이 어딘지 모르게 친근감을 느끼게 했다. 치우광은 치우비를 보자마자 다가와 반갑게 말을 건넸다.

"치우비님 맞습니까? 저는 사울아비 작은스승 치우광이라고 합니다. 비님이 제게는 형님뻘 되십니다."

치우비는 치우광의 내심을 알 수 없어 마음이 혼란스러워 고개만 끄덕해 보였다. 치우광은 개의치 않고 정색을 하면서 말을 이었다.

"사울아비 작은스승 치우광이 말합니다. 저는 한웅님의 말씀을 어길 수 없어 부하들을 데리고 싸움에 끼었습니다만, 알한님에게 패했습니다."

곁에 있던 알한이 외쳤다.

"당신은 내게 진 것이 아닙니다! 스스로 물러서지 않았습니까?"

치우광은 고개를 저었다.

"꼭 힘으로 져야 진 것일까요? 저는 알한님의 용기에 졌습니다. 그래서 제 부하와 함께 잡혔습니다. 그 탓에 치우우레님도 빼앗기고 부하들은 흩어지려 했습니다. 저희는 개죽음을 당하기 싫어서 항복했습니다. 맞지요?"

치우광이 치우비에게 묻자 치우비와 알한, 무라는 치우광의 말뜻을 알아듣고 고개를 끄덕였다. 치우광은 치우비에게 항복하겠다는 뜻이었다. 치우광은 씩 웃으며 다시 말했다.

"이번에는 치우비님의 먼 아우이자, 존경하는 치우우레님의 부하로 말합니다. 제기랄! 이게 도대체 무슨 짓입니까?"

느닷없이 치우광은 온화하던 얼굴을 찡그리며 냅다 소리를 질렀다.

"세상에 안파견 한님이 기겁을 하실 일입니다! 아버지에게 나가서 아들을 죽이라고 명령하는 놈들이 세상 천지에 어디 있단 말입니까? 저는 어리고 생각이 짧지만 그런 짓거리는 도무지 두고 볼 수 없습니다! 치우천 치우비 형님들이 잘못했고 나쁜 뜻을 가졌다고 했지만, 아무리 생각해 보아도 믿을 수가 없습니다! 형님이라 불러도 되겠지요? 형님들이 목숨을 걸고 싸워 많은 공을 세웠다는 이야기를 듣고 제 가슴이 얼마나 두근두근 뛰었는지 모릅니다! 그런데 난데없이 주신을 공격한다고! 그걸 누가 믿습니까? 더구나 아비더러 책임을 지라는 것은 그렇다쳐도, 차라리 죽일 일이지 나가서 싸우라는 건 무슨 개소리란 말입니까! 이런 제기랄! 그 꼴을 나는 죽어도, 죽어도 못 봅니다! 제길! 제길!"

치우광은 흥분을 이기지 못해 엉엉 울었다. 치우비는 솔직담백한 치우광의 태도에 고개를 끄덕여 보였으나 무라의 표정은 그리 밝지만은 않았다. 무라는 치우비에게만 들리도록 귓속말을 했다.

"정말 믿을 수 있는지 아직은 모릅니다."

치우광은 치우비에게 엎드려 절하며 통곡했다.

"저, 어린놈 치우광이 치우우레님의 말씀을 어겼습니다. 허나 저로서는 도저히 명령을 따를 수가 없었습니다! 치우우레님은 싸우지 않는다고 하셨지만 죄송하게도 저는 싸웠습니다! 더구나 지금…… 지금 스승님의 꼴을 보니…… 이건 분명……"

치우비는 숨을 가다듬고 치우광을 쳐다보았다.

"네 얼굴을 전에 한번 본 것도 같구나."

"알아보시기 어려울 건데요?"

"아니, 본 것 같아. 네 아버님은 뉘시냐? 아니, 아니. 혹시 네 아버님이 치우눌님 아니셔?"

"알아보시는군요!"

치우광의 눈물 젖은 얼굴이 환해지자 치우비는 치우광의 어깨를 두드려 주었다.

"그렇구나. 눌 아저씨가 일찍 돌아가셔서 힘들었을 텐데…… 잘 컸구나."

치우광은 코를 훌쩍이며 말했다.

"아버님이 돌아가고 저는 어머님의 보살핌을 받으며 자랐습니다. 형님도 아시다시피 어머님이 마갸르분이시죠."

치우비는 고개를 끄덕였다.

"그래, 그래. 어려서 보고 못 봤는데, 언제 돌아왔느냐?"

"두 해 남짓 됩니다. 원래 마갸르족에서 그냥 살까 했는데 형님들 이름을 듣고 저도 뭔가 해 보려고 무작정 주신으로 왔습니다. 치우우레님을 찾아갔더니 잘 대해 주셔서…… 이렇게 사울아비 작은스승까지 됐습니다."

"어머님은?"

"돌아가셨죠."

"안됐구나. 좋은 분이셨으니 안파견 한님 곁으로 가셨을 거야."

치우비는 군대 문제에 대해서는 한마디도 하지 않고 치우광과 개인적인 이야기만 잔뜩 나누었다. 무라와 알한 등 다른 대장들은 어이가 없었지만 아무 말 없이 두 사람이 주고받는 이야기를 들으며 서 있었다.

치우광은 치우 집안 아버지와 마갸르족 어머니 사이에서 태어났다. 아버지 치우눌은 치우우레와 친척이었고, 그의 아내는 결혼한 지 두 해 만에 병으로 죽어 자식이 없었다. 치우눌은 마갸르족의 어느 부족장이 바친 여인을 아내로 삼았는데, 그녀가 치우광의 어머니였다. 치우눌은 치우광이 겨우 세 살 때 젊은 나이에 싸움터에서 죽고 말았다. 그 때문에 치우광은 어려서부터 힘들게 살았으며, 특히 어머니가 마갸르족인 탓에 많은 시달림을 받았다. 결코 안사울아비가 될 수 없는 처지였다. 그런 모자(母子)를 치우우레는 남 모르게 보살펴 주었고, 치우천 형제도 광을 불쌍히 여겨 가끔 놀아 주기도 했다.

그러나 깊은 정을 쌓기도 전에 치우광의 어머니는 주신 생활을 견디다 못해 마갸르족으로 떠났다. 치우광도 어머니를 따라 마갸르족에서 살았지만 그의 어머니는 항상 치우광에게 주신 치우 집안의 남자임을 잊지 말라고 가르쳐 왔다. 치우광이 열 살이 되던 해 태산 회의가 있었고, 그 무렵 치우천과 치우비의 무용담과 소문이 마갸르족까지 퍼졌다.

치우광은 치우 형제의 이야기를 들으며 꿈을 키우다가 마침내 두 해 전 어머니가 죽자 홀로 주신으로 왔다. 그러나 마갸르 출신의 사람을 치우 집안이라 믿어 주는 사람은 아무도 없었다. 고생을 하던 치우광은 마침내 치우우레를 찾아갔다. 치우우레는 그를 흔쾌히 받아 치우씨임을 확인하고 사울아비로 맞아 주었다. 치우광은 체격도 좋고 힘과 기술이 뛰어나서 어릴 적 치우비 못지않은 활약을 하며 한 해 반 만에 사울아비 작은스승까지 올라왔다.

"대단하구나. 너 몇 살이냐?"

치우광은 머리를 긁적이며 쑥스러운 듯이 대답했다.

"열일곱입니다."

"녀석, 대단하구나."

치우비는 대견하여 말했다. 치우광은 갑자기 생각난 듯 표정을 엄숙하게 고쳤다.

"그러고 보니 중요한 것을 빼놓았군요, 형님. 아이쿠, 아니 치우비 대장님."

"형이라 불러도 돼. 너 좋을 대로 불러라."

"그러면 안 됩니다. 저는 주신에 신물이 납니다. 저와 제가 거느린 사울아비들은 형님과 함께 싸울 것입니다."

"그래도 너희는 사울아비 아니냐?"

"신시에서 온 놈이 치우우레님을 얼마나 들볶았는지 아십니까? 치우우레님은 신시로 가서 한웅님께 무릎을 꿇고 감옥에 들어가겠다고 하셨습니다. 그런데도 그놈은 치우우레님에게 꼭 앞장서서 나가 싸워야 한다고 했습니다. 그래야 형님과 형님의 형님…… 아니, 치우천님이 꼼짝 못한다고 말입니다. 온갖 모욕에 수없이 매질까지 했습니다! 치우우레님은 사울아비 중의 사울아비이시며, 큰스승님입니다! 그런 분을 도끼 한번 잡아 보지 않은 새파란 놈이 뭇 사울아비 앞에서 매질을 하다니요! 세상에 그런 법이 어디 있습니까? 아니, 그런 법이 있는 주신이라면 따를 수 없습니다! 조금이라도 명예를 존중하는 사울아비라면 싸우지 않을 것입니다!"

치우광이 또 흥분하여 씩씩거리자 치우비는 아버지가 당한 일이 머리에 떠오르는 듯하여 마음이 아팠다. 아버지 치우우레는 충분히 그럴 인물이었다. 치우비가 고개를 숙이고 분노의 눈물을 흘렸지만 치우광은 흥분한 나머지 그것도 모르고 계속 분통을 터뜨렸다.

"치우우레님은 아시다시피 엉망이 되실 정도로 맞고 숨이 넘어가실 뻔했습니다! 보다 못해 저와 몇몇 사울아비들이 들고일어나려 했지만 치우우레님이 막으셨습니다. 이건 당신의 일이니, 우리는 한웅님을 배신하면 안 된다고 말입니다! 결국 치우우레님이 꼼짝도 못하실 정도가 되자 그놈은 저를 대장으로 삼고 신시에서 온 사울아비 한 놈을 치우우레님으로 변하게 하여 앞장서서 나아가게 했습니다."

치우비는 아버지 일에 마음이 아파 그저 고개를 숙이고 굵은 눈물만 뚝뚝 흘렸다. 무라가 딱딱하게 굳은 음성으로 물었다.

"작은 주신의 무라가 감히 끼어듭니다. 용서하십시오. 그런데 그놈이 어떻게 치우우레님으로 변했습니까?"

치우광이 입술을 깨물며 대답했다.

"주술을 썼죠. 우리가 진군하고 며칠 지나자 신시에서 사람이 왔습니다. 그래서 글자 주술로 가짜 놈을 치우우레님으로……."

"그게 누군데요?"

"저도 얼굴은 못 뵈었습니다만…… 사람들이 말하기를 운사 신지울태님이라 했습니다."

치우비가 고개를 번쩍 들었다.

"신지울태님이?"

"모르셨습니까? 그분 말고 누가 그렇게 감쪽같이 글자 주술을 쓰신단 말입니까? 그분은 싸움터에도 나와 계신데요?"

"몽골의 보돈차르가 말한다. 주신 삼사 중의 운사 신지울태가 싸움터에 나와 있다면 이는 대단히 중요한 일이다. 어디에 있단 말인가?"

치우광은 고개를 저었다.

"어디인지는 모릅니다만, 저와 같이 오지는 않았습니다."

"내 쪽에서 있는 것 같지 않았다. 내 쪽 적들의 대장은 고시가라라고 했다."

고개를 갸웃거리며 보돈차르가 말하자 작은 상처를 잔뜩 입어서 얼굴에 온통 약초를 붙인 야율쿠리가 불쑥 끼어들었다.

“그럼 우리 쪽이었나 보군! 그런데…….”

야율쿠리가 말하려는데 초초룬이 말을 가로막고 나섰다.

“미아우의 초초룬이 말한다. 그러나 우리 쪽 적들도 주술을 써서 싸우지는 않았다.”

치우비는 한숨을 길게 쉬었다.

“신지울태님이 싸움터에 나오실 것 같지는 않았는데…….”

알한이 싱카를 힐끗 바라보며 눈짓을 하자 싱카가 조심스럽게 입을 열었다.

“도깨비 싱카가 감히 말씀드립니다. 글자 주술이 뭔지는 잘 모릅니다만, 치우우레님을 가짜로 만든 것 말고 주술의 힘은 느껴지지 않았습니다.”

치우비는 할머니같이 따뜻하던 신지울태가 적으로 있다는 것을 믿기 싫었다.

“신지울태님의 글자 주술은 엄청나다. 그분이 주술을 썼다면 우리는 버틸 수 없었을 거야.”

치우비가 침통하게 말하자 무라가 다시 나섰다.

“그보다 삼사 중 한 분이 저편에 섰다는 게 마음에 걸립니다.”

치우비는 무겁게 고개를 끄덕였다. 삼사는 고시울률과는 분명 다른 편이었다. 병예가 비록 잡혀갔다지만 지금까지 비렴은 전혀 모습을 드러내지 않고 있었다. 신지울태가 적 쪽에 섰다면 문제가 심각했다. 신시 안에 치우 형제를 지지하는 사람이 없다는 것을 뜻했기 때문이다. 아무래도 일의 뒤에는 사와라 한웅이 있을 것 같았다.

한웅 이외에는 주신 삼사를 나서게 강요할 수 있는 사람이 없었다. 하지만 대체 왜? 치우비는 무라에게 의혹이 가득한 눈빛을 보냈다. 무라도 치우비의 뜻을 꿰뚫은 듯했으나 고개를 옆으로 저었다. 치우비의 마음이 무거워져 갔다. 아무리 생각해도 형이 점점 위태로워지는 듯했다.

알한이 분위기를 바꾸려는 듯 치우광을 보고 말을 건넸다.

"작은 주신의 알한이 말합니다. 치우광님, 잘 오셨습니다. 치우광님과 뜻을 같이하는 사울아비들은 얼마나 됩니까?"

무거운 분위기에 짓눌린 듯했던 치우광이 싱긋 웃어 보이며 대답했다.

"천 명쯤 됩니다. 거의 치우우레님 밑에 있던 사울아비입니다."

"그분들이 함께 싸워 주실까요?"

"저 못지않게 신시라면 이를 가는 사람들입니다."

알한은 웃으며 좌중을 둘러보았다. 사울아비들로만 천 명이라면 대단한 군세였다. 신시를 지원하러 나온 전사의 수는 이만 명이 넘었으나 진짜 사울아비들은 사오천 남짓밖에 안 되어 보였다. 그중에 천 명이 이쪽 편이 된다는 것은 대단한 일이었다. 치우광은 흥분이 되었는지 한술 더 떠서 물었다.

"제가 알기론 치우천님, 비님은 결코 주신을 둘러엎으려는 게 아닌 것으로 압니다. 신시를 좀먹는 무리들을 물리치고 깨끗이 하시려는 거겠지요?"

"물론입니다."

알한이 대신 대답하자 치우광은 자신 있게 가슴을 쳐 보였다.

"저도 그렇게 믿고 있습니다. 저를 앞장세워 주신다면 천 명은 더 끌어들일 수 있습니다. 신시에 이를 가는 바깥사울아비들이 더 있을 것입니다! 우리 편이 되기는 힘들더라도 싸울 생각을 그만두고 물러가게 할 수는 있습니다!"

치우광이 호기롭게 말하자 사람들의 얼굴이 밝아졌다. 냉정한 보돈차르만이 조심스레 물었다.

"몽골의 보돈차르가 말한다. 그들은 주신 한웅의 명령을 받고 왔는데 그렇게 쉽게 물러설까?"

치우광은 당당하게 외쳤다.

"물론 겉으로는 그렇습니다! 허나 사와라 한웅님이 몹시 아프셔서 바깥출입도 못할 정도라는 것을 알 사람은 다 압니다! 그러니 이번 명령은 분명히 고시울률이 내린 것입니다! 다들 그렇게 수군거리고 있습니다. 치우천님이 공상을 떨어뜨려서 사울아비 웃뜸스승이 되려 하니까 고시울률이 한웅님을 핑계 대고 치우천님을 없애려 싸움을 벌인다고 말입니다! 몇 달 전부터 알고 있었습니다! 그렇게 말하면 누구라도 물러설 것입니다!"

그 말에 치우비는 의혹이 떠올라 치우광에게 물었다.

"고시울률이 사울아비들을 모으기 시작한 게 언제였지?"

"한 달 반이 넘었습니다! 안 그러면 이렇게 금방 올 수가 있었겠습니까?"

치우비는 입술을 깨물며 다시 물었다.

"광아, 사람을 모으기 위해 누가 돌아다녔지?"

"저희한테는 부루위단이 왔습니다. 치우우레님에게 매질한 것도 바로 그놈입니다. 다들 아시지요? 고시울률의 밑에 붙어 있는 놈 말입니다."

치우비는 의아한 듯 고개를 갸웃거렸다.

"아무리 고시울률이라도 한웅님의 말을 함부로 지어낼 수는 없어. 그런 짓을 밖에서 벌이는 것이라면 속일 수 있겠지만 신시까지 마음대로 할 수는 없잖아?"

초초룬이 한마디 끼웠다.

"그래서 천 족장이 신시로 뛰어든 거잖아. 한웅이 위험하다면서. 제길."

치우비는 혼란스럽고 계속 의문이 샘솟았지만, 여기서는 더 말할 수가 없었다. 그는 다른 대장들이 좀 더 이야기하게 놓아두고 무라와 함께 잠시 밖으로 나갔다.

막사를 나서자마자 치우비는 무라에게 말했다.

"아무래도 이상합니다. 한웅님이 승낙하지 않고서는 고시울률이라도 절대 이렇게 나설 수는 없어요. 더구나 다른 사울아비들까지 저렇게 떠들 정도라면 한웅님이 모르실 리가 없구요."

무라가 확신에 찬 목소리로 힘주어 되받았다.

"그림자는 사와라 한웅님입니다. 그분이 아니고서는 이리 될 수가 없어요."

치우비는 나락으로 떨어지는 기분이었다.

"그건 알겠습니다. 한웅님 아니고서는 아무도 이럴 수 없습니다. 허나…… 그분이 왜 그러시냔 말입니다."

"치우천님이 전에 말씀하셨어요. 그림자는 고시울률님과 치우천님, 둘 다 없애려 한다고요."

치우비는 답답하여 가슴을 쳤다.

"지금 주신에는 둘밖에 없습니다. 고시울률님이 모든 것을 쥐고 있고, 형님이 거기에 도전하고 있습니다. 헌데 왜 그 둘을 다 없애려 한단 말입니까? 사와라 한웅님은 형님을 밀어주려고 노력하셨습니다. 그분은 늙으신데다 곧 돌아가십니다. 둘 중에 하나를 골라야지, 둘 다 없애려 할 이유가 없잖습니까?"

"이유는 저도 알 수가 없습니다. 다만 치우광님 덕분에 그림자가 사와라 한웅님이란 것이 더 분명해졌습니다. 이유가 뭔지 찾아낸다면 모든 것이 밝혀질 것입니다."

무라가 나지막이 말하고 나서 멍하니 하늘을 쳐다보자 치우비도 덩달아 하늘을 바라보았다.

'형님이라면…… 밝혀낼 수 있을까? 하지만 형님은 지금 적의 손에

들어갔는데……'

"그렇다면…… 번개범을 키운 것이 마누라님이십니까?"

치우천은 불타는 눈으로 또박또박 말끝에 힘을 주어 물었다. 부소구슬은 눈빛이 두려운 듯 고개를 돌리며 대답했다.

"그렇단다."

"왜 그러셨습니까?"

"그때…… 한웅님께서는 두 번째 마누라를 얻으셨다. 나는…… 나는 참을 수가 없었다. 그래서 생각을 하게 되었다. 한웅님의 마음이 변해도 내가 할 수 있은 일이 없다. 복수할 방법이 없다. 세상 어디를 둘러보아도 주신 한웅님을 겁줄 수 있는 것은 없다. 신수 말고는 말이다."

치우천은 똑바로 눈을 뜬 채 부소구슬을 노려보았다.

"그래서요……?"

지난날이 떠올랐는지 부소구슬의 목소리엔 원한이 서려 있었다.

"그렇다. 죽어지내야 하는 나로서는 그것이 유일한 힘이었다. 나도 그것을 쓰게 되리라고는 생각지 않았지만……."

"태산 회의 때 번개범을 쓰신 까닭은 무엇입니까?"

"태산 회의 때 한웅님은 그 여우 같은 계집과 같이 가셨다! 그 자리에 누가 가야 하는가? 부루버들 그 계집이 가야 맞는가? 너는 그에 대해 생각해 본 적이 있느냐?"

치우천은 입술을 깨물며 되받았다.

"원래대로라면 마누라님이 가셔야 맞을 것입니다."

부소구슬은 돌연 콜록거리며 기침을 심하게 하다가 힘겹게 말했다.

"그래, 내가 가야 했다. 나는 한웅님의 큰마누라다. 태산 회의 같은 큰 회의에는 내가 가야만 했다. 그것이 마지막 자존심이었다. 그런데 한웅님은 그러지 않았다. 여우 같은 계집에게 홀려서 그 계집을 데리고 갔다! 나는…… 나는…… ."

"번개범을 부리셨습니까?"

치우천이 날카롭게 묻자 부소구슬은 이를 갈며 말했다.

"아깝게 실패했다. 허나, 허나…… 하늘의 뜻이니, 어쩔 수 없지."

치우천의 눈빛에는 여전히 분노의 빛이 가시지 않았지만 목소리는 침착함을 되찾고 있었다.

"어머님과는 가까우셨습니까?"

"그래, 미리내와 나는 가까웠다. 그러나 너희가 병에 걸려 미리내가 구름골로 달려갈 줄은 몰랐다. 거기서 번개범에게…… 내가 키운 번개범에게 죽으리라고는……."

치우천이 싸늘한 눈빛을 보내자 부소구슬은 애원하듯 말을 이었다.

"너에게 미안하구나. 정말 미안하구나. 이것만은 거짓이 아니다. 너는 알겠지? 알아주겠지?"

치우천은 표정을 꿈틀했으나 이내 냉담하게 되받았다.

"왜 그런 일을 지금 말해 주시지요?"

"번개범이 알려지는 것이 두려웠다. 허나 지금 번개범은 쓸모없어졌다."

"한웅님을 용서하신 겁니까?"

부소구슬은 콜록거리며 한참 힘들게 기침을 하더니 화난 음성으로 소리쳤다.

"난…… 난…… 용서할 수 없다! 죽어서 흙이 되어도 용서하지 않을 것이다! 한웅님은 늙어서 신시 밖으로 다시는 나가실 수 없을 게다! 번개범이라도 신시에는 뛰어들지 못한다. 그러니 필요 없어졌을 뿐이다. 이 일은 그것과는 관계가 없다! 나는 내 죗값을 치른 뒤 마음 편히 죽고 싶을 뿐이다!"

"그 때문에 저를 놓아주시겠다는 겁니까?"

치우천이 묻자 부소구슬은 서글픈 표정으로 고개를 끄덕였다.

"그래. 내 잘못으로 한 목숨을 죽게 했다. 벌써 여러 해가 지났지만 도저히…… 도저히 견딜 수 없는 일이었다. 이제 늙었으니 곧 죽을지 모른다. 죽기 전에 죗값을 치르고 싶다. 어미를 죽였으니 자식이라도 살려서 죄를 갚고 싶을 뿐이다……."

치우천의 입가에 싸늘한 미소가 감돌았다.

"제가 나가면 신시를 무너뜨릴지도 모릅니다. 그것은 생각 안 해 보셨습니까?"

부소구슬의 눈빛에 생기가 돌았다.

"네 머리는 아주 좋다만, 너 하나 때문에 무너질 만큼 신시는 약하지 않단다. 그냥 돌아가는 것이 좋을 게야. 죽고 싶지 않다면 말이다."

"제가 신시를 무너뜨리면 마누라님도 복수하시는 것 아닐까요? 그 때문에 절 놓아주시는 것은 아닙니까?"

부소구슬이 당황한 듯 떨리는 목소리로 대답했다.

"그런 꼴을 볼 수 있을 정도로 내가 재수 좋은 여자였다면, 지금 이런 꼴이 되지 않았을 것이다."

그 말을 하는 부소구슬의 눈빛에 허탈함이 가득했다. 치우천은 눈 하나 깜빡하지 않고 부소구슬의 얼굴을 바라보다가 천천히 말했다.

"어차피 저는 그물 안에 든 고기. 마누라님이 바라시는 대로 하옵소서."

부소구슬은 멍하니 허공을 바라보다가 물었다.

"내가 원망스럽지 않으냐?"

치우천은 힘없이 미소를 지으며 말했다.

"제까짓 것이 마누라님을 원망하여 어찌겠사옵니까."

부소구슬은 한숨을 내쉬며 말했다.

"너는 아직 내가 아까 물은 것에 대답하지 않았다."

치우천은 침통한 목소리로 천천히 말했다.

"죄를 짓고 은혜를 베풀면 죄 지었던 사람은 마음을 편히 가질 수 있겠지요."

"그러냐……?"

부소구슬이 고개를 끄덕이자 치우천은 덧붙였다.

"허나 원한을 가진 사람이 은혜를 입는다고 마음이 풀어지는 것은 아니옵니다."

"무엇이라?"

"그것은 사람에 따라 다릅지요. 저울질할 사람은 저울질할 것이고, 원한만 생각하거나 은혜만 생각할 수도 있겠지요."

"너는…… 어떠냐?"

"꼭 말해야 하옵니까?"

"말해야 한다."

부소구슬이 단호하게 못 박듯이 말하자 치우천은 단호하게 되받았다.

"원한은 원한이고 은혜는 은혜이옵니다."

앉아 있던 부소구슬은 힘이 빠지는지 어깨를 풀썩 늘어뜨렸다. 그러더니 멍한 목소리로 물었다.

"풀려나기 싫은 게냐?"

치우천은 긴장된 눈빛으로 조심스레 말했다.

"마누라님이 진정으로 바라는 대로 하옵소서. 저는…… 한웅님을 배신하지 않사옵니다."

그 말에 부소구슬이 기침을 심하게 하며 버럭 외쳤다.

"이 녀석을 끌어내라!"

부소구슬은 숨이 넘어갈 듯이 기침을 했다. 양옆의 문이 동시에 열리면서 네 명의 여자가 나와 부소구슬을 부축했다. 그 모습을 자세히 살펴보기도 전에 검은 단군이 귀신처럼 다가와서 치우천의 눈을 가렸다. 귓전으로 부소구슬의 힘겨워하는 목소리가 기침 소리에 섞여 들려왔다.

"검은 단군! 불그네야! 누구든……! 누구든 저…… 저놈을 얼른 성 밖으로 내다 버려라!"

"가자! 이놈!"

검은 단군이 치우천을 가볍게 들어 올려 마당에 동댕이쳤다. 몸이 완전히 널브러지기도 전에, 마당의 사울아비들이 발길질을 하며 치우천을 일으켜 세웠다. 그들은 치우천의 눈을 가죽끈으로 가리고 거칠게 끌고 가기 시작했다. 치우천은 조금도 겁내지 않았고, 되레 만면에 웃음이 떠올라 있었다.

그렇게 얼마나 걸었을까? 한참을 걷던 치우천이 물었다.

"혹시 불그네님도 옆에 있소?"

누가 치우천의 등을 툭 쳤으나 치우천은 개의치 않고 다시 물었다.

"뭐 이런 것 가지고 그러시오? 불그네님이 계시오?"

"있다, 이 녀석아."

불그네가 화난 듯 쏘아붙이자 치우천이 싱긋 웃었다.

"아가씨까지 내게 화내실 이유는 없잖겠소?"

"마누라님을 그렇게 화나게 하다니! 마누라님은 화를 내시면 안 된단 말이다!"

불그네가 앙칼지게 말하면서 치우천의 뺨을 찰싹 때렸다. 화가 난 모양이었다. 치우천은 뺨이 얼얼했지만 그래도 웃음을 거두지 않고 불그네에게 물었다.

"마누라님이 아프신 지 오래되셨소?"

"그래, 이놈아! 십 년이나 고생하셨는데 저렇게 심해지신 건 오늘이
처음이다! 너 따위가 감히……."

"고맙구려."

느닷없는 치우천의 말에 불그네는 의아해서 물었다.

"뭐가?"

"마누라님은 부루버들을 싫어하시는 듯하오."

치우천이 태연하게 말하자 불그네는 버럭 소리쳤다.

"누가 그런 여자를……!"

검은 단군이 음산한 어조로 말했다.

"그만 떠들어라."

치우천은 소리 나는 방향으로 고개를 돌렸다.

"큰 화톳불이 부근에 있나 보구려. 따뜻한 걸 보니."

검은 단군은 대답하지 않았지만 치우천은 개의치 않고 덤덤하게 말
을 이었다.

"성문 부근으로 다 온 것 같구려."

"그렇다. 네놈을 내버릴 테니 당장 꺼지거라."

검은 단군이 협박하듯 말하자 치우천은 여유롭게 되받았다.

"난 안 가오."

"뭐야?"

검은 단군이 놀란 듯 외치자 치우천은 껄껄 웃었다.

"난 안 간단 말이오."

"무슨 소리냐?"

"한웅님을 만나기 전에는 나가지 않소."

검은 단군이 신중하게 말했다.

"무슨 헛소리냐, 치우천? 나는 네놈이 마음에 든다. 네놈을 죽이게

만들지 마라."

"나는 한웅님을 위하는 마음밖에 없는 놈인데 한웅님이 왜 날 죽이시겠소?"

치우천의 말에 검은 단군이 다급하게 외쳤다.

"무슨 헛소리냐? 한웅님이 아니라 내 손에 죽는단 말이다! 입 닥치지 못해?"

치우천은 씩 웃으며 고개를 끄덕였다.

"검은 단군, 하마터면 속을 뻔했으니 당신들은 정말 대단하오. 정말 뭐라 칭찬해도 모자랄 만큼 대단하오. 허나 나는 이제 거의 다 알았소. 당신은 나를 죽이지 않을 거요. 내가 무슨 짓을 해도 죽이지 않고 무조건 성 밖으로 내보내려 할 거요!"

"이놈이 무슨 헛소리냐!"

검은 단군이 놀라서 호통을 치자 치우천은 여전히 웃음을 잃지 않았다.

"당신은 한웅님을 위해서라면 뭐든 할 사람이오. 그렇지 않소?"

"이놈이 무슨 헛소리를!"

"이제 내가 모르는 것은 단 한 가지뿐이오. 나는 그것을 알아내러 갈 것이고, 모든 것을 밝힐 거요."

"이놈이 미쳤구나! 내가 너를 못 죽일 줄 아느냐?"

검은 단군이 외쳤지만 치우천은 고개를 저었다.

"당신의 재주는 대단하지만 못 죽이오."

"마누라님의 명 때문에? 하지만 네놈의 입은 뭉개 줄 수 있다!"

"못할 거요."

치우천이 태연하게 되받자 검은 단군은 옆의 사울아비가 허리에 찬 칼을 빼들었다. 칼 소리가 들리는데도 치우천은 침착했다.

"내가 그 이유를 말할 테니 들어 보시려오?"

"네놈의 입을 그대로 돌려보낼 수 없겠구나."

검은 단군이 칼을 들이대도 치우천은 두려운 기색이 전혀 없었다.

"여긴 성문 부근이오. 당신도 말했고, 이렇게 큰 화톳불이 있으니 틀림없소. 하지만 근처에 사울아비는 당신들 말고는 하나도 없을 거요. 당연하지. 신시에서 날 풀어 주는데 사람들이 바글거리면 곤란할 테니까. 누가 근처에 있다면 내가 이렇게 떠들게 놔둘 리도 없소. 아니, 그렇다 해도 당신이 이렇게 크게 떠들 리 없지."

검은 단군이 손을 부르르 떨며 말했다.

"그래도 널 구해 줄 사람은 없다!"

치우천은 호탕하게 웃음을 터뜨렸다.

"하하, 정말 그럴까? 내가 신시에 어떻게 들어왔는지 모르셨나 보군요."

별안간 치우천이 허공을 보며 외쳤다.

"눈부터 푸시오!"

그러자 치우천의 눈을 가렸던 가죽끈이 스르르 풀리면서 땅바닥에 털썩 떨어져 내렸다. 불그네가 영문을 몰라 땅에 털썩 주저앉았다. 검은 단군과 두 명의 사울아비도 놀라서 몸을 흠칫했다.

다시 한번 치우천은 여유 있게 외쳤다.

"손도 풀어야지!"

단번에 손을 묶은 가죽끈이 끊어져 치우천은 자유로워졌다. 그 모습을 보고 놀란 두 명의 사울아비와 검은 단군이 달려들려 했으나, 세 사람의 발은 땅에 못 박힌 듯 떨어지지 않았다. 검은 단군이 놀라서 외쳤다.

"주술!"

검은 단군이 뭔가를 외치려 하자 치우천은 날카롭게 소리쳤다.

"입부터 막아야지, 뭘 하나!"

다음 순간, 검은 단군의 입은 뭔가에 콱 막혀 소리를 낼 수 없게 되었다. 뿐만 아니라 두 사울아비와 검은 단군의 몸이 땅바닥에 장작개비처럼 풀썩 쓰러지더니 땅에 달라붙기라도 한 듯 꼼짝도 할 수 없게 되었다. 불그네는 쓰러지지는 않았으나 손발을 까딱할 수 없었다. 아래턱을 누가 틀어쥐고 있어 입도 뻥긋할 수 없었다. 치우천은 묶였던 손목을 몇 번 주무르고 휘둘러 저릿함을 풀면서 말했다.

"검은 단군, 나에게 말해 줄 수 있겠소이까?"

검은 단군이 의혹과 경악에 가득 찬 눈초리를 보내는 순간, 치우천 옆에 웬 시커먼 그림자 하나가 스르르 나타났다. 비울걸이었다.

비울걸은 한참 전부터 치우천이 갇혀 있던 감옥 근처에서 애를 태우고 있었다. 치우천이 갇힌 곳은 신시 한웅의 거처 부근이었다. 주술이나 잡귀를 막는 수많은 조각과 부적, 그리고 둘러싼 집들조차도 일종의 진세를 형성한 곳이라 도깨비들이 힘을 쓸 수가 없었다. 도깨비를 부리지 못하면 비울걸은 힘없는 늙은이일 뿐이었다.

치우천이 밖으로 나오자 비울걸은 힘을 발휘해 모습을 감쪽같이 숨긴 뒤 간신히 접근했다. 그러나 치우천을 구할 힘은 없었다. 치우천은 담담하게, 좀 기다리라는 뜻을 전했다. 시간이 지나자 치우천은 검은 단군에게 끌려 다시 밖으로 나와 성문으로 갔다. 성문 쪽은 비울걸이 힘을 자유자재로 낼 수 있었다. 비울걸은 무라에게서 얻은 정보를 치우천에게 말해 주었다. 그리고 마침내 치우천이 외치는 순간, 비울걸은 도깨비들의 힘을 끌어내어 검은 단군과 다른 이들을 제압한 것이다.

비울걸은 치우천을 보며 말했다.

"입을 풀어 줘야 하나?"

치우천은 웃으며 고개를 저었다.

"검은 단군, 이제 대강은 알겠소. 모든 게 한웅님이 꾸민 것이지요?

마누라님을 만나고 나니 아주 많은 것이 풀리더군요."

그러면서 치우천은 불그네를 보며 물었다.

"자, 내 말이 맞다면 고개만 끄덕해 다오. 해치지 않을 테니 염려 말고. 불그네, 네가 도와주어서 내가 깨닫게 되었는데 왜 너를 해치겠느냐?"

불그네는 자신이 치우천을 도왔다고 하는 말에 기겁을 하며 몸을 비틀었다.

"아니, 아니. 검은 단군, 오해 마시오. 불그네가 나와 한패라는 뜻이 아니오. 불그네가 아까 마누라님이 오래 앓으셨다고 해서, 내가 어떤 사실을 알게 된 것 뿐이니까."

"난 하나도 모르겠다!"

비울걸이 불만 섞인 듯이 툴툴거리자 치우천은 웃으며 설명했다.

"마누라님은 반은 참을 말했고 반은 거짓을 말하셨습니다. 전부 거짓 말하는 것보다 그편이 알아보기 어렵죠."

허나 치우천은 속으로 생각했다.

'마누라님은 이것만은 거짓이 아니다라고 하셨다. 다른 모든 것은 거짓말이라는 뜻이 되겠지……'

하지만 검은 단군에게 부소구슬이 자신에게 눈치를 주었다는 말을 할 수는 없었다.

"무슨 소리지?"

"마누라님이 번개범을 키우신 것은 맞을 겁니다. 허나 태산 회의 때 번개범을 시켜 한웅님을 치게 하신 것은 뜻밖이더군요. 적어도 부루버들님이 미워서 그랬다고는 볼 수 없겠지요."

"왜?"

비울걸이 묻자 치우천은 불그네를 넌지시 바라보며 말했다.

"마누라님이 심하게 아프신 지 십 년이 되어간다는데, 태산 회의에 그 몸으로 어떻게 가실 수 있었겠습니까? 결국 마누라님이 그 때문에 화가 나서 번개범을 쓰신 게 아니라는 뜻이죠."

"음?"

비울걸이 의아해서 고개를 갸웃거리자 치우천은 계속 말했다.

"저도 한웅님을 항상 의아하게 생각해 왔습니다. 이런 큰일을 벌일 수 있는 것은 한웅님 외엔 없을 거라고 말이죠. 헌데 두 가지 문제가 항상 제 덜미를 잡았습니다. 첫째는 한웅님이 그림자라면, 왜 스스로를 위험에 내몰았는가였습니다. 두 번째는 고시울률과 저, 둘 중 하나를 내치는 것은 그럴 수 있지만, 왜 둘 다 내치려 할까였지요. 이 두 가지가 걸려서 한웅님을 의심하기 힘들었습니다. 그런데 마누라님이 번개범을 쓰신 것이라면 적어도 첫 번째 의문은 풀리게 됩니다."

비울걸이 눈을 끔뻑거리며 복잡하게 얽힌 생각을 정리하려는데, 치우천은 비울걸에게서 얼굴을 돌려 불그네를 보며 말했다.

"불그네, 마누라님을 도우려면 나를 믿어 줘야 해. 아까 이야기를 다시 묻겠어. 마누라님은 부루버들과 사이가 좋으신가?"

불그네는 움직이지 않았다. 다만 놀라움에 가득 찬 눈으로 치우천을 쏘아볼 뿐이었다.

치우천은 차분하게 말했다.

"불그네, 마누라님이 원해서 나를 부른 게 아니란 것 다 안다. 마누라님은 나에게 몇 번이나 애타게 부탁하셨어. 나보고 머리 좋다고 하신 건, 좋은 머리로 이 일을 파악해 달라는 뜻이 아니겠나? 검은 단군이 옆에 있다고 염려할 것 없어. 그는 움직이지 못하니까."

치우천이 눈짓을 하자 비울걸이 잠시 망설이다가 조심스레 손짓을 했다. 그러자 불그네의 입이 풀렸다.

"정말…… 정말 당신을 믿어도 되나요?"

불그네가 떨리는 목소리로 묻자 치우천은 보기 좋게 웃으며 고개를 끄덕였다. 그의 맑고도 깨끗한 눈을 본 불그네는 몇 번 망설이다가 천천히 말했다.

"쉰네는…… 쉰네는 많은 것을 알지는 못합니다. 다만…….

"아는 것만 말하면 된다. 나는 마누라님을 미워하지 않아."

"마누라님은 당연히…… 부루버들을 싫어하시지요. 허나…… 또한 아주 무서워하세요…….

치우천은 고개를 끄덕였다.

"그럴 줄 알았어."

"어떻게요?"

"마누라님의 방에 놓인 물건들 가운데 부루씨 집에서 만든 물건이 많더군. 나도 신시 물을 먹고 자란 녀석이라 그 정도는 알 수 있거든. 부루버들을 마누라님이 싫어하시는 건 당연하지. 허나 부루버들을 그리 싫어하신다면 선물로 온 물건들도 치워야 하는데 그걸 옆에 두고 계시는 이유는 부루버들에게 눌려 계시기 때문이지. 안 그래?"

불그네의 얼굴빛이 한결 환해졌다.

"정말 그래요! 정말…… 치우천님이 도우신다면 어쩌면…….

치우천은 심각한 표정으로 불그네의 말을 막았다.

"중요한 건 그게 아냐. 마누라님이 부루버들에게 꼼짝 못하시는 건 무슨 이유지? 더구나 남의 죄까지 덮어쓰시고."

"덮어쓰다뇨?"

치우천은 한숨을 쉬었다.

"지금 말할 것이 못 된다. 마누라님은 분명 스스로 원해서 그런 일을 하신 것이 아니야. 그분은 아무것도 모르고 계셔……. 마누라님은 번개범을 키우셨고, 태산 회의 때 번개범을 부리기는 하셨을 거야. 한웅님 말고 한웅님 표식을 쓸 수 있는 건 마누라님뿐일 테니까. 마누라님은 워낙 조용하신 분이라 아무도 의심은 하지 못했을 거야.

허나 그런 사실이 부루버들에게 알려지고, 그 때문에 마누라님이 부루버들에게 꼼짝 못하는 것은 아닐까? 그래서 죄를 뒤집어쓰고 나를 풀어 주는 일을 맡게 되신 것 아닐까? 번개범이 한웅님을 친 것은 결국 마누라님이 뒤집어쓰실 수밖에 없으니 말야. 이봐, 불그네. 나는 마누라님이 번개범을 부려서 한웅님을 치게 했다고는 생각지 않아. 다른 누가 번개범을 움직였고, 마누라님은 꼼짝없이 덮어쓰게 되신 것뿐이야. 마누라님은 지금 위험해. 아는 걸 더 이야기해 줘. 그 일 뒤에 또 누가 있지? 부루버들 혼자 그런 일을 꾸몄을 리가 없잖아? 그 뒤에 누가 있지?"

불그네는 잠시 생각하다가 이윽고 입을 열었다.

"부루버들님은 벌써 몇 달째 밖으로 나오시지 않았어요. 사람을 시켜서 마누라님에게 무슨 이야기를 전하시는 것만 자주 볼 수 있었죠."

"무슨 이야기인지 들었나?"

"들을 수는 없었어요."

"누가 왔었지?"

"부루위단님이나 치우가람님이나…… 그런 분들요."

비울걸은 깜짝 놀랐으나 치우천은 입술을 콱 깨물었을 뿐 아무 소리도 내지 않았다. 불그네는 이제 거칠 것이 없다는 듯 자신이 아는 것을 치우천에게 털어놓았다. 그리 중요한 이야기는 아니었지만, 이야기가 끝나고 한참 지나서야 치우천은 신음을 흘렸다.

"역시…… 그렇구나. 그렇구나……."

비울걸은 알듯 모를 듯 답답하기 짝이 없어 꽥 소리를 질렀다.

"뭐가 그렇다는 거야? 엉?"

치우천이 다급하게 되받았다.

"비울걸, 시간이 없습니다. 이들을 풀어 줄 수는 없으니 꼼짝 못하게 해서 잘 숨겨 두세요. 마지막으로 목숨을 걸어 봐야겠소."

"무슨 소리냐? 그리고 빠져나가면 그만이지 뭘 목숨을 또 걸어? 지긋지긋하지도 않냐?"

비울걸이 소리치자 치우천은 고개를 저었다.

"나도 나가고 싶지만 그래서는 안 됩니다. 비울걸, 나를 한 곳으로 데려다 줘요. 그리고 나가서 비에게 알려 주시오. 절대 싸우지 말고 기다리라고 말이오. 신수들도 움직이게 하면 아니 되오."

"가만가만! 대체 무슨 소리야? 너 혼자 놔두고 가라고? 어딜 가겠다는 거야? 난 저 솟대길 너머로는 힘을 쓸 수가 없어!"

그때 웅성거리는 소리가 났다. 비울걸이 소리를 지른 탓에 자리를 비웠던 병사들이 돌아오는 것 같았다. 치우천은 서둘러 말했다.

"비울걸! 작은 주신 족장으로서 명령하오. 어서 저들을 숨기고 나를 옮겨 주시오. 내 염려는 말고! 한 가지만 더 알아내면 끝이오! 그리고 어떤 일이 있어도 이제부터는 끼어들지 마시오. 알았소?"

비울걸은 치우천을 이런 호랑이 굴 속에 놓아두고 가기 싫었으나, 명령이라는 데에는 할 수 없었다.

비울걸이 울상을 지으며 물었다.

"어…… 어디로 갈 건데?"

치우천은 눈을 빛냈다.

"고시울률……님의 집!"

많은 사울아비들이 저만치에서 다가오고 있는 화급한 상황이었지만 비울걸은 놀라움을 참지 못해 입을 벌리며 어깨를 부르르 떨었다.

다음 날

하늘이 몹시 맑았다. 시리도록 푸른 하늘 위로 철새 몇 마리가 줄을
지어 한가롭게 날았다. 벌써 가을이었다. 신시 주위를 맴돌아 포위망을
갖춘 치우비를 비롯한 다른 많은 부족 군대들과 또 그곳을 노리며 하나
로 뭉친 사울아비들의 군대들도, 제법 쌀쌀해진 날씨 탓에 거친 천 옷을
벗고 씹거나 두들겨서 무두질한 털가죽으로 몸을 감았다. 당장 싸움이
벌어질 기미는 없었다. 한나절밖에 안 되는 어제의 접전에서 너무 많은
일이 벌어졌기 때문이다.

신시를 구원하러 온 세 방향의 구원군 중 치우광이 인솔하던 부대는
흩어져 버렸고 인질로 삼으려 했던 치우우레도 빼앗겼다. 치우광의 정
예 사울아비들이 빠져나갔기 때문이다. 허나 고시가라의 부대는 신수
때문에 추격을 하지 못해 결정타를 날릴 수는 없었어도 보돈차르의 몽

골군과 와난수 부자의 마갸르 부대에 상당한 타격을 주었다. 신지울태가 출전했다는 또 다른 주신 부대는 야율쿠리와 초초룬의 부대의 전사들 중 상당수에게 부상을 입혔다.

양쪽 다 결정적인 전투를 치르지 않아 전형이 무너지지 않았고 죽은 전사자의 수도 많지 않았으나 쌍방에 다친 자들의 수는 만만치 않았다. 양측의 사기는 비슷했기에 싸움은 장기화될 수도 있었다. 전날 밤 와난수는 상황을 타개하기 위한 좋은 전략 하나를 제안했다.

싸움이 갑자기, 예고도 없이 시작되었기에 신시 주변에 있는 많은 집들에는 주신 사람들이 많이 숨어 있었다. 어느 정도 신시 안과 연락이 닿은 사람들은 이미 신시 안으로 피했으나 상황을 모르는 사람들은 다른 곳으로 피할 겨를조차 없었던 것이다. 그들은 전사들도 아니고 민간인이니 해칠 수도 없었지만 장차 적들이 밀려오면 상당히 거치적거리는 존재가 될 것이다. 와난수가 이 문제를 해결할 묘안을 낸 것이다.

"마갸르의 와난수가 말합니다. 한나절 정도 신시 성문 앞을 터서 사람들이 신시로 들어가도록 해 줍시다."

"몽골의 보돈차르는 반대하오. 그러면 적이 더 강해지오."

"키탄의 야율쿠리도 반대하오. 그 사람들은 아주 많소. 그들이 전사가 아니라 해도 전사들을 도울 수는 있잖소!"

보돈차르와 야율쿠리가 반대했으나 와난수는 고개를 저으며 완강하게 말했다.

"아닙니다. 그렇게 하면 세 가지 이로운 점이 있지요."

치우비가 와난수에게 물었다.

"어떤 이로운 점이 있습니까?"

"첫째로는 사람들 때문에 거치적거리는 일이 없어지게 됩니다. 우리만 아니라 적들도 거치적거리겠지만, 그 사람들은 본디 주신 사람들이니 우리에게 불리하게 움직이지 않는다는 보장이 없습니다. 두 번째로는 사람들을 놓아주고 위험한 곳에서 피하게 해 주니 은혜를 베푸는 것이 됩니다. 치우비님은 어쨌건 주신 사람이시니, 신시를 공격한다면 좋은 소리를 듣기 어렵습니다. 허나 사람들을 이렇게 대하면 치우천 치우비님이 나중에 주신에 뜻을 펴시는 데 도움이 될 것입니다."

"그렇겠군요."

"세 번째로 저 사람들이 신시 안으로 들어가면 신시의 먹을거리가 더 빨리 떨어지게 될 겁니다."

그 말에 치우비는 허탈한 표정으로 웃어 보였다.

"신시를 떨어뜨리기 전에 우리 먹을거리가 먼저 떨어질지도 모릅니다. 신시에는 먹을거리가 엄청나게 많습니다."

"그러나 저렇게 벽을 쌓고 지키는 성은 먹을거리를 떨어뜨리는 것이 제일입니다. 성벽이 높아서 넘기가 힘드니까요. 성을 위협할 방법이 있다면 뭐든지 시도해야 합니다."

알한이 두 사람의 대화에 끼어들었다.

"작은 주신의 알한이 말합니다. 신시에서 저 사람들을 순순히 받아들여 줄까요?"

그러자 초초룬도 지나가는 듯이 한마디 했다.

"하핫! 안 받아 주면 저놈들이야말로 좋은 소리 못 들을걸? 우리가 아니라 신시 사람들에게 맞아죽을지도 몰라. 먹을 게 하나도 없다 해도 안 받아들일 순 없지!"

"좋습니다. 헌데 어떻게?"

치우비가 묻자 와난수는 확신에 찬 목소리로 대답했다.

"먼저 신시에 말해 줘야겠지요. 치우비님이 말씀하시는 게 좋을 것입니다."

"알겠습니다, 그렇게 하죠."

치우비는 한잠도 못 자서 눈 밑이 거무스레했으나 애써 태연하게 고개를 끄덕였다. 곧바로 무라를 쳐다보며 물었다.

"번개범은요?"

"비냐에게 말해서 물러서게 했지만 멀리 간 것 같지는 않습니다."

"왜요? 번개범의 힘을 빌려 신시를 칠 수는 없는 것 아닙니까?"

번개범은 한웅을 공격했던 신수이니 번개범의 힘을 빌리면 그들은 당장 누명을 뒤집어쓰게 된다.

치우비가 이해할 수 없다며 고개를 갸웃거리자 무라는 힘없이 말했다.

"그 점에 대해 잘 말해 두었습니다만…… 번개범이 가지 않는 것은 다른 일이 있기 때문입니다."

"무슨 일 말입니까?"

"그것은…… 천님이 돌아오시기 전까지는 말씀드릴 수 없습니다. 싸움과는 관계없는 일입니다."

무라가 그렇게 말하고 입을 다물자 치우비도 더 이상 묻지 않았다. 다른 사람들도 무슨 일인가 궁금했지만 그들도 무라의 돌 같은 입이 다물어지면 절대 열리지 않는다는 것을 익히 알고 있었다. 아무도 그 문제에 대해 말하지 않았다.

장막 밖에서 울쿠타가 들어왔다.

"비울걸님이 오셨습니다."

치우비와 무라, 다른 사람들도 반색을 하며 몸을 일으켰다. 비울걸은 고생을 했는지 먼지가 잔뜩 뒤덮인 꾀죄죄한 몰골로 막사에 들어섰다.

"아, 거참. 우라지게 힘드는구먼. 일어나지 말어. 일어나지 말어."

"형님은요?"

치우비가 덤벼들 듯이 묻자 비울걸은 한숨을 푹 쉬었다.

"네 형은 잡혔었지. 헌데 내가 구했어. 그런데…… 그런데 또 제 발로 잡혀가더란 말야! 당분간은 절대 싸우지 말라고 하더구먼! 제기랄! 난 그대로 전했어. 뭐가 뭔지 도무지 알 수가 없어!"

"네? 뭐가 어떻다고요? 형이 누구에게 잡혔단 말입니까?"

"고시울률. 웃기게도 내가 직접 데려다 넘겨주었단 말야!"

야율쿠리가 벌떡 일어나며 소리쳤다.

"할아범! 그건 천을 죽이는 짓 아닌가?"

그러자 비울걸도 지지 않고 맞받았다.

"늑대 새끼야, 나도 알아! 하지만 그놈이 바득바득 우기는데 어떻게 해!"

이번에는 야쿠타가 장막으로 달려 들어오며 외쳤다.

"고시울률입니다! 고시울률이 성문 옆에 나타났습니다! 치우비님을 찾습니다!"

치우비는 깜짝 놀랐다.

"고시울률님이 직접?"

"그렇습니다. 그리고…… 그리고…….'"

야쿠타는 몸을 떨었다.

"치우천님만 빼고 다른 사람들을 모조리 잡아 성문 옆에 앉혔습니다! 뭔가 꿍꿍이가…….'"

야쿠타가 채 말을 끝내기도 전에 치우비는 벌떡 일어나 순식간에 장막을 헤치고 밖으로 나갔다.

"가 보자!"

다른 사람들도 우르르 치우비의 뒤를 따랐다. 회의에 끼지 못해 밖에 있던 울라트도 마냥과 싱카를 데리고 따라갔고 차오스도 알한의 뒤를 따라갔다. 성문 쪽으로 가다가 보돈차르가 억눌린 목소리로 중얼거렸다.

"정말이군······."

눈이 밝은 보돈차르는 성문 위의 광경을 똑똑히 볼 수 있었다. 보돈차르는 고시울률을 직접 본 적은 없었으나 옆에 묶여 있는 것은 분명 아는 사람들이었다. 리미의 붉은 머리와 개르의 금발 머리, 치베와 키타야, 구르, 유쌍까지 있었다. 유쌍과 구르는 지친 듯 고개를 푹 숙이고 있었으나 리미와 개르, 치베, 키타야는 목을 빳빳이 세우고 있었다. 고시울률은 성문 옆 성벽에 앉혀 놓은 그들의 옆에 서 있었는데, 얼굴을 몰라도 화려한 옷차림과 점잖은 풍채로 그가 고시울률임을 알 수 있었다.

성문이라 해서 누각이 딸린 후대의 성문이 아니다. 성문의 자리에는 벽이 없고 커다란 나무로 이어진 문이 달려 있을 뿐이며, 문은 위로 들어 올리는 방식이었다. 그래서 고시울률과 인질들은 성문 옆 성벽 위에 올라서 있는 셈이 되었다.

치우비는 성난 눈빛으로 성문 쪽으로 성큼성큼 걸어갔다. 화살이 닿을 거리에 들어서기 전에 무라가 슬쩍 치우비의 옷깃을 잡아끌었다. 고시울률은 성벽 위에서 뒷짐을 진 채 치우비의 모습을 조용히 내려다보고 있을 뿐 움직이지 않았다. 치우비가 커다랗게 소리쳤다.

"작은 주신의 치우비가 말하오! 무슨 꿍꿍이요?"

우렁찬 치우비의 목소리는 신시 전체를 울리는 듯했다. 고시울률은 굳은 표정으로 고개를 갸웃하며 그리 크지 않게, 간신히 알아들을 만한 목소리로 입을 열었다.

"많이 컸구나."

치우비는 고시울률의 변화 없는 표정을 보자 화가 치밀어 올랐다.

"당장 벗들을 풀어 주시오. 그리고 형님도 풀어 주시오! 안 그러면 신시를 무너뜨리겠소!"

치우비가 더욱 큰 소리로 외치면서 날카로운 눈빛으로 쏘아보자 성벽 위의 사울아비들은 자신도 모르게 긴장의 빛을 띠었다. 화살이 닿지 않은 먼 거리에 있으면서도 섬뜩한 느낌을 줄 정도로 치우비의 눈빛은 강렬했다. 고시울률이 작은 소리로 말했다.

"형과는 아주…… 다르구나."

"잡다한 소리는 듣고 싶지 않소!"

치우비가 외치자 이번에는 고시울률도 큰 소리로 외쳤다.

"내가 주신의 고시울률이다! 너희가 어떻게 생각하건 나는 주신과 신시를 지킨다. 너희가 신시를 무너뜨리려면 먼저 나를 쓰러뜨려야 할 것이야!"

"형님과 벗들을 내준다면 신시를 공격하진 않을 거요! 먼저 비겁하게 형님과 벗들을 잡아간 것은 바로 당신이오!"

치우비가 무시무시한 기세로 소리치는데도 고시울률은 눈 하나 까딱 않고 대답했다.

"그래, 그랬나? 하지만 수십천의 전사를 끌고 신시를 억누르기 위해 온 놈들을 내가 잡지 않으면 누가 잡는단 말인가?"

"당신과 입씨름하기 싫소! 어서 벗들과 형님을 내주시오! 우리는 당신이 부른 사울아비들 중 절반을 물리쳤고, 많은 사울아비들이 우리가 옳다고 믿고 우리 편이 되고 있소! 우리는 절대 신시를 무너뜨리거나 신시 사람들을 해칠 생각이 없소!"

고시울률은 고개를 저으며 물었다.

"그러면 나는?"

"당신은 용서받을 수 없소!"

고시울률이 껄껄 웃음을 터뜨렸다.

"나는 주신의 땅을 먼 동쪽, 바다가 맞닿는 곳까지 넓혔고, 땅을 갈고 씨를 뿌리는 일을 누구보다도 훌륭히 해냈다. 너희가 도끼와 활을 들고 사람을 죽이며 주신을 지켰다는 것을 안다. 허나 나는 씨앗과 쟁기로 주신을 지켜 왔다. 너희 같은 사나운 녀석들과 맞서 싸우기 싫지만 나는 목숨을 걸고 너희와 맞서고 있다. 이게 내 한 몸을 위한 것이라 보이나? 이런 내가 용서받을 수 없다고?"

"입씨름하기 싫소! 나는……."

치우비가 뭐라 더 말하기도 전에 고시울률이 손을 들어 펴 보이며 막아섰다.

"너는 네 벗들을 풀어 주지 않으면 신시를 공격해 무너뜨리겠다고 했다. 그런가?"

"그렇소!"

"네 벗들을 풀어 주면 신시를 공격하지 않겠는가?"

고시울률이 담담하게 말하자 치우비는 얼떨떨했으나 이내 외쳤다.

"그렇소!"

"그렇게 하면 물러가서 두 번 다시 신시로 돌아오지 않을 셈인가?"

치우비는 잠시 생각하다가 힘차게 외쳤다.

"내 고향은 주신이고, 신시요! 나는 여기서 살고 싶소!"

"그러면 언제든지 주신으로 활을 돌릴 수 있다는 말이군?"

고시울률이 빈정거리자 치우비는 화가 났다.

"나와 형님, 작은 주신의 전사들은 주신을 위해 목숨을 걸고 싸웠으며, 공상을 떨어뜨리고 지나족을 물러가게 했소! 그에 대한 보상으로 한웅님께서는 모두를 주신 사람으로 만들어 준다 하셨소! 그 약속은 지켜야 하오! 한웅님이 직접 하신 약속을 지키지 않은 것은 당신이오!"

고시울률도 지지 않고 외쳤다.

"흥! 어차피 너희는 못된 꿍꿍이를 지니고 그런 힘을 쓴 것이 분명하다! 많은 전사를 데리고 신시를 억누르려 한 놈들이 무슨 할 말이 있느냐? 약속을 어긴 것은 너희이니 약속을 지킬 필요가 없다!"

"작은 주신 사람 모두가 주신 사람이 되는 것이 약속이었으니, 모두가 오지 않을 수 있겠소?"

"그러면 왜 다른 부족 놈들을 무장하여 데리고 왔는가?"

"작은 주신 혼자만으로는 유망을 막을 수 없었소! 그래서 많은 부족의 도움을 받았고, 그들도 함께 와야 했소! 더구나 당신이 우리에게 이런 짓을 할지 모른다고 우리는 이미 생각하고 있었소! 스스로를 지키지도 말란 말이오?"

"너희가 전사들을 몰고 오지 않았으면 너희를 잡으려 하지 않았을 것이다!"

고시울률이 억지를 쓰는 듯하자 치우비의 뒤에 있던 보돈차르가 재빨리 귀띔했다.

"어제 온 사울아비를 불러라."

치우비는 고개를 끄덕이며 소리쳤다.

"치우광!"

치우광은 이렇게 양쪽의 대장들이 나오는 자리에 끼게 되는 것이 흥분되는지 상기된 표정으로 나섰다. 치우광이 치우비의 뒤편에서 나오자 신시 성벽 위의 사울아비들은 야유를 하며 욕을 퍼부었다. 치우광은 눈 하나 깜빡이지 않고 당당한 자세를 취했다.

"배신자의 말은 듣고 싶지 않다! 귀가 더러워진다!"

고시울률이 외쳤으나 치우비는 물러설 기미를 보이지 않았다.

"당신들은 치우광이 배신자라고 하지만 그는 주신이 틀렸다고 생각하여 옳은 쪽을 따르려 한 것뿐이오. 치우광, 안파견 한님께 맹세하여 내가 묻는 말에 사실대로만 대답해라."

치우광은 조금 떨리는 목소리로 기세 좋게 외쳤다.

"주신의 사울아비 작은스승 치우광이 말하오. 나는 하나도 부끄럽지 않으며, 안파견 한님의 이름을 걸고 맹세하건대 사실만을 말하겠소이다!"

치우광이 외치자 치우비가 물었다.

"치우광, 너는 언제 신시로 오라는 명령을 들었는가?"

"한 달 반 전이오! 고시울률의 아랫사람인 부루위단이 직접 왔었소!"

"조금도 거짓이 없겠지?"

"없소! 나와 함께 온 천 명의 사울아비가 다 알고 있소!"

치우비는 고시울률을 바라보며 크게 외쳤다.

"우리가 공상 싸움에서 이기고 난 후 신시로 출발도 하기 전에 당신, 고시울률은 사울아비들을 모으고 다녔소! 우리를 없애기 위해 말이오! 당신은 방금 우리가 군대를 모아 신시로 오지 않았다면 해치려 하지 않았을 거라 말했소. 허나 치우광의 말대로라면 당신은 우리가 군대를 모아 신시로 향하기 전부터 사울아비들을 모았소! 이게 당신이 거짓말을 하고 있다는 증거요!"

돌연 치우비의 뒤편에서 와! 하는 함성이 일어났다. 치우비 편의 전사와 사울아비 들이 치우비의 목소리를 듣고 있다가 소리를 지른 것이다. 이것은 고시울률과 치우비의 대화만이 아니라 양측 군대 전체의 대화이기도 했다. 옳다고 믿는 쪽의 사기가 높아지는 것은 당연한 일이었다. 신시 성벽 위의 사울아비들은 조용했다.

고시울률이 다시 입을 열었다.

"너희가 나를 함정에 빠뜨리려 하는구나. 하지만 나, 고시울률은 너희 말대로 놀아날 사람이 아니다! 너희가 신시를 들이칠 계획을 가졌음을 이미 알고 있었다. 너희가 군대를 모아 올 것을 미리 알고 있었기에 나 또한 군대를 모은 것이다. 내가 미리 군대를 모아 대비하지 않았다면 신시는 너희에게 포위되어서 바깥에 연락할 수도 없이 위험해졌을 것이다. 나는 신시를 책임지도록 한웅님께 명령을 받은 사람으로 어떤 일도 그냥 넘길 수 없었다! 내가 아닌 누구라도 신시를 생각하는 주신 사람이라면 그렇게 했을 것이다! 그렇지 않은가?"

고시울률이 자신의 정당성을 외치자 신시 성벽 위의 사울아비들이 함성을 외치며 환호했다. 고시울률의 말도 틀린 것은 아니었다. 치우비가 생각을 가다듬고 있는 사이 치우광이 외쳤다.

"사울아비 작은스승 치우광이 명예를 걸고 말하오. 고시울률님, 당신의 말은 맞을 수도 있고 틀릴 수도 있습니다!"

고시울률이 버럭 소리쳤다.

"무슨 소리냐? 배신자인 네가 왜 끼어드느냐?"

그러나 치우광은 끓어오르는 젊은 혈기로 가득 차 거침이 없었다.

"당신 말대로 누가 그런 사실을 알려 주었다면 당신 말이 맞을지 모릅니다! 그러나 그런 사람이 없다고 한다면 당신 말은 지어낸 말일 뿐입니다! 나는 명예를 걸고 안파견 한님 앞에 맹세하여 증인이 되었습니다. 나만이 아니라 천 명의 사울아비가 증인입니다! 그러면 당신의 증인은 누구입니까? 증인이 없다면 당신이 말을 지어냈다고 해도 할 말 없지 않습니까?"

치우광의 지적은 날카로웠다. 치우비 측의 전사들은 다시 한번 함성을 올렸고 치우광이 데려온 사울아비들은 큰 소리로 외쳐 댔다.

"나도 그렇게 생각했기에 치우광님을 따랐다!"

"나도 그렇다!"

"나도 주신 사울아비다! 사울아비는 옳은 길을 가야 한다! 주신이 내 고향이지만 잘못했다면 바로잡아야 한다!"

여기저기 사울아비들이 나서서 한마디씩 퍼붓자 신시 성벽 위의 사울아비들도 저마다 외쳐 댔다.

"다른 부족 놈들과 한 패거리가 되어 외치는 배신자들은 떠들 자격이 없다!"

"우리는 고시울률님을 믿는다!"

"신시에 무기를 들이댄 놈들은 말할 자격이 없다! 사울아비가 아닌 짐승일 뿐이다!"

양쪽의 사울아비들이 마구 외쳐 분위기가 순식간에 엉망이 되자 치우비가 큰 소리로 외쳤다.

"그만! 입 다물라!"

그와 비슷한 때 고시울률도 함부로 떠들지 말라고 외쳤다. 치우비의 명령이 각 부족장과 지휘관에 의해 즉각 전해져 치우비의 진영은 순식간에 조용해졌는데 반해, 고시울률의 명령은 전달이 늦었다. 때문에 신시 쪽에서 외치는 소리가 일방적으로 한참이나 맴돈 후에야 사방이 조용해졌다. 신시 쪽에서 떠드는 소리가 더 길게 이어지자 싸움에 대해 잘 아는 사람들은 저마다 섬뜩한 기분을 느꼈다. 신시를 지키는 것은 사울아비들 중의 정예였는데도 각 부족이 뒤엉킨 치우비 측의 군대보다 통솔이 덜 되고 있음을 간파한 것이다.

고시울률이 다소 긴장된 목소리로 말했다.

"이야기를 전한 사람은 밝힐 수 없다. 그 사람이 위험하기 때문이다."

그 말을 들은 치우비와 무라는 흠칫 놀랐다. 고시울률의 말이 사실이라면 배신자는 사울아비들 중에 있는 것이 아니라 다른 사람 가운데 있단 말인가?

고개를 저으며 무라는 재빨리 치우비에게 속삭였다.

"거짓말입니다. 그럴 리 없어요."

치우비는 혼란스러웠다. 고시울률의 말이 이어졌다.

"쓸데없는 이야기는 그만하자. 우리는 무기를 맞대고 있다. 너희는 이들을 풀어 주기를 바라는가?"

치우비는 뭔가 반박하려다가 고시울률의 마지막 말을 듣고 급히 외쳤다.

"그렇소!"

"그러면 신시를 공격하는 것을 멈추겠는가?"

"형님도 풀어 주어야 하고, 작은 주신 사람은 주신 사람이 되어야 하오."

"지금 네 형은 풀어 줄 수 없다."

"그러면 아무것도 필요 없소!"

치우비가 살기등등하게 흥분해도 고시울률은 흐트러짐 없이 침착하게 되받았다.

"네 형은 내가 잡고 있지도 않은데, 어떻게 내 마음대로 풀어 주겠느냐?"

"그게 정말이오?"

치우비는 믿어지지 않았다.

"나, 고시울률이 이 많은 사람들 앞에서 거짓말을 하겠는가? 맹세하는데, 나는 네 형을 잡아 두고 있지 않다!"

날카롭게 외치는 고시울률의 말에 치우비는 혼란스러웠다. 주변의 다른 사람들은 거짓말이라고 말했지만 치우비는 고개를 저었다.

"아니, 고시울률이 이런 뻔한 거짓말을 하지는 않을 거야. 형님이라면 어떻게든 빠져나왔을지도 몰라."

알한이 비울걸에게 물어보려고 했으나 비울걸은 어느새 사라져서 보이지 않았다.

치우비는 결심한 듯 외쳤다.

"그렇다면 형님은 빼고 말할 수 있소. 허나 형님이 신시에서 발견된다면, 당신이 어떻게든 보호해서 안전하게 우리에게 보내 주어야 하오! 그럴 수 있겠소?"

"네가 공격을 멈춘다면 그럴 수 있다. 네 형 이야기만 빼고 다른 것은 약속할 수 있다. 네 벗들을 풀어 주고, 작은 주신 놈들을 주신 사람으로 받아 주면 싸움을 그치겠는가?"

고시울률의 제안은 실로 파격적이어서 치우비는 자기 귀가 의심스러울 지경이었다.

"정말이오?"

"나는 거짓말을 하지 않는다!"

"물론이오! 나는 주신 사람을 해치고 싶지 않소! 당신들이 먼저 공격하지 않는다면 당연히 그렇게 하겠소!"

고시울률이 묘한 어조로 물었다.

"너희 대장은 네 형인데, 네가 그렇게 장담할 수 있는가?"

"나는 형님의 뜻을 잘 아오! 형님이 이 자리에 계셨더라도 나와 똑같은 말을 했을 것이오. 만약 잘못한 점이 있더라도 내가 책임을 지겠소!"

치우비는 가슴을 두드리며 당당하게 외쳤다. 자신 있게 외치는 모습이 호탕하고 남자다워 치우비 측에서는 함성을 올렸다.

"여기는 다른 부족의 부족장도 많다. 그들도 과연 네 말을 들을까?"

고시울률이 묻자 보돈차르가 가장 먼저 외쳤다.

"몽골의 보돈차르가 말한다. 나는 나의 안다 치우비의 말을 따를 것이며, 그가 물러서려 한다면 언제든 싸움을 멈추고 주신과 친하게 지낼 수 있다! 텡그리의 이름으로 맹세한다!"

뒤를 이어 야율쿠리도 외쳤다.

"키탄의 야율쿠리도 말한다! 너희 주신 놈들은 우리 키탄족이 싸움만 좋아한다고 잘못 알고 있지만, 우리도 이유 없는 싸움은 싫다! 나는 치우비를 대장으로 인정했고, 대장의 말에는 반드시 따른다!"

줄줄이 초초문과 툰툰이 목청을 높였고 마지막으로 울라트가 앙칼지게 외쳤다.

"나는 작은 주신의 울라트다! 비록 작은 주신 사람이지만 나의 아버지는 저기 잡혀 계신 키타야님이며 구르님과도 잘 안다. 그러므로 타타르의 앗수라트, 앙가마이는 내 명령을 따를 것이다. 그렇지 않은가?"

울라트가 외치자 타타르족 전사들이 그렇다고 일제히 소리쳤다. 울라트는 있는 힘을 짜내듯이 외쳤다.

"나, 그리고 앗수라트, 앙가마이족도 치우비님을 따른다!"

성벽 위에서 묶인 채로 있던 키타야가 크게 웃으며 외쳤다.

"과연 내 딸이다! 앗수라트 부족이여! 내게 무슨 일이 생기면 울라트가 부족장이다. 알겠는가?"

별안간 고시울률이 굳은 표정을 풀었다. 어딘지 모르게 힘이 빠진 듯 허탈해하는 모습이었다.

"우선 이 사람들을 풀어 주겠다. 그러니 무기를 들지 마라. 내가 명령을 내려서 신시 밖의 사울아비들에게도 싸움을 걸지 말라 할 것이니, 너희도 싸우지 말라!"

고시울률은 묶인 사람들을 풀어 주도록 명령하더니 사람을 시켜 넝쿨을 엮은 줄로 잡혀 있던 사람들을 차례차례 아래로 내려 보내기 시작했다. 의외로 일이 술술 풀리자 사람들은 어이가 없을 지경이었다. 무라를 비롯해 몇몇 사람들은 혹시나 고시울률이 무슨 수작을 부리지 않을까 바짝 긴장하며 여차하면 뛰쳐나갈 준비까지 했다. 그러나 고시울률은 아무 수작도 부리지 않고 사람들을 내려 보냈다.

치베, 키타야, 구르, 유쌍, 리미, 개르에 이르기까지 땅에 내려서자 곧 빠른 걸음으로 치우비 쪽으로 걸어오기 시작했다. 치베는 많이 다쳐 있었기에 리미에게 업혀 왔다. 치우비와 다른 사람들은 혹여 화살이라도 날아오지 않을까 하여 신경을 곤두세웠으나 고시울률은 아무런 명령도 내리지 않았다. 그들이 앞으로 달려오자 치우비는 뛰쳐나가고 싶었으나 얼른 알한이 뒤에서 속삭였다.

"끝까지 지켜봐야 합니다. 화살이 날아오는 거리로 들어가면 안 됩니다."

마침내 치베를 비롯한 여섯 사람은 무사히 치우비 일행 앞에 멈춰 섰다. 잠시 뒤에 치우천을 따라 들어갔던 작은 주신의 전사 스무 명도 무사히 풀려났다. 사람들은 기쁜 마음으로 그들을 맞이했다. 성벽 위 고시울률은 아무 말 없이 뒷짐을 지고 서 있었다.

치우비가 벅찬 마음을 가누지 못해 눈물을 글썽이며 대뜸 앞으로 달려 나갔다. 다른 사람들이 막으려 했으나 치우비는 듣지 않았다. 치우비는 성벽 꽤 가까운 곳까지 달려가서는 고시울률에게 고개 숙여 정중하게 인사를 건넸다.

"고시울률님! 감사하오! 당신은 정말 약속을 지키는 사람이군요. 형님도 부탁드립니다."

고시울률은 무뚝뚝하게 고개를 끄덕이며 물었다.

"군대는 물리겠지?"

"물론입니다. 약속이 지켜진다면 곧 군대를 물리겠습니다."

치우비가 웃으며 외치자 고시울률은 한숨을 내쉬었다.

"네놈들을 당할 수가 없구나. 너희가 맞다니…… 아직 남은 것이 많지만…… 당장 풀 수 있는 일이 아니겠지…….”

작은 소리로 중얼거렸지만 치우비는 귀가 밝아 그 말을 똑똑히 들을 수 있었다. 치우비는 의아해서 물었다.

"무슨 말씀입니까?"

그때 고시울률의 뒤편에서 모습을 드러내지 않은 누가 낭랑한 목소리로 말했다.

"비야, 정말 잘해 주었구나!"

치우비는 놀라서 주저앉을 뻔했다. 치우천의 목소리였다. 치우천은 목소리를 낮춰 다시 말했다.

"아직 아무것도 말하지 마라. 미안하구나. 놀라게 해서 미안하다만 아는 척하지 말고 하루만 더 기다려 다오. 그러면 다 끝난다."

곧이어 나지막한 목소리로 누가 치우천을 나무라듯이 쯧쯧거리며 말했다.

"너도 조금만 더 기다릴 것이지 지금 함부로 말해서야 되겠느냐?"

그것은 바로 풍백 비렴의 목소리였다. 치우비는 자신의 귀를 믿을 수 없었다. 도대체 무슨 일이 벌어지고 있는지 전혀 짐작조차 할 수 없었다. 치우천의 목소리가 다시 들려왔다.

"아우의 목소리를 들으니 반가워서 그랬습니다. 죄송합니다, 비렴님. 가시지요, 고시울률님?"

고시울률은 아무 말 없이 성벽에서 내려섰다. 귀가 밝은 치우비는 사라지는 고시울률의 뒷모습을 보면서 고시울률의 근엄한 목소리를 들었다.

"아직 너를 완전히 믿는 것은 아니다. 믿어지질 않아."

"믿게 되실 것입니다."

치우천의 대답하는 소리가 아스라이 들려온 것을 마지막으로 그들의 목소리는 사라지고 말았다. 치우비는 귀신에 홀린 듯도 하고 형의 목소리를 들으니 반갑기도 하여 눈물을 글썽이면서 그 자리에 멍하니 서 있었다. 다른 사람들은 무슨 일인지 알지 못했고, 양쪽 전사들은 여전히 긴장을 늦추지 않고 서로 노려보고 있었다. 포로들이 무사히 돌아왔다 하지만 치우비의 말 한마디로 다시 싸움이 시작될 수도 있기 때문이다.

잠시 후 치우비가 천천히 돌아섰다. 그는 대장으로서는 전혀 어울리지 않게 사람 좋은 표정으로 활짝 웃으며 외쳤다.

"모두…… 물러선다!"

5권에 계속

❀ 주신족 ❀

치우천(蚩尤天, 희네)

이야기의 주인공. 성인이 되기 전의 이름은 희네인데 얼굴이 희고 여자보다 잘생긴 용모를 지녔기에 그런 이름을 얻었다. 치우비의 쌍둥이 형이지만 이란성 쌍둥이라 닮지는 않았다. 주신의 사울아비로 이야기의 장을 여는 인물이다. 힘은 세지 않으며 절맥(絶脈)으로 인해 다리를 절어서 말조차 잘 타지 못하는, 사울아비로서는 크나큰 단점을 지녔지만 뛰어난 지략과 올곧은 마음, 큰 그릇을 가진 청년이다. 후에 주신 14대 자오지 한웅으로 등극하는 치우천왕이 바로 그이다.

치우비(蚩尤飛, 나래)

치우천의 동생이며 치우천과 함께 이야기의 주인공. 비길 데 없는 힘과 침착함과 성실함을 타고난 장사이며 대용사이다. 치우천의 쌍둥이 동생이며 언뜻 둔해 보이지만 실은 그렇지 않다. 형 치우천을 숭배하여 형의 말이라면 무엇이든 따르며, 형을 누구보다 좋아하고 형을 가장 잘 알고 감탄하는 사람이기도 하다. 따를 자가 없을 정도의 힘과 용맹을 지녀 대영웅으로 알려지지만 의외로 수줍고 아이들을 좋아하는 따뜻한 성격이다.

부소구슬

사와라 한웅의 큰마누라. 한웅이 가장 무서워하는 사람. 여성 편력이 있는 한웅에 대한 질투심에 번개범을 키웠으며, 이로 인해 음모에 휘말리게 된다. 부루버들을 싫어하면서도 두려워한다.

불그네

부소구슬의 충실한 시녀로 부루버들을 싫어한다.

치우광

치우 형제의 사촌 동생으로 사울아비 작은스승. 치우눌과 마갸르족 어머니 사이에서 태어났다. 치우눌이 일찍 죽고 어머니와 함께 마갸르족으로 떠나지만, 치우 형제를 동경하여 어머니가 죽자 홀로 주신에 온다. 치우우레 밑에서 사울아비가 되었으며 체격도 좋고 힘과 기술이 뛰어나다.

❀ 지나족 ❀

공손헌원(公孫軒轅)

후에 황제(黃帝)로 알려지게 되는 지나족의 대족장, 우두머리. 핏줄로는 주신족 갈래였던 소전(小典)의 아들이지만 스스로는 지나족이라 굳게 생각하고 있다. 역시 비길 데 없이 큰 그릇과 지략, 큰 뜻을 품은 영웅으로 흩어져 있는 지나족을 모아 하나로 뭉치게 하고 결국에는 주신을 정복하여 모든 부족을 통일하려는 야망을 지닌 인물이다. 중국(지나인)의 시조로 받들어지는 인물이기도 하다.

유망(炎帝神農, 염제 신농)

헌원 이전에 지나족을 지배했던 대부족장. 염제라는 직함과 신농이라는 직함을 가지고 있는데 최초에 농사와 약을 알아내 가르쳤다는 신농씨의 후손이다. 대영웅의 그릇을 가졌으나 독과 마약 때문에 서서히 몸과 마음을 잠식당하여 파멸해 가는 비운의 영웅이기도 하다.

❀ 카린족 ❀

소녀(素女)

카린(곤륜)산 쑤앙마이(서왕모)에게 키워져 유망에게, 다시 사와라 한웅에게, 치우천에게, 마지막으로 헌원에게 보내지는 여자로, 모든 남자의 넋을 잃게 할 만큼 요기에 가까운 매력을 지닌 여인. 치우천을 마음속으로 흠모하나 이루어지지 않자 복수에 불타기도 한다. 겉으로는 단지 매력적인 여인 같지만 속으로는 매서운 강단과 독한 마음도 품고 있는 여자다. 지금까지 전해지는 방중술의 표본인 책『소녀경』을 낳게 되는 주인공이기도 하다.

❀ 하백족 ❀

진몽희

하백족을 이끄는 여부족장 같은 존재로, 사람 이름이라기보다는 직책의 이름이다. 진몽희는 하백족의 시조인 여선인 진오의 예언이 이루어질 때까지 계속 세습해야 하는 이름이다.

오로파라

태곳적 선인인 발귀리의 가르침을 받아 도를 얻은 옛 선인. 두 명의 딸을 두었는데 첫째가 진오이고, 둘째가 타타츄이트이다. 두 딸 모두 도를 얻어 선인이 되었다. 오로파라는 스승인 발귀리가 우린 구슬을 만든 것을 보고 자신도 그를 본떠 푸린 구슬을 만들었다. 오로파라가 남긴 기운은 간혹 대를 이어 온 후손 여자들에게서 나타났는데, 그 힘은 푸린 구슬과 밀접한 관계가 있다.

진오

여선인 오로파라의 첫째 딸로, 하백족을 세웠으며 하백족의 진몽희가 세습되어 가도록 예언을 남긴 인물이다. 오로파라에게 물과 말하는 법을 배워서 물을 마음대로 다룰 수 있었다고 한다. 진오의 후예인 하백족은 물에 능하고 물가가 아니면 살지 못한다.

타타츄이트

여선인 오로파라의 둘째 딸로, 초초룬에게 가르침을 준 스승이기도 하다. 미아우족에게는 모든 벌레의 어머니라 숭상받고 있지만 다른 부족에는 잘 알려져 있지 않다. 오로파라에게서 벌레와 말하는 법을 배워 힘을 쌓아 갔다.

누조

타타츄이트의 후예로 벌레 중에서도 누에가 가진 능력을 읽을 수 있다. 누에를 쳐서 비단의 원료를 만드는 법을 알려 주었기에 누에의 어머니(누조)라는 이름을 갖게 되었다. 비단이 지나족의 특산품이 된 것도 이 누조 덕분이다. 젊은 시절 헌원과 결혼하여 발을 낳았다.

❀ 선인 ❀

맥달

선인 발귀리의 자손이며 미래를 손바닥처럼 내다볼 수 있는 능력을 지닌 천하의 재녀. 미래를 보는 무서운 능력 때문에 아기일 때 버림받고 자부 선인에게 구원받아 신수인 맥에 의해 키워졌다. 그 때문에 치우천에게 맥달이라는 이름을 받는다. 미래를 내다보는 힘에 대해 끝없는 부담을 느끼지만 치우천에 대한 애정 때문에 모든 것을 견디어 낸다. 후에 우사의 지위에 오르며 『해동감결』을 쓰게 되는, 최고의 대예언가이다.

❀ 신수 ❀

응룡(應龍)

너무나도 강한 탓에 같은 종족끼리 싸우다가 멸망한다. 종족을 살육하던 자신의 모습에 회의가 들어 굴로 들어가 죽으려고 했지만 죽지 않고 신수가 된다. 헌원의 말솜씨에 속아 헌원을 주인으로 하는 복종의 계약을 맺는다. 본디 모습은 무섭고 징그럽지만 헌원의 말에 따라 날개와 구름, 색으로 화려하게 가장한다.

치우천왕기 4 : 다가오는 검은 그림자

1판 1쇄 2011년 5월 7일 | 1판 9쇄 2025년 5월 14일

지은이 이우혁

책임편집 임지호 | 편집 지혜림
디자인 윤종윤 이원경 | 저작권 박지영 형소진 오서영 조경은
마케팅 정민호 서지화 한민아 이민경 왕지경 정유진 정경주 김수인 김혜원 김예진 나현후 이서진
브랜딩 함유지 박민재 이송이 김희숙 박다솔 조다현 김하연 이준희
제작 강신은 김동욱 이순호 | 제작처 영신사

펴낸곳 (주)문학동네 | 펴낸이 김소영
출판등록 1993년 10월 22일 제2003-000045호

주소 10881 경기도 파주시 회동길 210
대표전화 031) 955-8888 | 팩스 031) 955-8855 | 전자우편 elixir@munhak.com
인스타그램 @elixir_mystery | X(트위터) @elixir_mystery

ISBN 978-89-546-1460-3 04810
       978-89-546-1456-6 (세트)